Dans la brume électrique
avec les morts confédérés

Du même auteur
dans la même collection

Prisonniers du ciel (n° 132)
Black Cherry Blues (n° 159)
Une saison pour la peur (n° 238)
Le Bagnard (n° 272)
Une tache sur l'éternité (n° 293)
La Pluie de néon (n° 339)
Dixie City (n° 371)
Le Brasier de l'ange (n° 420)
la rose du Cimarron (n° 461)
Cadillac juke-box (n° 462)

dans la collection Rivages/Thriller

Prisonniers du ciel
Black Cherry Blues
Une saison pour la Peur
Une tache sur l'éternité
Dans la brume électrique avec les morts confédérés
Dixie City
La Pluie de néon
Le Brasier de l'ange
Cadillac Juke-box
La Rose du Cimarron
Sunset Limited

dans la collection Rivages/Écrits noirs

Le Bagnard
Vers une aube radieuse

James Lee Burke

Dans la brume électrique
avec les morts confédérés

Traduit de l'anglais (États-Unis)
par Freddy Michalski

Collection dirigée par
François Guérif

Rivages/noir

Titre original : *In the Electric Mist
with Confederate Dead* (Hyperion Books)

© 1992, James Lee Burke
© 1995, Éditions Payot & Rivages
pour la traduction française
© 1999, Éditions Payot & Rivages
pour l'édition de poche
106, bd Saint-Germain – 75006 Paris

ISBN : 2-7436-0428-X
ISSN : 0764-7786

1

Le ciel avait viré au noir au crépuscule, et l'orage né sur le Golfe avait baratté l'intérieur des terres, noyant New Iberia sous son déluge pour laisser East Main jonché de feuilles et de branches d'arbres tombées de la longue marquise de chênes qui couvrait la rue depuis la vieille poste en briques jusqu'au pont mobile sur le Bayou Teche aux limites de la ville. L'air était frais maintenant, et s'y mêlait une pluie fine chargée des odeurs lourdes et riches d'humus humide, jasmins de nuit, roses et jeunes pousses de bambou. J'étais sur le point d'arrêter mon camion chez Del pour y prendre trois parts d'écrevisses à emporter pour le dîner lorsqu'une Cadillac lavande sortie en dérapage d'une rue latérale rebondit sur une bordure, perdit sous le choc un enjoliveur qui s'en alla filer sur un trottoir et laissa de longs serpentins d'empreintes de pneus au milieu des flaques brillantes de lumière jaune qui se reflétaient des lampadaires.

J'avais fini mon service, j'étais fatigué, usé, après une journée passée à chercher une jeune fille de dix-neuf ans dans les bois pour finir par la trouver là où on l'avait abandonnée, au fond d'une coulée, la bouche bâillonnée et les poignets ligotés au chatterton. J'avais déjà tenté de cesser de penser à tout le reste. Le médecin légiste était un homme gentil. Il avait collé le corps dans le sac avant que des journalistes ou des membres de la famille n'arrivent sur les lieux.

Je n'aime pas agrafer les conducteurs en état d'ivresse. Je n'aime pas écouter leurs explications, observer leurs efforts pitoyables pour afficher un semblant de sobriété, ou voir la peur éclater et faire briller leurs regards lorsqu'ils prennent conscience qu'ils sont bons pour la cage à poivrots, avec pour seul espoir au petit matin du lendemain de voir apparaître leurs noms dans le journal. Ou peut-être qu'à dire vrai, tout bonnement, je n'aime pas me voir lorsque je plonge mon regard dans leur visage.

Mais je n'étais pas du tout convaincu que ce conducteur en particulier pût franchir encore une longueur de bloc sans arracher les flancs d'une voiture garée ou labourer de sa Cadillac un quelconque massif d'arbustes. J'enfichai mon gyrophare portable dans l'allume-cigares, plaquai les aimants de fixation sur le toit du camion et obligeai le bonhomme à se ranger contre le trottoir devant les *Shadows*, une énorme bâtisse de briques aux colonnades blanches bâtie sur le Bayou Teche avant la guerre de Sécession, en 1831.

J'avais mon insigne d'adjoint des services du shérif – paroisse d'Iberia – ouvert au creux de la paume lorsque j'avançai jusqu'à sa fenêtre de portière.

– Puis-je voir votre permis de conduire, s'il vous plaît ?

Il avait une belle gueule, traits irréguliers, profil romain, épaules carrées et mains larges. À son sourire, je vis que ses dents étaient montées sur jaquettes. La femme à ses côtés portait ses cheveux blonds en longues anglaises, le corps en liane, aussi hâlé et souple d'allure que celui d'un nageur olympique. Sa bouche rouge paraissait vulnérable comme une rose. Mais la dame semblait également souffrir du mal de mer.

– Voulez le permis de quoi ? dit-il, en essayant de faire sa mise au point sur mon visage.

À l'intérieur de la voiture, je sentais une odeur chaude et soporifique, pareille à l'odeur de fumée qui monte d'un tas de feuilles humides en train de se consumer.

– Votre permis de conduire, répétai-je. Sortez-le de votre portefeuille et tendez-le-moi.

– Oh, ouais, bien sûr, wow, dit-il. J'ai vraiment pas fait attention là-bas, tout à l'heure. J'en suis désolé. Sincèrement désolé.

Il sortit son permis de son portefeuille et le fit tomber sur ses genoux avant de le récupérer à nouveau et me le tendre, en essayant de se retenir pour ne pas détourner son regard de mon visage. Son haleine empestait les fruits fermentés qu'on aurait longtemps gardés dans leur cruchon bien bouché.

Je regardai son permis de conduire sous le lampadaire.

– Vous êtes Elrod T. Sykes ? demandai-je.

– Oui, monsieur, c'est bien moi.

– Voudriez-vous descendre de votre voiture, monsieur Sykes ?

– Oui, monsieur, tout ce que vous voulez.

Il avait peut-être la quarantaine, mais il portait bien son âge. Il arborait polo de golf bleu pâle, mocassins et pantalon de toile grise lâche suspendu à son ventre plat et ses hanches minces. Il vacillait légèrement et mit une main en appui sur la portière pour regagner son équilibre.

– Nous avons un petit problème, monsieur Sykes. Je pense que vous fumez de la marijuana dans votre automobile.

– Marijuana… Bon sang, ce serait pas bien du tout, alors, pas vrai ?

– Et je pense que votre amie vient d'avaler le mégot du joint, qui plus est.

— Ça, ce serait pas bien, monsieur, hein ? Pas bien du tout.

Il secoua la tête d'un air profond.

— Bien. Nous allons pour l'instant laisser l'histoire du joint passer à l'as. Mais je crains que vous ne soyez en état d'arrestation pour conduite en état d'ivresse.

— C'est vraiment une très mauvaise nouvelle. Je n'avais certainement pas prévu ça au menu de ma soirée.

Il écarquilla les yeux, ouvrit et referma la bouche comme s'il essayait de débloquer une oreille bouchée.

— Dites, est-ce que vous me reconnaissez ? Ce que je veux dire par là, c'est qu'il y a des journalistes qui aimeraient bien me coller les miches dans la poêle à frire. Croyez-moi, monsieur, je n'ai pas besoin de ça. Je le dirais jamais assez.

— Je vais vous conduire tout simplement au bout de la rue jusqu'à la prison municipale, monsieur Sykes. Ensuite, j'enverrai une voiture prendre Ms.[1] Drummond pour la raccompagner à l'endroit de son choix. Mais votre Cadillac sera remorquée en fourrière.

Il relâcha sa respiration en un long soupir. Je détournai la tête.

— Vous allez au ciné, hein ? dit-il.

— Ouais, et j'ai toujours apprécié vos films, et ceux de Ms. Drummond également. Retirez la clef de contact, s'il vous plaît.

— Ouais, sûr, dit-il avec un air de chien battu.

Il se pencha à l'intérieur du véhicule et sortit les clefs du contact.

— El, *fais* quelque chose, dit la femme.

Il se redressa et me regarda.

---

1. Ms. : abréviation « neutre » remplaçant Mrs. et Miss afin d'abolir la discrimination entre « madame » et « mademoiselle ». *(N.d.T.)*

– Je me sens vraiment très mal à propos de tout ce qui arrive, dit-il. M'est-il permis de faire une contribution à l'Association des mères contre la conduite en état d'ivresse, ou quelque chose du même genre ?

À la lueur des projecteurs du jardin public municipal, je voyais la pluie qui venait créneler la surface du Bayou Teche.

– Monsieur Sykes, vous êtes en état d'arrestation. Vous pouvez garder le silence si vous le désirez, mais si vous choisissez de parler, sachez que tout ce que vous pourrez dire pourra être retenu contre vous. J'admire depuis longtemps tout ce que vous faites et je vous recommande de ne plus rien ajouter. En particulier concernant votre offre de contribution.

– Vous n'avez pas l'air de rigoler, dites. Avez-vous jamais été ranger au Texas ? Parce que, eux non plus, ils ne rigolent pas. Ces gars-là, vous leur répondez et ils vous mettent la tête à l'envers.

– Eh bien, nous ne faisons pas cela par ici, dis-je.

Je plaçai la main sous son bras et le conduisis jusqu'à mon camion. Je lui en ouvris la portière et l'aidai à monter.

– Vous n'allez pas vomir dans mon camion quand même ?

– Non, monsieur, tout va très bien aller.

– Parfait. Je reviens tout de suite.

Je retournai à la Cadillac et tapotai à la vitre de la portière, côté passager. La femme qui répondait au nom de Kelly Drummond baissa la vitre. Elle avait le visage tourné en plein vers le mien. Ses yeux étaient d'un vert profond et intense. Elle s'humecta les lèvres et je vis un barbouillis de rouge sur ses dents.

– Il va falloir que vous attendiez ici dix minutes, ensuite quelqu'un viendra vous raccompagner chez vous, dis-je.

– Monsieur l'agent, c'est moi la responsable de tout ceci, dit-elle. Nous étions en train de nous disputer. Elrod est bon conducteur. Je ne pense pas qu'il doive être puni parce que je l'avais mis dans tous ses états. Puis-je sortir de la voiture ? J'ai mal au cou.

– Je vous suggère de fermer votre automobile à clef et de rester où vous êtes, Ms. Drummond. Je vous suggère également de faire quelques recherches sur les lois qui régissent la possession de stupéfiants dans l'État de Louisiane.

– Wow ! Je veux dire par là – ce n'est pas comme si on avait blessé quelqu'un. Tout ceci va créer à Elrod des tas d'ennuis avec Mikey. Pourquoi ne montrez-vous pas un peu de compassion ?

– Mikey ?

– Notre *metteur en scène*, le mec qui apporte une dizaine de millions de dollars à votre petite ville. Puis-je sortir de la voiture maintenant ? Je n'ai pas du tout envie de me retrouver avec le cou de Quasimodo.

– Vous pouvez aller où bon vous semble. Il y a un téléphone public dans la salle de billard. Vous pouvez vous en servir pour appeler le prêteur de caution. Si j'étais vous, je n'irais pas au poste de police avec l'intention de venir en aide à monsieur Sykes, pas avant d'avoir passé vos cheveux au shampooing pour les débarrasser de l'herbe à rire mexicaine qui les embaume.

– Mon gars, parlez-moi de quelqu'un qui se trimbale ses génitoires en dehors du pantalon. Mais où est-ce qu'ils ont bien pu vous dénicher ?

Je retournai à mon camion et m'y installai.

– Écoutez, peut-être que je pourrais être un ami de la cour, dit Elrod Sykes.

– Quoi ?

— Est-ce que ce n'est pas comme ça qu'on dit ? Il n'y a rien de mal à ça, pas vrai ? Bon sang, je me passerais bien de cette arrestation.

— J'en connais peu qui se retrouvent devant un juge parce qu'ils l'avaient prévu et souhaité, dis-je en mettant le contact.

Il resta silencieux pendant que je faisais demi-tour avant de me diriger vers le poste de police municipal. Il paraissait plongé dans de profondes pensées. Puis il dit :

— Écoutez, je sais où il y a un corps. Je l'ai vu. Y a personne qui a prêté la moindre attention à ce que je racontais, mais je l'ai vu, ce foutu truc. Ça, c'est un fait.

— Vous avez vu quoi ?

— Un homme de couleur, je veux dire un Noir, à ce que ça ressemblait. Rien qu'une peau toute sèche comme une toile d'araignée, et des ossements à l'intérieur. Pareil à un gros nid de rats.

— Où était-ce ?

— Dans le marais d'Atchafalaya, y a environ quatre jours. On était en train de filmer quelques scènes d'une réserve indienne ou un truc comme ça. Je suis parti du côté des saules pleureurs pour pisser un coup et j'ai vu ça qui ressortait d'un banc de sable.

— Et vous n'avez pas pris la peine de le signaler avant aujourd'hui ?

— Je l'ai dit à Mikey. Il m'a répondu qu'il s'agissait probablement d'ossements sortis d'un tumulus funéraire indien qui avaient été lavés et amenés par la pluie ou quelque chose. Il a dit aussi que la dernière chose dont on avait besoin, c'était des ennuis avec les flics ou bien des archéologues de l'Université.

— Nous en reparlerons demain, monsieur Sykes.

— Vous ne me prenez pas non plus très au sérieux. Mais ce n'est pas un problème. Je vous ai dit ce que j'avais vu. Vous pouvez en faire ce qui vous plaît.

Il regarda droit devant lui, à travers les perles d'eau sur la vitre. Son beau visage était tiré, fatigué, plus sobre, résigné peut-être à se retrouver en cellule, petit scénario direction la cage à poivrots auquel le bonhomme n'était que trop habitué. Je me rappelai deux ou trois petites infos diffusées sur son compte ces dernières années – une bagarre contre deux flics à Dallas ou Fort Worth, une éjection brutale d'un yacht-club de Los Angeles et un marché passé avec le procureur sur une arrestation pour possession de cocaïne. Je m'étais laissé dire que crudités et jeunes pousses fraîches, eau minérale et vie sobre étaient maintenant en vogue à Hollywood. Selon toute apparence, Elrod Sykes était arrivé trop tard pour prendre le train en marche.

– Je suis désolé, je n'ai pas bien saisi votre nom, dit-il.

– Dave Robicheaux.

– Eh bien, voyez-vous, monsieur Robicheaux, beaucoup de gens ne me croient pas quand je leur dis que je vois des choses. Mais la vérité est que je vois effectivement des choses, tout le temps, comme des ombres mouvantes derrière un voile. Dans ma famille, on appelle ça avoir été « touché ». Quand j'étais petit, mon grand-père m'a dit : « Fils, le Seigneur, y t'a touché. Il t'a donné un troisième œil pour voir les choses que les autres peuvent pas voir. Mais c'est un don du Seigneur, et tu ne dois jamais l'utiliser autrement. » Je n'ai jamais non plus utilisé ce cadeau du Ciel à de mauvaises fins, monsieur Robicheaux, même si j'ai fait des tas d'autres choses dont je ne suis pas fier. Alors je me fiche pas mal si les gens croient que je me suis allumé la tête au laser ou pas en faisant joujou avec trop de produits chimiques.

– Je vois.

Il redevint silencieux. Nous étions presque arrivés à la prison. Le vent soufflait les gouttes d'eau des chênes, et la lune faisait miroiter les bordures des nuages d'orage d'une lumière métallique argentée. Il baissa sa vitre à moitié et inhala la moiteur fraîche du soir.

– Mais s'il s'agissait d'un Indien, au lieu d'un homme de couleur, qui aurait été lavé et exhumé de son tumulus funéraire, je me demande bien ce qu'il pouvait fabriquer avec une chaîne autour du corps, dit-il.

Je ralentis le camion et le rangeai contre la bordure du trottoir.

– Redites-moi un peu ça, dis-je.

– Il y avait une chaîne rouillée. Je veux dire, une chaîne avec des maillons gros comme mon poing, qui s'entrecroisait autour de sa cage thoracique.

J'étudiai son visage. Un visage inoffensif, dénué de toute intention, pâle sous le clair de lune, déjà en train de se bouffir à cause de sa gueule de bois.

– Vous désirez une petite fleur pour votre inculpation de conduite en état d'ivresse en échange de ce que vous savez de ce corps, monsieur Sykes ?

– Non, monsieur. Je voulais juste vous dire ce que j'ai vu. Je n'aurais pas dû prendre le volant. Peut-être bien que vous m'avez empêché d'avoir un accident.

– Certains pourraient appeler ça l'humilité d'avant la taule. Qu'en pensez-vous ?

– Je pense que vous pourriez faire un metteur en scène pas facile à vivre.

– Pourriez-vous retrouver ce fameux banc de sable ?

– Oui, monsieur. Je crois bien que oui.

– Où êtes-vous installés, Ms. Drummond et vous ?

– Le studio nous a loué une maison sur Spanish Lake.

– Je vais vous faire un aveu, monsieur Sykes. Les conduites en état d'ivresse, ça me pompe l'air. En plus,

15

je suis sur le territoire de la Municipale et je suis en train de faire leur boulot. Si je vous ramène à la maison tous les deux, puis-je avoir votre parole que vous y resterez jusqu'à demain matin ?

– Oui, monsieur, sûr que vous l'avez.

– Mais je veux vous voir dans mon bureau à 9 heures du matin.

– 9 heures du matin. C'est promis. Absolument. J'apprécie vraiment ce que vous faites.

Son visage se transforma immédiatement, à croire qu'on venait d'injecter une ambroisie liquide dans les veines d'un affamé. Puis, comme je faisais demi-tour sur la chaussée pour prendre au passage l'actrice répondant au nom de Kelly Drummond, il dit quelque chose qui me fit réfléchir à deux fois quant à sa santé mentale.

– Est-ce qu'il arrive dans le coin que les gens parlent de soldats confédérés qu'on aurait aperçus sur ce lac ?

– Je ne comprends pas.

– Exactement ce que j'ai dit. Est-ce qu'il arrive aux gens de parler de mecs en uniforme de couleur grise ou marron qui apparaissent là-bas ? Tout un paquet de soldats, la nuit, perdus dans la brume.

– Est-ce que votre équipe n'est pas en train de tourner un film sur la guerre entre les États ? Vous voulez parler d'acteurs ?

Je le regardai de biais. Il avait les yeux fixés droit devant lui, rivés à quelque réflexion très privée juste en avant du pare-brise.

– Non, ces mecs, c'était pas des acteurs, dit-il. On leur avait tiré dessus, ils étaient méchamment blessés. Ils avaient aussi l'air affamé. Elle s'est bien passée par ici, bien vrai ?

– Quoi ?

— La bataille.

— Je crains de ne pas bien vous suivre, monsieur Sykes.

Devant moi, j'aperçus Kelly Drummond, en talons hauts et Levi's, qui se dirigeait vers la salle de billard de Tee Neg.

— Ouais, moi, je crois que si, dit-il. Vous *croyez*, là où la plupart ne croient pas, monsieur Robicheaux. Ça ne fait pas de doute. Et quand je dis que vous *croyez*, vous savez exactement de quoi je veux parler.

Il plongea un regard serein et confiant dans le mien et cligna d'un œil injecté de sang à mon adresse.

2

Mes rêves m'emmenaient en bien des lieux : parfois je retournais à un poste avancé au sommet d'une colline orange éventrée par les obus ; ou à une douce matinée zébrée de bancs de brume avec ses envols de canards sur fond de soleil rose tandis que je m'accroupissais aux côtés de mon père dans le gabion, à attendre cet instant où le cœur bat plus fort, lorsque leurs ombres viendraient filer au-dessus des typhas et des herbes dans notre direction ; ou encore au losange d'un terrain de base-ball de la Légion américaine, inondé de projecteurs, là où, à l'âge de dix-sept ans, j'avais lancé à la perfection lors d'un match qui nous opposait à Abbeville, et où une belle femme que je ne connaissais pas, peut-être de dix ans mon aînée, m'avait embrassé sur la bouche avec une telle fougue que mes oreilles en avaient sifflé.

Cette nuit, j'étais de retour à l'été de ma première année d'université, en juillet 1957, dans les profondeurs du marais d'Atchafalaya, immédiatement après que l'ouragan Audrey eut balayé le sud de la Louisiane en tuant, dans la seule paroisse de Cameron, plus de cinq cents personnes. Je travaillais à l'époque sur une plate-forme sismographique au large, et la barge de forage avec son trépan venait d'ancrer ses piles de fer dans le fond d'une longue baie, plate et jaunâtre, et l'équipage du cruchon m'avait déposé auprès d'un chapelet d'îlots de saules, pour finir d'enrouler une longueur de câble d'enregistrement qui s'était accroché aux arbres, par-dessus les langues de sable et les fondrières. Le soleil brûlait blanc dans le ciel, et l'humidité était telle qu'on aurait dit la vapeur qui s'élève d'une marmite de légumes en train de bouillir. Une fois à l'ombre des arbres, les moustiques vinrent s'agglutiner autour de mes oreilles et mes yeux, par essaims entiers, en un brouillard gris aussi dense qu'un casque.

Je portais le dévidoir à manivelle suspendu sur ma poitrine par des sangles de toile et lorsque j'avais enroulé quelques mètres de câble, il me fallait arrêter pour me plonger dans l'eau afin de chasser les mous-tiques qui me collaient à la peau et me barbouiller visage et épaules d'une nouvelle couche de boue fraîche. Nous étions à notre cinquième jour d'une cam-pagne qui devait en comporter dix, ce qui signifiait que, le soir même, le chef d'équipe allait autoriser un des bateaux de desserte à amener une partie de la troupe jusqu'à la levée de Charenton, d'où nous irions en voiture jusqu'à un cinéma dans quelque petite ville aux abords de Morgan City. Tandis que j'écrasais en purée sanguinolente les moustiques sur mes bras en pataugeant au travers de fondrières sableuses où je m'enfonçais jusqu'au bas des cuisses, je ne cessais de penser à la douche froide que j'allais prendre à mon retour sur le bateau de quart, au dîner de poulet frit qui m'attendrait dans la salle à manger, à la balade en voi-ture jusqu'à la ville au milieu des champs de canne à sucre dans le soir fraîchissant. Et je sortis des bois, à la lisière d'une autre baie, sous la brise, le soleil, le soup-çon de pluie qui s'annonçait au sud.

Je laissai tomber le lourd dévidoir dans le sable et m'agenouillai dans les hauts-fonds pour laver toute la boue que j'avais sur la peau. À une centaine de mètres de moi, de l'autre côté de la baie, je vis un bateau avec cabine de pilotage amarré à l'embouchure d'un bayou étroit. Un Nègre descendit sur la rive à la proue, suivi par deux Blancs. Je les regardai à deux fois et pris conscience d'un élément terriblement incongru dans la scène que j'avais devant les yeux. L'un des Blancs tenait un pistolet à la main tandis que le Noir avait les bras entravés à ses flancs par une épaisse chaîne qui lui encerclait le haut du torse.

Je n'en crus pas mes yeux lorsque le Noir se mit à courir sur une étroite langue de sable sur la rive, la tête tordue en arrière par-dessus l'épaule; l'homme au pistolet le mit en joue et fit feu. La première balle dut le toucher à la jambe, qui céda sous lui comme si on en avait cassé l'os en deux d'un coup de marteau. L'homme se releva à moitié, trébucha dans l'eau et tomba sur le flanc. Je vis les balles faire gicler l'eau autour de lui tandis que sa tête à la forme bizarre sombrait. L'homme au pistolet s'engagea dans l'eau dans sa direction en continuant à tirer, presque à la verticale maintenant, tandis que son acolyte observait la scène depuis la rive.

Je ne revis plus le Noir.

C'est alors que les deux Blancs toujours de l'autre côté de l'étendue d'eau tournèrent la tête et me virent. Je les regardai à mon tour, l'air engourdi, un peu gêné, de celui qui ouvre la porte d'une chambre à un moment inopportun. Puis ils s'en retournèrent calmement jusqu'à leur bateau, sans faire montre du plus petit signe d'appréhension ou d'urgence, à croire qu'ils n'attachaient pas la moindre importance à ma présence.

Je racontai par la suite au chef d'équipe, aux services du shérif, et, au bout du compte, à quiconque voulait bien m'écouter, tout ce que j'avais vu. Mais l'intérêt de mes interlocuteurs fut de courte durée ; on ne trouva jamais le moindre cadavre dans ce coin du marais, et aucun Noir de la région ne fut jamais porté disparu. Au fil du temps, j'essayai de me convaincre que l'homme dans ses chaînes était parvenu à échapper à ses tortionnaires en retenant sa respiration pendant un temps impossible avant de venir exploser à la surface sous un nouveau jour, quelque part en aval. À l'âge de dix-neuf ans, je ne voulais pas accepter l'éventualité que le meurtre d'un homme pût être traité, dans la société qui était la mienne, avec la même indifférence qu'un ongle cassé.

À 9 heures tapantes le lendemain de l'arrestation d'Elrod T. Sykes pour conduite en état d'ivresse, un avocat, et non Elrod Sykes, se tenait dans mon bureau. L'homme était grand, le cheveu argenté, et il était vêtu d'un complet gris avec boutons de manchettes en pierre rouge à sa chemise. Il me dit son nom, que je ne parvins pas à retenir. À vrai dire, rien ne m'intéressait de ce qu'il avait à me dire.

– Naturellement, monsieur Sykes est à votre disposition, dit-il. Mon client et moi-même apprécions la courtoisie dont vous avez fait preuve à son égard hier soir. Il est plein de regrets pour tout ce qui est arrivé, bien sûr. Je ne sais s'il vous a informé qu'il prenait de nouveaux médicaments contre l'asthme, mais de toute évidence, son organisme a réagi de manière violente. Le studio apprécie également le fait que…

– Quel est votre nom, déjà, monsieur ?

– Oliver Montrose.

Je ne lui avais pas encore proposé de s'asseoir. Je pris quelques trombones d'une petite boîte métallique posée sur mon bureau et commençai à les faire tomber un à un sur mon sous-main.

– Où donc est Sykes en ce moment, monsieur Montrose ?

Il consulta sa montre.

– À cette heure-ci, ils doivent être en extérieurs.

Voyant que je ne réagissais pas, il changea de position en ajoutant :

– Du côté de Spanish Lake.

– En extérieurs, à Spanish Lake ?

– Oui.

– Voyons, c'est à peu près à huit kilomètres de la ville. Il ne doit pas falloir plus de quinze minutes pour s'y rendre. Et donc une demi-heure devrait vous suffire pour mettre la main sur monsieur Sykes et le faire asseoir sur cette chaise juste devant moi.

Il me regarda un instant avant d'acquiescer.

– Je suis sûr que cela ne posera pas le moindre problème.

– Ouais, je le parierais bien. C'est bien pour cette raison qu'il vous a envoyé à sa place au lieu de tenir sa parole. Transmettez-lui aussi ce que je viens de dire.

Dix minutes plus tard, le shérif, un dossier ouvert entre les mains, entrait dans mon bureau et s'installait face à moi. Il avait été propriétaire d'une blanchisserie et président du Lion's Club local avant d'être candidat au poste de shérif. Les joues étaient molles sous les lunettes sans monture, marbrées de veinules bleues et rouges. Dans son uniforme vert, il me faisait toujours penser à un directeur de crèche plutôt qu'à un représentant de la loi, mais c'était quelqu'un d'honnête, un homme bien, avec suffisamment d'humilité pour écouter ceux qui avaient plus d'expérience que lui.

– J'ai le rapport d'autopsie et les photographies de la fille LeBlanc, dit-il.

Il ôta ses lunettes et pinça la marque rouge qu'il avait sur l'arête du nez.

– Tu sais, il y a maintenant cinq ans que je fais ce boulot, mais une affaire comme celle-ci…

– Quand on en vient à ne plus être tracassé par un truc comme ça, c'est alors qu'il faut commencer à se poser des questions, shérif.

– Bon, en tout cas, le rapport dit que la plupart des sévices ont probablement été exercés après sa mort, à la pauvre fille.

– Pourrais-je le voir ? dis-je en tendant la main vers la chemise.

Je dus déglutir lorsque j'eus les photographies sous les yeux, alors même que j'avais reçu la réalité en pleine figure seulement la veille. Le tueur n'avait pas abîmé son visage. En fait, il l'avait recouvert à l'aide du chemisier de la fille, soit avant le viol, ou peut-être avant d'arrêter la course de son jeune cœur d'un pic à glace. Mais au cours des quatorze années que j'avais passées dans les services de la police de La Nouvelle-Orléans, ou pendant les trois années où j'avais travaillé de façon intermittente pour le bureau du shérif de la paroisse d'Iberia, il m'avait été rarement donné de voir une telle manifestation de violence ou de furie à l'égard d'un corps de femme.

Puis je lus le détail de la prose clinique qui décrivait l'autopsie, la nature des blessures, la pénétration sexuelle du vagin, l'absence d'échantillons de peau sous les ongles de la victime, les hypothèses du médecin légiste sur l'heure et la cause immédiate de la mort, ainsi que sur le type d'instrument dont le tueur s'était probablement servi pour mutiler sa victime.

– Quelle que soit la manière dont on voit la chose, je dirais qu'on a affaire à un psychopathe, ou alors à un gars défoncé jusqu'aux yeux à l'acide ou au crack, dit le shérif.

– Ouais, peut-être bien, dis-je.

23

— Tu crois qu'un individu *quelconque* irait étriper une fille de dix-neuf ans à coups de scalpel ou de rasoir-sabre ?

— Peut-être bien que le mec en question veut nous faire croire qu'il a la cervelle fondue. Il a été assez malin pour ne rien laisser sur les lieux du crime, à l'exception du pic à glace qui ne portait pas d'empreintes. Il n'y avait pas d'empreintes non plus sur l'adhésif qu'il a utilisé pour bâillonner la fille et lui attacher les poignets. Elle est sortie par la porte d'entrée du rade à musique, elle était seule, il était 1 heure du matin, le bar était encore bondé, et il a réussi d'une manière ou d'une autre à l'enlever, ou à obtenir qu'elle aille avec lui, entre la porte d'entrée et la voiture de la fille qui était garée à une centaine de mètres.

Son regard était songeur.

— Continue, dit-il.

— Je crois qu'elle connaissait le mec.

Le shérif remit ses lunettes et se gratta d'un bout d'ongle une commissure de lèvres.

— Elle avait laissé son sac à main à sa table, dis-je. Je pense qu'elle est sortie pour aller chercher quelque chose dans sa voiture, et elle est tombée sur quelqu'un qu'elle connaissait. Un psychopathe n'irait pas s'amuser à entraîner une femme de force devant un bar rempli de *coonass*[1] et d'ouvriers du pétrole ivres.

— Que sait-on de la fille ?

Je sortis mon calepin du tiroir du bureau et le posai sur mon sous-main. Je le feuilletai jusqu'à la bonne page.

---

1. Littéralement : « cul de raton laveur », plus une déformation du français « connasse » : surnom injurieux donné par les « Yankees » du Nord aux Cajuns, lesquels ont aujourd'hui récupéré ce surnom grossier en leur faveur en arborant avec orgueil des T-shirts où ils ont imprimé le slogan *« I'm proud to be a coonass »*, je suis fier d'être un coonass. (*N.d.T.*)

– Sa mère est morte quand elle avait douze ans.
Elle a quitté l'école en fin de troisième et a fait deux
fugues du domicile de son père à Mamou. Elle a été
arrêtée pour prostitution à Lafayette à l'âge de seize
ans. Depuis à peu près un an, elle habitait ici, chez ses
grands-parents au bout de West Main, à la sortie de la
ville. Pour son dernier boulot, elle était serveuse dans
un bar de St-Martinville il y a trois semaines. Peu
d'amis proches, si jamais elle en a eu, pas de liaison
amoureuse connue ou en cours, tout au moins au dire
des grands-parents. Elle n'avait pas le moindre espoir
de connaître la belle vie, pas vrai ?

J'entendis le bruit du pouce dont le shérif se frottait
la mâchoire.

– Non, pas vraiment, dit-il.

Ses yeux se portèrent sur la fenêtre et revinrent se
poser sur mon visage.

– Est-ce que tu gobes cette histoire d'absence de
liaison connue ?

– Non.

– Moi non plus. As-tu d'autres théories à m'offrir, mis
à part le fait qu'elle connaissait probablement son tueur ?

– Une seule.

– Laquelle ?

– Que je me trompe complètement, et que nous
avons effectivement affaire à un psychopathe ou un
tueur en série.

Il se leva pour prendre congé. Il était trop gros pour
sa taille, toujours à suivre un régime ou un autre, et son
ventre débordait du ceinturon, mais il se tenait bien
droit, ce qui le faisait paraître plus grand et plus mince
qu'il n'était.

– Je suis heureux de constater à quel point ce service baigne de confiance et de certitude dans ses
enquêtes, Dave, dit-il. Écoute, sur cette affaire, je veux

que tu mettes le paquet, tout ce dont on peut disposer. Je veux le coller au mur, ce sale fils de pute, comme un papillon qu'on épingle.

J'acquiesçai, un peu dubitatif, à le voir ainsi me préciser ce qui allait de soi.

— C'est la raison pour laquelle nous allons travailler avec le FBI sur cette affaire, ajouta-t-il.

— Vous les avez appelés ?

— En effet, et je ne suis pas le seul. Le maire aussi les a appelés. Il s'agit autant d'un enlèvement que d'un viol suivi de meurtre, Dave.

— Ouais, ça pourrait bien être le cas.

— L'idée de travailler avec ces mecs n'a pas l'air de t'enchanter ?

— On ne *travaille* pas avec les fédés, shérif. On exécute leurs ordres. Et si on a de la chance, on se fait traiter comme un péquenot insignifiant ou une raclure de bidet devant une caméra de télévision. C'est un excellent exercice pour apprendre l'humilité.

— Personne ne pourra jamais te reprocher de savoir masquer tes sentiments, Dave.

Presque trente minutes après que l'avocat, Oliver Montrose, eut quitté mon bureau, je regardai par ma fenêtre et vis Elrod T. Sykes qui rangeait sa Cadillac bleu lavande sur une zone de stationnement interdit, en raclant ses pneus à flancs blancs contre la bordure du trottoir. Il sortit sous le soleil brillant, arborant un pantalon à rayures, des lunettes de soleil et une chemisette jaune citron. L'avocat sortit à son tour, côté passager, mais Sykes lui fit signe de rester dans la voiture. Ils eurent une discussion brève mais animée, puis Sykes entra seul dans le bâtiment.

Il tenait ses lunettes à la main lorsqu'il franchit la porte de mon bureau, les cheveux mouillés, peignés de frais, un rictus un peu forcé au coin des lèvres.

– Asseyez-vous un instant, je vous prie, dis-je.

À l'entour de ses yeux, la peau était pâle, reste de sa gueule de bois. Il s'assit et se toucha la tempe comme si elle était meurtrie.

– Je suis désolé de vous avoir envoyé le mercenaire. L'idée n'était pas de moi, dit-il.

– Elle était de qui ?

– Mikey s'imagine que c'est à lui de prendre les décisions pour tout ce qui touche au film.

– Quel âge avez-vous, monsieur Sykes ?

Il écarquilla les yeux et se pinça les lèvres.

– Quarante ans. En fait, exactement quarante-trois, dit-il.

– Vous a-t-il fallu demander la permission à cet homme pour conduire une automobile alors que vous étiez ivre ?

Il cligna des paupières comme si je l'avais frappé, avant d'émettre un bruit mouillé en fond de gorge et de s'essuyer la bouche du dos de la main.

– Je ne sais vraiment pas quoi vous répondre, dit-il.

Son accent du nord du Texas était très singulier, rauque, légèrement nasalisé, comme s'il avait dans la joue un morceau de glaçon en train de fondre.

– Je n'ai pas tenu parole, j'en ai parfaitement conscience. Mais je laisse aussi tomber des tas de gens en faisant ça, monsieur Robicheaux. L'heure de tournage coûte dix mille dollars, quand on est forcé de faire faire le pied de grue à une centaine de personnes, en attendant de régler les problèmes d'un mec dans ma situation.

– J'espère que tout s'arrangera au mieux pour vous tous.

– J'imagine que l'endroit est mal choisi pour se faire offrir une aspirine et un peu de sympathie, n'est-ce pas ?

– Un adjoint du shérif de la paroisse de St-Mary doit nous retrouver sur un bateau, dans la réserve indienne de Chitimacha, monsieur Sykes. Je crois qu'il doit déjà nous attendre, probablement.

– Eh bien, à dire vrai, je suis impatient de m'y rendre. Vous ai-je dit la nuit dernière que mon grand-père était ranger au Texas ?

– Non.

Je consultai ma montre.

– Eh bien, c'est vrai. Il a travaillé avec Frank Hammel, le ranger qui a capturé Bonnie et Clyde ici même à Arcadia, en Louisiane.

Il me sourit.

– Vous savez ce qu'il me racontait toujours quand j'étais gamin ? « Fiston, t'as deux vitesses – pleins gaz et rien à foutre. » Je vous jure que c'était un sacré pistolet. Il…

– J'aimerais vous expliquer quelque chose. Je ne veux pas non plus que vous en preniez offense.

– Oui, monsieur ?

– Hier, quelqu'un a violé et assassiné une jeune fille de dix-neuf ans dans les quartiers sud de la paroisse. Il lui a sectionné les seins, il l'a éventrée et éviscérée, il lui a enfoncé des branches dans le vagin. Je n'apprécie pas d'avoir à attendre dans mon bureau votre bon plaisir, que vous daigniez bien vous montrer quand cela vous arrange. Je ne m'intéresse pas aux problèmes de votre compagnie cinématographique, et ce matin tout particulièrement, j'aimerais bien que vous laissiez vos histoires de famille à la charge exclusive de ceux qui s'occupent de votre publicité.

Il essaya de soutenir mon regard, mais ses yeux se mouillèrent, et il détourna la tête.

– J'aimerais aller aux toilettes, s'il vous plaît, dit-il.

Je crains de m'être levé ce matin avec l'estomac à la retourne.

– Je serai dans l'entrée. Je vous y retrouve dans deux minutes, monsieur Sykes.

Le soleil brillait voilé, le vent aussi brûlant qu'une flamme tandis que nous roulions vers la rivière Atchafalaya. Je dus arrêter le camion à deux reprises pour permettre à Elrod Sykes de vomir sur le bas-côté de la route.

Il était étrange de retourner au cœur de cette partie du bassin d'Atchafalaya après tant d'années. En juillet 1957, après le passage de l'ouragan, une fois que les pluies eurent cessé, les bois inondés et les îlots de saules, les canaux dont les marquises d'arbres étaient tellement épaisses que la lumière du soleil touchait rarement la surface de l'eau, les étendues de plage le long des baies avaient pué la mort des semaines durant. L'odeur, qui rappelait les relents lourds, grisâtres et salés d'un cadavre de rat en train de pourrir, s'accrochait à la chaleur du jour, et la nuit, portée par le vent, pénétrait les moustiquaires du bateau de quart et vous accueillait au petit matin lorsque vous traversiez la cambuse pour vous rendre à la salle à manger.

Nombre d'animaux qui ne s'étaient pas noyés étaient morts de faim. Les ratons laveurs escaladaient les câbles d'amarrage et venaient gratter les moustiquaires de la cambuse en quête de nourriture. Souvent, il nous arrivait de dégager des lapins du sommet des arbres qui dépassaient à peine de l'eau pour les transporter à bord du cruchon jusqu'à la levée de Charenton. Parfois, le soir, des arbres énormes aux racines aussi vastes qu'un toit de grange passaient à la dérive dans l'obscurité en raclant toute la longueur de la coque de la poupe à la proue. Un soir où la lune était pleine et jaune, basse au-dessus des îlots de saules, j'entendis un choc violent contre le flanc du bateau, pareil au bruit que ferait un poing de bois énorme roulant des jointures sur le planchage de la coque. Je me mis debout sur ma couchette et regardai par la moustiquaire de la fenêtre ; une péniche flottait, cul par-dessus tête, tourbillonnant dans le courant, une fenêtre masquée par une masse de filets de pêche enchevêtrés, tels des débris sécrétés par un œil géant.

Je songeai aux centaines de gens qui avaient trouvé la mort, écrasés par le raz de marée ou noyés dans la paroisse de Cameron, leurs cadavres entraînés dans les profondeurs des marécages le long de la rivière Calcasieu. À nouveau, je sentis cette odeur épaisse et fétide portée par le vent. Je fus incapable de me rendormir jusqu'au lever du soleil qui monta dans le ciel comme une boule rouge en fusion à travers la brume qui couvrait la baie.

Il ne nous fallut pas longtemps pour retrouver l'îlot de saules où Elrod Sykes prétendait avoir vu les ossements d'un Indien ou d'un Noir. Nous franchîmes les vastes étendues de l'Atchafalaya dans un bateau des services du shérif équipé de deux moteurs hors-bord à la proue. Nous empruntâmes un chenal entre deux bancs de sable dont les crêtes croûtées de soleil ressemblaient aux dos de dauphins bondissant en troupes, avant de traverser une longue baie et de faire glisser le bateau sur une étroite langue de sable qui conduisait à un épais bouquet de saules pleureurs et un chapelet de fondrières et de trous de sable inondés.

Elrod Sykes sauta de la proue sur le sable et fixa le regard vers les arbres. Il avait ôté sa chemise dont il se servait pour essuyer la sueur qui lui coulait sur les épaules et la poitrine hâlées.

– C'est par là-bas, dans le fond, dit-il, le bras tendu. Vous voyez mes empreintes de pas là où je suis entré pour pisser un coup.

L'adjoint de la paroisse de St-Mary mit une casquette en toile et s'aspergea le visage, le cou et les bras de produit antimoustiques avant de me tendre la bombe.

– Si j'étais vous, je remettrais ma chemise, monsieur Sykes, dit-il. Il y avait des tas de chauves-souris par ici. Jusqu'à ce qu'elles se fassent toutes dévorer par les moustiques.

Sykes sourit avec bonne humeur et attendit son tour pour s'asperger d'antimoustiques.

– Je parierais que vous n'allez pas me croire, dit l'adjoint, mais il arrive qu'il fasse tellement sec par ici que j'ai déjà vu un poisson-chat marcher sur la levée la gamelle à la main.

Les yeux de Sykes se plissèrent au coin des paupières, puis il me précéda dans la pénombre, ses mocassins s'enfonçant dans le sable mouillé.

– Ce petit gars, l'est bien loin de ses petites nanas d'Hollywood, pas vrai ? dit l'adjoint derrière moi.

– Que diriez-vous de mettre les blagues en sourdine pour un moment ? dis-je.

– Quoi ?

– Il a grandi dans le Sud. Et vous le prenez pour un gamin.

– Je le qu… ?

J'accélérai le pas et rattrapai Sykes à l'instant où celui-ci sortait du bouquet de saules et s'engageait dans une fondrière peu profonde remplie d'eau, entre les bois et un banc de sable. L'eau stagnait, brûlante, avec des relents de lépidostée mort.

– Là-bas, dit-il. Juste en dessous des racines de cet arbre mort. Je vous l'ai dit.

Un cyprès sans écorce, au bois délavé par le soleil, gisait à travers un banc de sable, son tronc poli par les eaux complètement véreux, et à l'intérieur de ses racines, comme tenu par une main rabougrie, se trouvait un squelette resserré en position fœtale, enveloppé d'une toile d'algues mortes et d'ordures charriées par l'eau.

Les ossements exposés étaient polis, presque noirs sous la patine du temps, mais des lambeaux de peau s'étaient momifiés jusqu'à atteindre à la texture et à la couleur du cuir desséché. Ainsi que l'avait dit Sykes, une épaisse chaîne sous son enveloppe de rouille encerclait ses bras et sa cage thoracique. Les deux maillons d'extrémité étaient attachés au moyen d'un cadenas large comme ma main.

J'arrachai une branche à un saule, en dégageai les feuilles à l'aide de mon couteau Puma, et m'agenouillai devant le squelette.

– À votre avis, comment a-t-il fait pour se retrouver sous ces racines ? demanda Sykes.

– Il y a eu un méchant ouragan en 57, dis-je. Des arbres de la taille de celui-ci ont été arrachés du sol comme des carottes. Je dirais que le corps de notre homme s'est pris à quelques arbres flottants et a été recouvert par la suite dans ce banc de sable.

Sykes s'agenouilla à côté de moi.

– Je ne comprends pas, dit-il. Comment savez-vous que ça s'est passé en 57 ? Cette partie du pays est tout le temps balayée et déchirée par les ouragans, pas vrai ?

– Bonne question, *podna* [1], dis-je.

---

1. *Podna* comme *podjo* sont des variations dialectales de *partner* en Louisiane – partenaire, collègue. De même, *mon* est une prononciation déformée de *man*, homme. (*N.d.T.*)

Je me servis de ma baguette de saule pour dégager la toile d'algues desséchée accrochée à un tibia, puis à l'autre.

– Le gauche est coupé net en deux, dit Sykes.

– Ouais. C'est là que la balle l'a touché quand il a essayé de s'enfuir loin des deux Blancs.

– Vous avez le don de double vue ou quoi ? demanda Sykes.

– Non, j'ai vu ce qui s'est passé.

– Ouais.

– Qu'est-ce qui vous arrive ? dit l'adjoint dans notre dos. Vous racontez qu'y a des Blancs qui ont lynché quelqu'un ou quoi ?

– Ouais. C'est exactement ce que je suis en train de dire. À notre retour en ville, il nous faudra en parler au shérif et faire venir votre légiste jusqu'ici.

– Je sais pas bien comment c'est chez vous, dans la paroisse d'Iberia, mais il n'y a personne par ici que ça intéresse vraiment, les histoires de Négros vieilles de trente-cinq ans, dit l'adjoint.

Je m'activai avec ma branche de saule pour dégager la base des os et ôtai ainsi la peau d'algues qui couvrait les jambes, les os du pelvis et le sommet du crâne, lequel portait toujours une section de cheveux noirs broussailleux attachés en couronne. Je fouillai de la pointe de ma baguette les brodequins de travail, noircis, tout en plis, et les lambeaux de tissu qui pendaient du pelvis.

Je reposai mon bâton et mordillai un coin d'ongle de mon pouce.

– Qu'est-ce que vous cherchez, monsieur Robicheaux ? dit Sykes.

– Ce n'est pas ce qui est là qui m'intéresse, mais ce qui n'y est pas, dis-je. Il ne portait pas de ceinture à son pantalon, et il n'avait pas de lacets aux chaussures.

— Ce fils de pute devait probablement faire ses courses à l'Armée du Salut. La putain de belle affaire, dit l'adjoint.

Il écrasa un moustique sur sa joue et regarda la pâte rouge et noir au creux de sa main.

Plus tard dans l'après-midi, je me remis au travail sur l'affaire de la fille assassinée, dont le nom complet était Cherry LeBlanc. Personne ne savait où se trouvait son père, qui avait disparu de Mamou après qu'on l'eut accusé d'avoir commis un attentat à la pudeur sur un petit Noir du voisinage, mais j'interrogeai à nouveau les grands-parents, le propriétaire du bar de St-Martinville où elle avait occupé son dernier emploi, les filles qui étaient en sa compagnie dans le rade à musique aux murs en bardeaux le soir où elle avait trouvé la mort, et un capitaine de la police de Lafayette qui avait recommandé qu'elle fût libérée avec mise à l'épreuve après son arrestation pour prostitution. J'appris peu de chose sur la fille, hormis qu'elle semblait n'avoir pas fait d'études, qu'elle était sans qualification, jeune infortunée à la beauté fatale, qui croyait pouvoir tenir sa place un bon moment dans une partie de crap où les dés qui revenaient aux filles de son genre étaient toujours pipés.

Voilà ce que j'appris sur elle : elle adorait la musique *zydeco* et elle s'était rendue au rade à musique pour écouter Sam « Hogman » Patin jouer de son harmonica et de sa douze-cordes de blues style *bottleneck*.

Mon bureau était couvert de griffonnages arrachés à mon calepin, photos de la morgue et des lieux du crime, cassettes d'interrogatoires et photocopies du dossier de la famille LeBlanc, véritable histoire de cas dans les annales de l'Assistance sociale, lorsque le shérif entra dans mon bureau. Le ciel était rose et lavande maintenant et les branches de palmiers en bordure du trottoir pendaient, toutes mollasses sous la chaleur, comme autant de silhouettes ténébreuses sur fond de soleil de fin de journée.

— Le shérif de la paroisse de St-Mary vient d'appeler, dit-il.

— Oui ?

— Il a dit merci beaucoup. Ils apprécient tous le supplément de travail.

Il s'assit sur le coin de mon bureau.

— Dites-lui de se trouver un autre métier.

— Il a dit aussi que vous êtes le bienvenu pendant vos jours de congé pour diriger l'enquête.

— Les choses en sont où pour l'instant ?

— Le coroner est en possession des ossements. Mais pour te dire la vérité, Dave, je ne pense pas que ça aille bien loin.

Je m'appuyai au dossier de mon fauteuil pivotant et tambourinai des doigts sur mon bureau. Les yeux me brûlaient, j'avais mal au dos.

— Il me semble que tu as prouvé que tu avais raison, dit le shérif. Laisse filer pour l'instant.

— Nous verrons.

— Écoute, je sais que tu es surchargé de boulot en ce moment, les affaires s'accumulent, mais j'ai un problème auquel j'aurais besoin que tu jettes un coup d'œil à l'occasion. Du genre, disons, première urgence demain matin.

Je tournai mon regard vers lui sans dire un mot.

— Baby Feet Balboni, dit-il.

— Qu'est-ce qui lui arrive ?

— Il est à New Iberia. À l'Holiday Inn, avec cinq ou six de ses compatriotes têtes d'huile et leurs putes. Le gérant m'a appelé depuis une cabine dans la rue, tellement il avait peur que l'un d'eux l'entende.

— Je ne vois pas bien ce que je peux y faire, dis-je.

— Il faut qu'on sache ce qu'il fabrique en ville.

— Il a grandi ici.

— Écoute, Dave, ce mec-là, même à La Nouvelle-Orléans, ils ne sont pas capables de le tenir en main. Il a cannibalisé la moitié des familles Giacano et Cardo pour arriver là où il en est. Il est hors de question qu'il revienne ici. Cela ne se produira pas.

Je me frottai le visage. Au contact de ma paume, mes favoris me parurent bien raides.

— Tu veux que j'envoie quelqu'un d'autre ? demanda le shérif.

— Non, ce n'est pas grave.

— Vous avez été amis tous les deux pendant un temps au lycée, pas vrai ?

— On jouait au base-ball ensemble, c'est tout.

Je regardai par la fenêtre les ombres qui s'allongeaient au sol. Il examina mon visage.

— Qu'est-ce qu'il y a, Dave ?

— Ce n'est rien.

— Ça t'embête qu'on veuille virer un de tes potes joueur de base-ball de cette ville ?

— Non, pas vraiment.

— As-tu jamais entendu le récit de ce qu'il a fait au cousin de Didi Giacano ? On raconte qu'il l'a suspendu par le côlon à un croc à viande.

— J'ai entendu la même histoire au sujet d'une demi-douzaine d'affranchis des paroisses d'Orléans et de Jefferson. C'est un vieil héritage de la police de La Nouvelle-Orléans.

— Probablement rien que des calomnies par une mauvaise presse, hein ?

— J'ai toujours essayé de considérer Julie Balboni comme un grand tragédien. À quatre-vingt-dix pour cent.

— Ouais, c'est ça, et la merde de gorille, ç'a le goût de glace au chocolat. Dave, avec toi, c'est une rigolade à la minute.

3

Julie Balboni ressemblait trait pour trait à son père, qui avait été propriétaire de la plupart des machines à sous et des jeux électriques de la paroisse d'Iberia dans les années quarante et qui, avec une famille syrienne, avait dirigé jeu et prostitution dans le quartier de l'Underpass à Lafayette. Julie était déjà imposant, un mètre quatre-vingt-quinze, en classe de première, les hanches épaisses, le corps effilé aux deux extrémités comme une banane ventrue, les chevilles et les pieds – pointure 36 – minuscules, la tête aussi grosse que celle d'un bison. Un an plus tard, il s'était remplumé d'importance. Ce fut aussi l'année où il fut arrêté pour avoir cambriolé un magasin de spiritueux. Son père l'avait emmené dans les bois à bout de fusil et lui avait arraché la peau du dos en le fouettant avec l'embout d'un tuyau d'arrosage.

Les cheveux lui poussaient sur la tête comme des serpents noirs, et parce qu'un médecin lui avait abîmé des nerfs du visage au moment de l'accouchement, un coin de sa bouche s'affaissait en lui donnant une expression lubrique ou ricanante qui faisait fuir la plupart des filles. Il pétait en classe, rotait pendant le serment d'allégeance, se brossait les pellicules des cheveux sur le dessus de son pupitre, et s'adressait à tous ceux qu'il n'aimait pas en se prenant le paquet d'une main pour leur dire de mordre. On faisait un écart pour l'éviter, dans les couloirs et les vestiaires. Ses professeurs étaient secrètement soulagés lorsque son père et sa mère ne venaient pas à la soirée des parents d'élèves.

Son autre surnom était Julie la Trique, même si on ne le lui servait pas en face, parce qu'il fréquentait régulièrement le bordel nègre de Mabel White et les hôtels de passe nègres sur Hopkins Avenue à New Iberia.

Mais Julie avait deux talents incontestés. C'était un redoutable amateur de kick-boxing et un grand receveur au base-ball. Ses chevilles se tordaient trop facilement pour qu'il joue au football ; il était trop gros pour être coureur ; mais d'un mouvement vif de sa cuisse épaisse, il était capable, au kick-boxing, de laisser son adversaire plié en deux et crachant le sang ; et derrière le monticule, il savait voler la balle au swing du batteur ou sortir un lancer hasardeux de la poussière et faire siffler sa balle jusqu'à la troisième base comme un plomb de carabine à air comprimé.

Au cours de mon tout dernier tour comme lanceur au lycée, j'arrivais au fin fond de la neuvième contre Abbeville et j'avais presque bouclé ma partie, c'était dans la poche. La soirée était douce et rose, l'air chargé des parfums de fleurs et d'herbe fraîchement coupée. Il restait trois semaines jusqu'au diplôme de fin d'études, et tous, nous avions le sentiment d'être peints de couleurs magiques, convaincus que le printemps était une chanson créée spécialement pour nous. L'innocence, la certitude du lendemain, une pulsion de victoire au creux des reins, la confirmation du baiser d'une fille sous l'ombre des chênes, pareil à une fraise venant éclater contre le palais, étaient assurément ce qui nous était dû.

Nous éprouvions même un sentiment de camaraderie pour Baby Feet, comme s'il était soudain accepté.

La remise imminente des diplômes et les lauriers d'une saison victorieuse semblaient avoir fait disparaître les différences entre nos milieux et nos expériences.

C'est alors que leur lanceur, spécialiste des balles à la tête, qui se servait de ses coudes, de ses genoux, de ses pointes dans une glissade pour gagner le point, fit un doublé et nous vola la troisième base. Baby Feet demanda un temps mort et trottina jusqu'au monticule, la casquette retournée trempée de sueur. Il me chauffa une balle neuve.

– Colle-la dans la poussière. Je vais lui offrir l'occasion de sa vie, à cet enculé, dit-il.

– Je ne sais pas si c'est bien malin, Feet, dis-je.

– Jusqu'ici, je me suis débrouillé pour que tu restes dans la partie, pas vrai ? Fais ce que je te dis.

À mon lancer suivant, je jetai un œil au coureur avant de lâcher une belle balle, vers l'extérieur, dans la poussière. Baby Feet la chopa avant de pivoter sur place comme un éléphant dans son nuage de poussière, puis il se mit à courir vers le filet d'arrêt comme si la balle lui avait échappé.

Le coureur chargea au départ de la troisième. Soudain, Baby Feet réapparut au marbre, la balle n'ayant jamais quitté sa main, le masque toujours en place. Le coureur comprit alors qu'il s'était fait avoir en beauté, et il essaya de descendre Baby Feet en lui envoyant une chaussure à pointes dans la figure lors de sa glissade. Baby Feet bloqua les pointes du coureur dans son masque, lui frita le crâne de sa balle et mit la touche finale, geste totalement inutile à ce stade, en enfonçant ses pointes affûtées comme un rasoir dans la cheville du gars avant de pivoter sur place.

Les joueurs sur le terrain, les entraîneurs, le public sur les gradins, regardaient le but, n'en croyant pas leurs yeux. Calmement, Baby Feet nettoya ses pointes dans le sable, puis posa un genou au sol et resserra la lanière d'un protège-tibia, le visage impassible, indifférent, lorsqu'il releva la tête, les yeux plissés en direction du drapeau qui battait à son poteau métallique derrière le filet d'arrêt.

Il n'était pas bien difficile de le trouver à l'Holiday Inn. Lui et sa clique étaient les seuls présents, dans la piscine comme alentour. Leurs corps hâlés luisaient comme s'ils les avaient frottés au beurre fondu. Ils arboraient des lunettes de soleil enveloppantes, noires comme des lunettes d'aveugle, ils se vautraient avec délices sur les chaises longues, leurs génitoires sculptées sur le tissu du slip, ou se laissaient flotter sur des matelas gonflables, leurs cocktails tropicaux à portée de main dans leur porte-verre, le bout des doigts et des orteils luisant d'une pellicule d'huile solaire.

Une femme sortit par la porte coulissante d'une chambre, accompagnée de ses deux enfants ; elle les conduisit jusqu'au petit bain avant de prendre de toute évidence conscience de la véritable nature des gens qui l'environnaient ; elle jeta un coup d'œil affolé alentour, à croire qu'elle venait d'entendre quelques coassements d'oiseaux invisibles, et se dépêcha de retourner dans sa chambre, en serrant d'une main ferme la main de ses enfants.

Julie la Trique n'avait pas beaucoup changé depuis la dernière fois que je l'avais vu, sept ans auparavant, à La Nouvelle-Orléans. Ses yeux, pareils à des billes noires, étaient un peu plus enfoncés dans leurs orbites ; sa tignasse tout emmêlée s'était par endroits teintée de gris ; mais sa poitrine en barrique et son ventre en marmite semblaient toujours du même grain, de la même couleur qu'un cuir de baleine. Quand on regardait les crêtes de tissu cicatriciels sous les poils des épaules et

40

du dos, là où son père l'avait frappé, les nids de tendons et de veines du cou, les saillies blanches des jointures de ses mains énormes, on avait le sentiment qu'il faudrait au moins un boulet de démolition, balancé au bout de son long câble d'une grande hauteur, pour être à la mesure de cet homme s'il prenait fantaisie à ce dernier de soudain tout démolir dans son environnement immédiat.

Il se redressa en appui sur un coude dans sa chaise longue, remonta ses lunettes de soleil sur le crâne et plissa les yeux vers moi à travers la brume de chaleur tandis que je m'approchais.

Deux de ses hommes étaient assis à ses côtés à une table de verre sous un parasol, occupés à jouer aux cartes avec une femme aux cheveux oxygénés et à la peau tellement hâlée qu'elle ressemblait à un biscuit tendre semé de plis. Les deux hommes posèrent leurs cartes et se levèrent ; l'un d'eux, dont on aurait dit qu'il avait été martelé à froid à partir de tôle d'acier, se mit en plein sur mon passage. Il avait les cheveux orange et gris, aplatis en boucles humides sur le crâne, et arborait des croix pachucos tatouées sur le dos des deux mains. J'ouvris ma veste en crépon de coton de manière à lui bien montrer mon insigne agrafé au ceinturon. Mais son visage montrait déjà qu'il m'avait reconnu.

– Quoi de neuf, Cholo ? dis-je.

– Hé, lieutenant, comment va ? dit-il avant de se retourner vers Baby Feet. Hé, Julie, c'est le lieutenant Robicheaux. Du 1er District de La Nouvelle-Orléans. Tu te souviens de lui quand...

– Ouais, je sais qui c'est, Cholo, dit Baby Feet, tout souriant tandis qu'il hochait la tête à mon adresse. Qu'est-ce qui t'amène, Dave ? Y a quelqu'un qui a balancé une balle trop haute par-dessus le mur de la piscine ?

– Je passais juste dans le quartier. J'avais entendu dire que tu étais de retour en ville pour une petite visite.

– Sans blagues ?

– C'est pourtant vrai.

– T'étais probablement chez le coiffeur et y a quelqu'un qui a dit : « La Trique est en ville », et toi, tu t'es dit : « Bon sang, ça, c'est une super-nouvelle. Je vais aller dire un petit bonjour à ce bon vieux Feet. »

– Tu es quelqu'un de célèbre, Julie. Les nouvelles vont vite.

– Et je suis ici rien que pour une petite visite, exact ?

– Ouais, c'est ce qui se dit.

Ses yeux me passèrent en revue de la tête aux pieds. Il se sourit à lui-même et but une gorgée d'un grand verre enveloppé d'une serviette, avec glace pilée, fruit et petite ombrelle en papier pour la décoration.

– T'es inspecteur du shérif aujourd'hui, j'ai appris.

– Par épisodes.

Il poussa un fauteuil du pied dans ma direction avant de l'empoigner et de le placer face à lui, à l'ombre. J'ôtai ma veste en crépon, la pliai au creux du bras et m'assis.

– Tu te fais de la bile à mon sujet, Dave ?

– Il y a des gens à New Iberia qui sont d'avis que t'es un gars pas toujours facile à comprendre. Combien de mecs iraient jusqu'à incendier la boîte de nuit de leur père ?

Il se mit à rire.

– Ouais, mais après ça, les tuyaux d'arrosage ont perdu tout leur intérêt pour le vieux, dit-il.

– Tout le monde aime bien revenir dans la ville de son enfance une fois de temps à autre. C'est une chose parfaitement naturelle. Personne ne se fait de bile là-dessus, Julie.

Je regardai ses yeux. Sous ses sourcils mouillés de sueur, ils brillaient avec la même lumière que deux obsidiennes.

D'une secousse, il sortit une cigarette d'un paquet posé sur le béton et l'alluma. Il souffla sa fumée à la lumière du soleil et regarda les alentours de la piscine.

– Sauf que j'ai droit qu'à un visa, exact ? dit-il. Je suis censé arroser un peu de bon argent, rester bien à l'abri dans les petites rues, dire aux gars de mon équipe de ne pas cracher sur les trottoirs ni se moucher dans les nappes des restaurants. Est-ce que, comme qui dirait, ça résume bien le problème, Dave ?

– C'est une petite ville, avec des problèmes de petite ville.

– Putain.

Il prit une profonde inspiration, avant de tordre le cou comme s'il avait une crampe.

– Margot ! dit-il à la femme qui jouait aux cartes sous le parasol.

Elle se leva de son fauteuil, se plaça derrière lui, le visage impassible derrière ses lunettes de soleil, et se mit en devoir de lui malaxer le cou. Il se remplit la bouche de glace, de tranches d'orange et de cerises et étudia mon visage tout en mâchant.

– C'est le genre d'attitude qui me met un peu à cran, Dave. Faut que tu me pardonnes.

Il pointa le bout des doigts sur son sternum.

– Mais on dirait de temps en temps que ç'a pas d'importance ce qu'un mec peut faire *aujourd'hui*. C'est toujours *hier* que les gens ont dans la tête. Comme Cholo ici présent. Il a fait une erreur il y a quinze ans de ça, et on continue à en entendre parler. C'est quoi, ça, putain ? Tu crois que c'est juste ?

– Il a balancé son beau-frère du toit de la brasserie Jax sur un char de parade le jour du mardi gras. Ç'a été une première, même pour La Nouvelle-Orléans.

– Hé, lieutenant, y avait pas que ça dans cette affaire. Le mec, y tabassait ma sœur. C'était un putain d'animal.

— Écoute, Dave, y a longtemps que t'as quitté La Nouvelle-Orléans, dit Baby Feet. La ville a plus rien à voir avec ce qu'elle était dans le temps. Les petits mômes noirs ont de la merde à la place de la cervelle et y provoquent tout le monde dans c'te putain de ville. Les gens se font tuer dans Audubon Park, pour l'amour du ciel. Essaie donc de monter dans le tram de St-Charles : y a que des Négros ou des Japs qui pendouillent aux portes et aux fenêtres. Jadis, on avait un arrangement avec la ville. Tout le monde connaissait les règles, et y avait pas de bobo. Balade-toi donc du côté des lotissements de Desire ou St-Thomas, tu verras ce qui arrive.

— Où veux-tu en venir, Julie ?

— Où je veux en venir, c'est qui a besoin de tout ça, putain ? Je suis propriétaire d'un studio d'enregistrement, là où Jimmy Clanton a fait son premier disque. Je suis dans l'industrie du spectacle. Je discute tous les jours au téléphone avec des gens de Californie dont on parle dans *People*. Je reviens dans ce trou de merde, on devrait m'offrir un jour de fête avec « BIENVENUE À BALBONI DE RETOUR AU BERCAIL ». Au lieu de quoi je m'entends dire que je suis comme une mauvaise odeur dans l'air ambiant. Tu comprends ce que je dis, ça me fait mal.

Je me frottai les paumes l'une contre l'autre.

— Je ne fais que porter le message, dis-je.

— C'est le blanchisseur pour qui tu bosses qui t'envoie ?

— Il a ses petits soucis.

Il congédia la femme d'un geste et se redressa dans son fauteuil.

— Donne-moi cinq minutes pour m'habiller. Ensuite je veux que tu me conduises quelque part, dit-il.

— Je suis un peu serré question emploi du temps.

– Je te demande quinze minutes maxi. Tu crois que tu pourras m'offrir un si gros bout de ta journée, Dave ?

Il se leva et se dirigea vers sa chambre. Il avait des touffes de poils noirs sur ses poignées d'amour, pareilles à des soies de porc. Au passage, il dirigea son index sur moi et dit :

– Sois là à mon retour. Tu ne le regretteras pas.

La femme aux cheveux décolorés alla se rasseoir à la table. Elle ôta ses lunettes, écarta un instant les jambes et me regarda en plein visage, les yeux ni enjôleurs ni hostiles, simplement morts. Cholo m'invita à me joindre à eux pour une partie de gin-rummy.

– Merci, mais je ne me suis jamais lancé là-dedans, dis-je.

– Ce qui est sûr, c'est que vous êtes lancé à fond sur les chevaux, dit-il.

– Ouais, les chevaux et le Beam. Ça faisait toujours un mélange intéressant aux Fairgrounds.

– Hé, vous vous souvenez de la fois où vous m'avez prêté vingt sacs pour rentrer chez moi, aux Jefferson Downs ? Je l'ai jamais oublié, Lieut'. C'était un beau geste.

Cholo Manelli était né d'une lavandière mexicaine, qui avait dû regretter de ne pas mettre au monde une balle de bowling en ses lieu et place, et d'un père sicilien, collecteur de la loterie des nombres qui eut la cervelle démolie des suites d'un coup de matraque asséné par un flic dans l'Irish Channel. Il avait grandi dans le lotissement de l'Assistance publique à Iberville, juste en face des vieux cimetières de St-Louis et, à l'âge de onze ans, s'était fait arrêter en compagnie de ses frères parce qu'ils détroussaient et tabassaient les poivrots qui y dormaient, dans les cryptes vides. Leur arme favorite était des chaussettes remplies de sable.

Il avait des mains de maçon, carrées et grossières, un visage dont la profondeur égalait celle d'une tourtière. J'avais toujours soupçonné que nul n'aurait vu la différence s'il avait été lobotomisé. Les psychiatres de Mandeville l'avaient catalogué comme sociopathe avant de lui coller des décharges électriques plein la tête. De toute évidence, le traitement avait eu autant d'effet que de charger une batterie de voiture avec trois éléments morts. Lors de son premier séjour à Angola, on l'avait placé avec les grosses rayures, les violents et les irrécupérables, à l'époque où l'État employait des gardes de confiance, montés à cheval et armés de fusils de chasse à double canon calibre 12, tous ex-taulards, qui étaient obligés de servir le temps qui restait aux prisonniers échappés dont ils avaient la responsabilité. Cholo, parti se soulager dans les buissons, n'était pas revenu assez vite au gré du porte-flingue de confiance, lequel lui avait collé quatre plombs dans le dos. Deux semaines plus tard, on avait retrouvé un cruchon de tord-boyaux de prune dans la cellule du garde. Un mois après l'événement, à son retour parmi les taulards, quelqu'un lui avait fait tomber sur le crâne le chargement d'un camion-benne.

— Julie m'a parlé de la fois où le péquenot a failli vous dessouder au .38, dit-il.

— Et c'était quand ?

— Quand vous étiez flic aux patrouilles. Dans le Vieux-Carré. Julie a dit qu'il vous avait sauvé la vie.

— Il a fait ça, hein ?

Cholo haussa les épaules.

— C'est ce qu'il a dit, le chef, Lieutenant. Qu'est-ce que j'en sais ?

— Essaie de comprendre à demi-mot, Cholo. Notre inspecteur n'est pas du genre bavard, dit la femme sans quitter ses cartes des yeux.

Ses ongles laqués claquaient en rythme sur le dessus de table en verre tandis que ses lèvres faisaient un bruit sec de succion lorsqu'elle tirait sur sa cigarette.

— Vous travaillez sur le meurtre ? Celui de la fille ? dit-il.

— Comment es-tu au courant de ça ?

Un battement de paupières, et ses yeux se détournèrent.

— C'était dans le journal, dit-il. Julie et moi, on en causait justement ce matin. Un truc comme ça, c'est dégueulasse. Y a un putain de maniaque qui se promène en liberté. Quelqu'un devrait l'emmener à l'hôpital et le tuer.

Baby Feet réapparut par la porte coulissante de sa chambre. Il était resplendissant, vêtu d'un complet blanc à fines rayures grises, avec chemise mauve enjolivée de fleurs grises, une demi-douzaine de chaînettes et médailles en or autour du cou talqué, et des mocassins à pompons qui paraissaient aussi petits à ses pieds que des chaussons de ballerine.

— T'es beau comme tout, Julie, dit Cholo.

— Le plus beau de tous, bordel, dit Baby Feet en allumant la cigarette qu'il tenait au coin de la bouche d'un minuscule briquet en or.

— Je peux venir avec vous autres ? demanda Cholo.

— Reste ici et ouvre l'œil pour moi.

— Hé, tu m'as dit hier soir que je pouvais y aller.

— J'ai besoin que tu prennes mes appels.

— Margot sait plus décrocher un téléphone maintenant ? dit Cholo.

— Mon compteur tourne, Julie, dis-je.

— Nous allons dîner ce soir avec quelques personnes très intéressantes, dit Baby Feet à Cholo. Tu aimeras beaucoup ça. Sois patient.

— Ils sont tout excités à l'idée de pouvoir te rencontrer. C'est ce qu'ils ont dit quand ils ont téléphoné, Cholo, dit la femme.

— Margot, pourquoi t'as des cals sur tout le dos ? Y a quelqu'un qui t'a collé de l'amidon dans les draps ou quoi ? dit Cholo.

Je commençai à me diriger vers mon camion. Le soleil reflété par le béton en bordure de la piscine était aveuglant. Baby Feet me rattrapa. Une autre de ses femmes piqua une tête du plongeoir et m'éclaboussa le dos au milieu des odeurs mêlées de chlore et d'huile solaire.

— Hé, putain, c'est une vraie ménagerie là où je vis, dit Baby Feet tandis que nous sortions dans la rue. Et ne me laisse pas en plan, le nez pincé et la tronche de travers. Est-ce que je t'ai jamais manqué de respect ?

Je montai dans le camion.

— Où on va, Feet ? dis-je.

— Du côté de Spanish Lake. Écoute, je veux que tu ramènes un message au mec pour qui tu travailles. Je ne suis à l'origine d'aucun problème que vous pouvez avoir ici. La coke que vous trouvez dans cette paroisse a été coupée tellement de fois que c'est du talc pour bébé. Si elle était fournie par certaines personnes avec lesquelles j'ai été en relation à La Nouvelle-Orléans, et je parle de relations d'affaires passées, bien passées, tu comprends, elle te passerait du nez à la cervelle comme du déboucheur à évier.

Je me dirigeai vers la vieille grand-route à deux voies qui conduisait au petit hameau de Burke et au lac où des colons espagnols avaient essayé d'établir des plantations au XVIIIe siècle avant de donner nom à la paroisse d'Iberia.

— Je ne travaille pas aux Stupéfiants, Julie, et je ne suis pas non plus très doué pour aller raconter des conneries à d'autres. Ce qui me préoccupe pour l'instant, c'est la fille qu'on a retrouvée au sud de la ville.

– Oh, ouais ? Et c'est quoi, cette fille ?

– La fille assassinée, Cherry LeBlanc.

– Je ne crois pas en avoir entendu parler.

Je tournai la tête vers lui. Il regardait d'un air distrait par la fenêtre les chênes qui défilaient en bordure de la ville ainsi qu'un étal en bord de route qui vendait des pastèques et des fraises.

– Tu ne lis pas les journaux du coin ? dis-je.

– J'ai été occupé. Tu dis que je raconte des conneries, Dave ?

– Disons les choses de cette façon, Feet. Si t'as quelque chose à raconter au shérif, raconte-le toi-même.

Il se pinça le nez avant de souffler.

– On a été amis dans le temps, Dave. Je t'ai peut-être même rendu service à une occasion. Alors je vais dire les choses on ne peut plus clairement, à ton intention et à celle de tous les mecs du coin qui voudront bien se déboucher les oreilles une fois pour toutes. L'industrie du pétrole est toujours bonne à jeter aux chiottes et ta ville est aussi raide qu'un passe-lacet. Franchement, à mon avis, elle mérite absolument tout ce qui peut lui arriver. Mais moi et puis tous les autres que tu vois là-bas sur ce lac...

Il pointa le doigt par la fenêtre. Entre les troncs d'un verger de pacaniers, comme autant de silhouettes sur fond de reflets de lumière étincelant à la surface des eaux, je vis des caméras montées sur perches et des acteurs en uniformes confédérés qui traversaient péniblement les hauts-fonds, battant en retraite devant des troupes fédérales imaginaires.

– ... on va laisser environ dix millions de dollars à Lafayette et à la paroisse d'Iberia. Si le nom de

Balboni ne leur plaît pas dans le coin, dis-leur qu'on peut déménager tout ce putain de tralala jusqu'au Mississippi. Vois un peu comment ça va coller avec les branlotins de coonass qu'il y a à la Chambre de commerce.

— Tu es en train de me dire que tu fais dans le cinéma ?

— Coproducteur, avec Michael Goldman. Qu'est-ce que tu en dis ?

Je m'engageai sur le chemin de terre qui traversait les pacaniers en direction du lac.

— Je suis sûr que tout le monde te souhaite de réussir, Julie.

— Mon prochain film sera sur le base-ball. Tu veux un petit rôle ?

Il me sourit.

— Je ne pense pas que je serai à la hauteur.

— Hé, Dave, ne prends pas mal ce que je dis.

Il avait maintenant le visage barré d'un large rictus.

— Mais mon acteur principal voit des morts dans la brume, il est habituellement complètement cuit à 9 heures du matin, à l'herbe ou à la blanche, et Mikey, lui, a un ulcère à l'estomac plus une sorte d'obsession pour l'Holocauste. Dave, je te raconte pas de conneries, je dis ça sincèrement, sans vouloir t'offenser. Avec ta carte de visite, tu pourrais parfaitement avoir ta place.

J'arrêtai le camion près d'une petite bâtisse en bois qui faisait office de bureau de la sécurité. Un échalas en uniforme kaki et casquette à visière, avec, à la gorge, une cicatrice blanche pareille à une patte de poulet, s'approcha de ma fenêtre.

— On se reverra, Feet, dis-je.

— Tu veux pas venir jeter un coup d'œil ?

— Adios, collègue, dis-je.

J'attendis qu'il eût refermé la portière pour faire demi-tour dans les herbes et reprendre le chemin à travers les pacaniers jusqu'à la grand-route, sous les reflets du soleil qui rebondissaient sur mon capot comme un ballon jaune.

C'était arrivé lors de ma seconde année dans les forces de police de La Nouvelle-Orléans, alors que je patrouillais dans le Vieux-Carré. On avait signalé un rôdeur à une adresse sur Dumaine. La serrure de la grille de fer était rouillée, on l'avait forcée à l'aide d'une barre et le portail était repoussé. Le long de l'allée étroite au sol de briques, je voyais des morceaux de verre brisé pareils à de minuscules dents de rat, restes de l'ampoule électrique cassée. Mais la cour devant moi était éclairée, pleine des ombres mouvantes des bananiers et des palmes, et j'entendais, à la radio et à la télévision, la retransmission d'un match de base-ball.

Je dégainai mon revolver, avançai sur les briques fraîches et franchis une flaque d'eau accumulée goutte à goutte, jusqu'à l'entrée de la cour, où une seconde grille aux motifs de fer forgé en volutes bâillait, rabattue sur ses gonds. Je sentais la terre humide des parterres de fleurs, la menthe verte qui poussait contre un mur en stuc, les massifs épais de glycine mauve suspendus à un toit de tuiles.

C'est alors que je le sentis, *lui*, avant même de le voir, cette odeur qui me sauta immédiatement aux narines comme un mélange de tabac à priser, de vin synthétique, de dents gâtées et de bile. C'était un Noir énorme, vêtu d'un T-shirt Donald le Canard et d'un pantalon mauve qui craquait aux coutures sur les cuisses, avec, aux pieds, des chaussures de tennis crasseuses. Il tenait à la main gauche un sac noué d'un cordon plein de marchandises dérobées dans l'appartement qu'il venait de cambrioler. Il fit pivoter la grille de tout son poids contre ma main, dont un os se brisa aussi facilement qu'un bâtonnet de sucette, en envoyant dinguer mon revolver sur les dalles du sol.

J'essayai de dégager ma matraque, mais c'était lui qui dirigeait le spectacle. Il sortit de sa poche arrière un .38 usagé, canon d'un pouce, les plaquettes de crosse enveloppées de chatterton noir, et me le vissa dans l'oreille. Son œil droit était taché d'un caillot de sang foncé, et son haleine glissa sur le côté de mon visage comme une main mal lavée.

– Retourne dans l'allée, enfoiré, murmura-t-il.

Nous repartîmes de conserve, à pas maladroits, dans la pénombre. J'entendais les éclats de voix des fêtards dans la rue, une boîte de bière qui tintait sur le béton.

– Ne sois pas stupide, dis-je.

– Ta gueule, dit-il.

Puis, comme s'il y réfléchissait à deux fois, d'un geste furieux, il me poussa la tête jusque sur les briques. Je tombai à genoux dans la flaque d'eau, ma matraque inutile tordue dans mon ceinturon.

Il avait les yeux dilatés, la tête auréolée de sueur, le cou battant au rythme de son pouls. C'était, pour un flic, le pire des adversaires dans cette situation – allumé, effrayé, et assez stupide pour se charger d'une arme lors d'un simple vol avec effraction.

– Pourquoi y a fallu que tu te pointes, mec ? Pourquoi y a fallu que tu fasses une chose pareille ?

Son pouce enveloppa le chien de son revolver et j'entendis le barillet tourner pour se verrouiller sur une chambre.

– Il y a des flics aux deux extrémités de la rue, dis-je. Tu ne sortiras pas du Carré.

– En dis pas plus, mec. Ça arrangera pas tes affaires. T'as tout fait foirer.

Il essuya la sueur de ses yeux, souffla et pointa son arme sur ma poitrine.

Baby Feet était en peignoir et slip, avec, aux pieds, des mocassins sans chaussettes lorsqu'il apparut dans l'allée briquetée derrière le Noir.

— Qu'est-ce que tu crois que tu fabriques ici, bordel de merde ? dit-il.

Le Noir recula d'un pas, laissant retomber le revolver contre sa cuisse.

— Monsieur Julie ? dit-il.

— Ouais. Tu fais quoi, bordel ? Tu casses un appart' dans mon immeuble ?

— Ch'savais pas que vous habitez là, monsieur Julie.

Baby Feet prit le revolver de la main du Noir et rabaissa doucement le chien.

— Walter, si je le veux, je peux te faire pisser le sang pendant six mois, dit-il.

— Oui, m'sieur, je l'sais.

— Je suis content que tu aies compris. Et maintenant, casse-toi le cul d'ici.

Il poussa le Noir vers l'entrée.

— Allez.

Il continua à harceler le Noir à coups de coude, contre les briques, avant de lui asséner un violent coup de pied, rapide comme un serpent qui mord, entre les fesses.

— J'ai dit, allez, tout de suite.

Il le frappa à nouveau du pied et la pointe de sa petite chaussure vint mordre l'entrejambe de l'homme. Des larmes mouillaient les yeux du Noir lorsqu'il tourna la tête par-dessus l'épaule.

— Bouge, Walter, sinon tu auras les couilles comme des noix de coco.

Le Noir descendit Dumaine en traînant la patte. Baby Feet était debout devant la grille forcée. Il vida les balles sur le trottoir et balança le .38 derrière le bonhomme dans l'obscurité.

— Monte chez moi, je te trouverai de la glace pour ta main, dit-il.

J'avais retrouvé mon chapeau et mon revolver.

— Je vais rattraper ce mec, dis-je.

— Chope-le demain matin. Il cire les godasses chez un coiffeur, sur Calliope et St-Charles. T'es sûr que tu veux continuer ce genre de boulot, Dave ?

Il éclata de rire, alluma une cigarette mauve et or, et passa son bras épais et dodu autour de mes épaules.

Le shérif avait raison : Baby Feet était peut-être bien producteur de cinéma, mais jamais on ne pourrait lui faire quitter la scène comme s'il n'était qu'un simple acteur.

4

Ma brève visite à Julie Balboni n'aurait dû être qu'un interlude mineur et vite oublié dans ma matinée. Au lieu de quoi, la conversation que j'avais eue avec lui dans le camion n'avait fait qu'ajouter un point d'interrogation gênant au meurtre de Cherry LeBlanc. Il m'avait déclaré n'en avoir jamais entendu parler, ni même n'en avoir rien lu dans le journal local. Soit dix minutes après que Cholo m'eut dit qu'il avait discuté avec Baby Feet du meurtre de la fille un peu plus tôt.

Baby Feet mentait-il ou alors n'éprouvait-il simplement aucun intérêt à discuter de quelque chose qui ne concernait pas son bien-être ? Ou encore les thérapeutes de l'électrochoc à Mandeville avaient-ils surchauffé la tourtière qui servait de cervelle à Cholo ?

L'expérience que j'ai des membres de la mafia et des psychopathes en général m'a appris qu'ils mentent comme ils respirent. Ils sont convaincants parce que souvent ils mentent lorsque c'est inutile. Appliquer à leur égard une forme quelconque de psychologie légale dans le but d'essayer de comprendre leur manière de penser est à peu près aussi productif que de se placer la tête à l'intérieur d'un four à micro-ondes dans le but d'étudier la nature de l'électricité.

Je passai le restant de ma journée à retracer la géographie des dernières heures de Cherry LeBlanc en essayant de recréer l'univers marginal dans lequel elle vivait. À 15 heures cet après-midi-là, je garai mon camion à l'ombre près de la vieille église à ossature bois de St-Martinville et contemplai une photographie d'elle en couleur, que m'avaient donnée les grands-parents. Elle avait des cheveux noirs aux reflets acajou, la bouche surchargée d'un rouge à lèvres trop brillant, le visage tendre, encore un peu dodu, d'un reste d'enfance ; ses yeux sombres étaient lumineux et ne masquaient pas de pensées cachées ; elle souriait.

Arrêtée à seize ans pour prostitution, morte à dix-neuf, me dis-je. Et c'était tout ce que nous savions d'elle. Dieu seul sait ce qui lui était advenu d'autre dans sa vie. Mais elle n'était pas née prostituée, ni fille de rien juste bonne à passer de main en main jusqu'à ce que quelqu'un vînt s'arrêter devant elle, la portière ouverte, pour la faire monter et la conduire au plus profond des bois avant de lui révéler les instruments du dénouement qui lui était réservé, voire, peut-être, de la convaincre que c'était là le moment qu'elle s'était choisi elle-même.

Elle n'était pas arrivée là seule. D'autres l'avaient aidée. À première vue, j'aurais penché pour le père tortionnaire d'enfants, à Mamou. Mais notre système judiciaire ne s'intéresse qu'aux noms, rarement aux adverbes.

Je contemplai les chênes à larges ramures dans le cimetière de l'église, là où étaient enterrés Evangeline et son amant Gabriel. Les pierres tombales étaient souillées de lichen ; elles paraissaient fraîches et grises à l'ombre des arbres. Au-delà, le soleil se reflétait sur le Bayou Teche comme une flamme jaune.

Où se trouvait le petit ami dans tout cela ? songeai-je. Une jeune fille aussi jolie a un galant, ou alors, il y a quelqu'un dans sa vie qui aimerait bien l'être. Elle n'était guère allée bien loin dans les études, mais la nécessité avait dû lui donner un instinct de survie face aux gens, face aux hommes en particulier, et très certainement face à la variété d'individus qui traînaient leurs guêtres dans un rade à juke-box de Louisiane du Sud.

Elle devait connaître son assassin. J'en avais la conviction.

J'allai jusqu'au bar, bâtisse délabrée du XIXᵉ siècle à la peinture écaillée dont la galerie à l'étage s'affaissait. Il faisait frais et sombre à l'intérieur, et l'endroit était presque désert. Une Noire obèse récurait les fenêtres en façade à l'aide d'une brosse et d'un seau d'eau savonneuse. Je traversai le bar sur toute sa longueur jusqu'au petit bureau à l'arrière où j'avais déjà trouvé le propriétaire par le passé. Derrière le comptoir, devant le miroir du bar, s'alignaient les bouteilles par rangées entières – vert sombre et col élancé, fermées de bouchons mouillés ; ou noir d'obsidienne, encapuchonnées de cire d'un rouge de sang artériel ; ou blanc givré, comme un bloc de glace découpé à la scie dans un lac gelé : ou encore d'un ocre de whiskey, chantant de chaleur et de lumière.

L'odeur de sciure verte sur le plancher, les tirettes à bière aux poignées de bois, dégouttant sur une grille en aluminium, les cocktails Collins, les bols de cerises, de tranches d'oranges et de citrons verts, tout cela n'était plus que matière à souvenir, me dis-je, en déglutissant. Ils appartiennent aujourd'hui au Tout-Puissant. Tout comme une petite amie de jadis qui te fait un clin d'œil un jour dans la rue, songeai-je. Tu l'as déjà laissée tomber. Tu continues ton chemin, c'est tout. Et c'est aussi facile que ça.

Mais tu n'y penses pas, tu n'y penses pas, tu n'y penses pas.

Le propriétaire était un homme à l'air soucieux qui portait ses cheveux noirs peignés en arrière sur son crâne étroit, le peigne toujours épinglé dans la pochette de chemise. Les reçus et factures de whiskey sur son bureau étaient autant d'aimants pour les yeux. Mes questions n'étaient pas de taille. Il ne cessait de se frotter la langue sur l'arrière des dents pendant que je m'adressais à lui.

– Donc vous ne saviez rien de ses amis ? dis-je.

– Non, monsieur. Elle est restée ici trois semaines. Ça va, ça vient. C'est comme ça. Je ne sais pas quoi vous dire d'autre.

– Savez-vous quelque chose de vos barmen ?

Ses yeux se fixèrent sur un point perdu dans sa fumée de cigarette.

– Je ne vous comprends pas, dit-il.

– Engagez-vous un barman quand il traîne avec d'ex-taulards ou qu'il a des dettes jusqu'au cou ? J'ai dans l'idée que non, probablement. C'est le genre de mecs qui régalent leurs amis de doubles à l'œil ou qui rendent la monnaie sans avoir tapé la consommation sur la caisse, est-ce que je me trompe ?

– Où voulez-vous en venir ?

– Saviez-vous qu'elle avait été arrêtée pour prostitution ?

– Je n'en savais rien.

– Vous l'avez engagée parce que c'était une étudiante brillante à l'USL[1] ?

La commissure de ses lèvres se plissa délicatement sous l'esquisse d'un sourire. Il remua les cendres du cendrier du bout de sa cigarette.

– Je vous laisse ma carte et un sujet de réflexion, monsieur Trajan. D'une manière ou d'une autre, nous allons épingler le mec qui l'a tuée. D'ici là, s'il assassine encore quelqu'un et si je découvre que vous avez

---

1. University of Southwestern Louisiana. *(N.d.T.)*

gardé des renseignements par-devers vous, je reviendrai. Avec un mandat d'amener.

– Je n'apprécie pas le ton sur lequel vous me parlez.

Je quittai son bureau sans répondre et traversai à nouveau toute la longueur du bar. La Noire était maintenant dehors, elle lavait la vitrine en façade. Elle posa sa brosse, balança le seau plein d'eau savonneuse sur la vitre et se mit en devoir de rincer le tout d'un tuyau d'arrosage. Elle avait la peau couleur de brique brûlée, les yeux turquoise, les seins flasques comme des ballons pleins d'eau sous sa robe en cotonnade imprimée. Je lui présentai mon insigne ouvert dans ma paume.

– Connaissiez-vous la fille blanche Cherry LeBlanc? demandai-je.

– Elle travaillait ici, non?

Elle plissait les paupières devant les projections d'eau sur la vitre.

– Savez-vous si elle avait un petit ami, *tante*[1]?

– Si c'est comme ça que vous voulez l'appeler.

– Qu'est-ce que vous voulez dire?

Je connaissais déjà la réponse que je ne voulais pas entendre.

– Elle fait dans le commerce.

– À plein-temps, sérieux-sérieux?

– Vous appelez ça comment, vendre ses miches?

– Et monsieur Trajan était intéressé à l'affaire?

– D'mandez-y.

– Je ne le pense pas. Sinon, vous ne me raconteriez pas tout ça, *tante*.

Je lui souris.

Elle commença à remplir son seau d'eau claire. Elle eut soudain l'air fatigué.

– C'tait une triste, c'te petite, dit-elle.

---

1. En français dans le texte.

Elle essuya de la paume la transpiration de son visage rond et regarda sa main.

— J'y ai dit qu'y a pas d'argent qui va pouvoir l'aider quand un homme y va la rendre malade, ça non. J'y ai dit qu'une belle petite Blanche comme elle, al' peut avoir tout ce qu'elle veut – l'école, une voiture, un mari qui travaille sur les derricks. Quand c'te petite, elle s'habillait, elle ressemblait à une actrice de cinéma. Al' me dit : « Jennifer, y a des gens qui peuvent avoir que ce que les autres veulent bien leur laisser. » Seigneur Dieu, à son âge, avec sa peau blanche, croire à des choses pareilles.

— Qui était son mac, Jennifer ?

— Y viennent ici pour elle.

— Qui ça ?

— Les hommes. Quand y z'ont envie d'elle. Y viennent ici et y l'emmènent chez eux.

— Savez-vous de qui il s'agit ? Connaissez-vous leurs noms ?

— Ceux de leur espèce, y z'ont pas de nom. Y z'arrivent juste en voiture quand al' a fini son boulot et c'te pauvre petite, al' monte.

— Je vois. Très bien, Jennifer. Voici ma carte avec mon numéro de téléphone. Voudriez-vous m'appeler si vous vous souvenez d'un détail qui pourrait m'aider ?

— Je saurai plus rien d'autre, mi. Al' allait pas donner le nom d'un richard de Blanc à une vieille Négresse comme moi.

— Quel Blanc ?

— C'est ce que j'vous dis. Je le connais pas, mi.

— Je suis désolé, je ne comprends pas ce que vous me dites.

— Vous comprenez pas l'anglais, ou quoi ? Vous sortez d'où ? Al' dit qu'y a peut-être un riche Blanc qui va la sortir de là, al' sera pus obligée de vendre ses miches. C'est ce qu'al' dit le dernier coup je l'ai vue, juste avant qu'y a quelqu'un qui a fait des choses abominables à c'te jeune fille. M'sieur, quand elles font dans le commerce, tous les hommes, y z'ont des mots tendres plein la bouche, tous, y z'ont un moyen très spécial pour se garder la minette dans leur lit et se mettre les dollars dans la poche.

Elle balança le seau d'eau claire sur la vitre en nous éclaboussant tous les deux au passage, avant de s'éloigner d'un pas lourd, chargée de ses brosses, ses chiffons et son seau vide, sur l'allée qui jouxtait le bar.

La pluie tombait au travers de la marquise des chênes tandis que je descendais le chemin de terre longeant le bayou en direction de ma maison. Pendant l'été, il pleut presque tous les après-midi dans le sud de la Louisiane. Depuis ma galerie, aux environs de 15 heures, on peut observer les nuages qui s'amoncellent, hauts et sombres comme des montagnes, au large sur le Golfe, puis, quelques minutes plus tard, le baromètre se met à dégringoler, l'air, soudain, fraîchit et se charge d'une odeur qui mêle ozone, métal et poissons en train de frayer. Le vent commence alors à souffler du sud et redresse la mousse espagnole accrochée aux cyprès morts du marais, il ploie les typhas du bayou, gonfle et ébouriffe les pacaniers de mon avant-cour; puis un rideau de pluie grise avance au sortir des marécages, traverse les îlots de jacinthes mauves flottant sur les eaux, ma boutique à appâts et son auvent de toile tendu au-dessus du ponton où s'amarrent mes barques de location, et les gouttes d'eau résonnent sur ma galerie avec le bruit de billes à jouer en train de rebondir sur une tôle ondulée.

Je garai le camion sous les pacaniers et remontai la pente au pas de course jusqu'à la volée de marches en façade. Mon père, trappeur et ouvrier des pétroles qui travaillait au sommet des derricks, sur ce qu'on appelle le moufle mobile, avait bâti la maison pendant la Dépression, de bois de chêne et de cyprès. Les planches des murs et du parquet étaient montées à entailles et chevillées au bois. Il était impossible de glisser une carte à jouer dans le joint. Avec le temps, le bois s'était patiné jusqu'à en être presque noir. Je crois que des balles de carabine auraient rebondi à sa surface.

La voiture de ma femme n'était pas là mais je sentais à travers la moustiquaire une odeur de crevettes en train de cuire sur le fourneau. Je cherchai Alafair, ma fille adoptive, mais je ne la trouvai pas non plus. Je vis alors que l'enclos et l'abri du cheval étaient vides et que le raton laveur à trois pattes d'Alafair, Tripod, n'était pas dans sa cage ni sur les clapiers à lapins ni au bout de la chaîne qui lui permettait de courir le long d'une corde à linge tendue entre deux troncs d'arbres.

J'allais pénétrer dans la maison lorsque j'entendis le cheval de ma fille donner du sabot dans les feuilles sur le côté de la maison.

– Alafair?

Rien.

– Alf, j'ai comme l'impression qu'il y a une petite fille qui est en train de faire une chose qu'elle n'est pas censée faire.

– Qu'est-ce que tu veux dire, Dave?

– Voudrais-tu, s'il te plaît, arriver jusqu'ici et tes amis avec toi?

Elle sortit, montée sur son appaloosa, de sous l'avant-toit. Ses chaussures de tennis, son short rose et son T-shirt étaient trempés, sa peau hâlée et mouillée luisait de lumière. Elle m'offrit un grand sourire sous son chapeau de paille.

– Alf, qu'est-ce qui est arrivé la dernière fois que tu as emmené Tripod faire une balade à cheval ?

Elle détourna le regard, l'air pensif, en direction de la pluie qui tombait dans les arbres. Tripod gigotait entre ses mains. C'était un beau raton laveur, le museau argenté, un masque noir sur la gueule et des anneaux noirs sur sa queue épaisse.

– Je lui ai dit de plus faire une chose pareille, Dave.

– On dit, « de ne plus ».

– Ne plus. Y va ne plus le faire, Dave.

Elle souriait à nouveau de toutes ses dents. Tex, son appaloosa, était gris acier, avec des balzanes blanches et un semis de taches blanches et noires sur la croupe. La semaine précédente, Tripod avait planté ses griffes dans l'arrière-train de Tex, et Alafair avait été jetée à terre, cul par-dessus tête, pour atterrir dans les plants de tomates.

– Où est Bootsie ?

– Au magasin en ville.

– Que dirais-tu de remettre Tex dans son abri et de venir te prendre un peu de crème glacée ? Tu crois que tu pourras faire ça, petit mec ?

– Ouais, c'est plutôt une bonne idée, Dave, dit-elle, comme si nous venions l'un et l'autre de résoudre un problème commun.

Elle continua à me regarder, ses yeux sombres pleins de lumière.

– Et Tripod alors ?

– Je crois que Tripod a lui aussi besoin de crème glacée.

Son visage se mit à rayonner. Elle posa Tripod sur le toit des clapiers avant de se laisser glisser à bas de sa monture en plein dans une flaque de boue. Je l'observai qui attachait Tripod à sa chaîne avant de conduire Tex dans son enclos. Elle avait onze ans, le corps rondelet, dur et plein d'énergie, ses cheveux noirs d'Indienne aussi luisants qu'une aile de corbeau ; lorsqu'elle souriait, ses yeux se plissaient à s'en fermer presque. Six ans auparavant, je l'avais sortie d'une bulle d'air instable à l'intérieur de la carcasse noyée d'un bimoteur sur la grande salée.

Elle accrocha la chaîne de Tripod au perron arrière et entra dans sa chambre changer de vêtements. Je mis un peu de crème glacée dans deux bols que je posai sur la table. Au-dessus du plan de travail, on avait noté un numéro de téléphone sur le petit tableau noir que nous utilisions pour les messages. Alafair revint dans la cuisine en s'essuyant la tête d'une serviette. Elle avait ses pantoufles aux pieds, ses jeans à la taille élastique et un T-shirt de taille démesurée portant l'inscription University of Southwestern Louisiana. Elle n'arrêtait pas de souffler sur la frange qui lui tombait dans les yeux.

— Tu me promets que tu vas manger ton souper ? dis-je.

— Bien sûr. Quelle différence ça fait de manger sa glace avant le dîner plutôt qu'après ? Y a des moments, t'es un peu bête, Dave.

— Oh, je vois.

— T'as parfois de drôles d'idées.

— Tu grandis si vite que je commence à faire partie des meubles.

— Quoi ?

— Aucune importance.

Elle alla chercher la gamelle de Tripod et y mit une cuillerée de glace. La pluie avait diminué d'intensité, et je voyais le soleil du soir qui perçait la brume, telle une galette rose, au-dessus du champ de canne à sucre à l'arrière de ma propriété.

— Oh, j'ai oublié, dit-elle. Un homme a appelé. C'est son numéro, là.

– Qui était-ce ?

Il a dit que c'était un de tes amis. Je n'arrivais pas à entendre parce qu'il y avait plein de bruit.

– La prochaine fois, demande à la personne d'épeler son nom et note-le sur le tableau avec son numéro, Alf.

– Il a dit qu'il voulait te parler à propos d'un homme avec un bras et une jambe.

– Quoi ?

– Il a parlé d'un soldat. Il mélangeait tout ce qu'il disait. Je n'arrivais pas à le comprendre.

– Quel genre de soldat ? Ça n'a pas l'air trop clair, toute ton histoire, Alf.

– Il n'arrêtait pas de roter tout en parlant. Il a dit que son grand-père était ranger du Texas. C'est quoi un ranger du Texas ?

Bon sang de bonsoir, me dis-je.

– Elrod T. Sykes, ça te dit quelque chose ? dis-je.

– Ouais, c'est ça.

L'heure est venue de me mettre sur liste rouge, songeai-je.

– De quoi parlait-il, Dave ?

– Il était probablement ivre. Ne fais pas attention à ce que racontent les ivrognes. S'il demande à nous parler, à Bootsie et à moi, en notre absence, dis-lui que je rappellerai et ensuite raccroche.

– Est-ce que tu ne l'aimes pas ?

– Quand une personne est ivre, elle est malade, Alafair. Si tu parles à cette personne en pleine ivresse, d'une certaine manière, c'est drôle à dire, mais tu deviens comme elle. Ne t'en fais pas, je lui parlerai un peu plus tard.

– Il n'a rien dit de mal, Dave.

– Mais il ne devrait pas appeler ici et ennuyer les petites filles, dis-je avec un clin d'œil.

Je voyais son visage soucieux. Les commissures de ses lèvres étaient tirées vers le bas, et ses yeux fixaient le vide au-dessus de sa crème glacée.

– Tu as raison, petit mec. On ne devrait se mettre en rogne contre personne. Je crois qu'Elrod Sykes est probablement un mec bien. Probable qu'il lui arrive juste d'ouvrir trop de bouteilles en une seule et même journée.

Elle avait retrouvé son sourire. Ses grandes dents blanches étaient largement écartées et sa joue hâlée barbouillée de crème glacée. Je la serrai par les épaules et l'embrassai sur le sommet du crâne.

– Je vais aller courir. Surveille les crevettes, d'accord ? Et fini les promenades à dos de cheval pour Tripod. Tu as compris, Alf ?

– J'ai compris, grand mec.

Je mis mes chaussures de tennis et mon short et me dirigeai par le chemin de terre vers le pont mobile sur le bayou. La pluie donnait l'impression de se réduire à des traînées de verre filé dans l'air et le reflet du soleil mourant était d'un rouge de sang dans l'eau. Après deux kilomètres, je suais à grosses gouttes dans l'air humide, mais je sentais la fatigue de la journée quitter mon corps. Je sautai par-dessus les flaques et accélérai ma foulée jusqu'au pont.

Je fis des étirements de jambes contre les poutrelles rouillées et observai les lucioles qui s'éclairaient dans les bois, les lépidostées tournoyant à l'ombre d'un hallier de canne inondé. Les coassements des grenouilles dans les arbres et le chant des cigales sur le marais étaient presque assourdissants maintenant.

À cette heure de la journée, en particulier l'été, j'éprouvais toujours une sensation aiguë de ma condition de mortel au point que je n'ai jamais pu correctement la décrire à quiconque. Parfois on aurait dit que le soleil couchant allait se consumer de lui-même pour se changer en cendre morte à la périphérie de la terre et ne plus jamais se lever à nouveau. La sueur me coulait alors sur les flancs comme des serpents. Peut-être la raison en était-elle que je voulais continuer à croire que l'été était un chant éternel, que le fait de vivre sa cinquante-troisième année n'avait pas plus de signification que d'entamer le sixième tour de batte, lorsqu'on se sent encore le bras comme un fouet élastique et que la simple perspective d'une balle en fourche fait déglutir le batteur avant qu'il ne recule de son marbre.

Et si tout se terminait demain, je n'aurais pas à me plaindre, songeai-je. J'aurais pu prendre le corbillard en marche un nombre incalculable de fois des années auparavant. Pour m'en souvenir et m'en convaincre, il me suffisait de toucher la cicatrice de baguette pungi[1], roulée sur elle-même comme un ver plat et gris, que je portais sur l'estomac ; les marques brillantes, en forme de pointe de flèche, sur la cuisse, restes d'une mine antipersonnel ; le creux boursouflé sous ma clavicule, là où une balle de .38 s'était foré un passage à travers mon épaule.

Ce n'était pas non plus des blessures reçues de quelque façon héroïque. Chacune d'elles était là parce que j'avais agi de manière imprudente ou impétueuse. J'avais également tenté de me détruire par petites étapes, une dosette d'alcool à la fois.

Sors-toi la tête de tes réflexions, collègue, me dis-je. Je saluai le gardien dans sa maisonnette minuscule, à l'extrémité opposée du pont et repris la direction de la maison.

Je mis le paquet sur les derniers huit cents mètres avant de m'arrêter au ponton où j'exécutai cinquante pompes et séries d'abdominaux, accroupi sur le

---

1. Baguette de bambou épointée maculée de déjections utilisée par le Vietcong. (*N.d.T.*)

planchéiage de bois qui rayonnait encore de la chaleur du jour et sentait les écailles de poisson séchées.

Je remontai la pente entre les arbres, foulant la couche de feuilles et de coques de noix de pacane pourrissantes en direction de la galerie éclairée de la maison. J'entendis alors une voiture derrière moi sur le chemin de terre. Je me retournai et vis un taxi s'arrêter près de ma boîte aux lettres. En sortirent un homme et une femme. L'homme régla le chauffeur et le renvoya en direction de la ville.

Je m'essuyai de l'avant-bras le sel que j'avais dans les yeux et essayai de percer la pénombre. L'homme sécha jusqu'à la mousse une bouteille à long col et posa son cadavre derrière un tronc d'arbre. Puis la femme le toucha à l'épaule en faisant signe dans ma direction.

— Hé, vous voilà, dit Elrod Sykes. Comment ça va, monsieur Robicheaux ? Notre petite visite ne vous dérange pas, j'espère ? Wow, vous habitez un endroit super.

Il vacillait légèrement. La femme, Kelly Drummond, le rattrapa par le bras. Je redescendis la pente.

— Je suis désolé, j'allais rentrer prendre une douche et souper, dis-je.

— On veut vous emmener tous dîner quelque part, dit-il. Y a ce truc, à Breaux Bridge, ça s'appelle Chez Mulate. Ils font un gumbo, on pourrait démarrer une nouvelle religion rien qu'en le goûtant.

— Merci en tout cas. Ma femme a déjà préparé le souper.

— Mauvaise heure pour venir frapper aux portes, El, dit Kelly Drummond.

Mais elle me regardait en prononçant ses paroles, les yeux fixés droit sur les miens. Elle portait un pantalon de toile beige, des chaussures plates et un chemisier jaune, ouvert d'un bouton, qui laissait entrevoir son soutien-gorge. Lorsqu'elle leva la main pour dégager une boucle blonde de son front, je vis l'auréole de sueur en croissant de lune sous l'aisselle.

— Nous n'avions pas l'intention de vous créer des problèmes, dit Elrod. Je crains qu'un front d'ivresse n'ait soufflé sur toute cette zone cet après-midi. Hé, mais on va bien, cependant. On a pris un taxi. Vous avez remarqué ça ? Qu'est-ce que vous en dites ? Écoutez, je vais vous dire, on va juste se prendre de quoi biberonner un petit coup, là-bas, à la boutique, et nous appeler un taxi.

— Dis-lui pourquoi tu es venu jusqu'ici, El, dit Kelly Drummond.

— Ça va bien. On a débarqué avec nos sabots au mauvais moment. Je suis vraiment désolé, monsieur Robicheaux.

— Appelez-moi Dave. Cela vous dérangerait-il de m'attendre quelques minutes à la boutique ? Je vais prendre une douche et je vous ramènerai chez vous.

— Il est certain que vous avez l'art et la manière d'éviter les clichés éculés, dit la femme.

— Je vous demande pardon ? dis-je.

— Personne ne pourra jamais vous battre question d'étaler votre fameuse hospitalité sudiste, dit-elle.

— Hé, y a pas de problème, dit Elrod en la faisant pivoter par le bras en direction de la boutique à appâts.

Je n'avais parcouru que quelques mètres en direction de la maison que j'entendis le bruit de pas de la femme derrière moi.

— Attendez juste une minute, Dick Tracy, dit-elle.

Derrière elle, je vis Elrod qui descendait le ponton vers la boutique, où Batist, le Noir qui travaillait pour moi, tirait l'auvent de toile au-dessus des tables pour la nuit.

— Écoutez, Ms. Drummond…

69

— Vous n'êtes pas obligé de nous inviter dans votre maison, vous n'êtes pas obligé de croire les trucs qu'il vous raconte sur ce qu'il voit et ce qu'il entend, mais il faudrait au moins que vous sachiez qu'il lui a fallu des tripes pour venir jusqu'ici. Il déconne avec Mikey, il déconne sur le film et peut-être bien qu'il fait tout foirer pour de bon cette fois.

— Il faudra que vous m'excusiez, mais je ne vois pas très bien ce que tout cela a à voir avec les services du shérif de la paroisse d'Iberia.

Elle portait à la main un sac en cuir souple, fermé d'une lanière. Elle posa la main en appui sur la hanche. Elle leva les yeux vers moi et se passa la langue sur la lèvre inférieure.

— Est-ce que vous êtes aussi stupide que vous voulez le faire croire ?

— Vous voulez me dire qu'un mec de la pègre, peut-être bien Baby Feet Balboni, est impliqué dans votre film ?

— Un mec de la pègre ? C'est bien, ça. Je parierais que vous en avez déjà expédié un paquet au trou, de ces mecs-là.

— D'où venez-vous, Ms. Drummond ?

— De l'est du Kentucky.

— Avez-vous songé à tourner votre prochain film là-bas ?

Je recommençai à monter vers la maison.

— Attendez une minute, monsieur Gros Malin, dit-elle. Elrod vous respecte. Avez-vous jamais entendu parler du Chicken Ranch à LaGrange, au Texas ?

— Oui.

— Savez-vous ce que c'était ?

— Un hôtel de passe.

— Sa mère y a travaillé comme prostituée. C'est la raison pour laquelle il ne parle jamais à personne de sa famille, à l'exception de son grand-père, le ranger du Texas. C'est la raison pour laquelle il vous aime bien, et vous feriez bien d'en prendre conscience, nom de Dieu.

Elle tourna les talons, son sac lui battant la croupe, et descendit la pente, raide comme un cierge, direction la boutique à appâts, où j'aperçus Elrod en train d'ouvrir une bière à l'aide de son couteau de poche, sous la lampe au-dessus de la porte-moustiquaire.

Disons que tu aurais pu faire bien pis que d'avoir une femme comme celle-là dans ton camp, songeai-je.

Je pris une douche, me séchai, et j'étais en train de boutonner une chemise propre dans la cuisine lorsque le téléphone sur le plan de travail sonna. Bootsie posa sa casserole sur le fourneau et répondit.

— C'est Batist, dit-elle avant de me tendre le combiné.

— *Qui t'as pr'est faire ?* dis-je dans l'appareil.

— Y a un Blanc ivre ici qui est tombé dans le bayou, dit-il.

— Et qu'est-ce qu'il fait maintenant ?

— Y est assis au milieu de l'boutique, à dégouliner su' min parquet.

— Je serai là dans une minute, dis-je.

— Dave, y a une Blanche avec lui qui fume su' le ponton, et sa cigarette, al' sent pas le tabac non plus.

— Très bien, podna, merci, dis-je avant de raccrocher.

Bootsie me regardait, un point d'interrogation au milieu de la figure. Ses cheveux châtains, qu'elle avait épinglés en tortillons sur la tête, brillaient de minuscules lumières.

— Un homme est tombé dans le bayou. Il faut que je le ramène en voiture, lui et sa petite amie, dis-je.

71

— Où est leur voiture ?

— Ils sont venus en taxi.

— Un taxi ? Qui est-ce qui viendrait pêcher en taxi ?

— C'est un mec bizarre.

— *Dave...* dit-elle, en allongeant mon nom d'un ton exaspéré.

— C'est un des acteurs en tournage à Spanish Lake. Je crois qu'il est venu jusqu'ici pour me raconter quelque chose.

— Quel acteur ?

— Elrod Sykes.

— *Elrod Sykes* est dans la boutique à appâts ?

— Ouais.

— Qui est la femme qui l'accompagne ?

— Kelly Drummond.

— Dave, je n'arrive pas à le croire. Tu as laissé Kelly Drummond et Elrod Sykes dans la boutique à appâts ? Tu ne les as pas invités à la maison ?

— Il est beurré, Boots.

— Je m'en fiche. Ils sont venus jusqu'ici pour te voir et tu les as laissés seuls à la boutique pendant que tu prenais une douche ?

— Bootsie, ce mec a la tête qui luit la nuit, même quand il n'est pas chargé aux produits chimiques.

Elle sortit par la porte d'entrée et descendit la pente jusqu'au bayou. Dans le crépuscule mauve, je la vis qui remettait sa coiffure en place avant d'entrer dans la boutique. Cinq minutes plus tard, Kelly Drummond était assise à notre table de cuisine, une tasse de café en équilibre entre les doigts, une expression rêveuse sur le visage, suites de son joint de marijuana, tandis qu'Elrod Sykes se changeait et passait des vêtements secs dans notre chambre. Il fit son entrée dans la cuisine, une paire de mes sandales aux pieds, vêtu d'un de mes pantalons en toile de treillis et d'un T-shirt des

Ragin' Cajuns, avec mon nom imprimé sur le dos, qu'Alafair m'avait offert pour la fête des Pères.

Il avait le visage empourpré marqué de taches roses de tout l'alcool avalé, et son regard se porta automatiquement vers le réfrigérateur.

– Aimeriez-vous une bière ? dit Bootsie.

– Oui, si cela ne vous dérange pas, dit-il.

– Boots, je crois que nous sommes à court, dis-je.

– Oh, ce n'est pas un problème, je n'en ai pas vraiment envie, dit-il.

Les yeux de Bootsie brillaient, toute gênée qu'elle était. Puis je vis son visage se raffermir.

– Je suis sûre qu'il nous en reste une ici quelque part, dit-elle.

Puis elle sortit une Dixie à long col de la clayette inférieure et la lui ouvrit.

Elrod regardait au-dehors par la porte de derrière, l'air de rien, tout en sirotant sa bière à même la bouteille.

– Il faut que j'aille donner à manger aux lapins. Vous voulez venir faire une petite promenade avec moi, Elrod ? dis-je.

– Le riz sera prêt dans une minute, dit Bootsie.

– Ça ne prendra pas beaucoup plus longtemps.

Au-dehors, sous les pacaniers dont les troncs étaient maintenant d'un noir verdâtre sous la lumière faiblissante, je sentais Elrod qui m'observait de profil.

– Bon sang, je ne sais pas bien quoi vous dire, monsieur Robicheaux. Je veux dire, Dave.

– Ne vous en faites donc pas. Racontez-moi tout simplement ce qui vous a tracassé toute la journée.

– Il s'agit de ces mecs, là-bas, sur ce lac. Je vous en ai déjà parlé.

– Quels mecs ? De quoi parlez-vous ?

– L'infanterie confédérée. Un mec en particulier, avec des épaulettes dorées sur sa vareuse. Il est blessé

au bras, et il lui manque une jambe. Je crois qu'il pourrait bien s'agir d'un général.

– Je vais me montrer direct. Je crois bien que vous
avez des visions.

– Ça arrive à des tas de gens. Je me disais juste que
je n'aurais pas droit aux mêmes conneries de votre part.

– J'apprécierais si vous n'utilisez pas de gros mots
chez moi.

– Acceptez mes excuses. Mais cet officier confédéré
disait quelque chose. Pour moi, ça n'avait aucun sens,
mais je me suis dit que ça pourrait en avoir pour vous.

Je remplis l'une des mangeoires du lapin avec des
boulettes de luzerne et remis le loquet à la porte grilla-
gée de la cage. Je regardai Elrod Sykes. Son visage
était absolument dénué d'intentions cachées ou de
volonté délibérée de manipulation. En fait, il me faisait
penser à quelqu'un qui se serait pris en plein sur le
crâne la décharge d'un éclair de tonnerre.

– Écoutez, Elrod, il y a des années de ça, à
l'époque où je tétais la bouteille, j'étais convaincu que
les morts m'appelaient au téléphone. Parfois mon
épouse décédée ou des hommes de mon bataillon me
parlaient sous la pluie. J'avais la certitude que leurs
voix étaient bien réelles et que j'étais peut-être censé
les rejoindre. Ce n'était pas très agréable à vivre.

Il vida la mousse de sa bouteille avant d'en chasser
les dernières gouttes d'un air pensif sur l'écorce d'un
pacanier.

– Je n'étais pas ivre, dit-il. Le mec au bras blessé,
avec une jambe en moins, il m'a dit comme ça : « Toi
et ton ami, l'officier de police de la ville, vous devez
les repousser. » Il était debout près de l'eau, dans le
brouillard, appuyé sur une béquille. Il me regardait
droit dans les yeux quand il m'a dit ça.

– Je vois.

74

– Que pensez-vous qu'il voulait dire ?

– Je crains de ne pas connaître la réponse, collègue.

– Je m'étais comme mis dans l'idée que vous saviez.

– Je ne veux pas vous blesser, mais je crois que ce que vous dites n'est que le produit de votre imagination et je ne veux pas poursuivre la question plus avant. Que diriez-vous plutôt d'éclaircir un petit point, à propos d'une chose qu'a dite Ms. Drummond tout à l'heure ?

– Et c'est quoi ?

– Pourquoi est-ce que cela pose problème à votre metteur en scène, ce gars, Mikey, que vous veniez me voir ?

– Elle vous a dit ça ?

– C'est ce qu'a dit la dame.

– Eh bien, à la manière dont il a présenté les choses, il a dit : « Tiens-toi bien à l'écart de ce flic, El. Ne lui donne pas d'excuses pour venir nous faire des ennuis jusqu'ici. Il faut que nous gardions à l'esprit le fait que des tas de choses se sont produites dans cette partie du pays, des choses qui ne sont pas nos oignons. »

– Il se fait du souci à propos du mort que vous avez trouvé ? dis-je. Ça n'a pas beaucoup de sens.

– Y vous en reste encore une pareille ? dit-il en levant sa bouteille vide.

– Pourquoi se fait-il du souci à propos de ce Noir ?

– Quand Mikey se fait du souci, c'est toujours à propos d'argent, monsieur Robicheaux. Plus précisément, à propos de l'argent dont il a besoin pour faire le genre de films qu'il veut faire. Il a fait une mini-série pour la télévision sur l'Holocauste. Ç'a coûté des millions de dollars à la chaîne. On ne fait pas vraiment la queue pour balancer l'argent qui servira à financer les projets de Mikey à l'heure qu'il est.

— Julie Balboni est fin prêt, lui.

— Vous avez déjà entendu parler d'une université qui aurait refusé de l'argent d'une entreprise de la Défense nationale parce que celle-ci fabrique du napalm ?

Il ouvrit et ferma la bouche comme s'il subissait une surpression dans la cabine d'un avion. La lune était maintenant levée et, à la lueur qui filtrait entre les branches d'arbres, la peau de son visage apparaissait, pâle et granuleuse, tendue sur les méplats osseux.

— Monsieur Robicheaux… Dave… Je veux me montrer honnête avec vous. J'ai besoin d'un verre.

— Il vaudrait mieux que nous rentrions pour en trouver un. Mais je vais passer un marché avec vous. Peut-être aimeriez-vous réfléchir à l'idée de m'accompagner à une réunion. Je ne veux pas nécessairement sous-entendre que c'est là votre vraie place. Mais certaines personnes sont d'avis que ça vaut toujours mieux que de se réveiller le matin comme une tronçonneuse.

Il détourna les yeux vers un bateau illuminé sur le bayou.

— Ce n'est qu'une idée, rien d'autre. Je ne voulais pas me montrer trop curieux, dis-je. Allez, rentrons.

— Ça vous arrive jamais de voir des lumières dans les cyprès la nuit ?

— C'est le gaz des marais. Il s'enflamme et roule à la surface de l'eau comme une boule de feu.

— Non, monsieur, ce n'est pas du tout de cela qu'il s'agit, dit-il. Ils avaient des lanternes accrochées à certaines de leurs ambulances. Les chevaux s'étaient embourbés dans les fondrières. Un grand nombre de ces soldats avaient des asticots dans leurs blessures. C'est uniquement pour ça qu'ils survivaient. Les asticots dévoraient l'infection.

Je n'allais pas me laisser entraîner à bavarder sur l'étrange terrain psychologique qu'il s'était, de toute évidence, créé comme petit zoo personnel pour toutes les formes protéennes qui habitaient son inconscient.

Je reposai le sac de boulettes de luzerne sur le toit des clapiers et fis demi-tour en direction de la maison.

– Ce général a dit autre chose, ajouta Elrod dans mon dos.

Je refusai d'en entendre encore plus, d'un geste de la main, et continuai à marcher.

– Je ne peux pas vous en vouloir de ne pas écouter, dit-il. Peut-être bien que j'étais saoul ce coup-ci. Comment votre père pouvait-il avoir le pistolet de son adjudant ?

Je m'arrêtai.

– Quoi ? dis-je.

Le Général a dit : « Le père de votre ami a pris le revolver de mon adjudant, le capitaine Moss... » Hé, monsieur Robicheaux, je n'avais pas l'intention de dire ce qu'il ne fallait pas, vous savez.

Je me mordillai le coin de la lèvre et attendis un instant avant de répondre.

– Elrod, j'ai comme le sentiment d'avoir affaire comme qui dirait à une sorte de mojo-drame qui s'est fabriqué tout seul, dis-je. C'est peut-être lié à la promotion de votre film, ou ça pourrait avoir rapport à un mec qui s'est laissé baigner la cervelle dans l'alcool trop longtemps. Mais quelle que soit la manière dont vous preniez les choses, je ne veux voir personne, et je dis bien *personne*, essayer de se servir d'un membre de ma famille pour me tirer la laisse et me mener en bateau.

Il tourna les paumes des mains vers le ciel, et ses longs cils se mirent à battre.

– Je ne sais que vous dire. Excusez-moi, monsieur, dit-il.

Puis ses yeux se fixèrent sur le vide, et il se pinça les lèvres au creux de la main comme s'il était en train de presser un citron desséché.

À 11 heures ce soir-là, je me dévêtis et m'allongeai sur le lit à côté de Bootsie. L'aérateur de fenêtre gonflait les rideaux, aspirant l'air qui soufflait par les rues, et je sentais l'odeur de pastèque et de jasmin de nuit sous le clair de lune. La porte du placard était ouverte, et je fixai les yeux sur la boîte à chaussures en bois posée en retrait sous mes chemises et pantalons sur cintres. Bootsie tourna la tête sur l'oreiller et me frôla le côté du visage du bout des doigts.

– Est-ce que tu es furieux contre moi ? demanda-t-elle.

– Non. Bien sûr que non.

– Ils ont l'air vraiment charmant tous les deux. Ç'aurait été une erreur de ne pas les inviter à entrer.

– Ouais, ils ne sont pas si mal que ça.

– Mais lorsque tu es rentré en compagnie d'Elrod, tu donnais l'impression qu'un détail te tracassait. Est-il arrivé quelque chose ?

– Il dit qu'il parle aux morts. Peut-être qu'il est cinglé. Je ne sais pas, Boots, je…

– Qu'est-ce qu'il y a, Dave ?

Elle se redressa sur un coude et me regarda droit dans les yeux.

– Il a déclaré qu'un général confédéré lui avait dit que mon père avait pris le revolver de son adjudant.

– Il avait dû boire un coup de trop, c'est tout.

Je continuai à fixer le placard des yeux. Elle me sourit et pressa son corps contre le mien.

– Tu as eu une longue journée. Tu es fatigué, dit-elle.

Il ne pensait pas à mal. Il ne se souviendra probablement pas de ce qu'il a dit demain.

— Tu ne comprends pas, Boots, dis-je en me redressant au bord du lit.

— Comprendre quoi ?

Elle posa la main sur mon dos nu.

— Dave, tes muscles sont noués comme des cordes. Qu'est-ce qui se passe ?

— Rien qu'une minute.

Je ne voulais pas me retrouver la proie de mes superstitions, de mes propres divagations imaginaires ou des manipulations d'Elrod Sykes. Mais c'est pourtant bien ce qui se passa. J'allumai la lampe de chevet et sortis ma vieille caisse à chaussures du placard. À l'intérieur d'une demi-douzaine de boîtes à souliers posées dans le fond se trouvaient les souvenirs de ma vie d'enfant avec mon père pendant les années quarante : ma collection de cartes de base-ball, pierres indiennes portées en brassard et pointes de flèches en quartz, ainsi que les balles Minié que nous trouvions toujours dans les champs de canne à sucre, après les labours et les premières pluies.

Je sortis une boîte écrasée nouée d'une ficelle de cerf-volant et me rassis dans le lit, la boîte dans les mains. Je fis glisser la ficelle, ôtai le couvercle et le posai sur la table de nuit.

— Voici le plus beau cadeau que mon père m'ait jamais donné, dis-je. Le jour de notre anniversaire, à mon frère et à moi, il nous préparait toujours du *cush-cush* [1] et des saucisses pour le petit déjeuner, et nous trouvions toujours un cadeau inhabituel qui nous attendait à côté de notre assiette. Le jour de mon douzième anniversaire, j'ai eu ça.

---

1. Couche-couche, mot indien : semoule de maïs sucrée et frite. (*N.d.T.*)

Je soulevai le lourd revolver et le sortis de la boîte avant de dérouler le chiffon huileux et noirci qui l'enveloppait.

– Mon père venait de se faire licencier de son chantier dans les pétroles, et il travaillait à démolir d'anciens quartiers d'esclaves d'une plantation de canne à sucre à une quinzaine de kilomètres sur le bayou. Il y avait une petite cahute à l'écart des autres, sur des fondations de briques, et il se dit que c'était là que devait loger le contremaître. Toujours est-il que, lorsqu'il a commencé à arracher les planches des murs, il a découvert des balles Minié aplaties dans le bois. Il a compris qu'il avait dû se produire une escarmouche entre fédéraux et confédérés dans le coin. Puis il a arraché ce qui restait du plancher, et dans le vide sanitaire, enfoncé entre les briques, se trouvait ce revolver Remington calibre .44.

« L'arme était couverte de rouille et de toiles d'araignées lorsque mon père l'avait trouvée, le barillet et le chien scellés sur le métal, les plaques de crosse en bois dévorées par la moisissure et les insectes. Mais je l'avais laissée à tremper une semaine durant dans l'essence et avais poli l'acier à la toile émeri et au chiffon, jusqu'à ce qu'il brille avec les reflets sourds d'une vieille pièce d'un *nickel*.

– Ce n'est rien qu'une vieille pièce d'antiquité que ton père t'a donnée, Dave, dit-elle. Peut-être en as-tu parlé à Elrod. Qui s'est saoulé et qui a tout mélangé avec un de ses fantasmes personnels.

– Non. Il m'a donné le nom de l'officier.

J'ouvris le tiroir de table de nuit et en sortis une petite loupe.

– Il a dit que l'arme avait appartenu à un certain capitaine Moss.

– Et alors ?

– Il y a un nom gravé à l'intérieur du pontet. Il y a des années que j'y avais plus pensé. Je n'aurais pas pu le lui donner.

Je posai le revolver en travers de mes cuisses et regardai, à l'aide de la loupe, le reflet de lumière douce qui jouait sur le laiton protégeant la détente. L'acier était froid et luisant d'huile contre ma cuisse.

– Jette un coup d'œil, dis-je.

Je lui tendis l'arme et la loupe. Elle replia les jambes sous elle et plissa l'œil devant la loupe.

– Je reconnais « CSA », dit-elle.

– Pas le bon endroit. Tout à l'arrière du pontet.

Elle rapprocha l'arme de sa loupe. Avant de lever les yeux sur moi, les joues marbrées de plaques blanches.

– J. Moss.

Sa voix était sèche en prononçant ces paroles. Puis elle répéta le nom :

– C'est écrit J. Moss.

– Il n'y a aucun doute.

Elle enveloppa le revolver dans son chiffon noirci et huilé et le replaça dans la boîte à chaussures. Elle mit sa main dans la mienne et serra.

– Dave ?

– Oui ?

– Je crois qu'Elrod Sykes est quelqu'un de gentil, mais il ne doit plus revenir ici, chez nous.

Elle éteignit la lumière, reposa la tête sur l'oreiller et regarda le clair de lune sur les pacaniers, le visage saisi par quelque réflexion soucieuse et très privée, pareille aux battements d'ailes silencieux d'un oiseau pris à l'intérieur d'une cage.

6

Tôt le lendemain matin, le shérif m'arrêta dans le couloir tandis que je me dirigeais vers mon bureau.

– L'agent spécial Gomez est ici, dit-il, avec une esquisse de sourire au coin des lèvres.

– Où ça?

– Dans ton bureau.

– Et alors?

– Je crois que c'est une chance pour nous d'avoir le FBI à nos côtés sur cette affaire.

– Vous m'avez déjà dit la même chose.

– Ouais, c'est vrai, hein?

Son regard se mit à briller, puis il détourna la tête et éclata d'un rire sonore.

– C'est quoi, la grande plaisanterie? demandai-je.

– Rien du tout.

Il se frotta les lèvres d'une phalange, les yeux toujours plissés en pattes d'oie.

– Permettez-moi de vous demander quelque chose entre deux plaisanteries pour initiés, dis-je. Pourquoi faire entrer le FBI aussi tôt à ce stade de l'enquête? Ils n'ont pas assez de boulot avec les affranchis en résidence à La Nouvelle-Orléans?

– Voilà une bonne question, Dave. Pose-la donc à l'agent Gomez et tu viendras me donner sa réponse ensuite.

Il s'éloigna en souriant. Des adjoints en uniforme dans le couloir lui rendirent son sourire au passage.

Je ramassai mon courrier, franchis le seuil de mon bureau et contemplai la femme installée dans mon fauteuil, en train de parler dans mon téléphone. Tout en conversant, elle regardait par la fenêtre un moqueur sur une branche. Elle tourna la tête assez longtemps pour m'indiquer un fauteuil dans lequel je pouvais m'asseoir si je le désirais.

Elle était petite, la peau sombre, et sa chevelure noire et épaisse était coupée au carré autour du cou. Sa veste de tailleur blanc était suspendue au dossier de mon fauteuil. Son chemisier arborait un énorme nœud papillon en soie, de ceux que Bugs Bunny pourrait porter.

Son regard se reporta vivement sur moi, elle écarta le combiné de téléphone de son oreille et posa la main sur le micro.

— Prenez un siège. J'en ai pour une minute, dit-elle.

— Merci, dis-je.

Je m'assis et feuilletai distraitement mon courrier. Un instant plus tard, je l'entendis qui reposait le combiné.

— Puis-je vous aider en quoi que ce soit? demanda-t-elle.

— Peut-être bien. Je m'appelle Dave Robicheaux. Et ceci est mon bureau.

Son visage prit quelques couleurs.

— Je suis désolée, dit-elle. Un appel qui m'était destiné est arrivé sur votre ligne, et je me suis automatiquement installée derrière votre bureau.

— Il n'y a pas de problème.

Elle se leva et redressa les épaules. Ses seins paraissaient anormalement imposants et lourds pour une femme de sa taille. Elle ramassa son sac à main et fit le tour du bureau.

— Je suis l'agent spécial Rosa Gomez, dit-elle.

Puis elle me tendit la main, à croire que sa commande de motricité n'était plus synchro avec ses paroles.

— C'est un plaisir de vous rencontrer, dis-je.

— Je crois qu'ils vont m'installer un bureau ici.

— Oh ?

— Cela vous dérange ?

— Non, pas du tout. C'est un plaisir que de vous avoir parmi nous.

Elle resta debout, les deux mains sur son sac, les épaules raides comme un cintre.

— Pourquoi ne vous asseyez-vous pas, madame… agent Gomez ?

— Appelez-moi Rosie. Tout le monde m'appelle Rosie.

Je m'assis derrière mon bureau lorsque je remarquai qu'elle regardait le côté de ma tête. D'un geste involontaire, je me touchai les cheveux.

— Il y a longtemps que vous faites partie du Bureau ? demandai-je.

— Pas vraiment.

— Alors vous êtes nouvelle dans le métier, non ?

— Eh bien, disons, pour ce genre d'affectation. Je veux dire, sur le terrain, ce genre de choses.

Ses mains paraissaient toutes petites sur le dessus de son grand sac. Je crois qu'il lui fallut toute son énergie pour les empêcher de se serrer tant elle était nerveuse. Puis son regard se posa à nouveau sur le côté de ma tête.

— J'ai une mèche blanche dans les cheveux, dis-je.

Elle ferma puis rouvrit les yeux d'un air gêné.

— Quelqu'un a dit un jour que j'avais du sang de sconce dans les veines, dis-je.

— J'ai l'impression de faire des tas de choses de travers ce matin, dit-elle.

– Non, ce n'est pas vrai.

Mais il y a bien quelqu'un chez Foutoir, Boxon et Incompétence[1] qui s'est planté sur toute la longueur, songeai-je.

Elle s'assit alors dans son fauteuil, bien droite, et se concentra sur un point à l'extérieur de la fenêtre jusqu'à ce que son visage reprît un air paisible.

– Le shérif a dit que vous n'étiez pas convaincu que nous ayons affaire à un tueur en série ou à un meurtre de hasard, dit-elle.

– Je n'ai pas tout à fait dit les choses en ces termes. Je lui ai dit que je pensais qu'elle connaissait l'assassin.

– Pourquoi ?

– Il s'avère qu'elle a eu un père tortionnaire. Elle avait aussi l'instinct de la rue. À l'âge de seize ans, on l'a arrêtée pour prostitution. Hier, j'ai appris qu'elle continuait à faire du racolage – son point de chute était une boîte de St-Martinville. Une fille comme ça ne se laisse pas habituellement embarquer de force dans une voiture à la sortie d'un rade à juke-box bondé.

– Peut-être est-elle partie avec un miché.

– Pas sans son sac. Elle l'a laissé à sa table. À l'intérieur, nous avons retrouvé…

– Des capotes, dit-elle.

– C'est exact. Et donc, je ne crois pas qu'il s'agissait d'un miché. Dans sa voiture, nous avons retrouvé une cartouche de cigarettes, une brosse à cheveux toute neuve, et, dans le coffre, une demi-douzaine de joints dans un sac plastique. Je crois qu'elle est sortie se chercher des cigarettes, un joint, ou la brosse à cheveux, elle a vu quelqu'un qu'elle connaissait, elle est montée dans sa voiture, et elle n'est jamais revenue.

---

1. Autrement dit FBI ! *(N.d.T.)*

– Peut-être s'agissait-il d'un vieux client, quel-qu'un en qui elle avait confiance. Peut-être lui a-t-il dit qu'il voulait juste arranger un rendez-vous pour plus tard.

– Ça ne colle pas. Un miché ne paie pas un jour pour revenir la fois suivante armé d'une lame à rasoir ou d'un scalpel.

Elle coinça l'ongle du pouce entre ses dents. Elle avait les yeux marron, pleins de petites lumières.

– Alors, vous pensez que le tueur est originaire d'ici, de cette région, elle le connaissait, et elle avait suffisamment confiance en lui pour accepter de monter dans sa voiture.

– Je crois que ça s'est passé à peu près·comme ça.

– Nous pensons qu'il s'agit d'un psychopathe, peut-être même d'un tueur en série.

– *Nous ?*

– En fait, *moi*. J'ai fait établir un profil de comporte-tement sur notre homme. Tout ce qu'il a fait indique une personnalité qui cherche à établir autorité et domi-nation. Pendant l'enlèvement, le viol, le meurtre lui-même, il a pris les choses en main, absolument. Le sentiment de puissance l'excite sexuellement, le fait d'instiller peur et mépris chez une femme, de se mon-trer capable de l'étouffer avec son corps. Très vraisem-blablement, c'est de l'eau glacée qui lui coule dans les veines.

J'acquiesçai et déplaçai quelques trombones sur mon sous-main.

– Vous n'avez pas l'air très impressionné, dit-elle.

– Comment interprétez-vous le fait qu'il lui ait cou-vert le visage de son chemisier ?

– En l'empêchant de voir, il humilie la victime et lui inspire une terreur encore plus grande.

– Ouais, je crois bien.

– Mais vous n'adhérez pas au profil qu'on a établi de lui.

– Je ne suis pas très porté sur la psychanalyse. J'appartiens à une confrérie qui se fonde sur la notion que la plupart des comportements malsains ou méchants naissent de ce que nous appelons une peur centrée sur soi-même. Je pense que notre homme avait peur de Cherry LeBlanc. Je pense qu'il n'a pas été capable de la regarder dans les yeux pendant qu'il la violait.

Elle tendit la main vers un dossier qu'elle avait laissé sur le coin de mon bureau.

– Savez-vous combien de meurtres de femmes, similaires et non résolus, ont été commis dans l'État de Louisiane au cours des vingt-cinq dernières années?

– J'ai envoyé une demande de renseignements à Baton Rouge, hier.

– Nous bénéficions d'un avantage très injuste sur vous pour ce qui est des ressources à notre disposition.

Elle feuilleta les feuilles d'imprimantes agrafées au haut de la chemise. J'aperçus dans le dos de Rosie deux adjoints en uniforme arborant de larges sourires à mon intention, de l'autre côté de la cloison vitrée de mon bureau.

Je me levai, fermai la porte et revins m'asseoir.

– Est-ce que cet endroit est plein de comiques? dit-elle. J'ai l'impression que je fais sourire des tas de gens.

– Certains d'entre eux ne sont guère souvent confrontés au vaste monde.

– Toujours est-il qu'en nous limitant à ces dix dernières années, il y a au moins dix-sept homicides non résolus impliquant des personnes de sexe féminin, qui présentent avec le meurtre de Cherry LeBlanc quelques points de similitude. Vous désirez jeter un coup d'œil?

dit-elle en me tendant la chemise. Il faut que j'aille au bureau du shérif pour avoir les clefs du bâtiment. Je reviens tout de suite.

Le dossier de lecture était sinistre. Il n'y avait rien d'abstrus quant à la prose dans laquelle il était rédigé. Elle était sans imagination, plate, factuelle et brutale dans sa description du potentiel bestial qu'avait reçu en partage la grande famille des humains, pareille au compte-rendu banal de nos pires cauchemars : affaires de mutilations concernant habituellement des prostituées ; garottage de ménagères enlevées en plein jour dans des parcs de stationnement de supermarchés ou de bowlings ; meurtres de bord de route de femmes dont les voitures étaient tombées en panne la nuit ; prostituées probablement brûlées vives par leurs macs ; noyade de deux Noires que l'on avait attachées à un bloc moteur d'automobile au moyen de fil de fer barbelé.

Dans pratiquement toutes ces affaires, on retrouvait viol, sodomie ou torture de quelque sorte. Ce qui me tracassait le plus était le fait que les responsables de ces actes étaient probablement toujours en liberté, à moins de se trouver déjà sous les verrous pour d'autres crimes ; peu d'entre eux avaient connu leurs victimes, en conséquence de quoi, ils ne seraient guère nombreux à être jamais capturés.

Je remarquai alors que Rosie Gomez avait coché dans la marge six affaires qui avaient avec la mort de Cherry LeBlanc plus de dénominateurs communs que les autres : trois fugueuses dont on avait retrouvé les cadavres enterrés en bordure d'autoroute dans un bois ; une lycéenne qui avait été violée, attachée à un arbre dans un camp de pêcheurs de Lake Chicot, avant d'être abattue à bout portant par balle ; deux serveuses qui avaient laissé tomber leur boulot sans explication et qui s'étaient fait matraquer à mort avant d'être balancées dans des fossés d'irrigation.

Leurs cadavres portaient tous, d'une manière ou d'une autre, des marques de ligatures. Elles étaient toutes jeunes, d'origine ouvrière, et peut-être parfaitement innocentes, lorsque était apparu, dans leur existence, de manière violente et irrévocable, le dégénéré qui s'en était allé comme si de rien n'était, sans laisser le moindre indice sur son identité.

J'éprouvai un respect marqué pour les capacités de Rosie Gomez.

Elle repassa le seuil de la porte, occupée à fixer deux clefs sur un anneau.

— Voulez-vous que nous bavardions pendant notre trajet jusqu'à Spanish Lake ? dis-je.

— Qu'est-ce qu'il y a à Spanish Lake ?

— Un metteur en scène que j'aimerais rencontrer.

— Qu'est-ce que cela a à voir avec notre affaire ?

— Probablement rien. Mais mieux vaut ça que de rester enfermé.

— Bien sûr. Il faut que je passe un coup de fil au Bureau, et je reviens immédiatement.

— Permettez-moi de vous poser une question sans aucun rapport, dis-je.

— Naturellement.

— Si vous trouviez les restes d'un Noir, un cadavre sans ceinture, et sans lacets à ses chaussures, quelle hypothèse pourriez-vous faire ?

Elle me regarda avec un sourire dubitatif.

— Il était pauvre ? dit-elle.

— Possible. En fait, quelqu'un m'a suggéré la même chose en termes un peu moins charitables.

— Non, dit-elle.

Elle regarda dans le vide d'un air songeur, gonfla une joue, puis l'autre, à la manière d'un sapajou.

— Non, je parierais qu'on l'avait mis en prison, dans une cellule de détention provisoire d'une paroisse ou d'une municipalité, où l'on craignait qu'il ne porte atteinte à sa vie.

— Ce n'est pas mal, dis-je.

Pas mal du tout, songeai-je.

— Allez, venez, on va faire une balade en voiture.

Je l'attendis à l'extérieur à l'ombre du bâtiment. Je suais sous ma chemise et le soleil reflété par le sol du parc de stationnement me mouillait les yeux de larmes. Deux des adjoints qui s'étaient postés tout sourire derrière ma cloison vitrée sortirent, des blocs-agrafes à la main. Ils s'arrêtèrent en me voyant. Le plus grand des deux, un dénommé Rufus Arceneaux, sortit une allumette de sa bouche et me sourit derrière ses lunettes de soleil.

— Hé, Dave, dit-il, cette nana, elle se trimbale un biper du Bureau sur chacun de ses nichons, ou est-ce qu'elle est juste un peu trop fournie question poumons ?

Ils arboraient maintenant l'un et l'autre de larges sourires. J'entendais bourdonner de grosses mouches au-dessus d'une grille en fer à l'ombre du bâtiment.

— Les mecs, vous avez le droit de prendre ça pour ce que ça vaut, dis-je. Je ne veux pas que vous ayez une dent contre moi, non plus, simplement parce que je vous suis supérieur en grade ou quelque chose comme ça. D'accord ?

— Faut passer en civil pour se payer de la chatte fédérale ? dit Arceneaux, qui replaça l'allumette au coin de ses lèvres.

Je remis mes lunettes de soleil, pliai mon veston au creux de mon bras, et regardai de l'autre côté de la rue un Noir qui vendait ses pastèques bigarrées directement depuis le hayon d'une camionnette à plateau.

– Si vous voulez vous comporter comme des clowns en public, c'est votre affaire, dis-je. Mais mieux vaudrait pour vous effacer cette expression stupide que vous avez sur la figure quand vous vous retrouvez non loin de ma partenaire. Une chose encore. Si je vous entends faire des remarques à son sujet, à moi ou à quelqu'un d'autre, nous allons régler la question très sérieusement. Vous voyez où je veux en venir ?

Arceneaux tourna la tête avant de décoller le plastron de sa chemise de sa peau moite.

– Bon sang, qu'y fait chaud, hein ? dit-il. Je crois que je vais me rentrer cet après-midi et prendre une douche froide. Tu devrais essayer toi aussi, Dave. Une douche froide, ça pourrait bien te vider la tête de ce qu'y faut pas.

Ils s'éloignèrent dans les miroitements de brume de chaleur, le cuir de leurs étuis à revolver et leur cartouchière craquant sur les hanches, le dos de leur chemise poivré de gouttes de sueur.

Je quittai la grand-route en compagnie de Rosie Gomez au volant de mon camion et empruntai le chemin de terre qui traversait les vergers de pacaniers en direction de Spanish Lake, où nous pouvions voir des plates-formes suspendues avec des caméras montées sur pied qui se découpaient en silhouette sur fond de soleil reflété par les eaux. Une chaîne était tendue en travers de la route entre un poteau et le pignon du bâtiment de la sécurité monté sur une ossature en bois. Le gardien, sec comme un coup de trique avec sa cicatrice blanche pareille à une patte de poulet enchâssée au creux de la gorge, s'approcha de ma vitre. Il avait le visage pincé, marqué par la chaleur à l'ombre de sa casquette à visière.

Je lui montrai mon insigne.

— Ouais, vous pouvez y aller, dit-il. Vous vous souvenez de moi, inspecteur Robicheaux ?

Il avait les cheveux gris, coupés en brosse au ras du crâne, la peau, au grain aussi grossier que celle d'un lézard, brunie par trop de soleil. Ses yeux bleus semblaient présenter un défaut de vision quelconque, un genre de tremblotis nerveux pareil à des billes en train de cliqueter sur une assiette.

— Doucet, c'est bien ça ? dis-je.

— Oui, monsieur, Murphy Doucet. Vous avez une bonne mémoire. J'appartenais aux services du shérif de la paroisse de Jefferson lorsque vous étiez à la police de La Nouvelle-Orléans.

Il avait l'estomac aussi plat qu'un bardeau et portait un revolver chromé .347 ainsi qu'une radio-agrafe, un bidon de Mace et une matraque en caoutchouc à la ceinture.

— On dirait que vous êtes dans le cinéma aujourd'hui, dis-je.

— Rien que pour un moment. Je suis propriétaire de moitié d'un service de sécurité et je suis délégué du syndicat des Camionneurs de Lafayette en plus. Alors, comme qui dirait, je suis ici des deux côtés de la barrière.

— Voici l'agent spécial Gomez du FBI. Nous aimerions bavarder quelques minutes avec monsieur Goldman s'il n'est pas trop occupé.

— Est-ce qu'il y a eu des problèmes quelconques ?

— Est-ce que monsieur Goldman est ici ?

— Oui, monsieur, c'est lui, là-bas, sous les arbres. Je vais lui dire que vous arrivez.

Il fit le geste de dégrafer la radio à sa ceinture.

— Ce n'est pas la peine. Nous le trouverons bien.

— Bien, monsieur, comme vous le désirez.

Il laissa tomber la chaîne et attendit notre passage. Dans le rétroviseur, je le vis qui la raccrochait au poteau. Rosie Gomez fixait le profil de mon visage.

— Qu'y a-t-il ? dit-elle.

— Le syndicat des Camionneurs. Pourquoi donc une compagnie de production hollywoodienne voudrait venir dans une zone rurale en pleine dépression et engager les services des Camionneurs ? Ils peuvent engager du personnel du coin au salaire minimum.

— Peut-être font-ils affaire avec les syndicalistes de manière tout à fait naturelle.

— Non. D'habitude, c'est le genre d'entreprise qui laisse ses syndicats en Californie. J'ai comme l'impression que c'est lié au fait que Julie Balboni se trouve bien à bord de l'arche.

J'observai l'expression de son visage. Elle regarda droit devant elle.

— Vous savez qui est Julie Balboni, n'est-ce pas ? dis-je.

— Oui. Monsieur Balboni nous est très bien connu.

— Vous savez également qu'il se trouve à New Iberia, n'est-ce pas ?

Elle attendit cette fois avant de répondre. Ses petites mains étaient crispées sur son sac.

— Que cherchez-vous à me faire comprendre ? dit-elle.

— Je crois que le Bureau a plus d'une raison pour se trouver en ville.

— Vous croyez que le meurtre de la fille est secondaire pour moi ?

— Non. Pas pour vous.

— Mais probablement qu'il l'est pour ceux qui m'emploient ?

— Vous devriez savoir cela mieux que moi.

— Vous n'avez pas une très haute opinion de nous, je me trompe ?

— L'expérience que j'ai eue par le passé avec le Bureau n'a jamais été trop bonne. Mais peut-être que c'était mon problème. Comme le dit la Bible, je regardais le monde au travers d'un miroir obscurément sombre. En tout premier lieu parce qu'il était plein de Jim Beam la plupart du temps.

— Le Bureau a changé.

— Ouais, je crois bien.

Oui, songeai-je, ils ont engagé des femmes et des membres de minorités raciales, de force, à bout de fusil, ils ont cessé de mettre sur écoute les responsables des droits civiques et de salir la réputation d'innocents après la mise au grand jour de toutes leurs années de surveillance illégale et de destruction de personnalités.

Je rangeai le camion à l'ombre d'un chêne vert tendu de mousse, et nous nous dirigeâmes vers la rive du lac, où une douzaine de personnes écoutaient avec attention un homme dans un fauteuil en toile qui ponctuait son discours de force gestes, poignardait l'air d'un doigt tendu pour insister sur un détail, et haussait ses puissantes épaules comme s'il désespérait dans son désir de se faire comprendre. Sa voix, sa manière de faire, me firent penser à un ouragan fourré à l'intérieur d'un short de tennis blanc et d'un polo bleu foncé.

— ... le meilleur putain de scénariste de toute cette putain de ville, disait-il. Je me fiche pas mal de ce que disent tous ces connards, ils ne seraient même pas capables de soulever mon putain de calbard. Quand on sortira de la salle de montage avec ça, ça va être du putain d'or massif. Est-ce que tout le monde a bien pigé ? C'est un film superbe. Croyez-moi, ils vont tous en mouiller leur froc en grand ce coup-ci.

Son visage tendu ressemblait à un ballon blanc sur le point d'éclater. Mais même lorsque son numéro d'histrion atteignit à un niveau impressionnant qui inspira un silence très respectueux chez ses auditeurs, il laissa filer son regard sur moi et sur Rosie, et j'eus le sentiment que Murphy Doucet, le garde de la sécurité, s'était servi de sa radio après tout.

Présentations faites, après lui avoir montré notre plaque d'identification, il dit :

– Là où vous travaillez, vous avez des téléphones ?

– Je vous demande pardon ? dis-je.

– Là où vous travaillez, vous avez des téléphones ? Est-ce que vous avez des gens là-bas qui savent comment prendre des rendez-vous à votre place ?

– Peut-être bien que vous ne comprenez pas, monsieur Goldman. Lors d'une enquête criminelle, nous ne prenons pas de rendez-vous pour parler aux gens.

Son visage changea de volume comme s'il était fait de caoutchouc blanc.

– Vous êtes en train de nous dire que vous êtes ici pour enquêter sur un crime ? Et c'est quoi le crime dont on cause, hein ? Vous voyez un crime dans le coin ?

Il fit pivoter sa tête sur trois cent-soixante degrés.

– Je n'en vois pas, moi.

– Nous pouvons en discuter au bureau du shérif si vous le désirez, dit Rosie.

Il la fixa du regard, comme si elle venait de sortir d'un trou d'une autre dimension.

– Avez-vous la moindre idée de ce que ça coûte de tenir cent cinquante personnes inoccupées pendant que je m'amuse à jouer au billard avec une enquête *criminelle* ? dit-il.

– Vous avez entendu ce qu'elle a dit. Alors ce sera quoi, collègue ? demandai-je.

– *Collègue ?* dit-il, la tête tournée vers le large du lac, un masque d'incrédulité mélancolique sur le visage. Je crois que j'ai dû foirer le coup lors d'une incarnation antérieure. J'ai probablement dû avoir une part de responsabilité dans le naufrage du *Titanic* ou l'assassinat de l'archiduc Ferdinand. Ça doit être ça.

Il se leva alors et me fit face, le visage impassible, lourd de furie contenue, d'un boxeur qui attend que l'arbitre en finisse de ses recommandations d'avant le combat.

— Vous voulez qu'on marche ou qu'on aille dans ma roulotte ? dit-il. Le climatiseur de ma caravane est cassé. On pourrait faire frire des œufs sur le siège des toilettes. Qu'est-ce que vous préférez ?

— Ici, ça me convient très bien, dis-je.

— Ça vous convient, hein ? dit-il du ton de celui qui s'adresse à une réserve de savoir cynique et très personnel en son for intérieur. Que voulez-vous dire exactement, monsieur Robicheaux ?

Il s'avança le long de la rive du lac, les boucles de sa toison jaillissant du col de son polo comme autant de fils de bronze. Son short blanc de tennis paraissait vouloir éclater aux coutures sur ses fesses et ses cuisses musculeuses.

— Je crois comprendre que vous avez recommandé à certains de vos gens de rester à l'écart de moi. Est-ce exact ? dis-je.

— Quels gens ? De quoi parlez-vous ?

— Je crois que vous savez de quoi je parle.

— Elrod et ses voix dans le brouillard ? Elrod et ses squelettes enterrés dans un banc de sable ? Vous croyez que j'attache de l'importance à des trucs comme ça ? Vous croyez que c'est ce que j'ai en tête quand je suis en train de faire un film ?

Il s'arrêta et pointa un doigt épais vers moi.

— Hé, essayez donc de comprendre quelque chose. Je vis avec les couilles sur un billot. C'est une façon de vivre. Je ne m'intéresse pas aux problèmes des gens, ils ne me concernent pas quand je suis dans un coin donné. Est-ce que c'est censé être mal ? Est-ce que j'ai le droit de dire à mes acteurs ce que je pense ? Sommes-nous toujours dans le domaine du 1er Amendement ?

Un groupe d'acteurs en uniformes bleu et gris zébrés de sueur, en train de manger des hamburgers à même des récipients en polystyrène, passèrent à côté de nous. Je fis demi-tour et me rendis compte soudain que Rosie n'était plus avec nous.

— Elle a probablement dû tomber dans un trou, dit Goldman.

— Je pense qu'effectivement quelque chose vous tracasse, monsieur Goldman. Et je pense, qui plus est, que nous savons l'un et l'autre de quoi il s'agit.

Il prit une profonde inspiration. La lumière du soleil brillait à travers les branchages du chêne au-dessus de sa tête en dessinant des formes mouvantes sur son visage.

— Permettez-moi d'essayer de vous expliquer quelque chose, dit-il. Pratiquement tout de l'univers du film est une illusion. Un acteur, c'est quelqu'un qui n'a jamais aimé celui qu'il était. Alors il se fabrique un personnage, et c'est ce qu'il devient. Vous croyez que John Wayne est sorti John Wayne du sein de sa mère ? Lui et un scénariste ont créé un personnage qui était le fruit d'un croisement entre le capitaine Bly et saint François d'Assise, et « le Duke » l'a interprété jusqu'à ce qu'il casse sa pipe.

« Elrod s'est convaincu qu'il possédait des pouvoirs magiques. Pourquoi ? Parce qu'il s'est fondu la cervelle il y a cinq ans de ça, et il y a des jours où il est incapable de nouer ses lacets de chaussures sans qu'on lui fasse un croquis. Alors, plutôt que de reconnaître qu'il a de la purée de pois entre les oreilles, il est devenu mystique, il se prend pour un persécuté parce qu'il a le don de double vue.

– Arrêtons là les conneries, monsieur Goldman. Vous êtes en affaires avec Baby Feet Balboni. Ça, c'est votre problème. Et pas Elrod Sykes.

– Faux.

– Vous savez ce que c'est qu'un « porte-chapeau » ?

– Non.

– Un mec qui tombe avec vous sur la même inculpation.

– Et alors ?

– Alors, Julie n'a pas de porte-chapeau. Ses racoleuses se retrouvent en cellule de paroisse à sa place, ses fourgueurs font pareil à Angola, et ses comptables sont au trou à Atlanta et Lewisburg, toujours dans les mêmes conditions. Je ne pense pas que Julie ait jamais passé une seule journée en taule.

– Moi non plus. Parce que je n'enfreins pas la loi.

– Je crois qu'il va vous cannibaliser.

Il détourna la tête, je vis ses mains se serrer et se desserrer et les veines battre dans son cou.

– Écoutez un peu, dit-il. J'ai travaillé neuf ans sur une mini-série portant sur le meurtre de six millions de personnes. Je me suis rendu à Auschwitz, et j'ai installé mes caméras aux endroits mêmes où les SS photographiaient les gens qu'on sortait de force des wagons de marchandises avant de les rameuter en troupeaux sous la surveillance des chiens direction les fours. Des survivants sont venus me voir pour me dire que je suis la seule et unique personne qui ait jamais décrit dans un film ce qu'ils ont effectivement connu. Je n'en ai rien à branler de ce que peuvent raconter les critiques, cette série-là durera mille ans. Comprenez bien une chose, et que ce soit bien clair, monsieur Robicheaux. Les gens peuvent peut-être bien me baiser dans les grandes largeurs comme individu, mais jamais ils ne me baiseront comme metteur en scène. Vous pouvez mettre ça dans vos archives.

Ses yeux pâles lui sortaient de la tête comme des billes.

Je tournai la tête vers lui, en silence.

— Il y a autre chose ? dit-il.

— Non, pas vraiment.

— Alors, pourquoi ce regard ? Qu'est-ce qu'il y a ?

— Rien. Je pense que vous êtes probablement quelqu'un de sincère. Mais ainsi qu'on me l'a dit un jour, une confiance exagérée en soi est un défaut de personnalité qu'il vaut mieux laisser aux auteurs de tragédies.

Il se pressa les doigts contre la poitrine.

— J'ai un problème de fierté, à vous entendre ?

— Je crois que Jimmy Hoffa a probablement été le mec le plus dur que le syndicalisme ait jamais produit, dis-je. Ensuite, de toute évidence, il a décidé que lui et la pègre pourraient se payer un tour de piste ensemble et danser le boogie dégueulasse. J'ai connu un torpédo de La Nouvelle-Orléans qui m'a dit qu'ils avaient découpé Hoffa en centaines de morceaux et qu'il a servi à nourrir les poissons. Et je dois ajouter, je crois ce qu'il m'a dit.

— On dirait que votre ami devrait présenter ça devant un grand jury.

— C'est impossible. Il y a trois ans, l'une des raclures à gages de Julie lui a défoncé le crâne d'un coup de ciseau à froid. Pour le plaisir, rien d'autre. Il vend maintenant des glaces avec son triporteur devant le drugstore K & B sur St-Charles. Au plaisir de vous revoir, monsieur Goldman.

Je m'éloignai au milieu des feuilles mortes en enjambant des câbles d'alimentation en caoutchouc qui ressemblaient à un nœud de serpents noirs. Lorsque je tournai la tête vers Mikey Goldman, ses yeux étaient fixés dans le vide, comme détachés de leurs orbites.

6

Rosie m'attendait à côté de la camionnette sous le chêne vert. Les jeunes pousses de canne à sucre dans les champs ployaient sous le vent. Rosie s'éventait d'une chemise en kraft qu'elle avait ramassée sur le siège.

— Où êtes-vous allée ? demandai-je.

— Discuter avec Hogman Patin.

— Où est-il ?

— Là-bas, avec le groupe de Noirs, sous les arbres. Il interprète le rôle d'un musicien de rues dans le film.

— Comment saviez-vous qu'il fallait vous adresser à lui ?

— Vous avez mis son nom dans le dossier, et je l'ai reconnu d'après la photo sur l'un de ses albums.

— Vous êtes un sacré flic, Rosie.

— Oh, je vois. Vous ne vous attendiez pas à une chose pareille de la part d'un agent qui n'est pas très grand, d'origine chicano, et femme qui plus est ?

— Je l'entendais comme un compliment. Que diriez-vous de garder des réflexions de ce genre pour les gens qui le méritent ? Qu'est-ce que Hogman vous a raconté ?

Elle cligna des yeux devant la sécheresse de la question.

— Je suis désolé, dis-je. Je n'avais pas l'intention de me montrer aussi abrupt. J'ai toujours Goldman en tête. Je crois qu'il a de sérieux problèmes, et il nous les cache. Et je crois que ses problèmes concernent Julie Balboni. Je crois également qu'il pourrait bien y avoir des liens étroits entre Julie et Cherry LeBlanc.

Elle tourna ses regards vers le groupe de Noirs sous les arbres.

— Vous n'aviez pas pris la peine de m'informer de ce détail, dit-elle.

— Je n'en étais pas sûr. Et je ne le suis toujours pas.

— Dave, je vais être franche avec vous. Avant de venir ici, j'ai parcouru votre dossier. Il semble que vous ayez une manière très personnelle de faire les choses. Peut-être que vous vous êtes retrouvé dans des situations telles qu'il n'existait pas d'alternative. Mais je ne peux pas travailler avec un partenaire qui garde des informations pour lui.

— Ce n'est qu'une hypothèse, Rosie, et je viens de vous la proposer.

— Où pensez-vous qu'il puisse exister un lien entre ces deux personnes ? dit-elle, une expression franche sur le visage.

— Je ne suis pas certain de savoir. Mais l'un de ses gros bras, un dénommé Cholo Manelli, m'a appris que lui et Julie avaient discuté de la mort de la fille. Et dix minutes plus tard, Julie me raconte qu'il n'avait rien lu ni entendu de l'affaire. Donc il y en a un des deux qui ment, et je crois que c'est Julie.

— Pourquoi pas le gros bras, c'est quoi déjà son nom, Cholo ?

— Quand un mec comme Cholo ment ou essaie de mener quelqu'un en bateau, il ne fait jamais intervenir le nom de son patron. Il sait pertinemment combien ça pourrait être dangereux. Finalement, qu'avez-vous obtenu de Hogman ?

— Pas grand-chose. Il s'est contenté de vous montrer du doigt en disant : « Dites à celui-là là-bas qu'y a

101

pas tout le monde d'innocent, et qu'y a pas non plus tout le monde qui écoute quand y faudrait. » Qu'est-ce que vous faites de ça ?

— Hogman aime bien se montrer énigmatique.

— Les cicatrices qu'il a sur les bras…

— Il s'est retrouvé mêlé à des tas de bagarres au couteau à Angola. Dans les années quarante, il a assassiné un Blanc, un agent d'assurances-décès qui couchait avec sa femme. Croyez-moi, Hogman, c'est un sacré numéro. Les matons ne savaient pas comment s'y prendre avec lui. Une fois, ils l'ont collé dix-huit jours d'affilée dans la cage à suées du Camp A.

— Comment a-t-il tué le Blanc en question ?

— Avec une machette, au domicile du gars, sur la galerie. En plein jour. Un sujet qui a alimenté les conversations pendant un long moment.

Je vis une éventualité se faire jour dans son regard.

— Ce n'est pas un suspect valable, Rosie.

— Et pourquoi pas ?

— Hogman, ce n'est pas le mauvais mec. Il ne fait guère confiance aux Blancs, et il est un peu trop fier, mais il ne ferait pas de mal à une fille de dix-neuf ans.

— Et c'est tout ? *Ce n'est pas le mauvais mec ?* Même s'il semble avoir passé sa vie à être mêlé à des épisodes de violence au couteau ? Seigneur Dieu !

— Le propriétaire de la boîte de nuit dit aussi que Hogman n'a jamais quitté le club cette nuit-là.

Elle monta dans le camion et ferma la porte. Ses épaules arrivaient tout juste au niveau de la fenêtre. Je montai côté conducteur et démarrai le moteur.

— Bon, ce qui règle toute la question, alors, dit-elle. Je crois bien que le propriétaire a dû tenir notre homme à l'œil toute la soirée. Vous avez indiscutablement une façon intéressante de conduire une enquête par ici.

— Je vais faire un marché avec vous. J'irai à nouveau parler à Hogman si vous, de votre côté, vous vous renseignez sur ce Murphy Doucet.

— Parce qu'il fait partie des Camionneurs ?

— C'est exact. Essayons de découvrir comment ces mecs ont développé un intérêt pour la guerre entre les États.

— Vous savez ce qu'est un « transfert » en psychologie ?

— Où voulez-vous en venir ?

— Un peu plus tôt, vous avez suggéré que j'avais un compte personnel à régler avec Julie Balboni. Ne croyez-vous pas que c'est peut-être vous qui entraînez l'enquête secondaire ?

— Possible. Mais on ne peut jamais dire ce qui va s'envoler d'un arbre tant qu'on n'a pas jeté une pierre dans les branches.

La phrase était un peu cavalière. Mais sur le moment elle me parut innocente, sans porter guère à plus de conséquence que la brise chaude qui soufflait sur les cannes et les nuages de tonnerre couleur violine qui s'accumulaient au large sur le Golfe.

Sam « Hogman » Patin vivait sur le bayou au sud de la ville dans une maison à ossature bois, sans peinture, envahie de bananiers, aux gouttières bouchées par les feuilles, aux moustiquaires orangées de rouille. Le toit était rapiécé de panneaux de R.C. Cola, le jardin n'était qu'un fouillis de mauvaises herbes, de pièces d'automobiles et de machines à laver, de liserons et d'os de porc ; la galerie et un coin de la maison s'affaissaient d'un côté comme un sourire brisé.

J'avais attendu la fin de la journée pour aller discuter avec lui à son domicile. Je savais qu'il aurait refusé de me parler devant d'autres personnes sur les lieux du tournage, et, en fait, je n'étais même pas certain qu'il accepterait de me révéler à ce moment-là quoi que ce soit d'important. Il avait servi une peine de dix-sept ans à Angola, dont les quatre premières s'étaient passées parmi les prisonniers regroupés au Red Hat. C'était là qu'on retrouvait les assassins, les psychotiques, ceux qu'on ne pouvait maîtriser. Ils portaient des uniformes à rayures noires et blanches, et des chapeaux de paille qu'on avait trempés dans la peinture rouge. Ils ne se déplaçaient qu'au pas de gymnastique, à la moindre injonction des matons armés à cheval et, pour punition, se voyaient attachés sur des fourmilières, jetés dans les cages à suées en fonte ou battus à la Black Betty, un fouet de cuir capable de réduire le dos d'un homme en marmelade.

Hogman s'y trouverait encore aujourd'hui, n'eût été qu'il devint croyant, et un prêcheur baptiste de Houston lui obtint un pardon accordé par la législature de l'État. Son arrière-cour était en terre battue, noyée dans l'ombre des chênes verts, et tombait en pente douce vers le bayou, où une pirogue complètement pourrie, tissée d'algues comme autant de toiles d'araignées vertes, gisait, à moitié submergée, dans les hauts-fonds. Il était assis dans un fauteuil en bois à dossier droit, sous un arbre où était suspendue une guirlande de bouteilles bleues de lait de magnésie et de crucifix fabriqués de baguettes et de papier d'aluminium. Lorsque la brise se levait, soufflant du sud, l'arbre tout entier se mettait à vibrer de lumières bleu et argent.

Hogman resserra la clef d'une nouvelle corde qu'il venait de monter sur sa guitare. Sa peau était si noire qu'elle présentait des reflets violacés ; ses cheveux grisonnaient, leurs boucles frisées bien aplaties sur le crâne. Ses épaules étaient aussi larges qu'un manche de hache, les muscles de ses bras aussi ronds qu'un pamplemousse.

Il n'avait pas une once de graisse sur le corps. Je me demandais ce qu'il avait dû en être de se retrouver face à Hogman Patin à l'époque où il portait autour du cou, attaché à une lanière de cuir, un rasoir-sabre.

— Qu'est-ce que tu voulais me dire, Sam ? demandai-je.

— Y a un ou deux petits trucs qui me soucient. Prends-te une chaise de sous le porche. T'veux du thé ?

— Non, ça va, je te remercie.

J'empoignai une chaise en osier de sous le porche arrière et l'apportai jusqu'au chêne. Il avait enfilé trois picks en acier sur les doigts et jouait une progression de blues le long du manche. Il écrasait les cordes sur les barrettes, de sorte que le son continuait à se réverbérer à travers le bois sombre après qu'il eut pincé les cordes au moyen de ses picks. Puis il resserra à nouveau la clef et posa le gros ventre cintré de sa douze-cordes sur sa cuisse.

— J'aime point me mêler des affaires ed' Blancs, dit-il. Mais ça me fait souci, ce que quelqu'un y a fait à c'te fille. Y a un sacré moment que ça me fait souci.

Il ramassa, posé au sol, un verre rempli de thé glacé et but une gorgée.

— Elle fricotait queq'chose de bien, la petit', al' voulait point m'écouter pis même faire attention à ce qu'elle faisait non plus. Quand y z'ont c't'âge-là, y savent bien ce qu'y veulent.

— Elle fricotait dans quoi ?

— J'y ai causé peut-être deux heures avant qu'elle quitte le rade à musique. Y a bien longtemps que je la connais, c'te petite. Elle adore la musique zydeco et le blues. Elle me dit : « Hogman, dans notre prochaine vie, toi et moi, on va se marier. » C'est ça qu'elle me dit. Et moi j'y ai répondu : « Chérie, laisse donc pas les hommes se servir ed' ti, comme d'une poulette. »

105

« Elle me dit : "Ch'sus pas une poulette, Hogman.
J'vais à La Nouvelle-Orléans. Et je vais avoir mon
propre appart'. Ça va être aux aut' ed' faire la poulette.
J'vais m'avoir une belle maison de ville sur le lac
Pontchartrain." »

– Attends une minute, Sam. Elle t'a dit qu'elle
allait avoir des filles sous ses ordres, des filles qui
allaient travailler pour elle ?

– C'est bien juste c'que je viens dire, pas vrai ?

– Effectivement.

– J'lui dis : « Parle donc pas comme ça. Et fiche le
camp loin de tous ces macs, Cherry. Ces raclures de
blandins, y vont jamais t'offrir une maison de ville.
Tout ce qu'y vont faire, c'est t'user jusqu'à la corde
avant de te jeter, pis y se trouveront une aut' fille, tout
comme ti, en cinq minutes, vite fait, aussi facile que
ça. »

« Elle me dit : "Non, c'est pas vrai, pasque j'ai le
mojo sur le patron, Hogman. Et il le sait, en plus." »

« Té sais, quand al' a dit ça, al' me sourit droit dans
les yeux, et sa figure, on dirait un cœur, comme si
c'était juste qu'une petite fille en train de faire un truc
tout innocent alors qu'al' était sur le point de se faire
tuer. »

– De quel homme parlait-elle ?

– Probable que c'était un mac quelconque qui lui
avait dit qu'al était spéciale, al était toute jolie, al' était
comme sa fille pour li. J'ai vu des trucs pareils arriver à
Angola. Ch'est pas bien différent. Un groupe de mecs
t'allongent un jeune garçon par terre, et quand y z'en
ont fini avec li, y est prêt, y est tout content d'enfiler
une robe, de se maquiller la figure, et de faire la fiotte
pour un des loups de la meute qui va prendre soin
d'lui, et qui va lui raconter qu'y est pas juste un petit
tas de viande à enfiler sous la douche.

– Pourquoi as-tu attendu si longtemps avant de me raconter ça ?

– Pasqu'y s'est jamais rien passé de pareil par ici avant. Et mi, j'aime pas ça. Ah non, monsieur.

– Je vois.

Il écarta ses longs doigts sur le ventre de sa guitare, ses ongles roses tranchant sur la peau noire. Il détourna les yeux d'un air pensif vers le bayou, où commençaient à luire les lucioles dans la pénombre au-dessus des typhas inondés.

Finalement, il dit :

– Faut que ch'te dise queq' chose d'autre.

– Vas-y, Sam.

– T'es mêlé à c't'histoire de squelette qu'y z'ont découvert dans l'Atchafalaya, pas vrai ?

– Comment es-tu au courant ?

– Quand on découvre le cadavre d'un Noir, les Noirs sont au courant. C't'homme, il avait pas de ceinture, il avait pas de lacets non plus à ses godasses, c'est pas vrai ?

– Ce n'était pas dans le journal, podna.

– Le prêcheur qu'y z'ont fait venir pour l'enterrement, c'est mon cousin germain. Il a apporté un costume au funérarium pour habiller les os. Y avait un Noir qui travaillait là, et mon cousin, y dit : « Ce gars, y s'est fait lyncher, pas vrai ? » Et le Noir, y dit : « Ouais, et y z'ont probablement dû le tirer de son lit pour faire ça. Y a même pas eu le temps de nouer ses lacets à ses godasses ou de se passer une ceinture dans le pantalon. »

– Qu'est-ce que tu es en train de me dire, Sam ?

– Je me souviens de quelque chose, y a bien longtemps, peut-être trente, trente-cinq ans de ça.

Il tapota une main de l'autre, et ses yeux s'obscurcirent.

– Dis-le, c'est tout, Sam.

— Un geai bleu ne va pas nicher chez un moqueur. Et chez les gens, non plus, c'est pareil. Ça sert à rien, ce truc-là. Le Seigneur a fait les gens de couleur différente pour une raison.

Il secoua la tête d'avant en arrière, comme s'il voulait en chasser une pensée troublante.

— Tu ne veux pas parler d'un viol, dis-moi ?

— Les Blancs, y z'appellent ça viol quand ça les arrange, dit-il. Y voient ce qu'y z'ont envie de voir. Les Noirs, y peuvent pas faire la fine bouche. Y voient ce qu'y doivent voir. Y avait un Noir, non, c'est pas exact, c'est d'un Négro que je cause, et y avait une affaire avec une Blanche que le mari, y était son patron. Et les Noirs, y z'étaient au courant. Y lui ont dit qu'y valait mieux qu'il arrête de faire c'qu'y faisait avant que les bagnoles débarquent dans les quartiers des Noirs et qu'un Noir innocent, y se retrouve pendu à un arbre. Ch'crois que c'est ces os-là qui ont été déterrés dans le banc de sable.

— Comment s'appelait-il ?

— Qui ça intéresse comment y s'appelait ? Peut-être qu'y s'est ramassé ce qu'y méritait. Mais ceux qui ont fait ça, y sont toujours là aujourd'hui. Moi, je dis, le passé, c'est le passé. Et je dis qu'y a pus à s'en mêler.

— Est-ce que tu me dirais de faire attention ?

— Quand j'étais au pénitencier, ton papa, monsieur Aldous, il a donné à manger à ma mère. Y s'est occupé d'elle quand al' était malade, y a même payé pour ses médicaments à la pharmacie. Et mi, j'ai pas oublié ça.

— Sam, si tu as des renseignements sur un meurtre, la loi exige que tu révèles tout au grand jour.

— La loi de qui ? La loi qui dirigeait le pénitencier ? Tu veux trouver des cadavres, va donc creuser dans c'te levée, t'y trouveras les gars que les matons ont abattu rien que par vice et par plaisir. Je l'ai vu de mes yeux.

Il se toucha le coin de l'œil d'un de ses longs doigts.

– Le maton, y se saoulait à la gnôle de maïs, y se choisissait un gars en train de tirer sa brouette en gueulant un coup, « Yow ! Toi ! Le Négro ! Au pas de course ! » Et y te le descendait de son .45, tout juste comme si c'était un pigeon d'argile.

– Comment s'appelait la femme blanche ?

– Faut que ch'commence à préparer le souper maintenant.

– Le mort était-il en prison ?

– Y avait personne que ça intéressait à l'époque, y a personne que ça intéresse aujourd'hui. Laisse filer encore quelques années, et on sera tous morts. Te vas changer rien à rien à un Négro qui était au fond de la rivière depuis trente ans. Tu veux faire quelque chose de bien, attrape donc le mac qui a découpé c'te fille en morceaux. Pasque aussi sûr que le bon Dieu a fait les petites pommes vertes, y va recommencer.

Il plissa un œil dans un rai de soleil qui tombait à travers les branches et éclairait une moitié de son visage, pareil à un masque de théâtre en ébène constitué de pièces désassorties cousues ensemble.

Le crépuscule était presque tombé lorsque je rentrai à la maison ce soir-là, mais le ciel était toujours aussi bleu qu'un œuf de merle à l'ouest et les dernières rougeurs du soleil couchant ressemblaient à des flaques de feu rose dans les nuages. Le souper terminé, je descendis jusqu'à la boutique à appâts pour aider Batist à fermer. Je remontais l'auvent de toile sur les câbles tendus au-dessus des dévidoirs qui faisaient office de tables lorsque je vis la voiture du shérif s'engager sur le chemin de terre avant de venir se ranger sous les arbres.

Il descendit le ponton dans ma direction. Il avait le visage rougi par le soleil, bouffi par la chaleur.

— Je te le garantis, ç'a été une vraie fournaise, aujourd'hui, dit-il.

Il entra dans la boutique, et revint avec, à la main, une bouteille de soda à l'orange suant de buée. Il s'assit à une table et s'essuya le cou de son mouchoir. Des gouttes de glace glissaient sur le col de la bouteille.

— Qu'est-ce qui se passe, shérif ? dis-je.

— Est-ce que tu as vu Rosie cet après-midi ?

Il but une gorgée de sa bouteille.

Je m'assis face à lui. Les vagues d'un bateau de passage vinrent claquer contre les piles sous le ponton.

— Nous sommes allés sur les lieux du tournage, ensuite elle est partie pour Lafayette vérifier quelques petites choses, dis-je.

— Ouais, c'est bien pour ça que je suis ici.

— Qu'est-ce que vous voulez dire ?

— J'ai reçu une demi-douzaine de coups de fil cet après-midi. Je ne suis pas sûr de savoir ce que vous fabriquez tous les deux, Dave.

— Nous menons une enquête sur un meurtre.

— Oh, ouais ? Qu'est-ce que le metteur en scène d'un film a à voir avec la mort de Cherry LeBlanc ?

— Goldman vous a cassé les pieds ?

— Pas lui. Mais il semblerait que tu aies dérangé quelques autres personnes dans le coin. Voyons voir. J'ai reçu des appels de deux membres de la Chambre de commerce ; de l'avocat de Goldman, qui déclare que tu sembles manifester un intérêt indu pour la communauté de gens de cinéma qui nous rendent visite ; et du maire qui aimerait fichtrement savoir ce que mes hommes croient qu'ils sont en train de faire. Et si ça ne suffisait pas, j'ai également eu un coup de fil d'un responsable des Camionneurs à Lafayette et d'un mec du nom de Twinky Hebert Lemoyne qui dirige une usine d'embouteillage là-bas. Est-ce que vous êtes tous les deux en train d'élaborer une sorte de programme négatif qui dépasse vos compétences ? Qu'est-ce qu'elle faisait dans la paroisse de Lafayette ?

— Demandez-lui.

— J'ai comme le sentiment qu'elle a été envoyée là-bas.

— Elle vérifiait les liens existant entre les Camionneurs, Goldman et Julie Balboni.

— Qu'est-ce que ç'a à voir avec notre enquête ?

— Je n'en suis pas sûr. Peut-être rien du tout. Pour quelle raison ce Twinky Lemoyne vous a-t-il appelé ?

— Il est propriétaire d'un service de sécurité, de moitié avec un dénommé Murphy Doucet. Lemoyne a dit que Rosie est venue jusqu'à son usine et qu'elle lui a posé des questions qui n'étaient pas ses oignons avant de lui dire qu'il devrait y réfléchir à deux fois avant de faire affaire avec la pègre. Sais-tu qui est Twinky Lemoyne ?

— Pas vraiment.

— C'est un homme fortuné et respecté à Lafayette. En fait, c'est un mec bien. Qu'est-ce que vous essayez donc de faire, tous les deux, Dave ?

— Vous m'avez envoyé pour inviter Julie Balboni à quitter la ville. Mais nous nous apercevons maintenant que Julie a fait en sorte de devenir une part importante de l'économie locale. Je crois que c'est là le problème, shérif, pas moi et Rosie.

Il se frotta les favoris du dessus des doigts.

— Peut-être bien, dit-il finalement. Mais il n'y a pas qu'une seule manière de procéder.

— Que pourriez-vous nous suggérer comme manière différente de procéder ?

Il suivait du regard un busard qui flottait dans les courants d'air chaud au-dessus du marais.

— Concentrez-vous sur l'arrestation de ce psychopathe. Et pour le moment, oubliez Balboni, dit-il.

Son regard ne revint pas croiser le mien lorsqu'il parla :

— Peut-être que Julie est mêlé à l'affaire.

— Il ne l'est pas. Julie ne fait rien qui ne lui rapporte de l'argent.

— J'ai comme une très forte impression que la zone de Spanish Lake devient secteur interdit.

— Non. Je n'ai pas dit cela. C'est une question de priorités. Ce qui nous amène à un autre sujet, qui plus est – les restes du Noir que tu as découverts dans le bassin d'Atchafalaya.

— Oui ?

— C'est sous la juridiction de la paroisse de St-Mary. Laisse-les s'occuper de l'affaire. Nous en avons assez dans notre propre assiette.

— Ils ne feront rien pour résoudre l'affaire.

— Alors c'est qu'ils en auront décidé ainsi.

Je restai un moment sans mot dire. Le crépuscule avait presque cédé place à la nuit. L'air était lourd et moite, chargé d'insectes, et au loin, dans les cyprès, j'entendais les battements d'ailes des canards sur l'eau.

— Aimeriez-vous une autre boisson fraîche ? demandai-je.

— Non, ça me va très bien, répondit-il.

— Je ferais bien d'aider Batist à boucler, dans ce cas. À bientôt, shérif.

J'entrai dans la boutique. Je ne ressortis pas avant d'avoir entendu sa voiture démarrer et s'éloigner sur le chemin de terre.

Sam « Hogman » Patin avait tort. Le tueur de Cherry LeBlanc n'allait pas simplement se contenter d'une victime à venir. C'était déjà fait.

7

Je reçus le coup de fil à 11 heures ce soir-là. Un pêcheur qui posait sa ligne de fond près de la levée, dans les fins fonds de la paroisse de Vermilion, presque à la limite de la grande salée, avait aperçu un baril de pétrole à moitié noyé, couché sur le flanc, au milieu des typhas. Il n'y aurait guère prêté attention, n'eût été le fait qu'il avait vu les dos des lépidostées sortir de l'eau, tendus en arc sous le clair de lune, occupés qu'ils étaient à déchiqueter quelque chose à l'intérieur du baril.

J'empruntai l'étroite piste de terre qui courait au sommet de la levée au milieu des kilomètres de typhas inondés qui se prolongeaient jusque dans le Golfe. Des filaments de nuages noirs flottaient à la surface de la lune et, devant moi, j'aperçus une ambulance et un rassemblement de voitures du shérif garées sur la levée, au milieu des lueurs rouges et blanches des projecteurs, des fusées phosphorescentes, et des gyrophares en train de tourner.

La fille était déjà dans son sac à glissière à l'intérieur de l'ambulance. Le médecin légiste était un juif obèse et fatigué, souffrant d'emphysème, et dégageant une abominable odeur de cigarettes que je lui connaissais depuis des années. Il avait de profondes poches sous les yeux et ne cessait de se passer sur le visage et les bras dodus un produit antimoustiques.

En contrebas, sur la rive, un officier de police en civil, de la paroisse de Vermilion, était en train de questionner le pêcheur dont le visage mal rasé paraissait exsangue et gris sous la lumière dure des projecteurs.

– Tu veux la voir, Dave ? demanda le légiste.

– Je devrais ?

– Probablement.

Nous montâmes à l'arrière de l'ambulance. En dépit de la climatisation qui marchait, il y faisait chaud et l'air sentait le rance.

– Je dirais qu'elle n'a séjourné dans l'eau que deux jours, mais elle est probablement morte depuis plusieurs semaines, dit-il. Le baril se trouvait vraisemblablement sur le flanc de la levée, et il a ensuite roulé dans l'eau. Sinon, les crabes et les lépidostées l'auraient déchiquetée bien pis que ça.

Il tira la glissière, depuis la tête de la fille jusqu'à ses chevilles. Je pris une inspiration et déglutis.

– Je dirais qu'elle avait une vingtaine d'années, mais c'est une supposition, dit-il. Comme tu peux le voir, nous n'obtiendrons pas grand-chose côté empreintes. Je ne pense pas non plus qu'un artiste soit à même de reconstituer une image de son visage tel qu'il était. La cause de la mort ne semble pas un mystère – asphyxie par le sac plastique qu'elle a autour du cou, fixé à l'adhésif. Le même type de chatterton qu'il a utilisé pour lui attacher les mains et les chevilles. Viol, sodomie, dégradation sexuelle, ce genre de truc ? Quand elles n'ont plus leurs vêtements, tu peux rajouter ça au reste.

– Pas de bagues, de bracelets, de tatouages ?

Il secoua la tête.

– Est-ce qu'ils ont trouvé quelque chose là-bas ?

– Rien.

– Des traces de pneus ?

– Pas après la pluie qu'on s'est ramassée.

– Avez-vous des signalements de personnes disparues qui coïncident avec…

– Non.

Une longue mèche de ses cheveux blonds pendait à l'extérieur de son sac-linceul. Pour une raison inconnue, elle me gênait. Je la soulevai et la replaçai sur son front. Le légiste me regarda d'un œil étrange.

– Pourquoi a-t-il voulu la fourrer dans un tonneau ? dis-je.

– Dave, le jour où tu pourras te mettre à la place d'un enculé comme celui-là, le moment sera venu pour toi de te manger ton flingue.

Je sortis de l'ambulance dans la lumière humide des projecteurs avant de descendre la pente de la levée et de m'avancer au bord de l'eau. L'obscurité palpitait des coassements de grenouilles, les lucioles commençaient à luire au sommet des typhas. Les herbes le long de la levée avaient été piétinées par les flics ; des mégots de cigarettes tout frais flottaient dans l'eau ; un adjoint du shérif racontait à deux de ses collègues une plaisanterie raciste.

Le policier en civil de la paroisse de Vermilion finit d'interroger le pêcheur, replaça son calepin dans sa pochette de chemise, et remonta la pente en direction de sa voiture. Le pêcheur resta planté à côté de sa pirogue en se grattant les piqûres de moustiques qu'il portait aux bras, de toute évidence incertain de savoir ce qu'il était maintenant censé faire. La sueur coulait du bandeau de sa casquette de toile et luisait sur ses maxillaires. Lorsque je me présentai, il m'offrit, comme la plupart des hommes d'origine cajun, une poignée de main efféminée.

– J'ai jamais rien vu comme ça, mi, dit-il. Et pis je veux plus jamais revoir quelque chose comme ça.

Le fond de sa pirogue était plein de poissons-chats. Ils frétillaient encore les uns sur les autres, leurs moustaches collées à leurs flancs jaunes et leurs ventres blancs et gonflés. Sur le siège de sa pirogue était posée une lampe frontale montée sur bandeau élastique.

– Quand avez-vous aperçu le fût métallique ? dis-je.

– Ce soir.

– Venez-vous souvent ici ? demandai-je.

– Pas trop souvent, non, m'sieur.

– Vous avez là un joli paquet de poissons.

– Ouais, y mordent bien quand la lune est levée.

Je regardai, au fond de la pirogue, le reflet de lune mouillé sur les flancs des poissons, le fouillis de lignes de fonds et d'hameçons emmêlés, et un objet long enveloppé d'une toile goudronnée sur le siège.

J'attrapai la pirogue par le plat-bord et la remontai partiellement jusque sur la berge boueuse.

– Puis-je jeter un coup d'œil à ceci ? dis-je en dégageant l'enveloppe de toile goudronnée.

Il ne répondit pas. Je sortis une lampe-stylo de ma poche de chemise dont je braquai le faisceau sur la carabine à levier calibre .30-.30. L'acier avait perdu son bleuissement et la crosse était entourée de fil de cuivre.

– Accompagnez-moi donc un petit bout de chemin, dis-je.

Il me suivit jusqu'au bord de la zone illuminée, hors de portée de voix des adjoints de la paroisse de Vermilion.

– Nous voulons capturer le mec qui a fait ça, dis-je. Et je pense que vous aimeriez bien nous aider à faire ça, pas vrai ?

– Oui, m'sieur, sûr que je voudrais bien.

– Mais nous avons un petit problème, n'est-il pas vrai ? Quelque chose qui vous empêche de me dire tout ce que vous aimeriez me dire ?

– Ch'sus pas vraiment sûr de…

– Vendez-vous votre poisson aux restaurants ?

– Non, m'sieur, ça, c'est pas vrai.

– Avez-vous pris cette .30-.30 pour tirer les grenouilles ?

Il sourit et secoua la tête. Je lui rendis son sourire.

– Mais vous pourriez bien vous braconner un 'gator
ou deux, à l'occasion ? dis-je.

– Non, m'sieur. J'ai pas de 'gator. Vous pouvez
regarder.

Je laissai mon visage se vider de toute intention.

– C'est exact. Et donc vous n'avez pas à avoir peur.
Je veux juste que vous me disiez la vérité. Personne ne
va aller vous chercher des ennuis à propos de votre
fusil, ou de votre frontale, ou de ce que vous pouvez
bien faire de votre poisson. Marché conclu ?

– Oui, m'sieur.

– Quand avez-vous remarqué le fût pour la première fois ?

– Y a peut-être trois, quatre semaines de ça. J'étais
en train de m'installer sur un bout de terrain au sec. Y
avait pas de raison pour que j'y fais attention, non,
mais alors, j'ai commencé à sentir quelque chose. J'ai
cru qu'c'était un ragondin mort, ou peut-être un gros
lépidostée en train de pourrir sur la berge. Un soir, ç'a
senti vraiment fort, et pis trois jours plus tard, ça sentait plus sauf quand le vent soufflait sur le marais.
Après, il a plu et le lendemain soir, y a pus eu d'odeur
du tout. Jamais j'aurais cru qu'y pouvait y avoir une
jeune femme morte là-dedans.

– Avez-vous vu quelqu'un dans les parages ?

– Y a p't'êt' un mois de ça, c'était le soir. J'ai vu
une voiture. J'me souviens que j'ai pensé qu'elle était
toute neuve et pis pourquoi quelqu'un viendrait avec sa
voiture neuve sur ce chemin de terre plein de trous.

– Quel genre de voiture ?

– J'me souviens pas, m'sieur.

– Vous vous rappelez la couleur ?

– Non, m'sieur, ch'sus désolé.

Son visage paraissait vide et fatigué.

– Je regrette juste d'avoir été celui qui l'a trouvée, la fille, dit-il. Je vais pus jamais oublier quand j'ai regardé dans le baril.

Je mis ma carte dans sa pochette de chemise.

– Appelez-moi si quelque chose vous revenait à l'esprit. Vous avez très bien fait, podna, dis-je en lui tapotant le bras.

Je fis demi-tour avec mon camion au milieu de la levée et repris la route vers New Iberia. Au-devant de moi, les lueurs rouges et bleues des rampes d'urgence de l'ambulance volaient en accéléré au-dessus des typhas, des cladions et des bancs de sable blanchis par le soleil où les carapaces des lépidostées morts bouillonnaient de fourmis rouges.

Qu'avais-je appris de tout ça ?

Pas grand-chose.

Mais peut-être qu'à sa manière de grand cynique mon ami, le légiste insomniaque, avait mis le doigt au cœur du problème : comment pénétrer le cerveau, comment se mettre à la place d'un sadique homicide qui rôde à travers le pays, pareil à un tigre qu'on aurait lâché dans une cour de récréation ?

J'ai vu des films mettant en scène des inspecteurs qui essaient de s'imprégner de l'amoralité furieuse et déchaînée de leurs adversaires afin de les prendre au piège de leur propre conduite de folie obsessionnelle. Ce qui donne une histoire inéressante. Peut-être même qu'elle est possible.

Quatre ans auparavant, néanmoins, j'avais été obligé d'aller à Huntsville, au Texas, pour interroger un homme du couloir de la mort qui avait avoué près de trois cents meurtres sur tout le territoire des États-Unis. Et soudain, venus des quatre coins du pays, des flics avec des affaires non résolues s'étaient précipités en masse à Huntsville comme des mouches sur une merde. Nous n'avons pas fait exception à la règle. Une Noire de New Iberia avait été enlevée à son domicile, étranglée jusqu'à ce que mort s'ensuive, et jetée dans la rivière Vermilion. Nous n'avions pas de suspects, et l'homme de Huntsville, Jack Hatfield, avait traversé la Louisiane à de nombreuses reprises au fil des itinéraires retracés en rouge sur la carte.

Il ne se révéla ni perspicace ni rusé ; pas la moindre lueur malveillante dans son regard, rien d'hostile ni de forcené dans son attitude. Il avait un accent de péquenot, et toute son attitude, finalement, rappelait celle d'un simplet de village. Il me parla de sa conversion religieuse et des ectoplasmes lumineux qui lui apparaissaient dans sa cellule ; je compris rapidement qu'il voulait une seule chose, se faire apprécier de moi, et qu'il était prêt à me dire tout ce que je voulais entendre. Il me suffisait de lui fournir les détails d'un assassinat, et il revendiquerait le crime comme étant de son fait.

(Par la suite, un manœuvre des pétroles au chômage devait avouer le meurtre de la Noire qu'il avait tuée après avoir reçu de son mari le titre de propriété d'une voiture vieille de dix ans.)

Je demandai à Jack Hatfield s'il essayait de marchander sa coopération en échange d'une commutation de peine. Il me répondit :

– Non, j'ai aucun avantage à gagner à ce truc, du moment que c'est légal.

Une expression affable sur le visage, il commença sa chronique, longue liste de meurtres de bord de route, depuis le Maine jusqu'à la Californie du Sud. Il aurait pu tout aussi bien commenter une collection d'assiettes en céramique cloisonnée rassemblée au fil de ses déplacements dans chacun des États qu'il avait visités. S'il avait effectivement commis tous ces méfaits, son absence de remords était totale.

– Mes victimes, al' z'ont pas souffert du tout, dit-il.

Puis il se mit à parler du meurtre de sa mère, et se produisit en lui une incroyable transformation. Les larmes commencèrent à zébrer son visage banal, il se mit à trembler par tout le corps, ses doigts laissaient leurs marques blanches sur ses bras. De toute évidence, elle n'avait pas seulement été prostituée, elle était également perverse. Lorsqu'il était enfant, elle l'obligeait à rester près du lit et à la regarder copuler avec ses michés. Un jour qu'il avait essayé de se cacher dans les bois, elle l'avait battu d'une baguette avant de le ramener à la maison et de l'obliger à assister à nouveau au spectacle.

Il avait passé quinze ans au pénitencier du Wisconsin pour son meurtre.

Puis il s'arrêta dans son récit, s'essuya le visage de la main, décolla d'un doigt son T-shirt de la poitrine et renifla son odeur.

– J'ai tué trois autres personnes le jour où je suis sorti de prison. J'leur avais dit que j'allais le faire, et j'l'ai fait, dit-il.

Il se mit alors à nettoyer ses ongles avec un cure-dents comme si je n'étais pas là.

Lorsque je ressortis de là sous le soleil de cet après-midi d'automne, pour retrouver l'odeur des bois de pins de l'est du Texas et des souches d'arbres que brû-laient les détenus en uniforme blanc en bordure d'un champ de coton, j'étais convaincu que le récit que m'avait fait Jack Hatfield de sa mère était vrai ; en revanche, pratiquement tout le reste serait à jamais aussi futile et démonstratif qu'un rêve de psychotique. Je songeai que la réponse à Jack Hatfield résidait peut-être chez les autres. Peut-être nous faudrait-il interroger ceux qui, au bout du compte, allaient le sangler à son chariot dans la salle d'exécution, enfoncer l'aiguille du goutte-à-goutte dans ses veines avant de la fixer amoureusement à la peau à l'aide d'un sparadrap, et le regarder à travers la vitre tandis que l'injection mortelle lui voilerait le regard avant de frapper son cœur comme d'un coup de marteau. Sa vie, son secret, son savoir secret, passeraient-ils alors de lui jusqu'à eux ?

J'avais peu dormi lorsque je partis le lendemain au bureau. Le soleil s'était levé rouge et brûlant au-dessus des arbres, et comme j'avais laissé les fenêtres de mon camion ouvertes la veille au soir, l'intérieur du véhicule était plein de moustiques et dégoulinait d'humidité. Je m'arrêtai à un feu rouge dans les quartiers est à côté d'un restaurant de la ville et vis une limousine Cadillac mauve aux vitres noires teintées se ranger dans une zone de stationnement interdit pour s'immobiliser juste en face d'une bouche à incendie.

Cholo Manelli sortit par la portière conducteur, s'étira, allongea le cou en rotation pour en chasser une crampe, inspecta la rue des deux côtés à plusieurs reprises et, finalement, fit le tour de la limo et ouvrit la portière arrière à Julie Balboni. Puis le reste de la troupe de Julie – trois hommes et la femme prénommée Margot – sortit sur le trottoir, le visage sinistre sous la chaleur, leurs yeux bouffis par leur réveil trop matinal.

Cholo s'engagea le premier sur le trottoir, en homme de pointe et bon soldat qu'il était, la tête sans cesse en mouvement, de droite et de gauche, à petits coups discrets, ses épaules simiesques roulant sous la chemise à fleurs. Il ouvrit la porte d'entrée du restaurant, et Julie entra, suivi par les autres en file indienne.

Je n'avais rien prémédité des événements qui suivirent.

Je passai le feu et parcourus presque deux blocs avant de faire demi-tour. Je revins jusqu'au restaurant et me garai sous un chêne vert, à l'opposé de la limo, de l'autre côté de la rue. La chaleur du soleil matinal montait déjà du béton, et je sentais l'odeur des cadavres de nèpes dans les ruisseaux.

Les yeux me brûlaient du manque de sommeil et, bien que fraîchement rasé, je sentais un chaume de barbe crisser comme un papier de verre au fil de ma mâchoire. Je sortis du camion, posai ma veste à rayures en crépon de coton sur le bras, et traversai la rue jusqu'à la limo. La carrosserie mauve et lustrée avait le reflet tendre d'un sucre d'orge ; les vitres teintées de noir se noyaient des images en miroir de chênes et massifs d'azalées se balançant sous le vent.

J'ouvris mon couteau Puma, passai d'une aile à l'autre, et sectionnai les embouts de gonflage des quatre pneus. La limo s'affaissa sur ses jantes comme si elle venait de tomber d'une chaîne de levage. Un gamin noir qui distribuait des prospectus s'arrêta pour m'observer comme si j'étais une créature fascinante à l'intérieur d'une cage de zoo.

J'allai jusqu'à la station-service au coin de la rue, appelai le répartiteur au poste, et lui dis de faire venir un camion-grue pour emmener la limo à la fourrière.

Puis j'entrai dans le restaurant, tout brillant de chromes, d'argenterie et de Formica, et passai à côté de la longue table où deux serveuses étaient occupées à servir leur petit déjeuner à Julie et son groupe. Cholo fut le premier à me voir et ouvrit la bouche pour m'adresser la parole, mais je regardai droit devant moi et continuai mon chemin jusqu'aux toilettes pour hommes comme s'ils n'étaient pas là.

Je me passai le visage à l'eau froide, le séchai à l'aide de serviettes en papier et me peignai face au miroir. J'avais maintenant des poils blancs dans la moustache, des rides sous les yeux que je n'avais pas remarquées la semaine précédente. J'ouvris le robinet d'eau froide et me lavai à nouveau le visage, à croire que je pourrais peut-être ainsi me laver la peau des marques du temps et de l'âge. Je chiffonnai le papier humide en boule que je balançai dans la poubelle, enfilai ma veste, mis mes lunettes de soleil, et retournai dans la salle de restaurant.

En scène pour le spectacle, Julie, me dis-je.

Même assis, au bout de la table, à la place de choix, il dépassait tous les autres, arborant chemisette rose, bretelles et pantalon gris à rayures, sa tignasse noire ébouriffée sur le front sous le souffle du ventilateur, la bouche pleine de nourriture, tandis qu'il demandait à la serveuse d'apporter plus de café et de réchauffer le steak de Margot. Cholo essayait de me sourire, ses fausses dents aussi rigides qu'un os de baleine dans sa bouche. Les autres gros bras de Julie levèrent les yeux vers moi, puis vers Julie ; ne lisant pas de signe particulier sur son visage, ils reprirent leur repas.

– Hé, Lieutenant, je pensais bien que c'était vous. Vous venez prendre le petit déjeuner ? dit Cholo.

– Je passais par là, c'est tout, dis-je.

– Qu'est-ce qui se passe, Dave ? dit Julie, en train de mastiquer, les yeux fixés sur le vase de fleurs en face de lui.

– J'ai eu une nuit très courte, dis-je.

– Ouais ?

– Nous avons retrouvé une fille dans un baril au sud de la paroisse de Vermilion.

123

Il continua à mastiquer avant de boire une gorgée d'eau. Il se frotta les lèvres de sa serviette.

— Tu veux t'asseoir, ou bien tu es sur le départ ? dit-il.

C'est à cet instant précis que j'entendis le bruit du camion qui accrochait le châssis de la limo et les câbles hydrauliques qui commençaient à se tendre sur la poulie. Cholo tendit le cou pour regarder au-delà de l'angle de la fenêtre en façade qui donnait sur la rue.

— J'ai toujours cru que tu étais réglo, Feet, dis-je.

— J'apprécie le compliment, mais c'est là un terme qu'on utilise en des lieux que je n'ai jamais fréquentés.

— C'est très bien, j'ai changé d'opinion. Je pense que tu n'es plus réglo du tout, Feet.

Il gonfla les joues.

— Qu'es-tu en train d'essayer de me dire, Dave ?

— L'homme pour lequel je travaille a reçu une tapée de coups de téléphone hier. Tout porte à croire que quelqu'un a mangé le morceau à mon sujet auprès du club des Kiwanis.

— C'est pas le genre de mecs sur qui j'ai beaucoup d'influence. Va en toucher un mot à Mikey Goldman si tu as ce genre de problème.

— Tu te sers de ce qui marche, Julie.

— Hé, sois un peu réaliste, Dave. Quand je veux envoyer un message à quelqu'un, je me sers pas de Dagobert comme intermédiaire.

Au-dehors, le conducteur du camion-grue mit les gaz, s'écarta du trottoir et passa avec la limo en remorque devant la fenêtre de façade. Les deux pneus avant de la voiture étaient complètement à plat et toujours sur l'asphalte, cisaillés en lambeaux par les jantes.

Cholo resta bouche bée, pleine d'œufs brouillés à peine mâchés.

– Hé, y a un mec qui a pris notre voiture ! Y a un mec qui s'en va avec notre putain de limo, Julie !

Julie contempla le camion et sa limo qui disparaissaient dans la rue. Il repoussa son assiette de quelques centimètres du bout du pouce. Une commissure de lèvres s'affaissa, et il la pressa de sa serviette.

– Assieds-toi, dit-il.

Ils avaient tous arrêté de manger. Une serveuse s'approcha de la table avec une carafe d'eau glacée et entreprit de remplir les verres, puis elle hésita et retourna derrière le comptoir. Je tirai une chaise et m'assis au coin de la table, à trente centimètres du coude de Julie.

– Tu fais la gueule à propos de quelque chose et t'as fait emmener ma putain de bagnole en fourrière ? dit-il.

– Ne te gare pas en face des bouches à incendie.

– Les bouches à incendie ?

– C'est ça.

– Je me ramasse toutes ces conneries de merde à cause d'une putain de bouche à incendie ?

– Non. Ce sur quoi je m'interroge, Julie, c'est pourquoi toi et Cholo, vous devez vous en prendre à une racoleuse adolescente dans une petite ville. Vous n'avez donc pas assez de nanas à La Nouvelle-Orléans ?

– Quoi ?

– Cherry LeBlanc, dis-je.

– Putain, c'est qui, Cherry LeBlanc ?

– Laisse tomber, tu veux ? Arrête de te comporter comme si tu venais de sortir du ventre de ta mère.

Il replia sa serviette, la posa soigneusement à côté de son assiette, sortit un œillet du vase de fleurs et en pinça la tige.

– Tu me traites de maquereau ? dit-il. Tu essaies de me faire affront en public. C'est ça que ça veut dire ?

— Tu n'écoutes pas ce que je te dis. Nous venons de retrouver une nouvelle fille assassinée. Cholo était au courant du meurtre de la fille LeBlanc, et il a dit que c'était vrai pour toi aussi. Sauf que tu as menti sur ce point quand je t'ai parlé d'elle.

Il laissa paresseusement filer son regard vers le visage de Cholo. Cholo serra les mains sur les poignets.

— Je suis perdu, là. Je…, commença-t-il.

— Tu sais où est le vrai problème, Dave ? dit Julie.

Il balança d'une pichenette l'œillet sur la table.

— Tu n'as jamais compris la manière dont cette ville fonctionnait. Tu te souviens de quelqu'un qui se serait déjà plaint un jour des hôtels de passe sur Railroad et Hopkins ? Ou des machines à sous qu'on trouvait dans tous les bars et tous les restaurants de la ville ? Personne s'est jamais plaint pasque mon vieux refilait leur enveloppe à certaines personnes à la fin de chaque mois. Mais ces mêmes personnes traitaient notre famille comme si on était un crachat sur le trottoir.

« Alors toi et cette nana du FBI, vous avez fait le tour de la ville à secouer les puces à la bande à Dagobert, à leur enfoncer un manche à balai dans le trou de balle, et ton patron t'a convoqué pour t'expliquer un peu les choses de la vie. Mais ce n'est pas drôle de s'apercevoir que les mecs pour qui on travaille n'ont aucune envie de faire s'envoler quelques millions de dollars loin de leur ville. Alors tu me baises ma bagnole et tu viens me les gonfler dans un lieu public. Je crois bien que tu devrais retourner à La Nouvelle-Orléans. Qui sait ? Peut-être que ce trou à merde commence à déteindre sur toi.

Le patron du restaurant était sorti de derrière le comptoir vitré de la caisse. Il se tenait à un mètre de Julie et de moi, son nœud papillon à agrafe de travers, en train de s'humecter les lèvres.

— S'il vous plaît, ces messieurs pourraient-ils baisser, je veux dire, pourriez-vous ne pas utiliser ces mots-là dans…, commença-t-il.

Les yeux de Julie, pleins d'une lumière noire, sautèrent au visage du patron.

— Fous le camp de ma table, dit-il.

— Monsieur…, reprit le patron.

— Tout va bien, monsieur Meaux. Je m'en vais dans une seconde, dis-je.

— Oh, comme c'est triste, dit la femme, Margot.

Cholo excepté, les autres gros bras à la table sourirent devant sa pique. Elle portait une robe bain de soleil, et ses cheveux, oxygénés au point d'être couleur de cendre, étaient tirés en arrière. Elle fumait une cigarette et l'arrière de ses bras était couvert de taches de rousseur.

— Tu veux venir jusqu'au bureau pour regarder quelques photos de morgue ? Je pense que ce serait une bonne idée, dis-je. Amène donc ta petite amie si tu le désires.

— Je ne le dirai qu'une fois. Je ne connais aucune de ces filles, je n'ai rien à voir avec tes problèmes. Est-ce que tu comprends ce que je suis en train de te raconter ? Tu m'as dit des choses abominables, Dave, mais nous sommes de vieux amis et je vais laisser filer. Je vais appeler deux taxis, je paierai l'amende pour ma voiture, j'achèterai de nouveaux pneus et j'oublierai tout ce que tu m'as dit aujourd'hui. Mais n'essaie plus jamais de venir me les gonfler dans un lieu public.

L'un de ses sbires commençait à se lever, repoussant sa chaise, pour se diriger vers les toilettes.

Je repliai mes lunettes de soleil, les glissai dans ma poche de chemise et frottai mes yeux irrités, du pouce et de l'index.

— Feet, y a plus de merde en toi que dans des chiottes publiques bousillées, dis-je.

Le truand debout posa la main sur mon épaule. Il avait peut-être vingt-huit ou trente ans, le corps souple, la peau olivâtre, les cheveux coupés au carré sur la nuque. Une longue cicatrice rose, de la grosseur d'une paille à boire, courait sur la face interne de son bras.

— Tout le monde s'est montré bien poli jusqu'ici, dit-il.

Je regardai sa main, puis son visage. Je sentais le faible relent de sa sueur sous son déodorant, la nicotine sur le dessus de ses doigts.

— Mais vous n'arrêtez pas d'offenser les gens, ajouta-t-il.

Il leva la paume de la main, très légèrement, avant de la reposer sur mon épaule.

— Ne te complique donc pas la journée, dis-je.

— L'heure est venue de laisser les gens tranquilles, monsieur Robicheaux, dit-il.

Il se mit à me malaxer l'épaule à la manière d'un équipier de base-ball sur le monticule de lancer.

Je sentis se lever dans ma poitrine un ballon rouge et noir qui me monta à la tête, j'entendis derrière mes yeux un bruit de papier mouillé en train de se déchirer et, pour quelque raison inconnue, je vis l'image en kaléidoscope d'une blonde dans son sac à viande de plastique noir, une longue mèche de cheveux zébrés d'algues collée à la chair grise de son front.

Je le frappai tellement fort dans l'estomac que mon poing s'enfonça jusqu'au poignet sous le sternum et qu'un peu de salive vola de sa bouche jusque sur le dessus de la table. Je me levai alors de ma chaise et lui assenai un crochet dans l'œil, dont je vis la peau se rompre sur l'os en laissant gicler le sang. Il essaya de retrouver son équilibre et de me balancer un shaker à sucre dans la figure, mais je le fis pivoter sur place et le touchai aux reins en le faisant tomber à genoux entre deux tabourets du comptoir. Je ne me souvenais pas de l'avoir frappé sur la bouche, mais sa lèvre inférieure bavait le sang sur son plastron de chemise.

Je ne voulais pas m'arrêter. J'entendais le rugissement du vent dans les conques marines, les raclements d'engrenages de moteurs rouillés, pignon contre pignon. Je vis alors Cholo devant moi, ses grosses mains carrées levées en signe d'apaisement, la bouche petite, en train de me dire quelque chose.

– Quoi ? dis-je.

– C'est pas votre style, Lieut', murmura-t-il d'une voix rauque. Laissez tomber, ce mec, c'est un nouveau, y connaît pas les règles, Lieut'. Allez, c'est bon pour personne un truc pareil.

Je m'étais écorché la peau des jointures, les paumes me cuisaient. J'entendis du verre se briser sous ma semelle de chaussure dans le silence figé, et contemplai d'un œil engourdi mes lunettes de soleil cassées au sol, comme un homme en train d'émerger d'un évanouissement.

Julie Balboni fit racler sa chaise en se reculant, sortit sa pince porte-billets en or de son pantalon, et commença à décompter une série de billets de dix dollars sur la table.

Il ne releva même pas les yeux sur moi lorsqu'il parla. Mais tout le monde dans le restaurant entendit ses paroles :

– Je crois que t'es en train de perdre la main, Dave. Arrête de servir de gode de location aux merdaillons du coin, ou alors trouve-toi de meilleurs tranquillisants.

8

Il était 10 heures du matin. Batist était parti sur le bayou à la recherche d'une barque au moteur en carafe, la boutique à appâts et le ponton étaient vides. Le toit de tôle se dilatait sous la chaleur, se gondolant en petits claquements aux points de fixation des boulons sur les pannes. Je sortis de la glace pilée de la glacière une boîte de Dr Pepper et allai m'asseoir seul dans l'ombre brûlante pour la boire. Des libellules vertes flottaient, suspendues au-dessus des typhas le long des berges du bayou ; un lépidostée au nez effilé, probablement blessé par l'hélice d'un bateau, tournoyait en larges cercles dans les eaux mortes, tandis qu'une meute de goujons le dévoraient à même l'entaille rouge qu'il portait derrière les branchies ; une odeur de serpents morts, de boue âcre et de filaments de jacinthe pourrie soufflait sur le marais, portée par le vent brûlant.

Je ne voulais même pas repenser aux événements de la matinée. La scène du restaurant me faisait l'effet d'un moment arraché à un rêve d'ivrognerie, de ces rêves dans lesquels je perdais toute maîtrise, indécent dans les lieux publics ou obscène aux regards des autres.

La boîte de soda se réchauffait au creux de ma paume. Le ciel au sud luisait comme une soie bleue brillante. J'espérais qu'il allait faire orage cet après-midi, que la pluie viendrait battre les marais et le bayou

130

comme un tonnerre, rugir comme des rafales de chevrotine sur le toit de ma maison, déferler dans les rigoles et les feuilles mortes sous les pacaniers de mon jardin.

J'entendis Bootsie derrière moi. Elle était assise jambes croisées dans un fauteuil en toile à côté d'une table-dévidoir. Elle portait un short blanc, des sandales et une chemise en toile bleue aux manches recoupées. Des auréoles de sueur marquaient ses aisselles, et le duvet qu'elle avait en haut des cuisses était doré par le soleil.

Nous nous étions rencontrés lors d'un bal sur Spanish Lake pendant l'été de 1957, et quelque temps plus tard, nous avions perdu ensemble notre virginité dans la péniche de mon père, sous la pluie tombant dans le jour ensoleillé, dégoulinant des avant-toits et des saules pleureurs dans le lac, tandis que l'intérieur de la péniche tremblait d'une lumière humide d'un jaune verdâtre.

Mais déjà, à cet âge-là, j'avais commencé mon long engagement auprès de l'alcool de grain accompagné d'une Jax suant de buée. Bootsie et moi allions prendre des chemins séparés, loin du Bayou Teche et de l'univers cajun provincial dans lequel nous avions grandi. J'allais faire le voyage jusqu'au Viêt-nam en tant que l'un de nos nouveaux coloniaux et j'en reviendrais avec de la ferraille plein la hanche et la cuisse et la mémoire de mes nuits pleine de souvenirs que le whiskey ne saurait jamais guérir, pas plus que la came des hôpitaux. Bootsie devait épouser un pilote des pétroles qui, par la suite, allait heurter un câble de main courante d'une plate-forme pétrolière au large et écraser son hélicoptère en plein sur le bateau de quart ; elle allait ensuite découvrir que son second mari, un diplômé en comptabilité de l'université de Tulane, tenait les livres pour le compte de la mafia, même si sa carrière sous les ordres des mafieux devait être de courte durée puisqu'on l'avait abattu au fusil de chasse en compagnie de sa maîtresse dans le parc de stationnement de l'hippodrome de Hialeah.

Elle était atteinte du lupus, un mal que nous étions parvenus à stabiliser grâce aux médicaments, mais qui n'en continuait pas moins à vivre dans son sang comme un parasite en sommeil attendant son heure pour l'attaquer aux reins et trancher ses tissus conjonctifs. Elle était censée éviter le plein soleil, mais, à maintes et maintes reprises, j'étais rentré, la journée finie, pour la trouver au jardin en train de travailler, vêtue d'un short et d'un maillot sans manches, sa peau brûlante mouillée de sueur semée de grains de terre.

– Il est arrivé quelque chose au travail ? dit-elle.

– J'ai eu quelques ennuis chez Del.

– Quoi ?

– J'ai cassé la gueule à l'une des raclures de Baby Feet Balboni.

– Dans le restaurant ?

– Ouais, c'est là que j'ai fait ça.

– Qu'est-ce qu'il avait fait ?

– Il avait mis la main sur moi.

Je reposai ma boîte de soda et posai les avant-bras en appui sur mes cuisses. Je regardai au loin le reflet du soleil dans l'eau brune.

– Es-tu retourné au bureau depuis ? dit-elle.

– Pas encore. J'irai probablement un peu plus tard.

Elle resta un instant silencieuse.

– As-tu parlé au shérif ? demanda-t-elle.

– Il n'y a pas grand-chose à raconter, en fait. Le mec pourrait porter plainte mais il n'en fera rien. Ces gens-là n'aiment pas se retrouver mêlés à une action en justice contre les flics.

Elle décroisa les jambes et se frotta distraitement le genou du bout des doigts.

– Dave, est-ce qu'il y a autre chose qui est en train de se passer, une chose dont tu ne me dis rien?

– Le mec a mis la main sur mon épaule et j'ai eu envie de le réduire en morceaux. Je l'aurais peut-être fait d'ailleurs si le dénommé Manelli ne s'était pas planté devant moi.

Je vis ses seins se soulever et retomber sous le tissu. Au loin sur le bayou, Batist avait avec son hors-bord pris en remorque un second bateau, et les vagues du sillage venaient plaquer les jacinthes flottantes contre les berges. Elle se leva de sa chaise et se plaça derrière moi. Elle me malaxa doucement les épaules des doigts. Je sentis sa cuisse toucher mon dos.

– New Iberia ne sera plus jamais l'endroit où nous avons grandi. C'est ainsi que va la vie, dit-elle.

– Ça ne veut pas dire que je sois obligé d'aimer ça.

– La famille Balboni est restée ici bien longtemps. Nous avons survécu, pas vrai? Ils finiront leur film, et ils s'en iront.

– Il y a trop de gens qui sont prêts à accepter de tout laisser vendre à vau-l'eau.

– Vendre quoi?

– Tout ce qui leur rapporte. Les écrevisses et les *sac-à-lait*[1] aux restaurants, les alligators aux Japonais. Ils laissent les compagnies pétrolières polluer les parcs à huîtres et creuser des canaux dans les marais, de sorte que l'eau salée peut dévorer des milliers de kilomètres carrés de terres marécageuses. Ils se laissent enfiler à genoux par tous ceux qui sont prêts à ouvrir leur chéquier.

---

1. En français dans le texte. Variété de poisson appelé également bachelier blanc. *(N.d.T.)*

– Laisse faire, Dave.

– Je crois que trois jours de chasse ouverte avec les gens comme gibier résoudraient des tas de nos problèmes.

– Dis au shérif ce qui est arrivé. Ne te contente pas de laisser ça en suspens.

– Il se fait du souci pour quelques mecs de la Chambre de commerce, Bootsie. La plupart du temps, c'est un brave gars, mais c'est au milieu de ces gens-là qu'il a passé le plus clair de son temps.

– Je pense que tu devrais lui parler.

– Très bien. Je vais prendre une douche, ensuite je l'appellerai.

– Tu ne vas pas au bureau ?

– Je ne suis pas sûr. Peut-être plus tard.

Batist coupa le moteur de son bateau, qu'il laissa filer sur son erre jusqu'au ponton, où il vint se cogner contre les bandes de pneus qui nous avions clouées aux piles. Sa chemise était posée en tas sur le siège, ses épaules et sa poitrine noires étaient emperlées de sueur. Sa tête ressemblait à un boulet de canon. Il sourit, un cigare non allumé au coin des lèvres.

Son arrivée vint heureusement me distraire.

– Ch'sus monté jusqu'aux quat' coins, dit-il. Y a un homme qui a dit t'avais nettoyé le parquet du restaurant en te servant d'un des Ritals comme serpillière.

Merci, Batist, me dis-je.

Je me douchai sous une eau si froide que j'en eus le souffle coupé. Je me changeai et me rendis à l'usine d'embouteillage près de la rivière Vermilion, à Lafayette. Le bâtiment à un étage était ancien, en briques jaunes et entouré d'énormes chênes verts. Sur l'arrière se trouvait un parc de stationnement, rempli de camions de livraison, avec un quai de chargement, où une douzaine de Noirs sortaient avec fracas des caisses de limonade de l'intérieur noir de la bâtisse avant de les empiler dans les camions en attente. Leur force était incroyable. Certains allaient jusqu'à soulever en une fois une demi-douzaine de caisses jusqu'à hauteur d'yeux, sans grand effort. Leurs muscles ressemblaient à une pierre noire zébrée de coulures d'eau.

Je demandai à l'un d'entre eux où je pourrais trouver Twinky Hebert Lemoyne.

— Monsieur Twinky y est là-bas, dans le bureau. Feriez bien de vous dépêcher, cependant. Y se prépare à sortir pour sa tournée, dit-il.

— Il fait les tournées ?

— Monsieur Twinky, y fait tout, m'sieur.

Je pénétrai dans l'entrepôt jusqu'à un bureau vitré tout encombré, dont la porte était déjà ouverte. Les murs et tableaux de liège étaient tapissés de papiers, factures, vieux calendriers du culte, photographies sans cadres d'employés et de pêcheurs tenant entre leurs mains des perches à large bouche et gros ventre. Le visage de Lemoyne était rose et bien régulier, les sourcils blond-roux, les cheveux gris portant encore par endroits des mèches dorées. Il était assis dans son fauteuil, droit comme un I, le regard concentré derrière ses lunettes sans monture sur les papiers qu'il tenait en main. Il portait une chemisette et une cravate dénouée couleur de Sienne brûlée (une veste à rayures, en crépon de coton, était suspendue au dossier du fauteuil) avec un étui à stylo plastique dans la pochette ; ses chaussures marron étaient cirées, ses ongles taillés et propres. Mais il avait les larges épaules et les grosses mains d'un ouvrier, et irradiait de cette puissance physique, tranquille parce que durement gagnée, que ni l'âge ni l'embonpoint ne semblent pouvoir diminuer chez certains hommes.

Le bureau n'était pas climatisé, et il avait posé des poids sur tous les papiers de son bureau pour les empêcher de s'envoler sous la brise du ventilateur oscillant.

Après que je me fus présenté, il regarda un instant vers le quai de chargement avant de lever les mains de son buvard pour les reposer aussitôt, à croire d'une certaine manière que notre conversation en était déjà arrivée à un point où il ne restait plus rien à ajouter.

– Puis-je m'asseoir ? dis-je.

– Allez-y. Mais je crois que vous perdez votre temps ici.

– La journée a tourné au ralenti aujourd'hui.

Je lui souris.

– Monsieur Robicheaux, je n'ai pas la moindre idée de la raison pour laquelle vous-même ou cette Mexicaine vous intéressez à moi. Pourriez-vous vous montrer un peu plus coopératif ?

– À vrai dire, jusqu'à hier, je ne crois pas avoir jamais entendu votre nom.

– Qu'est-ce que je dois faire de ça ?

– Le problème, c'est que vous et quelques autres avez essayé d'enfoncer quelques punaises dans le crâne de mon patron.

Je lui souris à nouveau.

– Écoutez. Cette femme est entrée hier dans mon bureau et elle m'a accusé de travailler pour la mafia.

– Pourquoi ferait-elle une chose pareille ?

– À vous de me le dire, je vous prie.

– Vous êtes associé à égalité avec Murphy Doucet et propriétaire d'un service de sécurité ?

– C'est exact. C'est bien vrai. Pouvez-vous me dire ce que vous cherchez ici, pourquoi vous débarquez sur mon lieu de travail ?

— Lorsqu'on est en affaires avec un mec comme Julie Balboni, on crée inévitablement une certaine curiosité à son égard.

— Je ne suis pas en affaires avec cet homme, et je ne sais rien de rien à son sujet. J'ai acheté des actions dans le film qu'ils sont en train de tourner. Il y a des tas d'hommes d'affaires du coin qui ont fait la même chose. Je n'ai jamais rencontré Julie Balboni, et je n'ai aucune intention de le faire. Sommes-nous bien clairs sur ce point, monsieur ?

— Mon patron me dit que vous êtes un homme respecté. Apparemment, vous êtes aussi propriétaire d'une entreprise qui marche. Je me montrerais prudent dans le choix de mes fréquentations, monsieur Lemoyne.

— Le sujet est clos. Ça ne m'intéresse pas de poursuivre.

Il remonta ses lunettes, carra légèrement les épaules et prit quelques feuilles de papier dans les mains.

Je tambourinai des doigts sur les accoudoirs de mon fauteuil. Au-dehors, j'entendais claquer les portes des camions et grincer les pignons.

— Je crois que je me suis mal expliqué, dis-je.

— Ce n'est pas la peine, dit-il en levant les yeux vers l'horloge au mur.

— Vous êtes un industriel solide. Il n'y a rien de mal à acheter des actions d'une compagnie cinématographique. Mais une dame à peine plus grande qu'une bouche à incendie vient vous poser quelques questions et vous essayez de lui faire porter le chapeau. Ça ne me paraît pas cadrer très bien, monsieur Lemoyne.

— Il y a des gens, là-dehors, qui commettent des viols, des vols à main armée, qui vendent du crack aux enfants, et Dieu seul sait quoi d'autre, et, vous et cette femme, vous avez le culot de venir jusqu'ici et de m'interroger parce que j'ai une vague relation d'affaires avec la production d'un film. Vous ne croyez pas qu'il s'agit là d'une raison suffisante pour mettre quelqu'un en colère ? Qu'est-ce qui ne tourne pas rond chez vous ?

— Vos employés sont-ils syndiqués ?

— Non.

— Mais votre associé du service de sécurité est délégué du syndicat des Camionneurs. Je pense que vous naviguez au milieu d'étranges contradictions, monsieur Lemoyne.

Il se leva de son fauteuil et sortit un trousseau de clefs de son tiroir de bureau.

— J'emmène un nouvel employé faire la tournée aujourd'hui. Il faut que je ferme. Voulez-vous rester dans les parages et interroger d'autres personnes ? demanda-t-il.

— Non, je vais partir. Voici ma carte dans l'éventualité où vous souhaiteriez me contacter.

Il l'ignora lorsque je la lui tendis. Je la posai sur son bureau.

— Merci de m'avoir consacré de votre temps, monsieur, dis-je.

Je ressortis sur le quai de chargement, dans l'air liquide et surchauffé, la lumière aveuglante, l'odeur crayeuse des coquilles d'huîtres concassées sur le sol inégal du parc de stationnement.

Alors que j'avançais vers ma camionnette, je reconnus un Noir âgé qui avait travaillé, bien des années auparavant, dans la vieille fabrique de glace de New Iberia. Il ramassait les papiers au sol en bordure de la rue à l'aide d'un bâton piqué d'un clou. Il avait noué un chiffon autour de son front pour empêcher la sueur de lui tomber dans les yeux, et son maillot de corps trempé, tout dépenaillé, lui dessinait sur le corps des bandelettes pareilles à une gaze de coton.

— Alors, tu aimes travailler ici, Dallas ? dis-je.

138

– J'aime ça plutôt pas mal.

– Comment monsieur Twinky vous traite-t-il ?

Son regard se porta vers le bâtiment, puis il eut un grand sourire.

– Y sait comment faire hurler l'aigle de ses dollars, vous voyez ce que je veux dire ?

– Il tient les cordons de la bourse aussi serrés que ça ?

– Monsieur Twinky, il est si serré de partout qu'y faut qu'il avale une boîte entière d'Ex-Lax rien que pour pas que ça couine quand y marche.

– Il est aussi méchant que ça ?

Il dégagea quelques feuilles mortes du clou en tapotant son bâton contre le tronc d'un chêne.

– C'est rien que ma petite plaisanterie à moi, dit-il. Monsieur Twinky, y paie ce qu'y dit qu'y va payer, et y paie tout le temps à son heure. Y est bon avec les Noirs, monsieur Dave. Y a pas moyen de dire le contraire.

Lorsque je retournai à New Iberia, je n'allai pas au bureau. Je me contentai d'appeler depuis la maison. Le shérif n'était pas là.

– Où est-il ? dis-je.

– Il est probablement sorti et il te cherche, dit le répartiteur. Qu'est-ce qui se passe, Dave ?

– Pas grand-chose.

– Va dire ça à la tête d'huile que tu as fait rebondir sur le mobilier ce matin.

– A-t-il déposé une plainte ?

– Non, mais j'ai entendu dire que le propriétaire du restaurant a sorti la dent du mec de la table au tourne-vis. Y a pas à dire, tu sais faire les choses, Dave.

– Dis au shérif que je vais aller vérifier quelques petits trucs à La Nouvelle-Orléans. Je l'appellerai ce soir, sinon je le verrai au bureau tôt dans la matinée.

– J'ai l'impression que ce serait peut-être une bonne chose si tu repassais cet après-midi.

– L'agent Gomez est là ?

– Ouais, ne quitte pas.

Quelques secondes plus tard, Rosie décrochait le poste.

– Dave ?

– Comment va ?

– *Moi,* je vais bien. Et vous, comment ça se passe ?

– Au quart de poil. Tout baigne. Je viens de discuter avec votre homme, Twinky Lemoyne.

– Oh ?

– On dirait que vous lui avez mis le doigt dans l'œil.

– Pourquoi êtes-vous allé jusque là-bas ?

– Il ne faut jamais leur faire croire qu'ils sont capables de vous obliger à baisser les bras.

– Ne quittez pas. Je vais fermer la porte.

Un moment plus tard, j'entendis un raclement puis elle reprit le combiné et dit :

– Dave, ce qui se passe par ici n'affectera pas ma carrière ou mon emploi de façon significative. Mais vous devriez peut-être, vous, songer à vous couvrir les miches, pour changer.

– J'ai eu une nuit difficile hier, et je me suis conduit comme un imbécile ce matin. Ce sont des choses qui arrivent. Sans plus.

– Ce n'est pas de ça que je parle, et je pense que vous le savez. Quand vous faites fuir l'argent dans une communauté, les gens se découvrent soudain en eux-mêmes de nouvelles profondeurs.

– Avez-vous obtenu des renseignements sur la fille asphyxiée dans la paroisse de Vermilion ?

– Je viens de rentrer du bureau du légiste. Elle n'a toujours pas été identifiée.

— Vous pensez que nous avons affaire au même homme ?

— Ligotage, humiliation de la victime, mort prolongée, probablement abus sexuels, c'est le même taré, vaut mieux que vous en soyez convaincu.

J'entendis sa voix, à cran, tranchante comme une écharde de verre.

— J'ai aussi une ou deux théories, dit-elle. Il a abandonné les deux dernières victimes là où nous pouvions les retrouver. Peut-être est-il en train de devenir plus compulsif, plus désespéré, un peu moins maître de sa technique. La plupart des psychopathes en arrivent un jour ou l'autre à un point où ils sont comme des requins pris d'une frénésie de nourriture. Ils ne parviennent jamais à satisfaire leur obsession.

— Ou alors, il veut nous coller ça en pleine figure.

— Vous avez compris.

— Tout ce que vous dites peut être vrai, Rosie, mais je crois que la prostitution est liée à tout ceci, à un point ou à un autre. Vous voulez venir avec moi à La Nouvelle-Orléans cet après-midi ?

— Un inspecteur du shérif de la paroisse de Vermilion doit m'emmener sur la levée où vous avez découvert la fille hier soir. Mais est-ce que tous ces gens-là passent leur temps à cracher leur jus de chique Red Man ?

— Il y a bien quelques-unes des adjointes qui ne chiquent pas.

Je l'entendis rire dans le téléphone.

— Faites gaffe à vous, monsieur le Futé, dit-elle.

— Vous aussi, Rosie.

Alafair et Bootsie n'étaient pas à la maison. Je leur laissai un petit mot, emballai un change de vêtements dans un sac de toile au cas où je devrais rester la nuit et me dirigeai vers la I-10 et La Nouvelle-Orléans tandis que la température montait à 40 degrés et que les branches de saules le long du bayou pendaient immobiles, ployées par la chaleur, comme si le soleil avait cuit toute la sève de leurs feuilles.

J'empruntai la route inter-États surélevée et traversai le bassin d'Atchafalaya, ses baies ridées par le vent, semées de plates-formes pétrolières et de cyprès morts, ses réseaux de chenaux et de bayous, bancs de sable, îlots de saules, maisons sur pilotis, bois inondés, et étendues de terres sèches où les moustiques se rassemblaient par essaims entiers comme des nuages gris au sortir des enchevêtrements de buissons et d'arbres emmêlés. Puis je franchis la large étendue d'eau jaunâtre du Mississippi à Baton Rouge, et quarante-cinq minutes plus tard, je roulais dans la paroisse de Jefferson, le long des rives du lac Pontchartrain, avant d'entrer à La Nouvelle-Orléans. Le lac était d'un vert grisâtre, crénelé d'écume, le ciel presque blanc sous la chaleur, et les palmes se soulevaient en claquant avec un bruit sec dans la brise brûlante. L'air sentait le sel, l'eau stagnante, la végétation morte au milieu des bancs de sable sur le côté ouest de la route ; l'asphalte donnait l'impression de pouvoir frire la paume de votre main.

Mais il n'y avait pas de nuages de pluie à l'horizon, pas le moindre signe annonciateur d'un soulagement attendu qui aurait permis d'échapper à cette boule de blanc en fusion dans le ciel ou à l'humidité qui vous rampait dessus pour courir sur la peau comme un insecte en colère.

J'avais fait partie des forces de police de La Nouvelle-Orléans pendant quatorze ans, d'abord comme flic à pied pour finir comme lieutenant à la Criminelle. Je n'avais jamais travaillé aux Mœurs, mais il existe peu d'endroits à La Nouvelle-Orléans qui ne vous y mènent inévitablement un jour ou l'autre. Sans son atmosphère païenne et décadente, ses spectacles de strip, ses racoleuses, ses bonimenteurs de music-hall, ses macs-taxis, et ses camés à la cervelle atteinte, la ville serait aussi attrayante aux yeux de la plupart de ses touristes qu'un parc d'attraction à thème agraire dans l'ouest du Nebraska.

Le Vieux-Carré a deux populations distinctes, presque deux climats de sensibilités différentes. Tôt le matin, des enfants noirs en uniforme se mettent en rangs pour entrer dans l'école primaire catholique en bordure du jardin public ; les paroissiens au sortir de la cathédrale St-Louis prennent *café au lait* [1] et beignets en lisant le journal aux tables en terrasse du Café du Monde ; les rues sont encore fraîches, les toits de tuiles et les murs de stuc pastel des immeubles, zébrés de coulures d'humidité, le fer forgé en volute des balustrades de balcons éclatant de fleurs épanouies ; les familles de touristes se font dessiner le portrait par les artistes qui installent leurs chevalets le long de la clôture aux fers en épieu de Jackson Square ; en arrière-plan, la brise souffle de la rivière au travers des buissons d'azalées et d'hibiscus, des effloraisons de magnolias grosses comme le poing, et des bouquets de bananiers sous la statue équestre d'Andy Jackson ; et aussitôt que vous vous enfoncez dans les profondeurs du Vieux-Carré, sous les colonnades de fer peintes en vert, vous sentez l'odeur propre et froide du poisson frais sur lit de glace, des cageots de fraises, de prunes et de pastèques bigarrées mouillées au tuyau d'arrosage et emperlées de gouttes d'eau.

Mais lorsque arrive la fin de l'après-midi, une faune d'une autre espèce envahit le Carré. Ses membres sont

---

1. En français dans le texte.

pour la plupart inoffensifs – étudiants, militaires, familles du Middle-West qui essaient d'entrevoir, au-delà des portiers faisant l'article, l'intérieur des boîtes de strip-tease, hommes d'affaires japonais en complets bleu marine, appareils photo en bandoulière, paysans en goguette venus des régions arides du Mississippi. Mais ils ne sont pas seuls, une autre engeance les accompagne – arnaqueurs, artistes du bonneteau, pick-pockets et barons, fourgueurs de coke et de marijuana, racoleuses par écuries entières qui se réservent exclusivement la clientèle des hôtels, et strip-teaseuses qui racolent dans les taxis après 2 heures du matin.

Ils opèrent en franchise, avec l'œil du ver de terre face au spectacle du monde. Ils sont habituellement sans joie, indifférents aux spéculations sur notre condition de mortels, morts d'ennui devant toutes les formes d'expériences ou presque. Pratiquement tous se shootent aux fumées de cocaïne ou directement à l'aiguille, se défoncent à la blanche ou fument du crack. Souvent ils se guérissent de leurs petits maux aux beautés noires.

Ils voient les gens du commun à la manière des forains de carnaval faisant l'article ; ils considèrent leurs victimes avec dédain, parfois avec mépris. La plupart seraient incapables de se sortir tout seuls la tête d'un sac en papier ; mais la précision de leur savoir quant aux différents prêteurs sur gages sur la place, à la hiérarchie de la pègre du cru, à la loi et à ce qu'ils encourent, aux flics et aux juges corrompus, est impressionnante.

Tandis que les rues commençaient à se faire plus fraîches en virant au mauve sous la nuit tombante, j'allai de boîte minable en boîte minable au milieu du tintamarre, orchestres Dixieland et rockabilly, gamins noirs avec claquettes qui dansaient sur les trottoirs pour les touristes, bonimenteurs en train de faire l'article, coiffés de canotiers en paille et vêtus de vestes à rayures multicolores, qui rameutaient les étudiants de passage en beuglant :

– Pas de taxe, pas de minimum, beaux étalons, entrez donc vous faire recharger la batterie.

Jimmie Ryan, avec sa moustache rousse conquérante et son visage affable, rappelait tout à fait l'image qu'on pouvait se faire d'un barman du XIXe siècle. Mais on le connaissait également sous le sobriquet de Jimmie la Pièce, parce que d'un coup de fil il était capable, d'une manière ou d'une autre, de vous mettre en relation avec n'importe quelle forme d'activité illégale à La Nouvelle-Orléans.

Au creux des deux bras, à la pliure du coude, ses veines étaient semées de tissus cicatriciels tels des serpents de jardin verts tout aplatis.

Il fit basculer son canotier en paille sur l'arrière de la tête et but une gorgée de sa bière. Au-dessus de lui, une fille aux seins à l'air, en string à paillettes dansait pieds nus sur une piste surélevée, les hanches agitées d'un mouvement liquide au rythme de la musique qui sortait du juke-box, la peau crénelée des effets du néon, la bouche ouverte en semblant d'extase.

– Comment va, Belle-Mèche ? dit-il.

– Pas mal, Jimmie. Et la grande vie du milieu, ça roule ?

– Ch'sus pus exactement dans la branche. Depuis que j'ai largué le super-carburant, j'ai plus ou moins repris un emploi régulier, tu vois ce que je veux dire ? Faire la sonnette d'entrée pour les tarés et les merdaillons a quelques gros désavantages, très négatifs, et je te cause là du respect qu'on a de soi-même. Cette ville est pleine de malades, Belle-Mèche, et qui est-ce qui a besoin de ça, hein, voilà ce que j'essaie de te dire.

– Je vois. Écoute, Jimmie, connais-tu quelqu'un qui essaierait de recruter des filles dans les paroisses ?

Il reposa les coudes sur le comptoir. Son ventre mou débordait de son gilet à rayures comme un ballon plombé rempli d'eau.

– Tu parles de quelqu'un qui monterait sa propre écurie ? demanda-t-il.

– Peut-être bien.

– Un mec qui se cherche des filles de la campagne, celles qui attendent de se trouver un papa gâteau ou qui sont de toute manière prêtes à quitter leur bled ?

– C'est bien possible.

– Ça sonne pas juste.

– Pourquoi ?

– La Nouvelle-Orléans en est déjà pleine. Pourquoi en faire venir encore plus et risquer de baisser les prix ?

– Peut-être bien que ce mec ne se contente pas seulement de faire le mac, Jimmie. Peut-être bien qu'il aime aussi leur faire mal. Tu connais un mec de ce genre-là ?

– Là, on discute d'un genre de bonhomme tout à fait différent, quelqu'un qui opère au fin fond de la chaîne alimentaire. Quand je m'occupais de mettre les gens en contact par téléphone, à arranger divers types de rendez-vous sociaux dans la ville, je me faisais un point d'honneur à pas connaître de types comme ça, en fait, ch'suis comme qui dirait un peu surpris que tu penses que j'ai des mecs de ce genre-là dans mes relations.

– Je respecte ton savoir et ton jugement, Jimmie. C'est pourquoi c'est toi que je suis venu voir au lieu d'un autre. Mon problème, c'est deux filles mortes dans les paroisses de Vermilion et d'Iberia. Ce même mec peut en avoir tué d'autres.

Il ôta quelque chose de l'arrière de ses dents, du bout du petit doigt.

– La ville, elle est plus ce qu'elle était, dit-il. Ça devient de la merde.

– Okay...

– Y a des années de ça, y avait certaines choses entendues avec les flics de La Nouvelle-Orléans. Un mec se faisait choper à faire ce qu'y fallait pas, et je te parle là de trucs de malade, agresser sexuellement un enfant, voler et tabasser des vieux, quelque chose de ce goût-là, ça allait même pas jusqu'à la prison. Le mec se ramassait une branlée de première sur place, je veux dire qu'on le laissait sur le pavé avec la cervelle qui lui dégoulinait par les trous de nez.

« Et aujourd'hui, t'as quoi ? Essaie donc de te balader près des lotissements sociaux et vois ce qui arrive. Écoute, Belle-Mèche, je ne sais pas ce que tu cherches, mais y a une catégorie spéciale d'enculé qui me vient à l'esprit, un type de mec tout nouveau dans la ville, je comprends pas pourquoi on les vire pas, pourquoi on leur fait pas leur fête une bonne fois, peut-être même une bonne fois pour toutes, tu comprends ce que je veux dire, et ça, je connais pas la réponse, mais quand tu descends jusqu'au terminal de bus, tu pourrais peut-être garder ça en tête, je veux dire, toi, t'es pas de la ville, d'accord, et y a pas un chien, je dis bien pas un chien, que ça va déranger si ce genre de mec y se fait disons éventrer du bide jusqu'aux quinquets.

– Le terminal de bus ?

– T'as tout compris. Y sont trois ou quatre en tout. Y en a un qui ressort du lot, comme une merde dans une usine à crème glacée. J'ai rien contre les gens de couleur.

J'avais oublié l'expérience linguistique que pouvait être une conversation avec Jimmie la Pièce.

Il retint un renvoi de bière et fixa les yeux vers la fille sur la plate-forme.

– Est-ce que Baby Feet Balboni pourrait être mêlé à tout ça ? demandai-je.

Il fit rouler une allumette contre sa langue, le regard dirigé à l'oblique vers un spot lumineux du plafond.

– Viens faire un petit tour avec moi, respire l'air de la nuit, cet endroit me fait penser à l'intérieur d'un cendrier. Y a certains soirs, j'ai l'impression qu'y a quelqu'un qui m'a versé de l'acide à batterie dans les poumons, dit-il.

Je sortis avec lui. Les trottoirs étaient pleins de touristes et de fêtards qui buvaient leur bière en grands gobelets de carton. Jimmie inspecta les deux côtés de la rue, souffla par le nez et se lissa la moustache de la jointure d'un doigt.

– C'est le nom d'une personnalité locale que tu viens de citer, dit-il.

– Ça ne sortira pas de ma bouche, Jimmie. Personne ne saura d'où c'est venu.

– Tout ce que je pourrais éventuellement savoir d'un certain mec est déjà du domaine public, alors probable que ça ne servira à rien de bon de commenter le problème en question.

– Il n'y a pas un seul trafic du coin qui ne rapporte son petit pourcentage à Julie, d'une façon ou d'une autre. Pourquoi serait-ce différent pour le proxénétisme ?

– Tu te trompes. Y a des gamins de quinze ans dans les lotissements de l'Assistance qui fourguent du crack, des filles, des armes, de la brune mexicaine, de la blanche, t'as le choix, les Italiens vont pas y mettre le nez, c'est impossible à maîtriser. Tu cherches un mec qui tue des racoleuses ? C'est pas Feet, lieutenant. Ce mec, question sentiments, pour lui, les gens, c'est moins que zéro. Je l'ai vu faire bouffer le parquet d'une salle de bar à Algiers à trois mecs de la famille Giacano qui croyaient qu'y z'allaient pouvoir frimer devant leurs nanas. Il a même pas piqué une suée. Y s'est même arrêté de défoncer un mec à coup de lattes rien que pour se donner le temps de lâcher un long pet.

— Merci pour ton temps, Jimmie. Garde le contact si jamais t'entends quelque chose, d'accord ?

— Qu'est-ce que je peux dire ? On vit une époque de malades. Tu veux mon opinion ? Ouvre donc quelques colonies pénitentiaires au pôle Nord, là où vivent les pingouins. Débarrasse-toi de tous ces salopards de merde et ramène-nous donc un peu de propreté avant que la ville tout entière ne se transforme en chiotte.

Il se balançait sur l'avant des pieds. Ses lèvres paraissaient violettes aux lueurs de néon en provenance du bar, son visage, d'un rouge électrique, comme s'il flamboyait d'un coup de soleil.

Je lui donnai ma carte. Tandis que je m'éloignais le long du bloc, sous l'enseigne d'un cinéma pornographique, je me retournai sur lui : il s'en servait pour se curer les dents.

Je passai dans deux bars à motards, de l'autre côté du fleuve, à Algiers, où quelques-unes des nanas racolaient afin de permettre à leurs hommes d'avoir l'argent nécessaire pour trafiquer les armes ou la came. Les raisons pour lesquelles elles se laissaient utiliser à ce point-là étaient ouvertes. Mais assez régulièrement, elles se faisaient fouetter à coups de chaîne, violer par la bande tout entière, clouer les paumes des mains aux arbres et, habituellement, elles venaient en redemander, jusqu'au jour où on les assassinait avant de les larguer dans un marais. Leur statut de tristes et perpétuelles victimes n'avait probablement pas plus de signification dans un sens que dans l'autre.

Ceux qui acceptaient de me parler avaient tous la même odeur de cuir imprégné de sueur mêlé à des cheveux non lavés, aux relents féminins tiédasses, de fumée de joint et de nicotine, auxquels s'ajoutaient ceux de la toile de jean patinée de graisse à moteur. Mais ils ne connaissaient pratiquement rien ni ne manifestaient d'intérêt à ce qui sortait de leur monde tribal et atavique.

Je trouvai du côté de Magazine un mac mulâtre qui dirigeait également un stand de défonce spécialisé dans l'héroïne, laquelle se vendait à vingt-cinq dollars la dose et connaissait à nouveau la faveur des drogués adultes qui ne voulaient pas rejoindre les rangs de l'armée de fondus psychotiques que produisait le crack dans les lotissements de l'Assistance.

Il s'appelait Camel ; il avait un œil mort, pareil à une bille à jouer incolore, et portait un diamant sur une narine et les cheveux rasés en crêtes et mèches pointues. Il écala un œuf dur du pouce au comptoir à sandwiches d'une vieille boutique délabrée, à la fois épicerie et magasin de gros, avec un ventilateur à pales de bois au plafond. Sa peau avait les reflets cuivrés brillants d'un penny nouvellement frappé.

Après m'avoir écouté un moment, il posa son œuf sur une assiette en papier et replia ses longs doigts en geste de réflexion.

– Ça, c'est mon quartier, l'endroit où habitent tous mes amis, et y a personne par ici qui fait du mal à mes beautés.

– Je n'ai jamais dit qu'ils faisaient ça, Camel. Je veux juste que tu me dises si tu as entendu parler de quelqu'un qui pourrait faire du recrutement dans les paroisses. Peut-être bien un mec complètement déphasé.

– Je sors pus beaucoup de mon quartier ces temps-ci. C'est l'âge qui me travaille, je crois.

– La journée a été chaude, collègue. Ma capacité à encaisser les conneries n'est pas bien grande. Tu fourgues de la mexicaine pour Julie Balboni, et tu sais très bien tout ce qui se passe dans cette ville.

— C'est quoi ton nom, déjà ?

Je le regardai bien en face un long moment. Il racla un fragment de croûte au coin de son œil mort de l'ongle d'un doigt.

— Tu es quelqu'un d'intelligent, Camel. Dis-moi honnêtement, crois-tu que tu vas simplement me mener en bateau et que je vais disparaître ?

Il dévissa la capsule d'une bouteille de Tabasco et commença à semer la sauce piquante sur son œuf.

— J'ai entendu parler d'un Blanc, on parle d'un mec bizarre que les réguliers qui traficotent aiment pas fricoter avec.

— Très bien…

— Tu cherches au mauvais endroit.

— Qu'est-ce que tu veux dire ?

— Le mec, y vit pas dans le coin. Il installe ses filles sur Airline Highway, dans la paroisse de Jefferson, en colle une comme responsable, et il repasse en ville de temps en temps pour vérifier que tout tourne bien.

— Je vois, un nouveau genre de système de taule-prison. Qu'est-ce que tu es en train d'essayer de me refiler, Camel ?

— Tu m'écoutes pas. Les réguliers, y se tiennent à l'écart de ce gars pour une raison. Ses poulettes essaient de l'écrémer, elles disparaissent. Le mot, c'est *disparaître*, on les voit plus à leur rade, elles s'évanouissent de l'écran. Est-ce que le message est bien reçu cinq sur cinq ?

— Quel est son nom ?

— Ch'sais pas, et je veux pas le savoir. Pose-toi donc une question. Pourquoi tu viens toujours chercher un Négro pour te résoudre tes problèmes ? On a rien de ce genre-là dans un quartier noir.

— On se reverra, Camel. Merci de ton aide. Dis, c'est quoi le nom du Noir qui opère à la gare des bus ?

— Je voyage par avion, mec. C'est ce que tout le monde fait de nos jours.

Il lécha le dessus de son œuf écalé avant de le mettre dans sa bouche.

Pendant des années, l'Airline avait été la route principale de liaison entre Baton Rouge et La Nouvelle-Orléans. Lorsque la I-10 fut ouverte, l'Airline devint une route secondaire et se vit ré-absorbée par cette culture de taudis semi-rurale qui a toujours caractérisé le Sud péquenot : boîtes de nuit bâties de bric et de broc avec parcs de stationnement au sol en coquillages concassés ; motels infestés de cafards qui vous offrent lits à eau et films pornographiques et louent leurs chambres à la journée ou à la semaine ; relais-routiers avec leurs batteries de distributeurs de préservatifs dans les toilettes ; cafés ouverts la nuit, brillant de couleurs criardes où l'odeur de friture pénètre les comptoirs et les tabourets aussi sûrement qu'une couche de graisse.

Je fis trois boîtes de nuit et n'aboutis nulle part. Chaque fois que je passais la porte, le barman levait les yeux pour m'accueillir du regard de celui qui aurait attendu ma visite toute la soirée. Dès que je m'installais au comptoir, les filles se dirigeaient vers les toilettes ou sortaient par la porte du fond. Le bruit électronique des orchestres de country était étourdissant, le crachotement amplifié des microphones pareil à un raclement de métal sur un tableau noir. Lorsque j'essayais de parler à quelqu'un, la personne en question acquiesçait poliment dans le tintamarre comme si celui qui s'adressait à elle avait les cordes vocales sectionnées, avant de retourner à son verre ou fixer les yeux dans la direction opposée à travers les couches de fumée de cigarette.

J'abandonnai et regagnai mon camion, garé entre le mur latéral en bardeaux d'une boîte de nuit et un motel trapu à six chambres avec sa petite pelouse jaune et un palmier mort près du bureau de la réception accessible d'une portière de voiture. L'air sentait la créosote et le fuel brûlé en provenance de la voie de chemin de fer près de la rivière, la poussière du parc de stationnement au sol en coquillages, l'alcool et la bière au sortir d'une poubelle pleine de bouteilles vides. Le ciel au-dessus du Golfe tremblait d'éclairs de chaleur.

Je n'entendis pas la femme arriver dans mon dos.

– Tout le monde sur le strip savait que tu devais venir il y a deux heures de ça, mon mignon, dit-elle.

Je me retournai et plissai les yeux dans sa direction. Elle buvait sa bière à même la bouteille avant de tirer sur sa cigarette. Elle avait un visage porcin, le rouge à lèvres de travers, ses cheveux teints en roux laqués, pareils à un enchevêtrement de fils de fer sur le crâne. Elle mit une main à la hanche et attendit que je la reconnaisse.

– Charlotte ?

– Quelle mémoire ! J'ai pris plus de lard que toi ?

– Non, pas vraiment. Tu as l'air en pleine forme.

Elle rit pour elle-même et souffla sa fumée de cigarette vers le ciel dans l'obscurité.

Trente ans auparavant, elle avait été strip-teaseuse et racoleuse sur Bourbon Street, avant de devenir la maîtresse d'un requin sur gages qui s'était fait sauter la cervelle, puis l'épouse d'un ex-sergent de police alcoolique, qui avait fini à Angola pour avoir dopé les chevaux à l'hippodrome de Fairgrounds. La dernière fois que j'avais entendu parler d'elle, elle dirigeait un salon de massage à Algiers.

– Qu'est-ce que tu fabriques par ici, sur Airline ? dis-je.

– Je tiens le rade de la porte d'à côté, dit-elle d'un hochement de tête en direction du motel. Hé, faut que je m'asseye. Ch'suis vannée ce soir.

Elle dégagea une chaise en bois du tas d'ordures et s'y assit, jambes écartées, avant d'avaler une nouvelle gorgée de sa bouteille. Un extracteur de toilettes cliquetait, au rythme de ses pales, au-dessus de sa tête.

– J'ai déjà entendu parler de ce que tu cherches, Belle-Mèche. Un mec qui fait rentrer les poulettes de la campagne, exact ?

– Sais-tu de qui il s'agit ?

– Ils vont, ils viennent. Je suis trop vieille pour me tenir au courant de tout ça aujourd'hui.

– Je t'assure que j'aimerais bien lui toucher deux mots à ce mec, Charlotte.

– Ouais, quelqu'un devrait lui enfiler un croc à viande dans les couilles, pas de question à se poser, mais ça n'arrivera probablement pas.

– Pourquoi pas ?

– Quand t'as les bons appuis, la cour de récré reste toujours ouverte.

– Il est protégé ?

– Qu'est-ce que t'en penses ?

– Par la famille Balboni ?

– Peut-être bien. Peut-être aussi qu'il a des appuis chez les flics et les politiciens. Il y a des tas de manières de rester en affaires.

– Mais d'une manière ou d'une autre, la plupart finissent par tomber. Exact ?

Elle porta la bouteille de bière à sa bouche et but.

– Je ne pense pas que t'en trouveras beaucoup qui accepteront de te parler en détail de ce mec, dit-elle. On entend des tas d'histoires, tu vois ce que je veux

dire ? Comme quoi ce mec que tu cherches, c'est quelqu'un que t'as pas envie de voir en rogne contre toi, et
qu'il peut être très dur avec ses poulettes.

– Est-ce que c'est vrai ?

Elle posa sa bouteille vide sur le sol de coquillages
et posa mollement les mains sur les genoux. L'espace
d'un instant, les reflets brillants de l'alcool désertèrent
son regard, et elle prit une expression étrangement
introvertie, à croire qu'elle se fixait sur quelque image
oubliée dans les profondeurs de son être.

– Quand tu vis dans le milieu, t'entends des tas de
méchantes histoires, mon mignon. Et ça, c'est parce
qu'il n'y en a pas beaucoup de jolies, jolies, dit-elle.

– Le mec que je cherche est peut-être un tueur en
série, Charlotte.

– Ce genre de mec est miché, pas mac, Belle-
Mèche.

Elle se pencha sur les avant-bras, à tirer sur sa cigarette, les yeux fixés sur les centaines de capsules de
bouteilles enfoncées dans le sol à ses pieds. Ses cheveux laqués se tressaient de fumée.

– Rentre-toi à la maison. Tu ne changeras rien ici.
Tous ceux qui sont sur cette route ont signé, d'une
manière ou d'une autre.

– Personne n'a signé pour se retrouver mort.

Elle ne répondit pas. Elle gratta une piqûre de moustique sur sa rotule et regarda une voiture qui s'approchait du guichet de réception.

– Qui est le mec qui opère au terminal de bus ces
temps-ci ? dis-je.

– Ça, c'est Downtown Bobby Brown. Il est tombé
une fois pour attentat à la pudeur. Aujourd'hui, c'est un
pro, une vraie merde, quoi. Va retrouver ta famille,
Belle-Mèche, avant que tu commences à aimer ton travail.

Elle balança sa cigarette d'un revers de la main, se remit debout, tira sa robe sur ses hanches éléphantesques, me fit un clin d'œil comme si elle quittait la scène d'un théâtre de vaudeville, et avança délicatement sur les coquilles d'huîtres concassées en direction de son motel où un couple l'attendait avec impatience, dans la chaleur et la poussière, sous les claquements des insectes qui venaient s'électrocuter contre l'appareil placé au-dessus du guichet de la réception.

Vous trouverez les prédateurs en action au terminal des bus pratiquement à tout moment de la journée, vingt-quatre heures sur vingt-quatre. Mais ils opèrent au mieux aux petites heures de la nuit. Au moment où les grandes aventurières de Vidalia, de Ridder ou Wiggins, dans le Mississippi, se retrouvent à court d'argent, d'énergie, d'espoir de trouver un endroit où dormir, hormis un bâtiment vide ou un foyer d'accueil officiel où on les signalera à la police comme fugueuses. Il n'est pas non plus très difficile de repérer lesdites aventurières. Elles ont les commissures de lèvres baissées, les cheveux filasse, plaqués sur le cou comme des ficelles mouillées ; souvent elles arborent sur les mains, sur leurs bras minces, des tatouages maison ; elles se lavent les aisselles avec des serviettes en papier et se brossent les dents dans les toilettes.

Je l'observai qui traversait la salle d'attente, une sacoche de cuir en bandoulière sur l'épaule, les yeux brillants, un chapeau de pluie incliné sur le crâne, la chemise tropicale blanche au-dessus de son pantalon de toile kaki. Une croix en or était peinte sur le flanc de sa sacoche.

Les deux filles étaient blanches, blondes l'une et l'autre vêtues de jeans informes, chaussures de tennis sans chaussettes, chemisiers qui paraissaient décolorés par le sel et raidis de transpiration séchée. Tandis qu'il s'adressait à elles, son visage heureux me fit penser à quelque marchand de ballons mythique aux sabots fourchus appelant les enfants à lui par un jour de printemps de ses petits sifflements lointains. Puis, de sa sacoche, il sortit des barres de sucreries et des sandwiches au jambon, une thermos de café, des prunes et des pommes vertes auprès desquelles une main d'enfant aurait paru naine.

Les filles se jetèrent sur leur sandwich, le corps plié en deux et, l'instant d'après, il s'asseyait près d'elles, parlant sans interruption, le sourire aussi large qu'un fer de hache, les yeux brillant comme un regard d'elfe, la croix dorée de sa sacoche clignant à la lumière sous son bras noir.

J'étais fatigué, usé par ma longue journée, à cran de trop de voix entendues, trop de gens dans la cohue, trop de ceux-là qui achetaient et vendaient les autres ou se ruinaient eux-mêmes pour des sommes dérisoires que n'importe qui pouvait gagner à vendre des aspirateurs au porte à porte. Mes vêtements craquaient de poussière; j'avais un mauvais goût dans la bouche; je sentais ma propre odeur. L'intérieur du dépôt d'autocars sentait le mégot de cigare et les fumées d'échappement Diesel soufflées par la porte à l'intérieur de la salle d'embarquement.

Je décrochai le combiné d'un téléphone public près des toilettes pour hommes et le laissai pendre à son cordon.

Une minute plus tard, le vendeur de tickets fixait l'insigne que j'avais fait glisser sur le comptoir.

— Vous voulez que je fasse quoi? dit-il.

— Annoncer qu'il y a un appel au téléphone public pour monsieur Bob Brown.

— Ce n'est pas une chose que nous faisons habituellement.

– Considérez qu'il s'agit d'une urgence.

– Oui, monsieur.

– Attendez au moins une minute avant de le faire. Okay, podna ?

– Oui, monsieur.

J'achetai une boisson non alcoolisée au distributeur automatique et regardai, l'air de rien, au-delà des portes vitrées, tandis qu'on chargeait la soute à bagages d'un bus marqué « Miami ». Le vendeur de tickets décrocha son microphone et le nom de Bob Brown retentit en écho en résonnant sur les murs de la gare routière.

Le visage de Downtown Bobby Brown se fit perplexe et lourd d'une expression démoniaque, au vu et au su des deux filles, avant de se charger momentanément d'excuse tandis qu'il leur expliquait qu'il serait de retour immédiatement, qu'un membre de son foyer d'accueil avait probablement besoin de ses conseils sur une situation difficile.

Je laissai tomber ma boîte à soda dans une poubelle et le suivis jusqu'au téléphone. Downtown Bobby avait l'instinct de la rue. Il pivota sur les talons et me fixa bien en face. Mais mon regard n'accrocha jamais le sien, je passai à côté de lui et m'arrêtai devant la machine de *USA Today*.

Il se saisit du combiné du téléphone, un coude en appui contre le mur, et dit :

– Bobby à l'appareil. Qu'est-ce qui se passe ?

– C'est la fin de ta carrière, dis-je.

Je l'empoignai par la nuque en lui enfonçant la figure dans la porte des toilettes. Puis je le poussai en l'envoyant valser à l'intérieur de la pièce. Le sang coulait de son nez sur sa lèvre ; ses yeux étaient écarquillés, blanc jaunâtre – tel un œuf écalé – sous le choc.

Un homme se tenait debout devant son urinoir, sidéré, la braguette ouverte. Je lui ouvris mon insigne à la figure.

— Cette pièce est occupée, dis-je.

Il referma son pantalon et se dépêcha de pousser la porte. J'enclenchai le verrou dans le logement de l'huisserie.

— Qu'est-ce que vous voulez ? Pourquoi vous me tombez sur le paletot ? Vous avez pas le droit de secouer quelqu'un, lui coller la figure dans une porte rien que parce que…

Je sortis mon .45 de l'arrière de ma ceinture et le pointai au beau milieu de sa figure.

Il leva les bras devant lui, comme s'il contenait une présence invisible, et secoua la tête de gauche à droite, en détournant les yeux, la bouche tordue comme une prune éclatée.

— Faites pas ça, mec, dit-il. Ch'sus pas une menace pour vous. Écoutez, j'ai pas d'arme. Vous voulez m'al-paguer, faites-le. Allez, je le jure, y a aucun besoin de ce calibre, je vous ferai pas d'ennui.

Il respirait avec difficulté. La sueur luisait comme un film d'huile sur ses tempes. Il frotta les gouttes de sang qui lui coulaient du nez du dos de ses doigts.

Je m'approchai de lui, en le fixant les yeux dans les yeux, et relevai le chien. Il se recula jusque dans un cabinet, l'haleine chargée d'un relent de sardines.

— Je veux le nom du mec auquel tu livres les filles, dis-je.

— Personne. J'amène personne à personne.

Je coinçai l'ouverture du canon sur la pointe de son menton.

— Oh, Seigneur, dit-il, en tombant en arrière sur le siège des toilettes.

Le couvercle en était relevé, et son arrière-train tomba comme une masse dans la cuvette.

— Tu connais le mec dont je te parle. Il est tout à fait comme toi. Il chasse sur la même réserve à gibier, dis-je.

Il avait la poitrine penchée en avant, pliée sur les genoux. Il ressemblait à une épingle à linge circulaire vissée avec force dans un trou.

— Ne me faites pas un truc pareil, mec, dit-il. Je viens d'être opéré. Embarquez-moi. Je vous aiderai tout ce que je pourrai. J'ai un bon dossier avec vous autres.

— Tu t'es retrouvé au trou pour abus sexuels sur enfants, Bobby. Même les taulards n'aiment pas ceux qui s'en prennent aux gosses. Est-ce qu'on a été obligé de t'enfermer en haute sécurité avec les mouchards ?

— C'était un détournement de mineures. Je suis tombé pour violences et non-consentement. Vérifiez vous-même, mec. Sans déconner, me pointez pas ça dans la figure. J'ai encore des points de suture dans l'entre-deux. Y vont se déchirer si ça continue.

— Qui est le mec, Bobby ?

Il ferma les yeux et mit la main sur la bouche.

— Donne-moi juste son nom, et ça s'arrête ici. Ça n'ira pas plus loin, dis-je.

Il ouvrit les paupières et leva les yeux vers moi.

— J'ai fait dans mon pantalon, dit-il.

— Ce mec fait mal aux gens. Donne-moi son nom, Bobby.

— Y a un Blanc qui vend des photos cochonnes ou quelque chose. Il a une arme sur lui. Y a personne qui déconne avec. Est-ce que c'est le mec dont vous parlez ?

— À toi de me le dire.

— C'est tout ce que je sais. Écoutez, j'ai rien à voir avec les mecs dangereux. Je ferais de mal à personne. Pourquoi vous me faites ça, mec ?

Je reculai d'un pas et laissai doucement retomber le chien du .45. Il posa les deux paumes sur le siège et se remit lentement debout. L'eau de cuvette dégoulinait lentement du fond de son pantalon. Je roulai en boule une poignée de serviettes en papier et les mouillai à un robinet avant de les lui tendre.

— Essuie-toi la figure, dis-je.

Il continua à renifler, comme s'il avait un rhume.

— Ch'peux pas retourner là-bas.

— C'est exact.

— J'ai tout lâché dans mon pantalon. Voilà ce que vous avez gagné, mec.

— Tu ne reviendras plus jamais ici, Bobby. Dorénavant, ce terminal de bus, tu vas le traiter comme le centre d'une zone d'essais nucléaires.

— J'ai une crèche… un endroit… à deux blocs d'ici, mec. Qu'est-ce que vous…

— Sais-tu qui est — ?

Je me servis du nom d'un flic à pied de l'Irish Channel, célèbre pour ses opinions racistes d'extrême-droite.

Il cessa de se tamponner le nez de ses serviettes mouillées.

— J'ai pas de compte à régler avec ce péquenot, dit-il.

— Un jour, il a fracassé la trachée d'un mac d'un coup de matraque. C'est vrai, Bobby. Le mec s'est étouffé à mort avec sa propre salive.

— De quoi vous parlez, mec? J'ai rien dit sur —, ch'sais ce que vous êtes en train de faire, mec, vous…

— Si je t'attrape une fois encore à la gare routière, si j'entends raconter que tu as recommencé à arnaquer les fugueuses et les jeunes filles, je vais dire à — que tu opères dans son quartier, que tu vas peut-être même traîner du côté des cours de récré du Channel.

— Putain, vous êtes qui, mec ? Pourquoi vous me cherchez des misères ? Je vous ai rien fait.

Je dégageai le verrou de la porte.

— As-tu jamais lu ce passage de la Bible sur ce qui arrive aux gens qui corrompent les enfants ? dis-je.

Il me regarda, une expression de stupeur sur le visage.

— Commence à penser à mettre des kilomètres entre nous ou trouve-toi un autre genre de boulot, dis-je.

J'avais dix-sept dollars dans mon portefeuille. J'en donnai douze aux deux fugueuses, ainsi que l'adresse d'un prêtre de la rue, un adepte des AA qui dirigeait un centre d'accueil et ne les signalerait pas à la police.

Au-dehors, l'air avait le goût de pennies de cuivre et donnait l'impression d'avoir été surchauffé dans un four électrique. Le vent qui balayait le trottoir brûlait comme un air en train de monter d'un fourneau à bois. Je démarrai mon camion, déboutonnai ma chemise jusqu'à la taille et pris la direction de la I-10 et de la maison.

Au passage du lac Pontchartrain, la lune était levée et de petites vaguelettes venaient se briser contre la plage de sable gris en bordure de la grand-route. Je voulais arrêter le camion, me mettre en slip, patauger jusqu'à la cassure de pente et plonger au cœur des eaux, de plus en plus fraîches au fur et à mesure que j'y descendrai, jusqu'à toucher un courant de fond sombre et froid qui me laverait les pores de la peau des cinq heures écoulées.

Mais le lac Pontchartrain, comme la ville de La Nouvelle-Orléans, était trompeur. Sous ses vaguelettes d'eau vert ardoise crénelées d'écume, ses étendues luisantes comme un miroir sous la lune, ses quarante kilomètres de chaussée brillant de lampadaires électriques, déchets et ordures de toutes sortes étaient pris au piège de ses sédiments sombres, et le niveau de toxicité en était aujourd'hui tellement élevé qu'il était interdit dorénavant de se baigner dans le lac.

Je roulai toutes fenêtres ouvertes, la boule de plastique du levier de vitesses tremblant sous ma paume, jusqu'au pont sur le Mississippi à Baton Rouge. Puis j'empruntai la chaussée en surplomb qui traversait le marais d'Atchafalaya dans l'air chaud de la nuit chargé des odeurs de boue rance et de jacinthes en train de s'épanouir sous les arbres. Au loin, par-delà les baies couleur d'étain, les troncs de cyprès morts se détachaient en silhouettes sur fond de torchères enflammées et de vastes étendues vert noirâtre de cladions et d'îlots de saules inondés. D'énormes nuages d'orage roulaient les uns sur les autres tels des panaches de fumée noire d'un vieux feu tandis que des filaments d'éclairs éclataient silencieusement sur tout le ciel au sud. Je crus sentir une odeur de pluie portée par le vent, aussi fraîche, aussi propre, aussi éclatante que le goût d'un alcool blanc sur le bout de la langue.

9

Devant notre fenêtre de chambre, les pacaniers étaient immobiles et gris, trempés d'humidité sous la fausse aurore. Puis les premières rougeurs du soleil vinrent percer la cime des arbres du marais, telle une allumette phosphorée qu'on aurait frottée contre le ciel.

Bootsie dormait en chemise de nuit sur le flanc, la cuisse moulée par le drap, le visage frais, les cheveux châtains ébouriffés contre l'oreiller par le souffle de l'aérateur de fenêtre. Au petit matin, sa peau semblait toujours irradiée de lumière, comme l'éclat rose et pâle d'un cœur de rose. Je tirai son corps contre le mien et l'embrassai délicatement sur la bouche. Sans ouvrir les yeux, elle me sourit d'un air ensommeillé, glissa ses bras dans mon dos, écarta les cuisses et pressa son ventre contre le mien.

Au loin sur le bayou, je crus entendre une perche bondir hors de l'eau en arc de ciel humide avant de s'y replonger à nouveau, battant la surface de sa nageoire caudale, avant de se glisser dans les profondeurs racineuses des jacinthes flottantes.

Bootsie mit ses jambes entre les miennes, son haleine chaude contre ma joue, une main au creux de mes reins, sa croupe tendre roulant sur le lit; et je sentis alors monter en moi cet instant qui vous tord le cœur à rompre, au-delà de toute maîtrise, pareil à un barrage de rondins dans un canyon résistant au flot

164

noyant le lit de la rivière, avant de craquer et d'éclater sous la pression en laissant le courant se précipiter en écume blanche et emporter les rondins déracinés.

Je m'allongeai à côté d'elle et lui pris la main avant d'embrasser la mince pellicule de sueur sur ses épaules.

Elle redessina mon visage à tâtons de ses doigts et toucha la mèche blanche que j'avais dans les cheveux comme si elle explorait une de mes particularités physiques pour la première fois.

— Ce bon vieux Belle-Mèche, dit-elle, avant de sourire.

— Les flics ont des surnoms bien pires que ça.

Elle resta silencieuse un moment puis prononça mon nom accompagné d'un point d'interrogation à la manière qui lui était coutumière lorsqu'elle était sur le point d'aborder un sujet difficile.

— Oui ? dis-je.

— Elrod Sykes a appelé pendant que tu étais à La Nouvelle-Orléans. Il voulait s'excuser de s'être présenté ivre chez nous.

— Okay.

— Il veut aller à une réunion des AA avec toi.

— Très bien, j'en discuterai avec lui.

Elle regarda les ombres circulaires mouvantes que l'aérateur de fenêtre dessinait sur le mur.

— Il a loué un gros bateau, dit-elle. Il veut aller pêcher sur la grande salée.

— Quand ?

— Après-demain.

— Qu'est-ce que tu lui as répondu ?

— Qu'il faudra que j'en discute avec toi.

— Tu crois que je ne devrais pas y aller ?

— Cet homme me tracasse, Dave.

— Peut-être que ce mec a effectivement des dons de double vue. Ce qui ne signifie pas qu'il porte la poisse.

— J'ai un sentiment étrange à son égard. Comme s'il allait nous faire quelque chose.

— C'est un alcoolique pratiquant, Boots. C'est un malade. Comment veux-tu qu'il nous fasse du mal ?

— Je ne sais pas. C'est uniquement ce que j'éprouve. Je suis incapable de l'expliquer.

— Penses-tu qu'il essaie de me manipuler ?

— Qu'est-ce que tu veux dire ?

Je me redressai sur un coude et plongeai mon regard dans son visage. J'essayai de sourire.

— J'ai pour obligation d'aider les autres alcooliques, dis-je. Peut-être bien que tu as l'impression qu'Elrod essaie de me mener un peu en bateau, peut-être même qu'au lieu de l'aider je finirai par replonger dans mes valses dégueulasses avec la bouteille.

— Laisse-le donc se trouver ses propres aides, Dave.

— Je crois qu'il est inoffensif.

— J'aurais dû t'écouter. Je n'aurais pas dû les inviter à la maison.

— Ça ne sert à rien de faire ça, Bootsie. Tu te fais du souci à propos d'un problème qui n'existe pas.

— Il s'intéresse trop à toi. Il y a une raison à ça. Je le sais.

— Je l'inviterai à aller à une réunion. Nous oublierons la partie de pêche.

— Promets-le-moi, Dave.

— Je te le promets.

— Tu es sérieux, tu ne reviendras pas sur ta parole ?

— Tu as ma parole.

Elle prit mes doigts en coupe dans sa main et mit la tête sous mon menton. Dans la lumière ombreuse, je voyais son cœur battre la chamade contre son sein.

Je me rangeai dans le parc de stationnement derrière le bureau et me dirigeai vers la porte de derrière.

Deux adjoints en uniforme venaient d'amener un Noir en menottes, et quatre autres buvaient du café dans des gobelets de polystyrène en fumant des cigarettes à l'ombre du mur. J'entendis l'un d'eux prononcer mon nom, puis deux autres éclater de rire à mon passage.

Je m'arrêtai, fis demi-tour et revins jusqu'à eux.

– Comment va aujourd'hui ? dis-je.

– Qu'est-ce qui se passe, Dave ? dit Rufus Arceneaux.

Il avait été sergent technicien du Corps des Marines, et il portait toujours ses cheveux blanchis par le soleil coupés en brosse militaire. Il ôta ses lunettes de soleil et se frotta l'arête du nez.

– Je ferais mieux d'y retourner, dit un adjoint avant de balancer sa cigarette d'une pichenette pour se diriger vers sa rôdeuse.

– C'était quoi, le sujet de la plaisanterie, Rufus ? dis-je.

– Rien que j'aie dit, Dave. Je citais juste le patron, dit Rufus.

Ses yeux verts étaient pleins d'humour en se portant sur les autres adjoints.

– Qu'est-ce que le shérif avait à dire ?

– Hé, Dave, soyons juste. Ne va pas me coller ça sur le dos.

– Tu veux bien te vider la bouche de ta purée de patates et me dire exactement de quoi tu parles.

– Hé, allez, mec ! dit-il en gloussant.

– Putain de bordel, c'est rien d'important. Dis-le-lui, dit l'adjoint à son côté.

– Le shérif a dit que si le gouverneur de Louisiane invitait tout le service à dîner, Dave serait le seul mec du lot qui se débrouillerait pour cracher dans le saladier à punch.

Ils restèrent tous trois silencieux, sans plus l'ombre d'un sourire sur le visage, leurs regards allant se perdre alentour du parc de stationnement.

— Fais donc un saut dans mon bureau un de ces quatre, Rufus, dis-je. Quand tu veux, avant 17 heures. Tu crois que tu pourras mettre ça sur tes tablettes ?

— C'était juste une plaisanterie, Dave. Et ce n'est pas moi le mec qui ai dit ça.

— C'est exact. Aussi il n'y a rien de personnel dans ce que je dis. J'aimerais juste revoir avec toi ton dossier en détail.

— Pour quoi faire ?

— Il y a huit ou neuf ans que t'es ici, exact ?

— C'est exact.

— Comment se fait-il que j'aie toujours l'impression que tu aimerais redevenir sergent, que tu as peut-être quelques ambitions dont tu ne nous parles pas tout à fait ?

Ses lèvres se changèrent en ligne tendue marquée de points, et j'aperçus un trait de lueur jaune dans son œil.

— Penses-y donc, Rufus, je t'en reparlerai plus tard, dis-je.

Je m'enfonçai dans les profondeurs du bâtiment à l'air conditionné chargé des odeurs de mégots de cigares et de jus de chique, et fermai la porte derrière moi.

Dix minutes plus tard, le shérif pénétrait dans la pièce. Il s'assit devant mon bureau, les bras tendus en appui sur les cuisses. À voir son visage rouge de concentration, il me fit penser à un entraîneur de football assis au bord de son banc.

— Par où crois-tu que nous devrions commencer ? dit-il.

— À vous de me le dire.

— De ce que j'ai entendu de cette fameuse scène au restaurant, tu as essayé de démolir ce mec en morceaux.

– Ces mecs croient qu'ils sont chez les ploucs et qu'ils peuvent faire ce qu'ils veulent. Il faut parfois leur montrer la réalité en face.

– Il semble que tu aies bien fait passer le message. Balboni a été obligé d'emmener le mec à l'hôpital. Tu lui as cassé une dent dans la gencive.

– La matinée a été difficile. J'ai été incapable de maîtriser les événements. Ça n'arrivera plus.

Il ne répondit pas. Je l'entendis souffler par le nez.

– Vous voulez du café ? dis-je.

– Non.

Je me levai et allai remplir ma tasse au percolateur dans le coin de la pièce.

– J'ai déjà reçu deux coups de fil à propos de ton voyage à La Nouvelle-Orléans d'hier soir, dit-il.

– Oui, et alors ?

Il sortit un calepin plié de sa pochette de chemise et regarda la première page.

– As-tu jamais entendu parler d'un Noir dénommé Robert Brown ? demanda-t-il.

– Ouais, il s'agit de Downtown Bobby Brown.

– Il est en train d'essayer de porter plainte contre toi. Il dit que tu lui as écrabouillé la figure contre la porte des toilettes pour hommes au terminal de bus.

– Je vois.

– Bon Dieu, mais qu'est-ce que tu fabriques, Dave ?

– C'est un maquereau, il a été condamné pour sévices sexuels sur enfants. Lorsque je l'ai trouvé, il était en train de monter le coup à deux filles qui ne pouvaient pas avoir plus de seize ans. Je me demande s'il a fourni ces renseignements-là lorsqu'il a déposé sa plainte.

– Je me fous pas mal de ce que ce mec a fait. Je me fais du souci pour un membre de mes services qui se prend peut-être pour Wyatt Farp.

— Les accusations de ce mec n'iront nulle part et vous le savez très bien.

— J'aimerais bien être aussi confiant que toi. On dirait, qui plus est, que tu as retenu toute l'attention de certaines personnes dans la paroisse de Jefferson.

— Je ne comprends pas.

— Les services du shérif de la paroisse de Jefferson semblent croire que nous avons peut-être bien un élément incontrôlé dans nos rangs, du genre bombe ambulante prête à exploser.

— Et quel est leur problème ?

— Tu ne t'es pas présenté à eux, pas de coordination, pas de travail en équipe, tu t'es contenté de remonter tout Airline Highway en solo, à interroger les racoleuses et les tenanciers de bar à propos d'un mac sans nom.

— Et alors ?

Il se frotta la fossette qu'il portait à son menton rond avant de laisser retomber la main à plat sur la cuisse.

— Ils disent que tu as fait foirer une surveillance en cours, tu leur as bousillé une opération d'infiltration quelconque.

— Comment ça ?

— Je ne sais pas.

— Ça me paraît un joli tas de conneries, shérif. J'ai l'impression d'avoir dérangé des flics qui en touchent et qui ne veulent voir personne sur leur terrain de chasse.

— C'est peut-être vrai, Dave, mais je me fais du souci pour toi. Je crois que tu vas trop loin et que tu ne m'entends pas quand je te parle.

— Twinky Lemoyne a-t-il appelé ?

— Non, pourquoi ? Il aurait dû ?

— Je suis allé jusqu'à Lafayette et je l'ai interrogé hier après-midi.

Il ôta ses lunettes sans monture, les essuya d'un Kleenex et les remit sur le nez. Son regard revint se fixer sur le mien.

– Ça s'est passé après notre petite conversation concernant l'implication dans l'enquête de personnes qui apparemment n'ont rien à y voir au premier chef? demanda-t-il.

– Je suis convaincu que Baby Feet, d'une manière ou d'une autre, était en rapport avec Cherry LeBlanc, shérif. Twinky Lemoyne est en affaires avec Feet. À la manière dont je vois les choses, ça fait de lui un gibier potentiel.

– Je suis désolé de te l'entendre dire, Dave.

– Une enquête innocente les gens, aussi bien qu'elle les implique. Ses employés noirs semblent avoir une bonne opinion de lui. Et il n'a pas non plus téléphoné pour se plaindre de moi. C'est peut-être bien un mec réglo.

– Tu n'as pas tenu compte de mes instructions, Dave.

– J'ai vu les cadavres de ces deux filles, shérif.

– Et alors?

– Franchement, je ne me soucie guère des pieds que je pourrais écraser.

Il se leva de son fauteuil et enfonça légèrement sa chemise des deux pouces dans son ceinturon tandis que son regard semblait étudier dans le vide quelque réflexion non formulée.

– Je pense qu'à ce stade il me faut te faire part de mon sentiment personnel, dit-il. Je n'apprécie ni vos manières, ni votre ton, monsieur. Je ne les apprécie pas le moins du monde.

Je repris ma tasse de café, en avalai une gorgée et regardai le vide tandis qu'il sortait de la pièce.

Rosie Gomez passa presque toute la journée dans la paroisse de Vermilion. Lorsqu'elle repassa au bureau en fin d'après-midi, elle avait le visage rougi par la chaleur, ses cheveux sombres moites collés à la peau. Elle laissa tomber son sac sur le dessus du bureau et posa les bras en appui de part et d'autre du climatiseur dont l'air frais vint souffler à l'intérieur de son chemisier sans manches.

— Je croyais que c'était le Texas l'endroit le plus chaud de la terre. Comment les gens pouvaient-ils vivre ici avant l'invention de la climatisation ? dit-elle.

— Comment ça s'est passé aujourd'hui ?

— Attendez une minute, et je vous dirai tout. Nom de Dieu, qu'est-ce qu'il a fait chaud là-bas. Et la pluie ? Qu'est-ce qui lui arrive ?

— Je ne sais pas. C'est inhabituel.

— Inhabituel ? J'ai l'impression d'avoir été cuite à vif dans des feuilles de chou humides. Pour ma prochaine affectation, je demanderai les Aléoutiennes.

— Je crains que vous ne réussissiez jamais à être nommée à la Chambre de commerce de l'État, Rosie.

Elle retourna au bureau, en se soufflant l'air sur la figure, et ouvrit son sac à main.

— Qu'avez-vous fait aujourd'hui ? demanda-t-elle.

— J'ai essayé de reprendre quelques-unes de ces anciennes affaires, mais les pistes sont plutôt refroidies aujourd'hui — les gens sont partis ou ils ont pris leur retraite ou bien ils ne se souviennent plus, les dossiers se sont égarés, ce genre de trucs. Mais j'ai ici un détail intéressant…

J'étalai sur mon bureau une douzaine de fax en provenance de Centre national d'Information sur le Crime.

— Si c'est un seul mec qui a commis plusieurs de ces crimes non résolus, on dirait apparemment qu'il n'a jamais opéré hors des frontières de l'État. En d'autres termes, il ne semble pas qu'il y ait eu des homicides non résolus de femmes qui se soient produits pendant la même période dans une zone adjacente du Texas, de l'Arkansas ou du Mississippi.

« Il se peut donc, par conséquent, que ce mec soit non seulement un gars du cru, mais que, pour une raison ou pour une autre, il ait limité ses meurtres à l'État de Louisiane.

– Ce serait une nouveauté, dit-elle. Les tueurs en série, d'habitude, sont des voyageurs, à moins qu'ils ne trouvent leurs proies dans une communauté locale particulière, comme celle des homos ou des péripatéticiennes. En tout cas, jetez donc un coup d'œil à ce qui est sorti des herbes aujourd'hui.

Elle tint en l'air un sachet de plastique à fermeture automatique contenant un couteau de poche avec incrustation de laiton et manche en bois. La lame unique était ouverte et zébrée de rouille.

– Où l'avez-vous trouvé ?

– À huit cents mètres de l'endroit où on a trouvé la fille au baril, sur la levée. À peu près à un mètre du sommet du talus.

– Vous avez quadrillé tout ce terrain toute seule ?

– Plus ou moins.

Je la regardai un instant avant de reprendre la parole.

– Rosie, vous êtes comme qui dirait nouvelle dans la région, mais cette levée est constamment utilisée par les pêcheurs et les chasseurs. Il leur arrive parfois de perdre des trucs.

– Tout mon travail n'a servi à rien, hein ?

Elle sourit et releva une mèche de cheveux de son front.

– Je n'ai pas dit ça...

– Il y a une autre chose que je ne vous ai pas dite. Je suis tombée sur un vieux Noir là-bas, qui vend du poisson-chat et des cuisses de grenouilles à l'arrière de sa camionnette. Il m'a dit qu'il y a environ un mois, tard le soir, il a vu un Blanc dans une voiture neuve, bleue ou noire, qui cherchait quelque chose sur la levée à la lueur d'une torche électrique. Tout comme le braconnier d'alligators que vous avez interrogé, il s'est demandé pourquoi quelqu'un viendrait là le soir dans une voiture neuve. Il a déclaré que l'homme à la torche n'avait pas de remorque à bateau et il n'était pas non plus accompagné d'une femme. De toute évidence, ce sont là les deux seules explications logiques d'une présence humaine à cet endroit.

— A-t-il pu vous donner un signalement de ce Blanc ?

— Non. Il a déclaré qu'il était occupé à tirer une ligne de fond entre des gabions. Qu'est-ce qu'une ligne de fond, tant qu'on y est ?

— Vous tendez un long brin de ficelle au-dessus de l'eau et vous l'attachez à deux souches ou à des arbres inondés. Ensuite, à intervalles réguliers, vous y suspendez des bas de ligne plombés de trente centimètres dont l'hameçon trempe dans l'eau. Les poissons-chats se nourrissent avec la lune et lorsqu'ils se prennent à l'appât, ils s'enfoncent habituellement l'hameçon à travers la gueule et ils sont toujours accrochés à la ligne de fond quand le pêcheur vient la décrocher au matin.

Je m'assis sur le coin de son bureau, ramassai le sachet en plastique et regardai le couteau. C'était le genre d'ustensile qui se fabriquait au Pakistan ou à Taiwan et qu'on pouvait acheter pour deux dollars au comptoir de presque tous les bazars.

— Si c'était lui notre homme, que croyez-vous qui se soit passé ? dis-je.

— Peut-être est-ce là qu'il a ligoté la fille au chatterton. Il s'est servi du couteau pour sectionner l'adhésif, et il l'a laissé tomber. Soit qu'il l'a recherché ce soir-là ou alors, il est revenu un autre soir, lorsqu'il s'est aperçu qu'il l'avait perdu.

– Je ne veux pas vous gâcher la journée, mais il semblerait que notre homme ne laisse pas d'empreintes. Tout au moins il n'y en avait pas sur le chatterton dans les deux meurtres que nous pensons qu'il a commis. Pourquoi irait-il se soucier d'un couteau perdu ?

– Il a besoin d'orchestrer, de commander aux événements. Il ne peut pas s'accommoder d'accidents.

– Il a laissé le pic à glace dans le corps de Cherry LeBlanc.

– Parce qu'il l'a bien voulu. Il nous a donné l'arme du crime ; jamais on ne la trouvera sur lui. Mais il n'avait pas prévu de nous donner son couteau de poche. Et ça l'embête.

– Ce n'est pas une mauvaise théorie. Tout tourne autour du pouvoir chez notre homme, n'est-ce pas ?

Elle remit son sac à main debout avec l'intention de le refermer. Il fit un bruit sourd sur le bureau lorsqu'elle le déplaça. Elle mit la main à l'intérieur et en sortit son revolver .357 Magnum, qui paraissait énorme dans sa petite main, avant de le replacer sur son portefeuille. Elle fit claquer la fermeture de son sac.

– J'ai dit qu'il était obsédé par le pouvoir, d'accord ?

– Toujours, toujours, toujours, dit-elle.

La concentration sembla disparaître de son regard, comme si la fatigue cumulée de la journée venait seulement de la rattraper.

– Rosie ?

– Qu'y a-t-il ?

– Vous vous sentez bien ?

– Je me suis probablement déshydratée en allant là-bas.

175

– Déposez le couteau auprès de notre homme aux empreintes, et je vous offre un Dr Pepper.

– Une autre fois. Je veux voir ce qu'il y a sur ce couteau.

– À cette heure de la journée, notre spécialiste des empreintes est habituellement submergé de boulot. Il ne s'attaquera probablement pas au couteau avant demain.

– Alors il va pouvoir s'offrir quelques heures supplémentaires.

Elle redressa les épaules, balança son sac en bandoulière sur l'épaule, et sortit dans le couloir. Un adjoint, la taille comme une barrique, la salua d'un signe de tête respectueux et s'écarta pour la laisser passer.

Tandis que j'aidais Batist à nettoyer la boutique ce soir-là, je me rappelai que je n'avais pas appelé Elrod Sykes à propos de son invitation à une partie de pêche sur la grande salée. Ou peut-être avais-je délibérément chassé sa proposition de mon esprit. Il faisait partie des écorchés vifs de la vie, ceux pour lesquels on éprouve toujours de la sympathie, en sachant qu'un jour ou l'autre, au bout du compte, il vous aura ratissé jusqu'à l'intérieur du crâne assez de verre brisé pour remplir un ramasse-poussière tout entier.

J'appelai la maison et obtins le numéro de téléphone qu'il avait laissé à Bootsie. Tandis que sonnait le téléphone d'Elrod, je regardai par la moustiquaire en direction d'Alafair et d'une petite Noire qui jouaient avec Tripod à la limite d'un champ de maïs au bord de la route. Tripod était sur le dos, il se roulait dans la poussière cuite par le soleil, ses griffes enfoncées dans un ballon de football dégonflé. Alors même que les racines de ses pousses étaient encore humides, le maïs paraissait rabougri et rouge sur fond de soleil couchant, et lorsque la brise se leva dans la poussière, les feuilles se mirent à craqueter d'un bruit sec autour de l'épouvantail incliné au-dessus de la tête des enfants.

Kelly Drummond décrocha le combiné avant de passer la communication à Elrod.

– Vous pouvez pas venir ? dit-il.

– Non. Je crains que non.

– Demain, c'est samedi. Pourquoi ne prenez-vous pas votre journée ?

– Le samedi est une journée chargée pour nous au ponton.

– Monsieur Robicheaux... Dave... est-ce qu'il y a un problème ? Je crois que j'étais plutôt bien allumé quand je suis passé chez vous.

– Nous avons été heureux de vous recevoir. Que diriez-vous si nous avions une petite discussion un peu plus tard ? Peut-être pourrions-nous aller à une réunion, si vous voulez.

– Sûr, dit-il, la voix neutre. Ça me paraît correct.

– J'apprécie l'invitation. Vraiment.

– Je n'en doute pas. À une autre fois.

– Oui, ça pourrait être super.

– À bientôt, monsieur Robicheaux.

La communication fut coupée, et je me retrouvai avec la sensation étrange d'être parvenu à la fois à manquer d'honnêteté et à blesser quelqu'un que j'aimais bien.

Je nettoyai en compagnie de Batist la fosse de barbecue, que je vidai de ses cendres. J'y faisais cuire des chapelets de saucisses et des demi-poulets accompagnés de *sauce piquante* [1], que je vendais le midi aux pêcheurs pour 3,95 $ l'assiette ; ensuite nous fîmes le tri de la blanchaille morte dans les bacs à vifs, avant d'essuyer les comptoirs, balayer les planchers de bois

---

1. En français dans le texte.

brut, regarnir les glacières de bière et de soda, verser de la glace fraîche concassée sur les bouteilles, recharger les distributeurs automatiques de sucreries et de cigarettes, ranger les beignets, les œufs durs et les pieds de porc au vinaigre dans le réfrigérateur au cas où Tripod réussirait à nouveau à pénétrer dans la boutique, replier les parasols de plage sur nos tables-dévidoirs, remonter l'auvent de toile étendu sur des câbles au-dessus du ponton, vider l'eau de tous nos bateaux de location, enfiler une chaîne de sécurité dans l'anneau soudé au carter de tous les moteurs hors-bord et, finalement, fixer les volets aux fenêtres et fermer toutes les serrures à clef.

Je traversai la route et m'arrêtai près du carré de maïs où jouaient Alafair et la petite fille noire. Une camionnette arriva en brinquebalant dans les ornières de la route, et la poussière se mit à voler sur les tiges. Au loin dans le marais, une grenouille solitaire coassa, puis la voûte tout entière du ciel donna l'impression d'une longue plainte douloureuse sous l'écho des cris de milliers d'autres grenouilles.

– Qu'est-ce qu'il a fabriqué, Tripod, aujourd'hui ? dis-je.

– Tripod a été gentil. Il n'a rien fabriqué du tout, Dave, dit Alafair.

Elle ramassa Tripod et le plaqua lourdement sur le dos au creux de ses cuisses. Les pattes de Tripod se mirent à battre l'air en tous sens.

– Qu'est-ce que t'as là, Poteet ? dis-je à la petite Noire.

Ses couettes étaient entortillées d'élastiques, ses coudes et ses genoux gris de poussière.

– J'l'ai trouvée juste là, dans le rang de maïs, dit-elle en ouvrant la main. Quoi c'est, ça, monsieur Dave ?

– Je te l'ai dit. C'est une balle Minié, dit Alafair.

– Ça n'a pas l'air d'être une balle à moi, dit Poteet.

Je la lui pris de la main. Elle était lisse et fraîche dans ma paume, oxydée couleur blanc cassé, conique à une extrémité, creusée de trois anneaux et évidée à la base. Contribution française à la science de la mise à mort d'individus à longue distance. Elle paraissait presque phallique.

– Ce sont des balles comme celle-ci qui ont été utilisées pendant la guerre entre les États, Poteet, dis-je en la lui rendant. Les soldats confédérés et fédéraux se sont battus tout le long de ce bayou.

– C'est ça, la guerre qu'Alafair a dit que vous aviez faite, monsieur Dave ?

– Est-ce que j'ai l'air si vieux que ça, pour vous, les petits mecs ?

– Combien que ça vaut ? dit Poteet.

– Tu peux les acheter pour un dollar au magasin, à La Nouvelle-Orléans.

– Vous m'en donnez un dollar ? dit Poteet.

– Pourquoi ne pas plutôt la garder, Po ? dis-je en lui frottant le haut du crâne.

– Je veux pas de balle Minié dégoûtante. Elle a probablement transpercé quelqu'un, dit-elle avant de la balancer dans les maïs.

– Ne fais pas ça. Tu peux toujours l'utiliser avec un lance-pierres ou quelque chose, dit Alafair.

Elle se mit à ramper à quatre pattes dans le rang de maïs et remit la balle Minié dans la poche de ses jeans. Elle revint et souleva Tripod dans les bras.

– Dave, qui c'était le vieil homme ? dit-elle.

– Quel vieil homme ?

– Il a un moignon, dit Poteet.

– Un moignon ?

– C'est ça. Un moignon à la place de la jambe, et il a un bras, on dirait une griffe d'oiseau toute ratatinée, dit Poteet.

– Mais qu'est-ce que vous racontez toutes les deux ? dis-je.

– Il était appuyé sur une béquille, Dave. Debout au milieu des feuilles, dit Alafair.

Je m'agenouillai entre elles.

– Vous n'avez pas l'air d'avoir les idées bien claires, les petits mecs, dis-je.

– Mais il était là, en plein milieu des feuilles de maïs. À parler au vent, dit Poteet. Sa bouche, c'était qu'un grand trou dans le vent et y avait pas un son qui sortait.

– Je parie que vous avez confondu avec l'épouvantail.

– Si les épouvantails sentent mauvais, dit Poteet.

– Où il est allé, ce vieil homme ? dis-je.

– Il n'est allé nulle part, dit Alafair. Le vent s'est mis à souffler drôlement fort dans les maïs, et il a juste disparu.

– Disparu ? dis-je.

– C'est bien ça, dit Poteet. Lui et sa mauvaise odeur.

– Est-ce qu'il portait un manteau noir, comme l'épouvantail là-bas ?

J'essayai de sourire, mais mon cœur avait commencé à résonner dans ma poitrine.

– Non, monsieur, il avait pas de manteau noir, dit Poteet.

– Il était gris, Dave, dit Alafair. Tout comme ta chemise.

– Gris ? dis-je d'une voix épaisse.

– Sauf qu'il avait de l'or sur les épaules, dit-elle.

Elle me sourit, comme si elle venait de m'offrir un détail qui ferait en quelque sorte disparaître l'expression qu'elle voyait sur mon visage.

Mes genoux claquèrent lorsque je me relevai.

— Tu ferais mieux de rentrer souper maintenant, Alf, dis-je.

— T'es furieux Dave ? On a fait queq' chose de mal ? dit-elle.

— Ne dis pas « queq' chose », petit mec. Bien sûr que non que je ne suis pas furieux. Simplement, j'ai eu une longue journée. À plus tard, Poteet.

Alafair se balança, accrochée à ma main, en tenant la laisse de Tripod de l'autre, et nous remontâmes la pente, au milieu des pacaniers, en direction de la galerie éclairée de notre maison. L'épaisse couche d'humus, de feuilles et de coques de noix de pacane moisies craquait sous nos pas. Derrière la maison, le ciel à l'ouest était encore aussi bleu qu'un œuf de merle et zébré de nuages roses posés bas sur l'horizon.

— T'es vraiment fatigué, hein ? dit-elle.

— Un petit peu.

— Fais un somme.

— Okay, petit mec.

— Ensuite, on pourra aller chez Vezey se prendre une glace, dit-elle.

Elle me sourit.

— Est-ce que c'était des épaulettes ? dis-je.

— Quoi ?

— L'or que tu as vu sur ses épaules. Parfois les soldats portent ce qu'on appelle des épaulettes sur leurs manteaux.

— Comment pourrait-il être soldat ? Il était appuyé sur une béquille. Tu dis de drôles de trucs parfois, Dave.

— Ça me vient d'un certain petit mec que je connais.

— Cet homme ne fait pas de mal aux enfants, hein, Dave ?

– Non. Je suis sûr qu'il est inoffensif. Arrêtons de nous tracasser sur le sujet.

– D'accord, grand mec.

– Je vais donner à manger à Tripod. Pourquoi ne rentres-tu pas te laver les mains pour le souper ?

La porte-moustiquaire claqua derrière elle, et je me retournai, contemplant en contrebas de la petite montée le carré de maïs sous le couvert des arbres dans le crépuscule qui allait s'obscurcissant. Le vent venait mordre et ployer les tiges en redressant les feuilles et un tourbillon de poussière volait autour du visage de gaze impassible de l'épouvantail. Le chemin de terre était vide, la boutique à appâts plongée dans l'obscurité, et les nuages gris d'insectes suspendus au-dessus des eaux, à l'extrémité opposée du bayou, offraient presque l'aspect d'une forme tangible et métamorphique dans la lumière moite qui allait faiblissant. Je contemplai les tiges de maïs et le ciel brûlant rempli d'oiseaux furieux et me pinçai les yeux pour en chasser la mouillure salée avant de rentrer.

Un orage tropical dont on avait prévu qu'il toucherait la côte de l'Alabama changea de direction et frappa Grande Isle, en Louisiane. À l'heure de la fausse aurore, le ciel d'un blanc d'os séché s'était vu envahir par les lueurs rouges nées sur l'horizon à l'est comme si un incendie lointain se consumait, impossible à maîtriser. Le baromètre chuta ; l'air se fit soudainement plus frais ; les brèmes commencèrent à crever la surface de plus en plus sombre du bayou ; et en moins d'une heure, une ligne de nuages roulants, piqués de fourchettes d'éclairs, émergea de l'horizon au sud et couvrit les terres marécageuses d'un bout de ciel à l'autre comme un énorme couvercle noir. La pluie se mit à gronder comme une multitude de marteaux sur le ponton de bois et le toit de tôle de la boutique, elle remplit nos bateaux à l'amarre, claquant sur les îlots de nénuphars du bayou en venant dissoudre le marais sous une brume grise et informe.

J'aperçus alors une vedette blanche aux formes effilées s'approcher du ponton, les fenêtres battues par la pluie, et se laisser filer sur son erre lorsque le pilote coupa les gaz. Je me trouvais en compagnie de Batist sous l'auvent, en train de mettre le barbecue à l'abri de l'avant-toit de la boutique. Batist tenait entre les lèvres cinq centimètres de cigare éteint ; il plissa des yeux sous la pluie en direction du bateau qui cognait contre les bandes de pneus clouées aux piles du ponton.

– Qui c'est çui-là ? dit-il.

– Je n'ose pas y penser.

– Y te fait des signes, Dave. Hé, mais c'est le poivrot qui a tombé dans le bayou l'aut' soir. C't' homme, y doit aimer l'eau, pas à dire.

Nous posâmes le barbecue sous l'avant-toit de la boutique avant de nous y réfugier à notre tour. Les rafales de pluie fouettaient le toit comme autant de cordages écumeux. À travers la moustiquaire de la fenêtre, je vis Elrod et Kelly Drummond qui bougeaient à l'intérieur de la cabine de la vedette.

– Oh, oh, y essaie de sortir su' l'ponton, Dave. J'y vas pas ce coup-ci, mi, pour le sortir du bayou. Y a bien quelqu'un qui devrait donner à c't'homme des leçons de natation ou alors une grosse pierre, ça en soulagerait queq'z'uns.

L'auvent s'étendait sur des câbles jusqu'en bordure du ponton, et Elrod essayait de franchir le plat-bord de la vedette pour se réfugier à l'abri de la toile. Il était torse nu, son pantalon de golf blanc trempé et collé à la peau, ses chaussures de bateau à semelles de caoutchouc pleines d'eau. Sa main glissa de la pile et il retomba en arrière sur le pont, entraînant dans sa chute une canne à pêche qu'il cassa en deux de sorte qu'elle ressembla à un cintre brisé.

Je mis mon chapeau de pluie et sortis.

Elrod se protégeait les yeux de la main et leva la tête sous la pluie dans ma direction. Une rose mauve et vert était tatouée sur le haut gauche de sa poitrine.

— Je crois que je n'ai pas encore le pied marin, dit-il.

— Entrez vous abriter, dis-je en sautant dans le bateau.

— On va se trouver de la truite de mer. Elles mordent toujours sous la pluie. En tout cas, c'est ce qu'elles font sur la côte du Texas.

La pluie était froide et piquait la peau comme des petits plombs. À cinquante centimètres de distance, je sentais la houle de bière épaisse sur son haleine.

— Je rentre, dis-je en ouvrant la porte de la cabine.

— Bien sûr. C'est exactement ce que j'essayais de faire. Vous inviter pour un sandwich ou un Dr Pepper ou quelque chose, dit-il en refermant la porte de la cabine derrière nous.

Kelly Drummond portait des sandales de cuir et des jeans et elle avait revêtu le T-shirt des Ragin' Cajuns avec mon nom imprimé sur le dos qu'Alafair avait donné à Elrod après que ce dernier eut piqué une tête dans le bayou. Elle prit une serviette et commença à sécher les cheveux d'Elrod. Ses yeux verts étaient clairs, le visage frais, comme si elle venait tout récemment de s'éveiller d'un profond sommeil.

— Vous voulez venir pêcher avec nous ? dit-elle.

— Je ne vous conseillerais pas de sortir sur la grande salée aujourd'hui. Vous allez probablement vous faire chahuter pas mal une fois dehors.

Elle regarda Elrod.

— Le vent va se tasser très bientôt, dit-il.

— Je n'y compterais pas trop, dis-je.

– Le mec qui nous a loué le bateau a dit que la vedette était capable d'encaisser la grosse mer. Le temps, c'est pas si important que ça, hein ?

Posée au sol, je vis une glacière ouverte pleine de glace pilée, de bouteilles de Dixie à long col, limonade et tonic.

– Je peux vous prêter quelques cannes à mouches et des leurres, dis-je. Pourquoi ne pas attendre que la pluie s'arrête avant d'essayer de vous prendre un peu de bass et quelques perches ?

– C'est quand la dernière fois que vous avez attrapé du poisson d'eau douce juste après un orage ?

Il me sourit d'un air contraint.

– Comme vous voulez. Mais je crois que votre idée n'est pas très bonne, dis-je.

Je regardai Kelly.

– El, nous ne sommes pas obligés d'y aller aujourd'hui, dit-elle. Pourquoi n'irions-nous pas tout simplement jusqu'à La Nouvelle-Orléans en voiture et faire une virée dans le Vieux-Carré ?

– J'ai préparé cette sortie toute la semaine.

– Allez, El. Laisse tomber. On croyait le Déluge dehors.

– Désolé, mais faut qu'on le fasse. Vous pouvez comprendre ça, pas vrai, monsieur Robicheaux ?

– Pas vraiment. En tout cas, faites bien attention au méandre du chenal à environ cinq kilomètres au sud. Les eaux sont basses depuis un moment et ça peut accrocher sur la gauche.

– Cinq kilomètres au sud ? Ouais, j'ouvrirai un œil, dit-il, tandis que son regard venait se fixer à nouveau sur le vide.

Sa poitrine musclée et hâlée était perlée de gouttes d'eau. Il tenait les pieds écartés pour garder l'équilibre, alors même que le bateau ne bougeait pas.

— Z'êtes sûr que vous voulez pas un tonic ?

— Merci, en tout cas. Bonne chance à vous, dis-je.

Avant que je sorte de la cabine, Kelly me jeta un regard furieux, mais je refermai la porte derrière moi, montai sur le plat-bord et descendis sur le ponton.

Je commençai à pousser les énormes poches d'eau qui s'étaient formées dans la bâche de l'auvent à l'aide d'un manche à balai et je ne l'entendis pas arriver derrière moi.

— Il vous écoutera. Dites-lui de ne pas aller là-bas, dit-elle.

La peau sur le haut de la pommette droite était marquée d'un pincement.

— Je crois que vous devriez lui dire cela vous-même.

— Vous ne comprenez pas. Il a eu une discussion violente avec Mikey hier à propos du script et il a quitté le tournage. Ensuite, ce matin, il a mis la location du bateau sur le compte de Mikey, avec sa carte de crédit. Peut-être que si nous ramenons le bateau maintenant, le gars voudra bien déchirer le reçu de la carte. Vous pensez qu'il accepterait de faire ça ?

— Je ne sais pas.

— El va se faire virer, monsieur Robicheaux.

— Dites à Elrod que vous restez ici. C'est à peu près tout ce que je peux suggérer.

— Il partira quand même.

— J'aimerais pouvoir vous aider.

— Et c'est tout, *au revoir*[1], et allez vous faire foutre, les marins en goguette ?

— Au cours de ces deux derniers jours, Elrod m'a dit ainsi qu'à mon épouse qu'il aimerait se rendre à une réunion des AA. Il est 10 heures du matin, et il est déjà

---

1. En français dans le texte.

complètement allumé. Que croyez-vous que soit le véritable problème – le bateau, votre metteur en scène, la pluie, moi, ou peut-être autre chose ?

Elle fit demi-tour, faisant mine de partir, avant de pivoter sur les talons et de me refaire face. Une lueur douloureuse brillait dans ses yeux verts, de celles qu'on entrevoit juste avant les larmes.

– Qu'est-ce que je fais ? dit-elle.

– Rentrez dans la boutique. Je vais faire une nouvelle tentative, dis-je.

Je remontai sur le bateau et entrai dans la cabine. Il avait les coudes en appui sur le tableau de bord et mangeait un maxi sandwich en regardant la pluie qui noyait le bayou d'un brouillard jaune.

Il avait maintenant le visage blême et indolent, de fatigue ou de stupeur alcoolique, indifférent à toute insulte ou intimidation. Plus je parlais, plus il bâillait.

– C'est une dame bien, El, dis-je. Des tas d'hommes iraient se couper les doigts à coups de cisaille pour en avoir une comme elle.

– Vous avez tout compris.

– Alors pourquoi ne pas laisser tomber toutes ces conneries, au moins pendant une journée, et lui offrir un peu de sérénité ?

Son regard se posa alors sur la glacière, sur une bouteille ambrée et suante de buée nichée dans la glace.

– Très bien, dit-il l'air de rien. Laissez-moi vous emprunter vos cannes à pêche, monsieur Robi-cheaux. J'en prendrai grand soin.

– Vous ne partez pas sur la grande salée ?

– Non. De toute manière, j'ai le mal de mer.

– Vous voulez me laisser la caisse de bière ?

– Elle était offerte avec le bateau. Le mec pourrait piquer une rogne si je la laissais quelque part. Mais je vous remercie d'y avoir pensé.

— Ouais, je parierais là-dessus.

Après leur départ, je pris la résolution qu'Elrod Sykes était à même d'affronter ses problèmes comme un grand.

— Hé, Dave, c't'homme, c'est vraiment une grande vedette de cinéma ? dit Batist.

— C'est une grosse pointure à Hollywood, Batist. Ou tout au moins, il l'a été.

— Y est riche ?

— Ouais. Je crois que oui.

— C'est sa régulière, la femme, hein ?

— Ouais.

— Comment ça se fait qu'y est si malheureux ?

— Je ne sais pas, Batist. Probablement parce que c'est un ivrogne.

— Alors pourquoi il arrête pas de se saouler ?

— Je ne sais pas, collègue.

— T'es en colère pasque ch'pose une question ?

— Pas le moins du monde, Batist, dis-je.

Je me dirigeai vers le fond de la boutique et commençai à empiler des caisses de boîtes de limonade dans la réserve.

— T'as de drôles d'humeurs, ti, l'entendis-je dire derrière moi. Une demi-heure plus tard, le téléphone sonna.

— Allô ? dis-je.

— On a un problème, dit une voix.

Il y avait des crachotements sur la ligne et la pluie battait en rythme sur le toit de tôle de la boutique.

— Elrod ?

— Ouais. On a touché des rondins ou un banc de sable ou quelque chose.

— Où êtes-vous ?

— Je vous téléphone d'une petite boutique. J'ai rejoint la berge à pied.

– Où est le bateau?

– Je vous l'ai dit, je l'ai foiré

– Attendez que l'eau remonte. La marée devrait vous libérer.

– Il y a tout un paquet de saloperies prises dans l'hélice.

– Pourquoi est-ce moi que vous appelez, Elrod?

– Pouvez-vous venir jusqu'ici?

Batist mangeait du poulet accompagné de gros riz brun au comptoir. Il regarda mon visage et se mit à rire tout seul.

– À quelle distance se trouve le bateau sur le bayou?

– Environ cinq kilomètres. Le méandre dont vous avez parlé.

– Le méandre dont j'ai parlé, hein?

– Ouais, vous aviez raison. Il doit y avoir des arbres morts ou des souches dans l'eau à cet endroit. On s'est plantés droit dessus.

– On?

– Ouais.

– J'arrive, mais je vous facturerai le temps que cela me prendra.

– Bien sûr, absolument, Dave. C'est vraiment très gentil à vous. Si vous pouvez…

Je raccrochai le combiné.

– Dis à Bootsie que je serai de retour dans une heure, dis-je.

Batist avait terminé son déjeuner et ôtait l'étui de cellophane d'un cigare tout neuf. Il n'y avait plus trace d'humour sur son visage.

– Dave, ch'suis pas du genre à te dire ce que tu dois faire, non, dit-il. Mais y a des gens, y passeront leur vie à toujours demander queq' chose. Quand t'as affaire à eux, ç'a pas d'importance combien que tu donnes, ça sera jamais assez.

189

Il alluma son cigare et fixa le regard sur moi tout en tirant sur sa fumée.

J'enfilai un imperméable, mis mon chapeau de pluie, accrochai bateau et remorque à mon camion, et empruntai le chemin de terre sous la marquise de chênes, en direction du bazar d'où Elrod avait passé son coup de fil. La remorque rebondissait violemment dans les ornières inondées, et je voyais dans le rétroviseur le moteur hors-bord à l'arrière du bateau qui vibrait contre la coque. Je rétrogradai en seconde, me rangeai sur un large espace de bas-côté de la route et me laissai dépasser par la voiture qui me suivait. Le conducteur, coiffé d'un feutre informe, regarda dans la direction opposée, vers le bayou, en me doublant.

Elrod n'était pas au bazar, et je parcourus quatre cents mètres supplémentaires plein sud vers le méandre où il avait réussi à planter la vedette dans les branches noyées d'un arbre en touchant dans le même temps un banc de sable qui avait soulevé la proue. Les eaux du bayou étaient hautes et jaunes maintenant, des nids grisâtres de liserons morts s'étaient accrochés à la proue et battaient d'avant en arrière sous le courant.

Je fis reculer ma remorque dans les hauts-fonds puis je mis le bateau à l'eau à l'aide du treuil, démarrai le moteur et mis pleins gaz dans un gémissement à vous coller des frissons sous le clapotis régulier de la pluie à la surface du bayou.

J'arrivai au niveau de la proue de la vedette et marquai une amarre dans une fente du plat-bord, de sorte que mon bateau vint se placer dans le sillage de la vedette. Le courant tourbillonnait de boue et je n'arrivais pas à voir l'hélice, mais elle était de toute évidence bloquée ou faussée. De sous la quille flottaient un écheveau de racines de jacinthes arrachées et de nénuphars, de lignes de fond appâtées, de morceaux de filets de pêche coniques arrachés, et même la bouteille de Clorox vide qui leur servait de flotteur.

Elrod sortit de la cabine, un journal sur la tête.

— Quelle allure ç'a ? dit-il.

— Je vais libérer un peu de ce foutoir, ensuite nous essaierons de le remettre à l'eau en marche arrière. Comment avez-vous fait pour accrocher un filet de pêche ? Vous n'avez pas vu la bouteille de Clorox ?

— C'est comme ça qu'ils repèrent ces trucs-là ?

J'ouvris mon couteau Puma, plongeai le bras aussi profond que possible sous la surface et commençai à tirer et scier les résidus flottants qui bloquaient l'hélice.

— Ch'crois bien qu'en vérité j'ai rien à faire par ici, dit-il.

Je balançai une poignée de jacinthes tordues et de fils de pêche entortillés vers la berge et levai les yeux sur son visage. Le voile brillant de l'alcool avait disparu de son regard. Ses yeux paraissaient simplement vides, sur le point de s'emplir de regret.

— Vous voulez que je descende dans l'eau pour faire ça ? demanda-t-il.

Puis il tourna son regard au loin, vers quelque chose sur la rive opposée.

— Non, tout va bien, dis-je.

Je remontai sur la proue de mon bateau et enjambai la rambarde de la vedette.

— Voyons comment ça va se passer. Si je suis incapable de libérer le bateau, j'attacherai mon hors-bord à l'avant et j'essaierai de le tracter latéralement jusque dans le courant.

Nous entrâmes dans l'atmosphère sèche de la cabine avant de refermer la porte. Kelly dormait sur des coussins, le visage niché au creux d'un bras. Elle se réveilla et regarda alentour d'un air ensommeillé, le visage chiffonné par l'empreinte de son bras ; puis elle se rendit

191

compte qu'il n'y avait pas grand-chose de changé, ni en elle, ni dans la sinistre matinée d'Elrod, et elle dit : « Oh », presque comme une enfant dont les réveils ne seraient jamais bien agréables.

Je démarrai le moteur, passai la marche arrière et donnai les gaz. La coque se mit à vibrer contre le banc de sable et, à travers la lunette arrière, je voyais un mélange de boue et de végétation morte venir bouillonner à la surface du bayou derrière la poupe. Mais nous ne parvînmes pas à bouger du banc de sable. J'essayai d'aller en avant et libérer ainsi la quille par un effet de berceau avant de finalement couper le moteur.

— C'est enfoncé pas mal, mais ça pourrait se libérer si vous poussiez contre la proue, Elrod, dis-je. Vous voulez bien faire ça ?

— Ouais, bien sûr.

— Ce n'est pas profond par là. Restez juste sur le banc de sable, tout près de la coque.

— Mets un gilet de sauvetage, El, dit Kelly.

— J'ai traversé un jour à la nage la rivière Trinity en pleine crue quand les maisons flottaient sur le courant, dit-il.

Elle sortit un gilet de sauvetage d'un placard surélevé, lui prit le poignet et enfila le bras dans une des ouvertures. Il m'adressa un grand sourire. Puis son regard se porta au-dehors, au-delà de la rive, vers la rive opposée.

— Qu'est-ce qu'il fait, ce mec ? dit-il.

— Quel mec ?

— Celui qui se balade dans les buissons, là-bas.

— Qu'est-ce que vous diriez de m'aider à dégager votre bateau, vous vous préoccuperez des autres plus tard ? dis-je.

— Compris, dit-il. C'est comme si c'était fait.

Il noua une attache de son gilet de sauvetage et sortit sous la pluie.

Il s'accrocha au garde-fou qui courait sur le toit de la vedette et avança péniblement jusqu'à la proue. Kelly le suivait des yeux à travers la vitre en se mordillant le coin des lèvres.

– Il a déjà rejoint la berge à pied une fois, dis-je avec un sourire. Il ne court aucun danger.

– El a des accidents. Toujours.

– Un psychologue dirait peut-être qu'il y a une raison à cela.

Elle se détourna de la vitre, et je sentis son regard vert courir sur mon visage.

– Vous ne le connaissez pas, monsieur Robicheaux. Vous ne savez rien de l'homme gentil et tendre qu'il est, qui ne se satisfait jamais de rien. Vous êtes trop dur avec lui.

– Je n'en ai pas l'intention, pourtant.

– Oh que si. Vous le jugez.

– J'aimerais le voir se trouver une aide quelconque. Mais il n'en fera rien tant qu'il continuera à picoler ou à se défoncer.

– J'aimerais bien avoir ce genre de réponse facile toujours prête.

– Elles ne sont pas faciles. Pas du tout.

Elrod se laissa glisser depuis le plat-bord et s'enfonça jusqu'à la poitrine avant d'avancer à tâtons dans la vase vers le flanc du banc de sable.

– Pouvez-vous vous installer à la poupe ? À cause du poids, dis-je à Kelly.

– Où ça ?

– À l'arrière du bateau.

– Bien sûr.

– Prenez mon imper.

– Je suis déjà trempée.

Je redémarrai le moteur.

– Attendez une minute, dis-je.

Je posai mon chapeau sur sa tête. Ses boucles blondes mouillées collaient à son front.

– Je ne veux pas me montrer trop personnel, mais je pense que vous êtes une dame très spéciale, Ms. Drummond, un vrai petit soldat.

Elle tira des deux mains les rebords flasques du chapeau qu'elle enfonça sur ses cheveux. Elle ne répondit pas, mais pour la première fois depuis notre rencontre me regarda droit dans les yeux sans réflexe de défense, de colère ou de crainte et, somme toute, avec un certain respect dont j'avais le sentiment qu'il ne se gagnait probablement pas avec facilité.

Je fis signe à Elrod à travers le pare-brise, passai le moteur en marche arrière, et ouvris les gaz. Les tuyaux d'échappement se mirent à vibrer en soufflant un nuage de gouttelettes dans les airs à la surface de l'eau, les fenêtres tremblèrent, le planchéiage sous mes pieds bourdonna sous les vibrations du compartiment moteur. Je regardai par-dessus l'épaule à travers la vitre arrière et vis Kelly penchée par-dessus le plat-bord, en train de pousser contre le fond du bayou à l'aide d'une gaffe à tarpon ; alors, soudain, la quille vint racler en marche arrière sur le sable avant de glisser de sa tranchée dans une giclée jaune et brun d'herbes mortes et de vase et se mettre à ballotter, libre de toute entrave, dans le courant.

Elrod était debout sur le banc de sable, les deux poings serrés levés au-dessus de la tête en signe de victoire.

Je coupai les gaz et poussai la porte de la cabine pour prendre l'ancre.

À l'instant précis où la pluie se mettait à battre sur ma tête nue en me piquant les yeux, à l'instant précis où mon regard se portait vers la berge opposée du bayou pour y apercevoir l'homme au feutre informe agenouillé tout contre un chêne, son visage d'ombre aligné avec les mires de son fusil à culasse mobile, la bandoulière de cuir enroulée à la mode militaire sur l'avant-bras, je compris que j'étais pris au piège d'un de ces moments qui arrivent trop tard et qui le resteront à jamais, je le compris avant même d'avoir pu hurler, battre des bras, lui dire, à cet homme, que la personne en chapeau de pluie et T-shirt des Ragin' Cajuns avec mon nom imprimé sur le dos n'était pas moi. La bouche du fusil lança un éclair sous la pluie, et le bruit de la détonation se répercuta sur les eaux jusqu'au cœur des îlots de saules. La balle tailla un trou gros comme un pétale de rose dans le dos du maillot de Kelly et laissa à sa sortie une plaie béante dans sa gorge qui me fit penser à des loups aux gueules rouges en train de courir à travers les arbres.

10

Ce fut une étrange semaine, pour moi comme pour la ville. La mort de Kelly vit le débarquement à New Iberia de journalistes venus de tout le pays. Ils remplirent les motels, louèrent jusqu'à la dernière voiture disponible à Lafayette, et réduisirent à leur plus simple expression, à la fois en nombre et en sophistication technique, nos services d'informations de petite province.

Nombre d'entre eux essayaient simplement de faire leur travail. Mais nous arriva dans le même temps une autre engeance, de celle dont les yeux brillent par instinct de voyeur, dont les motivations réelles et le potentiel de sécheresse de cœur restent inconnus même à leurs propres yeux.

Je fis mettre le téléphone de la maison sur liste rouge.

Je commençai à être embêté par une odeur, à la fois dans mon sommeil et en fin d'après-midi, lorsque le soleil venait cuire la grange en ruine à l'arrière de notre propriété. Je la remarquai le second jour qui suivit la mort de Kelly, le jour où Elrod accompagna sa dépouille jusqu'au Kentucky pour les funérailles. L'odeur me faisait penser aux relents de rats morts. J'éparpillai un sac de chaux parmi les herbes et les planches pourries et l'odeur disparut. Puis, l'après-midi du lendemain, elle revint, plus forte qu'auparavant, aussi envahissante que la main sale qu'un inconnu viendrait vous coller à la figure.

Je plaçai notre aérateur dans la fenêtre latérale afin qu'il souffle l'air inspiré à l'avant de la maison, mais je rêvais de busards en train de tournoyer au-dessus d'une rizière aux rigoles ondulées, de vents semés de grains de sable balayant la dépouille informe de quelque gros animal en état de décomposition, d'une chevelure de femme dont les ongles venaient s'insinuer avec force sur les flancs d'une caisse de métal.

Au septième matin, je m'éveillai tôt, longeai la mare à canards dans la douce lumière bleue du petit jour, noyai les tas de planches et les morceaux de tôle rouillée d'essence, et mis le feu. Les flammes claquèrent en bondissant vers les airs, tel un énorme mouchoir d'un rouge noirâtre, et un mocassin à gueule de coton, le corps aussi épais que mon poignet, se faufila hors des tas de planches pour se glisser dans les herbes, les pattes arrière et la croupe d'un rat non digéré ressortant de sa gueule.

Le tireur n'avait rien laissé derrière lui, pas de douille de laiton, pas d'empreintes récupérables sur le tronc d'arbre d'où il avait fait feu. Il apparut que le couteau que Rosie avait trouvé sur la levée ne portait aucune empreinte. Pratiquement tout le travail que nous avions fait jusque-là s'était révélé inutile. Nous n'avions pas de suspects ; nos théories sur les mobiles de l'assassin étaient aussi innombrables en puissance que les instants que nous étions prêts à consacrer à leur examen. Mais me resta devant les yeux la journée tout entière une conclusion inéluctable qui me faisait sombrer le cœur, au cours de mes conversations avec Rosie, le shérif, et même les adjoints, qui se donnaient bien du mal pour me dire bonjour en passant la tête à la porte – Kelly Drummond était morte, et elle était morte parce qu'on l'avait prise pour moi.

Je ne vis même pas Mikey Goldman faire son entrée dans mon bureau. Je levai les yeux et il était là, à se balancer sur le bout des pieds, ses yeux pâles et globuleux errant sans cesse autour de la pièce, une boulette de cartilage à l'œuvre à l'angle de sa mâchoire pareille à une pièce de dix *cents* en colère.

— Puis-je m'asseoir ? dit-il.

— Je vous en prie.

— Comment va ?

— Je vais bien, je vous remercie. Et vous-même ?

— Ça va.

Son regard me passa en revue, à croire que je n'étais qu'un objet qu'il voyait pour la première fois.

— Puis-je vous aider en quoi que ce soit ? dis-je.

— C'est qui le putain de mec qui a fait ça ?

— Lorsque nous aurons la réponse à cette question, il sera sous les verrous.

— Sous les verrous ? Et que diriez-vous plutôt de lui brûler la cervelle ?

— Qu'y a-t-il, monsieur Goldman ?

— Comment vous dépatouillez-vous ?

— Je vous demande pardon ?

— Comment vous dépatouillez-vous ? C'est de vous que je parle. J'ai connu ça, mon ami. 1ʳᵉ Division de Marines, Chosin Reservoir[1]. N'essayez pas de me raconter des conneries.

Je reposai mon stylo-plume sur le sous-main du bureau, croisai les mains et le regardai.

— Je crains que nous ne soyons pas sur la même longueur d'onde, ici, dis-je.

— Ouais ? Le mec qui est à côté de vous se prend une balle, et c'est alors que vous commencez peut-être

1. Siège d'une bataille célèbre en Corée du Nord en 1950. (*N.d.T.*)

à vous demander si vous n'êtes pas secrètement heureux que ce soit lui au lieu de vous. Est-ce que je me trompe ?

— Qu'est-ce que vous voulez ?

Il se frotta les boucles de cheveux poivre et sel qui lui tombaient dans le cou et roula des yeux alentour de la pièce. La peau était tendue autour de sa bouche, menton et mâchoire relevés, à cette manière martiale si particulière aux sergents-instructeurs.

— Je vais me ramasser un Elrod complètement cinglé sur les bras. Je le sais, je l'ai déjà vu faire par le passé. C'est un brave môme, mais il y a bien longtemps qu'il a échangé ses lobes frontaux contre les champignons magiques. Il vous aime beaucoup, il vous écoutera. Est-ce que vous me suivez ?

— Non.

— Vous le gardez chez vous, ou vous vous installez chez lui. Je me fiche pas mal de la manière dont vous procéderez. Je vais finir ce film.

— Vous êtes quelqu'un d'incroyable, monsieur Goldman.

— Quoi ?

Il se mit à replier les doigts vers l'arrière, comme s'il cherchait à me tirer les mots de la poitrine.

— Vous avez entendu dire que je n'avais pas de cœur, que je me fichais bien de mes acteurs, que les gens de cinéma sont de vulgaires merdaillons.

— Je n'avais jamais entendu votre nom avant votre arrivée à New Iberia. Il me semble cependant que vous n'avez qu'une seule et unique chose en tête – obtenir ce que vous voulez. Toujours est-il que cela ne m'intéresse pas de m'occuper d'Elrod Sykes.

— Si je mets la main sur l'empaffé qui a abattu Kelly, vous allez être obligé de récupérer ses restes sur le papier peint.

– Au bout du compte, nous finirons par l'avoir, monsieur Goldman. Mais, d'ici là, ces numéros de l'histrion qui se prend pour un *vigilante* ne cadrent pas très bien dans les services d'un shérif. Franchement, qui plus est, ils ne sont pas non plus très convaincants.

– Quoi ?

– Posez-vous donc une question : Combien de tueurs professionnels – et le mec qui a fait ça est un tueur professionnel – une paroisse comme la nôtre pourrait-elle compter ? Question suivante : Quels sont les membres du seul groupe connu de criminels professionnels actuellement en notre compagnie à New Iberia ? Réponse : Julie Balboni et sa clique de crétins de location. Question suivante : Qui s'est associé à ces gens-là pour la production d'un film ?

Il se recula dans son siège en faisant rebondir délicatement ses poignets sur les bras du fauteuil, examina la pièce qui l'entourait, le regard changeant, pendant un instant presque amusé, avant qu'il ne se fixe soudain sur quelque souci très privé qui lui empoisonnait le for intérieur.

– Monsieur Goldman ? dis-je.

– Ouais ? Vous avez quelque chose d'autre à ajouter ?

– Non, monsieur, absolument rien.

– Bien. C'est bien. Vous n'êtes pas le mauvais mec. Vous vous êtes juste collé la tête dans le troufignon à ressasser vos petits problèmes. C'est naturel, c'est humain.

– Je vois. Je vais me chercher une tasse de café dans le couloir, dis-je. Je présume que vous aurez quitté les lieux à mon retour.

Il se leva et étira le dos pour en chasser une courbature. Il dépouilla de son enveloppe un bonbon à la menthe et se le colla dans la bouche, contre la joue.

– Z'en voulez un ? dit-il.

– Non, merci.

– Ne faites donc pas semblant d'être membre du Rotary. Je me suis renseigné sur vos antécédents avant de vous demander de faire la nounou pour Elrod. Vous êtes aussi cinglé que nous tous. Vous n'êtes jamais qu'à un pas de faire sauter le caisson au premier venu.

Il arma un doigt, le pointa sur moi, et fit un bruit de sa bouche, comme une bulle qui éclate.

Cette nuit-là, je rêvai que j'essayais de sauver une femme de la noyade au large du golfe du Mexique. Nous glissions l'un et l'autre dans un creux de vagues profond, sous l'écume qui fouettait ses boucles blondes et son visage exsangue, ses yeux rivés au cobalt du ciel. Nos deux têtes dépassaient des eaux comme si on les avait sectionnées et servies sur une assiette. Puis son corps se changea en pierre, plus lourd qu'une statue de marbre, et je me retrouvai absolument incapable de la tenir au-dessus des eaux. Elle sombra, glissant d'entre mes bras avant de fondre vers les profondeurs dans un tourbillon de lumière verte, jusqu'au creux d'un canyon, des centaines de mètres plus bas, tandis que se levait un panache de bulles d'air au sortir d'une plaie pâle qu'elle portait à la gorge.

Rosie franchit le seuil de la porte, déposa lourdement, avec fracas, son sac sur son bureau et commença à farfouiller dans le classeur à dossiers. Elle était obligée de se mettre sur la pointe des pieds pour voir à l'intérieur du tiroir supérieur.

– Voulez-vous déjeuner aujourd'hui ? demanda-t-elle.

– Quoi ?

– Déjeuner… Voulez-vous déjeuner ? Revenez donc un peu sur terre.

– Merci, je vais probablement rentrer, dis-je. Avant d'ajouter, comme après mûre réflexion : Vous pouvez vous joindre à nous.

– Je vous remercie. Une autre fois.

Elle s'assit derrière son bureau et commença à répartir des papiers entre deux chemises. Mais ses yeux ne cessaient de se lever vers mon visage.

– Avez-vous quelque chose en tête ? demandai-je.

– Ouais, vous.

– Vous avez dû passer une journée bien calme.

– J'ai travaillé tard hier soir. J'ai pris un café avec le répartiteur. Il m'a demandé si je me plaisais ici et je lui ai répondu que tout allait bien, je n'avais pas à me plaindre. Ensuite, il m'a demandé si je n'avais pas eu droit aux plaisanteries fines de la part de certains des clowns affectés au service. Je lui ai dit qu'ils s'étaient tous comportés en parfaits gentlemen. Je parie que vous ne devinerez jamais ce qu'il a ajouté.

– Je donne ma langue au chat.

Elle imita un accent cajun.

– Ces mecs y vous font encore d'z'ennuis, dites-le à Dave, Miz Rosie. Y leur a déjà dit ce qui leur tomberait dessus la prochaine fois qu'y vous embêtent.

– Il exagérait probablement un peu.

– Vous n'avez pas besoin de faire ça pour moi, Dave.

– Je vous présente mes excuses.

– Jouez pas non plus au petit malin.

– Comment suis-je censé prendre cela ?

– Je ne sais pas. Que diriez-vous de vous décontracter un peu ?

Elle posa l'une sur l'autre ses petites mains. Elle avait cette même posture derrière son bureau, ferme et mesurée, que j'avais souvenir d'avoir vu chez les nonnes de l'école primaire que j'avais fréquentée.

– Vous avez l'air fatigué, dit-elle.

– J'ai de petits accès d'insomnie.

– Vous voulez parler de ce qui est arrivé sur le bayou ?

– Non.

– Vous sentez-vous coupable ?

– Que croyez-vous que j'éprouve ? Je suis furieux de ce qui s'est passé.

– Pourquoi ?

– C'est quoi, cette question ?

– Vous sentez-vous furieux parce que vous avez été incapable de maîtriser ce qui est arrivé ? Vous croyez-vous d'une certaine manière responsable de sa mort ?

– Et qu'en serait-il même si je répondais oui à toutes vos questions ? Quelle différence cela ferait-il ? Elle est morte.

– Je crois que de vous battre la coulpe offre à peu près autant de mérite que la masturbation.

– Vous êtes une amie, Rosie, mais laissez tomber.

Je me plongeai dans mes paperasses et ne relevai pas les yeux pendant presque une minute. Pour m'apercevoir, lorsque je le fis, qu'elle avait toujours le regard fixé sur moi.

– Je viens de recevoir du Bureau quelques renseignements intéressants à propos de Julie Balboni, dit-elle.

Elle attendit, avant d'ajouter :

– Est-ce que vous m'écoutez ?

– Oui.

– Cette année, les Mœurs de La Nouvelle-Orléans ont bouclé une demi-douzaine de ses cinémas porno et deux de ses services d'escorte. Et sa flotte de pêche vient d'être déclarée en banqueroute, elle aussi.

Devant mon absence de réaction, elle poursuivit :

– C'est là qu'il lavait tout un paquet de son argent sale. L'argent de la drogue. Il déclarait aux impôts toutes sortes de bénéfices légaux qui n'avaient jamais existé.

– C'est la manière normale de procéder des affranchis, Rosie. Dans toutes les villes des États-Unis.

– Sauf que les responsables de l'audit des Contributions disent qu'il vient de faire une grosse erreur. Il est arrivé avec des millions de dollars pour son film sur la guerre de Sécession, et il va avoir bien du mal à expliquer où il les a trouvés.

– Ne comptez pas trop là-dessus.

– Les Contributions leur clouent le cul au mur quand plus personne n'en est capable.

Je taillai un crayon au-dessus de la poubelle à l'aide de mon canif.

– J'ai le sentiment de vous ennuyer, dit-elle.

– Non, vous êtes juste en train de remettre au jour quelques-unes de mes appréhensions passées.

– Quoi ?

– Je crois que votre agence veut se faire la peau de Julie. Et je crois aussi que ces meurtres sont pour elle d'importance très secondaire.

– C'est ce que vous pensez, pas vrai ?

– C'est ce à quoi ça ressemble, vu d'ici.

Elle se leva de son fauteuil et ferma la porte du bureau avant de venir se poster près de ma table. Elle portait un chemisier de soie blanche et un collier de perles de bois noires. Elle tenait les doigts crochés devant l'estomac à la manière d'une chanteuse d'opéra.

– Il y a bien longtemps que Julie embarrasse les fédés, poursuivis-je. Il est mêlé à la moitié des affaires criminelles de La Nouvelle-Orléans et, jusqu'ici, il n'a pas passé une seule journée au trou.

– Lorsque j'avais seize ans, il m'est arrivé quelque chose que j'ai cru ne jamais pouvoir surmonter.

Sa gorge s'était empourprée.

— Non pas simplement à cause de ce que m'ont fait subir deux chefs d'équipe ivres à l'arrière d'un autocar de ramasseurs saisonniers. Mais par la manière dont les flics ont traité la chose. Par certains côtés, ç'a été même pis. Est-ce que j'ai toute votre attention, monsieur ?

— Ce n'est pas la peine de faire ça, Rosie.

— Des clous, oui. Le lendemain, j'étais assise avec mon père dans la salle d'attente, à l'extérieur du bureau du shérif. J'ai entendu deux adjoints qui en rigolaient. Non seulement ils trouvaient ça drôle, mais l'un d'eux a même parlé de nana à la chatte au piment. Je n'oublierai jamais ce moment-là. Aussi longtemps que je vivrai.

Je repliai mon canif et fixai le bout de mes doigts. Je brossai les rognures du crayon que j'avais sur mes doigts dans la poubelle.

— Je suis désolé, dis-je.

— Lorsque j'ai été engagée par le Bureau, je me suis juré de ne jamais voir une femme traitée comme je l'ai été. En conséquence, je n'accepte en rien vos remarques, Dave. J'aimerais mettre la main au collet de Julie Balboni, mais cela n'a rien à voir avec ce que j'éprouve pour celui qui a violé et assassiné ces femmes.

— Où cela s'était-il passé ?

— Dans un camp d'ouvriers saisonniers à l'extérieur de Bakersfield. Mon histoire n'est pas unique en son genre. Interrogez donc des femmes qui ont voyagé en bus d'ouvriers.

— Je crois que vous êtes un bon flic, solide et honnête, Rosie. Je crois que vous parviendrez à épingler celui que vous avez pris en ligne de mire.

— Alors, changez votre foutue attitude à mon égard.

— Très bien.

Elle attendait que j'ajoute quelque chose, mais je n'en fis rien.

Ses épaules s'affaissèrent, et elle commença à battre en retraite vers son bureau. Puis elle se retourna. Ses yeux étaient mouillés.

— C'est tout ce que vous avez à dire ? demanda-t-elle.

— Non, ce n'est pas tout.

— Alors ?

— Je suis fier de travailler avec vous. Je suis d'avis que vous êtes une dame de première.

Elle se mit en demeure de sortir un Kleenex de son sac avant de reclaquer le fermoir en prenant une profonde inspiration.

— Je vais dans le couloir une minute, dit-elle.

— Très bien.

— Sommes-nous bien d'accord sur les priorités de cette enquête, Dave ?

— Ouais, je pense que oui.

— Bien. Parce que je ne veux pas avoir ce genre de discussion à nouveau.

— Permettez-moi d'ajouter une chose avant que vous partiez. Il y a plusieurs années de cela, ma deuxième femme a été assassinée par des trafiquants de drogue. Vous le savez, pas vrai ?

— Oui.

— D'une manière ou d'une autre, les mecs et la femme qui l'ont tuée ont reçu la monnaie de leur pièce. Mais il m'arrive parfois de m'éveiller au milieu de la nuit et cette vieille fureur me reprend. Même si ces gens sont tombés pour de bon, et pour deux d'entre eux, le voyage a été sans retour, parfois il me semble encore que ce n'était pas assez. Vous connaissez bien ce sentiment, pas vrai ?

— Oui.

– Normal. Vous êtes sûre que vous ne voulez pas venir à la maison et déjeuner avec nous aujourd'hui ?

– Ce n'est pas le jour pour ça, Dave. Mais merci tout de même.

Elle sortit de la pièce, le sac coincé sous le bras, le visage figé, aussi impassible que celui d'un soldat.

Elrod Sykes appela le bureau juste après mon retour du déjeuner. Sa voix était grave ; son accent, plus prononcé.

– Vous savez qu'il existe des ruines d'une vieille plantation au sud de votre ponton à bateaux ? demanda-t-il.

– Oui, et alors ?

– Pouvez-vous m'y retrouver dans une demi-heure ?

– Pour quoi faire ?

– Je veux vous parler, voilà pourquoi.

– Parlez-moi maintenant, Elrod, ou venez au bureau.

– Ça me rend nerveux d'aller là-bas. Pour une raison que je ne comprends pas, les uniformes de policier me font toujours penser à un alcootest. Je ne sais pas très bien pourquoi.

– À vous entendre, on dirait que votre bateau a pris la marée de bonne heure.

– Qui s'en soucie ? Je veux vous montrer quelque chose. Pouvez-vous être là-bas ou pas ?

– Je ne pense pas que ce soit possible.

– Mais putain, qu'est-ce que vous avez donc ? J'ai des renseignements concernant la mort de Kelly. Vous les voulez ou pas ?

– Peut-être vous faudrait-il réfléchir à la manière dont vous vous adressez aux gens.

– J'ai abandonné toute ma bonne éducation dans le lopin de terre de la famille Kelly au Kentucky. Je vous retrouve dans une demi-heure. Si ça ne vous intéresse pas, allez vous faire foutre, monsieur Robicheaux.

Il raccrocha. J'avais le sentiment de commencer à entrevoir dans la personnalité d'Elrod quelques facettes qui lui avaient valu l'attention des gazettes.

Vingt minutes plus tard, j'étais au volant de mon camion sur un chemin de terre au milieu d'un hallier de cannes, et je me dirigeais vers la propriété d'un planteur de canne à sucre construite sur le bayou dans les années 1830. En 1863, les troupes fédérales du général Banks avaient sorti le piano au-dehors et elles l'avaient réduit en miettes dans la coulée puis, en y réfléchissant à deux fois, semble-t-il, elles avaient incendié les quartiers des esclaves et le premier étage de la maison du planteur. Le toit et les poutres de cyprès s'étaient effondrés entre les murs de brique, les citernes et les dépendances avaient pourri en se changeant en humus, la forge n'était plus qu'une tache orange dans la terre humide, et des vandales avaient abattu la plupart des pierres tombales du cimetière familial avant de desceller, en quête qu'ils étaient de pièces d'or ou d'argent, les dalles de l'âtre.

Pourquoi consacrer du temps à un ivrogne grossier, en particulier en acceptant les termes dudit ivrogne ?

Parce qu'il est difficile de jouer au dur et au vertueux à l'égard d'un homme qui, pour le restant de son existence, se réveillera probablement au milieu de la nuit avec toujours le même cauchemar, ou dont la série d'aubes grisâtres n'offrira jamais plus promesse de lumière, hormis celle qui jaillit, tremblante, affûtée comme un rasoir, du premier verre de whiskey de la journée.

Je m'appuyai contre l'aile de mon camion et suivis du regard la Cadillac lavande d'Elrod qui empruntait le chemin de terre avant de pénétrer dans l'ombre des grands chênes qui poussaient devant la maison en ruine. Le gardien chargé de la sécurité des lieux de tournage, Murphy Doucet, était au volant. Elrod était assis à la place du passager, un bras hâlé en équilibre sur le rebord de portière, une boîte de Coca-Cola à la main.

– Comment va aujourd'hui, inspecteur Robicheaux ? dit Doucet.

– Très bien. Et vous ?

– Comme on dit, on cueille tous le coton pour l'homme blanc d'une manière ou d'une autre, vous voyez ce que je veux dire ? dit-il en clignant de l'œil.

Il se frotta la cicatrice blanche enchâssée comme une patte de poulet au creux de sa gorge et ouvrit un journal sur le volant. Elrod contourna la Cadillac et apparut en caleçon de bain bleu, polo beige et chaussures de cross Nike flambant neuves.

Il but une gorgée de sa boîte de Coca-Cola, la posa sur le capot de la voiture et mit un bonbon à la menthe dans sa bouche. Il laissa aller son regard autour de la clairière avant de fixer les yeux sur le soleil qui clignait à la surface du bayou, au-delà des saules pleureurs.

– Voudriez-vous continuer notre conversation ? dis-je.

– Vous croyez que je débloquais ou quoi ?

– Que vouliez-vous me dire, Elrod ?

– Venez faire un petit tour à pied avec moi par là-bas, au milieu de ces arbres, et je vous montrerai quelque chose.

– Le vieux cimetière ?

– Non, pas ça. Quelque chose dont vous ignorez probablement l'existence.

Nous traversâmes un bouquet de chênes rabougris et de micocouliers avec des fougères et des liserons morts jusqu'à un petit cimetière entouré d'une clôture de fer en épieu, rouillée et tout affaissée. Des pins aux aiguilles d'un vert sombre poussaient hors des tombes. Une crypte en briques solitaire s'était depuis bien longtemps effondrée sur elle-même, aujourd'hui envahie d'églantiers et d'une pluie de belles-de-nuit.

Elrod se tenait à mes côtés, et je sentais l'odeur de bourbon mêlée de menthe sur son haleine. Il regardait vers le soleil éblouissant, sans même ciller. Ses yeux avaient cette étrange expression que nous appelions jadis, au Viêt-nam, le regard-long-de-mille-pieds.

– Là, dit-il, dans l'ombre, juste en bordure de ces micocouliers. Vous voyez ces dépressions au sol ?

– Non.

Il me serra fort le bras et pointa du doigt.

– Juste à l'endroit où le terrain descend en pente vers le bayou, dit-il.

Il s'avança en éclaireur vers l'arrière de la propriété. Il pointa le doigt au sol.

– Il y en a quatre. Enfoncez une pelle là-dedans et vous en sortirez des os.

Dans une zone humide, où l'eau de pluie avait raviné la pente pour se former en coulée étroite, on apercevait une série de marques couvertes de champignons.

– Quel est le but de tout ça ? dis-je.

– Ils étaient en train de cuire leur rata dans une marmite en fer et un obus les a touchés. Tous les quatre. Le général a fait mettre des croix de bois sur leurs tombes, mais elles ont pourri il y a bien longtemps. C'était un sacré officier, monsieur Robicheaux.

– Il faut que j'y aille, dis-je. J'aimerais vous aider, Elrod, mais je crois que vous avez défini votre propre cap.

– J'ai été avec ces mecs-là. Je sais ce qu'ils ont traversé. Ils avaient du courage, par le Seigneur. Ils faisaient de la soupe avec leurs chaussures et fabriquaient leurs balles de fusil en faisant fondre des clous et des jantes de roues de wagon. Il n'existait rien, pas même l'enfer, pour les décider à abandonner.

Je fis demi-tour et retournai vers mon camion. Dans l'ombre des arbres, je voyais le garde de la sécurité en train d'uriner par la portière ouverte de la Cadillac. Elrod me rattrapa. Sa main vint m'empoigner à nouveau le bras.

— Vous voulez me rayer de vos tablettes comme si j'avais la cervelle dérangée, c'est votre affaire, dit-il. Vous vous fichez pas mal de ce que ces mecs ont connu, ça aussi, c'est votre affaire. Mais de toute façon, ce n'est pas pour ça que je vous ai amené ici.

— Alors pourquoi suis-je ici ?

Il me fit faire volte-face en me tirant le bras.

— Parce que je n'aime pas que quelqu'un porte ma burette d'huile à ma place, dit-il.

— Quoi ?

— C'est une expression du Texas. Ça veut dire que je ne veux pas que quelqu'un d'autre se charge de mon fardeau. Vous vous êtes convaincu que le mec qui a tué Kelly a cru vous avoir dans sa ligne de mire. C'est bien ça, non ?

— Peut-être.

— Qu'est-ce qui vous rend si important, nom de Dieu ?

Je continuai à avancer vers mon camion. Il me rattrapa une nouvelle fois.

— Écoutez-moi, dit-il. Avant que Kelly ne se fasse tuer, j'ai eu une prise de bec avec Mikey. Je lui ai dit que le script était nul, que les scénaristes qu'il avait engagés seraient incapables de se trouver un boulot comme rédacteurs de pub pour tampons hygiéniques, qu'il pinaillait pour des riens et conduisait toute la production à sa perte, et que moi, je quittais le tournage

211

jusqu'à ce que sa tête se remette à tourner rond. Les têtes d'huile m'ont entendu.

– Quelles têtes d'huile ?

– Les gens de Balboni. Ils sont partout sur le tournage. Ils ont tué Kelly pour me garder à leur botte.

La peau d'une de ses pommettes se plissa en donnant presque l'impression de vibrer.

– Doucement, El.

– Ils ont fait d'elle une leçon de choses, monsieur Robicheaux.

Je lui touchai le bras de la main.

– Peut-être que Julie est impliqué dans l'histoire. Peut-être pas, dis-je. Mais s'il l'est, ce n'est pas à cause de vous. Il faut que vous me fassiez confiance sur ce point.

Il détourna le visage et pressa un œil du bord de la paume.

– Quand Julie et ceux de son engeance se mettent à créer des leçons de choses, ils vont droit à la source de leurs ennuis, dis-je. Ils ne choisissent pas de gens inoffensifs. Ça leur cause trop de problèmes.

J'entendis son souffle racler sa gorge.

– Je les ai obligés à garder le cercueil fermé, dit-il. J'ai dit à l'entrepreneur des pompes funèbres du Kentucky que s'il laissait ses parents la voir dans cet état, je reviendrais et je…

Je passai un bras autour de ses épaules et l'accompagnai pendant toute la traversée du cimetière.

– Retournons en ville manger un morceau, dis-je. Ainsi qu'on me l'a dit ce matin, rien ne sert de cavaler autour du bloc en surmultipliée, pas vrai ? Qu'en dites-vous ?

– Elle est morte. Ch'peux pas la voir, non plus. C'est pas juste.

– Je vous demande pardon ?

– Les soldats, je les vois, mais elle, je n'arrive pas à la voir. Et pourquoi ? Ça n'a pas de sens.

– Je vais être honnête avec vous, collègue. Je crois que vous flottez tout au bord du *delirium tremens*. Remettez le bouchon au cruchon avant d'y arriver complètement, El. Croyez-moi, vous n'êtes pas obligé de mourir pour connaître l'enfer.

– Vous vous imaginez quoi ? C'est moi le fêlé de la route, le givré qui en a un coup dans l'aile, pas vrai ? Je ne vous en veux pas. J'ai moi-même des doutes sur ce que je vois.

– Ce n'est peut-être pas un mauvais signe.

– Pendant que nous traversions les cannes à sucre, j'ai dit à Murph, le mec de la sécurité : « Qui c'est celui qui est debout derrière monsieur Robicheaux ? » Ensuite, j'ai regardé à nouveau, et j'ai compris qui c'était. Sauf que je ne l'avais jamais vu à la lumière du jour, cet homme. J'ai regardé une fois encore et il n'était plus là. Et ce n'est pas sa manière de procéder.

– Je vais à une réunion des AA ce soir. Vous voulez venir ?

– Ouais, pourquoi pas ? Ça peut pas être pire que de dîner avec Mikey et les têtes d'huile.

– Vous pourriez peut-être choisir vos mots un peu plus soigneusement quand vous êtes à côté de ces mecs-là.

– Fils, je me demande bien ce que dirait mon grand-père s'il me voyait en train de travailler avec cette clique. Je vous ai dit qu'il était ranger au Texas, pas vrai ?

– Vous l'avez dit, pas de doute là-dessus.

– Vous savez ce qu'il m'a raconté un jour à propos de Bonnie Parker et de Clyde Barrow ? Il a dit…

– Il faut que je rentre au bureau. Que diriez-vous si je passais vous chercher à 19 h 30 ?

– Bien sûr. Merci d'être venu, monsieur Robicheaux. Je suis désolé d'avoir eu d'aussi mauvaises manières au téléphone. Je n'ai pas l'habitude de proférer de telles insanités. Je ne sais pas ce qui m'a pris.

Il ramassa sa boîte de Coca sur le capot de sa Cadillac et se mit à boire.

– Ce n'est que du Coca-Cola. Et c'est vrai.

– Vaudrait mieux le boire, dans ce cas.

Il me sourit.

– Ça vous pourrit les dents, dit-il avant de vider sa boîte dans la poussière.

Cette nuit-là, je restai seul, assis, dans la boutique à appâts, un verre de café glacé à la main, et j'essayai d'imaginer un lien possible entre la mort de Kelly et la poursuite d'un tueur en série qui pourrait aussi être impliqué dans la prostitution. Rien dans cette enquête ne paraissait coller. Le tueur en série était-il aussi mac ? Pourquoi ses crimes semblaient-ils s'en tenir complètement aux limites de l'État de Louisiane ? S'il avait effectivement pris Kelly pour moi, qu'avais-je donc découvert au cours de l'enquête qui avait pu le conduire à essayer d'assassiner un officier de police ? Et quels étaient les enjeux de Baby Feet Balboni dans tout ça ?

Autre éventualité également troublante : que la mort de Kelly n'ait rien à voir avec notre chasse au tueur en série. Peut-être que le tireur au feutre avait eu une autre motivation en rapport direct avec une niche de rat pleine d'ossements, avec des lambeaux de chairs sèches et des vêtements pourris, et un carré de cheveux frisés attachés à une boîte crânienne. Quelqu'un, là-bas, au-dehors, croyait-il que, d'une certaine manière, cette bouche béante, grêlée de sable, enchâssée de filaments d'algues vertes, pût être encore à même de murmurer les noms de deux tueurs qui croyaient avoir enterré leur geste funeste sous les eaux trente-cinq ans auparavant ?

Nous vivons aujourd'hui dans ce que les gens choisissent d'appeler le Sud profond. Mais les peurs raciales, et très certainement la culpabilité des Blancs à l'égard des injustices raciales, ont bien du mal à mourir. Hogman Patin, qui craignait vraisemblablement peu de choses en ce bas monde, m'avait averti à propos de ma découverte du Noir lynché dans les profondeurs de l'Atchafalaya. Il avait également émis la suggestion que le mort avait eu des rapports avec une Blanche. Pour Hogman, ces événements d'un passé lointain étaient toujours vivants, toujours emblématiques d'une honte collective encore en mémoire, de ceux dont on continue à parler de manière aussi détournée que possible, selon toute vraisemblance parce que certains de leurs participants étaient encore en vie.

Peut-être le moment était-il venu d'avoir une nouvelle conversation avec Hogman, songeai-je.

Lorsque j'arrivai à sa maison sur le bayou, l'intérieur était sombre et les rideaux devant ses fenêtres ouvertes se gonflaient vers l'extérieur sous la brise. À l'arrière, j'entendais le cliquetis des bouteilles de lait de magnésie et des croix d'argent qu'il avait accrochées aux branches d'un chêne vert.

Où es-tu, Hogman ? songeai-je. J'enfonçai une carte de visite en coin dans sa porte-moustiquaire.

La lune était jaune à travers les arbres. Je sentais l'odeur caractéristique de tripes brûlées dans une casserole. Au loin, sur la chaussée goudronnée, j'entendis un moteur de voiture. La lueur des phares rebondissait sur les troncs d'arbres des bas-côtés de la route, puis le conducteur ralentit, et je crus qu'il allait s'engager au milieu du bouquet d'arbres devant la propriété de

Hogman. Je songeai qu'il s'agissait probablement de la voiture de Hogman et je me dirigeai vers la route. Puis le conducteur accéléra et les phares me balayèrent au passage.

Je n'aurais pas accordé plus d'attention au conducteur et à son véhicule si, à l'instant précis où je commençais à faire demi-tour en direction de mon camion, il n'avait coupé ses phares et écrasé l'accélérateur.

S'il avait eu pour intention de masquer son numéro minéralogique, il avait réussi. Mais deux autres détails m'étaient restés en mémoire : la voiture avait l'air neuve et elle était bleu foncé, caractéristiques identiques à celles du véhicule que deux témoins avaient aperçu sur la levée de la paroisse de Vermilion où la fille asphyxiée avait été fourrée nue dans un baril de métal.

Ou alors la voiture avait simplement été occupée par deux adolescents en mal de câlins qui cherchaient un peu d'intimité nocturne. J'étais trop fatigué pour continuer à y réfléchir. Je démarrai mon camion et pris la route de la maison.

La nuit était claire, les constellations d'étoiles éclataient sur le fond noir du dôme de ciel en surplomb. Il n'y avait pas le moindre signe de pluie, pas de chute ou de variation brutale de température qui aurait fait rouler le brouillard des eaux. Mais à deux cents mètres de la maison de Hogman, la route m'apparut soudain blanche de brume, tellement épaisse que mes phares ne parvenaient pas à la percer. Je crus d'abord qu'un feu brûlait dans un champ et que le vent avait soufflé la fumée sur la route. Mais l'air était frais, chargé d'odeurs doucereuses comme une terre fraîchement retournée, presque humide au contact. La brume roulait en nuages depuis le bayou, couvrait les troncs d'arbres, se refermant alentour de mon camion comme un gant de blancheur, s'insinuant en volutes à travers mes fenêtres. Je ne sais si j'arrêtai délibérément le camion ou si mon moteur cala. Mais, pendant au moins trente secondes, mes phares vacillèrent par à-coups, mon démarreur refusa de tourner et ma radio hurla de crachotements d'électricité statique pareils à un raclement d'ongles sur un tableau noir.

Puis, aussi soudainement qu'elle était arrivée, la brume s'évapora de la route, des troncs d'arbres et de la surface placide du bayou, à croire que quelqu'un l'avait soufflée en y apposant une flamme invisible, et l'air de la nuit redevint aussi vide et virginal que du vent enfermé sous une cloche de verre.

Au matin, à la lumière du soleil, je m'accommodai de simples réponses mécaniques à mes questions et nettoyai les cosses de ma batterie à l'aide d'une vieille brosse à dents et d'un peu d'eau et de bicarbonate de soude.

Hogman appela le lendemain après-midi depuis les lieux de tournage sur Spanish Lake.

— Qu'est-ce tu voulais à ma maison ? demanda-t-il.

— J'ai besoin de te parler à propos du Noir lynché.

— J'ai déjà tout dit ce que ch'savais. Ce Négro y a fricoté là où y fallait pas.

— Ce n'est pas suffisant.

— Si, pour moi, ça l'est.

— Tu as dit que mon père avait aidé ta mère quand tu étais en prison. Alors maintenant, je te demande de m'aider

— J'l'ai déjà fait. Juste t'as pas bien écouté.

— As-tu peur de quelqu'un, Sam ? Peut-être de certains Blancs ?

— J'ai peur de Dieu. Pourquoi que tu me causes comme ça ?

– À quelle heure seras-tu chez toi aujourd'hui ?

– Quand j'y serai. T'as ton camion ?

– Oui.

– Ma voiture a touché un arbre la nuit dernière. A' roule pus. Viens su' l'tournage ce soir et raccompagne-moi à la maison. Aux environs de 8 ou 9 heures.

– À ce soir, alors, collègue, dis-je avant de raccrocher.

Le soleil était rouge, à moitié caché par l'horizon, et les cigales bourdonnaient dans les arbres lorsque j'empruntai le chemin au milieu du verger de pacaniers en direction des lieux de tournage du film sur Spanish Lake. Mais je m'aperçus bientôt que j'allais avoir du mal à piéger Hogman Patin en solitaire. C'était l'anniversaire de Mikey Goldman, et l'équipe de tournage ainsi que les acteurs lui avaient fait une petite fête. La table de buffet couverte d'une nappe en lin était pleine de plats de traiteur, d'un énorme gâteau rose et d'un saladier de punch au champagne au beau milieu. Les troncs d'arbres en bordure du lac étaient décorés de guirlandes de papier, et le fauteuil de metteur en scène de Goldman portait bien deux douzaines de ballons flottant dans les airs.

C'était une bande de joyeux fêtards. Ils sirotaient leur punch dans des gobelets de plastique transparent en dégustant des crevettes bouillies et de minces tranches de *boudin* [1] sur des assiettes en carton. Le visage de Mikey Goldman semblait presque briller dans l'atmosphère d'affection bon enfant qui l'entourait.

Je reconnus dans la foule Julie Balboni et sa clique, Elrod Sykes, le maire de New Iberia, le président de la Chambre de commerce, deux délégués officiels des

---

1. En français dans le texte.

Camionneurs, un membre de la législature d'État, et Twinky Hebert Lemoyne de Lafayette. Au milieu de tout ça, Hogman Patin était assis sur une caisse retournée, sa guitare à douze cordes posée sur ses cuisses croisées. Il était habillé comme un musicien nègre des rues du XIX⁰ siècle, hormis un chapeau de cow-boy blanc en paille planté à l'oblique sur le crâne. Les picks argentés à sa main droite couraient sur les cordes pendant qu'il chantait :

> *Dès que le jour se lève au matin*
> *J'vais reprendre le chemin de la maison.*
> *Pasque le blues des lundis de cafard*
> *Va me tuer aussi sûr que t'es bien vivant.*

— Vous devriez vous trouver une assiette.

C'était Murphy Doucet, le garde de sécurité. Il s'adressait à moi, mais son regard était posé sur une blonde en short et débardeur postée près du saladier à punch. Il mangea une tranche de boudin piquée à un cure-dents avant de placer le cure-dents au coin de la bouche et de le suçoter.

— On dirait qu'il n'y a pas grand monde à avoir le cœur brisé après la mort de Kelly Drummond, pas vrai ? dis-je.

— Je crois qu'ils se disent que la vie continue.

— Vous êtes en affaires avec le monsieur Lemoyne que je vois là-bas, Murph ?

— Nous sommes propriétaires associés d'un service de sécurité, si c'est ce que vous voulez dire. Pour moi, c'est plutôt une belle occase, mais pour lui, ce n'est rien. S'il y a une entreprise dans le coin qui fait de l'argent, Twinky en a probablement une pincée. Seigneur Dieu, qu'est-ce que cet homme est doué pour faire de l'argent !

Lemoyne était assis près du lac dans un fauteuil en toile, avec à la main un verre à julep plein de bourbon, glace pilée et feuilles de menthe. Il avait l'air décontracté et apaisé sous la brise qui soufflait de l'eau, ses lunettes sans monture rosées par les dernières lueurs du soleil couchant. Ses yeux se fixèrent un instant sur mon visage, puis il but une gorgée de son verre et regarda quelques gamins en train de faire du ski nautique sur le lac.

— Trouvez-vous quelque chose à manger, Dave. C'est gratuit. Je vais en emporter un peu à la maison, dit Murphy Doucet.

— Merci, j'ai déjà mangé, dis-je.

Je m'avançai jusqu'à l'endroit où Hogman était assis à côté de deux Noires engagées comme extras.

— Tu veux que je te ramène ? dis-je.

— Ch'sus pas encore prêt. Y a des gens qui veulent que je joue.

— C'était ton idée. C'est toi qui as voulu que je vienne ici, Sam.

— Je reviens tout de suite. Ça, c'est clair. Monsieur Goldman, y se prépare à couper le gâteau.

Puis il se mit à chanter.

Je d'mande à mon patron, Patron,
dis-moi ce qui est bien,
Y me colle un pain pis dit, Fils,
tu sais ce qui est bien
J'dis à mon patron, Patron,
laisse-moi juste le temps
Y dit, au diable ton temps, fils,
Fils, ton temps l'est derrière toi.

J'attendis encore une demi-heure sous le crépuscule faiblissant, la fête se fit plus bruyante, et quelqu'un alluma une batterie de projecteurs qui éclairèrent tout le terrain d'un éclat violent aussi peu naturel qu'une torche au phosphore. Le saladier à punch était maintenant vide et s'était vu supplanté par des bassines pleines de glace concassée et de bière en boîte, un bar portable, et deux serveurs noirs en veste blanche qui préparaient mint-juleps et martinis aussi vite qu'ils le pouvaient.

— Faut que je rentre à l'écurie, Hogman, dis-je.

— Cette dame me demande quelque chose. Donne-moi dix minutes, dit-il.

Un serveur s'approcha, chargé d'un plateau, et il tendit à Hogman et à la Noire à ses côtés des gobelets en carton d'où s'écoulait de la bière-pression. Puis il me tendit un verre à julep givré plein de glace pilée, de feuilles de menthe, de tranches d'orange et de cerises confites.

— Je n'ai pas commandé cela, dis-je.

— Le monsieur là-bas, y dit que c'est ce que vous buvez. Y dit que je vous l'apporte. C'est un Dr Pepper, m'sieur.

— Quel monsieur ?

— J'me souviens pus bien, m'sieur.

Je pris le verre sur le plateau et y trempai les lèvres. La glace était si froide que j'en eus mal à la gorge.

Le lac était maintenant noir et, dans l'obscurité, par-dessus le bruit des fêtards, j'entendis quelqu'un qui essayait de démarrer un moteur hors-bord.

Je terminai mon verre et le posai sur la table du buffet.

— J'en ai fini, Sam, dis-je. Tu viens ou pas ?

— La dame, elle va me raccompagner, dit-il.

Il avait les yeux rouges d'avoir trop bu et fixait le vide de sous le bord de son chapeau de cow-boy en paille.

— Hogman…, dis-je.

— Cette dame, elle habite pas loin de chez moi. Et y a queq' raclures de Négros qui y font des ennuis. Elle veut pas rentrer toute seule. C'est comme ça. Ch'passerai à ton bureau demain matin.

J'essayai d'accrocher son regard, mais il se mit à resserrer les clefs de tension de sa guitare. Je fis demi-tour et retraversai la pénombre des arbres en direction de mon camion. Lorsque je me retournai pour jeter un dernier coup d'œil à la fête, à travers mon pare-brise, la blonde en short et débardeur mettait une cuillerée de gâteau dans la bouche de Mikey Goldman sous les applaudissements des invités.

Il pleuvait fort lorsque j'arrivai au pont mobile sur le bayou au sud de la ville. J'aperçus le gardien dans l'encadrement de sa fenêtre éclairée, le miroitement mouillé et les zébrures de rouille sur les poutrelles d'acier, les lumières rouges et vertes d'un bateau de passage qui défilaient dans la brume. Je n'étais qu'à quelques minutes de la maison. Il me suffisait de franchir le pont et de suivre le chemin de terre qui conduisait à mon ponton.

Mais je n'en fis rien.

Un éclair explosa en boule blanche au bord de la route et fit éclater le cœur d'un tronc d'arbre, soudain noir et fumant à la lueur de mes phares. Je déglutis pour me déboucher les oreilles et rien qu'une seconde, au fond de ma gorge, je crus retrouver le goût de cerises noires, de feuilles de menthe froissées, de rondelles d'oranges. Puis je sentis un spasme me traverser tout le corps comme si quelqu'un venait de frotter une allumette phosphorée à l'intérieur de mon crâne.

Le camion se déporta sur l'épaulement de la route et franchit une clôture à bestiaux effondrée, en fil de fer barbelé, avant de monter sur la levée qui coupait le marais. Je me souviens des renoncules se précipitant sur moi à la lueur des phares, des pierres et de la boue fouettées par les roues sous les ailes, puis des rouleaux de brouillard au sortir des cyprès morts et des îlots de saules qui encerclèrent le camion, étouffant les fenêtres. J'entendais le tonnerre qui craquait dans les profondeurs du marais, ressortant des baies en écho comme une salve d'artillerie lointaine.

Je savais que j'étais en train de quitter la levée, mais j'étais incapable de déverrouiller les mains du volant ou de lever le pied droit pour enfoncer la pédale de frein. Je me sentais trembler des pieds à la tête, les entrailles nouées de contractions, grinçant des dents, à croire que toutes mes terminaisons nerveuses avaient été sectionnées et passées à l'alcool iodé. Puis j'entendis un éclair claquer sur la levée en éclaboussant mon pare-brise d'un nuage d'eau boueuse.

Sors-toi de là, me dis-je. *Un coup de coude sur la poignée de portière, et saute !*

Mais j'étais incapable de bouger.

La brume était aussi rose et épaisse qu'une barbe à papa et donnait l'impression de claquer de décharges électriques, pareille à un kaléidoscope de langues de serpents en train de s'agiter. Je sentis les roues avant du camion plonger vers le flanc de la levée, prendre de l'élan sous le poids du train arrière, et je me retrouvai soudain emporté, dévalant une pente à travers la végétation, herbes, tiges de cannes brisées, brindilles de saules et typhas, jusqu'à ce que les roues avant s'immobilisent, enfoncées jusqu'à l'essieu dans l'eau et le sable.

Je ne sais combien de temps je restai là, assis à mon volant. Je sentis une vague de couleur me traverser le corps, comme une nausée ou le frisson violent que vous procure le bourbon bon marché lorsque vous êtes au bord de la crise de *delirium tremens* ; puis, plus rien. Je vis alors le reflet des étoiles dans l'eau, et un feu de camp là où il n'y aurait pas dû y avoir de feu, en train de brûler dans un bouquet brumeux d'arbres, sur une zone de terre surélevée, à trente mètres de la levée.

Et je sus que c'était là que j'étais censé aller.

Tout en pataugeant à travers les nénuphars en direction des arbres, j'aperçus les silhouettes d'ombre des hommes en train de bouger à la lueur du feu, j'entendis leurs accents de péquenots et le bruit étouffé de cuillères en train de racler les assiettes en fer-blanc.

Je remontai des hauts-fonds jusqu'au bord de la clairière, dégoulinant d'eau, les jambes couvertes de filaments de jacinthes d'eau. Les hommes alentour du feu ne me prêtèrent guère d'attention, comme si, peut-être, j'avais été attendu. Ils étaient en train de cuire des tripes dans une marmite en fer. Ils avaient accroché leurs paquetages et bidons de bois dans les arbres, et rassemblé leurs mousquets debout, en pyramides, par groupes de cinq. Leurs uniformes gris et beige étaient délavés par le soleil, raidis de sel séché, et leurs visages mal rasés, marqués de cette expression hâve et affamée d'une compagnie de tirailleurs restée trop longtemps au front.

C'est alors que, du côté opposé au feu de camp, un homme barbu aux yeux enflammés fixa son regard sur moi, de sous un chapeau gris noué d'un cordon doré en guise de bandeau. Son bras gauche était épinglé dans une écharpe noire, et sa jambe de pantalon droite flottait autour d'une pièce de bois écorcée.

Il s'avança vers moi en s'appuyant sur une béquille. Je sentis l'odeur de tabac et de sueur de ses vêtements. Puis il sourit, un petit sourire raide, presque avec effort, au point que la peau de son visage parut se craqueler.

— *Je suis le général John Bell Hood. Originaire du Kentucky. Comment allez-vous, monsieur ?* dit-il en me tendant la main.

11

– *Trouveriez-vous à redire à une poignée de main ?*
dit-il.

– *Non. Pas du tout. Excusez-moi.*

Le tranchant de sa main s'ornait d'un croissant de
cal, sa voix était aussi épaisse qu'un sable mouillé. Il
portait, accroché à un étui de cuisse, un revolver à
balles et amorces séparées.

– *Vous avez l'air perplexe,* dit-il.

– *Est-ce ainsi qu'elle arrive ? La mort, je veux dire.*

– *Demandez-leur.*

Quelques-uns de ses hommes portaient des plaies
ouvertes qui ne saignaient pas, des plaies dans lesquelles je pouvais enfoncer mon poing. Derrière les
piles de fusils, au bord du feu de camp, se trouvait un
chariot-ambulance. Quelqu'un avait raclé un fouillis de
pansements croûtés à la surface du hayon et les avait
fait tomber sur le sol.

– *Suis-je mort ?* dis-je.

– *Vous n'en avez pas l'air, je dirais.*

– *Vous avez dit vous appeler John Bell Hood.*

– *C'est exact.*

Le visage était étroit, les joues creuses, la peau grenée de suie.

– *J'ai lu beaucoup de choses sur votre compte.*

– *J'espère qu'elles ont reçu votre approbation.*

– *Vous étiez à Gettysburg et à Atlanta. Vous avez*

commandé la brigade du Texas. Ils ne sont jamais parvenus à obtenir votre reddition.

— *Mes ennemis politiques au sein du cabinet du président Davis ont parfois remarqué ce détail.*

— *Quel jour sommes-nous ?* demandai-je.

— *Le 21 avril 1865.*

— *Je ne comprends pas.*

— *Comprendre quoi ?*

— *Lee s'est déjà rendu. La guerre est finie. Que faites-vous encore ici ?*

— *Elle n'est jamais finie. Je croyais que vous le saviez. Vous avez été lieutenant dans l'armée de terre des États-Unis, n'est-il pas vrai ?*

— *Oui, mais j'ai rendu ma guerre aux gens qui l'avaient commencée. Et il y a bien longtemps de ça.*

— *Non, ce n'est pas vrai. Elle continue, encore et encore.*

Il se baissa doucement pour s'asseoir sur une souche de chêne, ses yeux étroits s'illuminant sous la douleur. Il tendit sa jambe artificielle devant lui. La main qui sortait de son écharpe s'était rabougrie pour atteindre à la taille d'une patte de singe. Un caporal jeta une bûche dans le feu et une gerbe d'étincelles monta jusqu'aux branches d'arbres en surplomb.

— *C'est nous contre eux, mon ami,* dit-il. *Cette terre est infestée d'hommes insidieux.*

Il balaya le marais de sa béquille.

— *Mon Dieu, mon gars, servez-vous de vos yeux.*

— *Les fédéraux ?*

— *Avez-vous les oreilles et les yeux bouchés par la terre ?*

— *Je crois que cette conversation n'est pas réelle. Je crois que tout ceci aura disparu à la lumière du jour.*

— *Vous n'êtes pas un imbécile, monsieur Robicheaux. Ne faites pas semblant de vous faire passer pour tel.*

– J'ai vu votre tombe à La Nouvelle-Orléans. Non, elle est à Metairie. Vous êtes mort de la fièvre jaune.

– Ce n'est pas exact. Je suis mort quand ils ont baissé pavillon, monsieur.

Il souleva sa béquille qu'il pointa sur moi comme il l'aurait fait d'une arme. Les lueurs du feu se reflétaient sur ses dents jaunes.

– Ils vont essayer de vous prendre votre âme, fils. Mais n'abandonnez pas votre cause. Occupez les hauteurs et battez-vous pied à pied en les obligeant à venir vous prendre le terrain.

– Je ne sais de quoi nous parlons.

– Pour l'amour du Ciel, qu'est-ce qui ne va pas chez vous ? Des hommes vénaux, des hommes du mal sont en train de détruire le monde dans lequel vous êtes né. Ne pouvez-vous pas comprendre ? Pourquoi est-ce la peur que je lis sur votre visage ?

– Je crois que je suis peut-être à nouveau ivre. J'ai connu des phénomènes de psychose lorsque j'étais en virée, saoul d'alcool. Je croyais que des soldats morts de mon bataillon me téléphonaient sous la pluie.

– Vous n'avez rien d'un psychotique, lieutenant. Pas plus que Sykes.

– Elrod a la cervelle en compote, Général.

– Ce garçon a du cœur. Il ne craint pas d'être un objet de ridicule à cause de ses convictions. Et vous ne devez pas l'être non plus. Je compte sur vous.

– Je ne comprends rien à vos paroles.

– Nos os sont ici, à cet endroit. Croyez-vous que nous allons accepter d'abandonner cet endroit aux criminels, à ceux qui seraient prêts à prendre nos dents, notre moelle pour remblais.

– Je m'en vais, Général.

– Ah, vous vous contentez tout bonnement de tourner le dos à la folie, n'est-ce pas ? La vision de Don

Quichotte n'est pas pour vous, est-ce que je me trompe ?

— *Quelqu'un est en train de me tirer à lui. Je le sens.*

— *Ils vous ont mis du poison dans l'organisme, fils. Mais vous vous en tirerez. Vous avez survécu à bien pis. La mine sur laquelle vous avez mis le pied, ce genre de chose.*

— *Du poison ?*

Il haussa les épaules et mit un cigare à la bouche. Un caporal le lui alluma d'une brindille enflammée sortie du feu. Dans la pénombre, un sergent rassemblait une patrouille sur le point de partir. Les visages des hommes étaient blancs, ridés comme des pruneaux par la fatigue et la chaleur tropicale.

— *Revenez,* dit-il.

— *Je ne pense pas.*

— *Alors bonne nuit à vous, monsieur.*

— *Bonne nuit à vous, Général. Et bonne nuit à vos hommes.*

Il opina du chef et tira sur son cigare. Ses joues se creusèrent de petits ronds.

— *Général ?*

— *Oui, monsieur ?*

— *Ce sera méchant, pas vrai ?*

— *Quoi ?*

— *Ce dont vous parliez, ce quelque chose qui m'attend sur la route.*

— *Je ne sais pas. Pour une raison ou pour une autre, j'ai le sentiment de mieux lire le passé que l'avenir.*

Il rit pour lui-même. Puis son visage reprit son sérieux, et il essuya un brin de tabac qu'il avait sur les lèvres.

— *Essayez de garder ceci à l'esprit. C'est exactement comme lorsqu'ils chargent à fer à cheval et chaînes. Vous avez l'impression que le tir de barrage ne cessera jamais. Puis soudain tout fait silence, un silence presque plus bruyant que leur canonnade. Ne soyez pas alarmé, s'il vous plaît, par la sévérité de ma comparaison. Bonne nuit, Lieutenant.*

– Bonne nuit, Général.

Je fis demi-tour, pataugeant dans les hauts-fonds jusqu'en eau profonde en direction de la levée. La brume s'accrochait aux eaux en panaches aussi denses qu'un nœud de serpent au corps épais. Je vis un éclair en boule rouler au travers des arbres inondés et venir s'éclater contre un îlot de saules, aussi lumineux, d'un jaune aussi intense qu'un métal en fusion sorti d'une forge. Puis la pluie se mit à se tordre au sortir du ciel, luisante comme du verre filé, et les lueurs du feu de camp derrière moi se changèrent en barbouillis rougeâtre noyé au cœur d'un banc de brouillard qui roulait des marais avant de glisser à la surface des eaux et de se refermer une fois encore autour de mon camion.

L'air était lourd, tellement chargé d'ozone que j'en sentais presque le goût sur ma langue. J'entendais une ligne électrique abattue qui claquait d'étincelles dans une flaque d'eau au milieu des relents électriques d'air brûlé pareils à l'odeur de métal surchauffé du tramway de St-Charles sous la pluie. J'entendais un ragondin appeler sa compagne dans les marais, un cri haut perché tel un hurlement d'une femme hystérique. Je me souviens de tous ces détails. Je me souviens de la boue à l'intérieur de mes chaussures, des filaments de jacinthes d'eau qui s'enroulaient autour de mes genoux, de la pellicule vert-de-gris des algues qui s'accrochaient à mon pantalon de treillis comme une toile d'araignée.

Lorsqu'un adjoint du shérif et deux infirmiers me dégagèrent de la cabine du camion au matin, le soleil était blanc comme l'arc d'une flamme de chalumeau, le jour, aussi lourd et ordinaire que la veille, mes vêtements, aussi secs que si je les avais sortis tout récemment du placard. Le seul signe physique que l'infirmier en chef remarqua sur moi fut une bosse entaillée, de la taille d'un œuf à repriser, au-dessus de mon œil droit. Cela, plus une autre remarque, prudente, presque humoristique.

– Dave, t'es pas retombé tête la première dans la bibine hier soir, quand même ? demanda-t-il. Désolé, je plaisantais. Oublie que je l'ai dit.

Notre médecin de famille, le Dr Landry, était assis à côté de mon lit à l'hôpital Iberia General, et il examinait le coin de mon œil à la lueur d'une petite torche. Nous étions en fin d'après-midi, Bootsie et Alafair étaient rentrées à la maison, et la pluie martelait les arbres au-delà des fenêtres.

– La lumière te fait-elle mal aux yeux ? demanda-t-il.

– Un peu. Pourquoi ?

– Parce que tes pupilles sont dilatées alors qu'elles ne devraient pas l'être. Redis-moi ce que tu as ressenti juste avant de quitter la route.

– J'avais un goût de cerises, de feuilles de menthe et d'orange dans la bouche. Ensuite, j'ai eu l'impression d'avoir mordu dans un fil électrique.

Il remit sa petite torche dans sa poche de chemise, ajusta ses verres et me regarda droit dans les yeux d'un air songeur. Il était trop gros, son crâne se dégarnissait, il avait le hâle profond d'un joueur de tennis, des poils blonds et bouclés sur les avant-bras.

– Comment te sens-tu maintenant ? dit-il.

– Comme si on m'avait déchiré quelque chose dans la tête. Un peu la même sensation qu'un carton humide qu'on déchire entre les mains.

– As-tu mangé quelque chose ?

– J'ai vomi.

– Tu veux savoir la bonne nouvelle ? Les tests ont montré que tu n'avais pas une goutte de gnôle dans les veines.

– Comment ce serait possible ? Je n'ai pas bu d'alcool.

– On ne peut pas empêcher les gens de se faire des idées, qu'elles soient fondées ou non.

– Je n'y peux rien.

– La mauvaise nouvelle, c'est que je ne sais pas ce qui t'a fait ça. Mais, selon les infirmiers, tu as dit des choses bien étranges, Dave.

Je détournai les yeux.

– Tu as dit qu'il y avait des soldats là-bas, dans le marais. Et tu n'arrêtais pas d'insister sur le fait qu'ils étaient blessés.

Le vent se mit à souffler en bourrasques, chassant pluie et feuilles mortes contre la vitre.

– Les infirmiers ont pensé qu'il y avait peut-être eu quelqu'un avec toi. Ils ont inspecté toute la longueur de la levée, dit-il. Ils ont même envoyé un bateau jusqu'à ces îlots de saules.

– Je suis désolé de leur avoir créé tellement d'ennuis.

– Dave, ils ont dit que tu parlais de soldats confédérés.

– Ce n'était pas un soir comme les autres.

Il prit une inspiration avant d'émettre un bruit de succion des lèvres.

– En tout cas, tu n'étais pas ivre et tu n'étais pas cinglé, alors je te propose une théorie, dit-il. Quand j'étais interne au Charity Hospital de La Nouvelle-Orléans dans les années soixante, j'ai soigné des mômes qui se comportaient comme si on leur avait ôté la cervelle au chalumeau. Je te parle du LSD, Dave. Tu crois qu'un de ces gus d'Hollywood aurait pu te rafraîchir ton Dr Pepper quand tu étais à Spanish Lake ?

— Je ne sais pas. Peut-être.

— Ça ne s'est pas vu aux tests, mais ce n'est pas inhabituel. Pour réaliser un test de dépistage toxicologique du LSD, il faut un chromatographe à phase gazeuse. Et les hôpitaux qui en possèdent sont peu nombreux. Il est certain que nous n'en avons pas ici. Est-ce qu'il t'est déjà arrivé quelque chose de semblable auparavant ?

— Quand ma femme a été tuée, je me suis enivré et, pendant un temps, j'ai eu des visions.

— Pourquoi ne pas garder ça pour nous ?

— Est-ce qu'on raconte des trucs sur moi, doc ?

Il referma sa sacoche noire et se leva, prêt à partir.

— Quand donc as-tu commencé à te soucier de ce qui disaient les gens ? dit-il. Écoute, je veux que tu restes ici un ou deux jours.

— Pourquoi ?

— Parce que tu n'as pas éprouvé d'effets progressifs, tu as été frappé brutalement. Ce qui me laisse envisager une éventualité troublante. Peut-être que quelqu'un t'a effectivement refilé la grosse dose. Et la possibilité de conséquences résiduelles me tracasse un peu, Dave, quelque chose comme un syndrome de stress-retard.

— Il faut que je retourne travailler.

— Non, ce n'est pas vrai.

— Je parlerai au shérif. En fait, je suis surpris qu'il ne se soit pas encore montré.

Le Dr Landry frotta la toison épaisse de poils qu'il avait sur l'avant-bras et contempla la carafe à eau et le verre posés sur ma table de nuit.

— Qu'y a-t-il ? dis-je.

— Je l'ai vu il y a peu de temps. Il m'a dit qu'il t'avait parlé pendant une demi-heure ce matin.

Je tournai le regard vers la fenêtre, sur le ciel gris et la pluie qui tombait dans les arbres. Le tonnerre grondait et se répercutait du sud en écho, secouant la vitre, et pour quelque raison inconnue, dans mon for intérieur, je vis des soldats de troupe détrempés par la pluie qui glissaient dans la boue autour d'un emplacement de canon, en train d'écouvillonner la pièce d'artillerie qu'ils chargeaient jusqu'à la gueule de longueurs de chaînes et de poignées de fers à cheval tordus.

Je ne parvins pas à dormir cette nuit-là et, au matin, je signai ma décharge de sortie de l'hôpital et rentrai à la maison. Le docteur m'avait demandé comment je me sentais. Ma réponse n'avait pas été tout à fait exacte. Je me sentais vide, lavé de toute substance, la peau caoutchouteuse, comme morte au toucher, les yeux agités de mouvements incontrôlés sous les reflets d'une lumière qui paraissait n'avoir aucune origine. J'avais l'impression d'avoir bu de l'alcool de grain trois jours durant et de m'être soudain trouvé totalement déconnecté de tous les brasiers qui flambaient à l'intérieur de moi, ceux que j'avais alimentés et attisés, ceux sur lesquels je m'étais reposé avec l'amour religieux et fervent d'un acolyte. Plus de douleur, plus de fragments de lames à rasoir en train de se tordre à l'intérieur de ma conscience ; rien qu'un grand engourdissement, comme si le vent, les nuages moutonneux, les averses qui défilaient au-dessus des champs de canne n'étaient qu'une partie d'un étrange pluviomètre estival que j'observais derrière un mur de verre, isolé, coupé du plus petit bruit ambiant.

Je bus de l'eau salée pour m'obliger à vomir, avalai des poignées de vitamines, me préparai des milkshakes à la fraise et à la banane, m'obligeai à des dizaines d'abdominaux et de pompes dans l'arrière-cour, et courus comme un forcené de sprint cherchant à développer sa capacité pulmonaire jusqu'à sentir ma poitrine haleter en quête d'un peu d'air et mon short de course se coller à ma peau sous la sueur.

Je me douchai à l'eau brûlante jusqu'à en vider le ballon d'accumulation avant de me coller la tête sous l'eau froide cinq minutes durant. J'enfilai ensuite un pantalon de toile propre et une chemise en jean avant de sortir sous les pacaniers dans le crépuscule qui allait s'obscurcissant. De l'autre côté de la route, le marais était violacé sous la brume et étincelait de lucioles. Un gamin noir en pirogue pêchait à la ligne en bordure des nénuphars sur le bayou. Sa peau sombre donnait l'impression de rougeoyer sous les derniers feux du couchant. Son corps, sa canne à pêche étaient absolument immobiles et il ne quittait pas l'eau des yeux, son regard rivé au bouchon. Le soir tombant était tellement paisible, d'une langueur telle avec ce jeune garçon pétrifié par sa concentration que j'aurais pu être en train d'admirer une toile de peintre.

Je pris alors conscience, avec un nœud au cœur, que quelque chose ne cadrait pas – il n'y avait pas le moindre bruit. Une voiture passa sur le chemin de terre, le jeune garçon fit racler sa pagaie sur la coque de sa pirogue pour s'en aller vers un autre coin. Mais il n'y avait pas le moindre bruit, à l'exception de l'écho desséché de mon propre souffle qui résonnait à mes oreilles.

J'entrai dans la maison, où Bootsie lisait sous la lampe, dans le salon. J'étais sur le point d'ouvrir la bouche, avec la même appréhension au cœur que celui qui violerait le silence d'une église, dans le seul but de savoir si j'étais encore à même de percevoir le son de ma propre voix, lorsque j'entendis la portemoustiquaire claquer dans mon dos, comme une gifle qu'on m'aurait assenée sur l'oreille. Et soudain m'arriva le bruit de la télévision, des cigales dans les arbres, de l'arroseur de mon voisin qui chassait ses gouttelettes en tourbillons contre mes buissons de myrte, de Batist qui essayait de démarrer un hors-bord au ponton.

— Qu'est-ce qu'il y a, Dave ? dit Bootsie.

— Rien.

— Dave ?

— Ce n'est rien. Je crois que j'ai de l'eau dans les oreilles.

J'ouvris et refermai les mâchoires.

— Ton dîner t'attend sur la table. Tu veux manger ?

— Ouais, bien sûr, dis-je.

Son regard se posa sur le mien.

— Je vais te le réchauffer, dit-elle.

— Ce serait très gentil.

Lorsqu'elle passa à côté de moi, ses yeux se plongèrent à nouveau dans les miens.

— Qu'est-ce qui te tracasse à ce point, Boots ? Est-ce que j'ai l'air d'avoir juste débarqué d'un trou de la quatrième dimension ? dis-je en la suivant dans la cuisine.

— Tu as l'air fatigué, voilà tout.

Elle me tourna le dos, le temps d'envelopper mon repas sous plastique avant de le placer au micro-ondes.

— Qu'est-ce qui ne va pas ? dis-je.

— Rien, en fait. Je t'assure. Le shérif a appelé. Il veut que tu prennes une semaine de congé.

— Pourquoi ne me l'a-t-il pas dit, à moi ?

— Je ne sais pas, Dave.

— Je crois que tu me caches quelque chose.

Elle plaça mon assiette dans le micro-ondes et fit demi-tour. Elle portait une croix d'or à une chaîne, et la croix était de guingois sur son chemisier rose. Sa main se leva vers moi et ses doigts me frôlèrent la joue et l'hématome que je portais au-dessus de l'œil droit.

— Tu ne t'es pas rasé aujourd'hui, dit-elle.

— Qu'est-ce qu'a dit le shérif, Boots ?

— C'est surtout ce que les autres racontent. Au bureau du maire. Dans le service.

— Quoi ?

— On dit que tu es peut-être en train de faire une dépression nerveuse.

— Crois-tu que ce soit vrai ?

— Non.

— Alors qui s'en soucie ?

— Le shérif, entre autres.

— C'est son problème.

— Deux adjoints se sont rendus sur les lieux de tournage et ont interrogé quelques-unes des personnes présentes à la soirée d'anniversaire de monsieur Goldman.

— Pour quoi faire ?

— Ils ont demandé aux gens comment tu t'étais comporté, des choses comme ça.

— Rufus Arceneaux était-il au nombre de ces fameux adjoints ?

— Oui, je le crois.

— Boots, ce mec serait capable de revendre sa mère à un chenil de labo rien que pour obtenir une promotion.

— Ce n'est pas la question. Certains parmi les acteurs ont déclaré que tu t'es promené toute la soirée, un verre à la main. Les gens croient ce qu'ils veulent s'entendre dire.

— On m'a fait des analyses de sang et d'urine le lendemain matin. Je n'avais pas une goutte d'alcool dans les veines. C'est écrit noir sur blanc dans les dossiers de l'hôpital.

236

– Tu as passé à tabac l'un des gros bras de Julie Balboni dans un lieu public, Dave. Tu n'arrêtes pas de faire comprendre aux commerçants et aux entrepreneurs de cette ville que tu pourrais peut-être bien faire fuir tout un paquet de bon argent de leur belle ville. Tu as raconté aux infirmiers qu'il y avait des soldats confédérés blessés dans les marais. Que crois-tu que les gens vont bien pouvoir raconter sur toi après ça ?

Je m'assis à la table de cuisine et regardai par la moustiquaire à l'arrière de la maison en direction des ombres qui s'allongeaient sur ma pelouse. Les yeux me brûlaient, comme si j'avais du sable sous les paupières.

– Je ne peux pas interdire aux gens de parler, dis-je.

Elle se plaça derrière moi et mit les mains sur mes épaules.

– Mettons-nous d'accord sur une chose, dit-elle. Nous ne pouvons tout simplement pas nous permettre de faire quoi que ce soit qui les aidera à nous faire du mal. Tu es d'accord, Dave ?

Je mis ma main droite sur les siennes.

– Je te le promets, dis-je.

– N'essaie pas d'expliquer ce que tu crois avoir vu ou entendu dans le marais. Ne parle pas de l'accident. Ne te défends pas. Tu te souviens de ce que tu disais jadis ? « Contente-toi de sourire et va ton chemin au milieu de la fumée des canons. Ça les rend dingues. »

– Très bien, Boots.

– Tu promets ?

– Je te le promets.

Elle croisa les bras sur ma poitrine et posa le menton sur le sommet de ma tête. Avant d'ajouter :

– Quel genre de personne pourrait bien essayer de nous faire une chose pareille, Dave ?

– Une personne qui a commis une erreur de première, dis-je.

Mais ce n'était qu'une remarque grandiloquente. La vérité était que j'avais accepté mon verre au cours de la soirée sans y réfléchir à deux fois et que j'étais entré de plain-pied au cœur du scénario que quelqu'un avait rédigé pour moi.

Plus tard ce soir-là, au lit, je restai étendu, à fixer le plafond et à essayer de recréer la scène sous les chênes de Spanish Lake. Je voulais me convaincre que j'étais capable de plonger dans mon propre inconscient et d'y récupérer un cliché photographique sur lequel mon œil aurait gravé l'image de quelqu'un en train de passer la main au-dessus d'un verre de Dr Pepper avec cerises noires, tranches d'orange et menthe froissée qu'un serveur était sur le point de m'offrir.

Mais les seules images que j'avais à l'esprit se limitaient à celles d'une levée qui s'étirait dans les eaux grises et d'un banc de brouillard chargé d'électricité en train de rouler en sortant des cyprès.

Bootsie se tourna sur le flanc et mit son bras sur ma poitrine. Puis sa main glissa sur mon ventre et elle me toucha.

Je restai les yeux fixés sur l'obscurité. Les arbres étaient immobiles à l'extérieur de la fenêtre. J'entendis un alligator battre l'eau dans les marais.

Puis la main de Bootsie s'écarta de moi, et je sentis ma femme se tourner sur le matelas vers le mur opposé.

Une heure plus tard, je m'habillais dans l'obscurité du salon, passais mon camion au point mort et le laissais descendre en silence le chemin de terre jusqu'au ponton, où j'accrochai bateau et remorque à la boule d'attache.

Je mis mon bateau à l'eau à l'endroit précis où mon camion avait quitté la levée. Je me servis de la pagaie pour aller en eau plus profonde, au-delà des typhas et des nénuphars qui poussaient le long de la berge, avant de baisser le moteur et de lui redonner vie d'une traction sur la corde de démarrage.

Le sillage à la poupe ressemblait à une longue tranchée en forme de V battue de boue jaunâtre où dansaient des rondins morts. Puis la lune perça les nuages, irisant la barbe espagnole des cyprès de reflets d'argent et j'aperçus des gueules-de-coton lovées sur les ramures basses des saules pleureurs, la tête rabougrie brun verdâtre d'un 'gator au milieu d'un îlot flottant de feuilles et de brindilles, la dépouille raidie, en partie dévorée, d'un raton laveur sur un banc de sable et une demi-douzaine de canards qui s'éparpillèrent à la surface de l'eau juste devant le talus et le bouquet d'arbres où j'avais rencontré le Général.

Je coupai les gaz et laissai le bateau filer sur son erre jusqu'à ce que la proue vînt glisser sur le sable. Je m'engageai alors sous les arbres, une torche à long manche dans une main et une pelle pliante de GI dans l'autre.

Le sol était meuble, suintant d'humidité, tapis de couches multiples de feuilles mortes et de débris abandonnés par les eaux à leur reflux. Des lignes de fond abandonnées s'enchevêtraient à l'entour des troncs d'arbres ; des bouteilles de Clorox servant à marquer les filets de pêche gisaient à moitié enterrées dans le sable.

Au centre de la clairière, je trouvai les restes d'un feu de camp.

Une douzaine de boîtes de bière noircies se mêlaient aux restes de bois calciné. Écrasé dans l'herbe en bordure du feu, je trouvai un préservatif usagé.

J'éparpillai bois, cendres et boîtes à coups de pied sur le sol, posai ma torche en appui dans les hautes herbes, pliai le fer de pelle pour lui donner la forme d'une houe, revissai et verrouillai la douille filetée à la base du manche et commençai à tailler le sol.

À près de cinquante centimètres de profondeur, je touchai ce que les archéologues appellent une « ligne de feu », à savoir une couche de charbon de bois sédimenté, pur et noir, restes d'un très vieux feu. Je le tamisai au bout de mon outil, une pelletée à la fois. J'y trouvai un bouton de laiton calciné et le fond d'une bouteille soufflée à la pièce dont le verre épais aux reflets verdâtres emprisonnait de minuscules bulles d'air.

Mais qu'est-ce que cela prouvait ? me demandai-je.

Réponse : qu'éventuellement, un jour du XIXᵉ siècle, trappeurs, bûcherons ou même topographes de l'armée avaient bâti là un feu de camp.

Je songeai alors à la scène de l'autre soir : les mousquets empilés, les paquetages suspendus dans les arbres, l'épuisement des hommes sur le point de partir en patrouille, les plaies desséchées, sans la moindre tache de sang, qui donnaient l'impression d'avoir été nettoyées par les asticots, le chariot-ambulance et les pansements croûtés qu'on avait balayés au sol.

Le chariot-ambulance.

Je ramassai ma torche et me dirigeai vers l'extrémité opposée de la clairière. L'eau était noire sous la marquise d'arbres inondés dans le marais. Je m'agenouillai et me mis à dégager une tranchée large d'un mètre vingt sur soixante centimètres de profondeur. Le terrain de la clairière était en pente, et le sol, plus tendre et plus humide, ridé de petites rigoles d'érosion. Je raclai la terre que j'entassais de chaque côté du trou ; à trente centimètres de profondeur, l'eau commença à couler sous le fer de ma bêche.

Je m'arrêtai pour remettre le fer en position bêche et commençai à creuser en direction du sommet de la pente. Puis j'aperçus des rayures de rouille et des morceaux de métal, pareils à de petites dents rouges, dans les tas de terre humide empilés à chaque extrémité de mon trou. J'éclairai le fond du trou avec ma torche et je vis, ressortant d'un côté de la paroi, tel un serpent tordu, une section de métal rouillé qui aurait pu correspondre au cerclage d'une roue de chariot.

Cinq minutes plus tard, je touchai quelque chose de dur et posai mon outil au bord du trou avant de dégager des doigts le moyeu d'une roue de chariot aux rayons brisés à une largeur de main du centre d'où ils partaient en étoile. Je le posai sur la pente et, pendant la demi-heure qui suivit, j'entassai tout à côté un paquet de clous carrés, du bois pourri léger comme le balsa, des charnières de métal, des maillons de chaîne, un morceau arrondi et rouillé, reste d'une tasse à boire, et une scie. La poignée de bois et les dents avaient été presque entièrement mangés par l'humidité du sol mais il n'y avait pas à se méprendre sur cette forme trapue, carrée, presque brutale : c'était une scie de chirurgien.

Je transportai tout ce que j'avais trouvé jusqu'au bateau. Mes vêtements étaient maculés de boue ; je puais la sueur et le produit antimoustiques. Les paumes des mains me piquaient d'ampoules éclatées. Je voulais réveiller Bootsie, appeler Elrod, voire même le shérif, pour dire à qui voudrait l'entendre ce que j'avais trouvé.

Mais je fus alors contraint d'affronter la stupidité de mes réflexions. Quel degré de raison était en droit d'attendre de la plupart des gens un homme qui s'en va déterrer des objets datant de la guerre de Sécession dans un marécage au milieu de la nuit, afin de prouver justement qu'il est sain d'esprit ?

En fait, ce genre de comportement n'était probablement pas très différent de celui qui prétend avoir voyagé au-delà de notre planète, dans les espaces extraterrestres, et qui vous montre sa réservation validée par un ovni, comme preuve de sa lucidité et de sa raison.

Lorsque je rentrai à la maison, je couvris mon bateau d'une toile goudronnée, pris une douche, mangeai un sandwich oignon-jambon dans la cuisine pendant que les oiseaux de nuit s'appelaient à la cantonade sous la pleine lune, et je pris la décision que le Général et moi ne partagerions pas nos secrets avec ceux dont les existences et la vision se définissaient à la lumière du jour en points de vue rationnels.

12

Je dormis longtemps le lendemain matin et, lorsque je m'éveillai, je trouvai un petit mot de Bootsie sur le réfrigérateur me disant qu'elle avait emmené Alafair en ville pour quelques courses. Je me préparai café à la chicorée et lait chaud, céréales et fraises sur un plateau que je transportai jusqu'à la table en séquoia sous le mimosa de l'arrière-cour. La matinée n'était pas encore chaude et des geais bleus voletaient dans l'ombre marbrée de lumière tandis que l'arroseur de mon voisin laissait s'échapper une brume iridescente sur mon gazon.

J'aperçus alors la voiture de fonction de Rosie Gomez ralentir près de notre boîte aux lettres et s'engager dans notre allée. Elle conduisait, visage relevé et menton en l'air, de manière à voir correctement la route par-dessus le volant. Je me levai de la table et lui fis signe de passer derrière la maison.

Elle portait un chemisier blanc et une jupe blanche avec des escarpins noirs, une large ceinture noire et un sac à main noir.

– Comment vous sentez-vous ? demanda-t-elle.

– Plutôt bien. En fait, super.

– Ouais ?

– Bien sûr.

– Vous avez l'air en forme.

– Je suis en forme, Rosie. Tenez, je vais vous chercher un peu de café.

Lorsque je ressortis de la maison chargé de la cafetière et d'une tasse avec soucoupe, elle était assise sur
le banc de séquoia, le regard tourné vers la mare à
canards et les champs de canne à sucre de mon voisin.
Son visage était frais, son expression égale.

– C'est beau par ici, dit-elle.

– Je suis désolé que Bootsie et Alafair ne soient pas
là. J'aimerais que vous les rencontriez.

– La prochaine fois. Je suis désolée de n'être pas
venue vous voir à l'hôpital. J'étais partie tôt ce matin-là
pour La Nouvelle-Orléans. Et je viens juste de rentrer.

– Qu'est-ce qui se passe ?

– Il y a environ trois semaines, une vieille racoleuse du Vieux-Carré a appelé le Bureau en déclarant
qu'elle avait l'intention de nous mâcher la besogne en
mangeant le morceau sur Julie Balboni. Sauf qu'elle
était ivre ou défoncée et l'agent qui a pris la communication ne l'a pas prise au sérieux.

– Qu'est-ce qu'elle avait à offrir ?

– Rien, en réalité. Elle se contentait juste de
répéter : « Il fait du mal à ces filles. Y a quelqu'un qui
devrait lui régler son compte à ce putain de Rital. Y
faut qu'il arrête de faire du mal à ces filles. »

– Alors qu'est-ce qui est arrivé ?

– Il y a trois jours de ça, il y a eu une panne de courant dans l'immeuble de cette femme sur Ursuline. La
climatisation une fois arrêtée, il n'y a pas fallu longtemps
pour que l'odeur s'échappe par les fenêtres jusque dans
la cour. Le légiste a déclaré qu'il s'agissait d'un suicide.

J'examinai son visage.

– Et vous n'êtes pas de son avis ?

– Vous connaissez combien de femmes qui en finissent avec une balle de .38 Spécial dans la tête ?

– Peut-être était-elle ivre et se fichait bien de la
manière de mettre fin à ses jours.

— Son réfrigérateur et ses placards étaient pleins de nourriture. L'appartement était propre et bien rangé, toute la vaisselle était faite. Il y avait un sac de plats préparés sur la table qu'elle n'avait pas rangés. Est-ce que cela vous suggère un comportement digne de quelqu'un qui est au bout du rouleau ?

— Qu'est-ce qu'ils disent à la police de La Nouvelle-Orléans ?

— Ils ne disent pas. Ils bâillent. Ils ont un taux de meurtres aussi élevé que celui de Washington, D.C. Vous croyez qu'ils ont envie de transformer le suicide d'une racoleuse en affaire d'homicide qui doit suivre son cours ?

— Qu'allez-vous faire ?

— Je ne sais pas. Je crois que vous aviez raison en parlant d'un lien avec Balboni. Le dénominateur le plus commun à refaire surface périodiquement dans cette affaire, c'est la prostitution, à l'intérieur et tout autour de La Nouvelle-Orléans. Il n'y a pas un mac ou une fille des paroisses de Jefferson ou d'Orléans qui ne recrachent une part de leurs bénefs au bassinet de Julie Balboni.

— Cela ne signifie pas que Julie soit impliqué dans le meurtre de quiconque, Rosie.

— Soyez honnête avec moi. Est-ce que je continue à passer à vos yeux pour une minus sans envergure parce que je représente Foutoir, Boxon et Incompétence ?

— Je ne suis pas certain de…

— Ouais, je l'aurais parié. Comment les macs appellent-ils les filles qui marnent pour eux ? « De l'oseille sur pied », pas vrai ?

— C'est exact.

— Croyez-vous que quelqu'un puisse se permettre de tuer une des travailleuses de Balboni et de s'en tirer libre comme l'air, sans que Julie soit d'accord et au courant ?

— Sauf que ça coince dans votre raisonnement. L'homme qui a assassiné Kelly Drummond pensait vraisemblablement tirer sur moi. La pègre ne tue pas de flics. Pas délibérément, en tout cas.

— Peut-être qu'il est du genre solitaire et tête brûlée, qu'il échappe à tout contrôle. Nous avons nos flics pourris. Les affranchis ont eux aussi leurs merdaillons pourris.

J'éclatai de rire.

— Vous êtes un sacré bout de femme, dis-je.

— Arrêtez de jouer au grand-papa, Dave.

— Désolé, dis-je, toujours souriant.

Son regard se verrouilla au mien. Ses yeux s'assombrirent.

— Je me fais du souci pour vous. Vous ne savez pas garer vos miches quand il le faut, dit-elle.

— Tout baigne. Croyez-moi.

— Sûr que ça baigne.

— Vous savez quelque chose que j'ignore ?

— Oui. Les êtres humains et l'argent font une combinaison étonnante, dit-elle.

— J'apprécierais beaucoup si vous cessiez de parler en hiéroglyphes.

— Peu de gens se soucient de savoir d'où vient l'argent, Dave. Tout ce qu'ils voient, c'est l'image d'un président sur un billet, pas celle de Julie Balboni.

— Parlez plus clairement, vous voulez bien ?

— Quelques-uns parmi ces messieurs du cru ont parlé au shérif à votre propos. D'un congé de longue durée. C'est tout au moins ce que j'ai entendu dire.

— Ce n'est pas un flic professionnel, mais c'est un honnête homme. Il ne leur cédera rien.

— C'est un représentant officiel et il est élu. Il est président du Lion's Club. Il déjeune une fois par semaine avec la Chambre de commerce.

– Il sait que je ne buvais pas. Les membres de mon groupe aux AA le savent eux aussi. Tout comme le personnel de l'hôpital. Le Dr Landry est d'avis que quelqu'un m'a fait disjoncter au LSD. Qu'est-ce que je peux ajouter d'autre ?

Le visage de Rosie se fit mélancolique, et elle tourna les yeux vers le soleil au loin, au-dessus du champ, une expression vague et distante dans le regard.

– Quel est le problème ? demandai-je.

– Vous ne vous entendez pas quand vous parlez. Votre réputation, peut-être même votre métier, sont aujourd'hui dans la balance, et vous croyez qu'il est concevable d'aller raconter aux gens que quelqu'un vous a chargé la tête d'acide.

– Je n'ai jamais prétendu, de toute façon, avoir l'apanage d'une santé mentale parfaite.

J'essayai de sourire en disant ces mots. Mais la peau autour de ma bouche me donna la sensation d'être raide et déformée.

– Ce n'est pas drôle, dit-elle.

Elle se leva, prête à partir, et le fond de son sac à main, alourdi du .357 Magnum, se déforma contre sa hanche.

– Je ne vais pas les laisser vous faire ça, Dave.

– Attendez une minute, Rosie. Je n'envoie personne au front à ma place.

Elle traversa la cour en pignon en direction de sa voiture, le dos carré et raide comme une petite porte.

– Rosie, vous m'avez entendu ? dis-je. Rosie ? Revenez ici et bavardons. J'apprécie ce que vous essayez de…

Elle monta dans son automobile, m'adressa, pouces en l'air, par-dessus son volant, le signe que tout allait bien, et ressortit en marche arrière sur le chemin de terre en bordure du bayou. Elle rétrograda, passa en petite vitesse, et s'éloigna dans le tunnel de chênes sans regarder en arrière.

Sans même prendre en compte les bonnes intentions de Rosie quant à mon bien-être, je n'avais toujours pas résolu l'éventualité que le meurtre raciste, dont j'avais été le témoin en 1957, et le sac de peau et d'os desséchés qu'Elrod Sykes avait découvert dans le bassin d'Atchafalaya fussent, d'une manière ou d'une autre, liés à l'affaire qui me concernait.

Cependant, où commencer une enquête sur un homicide vieux de trente-cinq ans qui n'avait même jamais été signalé comme tel ?

La Louisiane du Sud, en grande partie française et catholique, a beau posséder un long et déprimant passé d'injustice et de préjugés racistes, jamais elle ne s'était comparée, par l'intensité et la violence avec laquelle on traitait les gens de race noire, aux régions nord de l'État ou au Mississippi, où même le meurtre d'un enfant, Emmett Till, par deux hommes du Klan, en 1955, non seulement resta impuni, mais se vit assumé collectivement par la population de la ville où il s'était déroulé, une fois le fait établi. Il ne faisait pas de doute que l'exploitation financière des Noirs en général, et que l'exploitation sexuelle des femmes noires en particulier, avaient été, historiquement parlant, des lieux communs dans cette région qui était la nôtre, mais les lynchages étaient rares, et je ne me souviens pas, pas plus que ceux auxquels j'ai pu en parler, d'un seul incident violent autre que celui dont j'avais été le témoin, ou d'une situation particulièrement méchante et raciste dans le courant de l'été 1957.

Les deux plus grands journaux de Louisiane sont le *Morning Advocate* de Baton Rouge et le *Times-Picayune* de La Nouvelle-Orléans. Ce sont eux aussi qui possèdent les meilleures bibliothèques — ou « morgues », ainsi qu'on les appelle – de vieux journaux ou de coupures de presse référencées et classées par recoupement d'informations. J'entamai cependant mon étrange odyssée dans le passé par les microfilms de la morgue du *Daily Iberian*.

En fait, j'avais peu d'espoir de découvrir un quelconque renseignement susceptible de m'aider. À cette époque, on publiait peu de choses dans les journaux de Louisiane concernant les gens de couleur, à l'exception des rapports de police, ou alors peut-être sur une page séparée consacrée aux mariages entre Noirs.

Mais je ne cessai de voir et de revoir, en mon for intérieur, les chaussures sans lacets du mort, et les lambeaux de toile pourrie qu'il portait en guise de ceinture autour du pelvis. Avait-il été placé en détention ? Était-il en train d'être transféré quelque part par deux flics qui avaient décidé de l'exécuter ? Si tel était le cas, pourquoi ne lui avait-on pas mis de menottes ? Peut-être avaient-ils verrouillé la chaîne sur lui pour alourdir et faire sombrer le corps, songeai-je. Non, ce n'était pas logique. Si la victime était en cours de transfert sous la responsabilité des flics, ceux-ci l'auraient tenue menottée avant de l'assassiner. Ce n'est qu'ensuite qu'ils auraient ôté les menottes et chargé le cadavre de chaînes. En outre, pourquoi des flics auraient-ils voulu faire disparaître le corps dans l'Atchafalaya, de toute manière ? Ils auraient toujours pu prétendre qu'ils avaient arrêté la voiture pour laisser le prisonnier se soulager, que ce dernier s'était alors enfui en direction des bois, et qu'ils avaient été obligés de l'abattre. Cette explication particulière de la mort d'un prisonnier étaient de celles qu'on remettait rarement en question à l'époque.

C'est alors que je tombai sur l'article, en page des informations locales, en date du 27 juillet 1957. Un

249

Nègre de vingt-huit ans répondant au nom de DeWitt Prejean avait été arrêté dans la paroisse de St-Landry, au nord de Lafayette, pour avoir pénétré par effraction au domicile d'une famille blanche dont il avait menacé l'épouse d'un couteau de boucher. On ne mentionnait ni son mobile, ni les raisons qui l'avaient poussé à commettre son acte. En fait, le récit ne portait pas sur son arrestation mais sur son évasion. Il n'était resté en détention que onze heures durant, on ne lui avait pas encore fait part officiellement des chefs d'accusation qui pesaient sur lui lorsque deux hommes armés, mains gantées et masques de Halloween sur le visage, avaient pénétré dans la prison de la paroisse à 4 heures du matin, bouclé le geôlier de nuit dans les toilettes, et sorti DeWitt Prejean d'une cellule du sous-sol.

L'histoire n'occupait qu'une dizaine de centimètres sur une colonne.

Je fis défiler le microfilm sous l'objectif dans l'espoir de trouver un article complémentaire. S'il en existait un, je ne le trouvai pas, et je parcourus tous les numéros du *Daily Iberian* jusqu'en février 1958.

Tous les bons flics qui passent un moment dans la morgue d'un quotidien, en particulier dans le Sud rural, connaissent la manière dont certaines catégories d'informations journalistiques étaient, ou n'étaient pas rapportées, à l'époque d'avant les droits civiques. « Le suspect a été réduit à merci » signifiait habituellement que l'individu en question s'était vu expédié dans les pommes à coups de bidule ou de matraque. Les affaires d'inceste ou d'abus sexuels sur enfants n'étaient habituellement pas mentionnées du tout. Les récits de prisonniers qui décédaient en détention n'allaient guère au-delà de la simple rubrique nécrologique et se terminaient par une phrase laissant entendre qu'une autopsie était en cours.

Le viol, ou la tentative de viol, d'une Blanche par un Noir posaient, en revanche, un problème plus complexe. L'identité de la victime restait toujours protégée par les flics ou les représentants du ministère public, au point que le violeur se voyait parfois accusé d'un autre crime, de ceux que le juge, si tant est que la chose fût possible, punirait avec la même sévérité que s'il s'était agi d'un viol. Mais le degré de peur, d'atteinte à la dignité, s'élevait à une telle intensité collective chez les Blancs, le scandale était si grand, que le journal local se voyait contraint de faire état de l'événement d'une manière telle que personne ne saurait douter de ce qui s'était effectivement passé, ou du sort qui serait réservé au violeur.

En outre, l'article de 1957 dans l'*Iberian* mentionnait que DeWitt Prejean avait été enlevé de la cellule où il était détenu onze heures après son arrestation.

On ne garde pas un prisonnier dans une cellule de détention provisoire onze heures durant, en particulier dans l'enceinte d'une prison de campagne où l'on pouvait régulariser la situation d'un suspect et l'incarcérer officiellement en vingt minutes.

Je laissai un mot à Bootsie avant de partir en direction de Lafayette d'où je poursuivis ma route au nord sur une trentaine de kilomètres vers la paroisse de St-Landry et la vieille prison d'Opelousas.

La ville avait jadis compté au nombre de ses habitants James Bowie, avant que celui-ci ne devînt un riche marchand de coton et trafiquant d'esclaves de La Nouvelle-Orléans. Mais pendant les années cinquante, elle s'était acquis une notoriété d'un genre tout à fait différent, à savoir la corruption de ses politiciens, un bordel infamant – chez Margaret –, qui fonctionnait depuis la guerre entre les États, et des salles de jeux, propriétés personnelles du shérif ou sous sa mainmise, qui étaient de temps à autre l'objet d'une descente par la police d'État lorsqu'une faction de la législature à Baton Rouge cherchait à obtenir par la force un changement dans les choix électoraux de la paroisse.

Je garai mon camion à l'arrière de la place où se dressait le tribunal, tout à côté du mur de briques de l'ancienne prison, dont le toit s'était effondré sur le sommet de la cuve en fonte, perforée de petits trous carrés, qui avait servi de quartier de détention. Tandis que j'avançais sous les chênes verts en direction de l'entrée du tribunal, je regardai à travers les fenêtres sans vitres de la prison les tas de briques friables éclatées en morceaux sur le sol, les papiers moisis éparpillés, et je me demandai où les deux hommes aux mains gantées avec des masques d'Halloween sur le visage étaient passés pour faire irruption dans la prison, quels noirs desseins ils avaient pu nourrir à l'égard du prisonnier nègre DeWitt Prejean.

Je n'arrivai à rien au tribunal. L'homme qui avait été shérif dans les années cinquante était mort, et au sein des services de police, personne ne se souvenait de l'affaire ou de l'évasion ; en fait, je ne parvins même pas à trouver une trace écrite de l'arrestation de DeWitt Prejean.

– Ça a bien eu lieu. Je ne l'ai pas inventé, dis-je au shérif, qui n'était pas loin de la quarantaine. J'en ai trouvé le compte rendu dans un numéro de 1957 du *Daily Iberian*.

– C'est bien possible, répondit-il.

Il était coiffé en brosse courte à la mode militaire et rasé de frais. Il essayait bien de se montrer poli, mais la lueur d'intérêt ne cessait de s'affadir dans son regard.

– Ils ne gardaient pas toujours leurs dossiers en ordre, à l'époque. Peut-être aussi qu'il s'est passé des choses dont les gens ne veulent pas garder le souvenir. Vous voyez ce que je veux dire.

– Non.

Il fit tourner un crayon à la surface de son sous-main.

– Allez parler à monsieur Ben. Je veux dire, si vous le désirez. Il s'agit de monsieur Ben Hebert. Il a été geôlier ici pendant trente ans.

– Était-il geôlier en 1957 ?

– Ouais, probablement.

– À vous entendre, vous n'êtes pas très enthousiaste.

Il se frotta les cals qu'il portait aux mains sans relever les yeux sur moi.

– Disons les choses de cette manière, dit-il. Son fils unique a fini à Angola, sa femme a refusé de le voir sur son lit de mort, et il y a encore certains Noirs qui changent de trottoir quand ils le voient arriver. Est-ce que cela vous aide à vous faire une image du bonhomme ?

Je quittai le tribunal et me rendis au journal local pour essayer d'y trouver un compte-rendu sur les suites de l'évasion. Il n'y avait rien. Vingt minutes plus tard, je rencontrai le vieux geôlier sur la galerie de sa maison à ossature bois, toute décrépite par les intempéries, juste en face d'un restaurant de fast-food Popeye. Sa cour était presque noire, mangée par l'ombre, le sol matelassé d'un tapis humide de feuilles pourries, les allées en pignons serties d'anneaux d'attache, craquelées et soulevées en pyramides par les racines de chênes qui se tordaient en sous-sol. Le fauteuil en paille dans lequel il était installé donnait l'impression d'être sur le point d'éclater sous son énorme masse.

Je dus me présenter par deux fois avant qu'il réagît. Puis il dit simplement :

– Voulez quoi ?

– Puis-je m'asseoir, monsieur?

Il avait les lèvres violacées par l'âge, la peau couverte de taches brunâtres de la taille d'une pièce de dix *cents*. Il respirait bruyamment, comme s'il souffrait d'emphysème.

– Je vous demande c'que vous voulez.

– Je me demandais si vous vous souveniez d'un Noir du nom de DeWitt Prejean.

Il me regarda prudemment. Les yeux étaient bleu clair, liquides, allongés, rouges à leur entour.

– Un Négro, vous dites? demanda-t-il.

– C'est exact.

– Ouais, je me souviens de ce fils de pute. Qu'est-ce qu'il vient faire là?

– Est-ce que je peux m'asseoir, monsieur Hebert?

– Qu'est-ce que j'en ai à branler?

Je m'assis sur la balancelle. Il plaça une cigarette dans la bouche et fouilla sa poche de chemise en quête d'une allumette, tandis que ses yeux me passaient en revue de la tête aux pieds. Des poils gris lui poussaient des narines et sur sa nuque épaisse.

– Étiez-vous de service la nuit où on l'a fait évader de prison? demandai-je.

– J'étais geôlier. Un geôlier ne fait pas la nuit. On engage quelqu'un pour ça.

– Vous souvenez-vous de quoi ce gars était inculpé?

– Il n'était inculpé de rien du tout. Ç'a jamais été jusque-là.

– Je me demande pour quelle raison il se trouvait encore en détention provisoire onze heures après son arrestation?

– C'est de sa cellule qu'on l'a fait sortir.

– Pas selon le journal.

– C'est pour ça qu'y a des tas de gens qui se servent de papier journal pour se torcher le cul.

– Il est entré au domicile d'une Blanche avec un couteau de boucher. C'est exact ?

– Trouvez le Négro, et demandez-y.

– C'est bien justement ce qui me tracasse. Personne ne semble savoir ce qui est arrivé à ce gars-là, et tout le monde s'en fiche. Est-ce que cela vous paraît logique ?

Il tira sur sa cigarette. Elle était mouillée, évasée à une extrémité lorsqu'il la sortit de la bouche. J'attendais qu'il prît la parole mais il n'en fit rien.

– Est-ce que vous vous contentiez de mettre une évasion de prison aux affaires classées, monsieur Hebert ? demandai-je.

– Je m'souviens pas ce qu'y z'ont fait.

– DeWitt Prejean était-il un violeur ?

– Il ne savait pas garder sa queue dans son pantalon, si c'est ce que vous voulez dire.

– Vous pensez que c'est le mari de la femme qui l'a fait sortir ?

– Ça se pourrait.

Je le regardai bien en face et attendis.

– C'est-à-dire, s'il avait pu, dit-il. Il était infirme. Il avait reçu une balle pendant la guerre.

– Pourrais-je lui parler ?

Il secoua l'extrémité de sa cigarette dans un cendrier et tourna ses regards en direction du soleil brillant qui se reflétait en bordure de sa cour. De l'autre côté de la rue, des Noirs entraient et sortaient du restaurant Popeye.

– Causez-lui donc tant que vous voulez. Il est au cimetière, du côté de la voie ferrée, à l'est de la ville, dit-il.

– Et la femme ?

– Elle a quitté la ville. Vers le nord, quelque part. Quel est votre intérêt à déterrer des histoires de Négros vieilles de trente-cinq ans ?

– Je crois que je l'ai vu se faire tuer. Où est l'homme qui était de service la nuit de l'évasion ?

– S'est saoulé et pis s'est fait rouler dessus par le train. Attendez une minute. Qu'est-ce que vous avez dit ? Vous avez vu quoi ?

– Il arrive parfois que le fleuve rende ses morts, monsieur Hebert. Dans le cas qui nous occupe, ç'a demandé un bon moment. On lui avait enlevé ses lacets et sa ceinture, n'est-ce pas ?

– On fait ça à tous les prisonniers.

– On fait ça quand ils sont inculpés officiellement et qu'ils partent en cellule. Ce mec n'a jamais été inculpé. On l'a laissé en cage provisoire uniquement pour que deux hommes armés parviennent facilement jusqu'à lui. Vous ne lui avez même pas laissé le moyen de se donner la mort.

Il me fixa droit dans les yeux, le visage pareil à un gros gâteau blanc posé de guingois.

– Je crois que l'un des hommes qui a tué Prejean a essayé de me tuer, dis-je. Mais il a assassiné une jeune femme à ma place. Une actrice de cinéma. Vous l'avez peut-être lu dans les journaux.

Il se leva et laissa tomber sa cigarette par-dessus la rambarde de la galerie dans un buisson mort. Émanait de lui une odeur de Vick's Vaporub, de nicotine et de sueur rance de vieillard. Son souffle lui râpait la gorge, à croire qu'il avait les poumons perforés de minuscules piqûres d'épingles.

– Foutez-moi le camp de ma galerie, dit-il.

Il s'enfonça d'un pas lourd, appuyé sur une canne, dans les profondeurs obscures de sa maison en laissant la porte-moustiquaire claquer derrière lui.

Je m'arrêtai chez Popeye sur Pinhook Road à Lafayette où je mangeai un plat de poulet frit et de gros riz brun épicé. Je descendis ensuite Pinhook au volant de mon camion, empruntant le long couloir de chênes jadis plantés par les esclaves, pour me diriger vers le pont de la rivière Vermilion et la vieille grand-route 90, qui traversait la petite ville sucrière de Broussard et rejoignait New Iberia.

Juste avant la rivière, je passai devant une demeure victorienne installée en retrait au milieu d'un bouquet de pacaniers. Entre la route et le large porche à colonnes, un groupe d'ouvriers dégageaient une tranchée d'adduction d'eau ou d'évacuation. La terre noire empilée de frais s'étirait en ligne régulière le long d'un chariot du XIXe siècle, sans ridelles, installé là en décoration et garni de suspensions pleines d'impatientes en fleur. Les corps comme les vêtements de travail des hommes paraissaient grisâtres et indistincts à l'ombre du feuillage, lorsqu'une rafale de vent brutale en provenance de la rivière souffla entre les arbres ; la lumière marbrée par les frondaisons se mit à jouer sur le sol, allant et venant, pareille à un filet jaune et brillant et, lorsque je retournai le regard sur les ouvriers, je les vis qui laissaient tomber leurs outils au sol et s'étiraient le dos avant de se coiffer de leurs casquettes militaires brodées de glands d'or, de récupérer leurs mousquets posés en gerbe et de se rassembler en rangs.

Le Général était assis sur le siège à ressort du chariot, sa jambe artificielle posée raide en appui sur le moyeu de fer de la roue, un cigare aux lèvres, le bord de son chapeau de campagne incliné d'un air désinvolte au-dessus d'un œil.

Il se tortilla sur le siège pour bien trouver sa place et leva son chapeau bien haut pour me saluer.

---

1. En français dans le texte.

Le gravier explosa comme une fusillade au petit plomb sous mon aile droite. Je cisaillai le volant et quittai l'accotement pour revenir sur la chaussée avant de regarder une fois encore la large étendue de pelouse feuillue sous les pacaniers. Un groupe d'ouvriers s'occupait de poser dans le sol un long tuyau de plastique flexible semblable à un grand ver blanc.

De retour à New Iberia, je me garai derrière les bureaux du shérif et entrai dans le bâtiment. Deux adjoints se trouvaient sur le chemin de la sortie.

— Hé, Dave, t'es censé être à l'infirmerie, dit l'un d'eux.

— Je suis sorti.

— Très bien. T'as l'air en forme.

— Est-ce que le patron est là ?

— Ouais. Bien sûr. Hé, t'as l'air super. Et ch'suis sérieux.

Il m'adressa en signe de confirmation ses deux pouces en l'air.

De toute évidence, ses paroles partaient d'un bon fond, mais je me rappelai la manière dont on m'avait traité après que j'eus mis le pied sur une Betty antipersonnel au Viêt-nam – avec une déférence et une gentillesse qui, non seulement me séparaient de ceux qui avaient verrouillé une fois pour toutes leur sens de la vie, mais me remettaient sans cesse en mémoire que le cône de flammes qui avait illuminé mes vieux os m'avait également offert un droit d'entrée permanent à un club de nuit dont je ne voulais aucunement être membre.

Le répartiteur m'arrêta en chemin alors que je me dirigeais vers le bureau du shérif. Il pesait plus de trois cents livres, avait un visage rond et rouge et souffrait de problèmes cardiaques. Sa poche gauche de chemise était bourrée à craquer de cigares enveloppés de cellophane. Il venait de finir de noter un message sur une fiche mémo rose. Qu'il plia en deux et me tendit.

— En voilà un autre, dit-il.

Il avait baissé la voix, le regard brumeux et lourd de signification.

— Un autre quoi ?

— Un coup de fil de la même personne qui n'arrête pas de m'empoisonner la vie.

— Quelle personne ?

Il haussa les sourcils en demi-lune.

— La nana. Espagnole. Ou mexicaine. Ou ce que tu veux.

J'ouvris le mémo et regardai. Il disait : *Dave, pourquoi ne réponds-tu pas à mes coups de fil ? J'attends toujours au même endroit. Est-ce que j'ai fait quelque chose de travers ?* Il était signé « Amber ».

— Amber ? dis-je.

— T'en as huit ou neuf du même style dans ta boîte aux lettres, dit-il. Son nom de famille sonnait espagnol.

— Qui est-elle ?

— Comment je le saurais ? C'est toi le mec qu'elle appelle.

— Très bien, merci, Wally, dis-je.

Je sortis tout mon courrier de la boîte avant de feuilleter ma liasse de messages roses l'un après l'autre.

Ceux d'« Amber » étaient une véritable énigme. Quelques exemples :

J'ai fait ce que tu as demandé. S'il te plaît, appelle.

Dave, laisse un message sur mon répondeur.

C'est encore moi. Suis-je censée aller me faire voir ailleurs ?

Tu commences sérieusement à me pomper l'air. Si tu ne veux pas que je revienne t'embêter, dis-le. Je commence à être fatiguée de toutes ces conneries.

Je suis désolée, Dave. J'étais mal quand je t'ai dit toutes ces choses. Mais ne me ferme pas la porte au nez.

Je retournai au cagibi du répartiteur.

— Il n'y a pas le moindre numéro de téléphone sur aucun de ces messages.

— Elle n'en a pas laissé.

— Le lui as-tu demandé ?

— Non. J'ai eu l'impression que vous étiez copains tous les deux ou quelque chose. Hé, pas la peine de me regarder de cet œil-là. Elle est quoi, une indic ou quelque chose ?

— Je n'en ai pas la moindre idée.

— À l'entendre, on dirait qu'elle est prête à s'envoyer en l'air, pourtant.

— Pourquoi ne réfléchirais-tu pas un peu à ta manière de t'exprimer, Wally ?

— Désolé.

— Si elle rappelle, demande-lui son numéro de téléphone. Si elle refuse de te le donner, dis-lui de cesser de m'appeler ici.

— Comme tu voudras.

Je roulai les mémos en boule, les laissai tomber dans un crachoir en laiton zébré de traînées de chique, et entrai dans le bureau du shérif.

Une chemise en kraft était ouverte sur sa table. Il en lisait le contenu, les deux coudes en appui sur le sous-main, le bout des doigts posé sur les tempes. Sa bouche paraissait petite, les commissures tombantes. Sur le mur était accrochée une photo encadrée et signée du président Bush.

— Comment allez-vous ? dis-je.

— Oh, salut, Dave, dit-il en levant les yeux sur moi par-dessus ses lunettes. Ça fait plaisir de te voir. Comment te sens-tu aujourd'hui ?

— Je me sens bien, shérif.

– Ce n'était pas la peine de venir. Je voulais que tu te prennes une petite semaine de congé. Bootsie ne te l'a pas dit ?

– Je suis allé à Opelousas, ce matin. Je crois que j'ai découvert à qui pourraient appartenir les ossements trouvés dans l'Atchafalaya.

– Quoi ?

– Deux hommes armés ont fait évader un prisonnier noir du nom de DeWitt Prejean de la prison de paroisse de St-Landry en 1957. Le mec était sous les verrous pour avoir menacé une Blanche d'un couteau de boucher. Mais tout laisse à penser qu'il s'agirait plutôt d'une tentative de viol. Ou alors reste l'éventualité que ce qui se passait avait l'assentiment des deux parties. Le vieux geôlier a déclaré que le Prejean en question n'était pas capable de se garder son engin dans le pantalon. Peut-être que la femme et Prejean se sont tout bonnement fait surprendre, Prejean s'est fait agrafer sur une accusation bidon, et on l'a tenu fin prêt pour le lynchage.

Le shérif cligna plusieurs fois des yeux et se mordilla la lèvre inférieure par petits bouts.

– Je ne te comprends pas, dit-il.

– Je vous demande pardon ?

– Je t'ai dit et répété que cette affaire était du ressort de la paroisse de St-Mary. Pourquoi donnes-tu toujours l'impression de te boucher les oreilles à tout ce que je dis ?

– La mort de Kelly Drummond n'est pas du ressort de la paroisse de St-Mary, shérif. Je crois que l'homme qui l'a tuée en voulait à ma peau à cause de ce Noir lynché.

– Ça, tu n'en sais rien. Tu n'en sais rien du tout.

– C'est bien possible. Mais quel mal y a-t-il à le croire ?

Il se frotta du pouce la fossette de son menton rond. J'entendais ses favoris racler contre la peau.

— Une enquête est destinée à mettre sous les verrous les vrais responsables. On ne cherche pas à attraper au lasso la moitié des habitants de deux ou trois paroisses. Et c'est bien ce que toi et cette femme êtes en train d'essayer de faire.

— C'est ça le vrai problème, n'est-ce pas ?

— Ça l'est effectivement, bon Dieu. Il y a trente minutes de ça, l'agent Gomez est entrée de son pas martial dans mon bureau avec tout ce qu'elle avait trouvé.

Il toucha d'un doigt le bord de sa chemise kraft.

— Selon l'agent Gomez, New Iberia est parvenue d'une manière ou d'une autre à se changer en nouvel Empire du Mal.

J'acquiesçai.

— La pègre de La Nouvelle-Orléans se sert des Productions Bal-Gold pour blanchir l'argent de la drogue, dit-il. Julie Balboni dirige une entreprise de prostitution à l'échelle de l'État depuis Spanish Lake. Il fait également assassiner des prostituées, et c'est peut-être lui qui a coupé ton Dr Pepper au LSD quand il ne passait pas de marchés illégaux avec les Camionneurs. Savais-tu que notre ville connaissait tous ces problèmes, Dave ?

— Julie, c'est une tempête de merde en marche. Qui sait ce qu'il est capable de faire ?

— Elle a aussi qualifié certains de nos commerçants et hommes d'affaires de minus moraux et de trouillards à tête de fion.

— Elle a ses moments d'éloquence.

— Avant de quitter mon bureau, elle a dit qu'elle voulait que je sache qu'elle m'aimait bien, personnellement, mais qu'en toute honnêteté elle se devait de m'avouer qu'à son avis je n'étais qu'une outre pleine de merde.

— Je vois, dis-je, avant de fixer le regard sur un palmier devant la fenêtre.

La pièce était silencieuse. J'entendais un prisonnier de confiance en train de tondre l'herbe au-dehors. Le shérif jouait à faire tourner sa bague de l'université de Southwestern autour de son doigt.

— Je veux que tu comprennes quelque chose, Dave, dit-il. C'est moi qui ai voulu qu'on vire ce gros tas de fils de pute de Balboni de la ville. Et c'est toi qui étais d'avis que le personnage était une source de bonne plaisanterie. Mais, aujourd'hui, nous l'avons dans les pattes, et c'est comme ça.

— Et pourquoi ?

— Parce qu'il a ici des intérêts dans des affaires tout à fait légales. Il n'a commis ici aucun crime. En fait, il n'existe nulle part de mandat prioritaire au nom de cet homme. Il n'a même jamais passé une seule journée en prison.

— Je crois que c'est le même genre de salades que ses avocats essaient de vendre.

Il souffla par le nez.

— Rentre chez toi. Tu as ta semaine, dit-il.

— J'ai entendu dire que mon congé pourrait bien se prolonger.

Il se mordilla un ongle.

— Qui t'a raconté une chose pareille ?

— Est-ce que c'est vrai ou pas ?

— Tu veux la vérité ? La vérité, c'est que tes yeux n'ont pas l'air en face des trous. Ils me tracassent. J'y vois une bien étrange lueur. Rentre chez toi, Dave.

— C'est ce que me disaient jadis les gens dans les bars. Ce n'est pas vraiment agréable de me l'entendre répéter dans les lieux où je travaille, shérif.

– Qu'est-ce que je peux dire ? dit-il en levant les mains tandis que son visage se changeait en point d'interrogation grandiloquent.

J'empruntai le couloir à nouveau, direction la sortie, et je fourrai au passage tout mon courrier dans la boîte, sans l'ouvrir, et continuai mon chemin en passant devant mon propre bureau sans même jeter un coup d'œil à l'intérieur.

Mes vêtements étaient moites de sueur lorsque je rentrai à la maison. J'ôtai ma chemise, la jetai dans le panier à linge sale, enfilai un T-shirt propre et me servis un verre de thé glacé que j'emportai dans l'arrière-cour où Bootsie mettait de l'engrais aux pieds des tomates plantées près de la coulée. Elle travaillait dans une allée, à quatre pattes, et le fond de son short rose était couvert de terre.

Elle se redressa à genoux et me sourit.

– As-tu déjà mangé ? demanda-t-elle.

– Je me suis arrêté à Lafayette.

– Qu'est-ce que tu faisais si loin ?

– Je suis allé à Opelousas. Je suivais une piste sur ce lynchage de 57.

– Je pensais que le shérif avait dit…

– Il l'a dit. Il n'a pas très bien pris le fait que je poursuive mon enquête.

Je m'assis à la table de jardin en séquoia sous le mimosa. Sur la table étaient posés un bloc de papier à lignes et trois livres de la bibliothèque municipale traitant du Texas et de l'histoire sudiste.

– Qu'est-ce que c'est que ça ? dis-je.

– Des livres où j'ai vérifié quelques trucs. J'ai trouvé des choses intéressantes.

Elle se leva d'entre ses plants de tomates, se brossa les mains et s'installa face à moi. Ses cheveux mouillés collaient à son front, semés de particules de terre. Elle prit le bloc de papier et commença à feuilleter d'arrière en avant. Puis elle le reposa et leva vers moi un regard incertain.

– Tu sais comment les rêves fonctionnent? dit-elle. Je veux dire par là la manière dont les dates, les gens, les lieux vont et viennent dans une image mentale encore présente à l'esprit lorsqu'on s'éveille le matin? L'image en question donne l'impression de n'avoir aucune origine réelle, dans notre expérience personnelle. Mais, dans le même temps, tu es presque certain d'avoir déjà vécu cela, tu comprends ce que je veux dire?

– Ouais, je crois.

– J'ai vérifié certaines choses dont, bon... euh... tu es peut-être convaincu de les avoir vues là-bas sous la brume.

Je terminai mon verre de thé glacé et tournai mon regard en contrebas de ma pelouse en pente, vers la mare à canards et le brouillard humide et lumineux qui couvrait le champ de canne de mon voisin.

– Tu vois, Dave, selon ces livres, John Bell Hood n'a jamais eu de commandement en Louisiane. Il a combattu à Gettysburg, au Tennessee et en Georgie.

– Il a parcouru tout ce pays, Boots.

– Il a vécu, mais il n'a pas combattu ici. Tu vois, ce qu'il y a d'intéressant, Dave, c'est que cette partie de tes renseignements est correcte, mais le reste, tu l'as recréé par associations. Regarde ça...

Elle fit pivoter son bloc de papier de sorte que je puisse lire les notes qu'elle avait prises.

– Tu as raison, il a bien commandé la Brigade du Texas, dit-elle. C'était une célèbre unité de cavalerie. Mais regarde un peu cette date. Lorsque tu as demandé la date au Général, il a répondu que c'était le 21 avril 1865. D'accord?

– D'accord.

– Le 21 avril est le jour où l'on fête l'indépendance du Texas, le jour où a eu lieu la bataille de San Jacinto entre l'armée mexicaine et les Texans en 1836. Ne comprends-tu pas que ton esprit a emmêlé deux périodes historiques distinctes ? Il ne s'est rien passé du tout, là-bas, dans la brume,

– Peut-être que non, après tout, dis-je. Attends-moi une minute, tu veux bien ?

J'allai devant la maison, là où j'avais laissé ma remorque à bateau. Je dégageai la bâche goudronnée, creusée de flaques d'eau de pluie, tendis le bras à l'intérieur du bateau vers la proue, et revins dans l'arrière-cour.

– Qu'est-ce que c'est ?

– Ce n'est rien.

– Pourquoi es-tu allé devant la maison ?

– J'allais te montrer des bricoles que j'ai trouvées dans le marais.

– Quelles bricoles ?

– Probablement des trucs abandonnés là par une équipe de bûcherons jadis. Ce n'est pas important.

Son visage était perplexe, puis son regard s'éclaircit et elle posa sa main sur la mienne.

– Tu veux rentrer ? dit-elle.

– Où est Alf ?

– Elle est partie jouer chez Poteet.

– Allez, on rentre.

– Je suis un peu sale.

Elle attendit que j'ajoute quelque chose, mais je n'en fis rien. J'avais les yeux fixés sur mon verre de thé glacé vide.

– Qu'est-ce qu'il y a, mon chou ? dit-elle.

– Peut-être l'heure est-elle venue de commencer à lâcher du lest côté services de police.

– Lâcher du lest comment ?

— Raccrocher.

— Est-ce que c'est ce que tu désires ?

— Pas vraiment.

— Alors pourquoi ne pas attendre un peu ? Ne prends pas de décisions quand tu ne te sens pas dans ton assiette, *cher*[1].

— Je crois qu'on m'a déjà largué les amarres, Boots. Ils me regardent tous comme si je portais les points de suture de ma lobotomie sur le front.

— Peut-être que tu te trompes dans ton interprétation des faits, Dave. Peut-être bien qu'ils veulent t'aider, mais ils ne savent tout bonnement pas comment.

Je ne répondis pas. Plus tard, après que nous eûmes fait l'amour dans la tiédeur de l'après-midi à l'abri de notre chambre obscure, je me redressai, quittant la douceur de son corps, pour m'asseoir mollement au bord du lit. Quelques instants plus tard, je sentais ses ongles tiqueter doucement sur mon dos.

— Demande au shérif s'il veut ta démission, dit-elle.

— Ça ne résoudra pas le problème.

— Et pourquoi ça ? Qu'ils voient un peu comment ils se débrouillent sans toi.

— Tu ne comprends pas. Je suis convaincu que c'est à moi qu'en voulait le tueur de Kelly Drummond. Ç'a un rapport avec la mort de ce Noir. C'est la seule chose qui ait un sens.

— Pourquoi donc ?

— Nous ne sommes pratiquement arrivés à rien à essayer de mettre la main sur ce tueur en série, ce psychopathe, quel que soit le nom qu'on lui donne. Alors pourquoi *lui* en voudrait-il à ma vie ? Mais le Noir, ça, c'est une autre affaire. Parce que je suis le seul à faire du bruit autour de cette histoire. Et c'est ça le lien entre les deux choses. Pourquoi le shérif ne comprend-il pas une chose pareille ?

Je sentis ses ongles retracer la ligne de mes ver-
tèbres.

— Tu veux absolument te convaincre que tous les
gens sont bons, Dave, dit-elle. Lorsque tes amis ne se
comportent pas comme ils le devraient, tu sens la
colère monter et, ensuite, c'est contre toi-même que tu
la retournes.

— Je vais me faire ce mec-là, Boots. Même si je
dois faire ça sans l'aval du service.

S'ensuivit un long moment de silence. Avant que je
sente son corps changer de position sur le matelas. Je
crus qu'elle allait se lever et s'habiller. Au lieu de quoi
elle se mit à genoux, pressa le corps tout contre mon
dos et me tira la tête contre ses seins.

— Je t'aimerai toujours, Dave. Je me fiche bien que
tu sois flic, ou que tu tiennes un commerce de pêche,
ou que tu poursuives ce salopard avant de le tuer. Je
t'aimerai toujours pour l'homme que tu es.

Comment réagir devant une telle déclaration?

Le coup de fil m'arriva à 21 h 30 ce soir-là. Je pris la
communication dans la cuisine.

— C'est difficile de te mettre la main dessus, dit-elle.

— Qui est à l'appareil?

— La dame qui essaie en vain de te joindre depuis
un moment, mon mignon.

— Que diriez-vous de me donner votre nom?

— C'est Amber. Qui d'autre veux-tu que ce soit,
chéri?

La voix paraissait endormie, indolente, comme au
ralenti.

— Ah, la dame des mystérieux messages téléphonés.

— Tu ne te souviens pas de moi? J'en serais vexée.

— Non, je suis désolé. Je ne me souviens pas de
vous. Que puis-je faire pour vous?

— C'est moi qui vais te rendre un gros service, chéri. C'est parce que je t'aime bien. C'est parce que je me souviens de toi, à La Nouvelle-Orléans, il y a bien longtemps de ça.

— J'apprécie beaucoup, mais si nous en venions au fait ?

— Je vais t'offrir le mec que tu cherches sur un plateau, mon chou.

— De quel mec parlez-vous ?

— C'est un vieux salopard de mac méchant et y fait des tas de choses méchantes à ses petites nanas.

À travers la fenêtre du fond, je voyais mon voisin en train de brûler des souches dans le noir. Les étincelles montaient en tourbillons sur fond de ciel obscur.

— Comment s'appelle-t-il, Amber ?

— J'ai un petit problème passager, cependant. Je veux retourner en Floride pour un petit moment, tu vois ce que je veux dire ?

— De quoi avez-vous besoin ?

— Rien que le billet d'avion et un peu d'argent, juste au cas où. Trois ou quatre cents dollars. Ce n'est pas grand-chose, pas vrai ?

— Nous pourrions essayer d'arranger cela. Voudriez-vous passer à mon bureau ?

— Oh, je ne sais pas si je dois faire ça. Tous ces beaux hommes, moi, ça m'intimide. Sais-tu où se trouve le Red's Bar à Lafayette ?

— Dans le quartier nord ?

— C'est bien ça, mon mignon. Dans une heure, ça te va ? Je serai au comptoir, tout à côté de la porte.

— Vous ne chercheriez quand même pas à me mener en bateau, n'est-ce pas, Amber ?

— Redis-moi que tu ne me reconnais pas et tu me briseras le cœur. Ooou, Ooou, dit-elle avant de raccrocher.

Qui était-elle ? Le style ampoulé, le cynisme désin-volte, cette moue dans la voix, ce côté prétendument petite fille, tout désignait une racoleuse. Et les mes-sages qu'elle avait laissés avaient pour but, de toute évidence, d'indiquer aux autres qu'il existait entre nous deux des rapports intimes. Tout cela ressemblait au début d'une bonne arnaque. Mais au son de sa voix, la fille paraissait également défoncée. Ou peut-être était-elle simplement givrée, me dis-je. Ou alors elle était à la fois défoncée et givrée et elle montait tout bonne-ment un coup d'escroque. Pourquoi pas ?

Il existe toujours des tas de possibilités lorsqu'on a affaire à cette vaste armée de mutants psychologiques pour lesquels police, agents de mise à l'épreuve et res-ponsables de conditionnelle sont censés n'être que le service d'ordre d'une vie. J'ai connu jadis un jeune psychiatre de Tulane qui désirait travailler comme bénévole à la prison pour femmes de St-Gabriel. Il avait tenu un mois. Les premiers tests de taches d'encre qu'il donna à ses premiers sujets, non seule-ment le firent sombrer dans la dépression clinique, mais finalement le conduisirent à abandonner sa carte de membre de l'ACLU[1] pour rejoindre les rangs de la National Rifle Association[2].

J'appelai au domicile d'un vieil ami des AA du nom de Lou Girard qui avait servi comme inspecteur avec le grade de sergent aux Mœurs de Lafayette. C'était l'un de ces hommes qui oscillent perpétuellement entre retour et départ des AA et qui ne lâchent jamais com-plètement leur ancien mode d'existence. Mais c'était toujours un bon flic, et il serait passé lieutenant s'il

---

1. American Civil Liberties Union : association pour la reconnaissance des droits civiques. *(N.d.T.)*
2. Lobby prônant la vente libre des armes. *(N.d.T.)*

n'avait pas collé son poing dans la figure d'un infect politicard au quartier général démocrate.

— Quel est le nom de la fille, déjà ? dit-il.

Je lui répétai.

— Ouais, y a une nana du quartier qui se fait appeler Amber, mais c'est une Mexicaine, dit-il. T'as dit qu'elle a l'air d'être du coin à en croire son accent ?

— Ouais.

— Écoute, Dave, ces nanas se trimbalent toutes deux douzaines de noms de commerce – Ginger, Consuela, Candy, Pepper –, il y a même une danseuse métisse qui se prénomme Brown Sugar. En tout cas, il y a trois ou quatre racoleuses qui traînent toujours du côté de chez Red. Dans sa boutique ou aux environs. Mais c'est de la fesse de bas étage. Leurs michés, c'est de l'ouvrier des pétroles ou de l'étudiant, essentiellement.

— Je vais aller jusque-là dans quelques minutes. Peux-tu me donner un petit coup de main ?

— Pour aller tirer les vers du nez à une indic ?

— Peut-être qu'elle n'est pas seulement une indic ?

— Et tes propres mecs, alors ?

— Je suis censé être en congé de maladie en ce moment précis.

— Est-ce qu'il y a quelque chose qui ne va pas là-bas, Dave ?

— Ça pourrait aller mieux.

— Très bien, je te retrouverai derrière le bar. Mais je resterai dans ma voiture. Pour une raison inconnue, mon visage a tendance à faire vider les lieux quand j'arrive quelque part. Ou alors j'ai besoin d'un meilleur bain de bouche.

— Merci de me rendre ce service.

— Mieux vaut ça que de rester à la maison à écouter pourrir mon foie.

Le Red's Bar était situé dans un quartier délabré de la ville à la population mixte, aux rues non goudronnées, aux fossés à drainage pleins d'eau stagnante couverte de moustiques, aux terrains vagues jonchés de ferraille et de résidus de tonte de pelouses. Les voies de chemin de fer traversaient les cours en terre battue à des angles invraisemblables, et les wagons de marchandises de la Southern Pacific se traînaient souvent à quelques mètres seulement des cordes à linge, des cabinets extérieurs et des fenêtres de chambres à coucher.

Je garai mon camion dans la pénombre derrière le bar. Le sol du parc de stationnement était couvert de centaines de boîtes de bière aplaties, et les buissons qui bordaient la propriété du voisin puaient de toute l'urine dont les gens l'arrosaient tous les soirs. Le propriétaire du Red's avait construit son bar en abattant le mur de façade d'une maison à ossature bois afin d'y adjoindre un mobile home éclairé au néon et placé perpendiculairement. À l'origine, il avait probablement eu l'intention de faire de l'endroit un lieu à l'image que les gens en avaient – un bar de bas étage où le client ne se sentait pas obligé de faire des comparaisons, où il pouvait tirer son coup sans se soucier de ses propres médiocrités.

Mais le bar devint une réussite commerciale d'une manière que le propriétaire n'avait pas prévue. Il engageait des musiciens noirs parce qu'ils étaient bon marché et, sans qu'il y fût pour quelque chose, se retrouva avec l'un des meilleurs nouveaux groupes de zydeco de toute la Louisiane du Sud-Ouest. Et le samedi soir, il offrait gratis ses pommes de terre frites à la graisse de poulet sur du papier journal à des foules énormes qui débordaient de la salle jusque sur le parc de stationnement.

Mais aujourd'hui n'était pas un samedi, il n'y avait pas d'orchestre ; l'endroit était silencieux, n'était la musique qui sortait du juke-box, et la poussière soulevée par les pneus de mon camion flottait comme un nuage au-dessus des buissons aux relents aigres d'urine de bière.

Lou Girard sortit de sa voiture et s'approcha jusqu'à ma portière. Il était énorme, la tête aussi grosse qu'un ballon de basket, des bottes de cow-boy sous son costume deux-pièces et un .357 Magnum chromé dans un étui de ceinture taillé sur mesure. Il portait aussi une matraque en cuir tressé dans sa poche revolver et des menottes qu'il glissait au ceinturon, au creux des reins.

— C'est bon de te revoir, Belle-Mèche.

— Toi aussi, Lou. Comment ça va à la maison ?

— Ma femme, au bout du compte, s'est taillée avec son esthéticienne. Avec une femme. Je crois que j'ai finalement compris pourquoi elle me paraissait si distante au pieu. Qu'est-ce qu'on a à faire, ce soir ?

— Je vais entrer jeter un coup d'œil. J'aimerais que tu restes dehors pour couvrir mes arrières. Rien de bien important.

Il regarda le mur arrière du bar, bâti en bardeaux, les fenêtres brisées, les poubelles qui débordaient d'ordures, et crocheta le pouce dans le ceinturon.

— Depuis quand t'as besoin de renforts pour une connerie de ce genre ?

— Peut-être que je commence à me faire vieux pour ça.

— Sois sérieux, mon ami.

— Tu es au courant du meurtre de Kelly Drummond ?

— L'actrice ? Ouais, naturellement.

— Je crois que c'est à moi que le tireur devait en vouloir. Et je n'ai pas envie de mettre les pieds dans une souricière.

— Putain, mais c'est le coin bizarre pour monter une souricière. Pourquoi un mec voudrait-il faire venir un flic dans un lieu public de Lafayette rien que pour le dessouder ?

– Pourquoi ? Tu connais les raisons qui poussent ces mecs-là à agir ?

– T'as une identité du tireur ?

– Peut-être bien un mec qui a participé à un lynchage, il y a trente-cinq ans de ça.

Il hocha la tête et son regard se voila.

– Ça ne te paraît pas plausible ? demandai-je.

– Qu'est-ce qui est plausible ? J'essaie de larguer la bouteille, mon foie se met à gonfler comme un ballon de foot, il s'avère que ma femme est une gouine, et rien pour le plaisir, je me retrouve à faire le pied de grue à côté d'un taillis de buissons qui puent comme si quelqu'un aux reins infectés leur avait pissé dessus.

Je sortis ma chemise tropicale de mon pantalon, fourrai mon .45 au creux des reins dans ma ceinture et entrai dans le bâtiment par l'entrée du fond.

L'intérieur sentait le désinfectant de salle de bains réfrigéré et la fumée de tabac. Les planchers étaient gauchis et couverts de brûlures de cigarettes pareilles à des insectes noirs. Quelques étudiants alimentaient le juke-box en pièces et buvaient de la bière en carafe au bar. Deux ou trois couples dansaient dans la pièce voisine. Un motard solitaire, à la crinière blonde digne d'un lion, les bras cerclés de chefs-d'œuvre d'art pénitentiaire, toucha la balle de frappe du billard avec une force telle qu'elle vint ricocher sur le côté du juke-box. Mais tout était mort chez Red ce soir, et la seule personne de sexe féminin présente au comptoir était une femme âgée occupée à débiter une longue filée de chagrins et de mécontentements à un barman qui s'en décrochait la mâchoire.

– Qu'est-ce que vous prendrez ? me dit-il.

– Amber est passée ?

Il secoua la tête pour montrer qu'elle n'en avait rien fait ou alors qu'il n'avait pas la moindre idée de l'identité de cette personne.

— Elle n'est pas venue? dis-je.

— Qu'est-ce que vous voulez boire?

— Un Seven-Up.

Il ouvrit la bouteille et la vida dans un verre plein de glace. Un verre qu'il ne me servit pourtant pas. Il alla au bout du long couloir alors vide de clients, posa le verre et m'attendit. Lorsqu'il s'accouda, les biceps de ses bras marron se nouèrent de crêtes musclées dures comme le roc. Je longeai le comptoir sur toute sa longueur et m'installai sur un tabouret en face de lui.

— Quelle Amber cherchez-vous? demanda-t-il.

— Je n'en connais qu'une.

— Al' vient pas ici régulièrement. Mais je pourrais passer un coup de fil à quelqu'un qui sait probablement où qu'al' se trouve. Je veux dire si c'est bien de la même nana qu'on cause.

— Une Mexicaine?

— Ouais, c'est bien ça.

— Elle parle comme une Mexicaine?

— Ouais. Une Mexicaine, ça devrait parler comment?

— Alors, ce n'est pas elle que je cherche.

— Profitez bien de votre Seven-Up, dit-il avant de s'éloigner.

J'attendis une demi-heure. Le motard sortit, et je l'entendis démarrer sa moto au kick avant de faire gicler la poussière dans un rugissement de tonnerre qui décrut lentement. Puis ce fut au tour des étudiants de partir et le bar se retrouva pratiquement désert. Le barman m'apporta un nouveau Seven-Up. Je mis la main au portefeuille.

— C'est la maison qui régale.

– C'est mon anniversaire ? dis-je.

– Vous êtes flic.

– Je suis flic, moi ?

– Ça m'est égal. J'aime bien recevoir les flics chez moi. Ça garde la racaille à distance.

– Pourquoi croyez-vous que je sois flic, collègue ?

– Parce que je viens juste de sortir pour prendre l'air et y avait Lou Girard qui se soulageait sous nos bananiers. Dites à Lou merci de ma part.

J'abandonnai la partie et ressortis vers la nuit humide, sous la poussière du chemin de terre, et les éclairs de chaleur qui vacillaient en silence au-dessus du Golfe.

– Je crains que ce ne soit un coup pour rien, dis-je à Lou derrière son volant. Je suis désolé de t'avoir fait venir pour rien.

– Oublie ça. Tu veux manger un morceau ?

– Non, vaudrait mieux que je me rentre.

– Cette racoleuse, Amber, son nom, c'est Amber Martinez. J'ai entendu dire qu'elle lâchait le métier. Mais je peux toujours l'agrafer pour toi.

– Non, je crois que quelqu'un m'a simplement mené en bateau.

– Fais-moi savoir si je peux faire quelque chose pour toi, en ce cas.

– Très bien. Merci encore. Bonsoir, Lou.

– Bonsoir, Dave.

Je le suivis des yeux qui faisait le tour du bâtiment avant de s'engager sur le chemin de terre. Des gouttes de pluie se mirent à tinter sur le toit de mon camion.

Mais peut-être bien que je partais trop vite, me dis-je. Si le barman avait réussi à cadrer Lou Girard, peut-être que la femme, elle aussi, l'avait reconnu.

Je retournai à l'intérieur du bar. Tous les tabourets du comptoir étaient vides. Le barman lavait ses chopes à bière dans un évier en fer-blanc. Il leva les yeux vers moi.

– Elle est toujours pas là. Ch'sais pas quoi vous dire d'autre, mon pote, dit-il.

Je mis un quart de dollar dans le juke-box et sélectionnai un vieux disque de Clifton Chenier, *Hey 'Tite Fille*, avant de sortir sur le perron en façade. La pluie tombait à l'oblique sous le rougeoiement de néon de l'enseigne de bière Dixie en claquant dans les fossés et sur le sol de coquillages. De l'autre côté de la maison se dressaient deux petites maisons à ossature bois, tout à côté d'un terrain vague avec un potager et trois chênes sombres plantés en son milieu et une vieille Buick blanche garée en façade. Une lumière s'alluma alors dans la maison qui jouxtait le terrain vague, et j'aperçus une silhouette sur le siège passager de la Buick. La silhouette m'apparut aussi clairement que si elle avait été découpée dans un morceau de fer-blanc et la lumière vint se refléter sur une surface chromée ou nickelée aussi brillante qu'un héliographe.

Les détonations furent étouffées par la pluie – *pop, pop*, comme des pétards chinois sous une boîte de conserve – mais je vis clairement les étincelles voler dans l'obscurité au bout du canon depuis l'intérieur de la Buick. Le tireur avait fait feu sous un angle bizarre, par-dessus le siège, à travers la vitre arrière, mais je n'attendis pas en m'interrogeant sur les raisons qui l'avaient poussé à choisir une position maladroite pour me tirer dessus.

Je dégageai mon .45 de sous ma chemise, tombai à genoux derrière le pare-chocs d'une camionnette à plateau et commençai à tirer des deux mains, bras tendus devant moi. Je lâchai huit balles aussi vite que je pus appuyer sur la détente. Le rugissement fut assourdissant, à croire que quelqu'un venait de plaquer violemment les deux mains sur mes tympans. Les têtes creuses firent exploser les vitres de la Buick, perforant les portes comme un coup de poinçon à froid, avant de ricocher avec un grand *whang* sur le volant et le tableau de bord et de faire voler le bouton de l'avertisseur sur le capot comme s'il s'agissait d'un jeu de puces.

La culasse se verrouilla en position ouverte sur le chargeur vide, et la dernière douille tomba au sol en cliquetant sur les boîtes de bière écrasées à mes pieds. Je me redressai, toujours dans l'alignement de la camionnette, dégageai le chargeur vide de la crosse du .45, en engageai un nouveau et fis monter une balle dans le canon. La rue était silencieuse, hormis le martèlement des gouttes de pluie dans les fossés. C'est alors que j'entendis une sirène au loin et la porte du bar qui s'ouvrait derrière moi.

– Putain, qu'est-ce qui se passe ici ? dit le barman dont le corps se détachait sur fond de lumière dans l'embrasure. Putain, z'êtes devenu cinglé ou quoi ?

– Rentrez, dis-je.

– On n'a jamais eu de problèmes par ici. Bordel de merde, d'où est-ce que vous venez ? C'est le genre de conneries à vous faire sucrer votre licence.

– Est-ce que vous voulez vous faire tirer dessus ?

Il reclaqua la porte, la verrouilla, et tira les persiennes.

Je commençais à traverser la rue quand, à cet instant précis, un court-circuit dans la Buick déclencha l'avertisseur, qui se mit à couiner sans s'arrêter. Je gardai le .45 toujours pointé, bras tendus, sur les fenêtres de la Buick et avançai en demi-cercle jusqu'à l'avant de la voiture. Personne de visible au-dessus du niveau des portières. Pas un mouvement à l'intérieur du véhicule. Les têtes creuses avaient découpé des orifices de sortie de la taille d'un demi-dollar dans la portière passager.

Une voiture de la police municipale de Lafayette arriva brutalement en virant au coin, ses gyrophares tournoyant sous la pluie. La voiture s'arrêta à sept mètres de la Buick et les deux portières avant s'ouvrirent avec violence. Je vis le flic côté passager dégager son fusil à pompe de son étrier vertical au tableau de bord. Je sortis mon étui à insigne de ma poche arrière et le tins au-dessus de ma tête.

— Posez votre arme au sol et reculez de la voiture, dit le chauffeur en pointant sur moi son revolver, entre la portière et le montant.

Je gardai le bras droit à quatre-vingt-dix degrés, le canon du .45 dirigé vers le ciel.

— Je suis l'inspecteur Dave Robicheaux, services du shérif, paroisse d'Iberia, dis-je. Je fais ce que vous m'avez demandé.

Je m'accroupis dans le faisceau de leurs phares, déposai mon .45 à côté du pneu avant de la Buick, et me relevai.

— Écartez-vous de l'arme, dit le chauffeur.

— C'est compris, dis-je et je faillis perdre l'équilibre dans le fossé de drainage.

— Avancez par ici. Immédiatement, dit le chauffeur.

Les gens étaient sortis sur leur perron et la pluie tombait maintenant plus drue, en grosses gouttes qui me piquaient les yeux. Je gardai mon insigne tourné en direction des deux flics de la police municipale de Lafayette.

— Je me suis identifié. Que diriez-vous de laisser filer un ou deux crans plus bas ?

Le flic au fusil de chasse prit mon étui à insigne de ma main et le regarda. Il relâcha seulement alors la tension qui nouait ses épaules, renifla et me rendit mon insigne.

— Nom de Dieu, qu'est-ce qui se passe par ici ? dit-il.

– Quelqu'un m'a tiré dessus. Par deux fois. De cette Buick. Je crois qu'il est peut-être encore à l'intérieur.

Les deux policiers se regardèrent.

– Vous voulez dire que le mec est toujours là-dedans ? dit le chauffeur.

– Je ne l'ai pas vu sortir.

– Putain, pourquoi ne pas le dire plus tôt ?

Je n'eus pas l'occasion de répondre. À cet instant précis, Lou Girard vint se ranger devant la voiture de police et sortit sous la pluie.

– Bon Dieu, Dave, je croyais que t'étais rentré chez toi. Qu'est-ce qui s'est passé ?

– Quelqu'un a ouvert le feu sur moi.

– Tu connais ce mec ? demanda le flic au fusil.

– Bon Dieu, oui, que je le connais. Rangez vos armes. Qu'est-ce qui va pas chez vous, les mecs ? dit Lou.

– Lou, le tireur a fait feu sur moi à deux reprises, dis-je. J'ai collé huit balles dans la Buick. Et je crois qu'il est toujours à l'intérieur.

– Quoi ? dit-il en arrachant son .357 de son étui de ceinture.

Puis, s'adressant aux deux flics en uniforme :

– Putain de merde, mais qu'est-ce que vous foutiez par ici tous les deux ?

– Hé, Lou, allez. On ne savait pas qui ce…

– Ta gueule, dit-il.

Il alla jusqu'à la Buick, jeta un coup d'œil à l'intérieur, puis ouvrit brutalement la portière côté passager. Le plafonnier s'alluma.

– Qu'est-ce qu'il y a ? dit le flic au fusil.

Lou ne répondit pas. Il replaça son revolver dans son étui, tendit la main droite à l'intérieur du véhicule et tâtonna en quête de quelque chose sur le tapis de sol.

Je m'avançai vers lui.

– Lou? dis-je.

Ses mains palpèrent le siège de la voiture, puis il se recula, examinant le sol et les herbes à ses pieds comme s'il cherchait à y retrouver un objet quelconque.

– Lou?

– Elle est morte, Dave. On dirait qu'elle s'en est pris une en plein dans la bouche.

– *Elle?* dis-je.

Je sentis mon cœur se vider de son sang.

– Tu as descendu Amber Martinez, dit-il.

Je m'avançai d'un pas et il me saisit le bras. Les phares de la voiture de police nous aveuglaient sous la pluie. Lou me tira et me fit passer à côté de la portière passager toujours ouverte, et j'aperçus une femme de petite taille en position de fœtus, une cuisse blanche transparaissant par la fente d'une robe habillée, des cheveux collés en plaque humide au tapis de sol.

Nos deux visages étaient tournés à l'opposé du regard des deux flics municipaux. La bouche de Lou se trouvait à deux centimètres de mon oreille. Je sentais son haleine de cigarettes, de bourbon et de pastilles de menthe mêlés.

– Dave, bordel, y a pas trace d'une arme, murmurat-il d'une voix rauque.

– J'ai vu les éclairs sortir du canon. J'ai entendu les détonations.

– L'arme n'est pas là. J'ai un monte-le-coup dans ma boîte à gants. Suffit que tu me le dises et je le fais.

Je regardais, pétrifié, les deux flics en uniforme, silhouettes imposantes qui se détachaient à la lueur de leurs phares, telles deux gargouilles qui attendraient le bouche-à-bouche qui viendrait leur donner vie.

13

Le shérif m'appela en personne à 5 heures du matin le lendemain afin qu'il n'y eût pas la moindre ambiguïté quant à mon nouveau statut au sein du service : j'étais suspendu sans solde. Indéfiniment.

Il était 7 heures, l'air était déjà chaud et lourd lorsque je rangeai la voiture de Rosie Gomez devant le Red's Bar. Rosie m'accompagnait. La Buick blanche était toujours garée de l'autre côté de la rue. Le bar était bouclé à double tour, les persiennes tirées, les flancs argentés de l'entrée du mobile home craquant sous la chaleur.

Nous fîmes des aller et retour devant le bâtiment, à palper des indentations dans le fer galvanisé, examiner les gouttières improvisées, allant même jusqu'à étudier en détail le bois à l'intérieur de l'huisserie de porte.

– Les balles ont-elles pu toucher une voiture ou la camionnette derrière laquelle vous aviez pris position ? demanda-t-elle.

– Peut-être bien. Sauf que je n'ai rien entendu.

Elle mit les mains aux hanches et laissa une fois encore son regard passer en revue la devanture du bar. Puis elle dégagea les cheveux qui lui tombaient sur la nuque. Une pellicule de sueur brillait au-dessus de son col de chemisier.

– Bon. Allons jeter un coup d'œil à cette Buick avant qu'ils ne la fassent enlever, dit-elle.

– J'apprécie sincèrement ce que vous faites pour moi, Rosie.

– Vous feriez la même chose pour moi, non ?

– Qui sait ?

– Ouais, je sais que vous le feriez.

Elle me colla son petit poing dans le bras.

Nous traversâmes le chemin de terre jusqu'à la Buick. À l'extrémité opposée du terrain vague, j'entendais des wagons de marchandises buter l'un contre l'autre. J'ouvris les quatre portières de la Buick et me mis en devoir de sortir du véhicule les tapis de sol avant d'arracher la moquette et de ratisser divers débris de sous les sièges pendant que Rosie était en chasse dans l'herbe qui longeait le fossé.

Rien.

Je m'assis sur le bord de la banquette arrière et essuyai la sueur que j'avais dans les yeux. Je me sentais fatigué par tout le corps, mes mains étaient raides et j'avais du mal à les ouvrir et à les fermer. En fait, j'avais l'impression de souffrir d'une gueule de bois. Je ne parvenais pas à aligner deux idées à la file et j'avais sans cesse, qui dansaient devant mes yeux, des morceaux de couleurs déchirés.

– Dave, écoutez-moi, dit-elle. Ce que vous avez déclaré avoir eu lieu a effectivement eu lieu. Sinon, vous auriez saisi au bond la proposition que vous faisait votre ami.

– Peut-être que c'est ce que j'aurais dû faire.

– Vous n'êtes pas ce genre de flic-là. Et vous ne le serez jamais, d'ailleurs.

Je ne répondis pas.

– Comment votre ami a-t-il appelé ça ? demanda-t-elle.

– Un « monte-le-coup ». Parfois, les flics appellent ça un « lâcher ». Il s'agit habituellement d'un .22 ou d'un quelconque tas de ferraille dont les numéros de série ont été limés.

Je me levai du siège et ouvris le coffre. J'y trouvai une poignée de cric. J'en enfonçai l'extrémité la plus effilée dans l'habillage de la portière arrière, côté conducteur.

– Qu'est-ce que vous faites ? dit Rosie.

J'arrachai le panneau pour exposer le cadre à coulisses et le mécanisme sur lequel la vitre avait été montée.

– Laissez-moi vous montrer quelque chose, dis-je.

Je refis la même opération sur le panneau d'habillage de la portière conducteur.

– Vous voyez. Les deux vitres de ce côté-ci de la voiture étaient partiellement remontées. C'est pour ça que mes premières balles ont fait voler le verre à travers tout.

– Oui ?

– Pourquoi le tireur aurait-il essayé de tirer par une vitre entrouverte ?

– Bonne question.

Je fis le tour de la Buick jusqu'à la portière passager. La moquette portait une tache brune qui avait séché, et un cafard, aussi long et gros que mon pouce, rampait à la surface des fibres raidies.

– Mais *cette vitre-ci* est complètement descendue, dis-je. Ce qui n'a aucun sens. La pluie avait déjà commencé à tomber. Pourquoi cette femme serait-elle allée s'asseoir près d'une fenêtre ouverte sous la pluie, en particulier sur le siège passager de sa propre voiture ?

– Le véhicule est au nom d'Amber Martinez ?

– Effectivement. Selon Lou Girard, c'était une racoleuse qui essayait de raccrocher et de se sortir du tapin. Elle se shootait aussi aux amphets et pesait quarante kilos toute mouillée. Ça vous paraît cadrer avec le portrait d'une artiste de la gâchette ?

— Alors pour quelle raison se trouvait-elle dans la voiture ? Qu'est-ce qu'elle faisait ici ?

— Je ne sais pas.

— Qu'est-ce que l'enquêteur de la Criminelle a eu à dire la nuit dernière ?

— Il a dit : « Un .45, ça fait de sacrés trous, pas vrai ? »

— Quoi d'autre ?

— Il a ajouté : « Il fallait vraiment que vous veniez jusqu'à Lafayette pour tomber dans la fosse à merde. »

— Regardez-moi, dit-elle.

— Quoi ?

— Combien d'heures avez-vous dormi la nuit dernière ?

— Deux ou trois heures.

Je balançai la poignée de cric sur le siège avant de la Buick.

— Comment vous sentez-vous ?

— Qu'est-ce que vous voulez dire ?

Je fus surpris d'entendre le degré d'irritation de ma voix.

— Vous savez très bien ce que je veux dire.

Mes yeux brûlaient, voilés de larmes dans la brume. Je vis les trois chênes du terrain vague devenir flous, comme si je les regardais à l'intérieur d'une goutte d'eau.

— Tout le monde croit que j'ai tué une femme désarmée. Comment croyez-vous que je me sente ? dis-je.

Je fus obligé de déglutir en lui donnant sa réponse.

— C'était un coup monté, Dave. Nous le savons l'un comme l'autre.

— Si c'était le cas, qu'est devenue l'arme ? Pourquoi n'y a-t-il pas d'impacts dans le bar ?

— Parce que le mec qui est derrière tout ça est un petit malin. Il s'est trouvé une femme, probablement un tapin, pour passer des coups de fil à votre répartiteur et donner ainsi l'impression que vous vous baladiez braguette ouverte. Ensuite, il vous a fait sortir de votre juridiction et vous a impliqué dans la mort d'une autre racoleuse. Je me dis que ce mec doit être passé maître dans l'art de tout commander.

— D'une manière ou d'une autre, je ne m'en sens pas vraiment beaucoup mieux, Rosie.

Je regardai la tache sur la moquette de la Buick. La chaleur montait maintenant du sol, et je crus sentir une odeur salée de poisson mort. Je refermai la portière passager.

— Je suis tombé dans le panneau les deux pieds en avant, pas vrai ? dis-je.

— Ne vous en faites pas. On va mettre la main sur le mec qui est derrière tout ça, on va le boucler et on perdra la clef.

Ses yeux souriaient, puis elle m'adressa un clin d'œil.

J'avais ramené un râteau de jardinier. Je le sortis de la voiture de Rosie et ratissai un tas de boue et d'herbes trempées du fond du fossé tout à côté de la Buick. Puis Rosie dit :

— Dave, venez par ici et jetez un coup d'œil à ça.

Elle se tenait tout à côté du potager situé en bordure du terrain vague. Elle me montra le sol du doigt.

— Regardez les empreintes de pas, dit-elle. Quelqu'un a traversé le jardin en courant. Il a écrasé des plants de tomates.

Les empreintes étaient profondes et largement espacées dans la terre molle. La personne en question s'éloignait de la rue en direction des trois chênes au milieu du terrain vague. Quelques-uns des plants dans les rangées de tomates et d'aubergines étaient complètement écrasés.

Une dépanneuse avec deux hommes à l'intérieur tourna au coin de la rue et s'arrêta derrière la Buick. Le chauffeur en descendit et s'affaira à y accrocher l'arrière de la Buick. Un inspecteur en civil entre deux âges, en chemisette, l'insigne à la ceinture, en sortit avec lui. Il s'appelait Doobie Patout, petit bonhomme desséché et xénophobe, les avant-bras garnis de tatouages d'un bleu pâlot ; certains disaient de lui qu'il avait été jadis bourreau officiel à Angola.

Il ne parla pas. Il se contenta de nous fixer du regard, Rosie et moi, à travers la brume de chaleur.

— Qu'est-ce qui se passe, Doobie ? dis-je.

— Qu'est-ce que vous fabriquez par ici ? dit-il.

— On cherche l'arme du crime.

— J'ai entendu dire que tu étais suspendu.

— Les nouvelles vont vite.

— Tu es censé ne pas venir déranger les lieux d'un crime.

— En fait je ne suis qu'observateur.

— Qui est-ce ?

Il leva un doigt dans la direction de Rosie.

— Agent spécial Gomez, dit Rosie. Ceci relève d'une enquête du FBI. Est-ce que cela vous pose un problème ?

— Vous devez coordonner votre action avec la municipalité, dit-il.

— Non, c'est faux, dit-elle.

Le conducteur de la dépanneuse commença à treuiller l'arrière de la Buick.

— Je ne traînerais pas dans les parages si j'étais toi, me dit Doobie.

— Et pourquoi ça ? dit Rosie.

— Parce qu'il n'a aucune autorité légale par ici. Parce qu'il a commis une erreur et personne ne le lui reprochera probablement dans le coin. Pourquoi foutre les gens en rogne, Robicheaux ?

– Qu'est-ce que tu racontes, Doobie ?

– Faut que tu te justifies devant les Affaires internes de ton propre service. Ça veut pas dire que tu vas être inculpé dans la paroisse de Lafayette. Pourquoi alors coller une crotte de chien au bout d'un bâton pour aller la mettre sous le nez de quelqu'un ?

Derrière, une mulâtresse obèse et âgée en robe imprimée sortit sur son perron et se mit à nous faire des signes. Doobie Patout lui jeta un regard avant d'ouvrir la portière côté passager de la dépanneuse. Il s'arrêta un instant avant de monter.

– Vous pouvez toujours ratisser toute la verdure que vous voulez de ce fossé, dit-il. J'ai tout passé au détecteur à métaux la nuit dernière. Il n'y a pas d'arme là-dedans. Alors n'allez pas vous en retourner à New Iberia pour commencer à raconter aux gens qu'on vous a pas traités à la loyale par ici.

– Z'allez pas faire queq' chose pour min jardin, v'z'autres ? s'écria la femme depuis son perron.

La dépanneuse s'éloigna avec la Buick brinquebalante, accrochée au câble du treuil. Au coin de la rue, elle prit le virage et un enjoliveur sauta d'une roue de la Buick pour entamer sa propre course sur le chemin de terre vide.

– Bon sang, quelle punaise, ce petit bonhomme ! dit Rosie.

Je me retournai vers les empreintes de pas dans le potager. Elles s'éloignaient jusque dans le sorgho à balai et disparaissaient complètement. Nous avançâmes sous l'ombre des chênes d'où nous pouvions voir la route, les débris de verre qui scintillaient dans la poussière, l'éclat lumineux et brutal du soleil sur le sol de coquillages blancs du parc de stationnement. Je me sentis pris d'une lassitude que les mots ne pourraient décrire.

– Allons bavarder avec les voisins, ensuite, on remballe, dis-je.

Nous n'eûmes pas loin à aller. La femme âgée que nous avions ignorée descendit paisiblement les marches de son perron en s'aidant d'une canne et se dirigea sur nous avec la détermination d'un crabe en marche. Elle avait les jambes arquées, la peau boursouflée de veines variqueuses, le corps sanglé de rouleaux de lard, la peau dorée, sans le moindre duvet, ses yeux turquoise brillant d'indignation.

– Où qu'y est passé l'aut'? dit-elle.

– Lequel?

– C'te policier avec qui vous causiez.

– Il est retourné à son bureau.

– Qui c'est qui va payer pour min p'tit jardin? dit-elle. Quo je vas faire avec c'te tomate en bouillie? Quo je vas faire avec c'te z'aubergines en bouillie, mi?

– Avez-vous vu quelque chose hier soir, tantine? dis-je.

– M'demindez quoi j'ai vu? Allez-y regarder min jardin. Z'avez des yeux, non?

– Non, je veux dire, avez-vous vu la fusillade hier soir?

– Mi, j'étais à l'salle de bains.

– Vous n'avez rien vu? dit Rosie.

La femme poignarda de sa canne une aubergine écrasée.

– J'ai vu *ça*. Ça ressemble-t-y à un œuf ed' canard à vous z'aut? Y causent pas anglais là où que vous venez?

– Avez-vous vu une femme dans une voiture blanche devant votre maison? dis-je.

– J'l'ai vue. Y l'ont mise dans l'ambulance. L'était morte.

– Je vois, dis-je.

– Quo z'allez faire pour min jardin?

— Je crains de ne rien pouvoir faire, dis-je.

— Y peut aller coller ses grands pieds dins tous mes légumes et ch'peux rien y faire ?

— Qui ça ?

— C't'homme qui est passé en courant devant l'salle de bains. Je viens le dire juste. Z'êtes dur d'oreille comme z'êtes dur des quinquets ? J'm'avais levé pour aller aux toilettes.

La tête me tourbillonnait.

— Écoutez, tantine, c'est très important, dis-je. Vous me dites que vous avez vu un homme passer devant votre salle de bains en courant ?

— C'est ça. J'l'a vu écrabouiller mes petites plantations, casser un tuteur à tomates ; et y a continué à cavaler par là-bas à travers c'te z'arbres et pis y a traversé les rails et y a disparu. J'ai aussi vu la lumière qui brillait sur l'petit pistolet qu'y avait à la main, en plus.

Nous nous regardâmes, Rosie et moi.

— Pouvez-vous nous décrire ce gars-là, tantine ? dis-je.

— Ouais, c't'un Blanc qui se fiche bien où qu'y met ses grands pieds pleins de boue.

— Est-ce que son arme ressemblait à celle-ci ? dit Rosie, ouvrant son sac dont elle sortit son .357 Magnum.

— Non, l'était plus encore pitit que ça.

— Pourquoi ne pas avoir dit tout ça à la police la nuit dernière ? demandai-je.

— J'leur ai dit. Mi, ch'causais et eux, y s'occupaient d'l'un l'aut' comme si j'étais pas là, rien qu'une vieille qui leur cassait les pieds. Ç'a pas changé, ça, non.

— Qu'est-ce qui n'a pas changé ? dis-je.

— D'puis quand les Blancs du coin y viennent demander nous ce qu'on pense, hein ? Y a personne qui me demande si je veux du rade à musique juste en face d'ma 'tite maison, ça non. Y a personne qui se soucie de mon 'tit jardin, les Noirs, c'est tout le temps les Noirs, y vivent là sur une route sans goudron, et y a la poussière de la route qui vole à travers mes mousti- quaires. Faites pas comme si c'est pas vrai.

— Vous nous avez beaucoup aidés, tantine, dis-je.

Elle se pencha sur sa canne, enveloppa un enchevê- trement de pousses de tomates détruites autour de sa main et les balança dans l'herbe. Puis elle repartit vers son perron, les rouleaux du cou et des épaules plissés comme du suif tendre.

— Voyez-vous un inconvénient à ce que nous reve- nions vous voir ? demandai-je.

— Pour m'faire 'core plus perdre mon temps, à faire le numéro comme si ça vous intéresse de savoir c'qui se passe par ici sur le chemin de terre ? Pourquoi me demander à moi ? Vous venez quand vous voulez, de toute façon, pas vrai ?

Ses fesses roulèrent comme l'arrière-train d'un élé- phant contre le tissu de sa robe lorsqu'elle monta péni- blement les marches. À la sortie de la ville, nous nous arrêtâmes chez un pépiniériste, et je réglai en liquide l'achat d'une douzaine de plants de tomates à faire livrer à son adresse.

— Pas très malin d'offrir quoi que ce soit à un témoin potentiel, monsieur le Gros Malin, dit Rosie, une fois que nous fûmes de retour sur l'autoroute.

— Vous avez l'habitude d'opérer dans le monde nor- mal, Rosie. Avez-vous entendu ce qu'a dit Patout ? La Criminelle de Lafayette donne la même priorité à la mort de cette fille qu'à celle d'un bout de clou. Bienvenue dans le Nouveau Sud.

À mon retour à la maison, j'enclenchai l'aérateur de fenêtre de la chambre, me dévêtis et m'allongeai sur les draps, le bras sur les yeux. Les rideaux, au tissu imprimé de petites fleurs roses, se soulevaient et retombaient sous la brise chaude, et j'entendais Tripod qui courait le long de sa chaîne dans les feuilles mortes sous les pacaniers.

Dans mon sommeil, je crus sentir le .45 tressauter contre ma paume, la culasse claquant sur une cartouche neuve, le recul remontant le long de mon avant-bras comme la répercussion d'un marteau-piqueur. Puis, comme au ralenti, je vis un visage de femme éclater en morceaux ; un petit trou noir apparut juste sous la bouche, puis la fragile ossature s'effondra en creux sur elle-même, pareille à un masque de caoutchouc en train de s'affaisser, et l'arrière de son crâne explosa soudain dans une éruption de brume sanglante.

Je voulais m'éveiller de mon rêve, me forcer même au fond de mon sommeil à prendre conscience qu'il ne s'agissait justement que de cela, un simple rêve, au lieu de quoi les images se mirent à défiler et j'entendis les claquements irréguliers d'armes de poing, je vis la lisière d'une forêt d'arbres à bois dur à l'automne, les feuilles peintes de feu, et un contingent de l'infanterie confédérée qui y battait en retraite.

Non. Je ne les vis pas simplement. J'étais au milieu de ces hommes, sous le même feu, ma gorge brûlait de la même soif, mes mains tremblaient tandis que je cherchais à recharger mon arme, ma peau agitée de spasmes comme si quelqu'un était sur le point de l'écorcher lambeau par lambeau. J'entendis une balle basculer sur sa trajectoire avec un *throp* tout près de mon oreille avant de finir en geignant dans la profondeur des bois, je vis les longues zébrures écarlates dans les feuilles, là où les blessés avaient été traînés à l'abri des troncs d'arbres, et je me sentais secrètement heureux qu'un autre que moi se fût effondré à genoux, en

292

appelant sa mère à grands cris, en essayant vainement de remettre, de ses deux mains pressées, le nid bleu de ses entrailles au creux de son ventre.

L'ennemi avançait à travers un champ à découvert dans la fumée de sa propre canonnade, baïonnette en avant, tandis que son artillerie ajustait par-dessus les têtes ses tirs tendus qui venaient exploser derrière nos lignes en colonnes de terre et de flammes. La lumière était douce et dorée comme la saison, mais l'air dans les bois était étouffant, rempli de poussière et de débris de feuilles, chargé des relents de cordite et de pansements noirs de gangrène, lourd de l'odeur crue du sang.

Je compris alors, même dans mon sommeil, ce que le rêve signifiait. Je voyais maintenant les visages de l'ennemi, j'entendais le fracas des équipements, sous les hurlements des officiers : « Regroupez-vous, les gars, regroupez-vous. » Ils étaient jeunes, ils avaient peur, ils ne savaient rien de la politique ou de l'économie, tremblant tout autant que je tremblais moi-même, la bouche maintenant trop sèche pour même pouvoir prier, leurs paumes suantes verrouillées sur les crosses des fusils. Mais je me souciais bien de leur innocence, de leurs visages imberbes, des fleurs cramoisies qui éclataient de tous leurs pétales hors de leurs poitrines juvéniles. Je voulais que chacune de nos balles allât trouver sa cible et fracasser des os, éclater des poumons, exploser des cœurs ; je voulais voir leurs rangs se dissoudre en une cacophonie de chagrin et de douleur.

Ma tête se redressa brutalement sur l'oreiller. L'air de la chambre était lourd et étouffant et des grains de poussière tournoyaient dans les rais de lumière chiche qui filtrait au travers des rideaux. J'avais le souffle rauque et râpeux, la gorge sèche, la poitrine et le ventre luisants de transpiration.

Le Général était assis sur une chaise au pied de mon lit, son chapeau de campagne posé sur un genou. Il s'était taillé la barbe et portait une vareuse grise en lainage gratté avec un haut col doré. Il regardait par la fenêtre les modèles de lumière mouvante que dessinaient les chênes et les pacaniers.

– *Vous !* dis-je.

– *J'espère que ma présence ne vous dérange pas.*

– *Non, je... simplement vous m'avez surpris.*

– *Il ne faut pas que vous éprouviez des remords pour le genre de sentiment dont vous venez de faire l'expérience, monsieur Robicheaux. Le désir de vivre ne signifie pas que vous manquiez d'humanité.*

– *J'ai ouvert le feu sur la Buick trop vite. J'ai vidé tout mon chargeur avant même de voir sur qui je tirais.*

– *Vous pensiez que votre vie était en danger, m'sieur. Qu'étiez-vous donc censé faire ?*

– *Ils disent que j'ai tué une femme désarmée, Général.*

– *Oui, je pense que cela me troublerait probablement aussi.*

Il fit tourner son chapeau en cercle sur un genou.

– *J'ai l'impression que vous teniez beaucoup à votre père, le trappeur.*

– *Excusez-moi ?*

– *Ne vous a-t-il pas dit un jour que si tout le monde est d'accord sur quelque chose, c'est que c'est probablement faux ?*

– *C'était bien là ses paroles.*

– *Alors pourquoi ne pas leur accorder quelque crédit ?*

– *Général, quelqu'un m'a sérieusement fait foirer la cervelle. Je ne peux plus faire confiance à ce que je vois ni à ce que j'entends.*

– *Je suis désolé. Ce quelqu'un a fait quoi ?*

– C'est le même genre de sensation que j'ai déjà éprouvée jadis, au cours des Gants d'Or. Un mec m'a collé un crochet après le coup de gong, bien sec, juste derrière l'oreille. Pendant deux ou trois jours, j'ai eu l'impression que quelque chose s'était arraché de l'os, comme si mon cerveau flottait dans un bocal.

– Soyez brave.

– Je revois cette femme, l'arrière de sa tête... Elle avait les cheveux collés au tapis par son propre sang.

– Réfléchissez à ce que vous venez de dire.

– Quoi ?

– Vous êtes un bon policier, un homme intelligent. Qu'est-ce que vous dit votre œil ?

– J'ai besoin d'aide, Général.

– Vous appartenez au monde des vivants, vous vous éveillez le matin dans le parfum des fleurs, une femme est sensible au contact de vos doigts, et vous demandez l'aide des morts, m'sieur ?

Il se leva de sa chaise en s'aidant de sa béquille.

– Il n'était pas dans mon intention de vous offenser.

– Dans votre rêve, vous nous avez vus battre en retraite dans un bois et vous avez vu la longue ligne des bleus s'avancer dans le champ en sortant de la fumée, n'est-ce pas ?

– Oui.

– Aviez-vous peur ?

– Oui.

– Parce que vous pensiez que votre heure était arrivée, n'est-ce pas ?

– Oui. Je savais que c'était la fin.

– Nous aurions dû mourir là mais nous les avons contenus. Nous avions une soif terrible. Nous avons bu l'eau de pluie qui stagnait dans les empreintes de sabots laissées par le bétail. Puis, cette nuit-là, nous *avons attaché des morceaux de bois entre les mâchoires de nos blessés pour qu'ils ne crient pas pendant que nous glissions hors des bois pour rejoindre le reste de nos hommes.*

Le vent se mit à souffler avec violence dans les arbres devant la fenêtre. Les feuilles de l'automne dernier se mirent à tourbillonner dans les airs avant d'être soufflées contre la maison.

– *Je perçois du ressentiment chez vous,* dit-il.

– *J'ai déjà payé ma dette. Je ne veux pas...*

– *Vous ne voulez pas quoi ?*

Il ôta un brin de crasse de sous un ongle.

– *Être le seul homme sous un étendard.*

– *Ah, nous ne cessons jamais de payer nos dettes, mon ami. Il faut que je parte maintenant. Le vent souffle du sud. Le tonnerre va gronder avant l'après-midi. J'ai toujours eu du mal à faire la différence avec les canons yankee.*

Il claqua la langue, posa son chapeau de campagne sur la tête, ramassa sa béquille et passa à travers les pales de l'aérateur de fenêtre dans un tourbillon de feuilles dorées et écarlates.

Lorsque je me réveillai finalement de mon somme en milieu d'après-midi, avec la sensation de quitter la chaleur gluante d'un rêve d'opium, je vis Alafair qui m'observait par la porte de chambre entrouverte. Elle avait la bouche ouverte mais ne disait mot, le visage rond et hâlé, blême d'incompréhension. Les draps du lit étaient moites, entortillés autour de mes jambes. J'essayai de sourire.

– Ça va, Dave ?

– Ouais, je vais bien.

– Tu étais en train de rêver. Et tu faisais toutes sortes de bruits.

— Ce n'est probablement pas une aussi bonne chose que ça de dormir pendant la journée, petit mec.

— T'as de nouveau la malaria ?

— Non. Elle ne m'embête plus beaucoup.

Elle entra dans la chambre et plaça une main sur le bois de lit. Elle regardait le plancher.

— Qu'est-ce qui se passe, Alf ? demandai-je.

— Je suis allée à l'épicerie des quatre-coins avec Bootsie. Un homme avait le journal ouvert sur le comptoir, et il lisait à haute voix. Une dame nous a aperçues et elle a touché le bras de l'homme. Et puis tous les deux se sont contentés de nous dévisager. Bootsie leur a lancé un regard vraiment méchant.

— Qu'est-ce que disait cet homme ?

— Une dame a été abattue.

Sa paume de main serrait en coupe la boule du pied de lit. Elle avait les yeux rivés au sol, ses joues se marbraient de petites plaques décolorées pareilles à des éclats de glace.

— Il a dit que tu avais tiré sur la dame. Tu avais tiré sur la dame, Dave.

Je m'assis au bord du lit.

— J'ai eu des problèmes la nuit dernière, Alafair. Quelqu'un m'a tiré dessus au pistolet, et j'ai riposté avec mon arme. Je ne suis pas certain de savoir qui a tiré sur moi ou ce que cette dame faisait là. Mais la situation est un peu plus complexe que certains le croient peut-être. La vérité peut être parfois très difficile à découvrir, petit mec.

— Est-ce que tu as fait ce qu'ils disent, Dave ?

Je voyais ses yeux bruns briller d'effroi.

— Je ne sais pas. Mais je n'ai jamais tiré sur quiconque qui n'ait essayé de me faire du mal en premier. Je ne suis pas sûr de savoir ce qui est arrivé la nuit dernière, mais tôt ou tard, je le saurai. Probablement.

Entre-temps, les mecs comme toi et moi et Bootsie se doivent d'être francs du collier et d'avoir confiance les uns dans les autres.

– Ils n'ont pas le droit, dit-elle.

– Qui ça?

– Ces gens-là. Ils n'ont pas le droit de parler de toi comme ça.

– Ils ont le droit de lire ce qui est dans le journal, pas vrai?

– La dame au comptoir disait quelque chose juste avant qu'on entre. Je l'ai entendue à travers la moustiquaire. Elle a dit : « S'y s'est remis à boire, ça me surprend pas du tout, non. » C'est à ce moment-là que l'homme a commencé à lire le journal à haute voix.

Je la soulevai par la taille et l'assis sur le lit. Son corps musclé me donna l'impression d'être aussi dense qu'un petit rondin.

– Écoute, petit mec, dis-je, la boisson ne fait plus partie de ma vie. J'en ai fait cadeau à mon Tout-Puissant.

Je lui caressai les cheveux et vis un sourire commencer à se dessiner aux commissures de ses lèvres et de ses yeux.

– Dave?

– Quoi?

– Qu'est-ce que ça veut dire quand tu dis que quelqu'un doit être franc du collier?

– Peu importe ce que l'adversaire peut te faire, tu rigoles et tu marches dans la fumée des canons. Ça les rend cinglés.

Un large sourire lui barrait maintenant le visage, ses dents largement écartées plus blanches encore dans la pénombre de la chambre.

– Où est Bootsie? demandai-je.

– Elle prépare le souper.

— Qu'est-ce qu'on mange ?

— *Sac-à-lait* et riz brun au piment.

— Tu savais que c'est à ça que marchent les trains de marchandises en Louisiane ?

Elle commença à rebondir sur place au bord du lit avant que mes paroles ne fassent leur chemin.

— Quoi ? Les trains de… quoi ? dit-elle.

— Laisse-moi m'habiller, petit mec, ensuite on va aller voir où en est la nourriture.

L'explication que j'avais donnée à Alafair était la meilleure que je pouvais offrir, mais la vérité était que j'avais besoin d'assister à une réunion des AA. Depuis le soir où j'avais vu le Général et ses soldats dans la brume, j'avais parlé une fois au téléphone à mon parrain des AA, mais je ne m'étais pas rendu à une réunion, chose qui me manquait le plus dans l'état où j'étais. Tout ce qui peut apparaître comme irrationnel, anormal, aberrant, ridicule, bizarre, illogique, schizoïde ou schizophrénique aux gens de la terre (terme par lequel les AA désignent les non-alcooliques) est habituellement considéré comme de l'ordre du normal pour les membres des AA.

La notion populaire existe selon laquelle les prêtres catholiques se voient mis dans le secret des recoins les plus sombres de l'âme humaine par l'exercice du confessionnal. La vérité est autre. Le premier curé venu, un tant soit peu sincère, vous avouera que la plupart des confessions ne font naître qu'ennui et somnolence chez le confesseur, et le commun des pénitents hebdomadaires se reconnaît habituellement une moralité fautive qui va de pair avec des contraventions impayées pour stationnement interdit et des retards pris à rendre les livres de la bibliothèque municipale.

Lors des réunions des AA, en revanche, j'ai entendu tout ce qu'on pouvait entendre, à un moment ou à un autre : extorsion, cambriolage, faux, vol à main armée, sévices sexuels sur enfants, sodomie sur animaux, incendie volontaire, prostitution, homicide par véhicule, meurtre de prisonniers et de civils au Viêt-nam.

Je me rendis à une réunion d'après-midi au premier étage d'une église épiscopale. Je connaissais pratiquement tous les présents : quelques ménagères, un Noir propriétaire d'une pépinière, une nonne catholique, un barman ex-taulard du nom de Tee Neg qui était aussi mon parrain, une femme qui racolait jadis au bar du Column Hotel de Lafayette, un psychologue, un boulanger, un contrôleur de marchandises de la Southern Pacific, et un homme qui avait jadis été un célèbre trapéziste de haut vol avec les Ringling Brothers.

Je leur racontai toute mon histoire, mes rencontres psycho-historiques et ne leur cachai rien. Je leur parlai de l'électricité qui claquait et tremblotait, agitée comme des langues de serpents dans la brume, mes conversations avec le Général, même jusqu'à l'odeur rance qui se dégageait de ses vêtements sales et les blessures de ses hommes que les asticots avaient nettoyées, luisant comme une cuillère qu'on aurait léchée.

Comme à l'accoutumée, face aux révélations dramatiques ou surréalistes d'un de ses membres lors d'une réunion, la réaction des AA me remit en quelque sorte à ma juste mesure. Ils écoutèrent attentivement, le regard sympathique et sans réticences, mais un certain nombre des présents avaient, à un moment ou à un autre, fait disjoncter leurs propres circuits, convaincus qu'ils étaient d'avoir connu l'enfer sans être passés de vie à trépas, ils avaient essayé de se donner la mort ou s'étaient retrouvés à peu de chose près sur le point d'être lobotomisés.

Lorsque j'en eus terminé, le responsable de la réunion, un soudeur de pipe-line, dit :

– Bon sang de bonsoir, Dave, c'est le meilleur encouragement à boire du Dr Pepper que j'aie jamais entendu. Tu devrais téléphoner à ces fils de putes et faire passer ça à la télé.

Tous les présents éclatèrent alors de rire, et le monde ne me parut pas si mal que ça après tout.

En quittant la réunion, je m'offris une glace à la menthe dans le jardin municipal sur le Bayou Teche et me servis du téléphone extérieur près du bâtiment de jeux. À travers les chênes tendus de mousse espagnole, je voyais des gamins plonger dans la piscine, leurs corps hâlés luisant de gouttes d'eau sous le soleil brûlant.

Il me fallut quelques minutes pour obtenir le légiste de Lafayette en ligne. C'était un pathologiste coléreux du nom de Sollie Rothberg que les flics apprenaient vite à traiter avec diplomatie.

– Je me demandais ce que vous saviez sur la fusillade Amber Martinez, dis-je.

J'entendis le bourdonnement des lignes de l'interurbain dans le combiné.

– Robicheaux ? dit-il.

– C'est bien ça.

– Pourquoi m'appelez-vous ?

– Je viens de vous le dire.

– J'ai cru comprendre que vous étiez suspendu.

– Et alors ? Vos rapports médicaux sont bien du domaine public, non ?

– Lorsqu'on les rend publics, ils le sont effectivement. Pour l'instant, il n'en est rien.

– Allez, Sollie. Quelqu'un essaie de me frire les *cojones* dans un poêlon.

En mon for intérieur, je le vis occupé distraitement à lancer des trombones dans sa corbeille à papier.

– Quel est donc le grand mystère que je peux éclaircir pour vous ?

– Quel est le calibre de l'arme qui l'a tuée ?

– À voir la taille de la blessure et l'impact de la balle, je dirais un .45.

– Qu'est-ce que vous entendez par « taille » ?

– Exactement ce que j'ai dit.

– Et la balle alors ?

– Elle a traversé le corps. Il n'y avait pas grand-chose à récupérer. L'orifice de sortie était propre et bien net.

– La balle était chemisée de cuivre ?

– C'est ce que je pense. En fait, je sais que c'est vrai. L'orifice de sortie de la balle n'était pas plus gros en diamètre que le trou d'impact.

J'ouvris et refermai les yeux. Je sentais mon cœur me battre la poitrine.

– Vous êtes toujours là ? dit-il.

– Oui.

– Qu'est-ce qui ne va pas ?

– Rien, Sollie. Je me sers toujours de têtes creuses.

J'entendais les oiseaux chanter dans les arbres, et la surface de la piscine me donnait l'impression de danser de lumières turquoise.

– Autre chose ? demanda-t-il.

– Ouais, l'heure de la mort.

– Vous en voulez bien beaucoup.

– Écoutez, Sollie, je n'arrête pas de voir et revoir l'arrière de son crâne. Elle avait les cheveux collés à la moquette. Le sang avait déjà séché, n'est-ce pas ?

– Je ne peux pas vous répondre sur ce point parce que je n'étais pas là.

– Allez, vous comprenez très bien ce que je vous demande.

– Est-elle morte un peu plus tôt, c'est ça que vous voulez savoir ?

– Écoutez, collègue, vous êtes ma bouée de sauve-tage. Ne me faites pas languir.

– Que diriez-vous si je poussais un cran plus loin ? Est-elle morte dans cette voiture, c'est ça que vous voulez me demander ?

J'avais, depuis bien longtemps déjà, appris à ne pas vouloir changer, encore moins défier, Sollie, ses états d'âme, ses intentions ou sa syntaxe.

– C'est une question de gravité, dit-il. La terre n'ar-rête jamais de nous tirer vers elle, elle essaie toujours de nous aspirer dans ses entrailles.

– Quoi ?

– C'est le détail auquel le tireur n'a pas réfléchi, dit-il. Le sang, c'est comme le reste. Il descend, le plus directement possible. On arrête le cœur, dans le cas pré-sent d'abord le cerveau, ensuite le cœur, et le sang prend le plus court chemin jusqu'au sol. Vous me suivez ?

– Pas tout à fait.

– Le sang se dépose dans les parois inférieures du corps là où il est déposé. Les photos montrent que la femme était blottie sur le flanc à même le sol de la Buick. La tête était plus élevée que les genoux. Mais l'autopsie indique qu'elle était allongée sur le dos, de tout son long, à l'heure de sa mort. Elle avait aussi une forte dose d'alcool et de cocaïne dans le sang. Je la soupçonne d'avoir été inconsciente quand elle est morte.

– Elle a été abattue ailleurs, et on a déplacé le cadavre ?

– À moins que les morts marchent tout seuls ces temps derniers.

– Vous êtes un véritable ami, Sollie.

– Est-ce qu'il vous arrive parfois de porter autre chose qu'un .45 ? Un 9 mm ou un .357 ?

– Non. J'ai toujours porté le même Colt .45 auto-matique, celui que j'ai rapporté du Viêt-nam.

— Combien de personnes sont au courant de ce détail ?

— Pas grand monde. Essentiellement des flics, je dirais.

— Cette idée-là me tracasserait à votre place. À bientôt, Robicheaux.

Mais le moment était malvenu pour me morfondre. Je retournai au stand à hot-dogs et achetai des crèmes glacées à une demi-douzaine de gamins. Lorsqu'une balle de base-ball sortie du losange vint rebondir dans ma direction, je la récupérai entre les paumes de mes mains, la frottai pour adoucir la rugosité du cuir de cheval, plaçai les doigts sur les coutures et, d'un fouetté du bras, lâchai une belle incurvée dans le gant du receveur, à croire que j'avais encore dix-neuf ans et que j'étais toujours capable de faire un trou dans le filet d'arrêt.

Ce soir-là, j'appelai Lou Girard chez lui à Lafayette. Je lui parlai de ma discussion avec le légiste et avec la vieille mulâtresse qui habitait en face du bar, et lui demandai si on avait passé l'intérieur de la Buick à l'aspirateur.

— Dave, je crains que cette affaire ne soit pas une priorité absolue dans l'esprit des gens d'ici, dit-il.

— Pourquoi donc ?

— L'inspecteur chargé de l'enquête pense que tu es un emmerdeur et que tu aurais dû rester sur tes propres terres.

— Quand a-t-on vu Amber Martinez pour la dernière fois ?

— Il y a trois ou quatre jours. Elle picolait et elle se camait. On raconte qu'elle cherchait à arrêter le tapin et à raccrocher, mais je crois plutôt qu'elle était au bout du rouleau, question gnôle et dope, et qu'elle voulait se trouver un papa gâteau friqué pour lui régler son ardoise avant de finir au trou ou dans un centre de désintoxication quelque part.

– Qui était son mac ?

– Son mari. Mais il est en taule depuis trois semaines pour une histoire de faux chèques. Celui qui l'a tuée l'a probablement levée dans un bar quelconque.

– Ouais, mais il la connaissait avant ça. Il s'est servi d'une autre femme qui a laissé le nom d'Amber sur ses messages à mon bureau.

– Si je peux faire passer la Buick à l'aspirateur, qu'est-ce qu'on doit chercher ?

– Je sais que j'ai vu des éclairs de détonations à l'intérieur de la voiture. Mais il n'y avait pas le moindre impact de balle sur la façade du bar. Vois ce que tu peux récupérer.

– De quel genre ?

– Je ne sais pas.

– Pourquoi n'oublies-tu pas toutes ces conneries de police scientifique pour te concentrer sur ce que te dit ton flair ?

– Et c'est quoi ça ?

– Ce n'est pas l'œuvre d'un connard solitaire en cavale, la tête complètement foirée. Tout ça, ç'a des relents de têtes d'huile. D'une tête d'huile intelligente en particulier.

– Tu crois que c'est dans le style de Julie ?

– J'ai travaillé deux ans au sein d'une force spéciale qui a essayé d'obtenir une inculpation pour la Trique. Quand il se débarrasse d'un ennemi personnel, il colle un croc à viande dans le rectum du gus. S'il veut faire quitter le plancher à un flic, un juge ou un responsable syndicaliste, il le fait à distance, de très loin, avec toute une tapée de raclures entre lui et sa cible.

— Ça me paraît bien notre homme, pas de doute.

— Puis-je te donner un petit conseil ?

— Vas-y.

— Si Balboni est derrière tout ça, ne perds pas ton temps à bâtir un dossier contre le bonhomme. Ça ne marche pas. Ce mec graisse la patte des jurés et des juges, il fout une trouille à chier dans le froc à tous les témoins, et ça fait vingt ans que ça dure. Attends le bon moment, la bonne situation, et tu le dessoudes.

— À bientôt, Lou. Merci de ton aide.

— Très bien, excuse-moi. Qui voudrait discuter de la possibilité de faire sauter la capsule à un mec comme Balboni ? C'est ce que Amber Martinez a probablement fait. Vas-y mollo, Dave.

À 6 heures le lendemain matin, je pris une tasse de café et le journal que j'emportai sous la galerie et m'installai sur les marches. L'air était frais, bleui par l'ombre sous les arbres et chargé des odeurs de belles-de-nuit en fleur et des coques de noix de pacane qui moisissaient dans la terre humide.

Tout en lisant le journal, m'arrivaient le bruit des bateaux qui quittaient mon ponton et les voix des pêcheurs sur l'eau. Puis j'entendis quelqu'un remonter la pente du jardin au milieu du feuillage, je baissai mon journal et aperçus Mikey Goldman qui se dirigeait à grands pas vers moi comme un homme en quête d'une dispute.

Il portait des mocassins noirs cirés, à pompons, un polo rose par-dessus son pantalon gris, et une épaisse montre en or qui brillait comme du beurre fondu à son poignet. Sa bouche n'était qu'une couture serrée, les commissures tombantes, la mâchoire remontée, ses étranges yeux globuleux et pâles allant et venant d'un côté à l'autre de la façade de ma maison.

— Je veux vous toucher un mot, dit-il.

– Comment allez-vous aujourd'hui, monsieur Goldman ?

– Il est 6 heures du matin. Je me trouve chez vous au lieu d'être au travail ; et j'ai dormi quatre heures la nuit dernière. Devinez !

– Ai-je quelque chose à voir avec votre problème ?

– Ouais. Vous n'arrêtez pas de débarquer au beau milieu de mon problème. Pour quelle raison, à votre avis, monsieur Robicheaux ?

– Je n'en ai pas la moindre idée.

– Moi, si. C'est parce que Elrod comme qui dirait en bande pour vous et que ça va me foutre en l'air mon film quelque chose de bien.

– Je vous serais reconnaissant de ne pas utiliser un tel langage chez moi.

– Vous avez un problème avec le langage ? C'est ça, le genre de truc qui vous prend la tête ? Mais qu'est-ce qui ne va pas chez les gens de ce pays ? Les moustiques vous refilent la chaude-pisse au cerveau ou quoi ?

– Que voulez-vous donc, monsieur ?

– Vous me demandez ce que *moi*, je veux ? dit-il, en regardant dans la pénombre des arbres alentour comme s'il s'y trouvait des oreilles indiscrètes. Elrod n'aime pas vous voir porter le chapeau et galérer comme un malade. Franchement, moi non plus. Peut-être pour d'autres raisons. À savoir que personne ne se trimbale mon fardeau, personne ne se fait souffler dans les bronches à ma place, vous comprenez ce que je dis.

– Non.

Il se nettoya une narine du pouce et de l'index.

– Qu'est-ce qui vous arrive, vous vous collez la tête dans un seau de mortier tous les matins ? demanda-t-il.

– Puis-je être franc moi aussi, monsieur Goldman ?

– Je vous en prie.

— Une conversation avec vous est une expérience. On en sort la tête engourdie. Je ne pense pas que l'ordinaire des mortels y soit prêt.

— Permettez-moi d'essayer de vous dire ça en mots simples que vous pourrez comprendre. Il se peut que vous n'en sachiez rien, mais j'essaie d'être juste et honnête dans la vie. Ça signifie que je n'aime pas voir quelqu'un se faire coller une planche dans le cul à cause de moi. Et c'est de vous que je parle. Vos propres gens sont en train de vous larguer parce qu'ils pensent que vous allez faire fuir du bon et gros argent de la ville. Je reste là où je suis ou je pars parce que je le veux bien. Quelqu'un vient me chercher des crosses, je m'en occupe personnellement. Vous pouvez demander à n'importe qui dans le métier. Je ne baise pas les gens en les caftant derrière leur dos.

Je reposai ma tasse de café, repliai le journal sur la marche, et avançai sous les arbres jusqu'à sa voiture qui s'y trouvait garée. J'attendis qu'il me rejoigne.

— Y a-t-il autre chose que vous vouliez me dire ?

— Non, bien sûr que non. Je ne suis venu ici que pour vous raconter ma petite vie. Écoutez-moi bien. Ce film, je vais le finir, ensuite, je ne remettrai plus jamais les pieds dans cet État. En fait, je ne le survolerai même plus en avion. Mais, d'ici là, plus un seul membre de mon personnel ne se retrouvera à l'hôpital.

— Quoi ?

— Ça y est, le petit flash s'est enfin allumé.

— Que s'est-il passé ?

— Hier soir, une fois la journée finie, tout était emballé et tout le monde se préparait à rentrer à la maison. À l'exception d'Elrod et du gamin qui fait quelques-unes des cascades. Ils se sont bourré la figure, et voilà Elrod qui décide d'aller affronter Julie Balboni. Il ramasse une bouteille de Coke et commence à taper sur la caravane de Julie. Julie ouvre la porte, en slip, tandis qu'une nana du coin, une môme d'une vingtaine d'années, essaie de se rhabiller derrière lui. Elrod commence à le traiter de lâche et de Rital plein de merde, et il ajoute qu'il peut lui arranger le coup à L.A. avec les radasses de Charlie Manson, comme quoi elles ont du poil sous les bras et rien sur le caillou et qu'elles seront bien plus du goût de Julie. Ensuite El lui dit qu'il vaudrait mieux qu'il ne fasse plus de crosses à son ami Robicheaux, sinon El va lui régler son compte à sa place, et que si jamais il découvre que Julie a assassiné Kelly, il passera aux actes, et sans hésitation, en lui collant le canon d'un fusil de chasse entre les miches.

« Je ne sais pas ce que Balboni fabriquait avec la nana, mais il avait une paire de menottes. Il est sorti, il en a refermé une sur le poignet d'El, l'autre à un poteau d'éclairage, et il a dit : "Tu as de la chance, Elrod. T'es une chocotte très précieuse. Mais ton ami, là, il a pas de chance du tout." Et il a foutu une branlée de première au môme cascadeur. Une vraie branlée, monsieur Robicheaux, rien qu'à coups de latte. Il a pété le nez du gamin, il lui a défoncé les côtes et arraché une oreille.

— Pourquoi ne l'avez-vous pas arrêté ?

— Je n'étais pas là. C'est le gamin qui m'a tout raconté à l'hôpital. Et c'est pour ça que je n'ai pas fermé l'œil la nuit dernière.

— Est-ce que le gamin porte plainte ?

— Soyez réaliste. Il a pris l'avion, direction Los Angeles, ce matin, avec assez de came dans le sang pour tranquilliser un rhinocéros.

— Qu'est-ce que vous voulez de moi ?

— Je veux que vous vous occupiez d'Elrod. Je ne veux pas qu'on lui fasse de mal.

– Dites-moi la vérité. Avez-vous d'autres intérêts dans l'existence, hormis de faire des films ?

– Ouais, je me préoccupe des êtres humains. Et si vous n'acceptez pas ça, allez vous faire foutre.

Ses yeux globuleux, à l'expression tendue, me firent penser à des œufs durs. Je détournai la tête, sentis ma main se fermer et s'ouvrir contre ma jambe de pantalon. Le soleil sur le bayou ressemblait à une fusée jaune en train de se consumer sous l'eau.

– Je ne donne pas dans le baby-sitting comme occupation à plein temps, monsieur Goldman. Si j'ai un conseil à vous donner, c'est d'aller raconter tout ça aux services du shérif. Pour l'instant, je suis encore suspendu. Je rentre finir mon café. Au plaisir de vous revoir.

– C'est Dog Patch[1] ici. Je suis dans une bande dessinée. Je parle, et personne ne m'entend.

Il se tapota la joue.

– Peut-être que je suis mort et que l'enfer, c'est ici.

– Qu'est-ce que vous avez à ajouter ?

J'entendis la colère et l'agacement monter dans ma voix.

– Vous m'accusez de n'avoir aucune humanité. Alors je vous raconte comment Elrod s'amuse à craquer des allumettes sur les couilles de Balboni à cause de vous et vous m'envoyez me faire paître. Vous voulez que Balboni colle son pied à travers la figure d'Elrod ?

– C'est bien vrai. La question qui se pose, c'est : Que faisons-nous maintenant ?

– *Nous ?*

– Exact. Nous. Le message passe. Tout le monde ne se trimbale pas par ici avec du pain de viande en guise de cervelle.

---

1. Trou perdu réputé pour son ignorance dans la bande dessinée d'Al Capp, *Li'l Abner*. (N.d.T.)

– Il n'y a pas de *nous* qui tienne. Je parlerai à Elrod. Je l'emmènerai aux réunions des AA, mais il n'est pas sous ma responsabilité.

– Bien. Dites-lui donc ça. Je retourne au travail. Collez-le dans un taxi.

– Quoi ?

– Il est là-bas. Dans la boutique. Ivre. Je crois que vous avez un sérieux problème d'audition. Faites-vous soigner.

Il se colla un bonbon à la menthe au coin de la bouche et redescendit la pente jusqu'à son automobile, roulant des épaules sous son polo, ses mâchoires occupées à écraser le bonbon entre leurs dents, sa tête offerte à la brise rafraîchissante comme un gladiateur dans l'arène.

14

— Tu as fait quoi ? dit Bootsie.

Elle me regardait de tous ses yeux, bouche bée, assise face à moi de l'autre côté de la table de cuisine.

Je lui répétai ce que j'avais fait.

— Tu l'as *balancé* dans le bayou ? Je n'y crois pas.

— Il a l'habitude. Ne te fais pas de souci pour lui.

— Monsieur Sykes a commencé à se battre avec Dave sur le ponton, Bootsie, dit Alafair. Il était saoul et il faisait beaucoup de bruit devant les clients. Il ne voulait pas monter à la maison comme Dave lui avait dit.

Loin de là, Alf, songeai-je.

— Où se trouve-t-il maintenant ? dit Bootsie, en s'essuyant la bouche de sa serviette avant de commencer à se lever de sa chaise.

— Y vomissait sur les rosiers, aux dernières nouvelles.

— Dave, c'est dégoûtant, dit-elle en se rasseyant.

— Va dire ça à Elrod.

— Batist a dit qu'il a bu cinq bières sans les payer, dit Alafair.

— Qu'est-ce que tu vas faire de lui ? dit Bootsie.

Elle tourna la tête et regarda par la moustiquaire vers l'arrière de la maison.

— Dave, il vient de traverser l'arrière-cour.

— Je crois qu'El a perdu ses ventouses pour un moment, Boots.

– Des ventouses ? dit Alafair, sa cuillère de céréales en suspens devant sa bouche.

– Il est en train de ramper à quatre pattes. Fais quelque chose, dit Bootsie.

– Ce qui nous amène justement à une question que j'allais te poser.

Je vis la lumière se faire jour petit à petit dans son regard.

– Ce mec a affronté Julie Balboni à cause de moi, dis-je. Ou tout au moins, en partie à cause de moi.

– Tu veux qu'il reste *ici* ? Dave, ici, c'est notre maison, notre foyer, dit-elle.

– Le mec est en mauvais état.

– C'est toujours notre maison. Nous ne pouvons pas l'ouvrir toute grande à tous ceux qui ont un problème.

– Ce mec a besoin d'un ami des AA, sinon il n'y arrivera jamais. Regarde-le. Il fait pitié. Tu penses que je devrais l'emmener en prison ?

Bootsie posa les doigts sur ses tempes et se plongea dans la contemplation du sucrier.

– Je vais faire un marché avec lui, dis-je. Au premier verre qu'il prend, je le vire, il reprend la direction de Spanish Lake. Il paie sa part de nourriture, il ne reste pas pendu au téléphone, il ne rentre pas tard.

– Pourquoi met-il le bout du tuyau d'arrosage dans la bouche ? dit Alafair.

– Très bien. Nous pouvons essayer pendant quelques jours, dit Bootsie. Mais, Dave, je ne veux plus que cet homme continue à parler de ses visions ou de ce qu'il pense voir sur le lac.

– Tu crois que c'est de lui que j'ai attrapé le virus, hein ? dis-je avec un sourire.

– En un mot, oui.

– C'est un mec plutôt pas mal quand il n'est pas remonté. Il voit juste le monde un peu différemment.

– Oh, merveilleux.

Alafair se leva de sa chaise et scruta d'un coin l'ar-rière-cour à travers la moustiquaire.

– Ooops, dit-elle en mettant la main sur la bouche.

– Qu'est-ce qu'il y a? dit Bootsie.

– Monsieur Sykes vient juste de bâiller un arc-en-ciel.

– Quoi? dis-je.

– Il vient de vomir sur la table de jardin, dit Alafair.

J'attendis que Bootsie et Alafair soient parties chez l'épicier en ville, et je sortis dans l'arrière-cour. Elrod avait le pantalon et la chemise qui lui collaient à la peau, trempés par l'eau du bayou et maculés de boue et de taches d'herbe. Il avait nettoyé le dessus de la table de jardin au tuyau d'arrosage et se trouvait maintenant assis, mâchoire pendante, sur le banc, genoux écartés, épaules voûtées, les mains pendues entre les cuisses. Son visage non rasé avait la couleur grisâtre d'une viande de porc avariée.

Je lui tendis une tasse de café.

– Merci, dit-il.

Je grimaçai devant son haleine.

– Si vous restez chez nous, vous croyez-vous capable de garder le bouchon sur le cruchon?

– Je peux pas le promettre. Non, m'sieur, sûr que ch'peux pas promettre une chose pareille.

– Pouvez-vous essayer?

Il leva les yeux vers les miens. L'iris de son œil droit portait un caillot de sang gros comme l'ongle de mon doigt.

– Tout ce que j'ai pu essayer n'a jamais servi à rien, dit-il. Antabuse[1], psychiatries, un séjour au sec total à l'hôpital de la Marine, deux semaines à sarcler les

---

1. Médicament utilisé dans les cures anti-alcooliques, qui empêche un individu de boire de l'alcool. *(N.d.T.)*

légumes dans une ferme-prison du comté. Tôt ou tard, je suis toujours retombé, monsieur Robicheaux.

– Bon, alors, voici les règles de la maison, collègue, dis-je.

Je les passai toutes en revue avec lui, une à la fois. Il ne cessait de se frotter les favoris du plat de la main tout en crachant entre ses genoux.

– Je crois que je dois avoir un air absolument pathétique à vos yeux, pas vrai ? dit-il.

– Oubliez ce que pensent les autres. Ne buvez pas, ne pensez pas, et allez aux réunions. Si vous faites ça, et si vous le faites pour vous-même, vous vous sortirez de toutes ces conneries.

– À cause de moi, ce môme s'est fait tabasser quelque chose de bien. Ç'a été horrible. Balboni n'a pas arrêté de bondir dans les airs, à tournoyer dans tous les sens et, à chaque fois, il balançait la semelle de sa chaussure dans la figure du môme. On entendait la peau qui éclatait contre l'os.

Il posa les mains sur ses oreilles, puis les enleva.

– Restez à l'écart de Balboni, dis-je. Ce n'est pas votre problème. Laissez la justice s'en occuper.

– Vous plaisantez ou quoi ? Ce mec fait absolument tout ce qu'il veut. Il a même fait entrer sa petite ordure porno dans le film.

– Quelle ordure porno ?

– Il a ramassé un mec à lui à La Nouvelle-Orléans, un mec qui se prend pour le nouveau Johnny Wad[1]. Il a placé le mec dans une demi-douzaine de scènes du film. Écoutez, monsieur Robicheaux, je commence à avoir la tremblote. Qu'est-ce que vous diriez de me lâcher un peu de mou ? Deux œufs crus dans une bière avec une petite dose sur le côté. C'est

---

1. Acteur de films pornographiques. *(N.d.T.)*

tout ce dont j'ai besoin. Ensuite, je n'y toucherai plus.

— Je crains que non, collègue.

— Oh, mec, ch'suis vraiment malade comme un chien. Je n'ai jamais été malade comme ça. Je vais me payer une crise de *delirium tremens*.

Je posai la main sur son épaule. Ses muscles étaient noués, durs comme des câbles d'acier, tout tremblant d'angoisse. Il se couvrit alors les yeux et se mit à pleurer, ses cheveux mouillés collés par la saleté, frissonnant de la tête aux pieds, agité comme le corps de quelqu'un dont l'âme serait en train de se consumer par la propre flamme si spéciale qui l'anime.

Je me rendis à Spanish Lake pour rencontrer Julie Balboni. Il n'y avait personne dans le bâtiment de la sécurité en bordure du chemin de terre qui conduisait sur les lieux du tournage. Je laissai retomber la chaîne dans la poussière et me rangeai à l'ombre, près du lac, tout à côté d'un camion de traiteur. Le ciel était en train de s'obscurcir sous les nuages de pluie, et le vent qui soufflait du lac faisait voler les feuilles sous les chênes. Je passai au milieu d'un groupe d'acteurs costumés en uniforme de l'infanterie confédérée. Ils fumaient leur cigarette et traînaient autour d'une tranchée fraîchement creusée et de remparts constitués d'énormes paniers en osier tressé pleins de terre. Tout à côté, un canon à roues était pointé sur le lac vide. Je sentis l'odeur chaude et entêtante de la marijuana sous la brise.

— Est-ce que vous pourriez me dire où je peux trouver Julie Balboni ? dis-je.

Personne ne répondit. Leurs visages s'étaient butés. Je reposai ma question.

— Nous ne sommes que les figurants, dit l'homme aux galons de sergent.

— Si vous le voyez, voudriez-vous lui dire que Dave Robicheaux le cherche ?

— Vaudrait mieux lui dire vous-même, dit un autre acteur.

— Savez-vous où se trouve monsieur Goldman ?

— Il est parti en ville avec un groupe d'avocats. Il sera de retour dans quelques minutes, dit le sergent.

— Merci.

Je retournai à mon camion. Je venais d'ouvrir la portière lorsque j'entendis un bruit de pas dans les feuilles derrière moi.

— J'ai besoin d'un petit moment de votre attention, s'il vous plaît, dit Twinky Lemoyne.

Il avait marché vite, en retenant d'une main le stylobille dans la poche de sa chemise ; une mèche de cheveux tombait sur ses lunettes sans monture, et il avait le visage empourpré.

— Que puis-je pour vous ?

— J'aimerais connaître les résultats de votre enquête.

— Vous aimeriez ?

— Oui. Qu'avez-vous appris sur ces meurtres ?

Je n'aurais pas dû être surpris par l'impertinence et l'indiscrétion de sa question. Les chefs d'entreprise qui ont réussi, dans n'importe quelle petite ville, ont habituellement tendance à considérer les policiers comme de simples prolongements de leur fraternité marchande qui se consacre, de quelque manière mal définie, à la prospérité financière de la communauté. Mais il avait fait la sourde oreille précédemment, avec ses réponses évasives à mes questions, il s'était même montré très satisfait de lui, et il était difficile de l'accepter aujourd'hui comme un simple membre inoffensif du Rotary.

— Peut-être devriez-vous appeler le bureau du shérif ou le FBI, monsieur Lemoyne. Pour l'instant, je suis suspendu de tout service actif.

– Est-ce que Balboni a quelque chose à voir avec la mort de ces femmes ?

– Vous aurait-on dit que c'était le cas ?

– Je vous pose une question honnête, monsieur.

– Et je vous en pose une à mon tour, monsieur Lemoyne, et je vous conseille de la prendre très au sérieux. Auriez-vous des informations personnelles sur une éventuelle implication de Balboni dans un meurtre ?

– Non, aucunement.

– Aucunement ?

– Non, bien sûr que non. Comment le pourrais-je ?

– Alors, pourquoi une aussi grande urgence, monsieur ? Qu'y a-t-il de si pressé ?

– Vous ne continueriez pas à venir ici si vous ne le soupçonniez pas. Est-ce que ce n'est pas vrai ?

– Et quelle différence cela devrait-il faire pour vous ?

La peau de son visage était rouge et grenée, et ses cils battaient nerveusement, tant sa déception était grande.

– Monsieur Robicheaux, je pense... J'ai le sentiment... Je crois qu'on vous a traité injustement.

– Oh ?

– Je crois que j'y ai contribué, qui plus est. Je me suis plaint de vous, de vous et de la femme du FBI.

– Je crois qu'il y a un autre problème à la clef, monsieur Lemoyne. Peut-être tient-il au fait qu'il y a un prix à payer lorsqu'on traite des affaires avec un homme comme Balboni.

– J'essaie d'être honnête avec vous.

– C'est très bien. Prenez vos distances avec Balboni. Débarrassez-vous de vos actions, enfin, faites ce qu'il faut.

– Alors finalement, peut-être bien qu'il a été effectivement mêlé à la mort de ces filles ?

Ses yeux brillaient, rivés aux miens.

– Dites-moi, monsieur Lemoyne. Aimeriez-vous avoir Julie pour voisin de palier ? Aimeriez-vous voir votre fille tourner autour de lui ? L'aimeriez-vous, monsieur ?

– Je trouve votre remarque très choquante.

– *Choquant* s'applique à un jeune cascadeur qui se fait casser le nez et les côtes et arracher l'oreille du crâne pour servir de leçon de choses.

Je vis à ses yeux combien il se sentait insulté et blessé. Il entrouvrit les lèvres puis les referma.

– Pourquoi êtes-vous venu ici, monsieur Lemoyne ?

– Pour voir monsieur Goldman. Pour découvrir tout ce que je pouvais.

– Je pense que vos préoccupations ont un peu tardé à venir.

– Je n'ai rien d'autre à vous dire. Bonne journée, monsieur.

Il alla jusqu'à son automobile et y monta. Tandis que je le suivais du regard, qui s'engageait sur le chemin de terre pour s'en retourner vers le bâtiment de la sécurité, je fus bien obligé de m'interroger sur cette naïveté profondément intéressée si caractéristique du personnage et de ses semblables. Elle était tout autant partie prenante de leur *persona* que les rangées de cartes de crédit et de cartes de membre d'associations diverses qu'ils transportaient dans leur portefeuille, et dont ils usaient, lorsque l'occasion venait s'y prêter, tous autant qu'ils étaient, avec une absence totale d'ingénuité digne d'un grand prix de comédie.

C'était tout au moins ce que je pensais – peut-être dans ma propre naïveté – de Twinky Hebert Lemoyne à ce moment-là.

Lorsque j'arrivai au bâtiment de la sécurité, Murphy Doucet, le garde, était revenu et se trouvait à l'intérieur.

La chaîne était posée dans la poussière. Murphy était penché sur une table et travaillait à quelque chose. Il me fit signe par la fenêtre ouverte et se remit à son ouvrage. Je garai mon camion sur l'herbe et entrai.

Il faisait chaud à l'intérieur de la bâtisse. L'air y sentait le renfermé dans une odeur de colle à maquette. Murphy Doucet leva les yeux d'une énorme maquette en balsa d'une Forteresse volante B-17 qu'il était occupé à poncer. Ses yeux bleus s'agitaient nerveusement derrière des verres épais à double foyer.

— Comment va, Dave ? dit-il.

— Pas mal, Murph. Je cherchais Julie Balboni.

— Il joue au base-ball.

— Au base-ball ?

— Ouais. De temps en temps, il emmène deux ou trois mecs en ville pour s'entraîner à la frappe.

— Où ça ?

— À son ancien lycée, je crois. Dites, est-ce que c'est vous qui avez mis Twinky dans tous ses états à propos de quelque chose ?

— Pourquoi ça ?

— Je vous ai vu lui parler, ensuite je l'ai vu descendre la route à toute blinde comme s'il tirait la tronche.

— Peut-être était-il en retard pour déjeuner.

— Ouais, probablement. Faut pas grand-chose d'ailleurs pour que Twinky tire la tronche. J'ai toujours pensé qu'un petit plus de chatte fraîche dans son existence lui ferait le plus grand bien.

— Il n'est pas marié ?

— Il l'a été dans le temps, jusqu'au jour où sa femme s'est taillée. Juste après lui avoir vidé son coffre de tout son argent. Je ne croyais pas que Twinky allait pouvoir survivre à ce coup-là. Mais c'était il y a bien longtemps.

Il se servit d'un tranchet Exacto pour nettoyer un minuscule point de colle séchée de l'un des moteurs de sa maquette. Il souffla la poussière de ponçage sur les ailes et tint l'avion en l'air.

— Qu'est-ce que vous en pensez ? demanda-t-il.

— Il a l'air chouette.

— J'en ai toute une collection. Tous les avions de la Seconde Guerre mondiale. J'ai montré mon B-17 à Mikey Goldman, et il a dit qu'il pourrait peut-être utiliser ma collection dans un de ses films.

— Ça paraît très bien, tout ça, Murph.

— Vous rigolez ? Il voulait que j'en fasse donation. J'ai compris pourquoi ce radin de juif avait un si gros blair. C'est parce que l'air est gratuit.

— Il me paraît franc comme l'or, ce mec-là, dis-je.

— Essayez donc de travailler pour l'un d'entre eux.

Je le regardai.

— Vous dites que Julie est à son vieux lycée ? dis-je.

— Ouais, lui, un acteur et le mec qui s'appelle Cholo.

Il posa ses verres à double foyer sur sa table de travail et passa les mains sur la surface lisse et blonde de son avion. Il avait la peau ridée, aussi brune qu'une feuille de tabac séchée.

— Merci de m'avoir consacré un peu de votre temps, dis-je.

— Passez donc plus souvent vous faire offrir le café. On se sent tout seul à rester assis dans cette cabane.

— À propos, est-ce que vous savez ce qui pourrait bien expliquer la présence d'une troupe d'avocats autour de Goldman ?

— Qui peut savoir les raisons qui les poussent à agir, ces fils de putes d'Hollywood ? Vous avez de la chance, Dave. J'aimerais bien encore être un vrai flic. Ça me manque.

Il se frôla du dos des doigts la cicatrice d'un blanc d'amidon qu'il portait à la gorge.

Une demi-heure plus tard, tandis que les nuages de pluie barattaient, noirs et épais, au-dessus de nos têtes, tels des panaches de fumée lourde coagulés dans le ciel lorsque brûle un puits de pétrole, je rangeai mon camion près du losange de baseball de mon ancien lycée, déserté de ses élèves pendant l'été, où Baby Feet et moi avions joué quand nous étions gamins. Il se tenait sur son plot, seulement vêtu d'un short de gym mauve, une paire de pointes aux pieds, le poil noir de son corps énorme luisant de sueur, les muscles ondulant comme une eau qui se ride chaque fois qu'il renvoyait une balle dans les profondeurs de l'avant-champ à l'aide d'une batte en aluminium d'un bleu brillant.

Je longeai les chênes gravés aux noms des couples de lycéens amoureux, les gradins gris, lavés de toute peinture, qui s'affaissaient, traversai l'avant-champ à l'herbe usée en direction du filet d'arrêt en grillage à poules vers le puissant coup de batte de Julie, qui renvoyait les balles sur leurs trajectoires en arc, pareilles à de minuscules taches blanches, bien au-dessus des têtes de Cholo et d'un bel homme au torse nu, dont les mouvements rythmés et la teinte uniforme du corps lisse me firent penser à une eau en train d'onduler. Un sac en toile rempli déversait ses balles de base-ball aux pieds de Julie, dont les sourcils épais étaient perlés de gouttes de sueur tandis que la concentration se lisait dans son regard brillant et enfiévré. Il se pliait en deux sans effort en dépit de sa haute taille, ramassait une balle du bout des doigts et la lançait en l'air ; je vis alors son regard tiquer sur moi et son pied gauche s'avancer dans la cage du batteur, à l'instant précis où il fouettait l'air de sa batte en aluminium pour faire cracher une balle en rase-mottes puissante comme un boulet de canon tout à côté de mes chevilles.

Je regardai la balle rebondir entre les chênes et rouler dans la rue.

— Joli coup pour une balle irrégulière, dis-je.

— Elle m'a paru tout à fait bonne.

— Tu n'as jamais été très fort sur les règles et les limites, Feet.

— Ce qui compte, c'est le score final, mon gars.

Une nouvelle balle résonna au contact de sa batte métallique et monta en arc, haut dans le champ extérieur. Cholo tournait en rond, un peu à l'estime, en essayant de se placer sous la balle, ses boucles d'un roux grisonnant collés sur le crâne, son gant tendu en l'air comme une patte palmée d'amphibien. La balle tomba soixante centimètres derrière lui.

— J'ai entendu dire que tu avais été très occupé sur les lieux du tournage, dis-je.

— Comment ça ?

— À démolir un jeune gars qui ne t'avait rien fait.

— Il y a deux versions à chaque histoire.

— Le gamin t'avait fait du mal d'une quelconque manière, Julie ?

— Peut-être qu'il a de mauvaises fréquentations.

— Oh, je vois. Elrod Sykes t'a fait passer un mauvais moment ? C'est lui, la mauvaise fréquentation ? Tu te fais du souci pour un mec qui se traîne vingt-quatre heures sur vingt-quatre soit une biture soit une gueule de bois ?

— Comprends ça comme tu veux.

Il balança la balle en l'air d'une pichenette et l'aligna jusqu'au-delà du deuxième but.

— Qu'est-ce que tu as à gagner là-dedans, Dave ?

— Il semblerait qu'Elrod se soit senti obligé de venir à ma rescousse auprès de toi. Je regrette qu'il ait fait ça.

323

— Dave, tout le monde regrette.

— Sauf que ça me pose un problème que tu aies gravement blessé un homme, peut-être à cause de moi.

— Peut-être que tu te flattes.

Il se mit en équilibre sur un pied et commença à tapoter ses pointes de sa batte pour en dégager la terre.

— Je ne crois pas. Tu as un gros problème quand ton orgueil est en jeu, Julie. Et tu as toujours été comme ça.

— À cause de toi ? Si ma mémoire ne me fait pas défaut, il y a quelques années de ça, un homme de couleur, un cireur de chaussures, était sur le point de te tirer sur le cordon à lumière de manière définitive. Je ne me souviens pas que ça t'ait gêné ce soir-là que je te tire les miches de la poêle à frire.

— Tout ça, c'est du passé, Feet.

— Alors ne prends pas tout tellement au sérieux. Tiens, il y a un autre gant dans le sac.

— Le cascadeur a quitté la ville. Il ne va pas porter plainte. Je pense que tu es déjà au courant.

Il passa la paume de la main sur l'extrémité effilée de sa batte.

— C'est merdique et indigne, ce que tu as fait, dis-je.

— Peut-être bien. Mais peut-être aussi que j'ai mon point de vue à défendre. Du genre, j'étais avec une nana quand ce putain de sauvage s'est mis à cogner sur la paroi de ma caravane.

— Il est chez moi maintenant, Julie. Et je veux que tu le laisses tranquille. Je me fiche pas mal qu'il te cherche des crosses ou pas.

Il lança une nouvelle balle en l'air et la frappa avec un grand *whang* sur l'homme torse nu sur le champ gauche. Puis il inspira brutalement par le nez.

— Très bien. Je n'envisage pas particulièrement d'aller l'embêter, ton mec, dit-il. Mais pas parce que tu es venu ici, Dave. Pourquoi est-ce que je chercherais à avoir des problèmes avec le mec qui est la vedette de mon film ? Tu crois que j'aime bien que ces gens-là me collent la migraine ? Tu crois que j'aime perdre de l'argent ?... On est bien d'accord là-dessus ?... Pourquoi t'arrêtes pas de me regarder comme ça ?

— Un flic de Lafayette pense que c'est toi qui es responsable du coup monté.

— Tu veux parler de la fusillade devant le Red's Bar ? Sois un peu sérieux, tu veux bien ?

Il effectua un nouveau lancer assez violent pour atterrir jusque dans la rue, avant de se plier en deux pour ramasser une nouvelle balle, le ventre couvert de plis comme un cuir d'éléphant.

— Ce n'est pas ton style, hein ? dis-je.

— Allons, Julie, en toute franchise et sans détours, regarde un peu tout ce que tu as pu faire par le passé. Même quand nous étions gamins, il fallait toujours que tu règles tes comptes, jamais tu n'as été capable de laisser passer une insulte ou une blessure. Tu te souviens de la fois où tu as descendu la cheville de ce môme avec tes pointes ?

— Ouais, je me souviens. Je me souviens aussi qu'il a essayé de me viser les yeux avec les *siennes*.

Le ciel avait presque viré au noir maintenant, et le vent faisait voler la poussière à la surface du losange.

— Tu es riche et puissant. Pourquoi ne laisses-tu pas tomber ?

— Laisser tomber quoi ? Putain, mais de quoi tu parles ?

— À te trimballer toute cette furie rentrée, à essayer de prouver que t'es un grand, un dur, à te bagarrer avec ton vieux, enfin cette force qui te pousse sans cesse.

— Où crois-tu que ça va te mener à me parler sur ce ton-là ?

– Allons, Julie. Nous avons grandi ensemble. Garde tes poings pour quelqu'un d'autre.

– C'est bien vrai, ça. C'est peut-être pour ça que je laisse passer des trucs de ta part que je n'encaisserais de personne d'autre.

– C'est quoi, encaisser, hein ? Ton père te tabassait à coups de tuyau d'arrosage. Ça, je ne l'ai pas inventé. Et tu lui as incendié sa boîte de nuit.

– Il commence à pleuvoir. Je crois qu'il est temps que tu t'en ailles.

Il ramassa une nouvelle balle et la fit rebondir au creux de sa paume.

– J'ai essayé, collègue.

– Oh, ouais ? Et ça veut dire quoi ?

– Rien du tout.

– Non, tu veux dire que tu es venu jusqu'ici pour me donner un avertissement.

– Pourquoi penses-tu que chaque lancer soit toujours une balle à effet, Julie ?

Il regarda au loin, vers le champ extérieur, avant de revenir sur moi.

– Tu as fait des remarques sur ma famille. Et je n'aime pas ça, dit-il. Je suis fier d'être italien. Je suis même fier de mon vieux. Les gens qui dirigeaient cette ville à l'époque ne valaient pas la sueur qui lui collait aux couilles. À New Iberia, on était tout le temps « des macaronis », des « Ritals », parce que vous autres, les coonass, vous êtes trop cons tous autant que vous êtes pour savoir ce qu'était l'Empire romain. Alors tire-toi ailleurs et va renifler un autre air que le mien quand tu parles de ma famille, ou de mes problèmes, ou de ma vie passée ou présente, tu comprends ce que je te dis, Dave ?

– Quelqu'un t'a obligé à devenir trafiquant de came ? C'est ça que tu es en train de me raconter ?

– Je suis en train de te dire de foutre le camp et de rester loin de moi.

– Tu fais une victime bien peu convaincante, Julie. À un de ces quatre. Je crois que le sida se transmet bien plus facilement qu'on ne le croit.

Je vis les gouttes de pluie battre la poussière lorsque je m'éloignai en direction de la première base. J'entendis alors une balle résonner contre la batte d'aluminium et s'écraser dans les ramures en surplomb. Je me retournai juste à temps pour voir Julie jeter une nouvelle balle en l'air et frapper en arc de cercle, jambes légèrement écartées, torse en pivot, les poignets claquant au contact lorsque la batte vint mordre la balle pour l'expédier en ligne droite et blanche en direction de mon visage.

Lorsque j'ouvris les yeux, j'aperçus un épais amas de nuages noirs qui s'étiraient sur tout le ciel depuis l'horizon au sud jusqu'à une bande de bleu soyeux au nord. La pluie avait la couleur chaude et ambrée du whiskey, mais elle ne faisait aucun bruit et elle frappait ma peau avec la sécheresse de pétales de fleurs dans une bourrasque.

Le Général était assis sur le premier banc des gradins, sans veste, la chemise gonflée par le vent, un étui garni de son revolver à balles et amorces séparées pendu à l'épaule droite. Les lettres de laiton poli CSA[1] luisaient doucement sur la couronne de son chapeau gris. Je sentais une odeur de chevaux, j'entendais les cris des conducteurs et le bruit des chariots qui craquaient dans la rue. Deux soldats se séparèrent d'un groupe dans les chênes, me remirent debout et me firent asseoir sur la planche de bois, tout à côté du Général.

---

1. Confederate States of America. *(N.d.T.)*

Il me montra le premier but de sa béquille. Mon corps gisait sur le flanc dans la poussière, j'avais encore les yeux partiellement roulés vers le ciel. Cholo et l'acteur de films pornographiques couraient depuis le champ extérieur en direction du but principal tandis que Julie remettait la batte d'aluminium dans le sac à balles en toile. Mais tous autant qu'ils étaient, ils se déplaçaient au ralenti, pareils à des créatures qui essaieraient de se libérer avec force d'une présence gélatineuse invisible qui leur engluait le corps.

Le Général sortit une montre en or épaisse comme un biscuit au babeurre de sa poche de pantalon, en ouvrit le couvercle, consulta l'heure et se tortilla sur son siège pour regarder les soldats en train de former les rangs dans la rue. Ils vissaient leur baïonnette à l'extrémité de leur fusil, enfilaient leurs poches de cartouches en papier et de balles Minié au centre de leur ceinturon, attachaient leurs paquetages aux couvertures roulées sur le dos de manière à avoir les bras libres. Je vis un homme mettre des chaussettes roulées à l'intérieur de sa vareuse, à l'emplacement du cœur. J'en vis un autre qui plaçait une Bible au même endroit. Un gamin, qui n'avait guère plus de seize ans, la casquette bien enfoncée sur sa petite tête, déploya l'étendard Stars and Bars[1] de son pieu de bois et le souleva pour le faire claquer au vent.

Puis, au nord, là où le ciel encore bleu n'avait pas été scellé par les nuages d'orage, je vis éclater des panaches de fumée noire, tels des oiseaux aux ailes déchiquetées, et j'entendis le tonnerre se répercuter en écho dans les arbres et entre les bâtiments de bois du côté opposé de la rue.

---

1. Premier drapeau des États confédérés ; trois barres de rouge, blanc et rouge avec étoiles blanches en cercle représentant les États ayant fait sécession. *(N.d.T.)*

– *Qu'est-ce que c'est que ça ?* lui demandai-je.

– *Vous n'avez jamais entendu ce bruit, ce claquement électrique, auparavant ?*

– *Ce sont des explosions d'obus, n'est-ce pas ?*

– *C'est l'artillerie du général Banks qui fait feu depuis le Teche. Il s'est cependant trompé de cible. Il y a une communauté de noirauds sous les obus. Avez-vous vu des choses semblables dans votre guerre ?*

– *Oui, sur le Mékong. Quelques villageois ont tenté de fuir un barrage d'artillerie. Ils se sont fait surprendre dans la rizière. Lorsque nous les avons enterrés, leurs visages donnaient tous l'impression d'avoir été pris par une affreuse tourmente.*

– *Alors, vous savez donc que c'est des innocents qu'il nous faut nous préoccuper le plus ?*

Avant que je puisse répondre, je vis Cholo et l'homme au torse nu qui contemplaient mon corps gisant, leurs visages perlés de pluie. Julie resserra le cordon de fermeture du sac, qu'il balança sur l'épaule.

– Montez dans la Caddy, les mecs, dit-il.

– Qu'est-ce qui s'est passé, Julie ? dit Cholo.

Il portait des chaussures de tennis sans chaussettes, un polo imprimé style batik, et un slip de bain jaune urine serré sur le scrotum. Des poils ressortaient des bords du slip comme de minuscules fils de cuivre.

– Il s'est retrouvé sur la trajectoire de la balle, dit Julie.

– Le mec a un bel œuf de pigeon dans les cheveux, dit le torse nu. Peut-être faudrait-il l'emmener à l'hôpital ou quelque chose.

– Laissez-le tranquille, dit Julie.

– On va juste le laisser là ? demanda Cholo.

– À moins que tu ne veuilles rester assis sous la pluie, dit Julie.

– Hé, allons, Feet, dit Cholo.

– Quel est le problème ? dit Julie.

– C'est pas le mauvais mec, pour un flic. Vous rentrez, d'accord ?

– Il a la diarrhée du bec. Peut-être que, cette fois, ça lui servira de leçon, dit Julie.

– Ouais, mais ça veut pas dire qu'on peut pas déposer ce mec à l'hôpital. Je veux dire, c'est pas bien de le laisser là sous cette putain de flotte, Julie.

– Tu veux recommencer à signer tes propres chèques de salaire ? C'est ça que t'es en train de me dire, Cholo ?

– Non, ce n'est pas ce que j'ai dit. J'essayais juste d'agir de façon raisonnable. C'est pas ce que tu dis toujours ? Pourquoi foutre les mecs du coin en rogne ?

– On ne fout personne en rogne. Même son propre service pense que c'est un ivrogne et un emmerdeur de première. Il a eu ce qu'il méritait. Alors, vous venez, les mecs, ou pas ? dit Julie.

Il ouvrit le coffre de la limousine Cadillac mauve et y balança son sac qui tomba avec un bruit de ferraille. L'acteur porno le suivit, essuyant sa poitrine et son beau visage de sa chemise roulée en boule. Cholo hésita, les regarda s'éloigner fixement, puis arracha le coussin du premier but de ses points d'ancrage et le posa de profil contre le côté de mon visage pour protéger celui-ci de la pluie. Puis il courut rejoindre les deux autres.

La bande de ciel bleu au nord s'était remplie de fragments déchirés de fumée. J'entendais un claquement sonore chaque fois qu'un obus éclatait au-dessus de la ligne des arbres au lointain.

– *Qu'alliez-vous me dire ?* demandai-je au Général.

– *Que c'est des innocents qu'il faut nous préoccuper. Et lorsqu'il s'agit de leur protection, nous ne devrions pas hésiter à utiliser tous les moyens, légaux*

330

ou non : pas de règles, pas de quartier, pas de prison-
niers.

    — Je ne comprends pas.

    — J'ai peut-être l'impression de vous avoir trompé.

    — Comment cela ?

    — Peut-être ai-je donné à croire que vous aviez été choisi comme partie prenante de quelque grande cause chevaleresque.

Le visage était soucieux, comme si son vocabulaire était mal adapté pour expliquer ses idées. Puis il détourna la tête et regarda la pluie, les yeux soudain mélancoliques.

    — Ce que j'ai vraiment perdu, je ne l'ai pas perdu à la guerre, dit-il. *Mais ensuite.*

Il se retourna lentement et me regarda droit dans les yeux.

    — La fièvre jaune ne m'a pas seulement pris la vie mais aussi les vies de mon épouse et de ma fille, mon-sieur Robicheaux.

Il attendit. La pluie tombait comme des confettis qu'on aurait soufflés sur ma peau. Je cherchai son regard, et mon cœur commença à battre contre mes côtes.

    — Ma famille ?

    — Si vous êtes un brave et un homme d'honneur et que vos ennemis ne peuvent vous détruire personnelle-ment, ils chercheront à détruire ce que vous aimez.

Il fit signe de sa béquille à l'adresse d'un sergent qui menait un hongre blanc sellé sur le côté des gradins.

    — Attendez une minute, Général. Ce n'est pas suffi-sant, dis-je.

    — C'est tout ce que j'ai, répondit-il, maintenant monté en selle, le dos droit, les rênes enveloppant son poignet ganté.

    — Qui irait essayer de leur faire du mal ? Qu'auraient-ils à gagner ?

– Je ne sais pas. Mais gardez le petit Sykes auprès de vous. C'est quelqu'un de bien. Vous vous souvenez de ce que Robert Lee a dit un jour : « Les Texans les repoussent à tout coup. » Je vous souhaite le bonjour, Lieutenant. L'heure est venue pour nous d'aller offrir à Bonnie Nate Banks la bienvenue en Louisiane du Sud-Ouest.

Il enfonça alors l'éperon de sa botte gauche dans le flanc de son cheval, rejoignit au galop la tête de son infanterie, et s'exclama d'une voix enjouée et tonitruante :

– Hidehoo, les gars ! C'est une belle journée pour ce qui nous attend. Redonnons-leur à tous un peu de religion !

Un peu plus tard, je me redressai et m'assis à même le sol sous la pluie, les vêtements trempés, le coussin de but sur les genoux, une boule dure et ronde de la taille d'un demi-dollar qui palpitait quelques centimètres derrière l'oreille. Un vieux jardinier noir se penchait sur moi, le visage soucieux. Au bout de la rue, je vis s'approcher dans ma direction une ambulance sous la pluie.

– Z'allez bien, m'sieur ? dit le Noir.

– Oui, je crois.

– J'vous ai vu là et j'ai bien cru que z'étiez saoul. Mais on dirait qu'y a quelqu'un qui vous a remonté la tête.

– Voudriez-vous m'aider, s'il vous plaît ?

– Sûr. Z'allez bien ?

– Pourquoi, oui. Bien sûr que je vais bien. Avez-vous vu un homme à cheval ?

– Le marchand de sucettes, y est passé. Sa p'tite carriole, al' a un cheval. C'est de li que vous voulez parler ?

Le Noir m'allongea délicatement sur le banc inférieur des gradins. La pluie commençait à tomber fort, mais tout à côté de moi, là où le Général s'était tenu assis, le bois était marqué d'une zone pâle et sèche aussi chaude au toucher qu'un tissu vivant.

15

Le ciel était clair quand je m'éveillai au matin; j'entendais les écureuils gris courir sur l'écorce des arbres à l'extérieur de la fenêtre. La poche de glace que j'avais posée sur ma bosse derrière l'oreille tomba par terre lorsque je sortis du lit pour répondre au téléphone.

– J'ai appelé ton bureau et j'ai appris que tu étais toujours suspendu, dit Lou Girard. Qu'est-ce qui se passe donc là-bas?

– Exactement ça. Je suis toujours suspendu.

– On dirait qu'il y a quelqu'un qui en bande sérieusement pour ta pomme, Dave. En tout cas, j'ai discuté avec cet agent du FBI – c'est quoi son nom déjà? – Gomez, aussi bien qu'avec ton patron. Nous avons passé la Buick à l'aspirateur. Devine ce que nous avons trouvé?

– Je ne sais pas.

– De la bourre de papier. Du genre de celles qu'on utilise pour sceller les cartouches à blanc. On dirait qu'on t'a tiré dessus au pistolet de starter. Le mec s'est probablement penché par la portière passager, il a lâché deux coups et, ensuite, il s'est tiré.

– Qu'est-ce que le shérif a répondu quand tu lui as dit ça?

– Pas grand-chose. J'ai eu le sentiment qu'il ne se sentait peut-être pas si bien que ça dans ses pantoufles. Il n'a pas l'air fin, je te l'accorde, quand l'un de ses hommes est obligé de se faire laver des accusations qui pèsent sur lui par un flic et un légiste d'une autre paroisse. J'ai cru entendre couler dans le fond un petit filet d'eau à la Ponce Pilate.

— Ç'a toujours été un mec réglo. C'est juste qu'il est allé un peu trop près des grosses huiles de la Chambre de commerce.

— D'un autre côté, tes amis ne passent pas non plus leur temps au billard quand des civils t'entubent en te bourrant le cul à coups de latte.

— En tout cas, c'est une sacrée bonne nouvelle, Lou. Je te dois une partie de pêche sur Pecan Island.

— Attends une minute, je n'en ai pas terminé. La femme Gomez a quelques théories intéressantes sur les tueurs en série. Elle dit que les mecs cherchent à exercer leur mainmise et leur pouvoir sur les gens. Alors ça m'a donné à réfléchir sur la fille LeBlanc. Si ton amie du FBI a raison et si le mec qui l'a tuée est bien du coin, quel genre de boulot pourrait-il faire ?

— Il se peut que ce ne soit qu'un mac, Lou.

— Ouais, mais la fille s'est fait épingler pour prostitution quand elle avait seize ans, d'accord ? Ce qui veut dire que le tribunal a donné à quelqu'un tout pouvoir sur l'existence de la môme. Et si c'était un agent des Mises à l'épreuve ou un responsable de conditionnelle qui l'avait fait marner dans le pain de fesses ?

— J'ai vu le cadavre. Je crois que le mec qui l'a mutilée a un haut fourneau en guise de cervelle. Et je crois qu'il aurait bien du mal à le cacher dans un environnement de cols blancs.

— Ce sont les gratte-papier qui ont offert au monde Auschwitz, Dave. De toute manière, c'est à Lafayette qu'elle s'était fait agrafer pour prostitution. Je saurai bien si son agent de mises à l'épreuve ou son assistante sociale sont toujours dans le coin.

– Okay, mais je continue à croire que c'est à une sorte de mac que nous avons affaire.

– Non. Ce mec sait comment ça marche de l'intérieur. Il nous a roulés tous les deux dans la farine pour cette histoire du Red's Bar.

Lou n'avait jamais bien encaissé l'autorité en col blanc, en fait, c'était presque une obsession chez lui, et je n'allais pas discuter.

– Tiens-moi au courant de ce que tu auras trouvé, dis-je.

Mais il n'était pas du genre à laisser tomber aussi facilement.

– Il y a trente-sept ans que je suis dans les forces de l'ordre, dit-il. J'ai perdu le compte du nombre de raclures que j'ai aidé à expédier au trou. Et tu crois que la Louisiane s'en porte mieux ? Tu connais la réponse. Regarde-la bien en face. Les véritables fils de pute sont ceux qu'on n'arrive pas à toucher.

– Ne te laisse pas trop déprimer, Lou.

Je lui parlai de la balle que Julie m'avait envoyée de plein fouet sur le côté de la tête. Avant de lui raconter le reste.

– J'ai demandé aux infirmiers qui avaient signalé l'incident. Ils m'ont dit que l'appel était anonyme. J'y suis repassé un peu plus tard, et j'ai écouté les bandes de Police-Secours. Il s'agissait d'un mec du nom de Cholo Manelli. C'est…

– Ouais, je sais qui c'est. Cholo a fait ça ?

– Il n'y a pas à se tromper sur cet accent de l'Irish Channel qui sort d'un nez cassé.

– Il te doit quelque chose ou quoi ?

– Pas vraiment. Mais c'est un soldat de la pègre, un vieux de la vieille. Il sait qu'on ne se met pas les flics à dos inutilement. Peut-être que Julie commence à perdre le contrôle de ses troupes.

– C'est une idée. Mais reste à l'écart de Balboni jusqu'à ce que tu récupères ta plaque. Reste aussi à l'écart des terrains de base-ball. Pour un mec sobre, t'as sacrément la manière pour aller cracher dans la gueule du lion.

Après avoir raccroché, je pris une douche, enfilai un pantalon en crépon de coton à rayures, des mocassins marron, une chemise anthracite avec une cravate à rayures rouges et grises et me fis couper les cheveux et cirer les chaussures en ville. La peau du crâne me picota lorsque les ciseaux du coiffeur taillèrent les che- veux de ma bosse derrière l'oreille. Par la fenêtre en façade, je vis la limo mauve de Julie Balboni descendre Main Street. Le coiffeur interrompit son ouvrage. La boutique était vide, à l'exception du cireur de chaus- sures.

– Dave, comment que ça se fait que c't'homme, y soit encore par 'ci ? dit le coiffeur.

Son ventre rond effleura mon coude.

– Il n'a pas mis en colère les personnes qu'il fallait.

– Y est bon à rien, ç'ui-là. Y a rien à faire par 'ci.

– Je pense que tu as raison, Sid.

Les ciseaux reprirent leur ouvrage. Puis, presque comme s'il y pensait à deux fois, l'air de rien, Sid ajouta :

– Z'allez le faire partir d'la ville ?

– Il y a des hommes d'affaires qui se font plein d'argent grâce à Julie. Je crois qu'ils aimeraient bien se le garder dans le coin un moment.

Ses mains s'arrêtèrent à nouveau, et il avança vers l'avant du fauteuil pour que je puisse voir son visage.

– C'est pas le reste de nous z'autres, ça, non, dit-il. On aime pas avoir c't'homme à New Iberia. On n'aime pas sa came, on n'aime pas les criminels qu'y nous ramène de La Nouvelle-Orléans. Tu diras à c't'homme pour qui tu travailles qu'on va s'en souvenir quand y faudra voter.

— Est-ce que je pourrais t'offrir une tasse de café et un beignet ce matin, Sid ?

Un peu plus tard, les cheveux encore mouillés et peignés, je quittai la chaleur du jour pour pénétrer dans la fraîcheur climatisée des services de police où je me dirigeai vers le bureau du shérif. Je jetai au passage un coup d'œil par la porte de mon propre bureau. Rosie ne s'y trouvait pas mais Rufus Arceneaux y était installé. Il n'était pas en uniforme mais avait revêtu complet bleu, cravate et chemise de soie au brillant moiré du fer-blanc. Il était assis derrière mon bureau.

Je m'appuyai contre le jambage de la porte.

— L'appareil à affûter les crayons ne marche pas très bien, mais il y a un canif dans le tiroir que tu peux toujours utiliser, dis-je.

— Je n'ai pas cherché à quitter l'uniforme. C'est le vieux qui m'a donné le poste de flic en civil.

— Je suis content de constater que tu montes en grade, Rufus.

— Écoute, Dave, ce n'est pas moi qui suis sorti pour aller me faire foirer le coup sur les lieux de tournage de ce film.

— Mais j'ai pourtant entendu dire que tu y étais. À fouiner un peu partout. Probablement que tu essayais de m'innocenter de tous les soupçons dont on m'avait chargé.

— J'ai obtenu un diplôme d'équivalence quand j'étais dans les Marines. Toi, tu es diplômé de l'Université. Tu as été inspecteur de la Criminelle à La Nouvelle-Orléans. Tu veux me rendre responsable de tous tes ennuis ?

— Où est Rosie ?

— Descendue dans la paroisse de Vermilion.

— Pour quoi faire ?

— Comment je le saurais ?

— A-t-elle dit quoi que ce soit à propos de Balboni qui aurait des ennuis sur le plan juridique avec Mikey Goldman ?

— Quels ennuis…

Son regard se voila, comme une vase remuée en eau sombre.

— Quand tu la verras, veux-tu lui demander de m'appeler ?

— Laisse-lui un message dans sa boîte, dit-il.

Il posa les bras sur mon sous-main, redressa le dos, et tourna son regard vers la fenêtre comme si je n'étais pas là.

Lorsque je pénétrai dans le bureau du shérif, celui-ci se versait dans un verre un liquide blanchâtre d'un flacon de médicament en verre marron. Une douzaine de feuilles de papier étaient étalées sur son bureau. La lumière indiquant un appel en attente clignotait sur le clavier de son téléphone. Il ne dit rien. Il but, vida son verre, le remplit à nouveau à la fontaine d'eau fraîche et but encore, avec des mouvements de glotte qui laissaient à penser qu'il cherchait à laver son métabolisme d'un médicament sur ordonnance indésirable.

— Comment va, podna ? dit-il.

— Plutôt bien maintenant. J'ai eu une conversation avec Lou Girard ce matin.

— Moi aussi. Assieds-toi.

Il décrocha le téléphone et s'adressa à l'interlocuteur en attente.

— Je suis pas sûr de ce qui a pu se passer réellement. Quand je le saurai, je vous rappellerai. D'ici là, Rufus sera suspendu. Espérez simplement que nous ne soyons pas obligés de faire voter une taxe sur les ventes pour régler les factures sur cette affaire.

Il raccrocha le téléphone et pressa le plat de la main sur son estomac. Il fit une grimace comme si une petite flamme lui remontait le long de la trachée.

– As-tu déjà eu des ulcères ? demanda-t-il.

– Non.

– J'en ai un. Si ce médicament que j'avale ne m'en débarrasse pas, il se peut qu'on soit obligé de m'opérer.

– Je suis désolé de l'entendre.

– C'était au bureau du procureur que je parlais juste à l'instant. On nous poursuit en justice.

– Sur quelle accusation ?

– Une Noire âgée de soixante-seize ans a tué son vieux à coups de fusil hier soir, elle a ensuite abattu ses deux chiens et s'est tiré une balle dans le ventre. Notre cher Rufus l'a menottée au chariot d'ambulance avant de revenir au bureau. Il ne s'est pas embarrassé et n'a même pas donné la clef des menottes aux infirmiers. La femme est morte devant la salle des urgences.

Je ne dis rien.

– Tu es d'avis que nous avons ce que nous méritons, hein ? dit-il.

– Peut-être qu'il aurait procédé de la même façon, même si on ne l'avait pas promu au grade de flic en civil, shérif.

– Non, parce qu'il n'aurait pas été le gradé responsable dans ce cas. Il n'en aurait pas eu l'occasion.

– Quel est mon statut ce matin ?

Il se frotta une narine d'une jointure de doigt.

– Je ne sais pas comment te dire ça, dit-il. Nous avons foiré dans les grandes largeurs. Non, c'est moi qui ai foiré.

J'attendis.

– Je t'ai fait du tort, Dave, dit-il.

– Les gens commettent des erreurs. Peut-être avez-vous pris la meilleure décision possible sur le moment.

Il écarta les mains, ses paumes tournées vers moi.

– Non, rien du tout, dit-il. J'ai appris en Corée qu'un bon officier défendait ses hommes. Je n'ai pas attrapé cet ulcère à cause de la stupidité de Rufus Arceneaux. Mais bien parce que je prêtais l'oreille à des mecs du coin auxquels j'aurais mieux fait de dire de virer leurs fesses du bureau du shérif.

– Personne n'est censé gagner à tous les coups, shérif.

– Je veux que tu reprennes le travail dès aujourd'hui. Je toucherai un mot à Rufus de son nouveau statut. Cette vieille Noire est en partie ma responsabilité. Je ne sais pas pourquoi j'ai fait passer ce mec en civil. On n'envoie pas un phacochère à un concours de beauté.

Je lui serrai la main, traversai la rue jusqu'à un barbecue installé dans un bouquet de chênes verts, mangeai une assiette de gros riz brun épicé avec des travers de porc et des haricots rouges et revins en flânant jusqu'au bureau tout en sirotant une boîte de Dr Pepper bien frais. Rufus Arceneaux n'était plus là. J'agrafai mon insigne à ma ceinture, m'assis dans le fauteuil pivotant derrière mon bureau, orientai les ailettes du climatiseur droit sur mon visage et ouvris mon courrier.

Rosie rayonnait littéralement lorsqu'elle franchit la porte du bureau une heure plus tard.

– Mais qu'est-ce que je vois là ? dit-elle. Et en plus, les cheveux coupés de frais et les chaussures cirées.

– Comment va ma fédé préférée ?

– Dave, vous avez une allure magnifique.

– Merci, Rosie.

– Je ne peux pas vous dire à quel point c'est agréable de vous retrouver à votre bureau.

Son visage rayonnait d'un bonheur sincère, au point que je m'en sentis vaguement mal à l'aise.

— Je suis en dette avec vous et Lou Girard sur ce coup. Et une grosse dette, dis-je.

— Est-ce que vous avez déjeuné ?

— Ouais, c'est fait.

— Pas de chance. Demain, je vous invite. Okay ?

— D'accord. C'est super.

Elle s'assit derrière son bureau. Elle avait le cou rouge d'émotion et ses seins se soulevaient contre le tissu du chemisier à chaque inspiration.

— J'ai reçu un coup de fil ce matin d'un vieux Français qui tient un bazar sur la Highway 35 dans la paroisse de Vermilion. Vous savez ce qu'il a dit ? « Hé, z'avez-t-y attrapé l'homme qui a mis c'te jeune fille dans le baril ? »

Je lui remplis un verre d'eau que je posai sur son bureau.

— Il sait quelque chose ? dis-je.

— Mieux que ça. Je pense qu'il a vu le mec qui a commis le meurtre. Il a dit qu'il se souvenait, il y a un mois de cela, ou à peu près, d'une fille blonde qui est entrée dans sa boutique un soir sous la pluie. Il a dit qu'il avait commencé à se faire du souci à cause d'un homme dans le magasin qui observait la fille d'une drôle de façon.

Elle ouvrit son calepin et le consulta.

— Voici les paroles du vieux : « Suffisait juste de regarder le visage de c't' homme pour savoir qu'il avait de sales idées en tête. » Il a dit que la fille avait un sac à dos en toile et qu'elle l'avait toujours lorsqu'elle est ressortie vers la grand-route sous la pluie. L'homme l'a suivie, puis il est revenu quelques minutes plus tard et a demandé au vieux s'il vendait des ballons rouges.

– Des ballons ?

– Si vous pensez que ça paraît étrange, qu'est-ce que vous allez dire de ça ? Quand le vieux a répondu que non, l'homme a trouvé une vieille boîte de sucreries de la Saint-Valentin sur l'étagère du fond, et il a dit qu'il prendrait ça à la place.

– Je suis incapable de voir le moindre rapport, dis-je.

– Le propriétaire du magasin a observé l'homme avec sa boîte de bonbons par la fenêtre. Il a dit que juste avant de sortir du parc de stationnement, il a balancé la boîte dans le fossé. Au matin, le vieux bonhomme est sorti et l'a retrouvée dans les herbes. L'enveloppe de cellophane avait disparu.

Elle étudia mon visage.

– À quoi pensez-vous ?

– A-t-il vu le gars faire monter la fille dans sa voiture ?

– Il n'en est pas sûr. Il se rappelle que l'homme était dans une voiture bleu foncé, et il se souvient des feux de stop qui se sont allumés sous la pluie.

Elle continuait à étudier mon visage.

– Voici le reste de l'histoire. J'ai fouillé les étagères du fond de la boutique et j'ai découvert une autre boîte de confiserie dont le propriétaire dit qu'elle est identique à celle qu'a achetée l'homme à la voiture bleue. Devinez un peu la couleur du cellophane.

– Rouge ou mauve.

– Vous l'avez dit, grand flic, répondit-elle en s'appuyant au dossier de son fauteuil.

– Il l'a enveloppé autour d'un projecteur n'est-ce pas ?

– C'est ce que je parierais.

– Le propriétaire du magasin pourrait-il décrire le mec ?

– C'est là le problème.

Elle tapota d'un stylo-bille le sous-main de son bureau.

– Tout ce dont se souvient le vieux bonhomme, c'est que le mec avait un capuchon de pluie.

– Pas de chance. Pourquoi ne nous a-t-il pas contactés plus tôt ?

– Il déclare qu'il a raconté tout ça à quelqu'un, il ne sait pas qui, aux services du shérif de la paroisse de Vermilion. Il a dit que quand il a rappelé hier on lui a donné mon numéro. Est-ce que la coopération inter-services marche toujours aussi bien chez vous ?

– Toujours. Est-ce qu'il a encore la boîte de sucre-ries ?

– Il a dit qu'il a donné les sucreries au chien et jeté la boîte aux ordures.

– Alors peut-être avons-nous affaire à un mec qui se fait passer pour un flic ? dis-je.

– Ça pourrait expliquer des tas de choses.

Inconsciemment, je palpai la bosse que j'avais der-rière l'oreille.

– Qu'est-ce qu'il y a ? dit-elle.

– Rien. Peut-être que notre homme se trouve être simplement un tueur en série ou un psychopathe après tout. Peut-être qu'il n'a rien à voir avec Julie Balboni.

– Est-ce que cela vous ferait plaisir ou non ?

– Honnêtement, je suis incapable de vous le dire, Rosie.

– Oh que si, vous en êtes capable. Vous espérez toujours que même le pire d'entre eux aura un peu de bon en lui. Ne faites pas ça avec Balboni. Au plus pro-fond de ce gros tas de lard à baleine, il n'y a qu'une vraie merde, Dave.

Au-dehors, un prisonnier de confiance qui coupait l'herbe sectionna la tête en laiton d'un arroseur avec sa tondeuse. Un violent jet d'eau inonda le mur et se mit à dégouliner sur les carreaux. Dans le fracas soudain, en cet espace de temps qui suffit à notre œil intérieur pour se laisser distraire par des esquilles de lumière mouillée, je songeai à des chevaux en train de franchir une rivière à gué, à des hommes en uniforme brunis par le soleil en train de se retourner sur leurs arrières vers le havre de sécurité d'une forêt de bois dur aux couleurs dorées et cramoisies, tandis qu'au-devant d'eux, de petits nuages de fumée sale au bout des carabines explosaient depuis une ligne d'arbres lointaine où grouillaient les formes de l'ennemi.

C'est des innocents qu'il faut nous préoccuper, avait-il dit. *Et lorsqu'il s'agit de leur protection, nous ne devrions pas hésiter à utiliser tous les moyens. Pas de règles, pas de quartier, pas de prisonniers.*

— Est-ce que vous allez bien ? dit-elle.

— Ouais, la journée est belle. Je vous emmène de l'autre côté de la rue, et je vous offre un Dr Pepper.

Ce soir-là, au crépuscule, j'arrosai le gazon et les parterres de fleurs dans l'arrière-cour pendant qu'Elrod et Alafair jouaient avec Tripod sur la table de jardin. L'air était frais sous la lumière faiblissante, chargé des senteurs d'hortensias, d'eau d'arrosage et d'engrais que je venais d'enfouir à la bêche au pied de mes massifs de rosiers.

Le téléphone sonna dans la maison et, quelques instants plus tard, Bootsie apportait le combiné au bout de sa rallonge jusqu'à la moustiquaire sur l'arrière de la maison. Je m'assis sur la marche et collai l'appareil à l'oreille.

— Allô, dis-je.

J'entendais le souffle d'une respiration à l'autre bout du fil.

— Allô?

— Je veux te parler ce soir.

— Sam?

— C'est exact. Je joue au rade à musique noire de St-Martinville. Tu sais où que c'est?

— La dernière fois que j'ai eu rendez-vous avec toi, les choses n'ont pas tourné si bien que ça.

— Ça, c'était la dernière fois. Et je buvais. Et pis y avait toutes ces femmes à me traîner autour, à me faire oublier ce que je devais normalement faire.

— Je pense que tu m'as bien laissé tomber, partenaire.

Il resta silencieux, n'était le bruit de sa respiration.

— Il y a quelque chose qui ne va pas? dis-je.

— Faut que ch'te dise queq' chose, queq' chose que j'ai dit à aucun Blanc.

— Dis-le.

— Viens jusqu'à la boîte.

— Je te retrouverai à mon bureau demain matin.

— C'que j'ai à t'dire, ça peut me renvoyer au trou. Sûr que j'vais point aller t'raconter ça là-bas.

Elrod souleva Tripod horizontalement dans les bras avant de le faire rebondir de bas en haut en le tenant par la queue.

— Donne-moi une heure, j'arrive, dis-je. Et ne me monte plus de bateau, Sam.

— T'es peut-être bien policier, t'es peut-être même bien différent de la plupart des Blancs, mais t'es tout le temps blanc quand même et t'as pas idée du monde que vous z'autres, vous donnez à vivre aux gens de couleur. Ça, c'est un fait, pour sûr. Y a pas de doute là-dessus, dit-il avant de raccrocher.

J'aurais dû savoir que Hogman n'était pas du genre à céder le dernier mot à l'interlocuteur.

— Ne tire pas sur sa queue, disait Alafair.

— Il aime ça. Ça lui fait circuler le sang, dit Elrod.

346

Elle soupira, comme si Elrod était un cancre irrécupérable, avant de lui prendre Tripod des bras et de se diriger vers le mur pignon de la maison jusqu'à sa niche.

— Pouvez-vous aller seul à la réunion de ce soir ? demandai-je à Elrod.

— Vous pouvez pas venir ?

— Non.

— Et si j'attendais qu'on puisse y aller ensemble ?

Il frotta la table des doigts sans relever les yeux.

— Que diriez-vous si je vous déposais ? Je serai de retour avant la fin de la réunion.

— Écoutez, c'est, comment appelez-vous ça, une réunion à étapes ?

— C'est bien ça.

— Vous dites qu'il s'agit de faire amende honorable, de reconnaître ses fautes à l'égard de ceux auxquels on a fait du tort ?

— Quelque chose comme ça.

— Comment je reconnais mes fautes à l'égard de Kelly ? Comment je me rachète sur ce coup-là, Dave ?

Il fixa les yeux sur le rougeoiement du soleil couchant au-dessus du champ de canne, de sorte que je ne voyais pas son regard.

— Sortez-vous ces idées-là de la tête. Kelly est morte parce que nous avons un psychopathe au milieu de nous. Sa mort n'a rien à voir avec vous.

— Vous pouvez raconter tout ce vous voulez, je le sais mieux que vous.

— Ah, ouais ?

— Ouais.

Je voyais la ligne nette et carrée de sa mâchoire et une lueur mouillée au coin de son œil.

— Dites-moi, est-ce que vous respectiez Kelly ? demandai-je.

Il pivota sur le banc de la table de jardin.

– C'est quoi, comme question, ça?

– Je vais me montrer un peu dur avec vous, El. Je crois que vous vous servez de sa mort pour vous apitoyer sur vous-même.

– Quoi?

L'incrédulité se lisait sur son visage.

– Lorsque j'ai perdu ma femme, j'ai découvert que l'apitoiement sur soi-même et la culpabilité pouvaient faire l'effet d'un véritable coup de fouet, en particulier parce que je n'avais pas le Frère Jim Beam pour faire le boulot.

– C'est un putain de truc dégueulasse que vous me dites là.

– C'est de moi que je parlais. Peut-être êtes-vous différent de moi.

– Qu'est-ce qui vous arrive, nom de Dieu? Vous ne trouvez pas naturel qu'on éprouve un sentiment de perte, du chagrin, quand quelqu'un meurt? J'ai essayé de refermer le trou qu'elle avait dans la gorge avec mes mains, son sang me coulait entre les doigts. Elle était encore vivante et me regardait droit dans les yeux. Comme si elle se noyait et que ni l'un ni l'autre nous ne pouvions rien y faire.

Il pressa le front contre son poing; sa cuisse pliée tremblait contre le tissu du pantalon.

– Quatre de mes hommes se sont fait tuer sur une piste au Vêt-nam. Par la suite, je me suis saoulé en y repensant. Je les utilisais, je ne les respectais pas pour les hommes braves qu'ils étaient. C'est comme ça que fonctionne l'alcoolisme, El.

– J'aimerais que vous me laissiez seul un moment.

– Irez-vous à la réunion?

Il ne répondit pas. Une lueur brillait dans ses yeux, comme si on venait de lui ceindre le front de fil de fer barbelé.

– Vous n'êtes pas obligé de prendre la parole, écoutez simplement ce que ces mecs ont à dire à propos de leur propre expérience, dis-je.

– Je préférerais ne pas y aller ce soir.

– Comme vous voudrez, dis-je.

Je dis à Bootsie où je me rendais et allai jusqu'à la camionnette. Les cigales bruissaient d'un bout à l'autre de l'horizon sous la voûte du ciel couleur de prune. J'entendis alors Elrod marcher sur les feuilles et les coques de noix de pacane derrière moi.

– Si je reste assis ici, je finirai au rade à bière, dit-il.

Il ouvrit la portière côté passager avant de lever un doigt vers moi.

– Mais je vais vous demander une chose, Dave. Ne m'accusez plus jamais de me servir de Kelly. Si vous le faites, je vous fais ravaler toutes vos foutues dents jusqu'au fond de la gorge.

Il y avait probablement des tas de choses que j'aurais pu dire en réponse ; mais on ne refuse pas une dose momentanée d'opium mental à quelqu'un qui a pris un rendez-vous au jardin de Gethsémani.

Le rade à musique noire de St-Martinville était installé dans un bouquet d'arbres en retrait d'un chemin de terre jaune non loin du Bayou Teche. C'était un de ces lieux qu'une tornade pourrait laisser tomber au beau milieu d'un champ de maïs de l'Iowa sans qu'on en vînt à douter un seul instant que ses origines se trouvaient dans le Sud profond. Les murs de planches et les fenêtres tenues à l'adhésif vibraient sous le bruit depuis l'après-midi du vendredi jusqu'à une heure avancée de la nuit de dimanche. Des guirlandes d'ampoules de Noël décoraient portes et fenêtres toute l'année durant ; quelqu'un faisait griller des travers de porcs sur le dessus d'une barrique en fer-blanc servant de barbecue, à quelques mètres seulement de deux cabinets extérieurs complètement délabrés dont les avant-toits étaient tapissés de nids de guêpes et de bousiers ; on copulait à l'abri des bois contre les troncs d'arbres, on se bagarrait au couteau dans le parc de stationnement, à la bouteille, au rasoir. À l'intérieur, l'air était toujours lourd, chargé d'odeurs, moscatel, fumée, couennes rissolées, bière-pression et whiskey frelaté, jus de chique, pieds de porc marinés, parfum, talc, sueur et joint de marijuana maison.

Sam Patin était assis sur une petite scène, sous une marquise où s'accrochaient pompons rouges et bouteilles de whiskey miniature qui cliquetaient sous le reflux d'air d'un énorme ventilateur. Son complet blanc luisait d'un reflet mauve électrique sous les projecteurs de la rampe de sol, et la surface noire et lustrée de sa douze-cordes clignait de reflets minuscules. La piste devant lui était bondée de danseurs. Lorsqu'il souffla dans l'harmonica attaché à un bracelet métallique à son cou et se mit à faire rouler les picks d'acier dont ses doigts étaient garnis en attaquant un blues en *mi* majeur, la foule se mit à geindre à l'unisson. Les spectateurs hurlaient à l'adresse de la scène comme s'ils voulaient refaire confirmation d'un verset de la Bible qu'il aurait cité lors d'une réunion pour un renouveau de la foi, pressant leur bas-ventre l'un contre l'autre sans la moindre conscience des présents alentour, et rugissant de rire même si Hogman chantait un homme qui avait vendu son âme pour un Stetson sang-de-bœuf qu'il venait de perdre lors d'une partie de craps.

Stagolee a pris la tangente
Sous le soleil brûlant comme un fer rouge,
L'a dit, r'garde dans le tiroir de mon chiffonnier,
femme,

Donne-moi mon .41 à poudre sans fumée.
Stagolee a dit à Miz Billy,
Tu crois pas que ton homme est mort,
Viens donc jusqu'au bar,
Tu verras le trou de .41 qu'il a dans la tête.
Ce p'tit juge, l'a reconnu Stagolee coupable
Et c'te p'tit greffier l'a tout noté,
Par un froid matin d'hiver,
Stagolee était partant pour Angola.
Un cercueil à quarante dollars,
Un corbillard à quatre-vingts dollars,
Ont emporté c'pauvre homme jusqu'à sa tombe,
Et y reviendra plus jamais.

À cinquante centimètres de moi, le barman remplissait un plateau de bières-pression sans même m'accorder un regard. Il était chauve et arborait d'épais favoris gris en côtelettes de mouton qui donnaient l'impression d'avoir été collées à ses joues. Puis il essuya les mains à son tablier et alluma un cigare.

— Z'êtes sûr de vous êt' pas trompé d'endroit ? dit-il.

— Je suis un ami de Hogman.

— Et c't'ici que vous venez le voir ?

— Pourquoi pas ?

— Qu'est-ce que vous prenez, chef ?

— Un Seven-Up.

Il ouvrit une bouteille, la posa devant moi, sans verre, et s'éloigna. Les flancs de la bouteille étaient tièdes et couverts d'une couche de poussière. Vingt minutes plus tard, Hogman n'avait toujours pas pris de pause et continuait à jouer.

— Z'en voulez un autre ? dit le barman.

— Ouais, je veux bien. Mais que diriez-vous d'un peu de glace ou d'une bouteille fraîche cette fois ? dis-je.

– Le monsieur, il en veut une fraîche, dit-il en ne s'adressant à personne en particulier.

Puis il remplit un grand verre de glace pilée et le posa sur le comptoir à côté d'une nouvelle bouteille poussiéreuse de Seven-Up.

– Pourquoi vous pouvez t'y pas tous lui fiche la paix ? Y a fait son temps, pas vrai ?

– J'ai l'air d'un poulet ? dis-je.

– Vous *êtes* un poulet, chef. Vous et pis c't'aut' là-bas.

– Quel autre ? De quoi parlez-vous, collègue ?

– Le Blanc qui était là-bas dans cette Mercury bleue.

Je descendis de mon tabouret et regardai dans le parc de stationnement à travers le store vénitien et le tubage néon en volute de l'enseigne de bière Dixie.

– Je ne vois pas de Merc bleue, dis-je.

– Pasqu'y est parti à c't'heure, chef. Du genre, c't'une boîte pour Noirs, du genre, il a compris ça tout seul, vous comprenez ce que je dis ?

– À quoi ressemblait ce mec ?

– Blanc. Il ressemblait à un Blanc. Est-ce que ça vous va ?

Il balança une serviette dans l'évier en tôle et s'éloigna sur les caillebotis vers l'extrémité opposée du bar.

Finalement, Hogman dégagea le bracelet d'harmonica et la sangle de guitare de son cou, regarda droit sur moi et franchit une porte voilée d'un rideau vers une pièce du fond qui servait de réserve. Je le suivis et y pénétrai à mon tour. Il était assis sur une chaise en bois au milieu de caisses de bière et avait déjà commencé à attaquer son dîner, côtes de porc, légumes verts et pain de maïs, d'une assiette en fer-blanc posée sur une autre chaise.

– J'ai pas 'core eu l'occasion de manger aujour-

352

d'hui. C'te vie de vedette de ciné, ça me bouffe tout mon temps. T'en veux ? dit-il.

— Non, merci.

Je m'appuyai contre une pile de cartons de bière.

— L'dame qui me prépare les côtes de porc, al' sait pas bien assaisonner, mais c'est pas si mauvais.

— Tu veux en venir au fait, Sam ?

— Tu crois juste que je joue au petit malin avec toi, hein ? Bon, très bien, v'là la musique et les paroles. Y a bien longtemps, à Angola, je m'a attiré des ennuis à propos d'une fiotte. Pas ma fiotte, tu comprends, j'a jamais rien fait de tous ces trucs cont' nature, une fiotte qui appartenait à un mec que son nom c'tait Gros Melon. Gros Melon cultivait et y revendait de la came pour deux des matons. Lui et sa fiotte, y z'en avaient un carré gros comme un camion juste derrière le champ de maïs.

— Hogman, je crains que tout ça ne me paraisse bien lointain.

— Tu *sais* tout, tout le temps, et t'as tout le temps un truc bien malin à dire. C'est ben pour ça que tu tournes en rond, c'est bien pour ça que ces hommes, y rigolent ed' ti.

— Quels hommes ?

— Ceux qui ont tué le Négro que t'as déterré dans l'Atchafalaya. Faut que tu sois patient maintenant, ou alors est-ce que tu veux revenir à ta manière de faire d'avant ?

— Je suis impatient d'entendre ton histoire, Hogman.

— Te vois, les deux matons, y s'étaient trouvé le bon commerce. Gros Melon et sa fiotte, y faisaient pousser la came, y la séchaient, l'emballaient et les matons la revendaient à Lafayette. Y se la transportaient jusque-là eux-mêmes parfois, ou alors c'était le bourreau et un

353

autre flic qui la récupéraient à leur place. Y laissaient jamais personne s'approcher de c'te champ de maïs. Mais j'étais à moitié prisonnier de confiance à l'époque, j'vivais au Camp 1, et je coupais par leur champ pour aller au parc à cochons. C'est comme ça que ça se fait que j'ai découvert qu'ils faisaient pousser la came dans le coin. Alors Gros Melon il a dit au maton que ch'savais ce qu'y faisaient, que j'allais les cafter et c'est à ce moment que la fiotte, elle a planqué une jarre de julep[1] sous ma couchette pour que je perde mon boulot de prisonnier de confiance et tout mon temps de bonne conduite.

« J'ai dit au maton que c'était pas juste, mon boulot, je l'ai gagné. Y me dit, "Hogman, tu déconnes avec les mecs qu'y faut pas par ici, tu te retrouves dans le caisson et t'y restes jusqu'à ce que t'en ressortes tout blanc". C'est ça qu'il m'a dit, le chef. Je lui dis que ç'a pas d'importance combien de temps y me gardent là, c'est toujours pas juste. Y m'ont fait un rapport pasque je manquais de respect quand je causais et y m'ont collé à ramasser le coton. Quand j'arrivais dans le coton maigre et que je faisais pas mon compte, y me faisaient mettre debout toute la nuit sur un baril de pétrole, tout sale et pis sentant mauvais et sans souper non plus.

« Ch'suis allé voir le chef dans le champ, je lui dis, j'me fiche pas mal de ce qu'y fait, Gros Melon, de ce qu'y fabriquent, les matons, tout ça, c'est pas mes oignons, je veux juste récupérer mon boulot dans le parc à cochons. Y me dit, "Tu ferais bien de la fermer, garçon, tu ferais bien de le remplir, ce sac, tu ferais bien de pas y mettre de mottes de terre non plus quand tu passes à la pesée, comme t'as essayé de faire hier."

---

1. Alcool de fabrication maison. *(N.d.T.)*

Je lui dis, "Patron, qu'est-ce que je vas faire alors? J'a pas mis de mottes de terre dans mon sac, j'a pas cherché de crosses à personne j'm'en fiche pas mal que Gros Melon y fasse pousser la came pour les matons." Il me cogne dessus avec sa cravache et me fourre dans la cage à suées du Camp A pour trois jours, en plein mois d'août, quand le soleil fait bouillir la tôle des côtés, avec juste un seau entre les genoux pour me soulager n'dans.

Il s'était arrêté de manger et son visage donnait une impression de solitude stupéfaite, à croire que sa propre expérience lui était devenue étrange et non familière pendant qu'il la racontait.

— Tu as toujours été un mec régulier, Hogman. J'ai toujours admiré ton courage.

— Non, j'avais la trouille de ces gens-là, pasqu'en sortant de ma cage, ch'savais que les gardes à fusil y z'allaient me tuer. J'z'avais vu déjà faire avant, sur la levée, là où qu'y faisaient travailler les gars du Red Hat au trot de l'aube jusqu'au soir. Ils les abattaient et y les enterraient, ces pauv' gars, sans même rater une mesure, exactement comme le chauffeur qui écrase un chien avec son camion et qui s'arrête même pas de rouler.

« Je m'avais trouvé une grosse guitare Stella à douze cordes, j'l'avais rachetée à un Mexicain de Congress Street à Houston. Je la gardais, tout le temps dans la cage du mec qui faisait le décompte, comme ça personne allait aller la tripoter pendant que je dormais ou que je travaillais. Quand je sors de la cage et que je m'a pris une douche et mangé une plâtrée de riz et de fayots, je demande, au mec des décomptes, premier truc, ma guitare. Y me dit, "Désolé, Sam, mais le chef a laissé Gros Melon la prendre pendant que t'étais en cage."

« J'ai attendu que le soir y tombe et j'ai été à la tanière de Gros Melon, c'est comme ça qu'on appelle l'endroit où un mastard y se colle avec sa fiotte. Et y avait-y pas ce Négro sac à lard assis tout nu sur son matelas, on dirait un tas de boyaux empilés, pendant que la fiotte, al' joue de ma guitare par terre, avec du rouge à lèvres et maquillée sur tout l'figure avec une culotte rose sur son petit cul…

«Je dis, "Melon, ch'te reprends, ti ou t'n'enculée de fiotte, avec ma guitare et ch'te vas te couper ta pine toute noire. Ç'a pas d'importance si je me retrouve sur la chaise électrique pour ça ou pas. Je vais t'faire ton affaire sous la douche, dans la queue pour la bouffe ou pendant que tu t'embourbes tes petites miches à viande ici. Va y avoir un gros Négro qu'y vont devoir déménager à la grue dans un cadre à piano jusqu'au cimetière."

« Melon me sourit et y dit : "On vient juste de l'emprunter, Hogman. On allait te la rendre. Tu veux pas que Pookie y te masse le dos ?"

« Mais ch'savais qu'y z'allaient venir après moi. Deux soirs après, juste avant le bouclage, j'allais aux toilettes et je me retourne et y a la fiotte debout dans la porte. Je lui dis, "Qu'est-ce que tu veux, Pookie ?" Y me dit, "Ch'suis désolé d'avoir joué de ta guitare, Hogman. J'veux êt' ton ami, peut-être même que ch'pourrais venir m'installer dans ta tanière queq' soirs."

« Quand il a tendu la main pour me tirer le pantalon, il a sorti de sa poche de derrière un poignard en me visant droit au cœur. Je l'ai attrapé par le cou et je l'ai plié en arrière, et pis j'ai continué à le plier et à lui serrer le cou, et y se débattait sacrément dur, y tremblait de partout, il a chié dans son froc, pasque j'ai senti à l'odeur, et après ç'a fait *clac*, tout comme tu casses un bout de bois vraiment sec sur le genou.

« Je lève les yeux et y a là un des matons qui vend la came. Y dit, "Hogman, on va pas laisser ce truc-là poser problème. On va juste fourrer c'te p'tite salope dans la levée avec tous les autres. Y a personne qui s'en fera, y aura pas de différence, pas même pour Gros Melon. Ce sera juste notre petit secret."

« Tout ce temps-là, y z'avaient été plus malins que moi. Y z'avaient envoyé Pookie pour me dessouder, mais y se fichaient bien qu'y me tue ou que je le tue, moi. Ç'a marché sur des roulettes pour eux. Y savaient que je leur causerais jamais d'ennuis. Et y z'avaient raison, en plus. J'ai pas protesté, j'ai fait ce qu'y m'ont dit, j'z'ai même aidés à sarcler un ou deux coups leurs plantations de came.

– Je ne comprends pas, Sam. Tu es en train de me dire que le Noir lynché a été tué par l'un de ces gardiens ?

– J'ai pas dit ça. J'ai dit qu'y en avait un paquet d'entre eux qui vendaient c'te came. Y la sortaient du pénitencier dans une voiture de police. Y s'appelait comment, le Négro que z'avez déterré du banc de sable ?

– DeWitt Prejean.

– J'vais te le dire. Y baisait la femme d'un Blanc. Commence à te renseigner sur c'qu'y faisait dans la vie, et tu trouveras les gens qui t'ont fait tous ces ennuis.

– C'est qui, le mec que je recherche ?

– J'ai dit tout ce que ch'peux dire.

– Écoute, Sam, n'aie pas peur de tous ces matons ou ces flics. C'était il y a bien longtemps. Ils ne peuvent plus te faire de mal.

Il se mit un cure-dents au coin de la bouche, puis sortit une pinte de rhum de la poche de sa veste et dévissa la capsule du pouce. Il garda la bouteille sous les lèvres. Ses longs doigts luisaient de la graisse des côtes de porc qu'il avait mangées.

357

– On est toujours bien dans l'État de Louisiane, ou bien est-ce qu'on vivrait ailleurs aujourd'hui ? dit-il.

Je ne parvins pas à dormir cette nuit-là. Je me versai un verre de lait et descendis jusqu'à la mare à canards sous le clair de lune. Deux poules d'eau effrayées par mon arrivée sortirent des herbes noyées et traversèrent la mare à petits coups de pattes rapides vers la berge opposée. Les différentes pièces du puzzle refusaient de se mettre en place dans cette affaire. Étions-nous à la recherche d'un tueur en série qui avait opéré sur tout le territoire de l'État, d'un psychopathe du cru, d'un maquereau ou peut-être même d'un torpédo de la pègre ? Des flics se trouvaient-ils impliqués ? Hogman était d'avis que oui, il était même convaincu qu'il y avait quelqu'un, là-bas, au-dehors, avec le pouvoir de le renvoyer en prison. Mais sa vision des choses était colorée par sa propre expérience comme récidiviste de carrière. Et qu'en était-il du Noir lynché, DeWitt Prejean ? La solution à son assassinat de 1957 nous conduirait-elle au déviant qui avait mutilé Cherry LeBlanc ?

Non, l'affaire n'était pas aussi simple que Hogman avait voulu me le faire croire, même si, de toute évidence, il était sincère et ses craintes d'un châtiment éventuel, bien réelles. Mais je n'avais pas non plus de réponses.

Malheureusement, elles allaient me venir d'une manière que je n'avais pas anticipée. Je vis sortir Elrod de la cuisine éclairée et descendre la pente qui menait à la mare. Il était torse et pieds nus, le pantalon déboutonné, enfilé sur son caleçon. Il serrait à la main droite une feuille de papier à lignes arrachée d'un calepin. Il me regarda d'un air incertain, et ses lèvres commencèrent à former des mots qu'à l'évidence il ne voulait pas prononcer.

358

– Qu'est-ce qui ne va pas ? dis-je.

– Le téléphone a sonné quand j'étais dans la cuisine. J'ai répondu pour ne pas réveiller toute la maisonnée.

– Qui était-ce ? Qu'est-ce que vous tenez à la main ?

– Le shérif…

Il tendit le bout de papier entre ses doigts et en lut les mots pour lui-même avant de relever les yeux vers mon visage.

– C'est un de vos amis, Lou Girard, Dave. Le shérif dit que peut-être il faudrait que vous alliez à Lafayette. Il dit, je suis désolé, mec, mais il dit que votre ami s'est enivré et qu'il s'est suicidé.

Elrod tendit la feuille de papier dans ma direction, le regard tourné de côté vers la mare à canards. Le clair de lune était blanc sur sa main.

16

Il s'était servi d'un fusil à levier, calibre 20, dans son petit appartement sur garage, dont les fenêtres étaient masquées de bambous et de bananiers. Ou tout au moins c'est ce que le policier enquêteur, Doobie Patout, me disait lorsque j'arrivai là à 4 heures du matin, à l'instant précis où le photographe en terminait et que les infirmiers s'apprêtaient à soulever le corps de Lou gisant dans une large flaque de sang pour l'enfermer dans son grand sac noir à glissière.

— Il y a une demi-bouteille de Wild Turkey sur l'égouttoir et un flacon de Valium renversé sur la table basse, dit Doobie. Je crois que Lou est peut-être bien tombé en pleine déprime et qu'il a décidé de passer aux actes.

Le calibre 20 à un coup gisait au pied d'un fauteuil capitonné de couleur beige. Le dessus du fauteuil, le mur derrière lui et le plafond portaient des traînées de sang. Un côté du visage de Lou gardait un aspect parfaitement normal, un œil fixé droit devant lui, telle une bille bleue qu'on aurait enfoncée dans une pâte. Le côté opposé du visage, là où aurait dû se trouver le maxillaire, s'était presque enfoncé dans le tapis comme une grenade éclatée. Le bras droit de Lou était pointé sur le bois du plancher. Au bout de ses doigts, peintes en rouge, se trouvaient les lettres SI.

— Tu classes donc ça comme suicide ? dis-je.

— C'est comme ça que je vois les choses, dit Doobie.

Les sommets de ses oreilles en pointe pelaient, brûlés par le soleil.

— Il était en mauvais état. Le matelas est couvert de taches de pisse, l'évier est plein de déchets végétaux bons pour les ordures. Va donc dans la chambre renifler un peu.

— Pourquoi un suicidé essaierait-il de laisser un message écrit avec son propre sang ?

— Je crois qu'ils changent d'avis lorsqu'ils savent que c'est trop tard. Alors ils veulent se raccrocher à la vie de toutes les manières possibles. Ils ne sont pas différents des autres. Celui-ci, c'était probablement pour son ex-femme. Elle s'appelle Sylvia.

— Où est son calibre ?

— Sur la commode dans la chambre.

— Si Lou voulait tant que ça mettre fin à ses jours, pourquoi n'a-t-il pas utilisé son .357 ? dis-je.

Je grattai une bille de plomb qui avait creusé une éraflure vers le haut du mur dans le papier peint.

— Pourquoi a-t-il fait ça au petit plomb à moineaux, au calibre 20, au risque de foirer son coup ?

— Parce qu'il était saoul à ne plus tenir sur le cul. Ce qui n'était pas inhabituel chez lui.

— Il me donnait un coup de main sur une affaire, Doobie.

— Et alors ?

— Peut-être a-t-il découvert quelque chose que quelqu'un n'a pas voulu qu'il fasse passer.

Les infirmiers soulevèrent le corps de Lou du tapis, puis le reposèrent à l'intérieur du linceul de plastique, lui placèrent les bras le long du corps et tirèrent la glissière sur son visage.

— Écoute, sa carrière était dans le trente-sixième dessous, dit Doobie tandis que les infirmiers manœuvraient

361

le chariot pour passer devant lui. Sa femme l'a largué pour une gouine, il se faisait reluire à l'œil par deux putes du côté de l'Underpass, il avait la tremblote et avalait des pilules devant tout le service tous les matins. Tu peux peut-être croire le contraire, mais il n'y a pas de grand mystère à ce qui est arrivé ici ce soir.

– Lou avait ses problèmes avec la gnôle, mais je crois que tu mens quand tu dis qu'il en touchait avec les racoleuses. C'était un bon flic.

– Pense ce que tu veux. C'était un ivrogne. Et c'est un fait qui disparaîtra pas. Je vais mettre les scellés. Tu veux regarder autre chose ?

– Est-ce que c'est vrai que tu as été bourreau à Angola ?

– Ce que j'ai été, c'est pas tes foutus oignons.

– Je vais encore fouiner un petit peu. Entre-temps, je veux te demander un service, Doobie. J'aimerais que tu ailles attendre dehors. En fait, j'aimerais vraiment que tu restes aussi loin de moi que possible.

– Tu aimerais…

– Oui. Merci beaucoup.

Son haleine était rance, ses yeux liquides et pleins de ressentiment. Puis tout intérêt en disparut, et il regarda au loin les rougeurs pâles du soleil sur l'horizon à l'est. Il se colla une cigarette au coin des lèvres, sortit sur le perron et suivit des yeux les infirmiers qui chargeaient le corps de Lou à l'arrière de l'ambulance. Non par crainte de moi ni même parce qu'il se sentait humilié. C'était simplement un de ces officiers de police pour lesquels insensibilité, cynisme, cruauté et indifférence aux principes deviennent des attitudes normales et interchangeables, sans que l'une ait plus de valeur ou de signification qu'une autre.

Dans l'évier, au-dessus d'une série d'assiettes sales, s'entassait une pile d'ordures ménagères – marc à café, peaux de bananes, flocons d'avoine brûlés, mégots et journaux roulés en boule. La poubelle à côté du réfrigérateur était vide, hormis une ligne de marc à café humide qui courait du rebord jusqu'au fond, où traînait une peau de banane solitaire.

Dans la chambre, un tiroir de la commode était ouvert. Sur le dessus de la commode étaient posés une paire de chaussettes blanches roulées, une photographie sous cadre de Lou et de son épouse dans la chapelle des mariages de Las Vegas, le revolver de Lou dans son étui, et le petit calepin avec son crayon qu'il portait toujours dans sa poche de chemise. Les huit premières pages étaient pleines de notes sur une noyade accidentelle et une rixe au poignard dans une boîte de nuit noire. Les quelques pages suivantes avaient été arrachées. De minuscules débris de papier restaient accrochés aux spirales métalliques, et la première page vierge ne portait aucune marque de crayon en creux de la page précédente.

Dans son tiroir à chaussettes, je trouvai une bouteille de vodka et son « monte-le-coup », un vieux revolver .32 à l'acier bleu patiné, les plaques de crosse en bois tenues à l'adhésif et les numéros de série rongés et rendus illisibles par l'acide. Je basculai le barillet. Cinq des chambres étaient pleines, et la sixième avait été laissée vide pour y laisser reposer le percuteur.

Je commençai à remettre le revolver dans le tiroir; au lieu de quoi, je refermai le tiroir et laissai tomber le revolver dans ma poche de pantalon.

En sortant de l'appartement, je regardai à nouveau le sang de Lou sur le sol. Les chaussures de Doobie Patout avaient laissé leurs marques en bordure de la flaque en imprimant le logo de leurs talons de caoutchouc en rouge brillant sur le bois.

Quelle manière de faire sa sortie après trente-sept années passées au service de la loi, me dis-je. Tu es mort le nez au sol dans un appartement de location sur garage qui ne respectait même pas les normes exigibles pour un logement social ; et après ça, tes collègues t'effacent de leurs tablettes comme ivrogne avant de piétiner ton sang.

Je regardai à nouveau le barbouillis des lettres. *SI*. Qu'essayais-tu de nous dire, Lou ?

Doobie Patout verrouilla la porte derrière lorsque je sortis. Une lueur rouge montait dans le ciel à l'est de l'horizon.

— Voici ce qui s'est passé à mon avis, Doobie. Tu peux en faire ce que tu veux. Quelqu'un a trouvé Lou dans les vaps, et il a fouillé la piaule. Après avoir arraché quelques pages au calepin de Lou, il a collé le calibre de Lou sous le menton de ce dernier.

— S'il avait fouillé la turne en premier, il aurait trouvé le .357 de Lou, d'accord ? Pourquoi n'a-t-il pas voulu s'en servir ? C'est la première chose qui t'a sauté aux yeux, Robicheaux.

— Parce qu'il aurait été obligé de le mettre dans la main de Lou. Il n'a pas voulu le réveiller. C'était plus facile pour lui d'utiliser le fusil.

Ses yeux se rivèrent aux miens ; puis son regard se fit terreux et se voila, à croire qu'il étudiait un endroit dans l'espace situé à quinze centimètres à la droite de mon visage. Un palmier mort dans la petite cour se mit à claqueter dans la brise chaude du matin.

C'était samedi. Je n'avais pas à aller au bureau, mais j'appelai Rosie au motel où elle habitait et lui appris la mort de Lou.

À midi ce jour-là, Cholo Manelli arriva, au volant d'une décapotable Cadillac déglinguée couleur de camion à incendie, par le chemin de terre qui longeait le bayou, et se gara à côté du ponton à l'instant précis où je m'apprêtais à remonter vers la maison pour le déjeuner. L'aile avant gauche avait été découpée au chalumeau oxyacétylénique et ressemblait à une orbite énucléée. La capote était baissée, la banquette arrière et le coffre partiellement ouvert étaient pleins de mobilier de jardin en fer forgé, jusques et y compris une table à dessus de verre et un parasol de plage plié.

Cholo portait un short blanc et une chemise hawaïenne verte à motif imprimé de flamands roses. Il plissa les yeux de sous sa casquette de golf blanche, inclinée sur un œil. Lorsqu'il sourit, je vis qu'il avait une incisive inférieure brisée et qu'il restait du sang dans le trou de la gencive.

— Je voulais dire au revoir, dit-il. Et vous donner quelque chose aussi.

— Où tu vas, Cholo ?

— Je pensais que je pourrais aller passer un moment en Floride, me la couler douce, peut-être même ouvrir une affaire comme celle que vous avez. Faire un peu de pêche au marlin, des trucs comme ça. Écoutez, est-ce qu'on peut bavarder quelque part une minute ?

— Bien sûr. Viens dans la boutique.

— Non. Vous avez des clients et j'ai un gros problème de vocabulaire. Ç'a pas d'importance qu'est-ce que je dis, ça sort toujours on dirait qu'on vient de tirer la chasse. Venez faire un tour avec moi, Lieutenant.

Je m'installai sur le siège passager et nous allâmes à la vieille épicerie à large galerie des quatre-coins. Le mobilier de jardin en fer peint en blanc vibrait et cliquetait sur le siège arrière. Le pied d'une chaise portait la marque de fabrique verte de l'*Holiday Inn*. Cholo se rangea à l'ombre de l'énorme chêne dont les ramures s'étendaient au-dessus de la galerie du magasin.

— C'est quoi, tout ce mobilier ? dis-je.

– Le propriétaire a voulu que je le prenne quand je suis parti. Il a dit que, de toute façon, il allait avoir besoin de renouveler son mobilier, alors c'est du profit et pertes, et je lui fais comme qui dirait une fleur. Y z'ont des torpilles là-dedans? C'est pour moi.

Avant que j'aie pu répondre, il était entré dans le magasin et en ressortait avec deux sandwiches crevettes et huîtres frites dégoulinant de mayonnaise, laitue et tranches de tomates. Il déballa le sien de son enveloppe en papier huilé et se mit à mâchonner délicatement du côté de la bouche.

– Qu'est-ce qui se passe, Cholo?

– Tout comme j'ai dit, l'heure est venue de raccrocher.

– Tu as eu des problèmes avec Baby Feet?

– Peut-être bien.

– Parce que tu avais appelé une ambulance pour moi?

Il s'arrêta de mastiquer, ôta un débris de laitue d'entre les dents et le balança d'une pichenette sur le sol en coquillage du parc de stationnement.

– Margot lui a dit. Elle m'a entendu au téléphone, dit-il. Et donc, hier soir, on dînait tous ensemble dans ce truc chic sur l'autoroute, y avait des gens du cinéma qui étaient là, des gens qui croient encore que la merde de Julie ne pue pas, et Julie dit : « Est-ce que vous savez que Cholo se prend pour Florence Nightingale? Que c'est son boulot de s'occuper des blessés sur les terrains de base-ball, même si ça implique de trahir ses vieux amis? »

« Je dis : "Qu'est-ce que tu racontes, Julie? Qui c'est cette putain de Florence Nightingale ou ce que t'as dit?"

« Y me regarde même pas. Y dit aux autres : "Alors on va lui trouver un autre boulot à Cholo pasqu'il aime pas ce qu'il est en train de faire en ce moment. Il va commencer à travailler dans un de mes restaurants, dans la rue qui mène au lotissement d'Iberville. Ramasser et trimbaler plats et assiettes sales pendant un petit moment, attraper le coup de main, s'assurer que les toilettes sont propres, pasqu'y a des tas de Négros petits bourges qui mangent là et ils n'aiment pas les toilettes sales. Qu'en dis-tu, Cholo ?"

« Tout le monde rigole autour de la table et moi j'y vais de mon "J'ai rien fait de mal, Julie. J'ai juste passé un putain de coup de fil. Qu'est-ce qui se serait passé si le mec était mort ?"

« Julie me répond : "Te voilà reparti, Cholo. À toujours ouvrir ton clapet quand y faut pas. Peut-être bien que tu devrais quitter la table. T'as de la cire dans les oreilles, tu racontes des conneries, et tu caftes tes amis en les baisant au tournant. Je veux plus te voir traîner à mes basques."

« Quand je suis sorti, tout le monde me regardait dans le restaurant, comme si j'étais une sale bestiole, comme si j'étais quelqu'un qui avait rien à faire du côté des gens normaux. Et y a jamais personne qui m'a fait un truc pareil.

Son visage luisait de transpiration dans l'ombre jaune. Il se frotta le nez du dos du poignet.

– Qu'est-ce qui est arrivé à ta dent, Cholo ?

– J'ai été dans la chambre de Julie hier soir. Je lui ai dit qu'il était une vraie poire à lavement, que je retravaillerais pas pour lui même s'il me suppliait, que juste comme Cherry LeBlanc le lui avait dit, il a qu'une pine comme un spaghetti et la seule raison pour qu'une nana comme Margot reste avec lui, c'est qu'elle a l'entre-deux tellement ramoné qu'y ressemble au Grand Canyon et que ça fait aucune différence qu'il a une pine comme un spaghetti ou pas. C'est à ce moment-là qu'il m'a balayé la tronche avec son grand cendrier en verre, le fils de pute.

« Vous voulez voir à quoi il est mêlé, Lieutenant ? dit-il.

Il sortit une cassette vidéo de la boîte à gants et me la mit dans la main.

— Payez-vous une séance de ciné.

— Attends une minute. C'est quoi, cette histoire de Cherry LeBlanc ?

— S'il vous raconte qu'il l'a jamais vue, demandez-lui donc ça. Julie a oublié qu'il m'avait demandé de prendre quelques photos-souvenirs quand on est allés à Biloxi un jour. Est-ce que c'est elle ou pas ?

Il sortit une photographie en noir et blanc de sa poche de chemise et la plaça dans ma main. Julie et Cherry LeBlanc s'y trouvaient assis à une table à l'extérieur sous un parasol. Ils étaient en maillot de bain et tenaient chacun à la main un verre enveloppé d'une serviette ; ils souriaient. L'arrière-plan était flou, le cliché brumeux par trop de soleil. Un homme aux traits indistincts lisait le journal à une autre table ; ses yeux ressemblaient à deux diamants enchâssés dans la chair.

— Je veux que tu sois direct avec moi, Cholo. Est-ce que Feet l'a tuée ?

— Je ne sais pas. Mais je vais vous raconter ce qui s'est passé le soir où elle a été tuée. Ils ont eu une grosse engueulade dans la chambre du motel. J'entendais les voix qui traversaient les murs. Elle disait qu'elle n'était la poule de personne, elle voulait son truc à elle, ses propres filles, une maison sur le lac Pontchartrain, peut-être même quelques répliques dans un film. Et le voilà qui répond. « Il y a des nanas qui feraient un tas de choses incroyables rien que pour être dans la même pièce que moi, Cherry. Peut-être que tu devrais t'estimer heureuse et faire le décompte de toutes les chances que tu as. » Et c'est là qu'elle a commencé à se fiche de lui. Elle lui a dit qu'il ressemblait à une baleine avec du poil et qu'à part ça, il avait un zizi comme une saucisse viennoise.

« Tout de suite après ça, tout ce que j'ai entendu, c'est qu'elle s'en allait comme une furie, et Julie hurlait dans le téléphone sur quelqu'un, je ne sais pas qui, tout ce que je l'ai entendu dire, c'est que Cherry est un putain de cauchemar qui se renifle pour six cents dollars de sa coke par jour dans le blair et qu'il a plus besoin de cauchemars dans sa vie, en particulier une adolescente stupide qui croit qu'elle peut piquer sa crise chaque fois qu'elle en a envie.

– Qui l'a tuée, Cholo ?

Il balança son sandwich-torpille non terminé dans un baril à ordures rouillé. Il rata son coup, et le pain, les crevettes et les huîtres volèrent en débris épars sur le sol.

– Allons, Lieutenant. Vous savez comment ça marche. Un mec comme Julie ne descend jamais personne. Il dit quelque chose à quelqu'un, ensuite il l'oublie. C'est un genre de boulot assez spécial, peut-être que quelqu'un contacte un fêlé, un mec qui a des idées de malade dans la tête.

« Écoutez, vous vous souvenez d'un soulageur de fouilles qui pratiquait dans les rues de La Nouvelle-Orléans. Il s'appelait Tommy Figorelli, et on le surnommait Tommy la Figue, Tommy les Doigts, Tommy Cinq. Y travaillait à mi-temps comme découpeur dans une boucherie de Louisiana Avenue. Y s'est attiré des ennuis pour autre chose que de soulager les portefeuilles, il a agressé deux petites filles, et l'une d'entre elles était en fait parente de la famille Giacano. Alors on a fait passer le mot comme quoi Tommy la Figue était une cible ouverte à tous, mais il ne fallait pas le descendre de manière ordinaire, pas avec ce qu'il avait fait. Est-ce que je vous ai déjà dit que j'ai travaillé aux cuisines à Angola ? Si, c'est vrai. Alors, quand Tommy s'est fait effacer, c'est trois mecs qui ont fait le coup, et quand la boucherie s'est ouverte le lundi matin, c'était la veille de Noël, vous voyez, Tommy était accroché par petits bouts, bien propres et bien surgelés, dans toute la boutique comme des décorations de sapin.

« Ça paraît un truc de malade, mais les gens qui tenaient le magasin n'avaient rien à faire avec un violeur d'enfant et, pour bien montrer leur sentiment, ils ont appelé des mecs de la famille Giacano, et ils ont fait la fête, lait de poule, gâteau aux fruits, musique, et le Tommy la Figue qui tourbillonnait, accroché par petits bouts, aux ailettes du ventilateur du plafond.

« Ce que je suis en train de vous dire, Lieutenant, c'est que je vais pas me faire boucler comme témoin à charge et je vais certainement pas passer devant un grand jury, j'ai déjà fait ça dans le temps, je connais la musique, huit mois à la prison municipale de La Nouvelle-Orléans, avec une demi-douzaine de mecs en train d'essayer de me dessouder, même si j'avais été réglo et que j'allais porter le chapeau pour deux mecs sur qui j'aurais même pas voulu pisser s'y z'étaient en train de cramer à mort.

– Tu es sûr que Julie n'a pas cherché à remettre la main sur Cherry LeBlanc plus tard ce soir-là ?

– C'est pas son style. Mais faut dire – il piqua la pointe de la langue dans l'espace vide où s'était brisée son incisive – qui sait ce qui passe par la tête de Julie ? Il triquait dur pour la nana LeBlanc, et elle avait la manière pour lui bourrer le cul et la tête. Payez-vous une séance de ciné, Lieutenant, prenez votre décision. Hé, mais rappelez-vous, okay ? J'ai rien à voir avec toutes ces saloperies de film. Vous avez vu ma collante ? Quand y m'est peut-être bien arrivé de faire quelque chose à quelqu'un, et je dis pas que je l'ai fait, hein, le mec, il le méritait. Et le mot important, c'est le mot mec, Lieutenant, vous comprenez bien ce que je dis ?

Je tambourinai du bout des ongles sur la cassette en plastique posée sur ma cuisse.

— Un inspecteur de Lafayette du nom de Lou Girard a été tué la nuit dernière. As-tu entendu quoi que ce soit là-dessus ?

— Qui ça ?

Je répétai le nom de Lou et observai le visage de Cholo.

— J'ai jamais entendu parler de lui. C'était un ami à vous ou quelque chose ?

— Oui. C'était un ami.

Il bâilla et observa deux enfants noirs qui faisaient voler un Frisbee sur la galerie du magasin d'épicerie. Puis son regard s'éclaira peu à peu au fur et à mesure que la lumière se faisait jour dans son esprit et ses yeux revinrent se fixer sur mon visage.

— Hé, Lieut', une bonne vieille leçon qui remonte au temps où vous faisiez le 1er District, dit-il. Personne, et je dis bien *personne,* parmi les familles de La Nouvelle-Orléans ne se fait un flic. Le mec qui fait un coup comme ça finit bien pire que Tommy la Figue. On lui découpe ses morceaux pendant qu'il vit encore.

Il hocha la tête comme un sage qui aurait délivré une vérité universelle, puis se racla la gorge, suça la salive qu'il avait dans la bouche, et lâcha un crachat sanguinolent sur les coquillages.

Une demi-heure plus tard, je refermai les stores du bureau vide du shérif et me servis de mon magnétoscope pour regarder la cassette que Cholo m'avait donnée. Puis j'éteignis l'appareil, allai jusqu'aux toilettes, m'aspergeai le visage au lavabo et le séchai à l'aide de serviettes en papier.

— Quelque chose qui ne va pas, Dave ? me demanda un adjoint en uniforme debout à son urinoir.

— Non, pas vraiment, dis-je. J'ai l'air d'avoir quelque chose qui ne va pas ?

— Il y a un genre de grippe intestinale qui traîne. Je pensais juste que tu pourrais l'avoir attrapée.

— Non, je vais bien, Harry.

— C'est bien, dit-il avant de détourner la tête.

Je revins dans le bureau du shérif, ouvris les stores et contemplai la circulation de la rue, le vent qui faisait ployer les cimes de quelques myrtes, un gamin noir sur sa bicyclette qui descendait le trottoir, une canne à pêche en appui sur son guidon.

Je songeai aux libéraux que je connaissais et qui parlaient d'un ton aussi cavalier de la pornographie, qui la rejetaient sans y penser, comme une chose ne portant pas à conséquence, et qui, d'une certaine manière, associaient son existence à la survie du 1er Amendement. Je me demandai bien jusqu'à quel point ils apprécieraient d'avoir un cinéma diffusant ce genre de choses dans leur quartier ; je me demandai bien jusqu'à quel point ils apprécieraient d'en voir les spectateurs traîner autour de leurs enfants.

Finalement, j'appelai Rosie à son motel. Je lui dis où je me trouvais.

— Cholo Manelli m'a donné un film pornographique et il faut que vous soyez mise au courant, dis-je. De toute évidence, Julie s'intéresse à des trucs plutôt sinistres.

— De quoi s'agit-il ? Qu'est-ce que vous voulez dire ?

— C'est plutôt sadique, Rosie. Et, en plus, ça m'a l'air vrai.

– Pouvons-nous établir le lien avec Balboni ?

– Je doute que Cholo accepte jamais de témoigner, mais peut-être pourrons-nous trouver certaines personnes qui ont fait le film.

– J'arrive. Je serai là dans quelques minutes.

– Rosie, je…

– Vous pensez que je ne suis pas de taille à voir ça ?

– Je ne sais pas si ça servira à grand-chose.

– Si vous ne voulez pas rester, Dave, glissez juste la cassette dans mon casier à courrier.

Vingt minutes plus tard, elle franchissait le seuil de la porte en blue-jeans, chaussures de tennis, et chemisette de toile bleue avec des motifs de fleurs mauves et blanches cousues. Je refermai une nouvelle fois les stores et démarrai le film, sauf que j'utilisai l'avance rapide pour sélectionner les scènes de violence afin d'en terminer le plus rapidement possible.

Lorsque l'écran redevint vide, j'ouvris les stores et laissai la lumière du soleil emplir la pièce. Rosie était assise, très droite et très silencieuse, les mains sur les cuisses. Ses narines se pinçaient à chaque inspiration. Puis elle se leva et regarda un instant par la fenêtre.

– Ces filles qui se font battre… Je n'ai jamais rien vu de pareil, dit-elle.

Je l'entendis prendre une profonde inspiration et souffler avant de se retourner vers moi.

– Ce n'était pas du cinéma, n'est-ce pas ? dit-elle.

– Je ne crois pas. C'est trop convaincant pour des raclures de bas étage comme ça.

– Dave, il faut qu'on attrape ces mecs-là.

– On les aura, d'une manière ou d'une autre.

Elle sortit un Kleenex de son sac et se moucha. Elle cligna des yeux, des yeux qui brillaient.

– Excusez-moi, j'ai le rhume des foins aujourd'hui, dit-elle.

— C'est le temps qui s'y prête.

Elle fut encore obligée de se détourner et de regarder à nouveau par la fenêtre. Lorsqu'elle me refit face, ses yeux étaient devenus impassibles.

— Quelle est la marge bénéficiaire sur un film comme celui-là ?

— J'ai entendu dire qu'un film porno ordinaire se faisait pour à peu près cinq bâtons, avec des bénéfices de l'ordre de plusieurs centaines de milliers de dollars. Pour un film comme celui-ci, je ne sais pas.

— J'aimerais boucler Cholo Manelli comme témoin à charge.

— Même si nous pouvions le faire, Rosie, ce serait une perte de temps. Cholo a un potentiel de réflexion digne d'un cantaloup mais il ne s'allonge pas et il ne passe pas de marché avec le procureur.

— Vous donnez l'impression de dire ça presque avec admiration.

— Il y a des mecs bien pires dans le coin.

— J'ai parfois du mal à partager vos sympathies, Dave.

— Écoutez, le film a été fait quelque part du côté de La Nouvelle-Orléans. Ce qu'on voyait en arrière-plan, c'était les docks d'Algiers. J'aimerais en faire une copie et l'envoyer aux Mœurs de La Nouvelle-Orléans. Ils pourraient éventuellement reconnaître quelques-uns des acteurs. Ce genre de trucs, c'est leur spécialité, de toute manière.

— Très bien. Faisons aussi une copie pour le Bureau. Peut-être que Balboni les distribue dans d'autres États.

Elle ramassa alors son sac, et je vis son visage s'assombrir à nouveau sous l'inquiétude.

— Je vous offre un verre, dis-je.

— De quoi ?

– Ce que vous voudrez.

– Je vais très bien, Dave. Ce n'est pas la peine d'aller dans un bar.

– C'est comme vous voulez. Que diriez-vous d'un Dr Pepper de l'autre côté de la rue ou d'un sorbet à la menthe dans le parc ?

– Ça me paraît parfait.

Nous prîmes le camion pour aller jusqu'au parc. Le ciel se remplissait des nuages de pluie d'après-midi, au glacis brillant de la vapeur. Elle essaya de prétendre qu'elle écoutait ma conversation, mais ses yeux paraissaient verrouillés sur un point au loin, juste au-dessus de l'horizon, à croire peut-être qu'elle rivait ses regards à travers un télescope inversé sur quelque ancienne atrocité qui se prenait à renaître au mauvais moment dans son esprit.

J'avais tenté à plusieurs reprises pendant la journée de mettre au clair les sous-entendus de Hogman quant au type d'emploi qu'occupait DeWitt Prejean, le Noir enchaîné que j'avais vu se faire abattre dans le marais d'Atchafalaya en 1957. Mais ni le chef de la police d'Opelousas ni le shérif de la paroisse de St-Landry ne savaient rien qui pût m'être utile sur DeWitt Prejean et, lorsque je parvins finalement à joindre le vieux geôlier à son domicile, il me raccrocha le téléphone au nez dès qu'il reconnut ma voix.

Tard dans l'après-midi, mon manque de sommeil de la nuit précédente finit par me rattraper et je m'allongeai dans le hamac que j'avais tendu entre deux arbres pleins d'ombre au bord de la coulée dans l'arrière-cour. Je fermai les yeux et tentai d'écouter le bruit de l'eau courant sur les pierres et d'oublier les images de l'appartement de Lou qui paraissaient vouloir continuer à vivre derrière mes paupières comme des zébrures de peinture rouge secouées d'un pinceau. Je sentais le parfum des fougères dans la coulée, des racines emmêlées qui filaient dans le courant, l'odeur froide des pierres humides, les pervenches ébouriffées par la brise dans l'herbe.

Je n'avais jamais pensé à ma coulée comme à un lieu où des membres du Confederate Signal Corps[1] viendraient se rassembler pour boire un verre par une chaude journée. Mais au sortir des nuages de pluie, de l'odeur de soufre et des éclairs qui avaient déjà commencé à vaciller au sud, je vis descendre le Général, accompagné de deux jeunes officiers, dans la nacelle d'osier d'un ballon d'observation, de ceux qui donnaient l'impression d'avoir été cousus à partir de coupes de soie désassorties d'une demi-douzaine de couleurs différentes. Cinq soldats amarrèrent nacelle et ballon en terre à l'aide de cordages et aidèrent le Général à mettre pied au sol avant de lui tendre sa béquille. Près du lieu d'amarrage se trouvaient une table, une chaise et un clavier de télégraphe muni d'un long câble attaché à la nacelle du ballon. Le ballon tira en s'élevant sur ses cordages et se mit à danser de haut en bas en tremblant de toutes ses membrures sous le vent qui soufflait sur le champ de canne à sucre du voisin.

L'un des aides du Général le soutint pour le faire asseoir dans un fauteuil de jardin en toile près de mon hamac avant de s'éloigner.

— *Magnifique, n'est-ce pas ?* dit-il.

— *Sûr qu'il est magnifique.*

— *Des dames de par toute la Louisiane ont fait don de leurs robes de soie pour le ballon. La nacelle en osier a été fabriquée par un épicier italien de La Nouvelle-Orléans spécialisé dans la conserve au vinaigre. La vue est extraordinaire. Dans ma prochaine*

---

1. Régiment de transmissions. *(N.d.T.)*

vie, je reviendrai comme oiseau. Aimeriez-vous faire un petit voyage dans les airs ?

— Pas pour l'instant, je vous remercie.

— La journée est mal choisie pour ça ?

— Une autre fois, Général.

— Vous pleurez votre ami ?

— Oui.

— Vous avez l'intention de le venger, n'est-ce pas ?

— Les flics de Lafayette classent ça comme suicide.

— Je veux que vous m'écoutiez très soigneusement, Lieutenant. Peu importe ce qui vous arrive dans l'existence, peu importe combien les circonstances peuvent vous paraître déplaisantes, vous ne devez jamais envisager un acte déshonorant comme une solution viable.

— L'époque qui vous a vu vivre était différente, Général. Cet après-midi, j'ai regardé un film qui montrait de jeunes femmes en train d'être battues et torturées, voire mises à mort, par des sadiques et des dégénérés. Ce genre de truc se vend dans les magasins et se diffuse dans les cinémas publics. Les fils de pute qui font ça sont rarement arrêtés sauf lorsqu'ils sont épinglés dans un coup monté à cause de leur système de distribution par voie postale.

— Je ne suis pas très sûr de suivre tout ce à quoi vous faites allusion, mais permettez-moi de vous faire part d'une expérience que nous avons vécue il y a trois jours. Mon porte-étendard était un garçon de seize ans. Il s'est fait prendre en plein feu croisé au milieu d'un champ de maïs en jachère. Il n'y avait pas le moindre endroit où il aurait pu se cacher. Il a essayé de se rendre en agitant sa chemise au-dessus de sa tête. Ils l'ont abattu malgré tout, que ce soit intentionnellement ou par accident, je ne sais pas.

« Le soir venu, nous avions reconquis le terrain perdu et nous avons récupéré son corps. Il était

377

déchiqueté par les Minié, à croire que des chiens sauvages l'avaient mordu à pleine gueule. Il était tellement frêle qu'on aurait pu en compter les os des doigts. Dans sa musette se trouvait sa ration de la journée – une poignée de haricots noirs, quelques glands grillés, et une patate douce séchée. C'était la seule nourriture que j'avais été à même d'offrir à ce garçon qui m'a suivi jusqu'à la mort. Que pensez-vous que j'aie pu éprouver à l'égard de ceux qui l'avaient tué ?

– Peut-être vos sentiments étaient-ils justifiés.

– Oui, c'est bien ce que je me suis répété la nuit durant ou lorsque me revenait en mémoire cette lueur exsangue qui s'est reflétée sur sa peau quand nous l'avons enveloppé pour l'enterrer. C'est alors qu'une occasion s'est présentée. Depuis notre ballon dans les airs, j'ai vu au-dessous de moi un boqueteau de micocouliers. Tout à côté d'une tente de chirurgien, une douzaine de fédéraux étaient accroupis le long de latrines, le pantalon aux chevilles. À deux cents mètres en amont du bayou, là où ils ne pouvaient le voir, se tenait un de nos bateaux avec un canon de douze livres à sa proue. Il me suffisait de taper l'ordre sur la manette du télégraphe et nos canonniers auraient balancé la mitraille et balayé tous ces pauvres diables jusqu'au travers de leurs propres excréments. Mais ce n'est pas notre manière de faire, n'est-il pas vrai ?

– Parlez pour vous.

– Votre prétendu cynisme n'est guère convaincant.

– Permettez-moi de vous poser une question, Général. Les femmes qui ont fait don de leurs robes et de leurs jupons pour votre ballon... que se passerait-il si elles se faisaient violer, sodomiser, et battre méthodiquement et que vous mettiez la main sur les hommes qui leur auraient fait cela ?

— *Ils seraient arrêtés par mon prévôt, jugés par un tribunal temporaire, et pendus.*

— *Vous vous apercevriez que ce n'est plus le cas aujourd'hui.*

Son long visage étroit parut perplexe.

— *Pourquoi pas ?* dit-il.

— *Je ne sais pas. Peut-être notre société souffret-elle d'une telle culpabilité collective que nous craignons d'en punir individuellement les membres.*

Il repoussa son chapeau sur l'arrière de la tête, croisa sa jambe valide sur son genou en liège, et mouilla l'extrémité d'un petit cigare. Plusieurs de ses soldats étaient à genoux au bord de ma coulée et remplissaient leur bidon. Ils avaient le visage poussiéreux, les lèvres noircies par la poudre à fusil à force de mordre le papier des cartouches. Le ballon aux pièces de soie trembla dans le vent et brilla des reflets argentés d'un orage approchant.

— *Je n'aurais pas la prétention d'être votre conscience,* dit le Général. *Mais comme un ami qui ne souhaite pas vous voir vous faire du mal, je vous conseille de réfléchir sérieusement à votre idée de garder l'arme de votre ami mort.*

— *C'est fait.*

— *Je crois que vous commettez une grosse erreur, m'sieur. Et vous me décevez également.*

Il fit signe de la main d'un geste impatient à l'adresse de ses aides, lesquels l'aidèrent à se remettre debout.

— *Je suis désolé que vous ressentiez les choses de cette manière,* dis-je.

Mais le Général n'était pas de ceux qui se prêtaient à la discussion. Il claudiqua sur sa béquille et sa jambe de liège jusqu'à la nacelle du ballon, le cigare pointé en l'air, coincé entre les dents, à laisser courir ses regards des nuages déchirés par le vent jusqu'aux éclairs qui tremblotaient en traces livides comme des fils chauffés à blanc sur le Golfe.

L'orage qui arrivait souffla des nuages de poussière du champ de canne de mon voisin à l'instant précis où le ballon soulevait le Général et ses aides dans les airs, le câble du télégraphe battant au sortir de la nacelle d'osier comme un cordon ombilical.

Lorsque je m'éveillai de mon rêve, la grisaille du ciel était pleine d'une douzaine de ballons soyeux à air chaud, peints aux couleurs criardes des chariots de cirque, leurs ombres indistinctes venant zébrer toits de grange, chemins de terre, maisons en bardeaux, bazars, groupes de vaches, bayous en méandres, jusqu'à ce que les ballons eux-mêmes ne soient plus que de petites taches dans le lointain au-dessus de l'horizon d'un vert estival aux abords de Lafayette.

17

Le lundi matin, je me rendis à l'enterrement de Lou Girard à Lafayette. Le jour bouillonnait de vert et d'or. Au cimetière, une strate d'air chaud donnait l'impression de se lever de l'herbe spongieuse et de gagner en intensité au fur et à mesure que montait le soleil blanc vers la cime du ciel. Tout le temps que dura le service religieux devant la tombe, une tondeuse à moteur tourna derrière le mur de briques qui séparait les cryptes d'un autre secteur. La tondeuse toussait et pétaradait, et ses ratés se répercutaient en écho sur les briques comme si on déchargeait un revolver de petit calibre. Les yeux des flics au garde-à-vous en grand uniforme se mouillaient de larmes sous la chaleur et les relents du désherbant. Lorsque le chef de la police et un capitaine ôtèrent le drapeau du cercueil de Lou pour le plier en carré à la manière militaire, il ne se trouva pas un seul membre de la famille pour le recevoir. Le cercueil resta fermé pendant la cérémonie. Avant que le cercueil ne fût mis en terre, l'aumônier de la police ôta une photographie encadrée de Lou en uniforme qui se trouvait posée dessus et la posa sur une table pliante sous la tenture de deuil. Il la fit basculer par inadvertance du dos de la main de sorte qu'elle tomba face contre le tissu. Je rentrai déjeuner à la maison avant de reprendre la direction du bureau. Il faisait frais sous le ventilateur de plafond dans la cuisine, et la brise faisait ployer les corbeilles d'impatientes suspendues à des crochets à l'avant-toit du perron arrière. Bootsie posa devant moi un verre de thé glacé garni de feuilles de menthe et une assiette de sandwiches oignons et jambon avec des œufs au piment.

– Où est Alafair ? dis-je.

– Elrod l'a emmenée avec Tripod à Spanish Lake, dit-elle depuis l'évier.

– Sur les lieux du tournage du film ?

– Oui, je crois.

Comme je ne répondais pas, elle se retourna pour me regarder.

– Ai-je fait quelque chose de mal ? demanda-t-elle.

– Il y a Julie Balboni là-bas, Boots.

– Il habite maintenant ici, Dave. Il va à des tas d'endroits. Je ne pense pas que nous devrions commencer à choisir là où nous voulons aller ou ne pas aller à cause d'un homme comme ça.

– Je ne veux pas voir traîner Alafair là où il se trouve.

– Je suis désolée. Je ne savais pas que tu y trouverais à redire.

– Boots, il y a une chose dont je ne t'ai pas parlé. Samedi, un truand du nom de Cholo Manelli m'a donné une vidéo pornographique de toute évidence fabriquée par Balboni et ses gens. C'est aussi sinistre que ça peut l'être. Il y a une scène où, en fait, on dirait qu'une femme se fait battre à mort.

Elle cligna des paupières avant de dire :

– Je vais aller à Spanish Lake et la ramener à la maison. Pourquoi ne pas terminer ton repas ?

– Ne t'en fais pas pour ça. Il n'y a pas de mal. Je vais aller la récupérer avant de partir pour le bureau.

– Est-ce que personne ne peut rien faire contre cet homme ?

— Lorsque les gens passent un pacte avec le diable et lui offrent un bureau à air conditionné pour le laisser à ses œuvres, le diable ne rentre pas facilement à la maison.

— Où es-tu allé chercher ce morceau de théologie puritaine ?

— Ce n'est pas drôle. Les ânes bâtés de la Chambre de commerce qui ont fait venir ce mec ici seraient capables de foirer la recette de l'eau glacée.

J'entendis le rire de Bootsie qui s'approcha de mon dos. Puis je sentis ses mains sur mes épaules et sa bouche m'embrasser le sommet du crâne.

— Dave, t'es vraiment trop, c'est tout, dit-elle en me serrant fort de ses deux bras sur la poitrine.

J'écoutai les informations à la radio en me rendant à Spanish Lake. Une tempête tropicale au large de Cuba se transformait en ouragan, et on s'attendait à la voir virer au nord-ouest en direction de la côte du Golfe. Je jetai un coup d'œil au sud, mais le ciel était laitonné et chaud, pratiquement vide de nuages. Puis, lorsque je passai devant l'étal à fruits et pastèques au bout de West Main pour me diriger vers l'intérieur de la paroisse, ma radio fut prise de crachotements parasites et mon moteur commença à avoir des ratés.

Le camion avança par secousses en crachotant sur tout le chemin jusqu'à l'entrée des lieux de tournage du film près du lac. Je quittai le chemin de terre et me rangeai sur l'herbe près du bâtiment de la sécurité où officiait Murphy Doucet et j'ouvris le capot. Murphy apparut sur le pas de la porte en uniforme, ses lunettes à double foyer sur le nez.

— Qu'est-ce qui ne va pas, Dave ? demanda-t-il.

Ses verres brillaient de demi-lunes de lumière. Ses yeux bleus allaient et venaient lorsqu'il me regardait.

— On dirait qu'un fil s'est détaché du régulateur de tension.

Je mis la main à la poche de pantalon.

— Auriez-vous un couteau que je pourrais utiliser ?

— Ouais, je devrais avoir quelque chose.

Je le suivis à l'intérieur de son bureau. Sa table de travail était couverte de pièces en balsa d'un hydravion. Au milieu des bleus se trouvait un petit tranchet à la lame détachable insérée dans le manche en aluminium. Mais la main de Doucet passa au-dessus de l'instrument, ouvrit un tiroir et en sortit un couteau à cran d'arrêt au manche noir. Il pressa le bouton d'éjection et la lame jaillit dans sa main.

— Ça devrait faire l'affaire, dit-il. Un Mexicain m'a menacé de ce truc à Lake Charles.

— Je ne savais pas que vous aviez été flic à Lake Charles.

— Je ne l'étais pas. Je travaillais sur l'autoroute avec la police d'État. C'est là que j'ai pris ma retraite l'année dernière.

— Merci de me prêter le couteau.

Je dégageai la gaine de l'extrémité du fil détaché et le fixai au régulateur de tension avant de rendre le couteau à Murphy Doucet et d'avancer jusqu'au bouquet de chênes en bordure du lac. Lorsque je regardai dans le rétroviseur, Doucet m'observait, une cigarette non allumée aux lèvres.

Les acteurs et l'équipe de tournage terminaient de déjeuner au bord de l'eau, installés qu'ils étaient à des tables de pique-nique couvertes de nappes à carreaux et de seaux de poulet frit, salade de pommes de terre, gros riz pimenté, chou blanc râpé et carafons plastique dégoulinant de gouttelettes, pleins de thé et de limonade glacés. Alafair était assise à l'ombre sur un banc de bois, à côté d'Elrod, avec, en arrière-plan, les miroitements du lac. Elle était costumée en petit garnement des rues du XIXᵉ siècle.

– Où sont passés tes vêtements ? dis-je.

– Je suis dans le film, Dave ! dit-elle. Dans la scène avec Hogman et Elrod. Nous avançons sur la route avec une plantation qui brûle derrière nous et les Yankees sont sur le point de s'emparer de la ville.

– Je ne vous raconte pas d'histoires, Dave, dit Elrod.

Il était vêtu d'une chemise grise sans col, d'un pantalon à rayures d'officier avec des bretelles noires.

– C'est une actrice-née. Mikey a dit la même chose. Elle sort bien sous tous les angles, quel que soit le cadrage. Nous lui avons trouvé sa place tout de suite dans la scène.

– Et Tripod ? dis-je.

– Il est dedans lui aussi, dit Alafair.

– Tu plaisantes ?

– On est en train de lui obtenir une carte d'affiliation au Syndicat des acteurs de cinéma, dit Elrod.

Elrod me servit un thé glacé dans un gobelet en carton. Le vent soufflait les feuilles des arbres et faisait battre les coins des nappes à carreaux sur les tables. Pour la première fois ce jour-là, je sentis une odeur de sel dans l'air.

– On dirait que c'est la belle vie, dis-je.

– Ne vous dépêchez pas trop de juger, dit Elrod. Un mode de vie saine dans le sud de la Californie, ça implique de courir cinq kilomètres sur la plage tous les matins, de manger des pousses de verdure crues toute la journée et de se fourrer dans le blair tous les soirs pour cinq cents sacs de coke.

Les autres acteurs commencèrent à s'éloigner de la table pour se remettre au travail. Tripod était attaché à sa chaîne, et il dégustait un pilon de poulet près d'un tronc d'arbre. Sur l'herbe à côté de lui traînait une maquette de Messerschmitt au fuselage de bois brillant de peinture argent, ses croix de fer et croix gammées nazies à liserés rouges aussi chargées de séduction ténébreuse que la lueur d'un œil de serpent.

— C'est moi qui lui ai donné ça. J'espère que cela ne vous dérange pas, dit Elrod.

— Où l'avez-vous eu ?

— Ça vient de chez Murph, là-bas, dans le bâtiment de la sécurité. J'ai peur qu'il s'imagine que je pourrais l'aider à fabriquer des décors pour Mikey ou quelque chose dans ce goût-là. Je crois que c'est un mec assez solitaire, pas vrai ?

— Je ne sais pas grand-chose sur lui.

— Alafair, peux-tu aller trouver Hogman et lui dire qu'il nous faut refaire cette scène dans une quinzaine de minutes ? dit Elrod.

— Bien sûr, El, dit-elle.

Elle balança les jambes par-dessus le banc, attrapa Tripod qu'elle posa sur son épaule et partit au pas de course entre les arbres.

— Écoutez, El, j'apprécie le fait que vous ayez fait une petite place à Alafair dans votre film, mais franchement, je veux pas la voir par ici tant que Julie Balboni sera dans le coin.

— Je croyais que vous saviez.

— Quoi ?

— Mikey dépose une mise en liquidation pour banqueroute. Il vire les têtes d'huile de la société. Et la dernière chose au monde que souhaitent ces mecs-là, c'est que le tribunal examine leurs finances. Ce matin, il a dit à Balboni de dégager devant toute l'équipe.

— Qu'est-ce que vous voulez dire par dégager ?

— Il a dit que Balboni n'allait plus jamais poser la main sur un de ses hommes. Il lui a dit d'emmener son acteur porno, ses truands et ses pétasses et de se tirer les fesses d'ici pour retourner à La Nouvelle-Orléans. J'ai été vraiment fier de Mikey... Qu'est-ce qu'il y a?

— Qu'est-ce que Julie a répondu à ça?

— Il s'est nettoyé les ongles avec un cure-dents, ensuite il est parti en direction du lac et s'est mis à parler à quelqu'un sur son téléphone cellulaire en balançant des cailloux sur l'eau en direction des canards.

— Où se trouve-t-il en ce moment?

— Il est parti avec toute son équipe dans sa limo.

— J'aimerais parler à monsieur Goldman.

— Il est de l'autre côté du lac.

— Demandez-lui de m'appeler, vous voulez bien? S'il n'arrive pas à me joindre au bureau, il peut m'appeler chez moi ce soir.

— Il sera de retour dans quelques minutes pour tourner la scène avec Hogman, Alafair et moi.

— Nous n'y serons plus.

— Vous ne voulez pas qu'elle soit dans le film?

— Personne n'humilie Julie Balboni devant les autres, El. Je ne sais pas ce qu'il va faire, mais je ne veux pas voir Alafair ici quand il le fera.

Le vent avait viré au sud et soufflait son air brûlant à travers les arbres tandis que nous retournions à mon camion. L'air avait des relents de poissons en train de frayer, et des nuages aux sombres circonvolutions de roses cramoisies fraîchement épanouies s'amassaient en une longue ligne basse et moutonnante sur l'horizon sud.

Un peu plus tard, après avoir ramené Alafair à la maison et être repassé au bureau, je me rendis à Opelousas pour discuter à nouveau avec le vieux geôlier Ben Hebert. Un Noir qui ratissait les feuilles dans le jardin d'Hebert me dit où je pourrais le trouver, sur un bayou à la sortie de la ville.

Il était assis sur un seau en plastique retourné, sous un arbre, sa canne à pêche en bambou tendue devant lui au soleil, le bouchon rouge du flotteur dérivant à la limite des roseaux. Il était coiffé d'un chapeau de paille tout écrasé, posé sur le côté du crâne, et fumait une roulée-main détrempée par la salive sans jamais l'ôter du coin de sa bouche. Les boudins de graisse blanchâtre sur ses hanches et son ventre ressortaient entre sa chemise et son pantalon de treillis, comme un paquet de lard en train de déborder en arrondi d'une bassine.

À trois mètres de lui, une mulâtresse entre deux âges, la tête petite et ronde, une pièce de dix *cents* perforée nouée à la cheville, pêchait elle aussi, assise sur un seau retourné. Le sol alentour était jonché de boîtes de bière. Elle cracha son jus de chique d'un côté et fit sautiller sa ligne de bas en haut à travers un trou percé dans une feuille de nénuphar.

Ben Hebert balança sa cigarette dans le courant, où elle grésilla avant de se transformer en tourbillon brunâtre.

— Pourquoi vous arrêtez pas de m'embêter ? dit-il.

Des relents de bière s'échappaient de son haleine et ses vêtements dégageaient une odeur qui piquait les yeux, comme un mélange de sueur desséchée et d'urine.

— J'ai besoin de savoir le genre de travail que faisait DeWitt Prejean, dis-je.

— Vous voulez quoi ?

Ses lèvres étaient violacées au point qu'on aurait pu les croire peintes, ses dents petites et jaunes comme des grains de maïs.

— Juste ce que j'ai dit.

— Fichez donc moi la paix, bon Dieu.

Je m'assis sur l'herbe au bord de la berge en pente.

— Il n'est pas dans mes intentions de vous ennuyer, monsieur Hebert. Mais vous refusez de coopérer à une enquête de police et vous nous créez à tous les deux des problèmes.

— Y faisait… ch'sais pas c'qu'y faisait. Quelle différence ça fait-il ?

Son regard se porta de côté sur la mulâtresse.

— Vous paraissez avoir une excellente mémoire des détails. Pourquoi pas de DeWitt Prejean ?

La femme se leva de son siège et s'éloigna le long de la rive en laissant traîner son flotteur de liège dans l'eau.

— Y faisait du boulot de Négro, dit Hebert. Y tondait les pelouses, y nettoyait les pièges, y sortait les rats crevés de dessous les maisons. Qu'est-ce que vous croyez qu'y faisait, putain de merde ?

— Ça ne me paraît pas très exact. Je pense qu'il faisait également un autre genre de travail.

Ses narines étaient dilatées, à croire qu'une mauvaise odeur se dégageait de lui-même.

— Il couchait avec une Blanche par ici. C'est ça que vous voulez savoir ?

— C'était qui, cette femme ?

— J'vous ai déjà dit. La femme d'un invalide qui avait été blessé à la guerre.

— Il l'a violée ?

— Qu'est-ce qu'y en a à foutre ?

— Mais ce n'est pas l'invalide qui a fait sortir Prejean de cellule, monsieur Hebert.

— C'était pas la première fois que ce Négro y s'attirait des ennuis avec des femmes blanches. Y a plus d'un homme qui voulait le voir griller dans les flammes.

— Qui l'a fait sortir ?

— Je ne sais pas et je m'en fiche.

— Monsieur Hebert, vous êtes probablement bon juge des gens. Est-ce que j'ai l'air de quelqu'un qui va s'en aller comme ça, tout simplement ?

La peau de sa poitrine était d'une blancheur maladive, où se nichaient des nœuds de veines verdâtres.

— C'était mieux à l'époque, dit-il. Vous savez que c'est vrai.

— Pour qui ?

— Quel genre de travail faisait-il, Ben ?

— Y conduisait un camion.

— Pour qui ?

— C'était à Lafayette. Il travaillait pour un Blanc làbas jusqu'à ce qu'il vienne par ici. Ch'sais rien du Blanc en question. Et si vous dites le contraire, z'êtes un foutu menteur.

Il se pencha pour regarder au-delà de moi en direction de la mulâtresse qui pêchait maintenant au milieu d'un boqueteau de saules. Puis son visage revint vers moi, brutalement.

— J'l'ai amenée 'ci pasqu'elle travaille pour moi. Pasque j'arrive pas bien à monter et descendre de ma voiture tout seul.

— Quel genre de camion conduisait-il ?

— Un camion à bière. Non, c'était pas ça. De la limonade. C'te fils de pute, y faisait ses tournées de limonade en camion pendant que les Blancs, y se ramassaient quatre dollars par jour dans les rizières.

Il posa sa canne à pêche et commença à rouler une cigarette. Ses ongles paraissaient aussi épais et cornés qu'une carapace de tortue contre le mince carré de papier dans lequel il versait son tabac. Ses doigts tremblaient, de colère et de défaite, de manière presque incontrôlable.

Je me rendis jusqu'à l'usine d'embouteillage de Twinky Lemoyne à Lafayette, mais elle était fermée pour la journée. Vingt minutes plus tard, je trouvai Lemoyne chez lui qui travaillait dans son jardin. Le ciel avait la couleur rose des œufs de saumon, et le vent fouettait les bananiers et les citronniers sur le côté de sa maison. Il avait arrêté de tailler les roses sur son palissage et laissé tomber son sécateur dans l'ample poche arrière de son pantalon de travail en toile bleu délavé.

— Des tas de choses affreuses se sont passées à cette époque-là entre les races. Mais nous ne sommes plus ceux que nous avons été, n'est-il pas vrai ? dit-il.

— Je pense que si.

— Vous paraissez incapable de laisser le passé tranquille, monsieur.

— Mon expérience m'a appris qu'on se libérait de l'emprise du passé en l'affrontant, monsieur Lemoyne.

— Pour une raison que j'ignore, j'ai le sentiment que vous voulez me voir confirmer ce qui n'a été jusqu'ici que pures hypothèses de votre part.

Il y avait de minuscules débris de terre dans ses cheveux blond roux bien peignés, et ses verres de lunettes étaient embués de transpiration et de poussière de rose.

Il se remit à couper ses roses et à en placer les tiges dans une bouteille à lait pleine d'eau verte. Sa maison à un étage au toit pointu dans cet ancien quartier résidentiel, non loin de St-Mary Boulevard à Lafayette, était entourée de chênes spectaculaires tendus de mousse espagnole et de murs de bambou et de brique d'un rose tendre.

— Faut-il que j'appelle mon avocat ? Est-ce bien ce que vous me suggérez ?

— Vous en avez le droit si vous le désirez. Mais je ne pense pas cependant que cela puisse résoudre votre problème.

— Je vous demande pardon ?

Son sécateur s'immobilisa au-dessus d'une rose.

– Je pense que vous avez commis un meurtre en 1957, mais, selon toute vraisemblance, vous n'avez pas la psychologie d'un tueur. Ce qui signifie que vous vivez probablement en vous sentant horriblement coupable, monsieur Lemoyne. Vous vous couchez avec votre culpabilité et vous vous éveillez avec elle. Et vous la traînez derrière vous toute la journée comme une chaîne aux maillons qui claquent.

– Comment se fait-il que vous paraissiez avoir cette fixation à mon égard ? Au départ, vous m'avez accusé d'être en rapport avec un gangster de La Nouvelle-Orléans. Et maintenant, cette histoire de Nègre assassiné.

– Je vous ai vu le faire.

Son visage en forme d'œuf resta absolument impassible. Le sang lui monta aux joues comme des fleurs roses.

– Je n'avais que dix-neuf ans, dis-je. Je vous ai vus tous les deux depuis le côté opposé de la baie. Le Noir a essayé de courir, et l'un de vous a fait feu sur lui en le touchant à la jambe et puis il a continué à lui tirer dessus dans l'eau. Vous ne m'avez même pas jugé digne de la moindre attention, n'est-ce pas ? Et vous aviez raison. Personne n'a jamais prêté un quelconque intérêt à mon histoire. La leçon est dure à digérer quand on a dix-neuf ans.

Il referma son sécateur, verrouilla le loquet sur les poignées, et le posa sur une table du patio à dessus de verre. Il se versa trois doigts de whiskey dans un verre, sans glace, et y pressa un citron. Il semblait aussi solitaire que pourrait l'être un homme qui aurait vécu seul toute son existence.

– En voudriez-vous un ? dit-il.

– Non, je vous remercie.

– Je souffre d'hypertension et je ne devrais pas boire, mais j'ajoute du citron à mon whiskey et je me convaincs que je suis en train d'avaler quelque chose qui fait du bien à ma santé en même temps que l'alcool. C'est la petite plaisanterie que je me joue à moi-même.

Il prit une profonde inspiration.

– Vous voulez me parler de ce qui s'est passé ?

– Je ne pense pas. Suis-je en état d'arrestation ?

– Pas pour l'instant. Mais je pense que c'est là le moindre de vos problèmes.

– Vous me sidérez, monsieur.

– Vous êtes associé de moitié avec Murphy Doucet dans un service de sécurité. Un gars de son genre n'a pas sa place à vos côtés.

– C'est un ex-officier de police. Il possède une expérience que je n'ai pas.

– C'est un homme amer et plein de colère. C'est aussi un antisémite. L'un de vos employés noirs m'a dit que vous étiez bon pour les gens de couleur. Pourquoi un homme tel que vous irait se mettre en affaires avec un fanatique sectaire ?

– Il n'a pas fait d'études. Ce qui ne signifie pas qu'il soit mauvais.

– Je crois qu'il vous fait chanter, monsieur Lemoyne. Je crois que c'était lui, le second Blanc que j'ai vu de l'autre côté de la baie avec DeWitt Prejean.

– Vous pouvez croire ce que vous voulez.

– Nous n'avons pas encore abordé ce qui nous tracasse au plus haut point, cependant, n'est-ce pas ? Ce sont ces jeunes femmes, je me trompe ?

Il ferma et rouvrit les yeux avant de détourner la tête vers le sud où les éclairs éclataient en ramures sur le Golfe, dont le ciel donnait l'impression d'être recouvert par les fumées noir jaunâtre d'un incendie de produits chimiques.

– Je ne… Je ne… commença-t-il.

Puis il termina son whiskey et reposa son verre. Il frotta le rond humide du plat de la main comme s'il voulait l'effacer du dessus de la table.

— Ce fameux jour où vous m'avez interpellé sous les arbres au bord du lac, dis-je, vous vouliez l'assurance qu'il s'agissait de quelqu'un d'autre, une personne que vous ne connaissiez pas, qui avait mutilé et tué ces filles, ce n'est pas vrai ? Vous ne vouliez pas de ce péché sur votre conscience en plus du meurtre de Prejean.

— Seigneur Dieu, l'homme, réfléchissez un peu à ce que vous dites. Vous venez me raconter que je suis responsable du démon qui se promène en liberté dans nos rangs.

— Appelez votre avocat et venez au bureau faire une déclaration. Finissez-en tout de suite, monsieur Lemoyne. Vous vous en tirerez probablement avec une peine de prison minimale pour la mort de Prejean. Vous avez bonne réputation et des tas d'amis. Vous pourriez même ressortir libre du tribunal.

— Partez, s'il vous plaît.

— Cela ne changera rien.

Il se détourna de moi et contempla l'orage qui approchait. Les feuilles explosaient littéralement des arbres qui surplombaient les murs de son jardin.

— Allez faire ce que vous avez à faire, mais pour l'instant, s'il vous plaît, respectez mon intimité, dit-il.

— Il y a bien longtemps que vous vous êtes égaré loin du monde des gentilshommes.

— N'avez-vous donc aucun sens de la charité ?

— Peut-être faudrait-il que vous passiez à mon bureau jeter un coup d'œil aux photographies de Cherry LeBlanc à la morgue et d'une fille que nous avons dû sortir d'un baril à pétrole dans la paroisse de Vermilion.

Il ne répondit pas. Alors que je poussais la grille de son jardin, je me retournai sur lui. Il avait les joues rouges, zébrées de traînées mouillées comme si son visage avait été vitrifié par un vent glacé.

Ce soir-là, le responsable du bulletin météorologique dit que l'ouragan s'était stabilisé plein sud à cent soixante kilomètres de Mobile. En m'endormant fenêtre ouverte sur un ciel chargé d'éclairs, je songeais qu'à coup sûr l'électricité de l'air allait ramener le Général dans mes rêves.

Au lieu de quoi, ce fut Lou qui apparut sous les pacaniers tourmentés par le vent à 3 heures du matin, la mâchoire éclatée au niveau du condyle, une esquille d'os blanc dépassant d'un lambeau de peau près de son oreille.

Il tenta de parler, et la salive se mit à gargouiller sur ses dents et sa langue exposées à la vue avant de dégouliner de la pointe du menton.

– *Qu'est-ce qu'il y a, Lou ?*

Le vent fouetta en le moulant sur son corps son complet brun informe. Il ramassa une longue brindille arrachée de l'arbre en surplomb par le vent et se mit à racler le sol à ses pieds, dessinant des lignes dans les couches amassées de feuilles mortes et de coques de noix de pacane. Il traça un S, puis une ligne droite qui ressemblait à un I avant d'y ajouter un demi-cercle qui la transforma en P.

Il laissa tomber la baguette au sol et fixa son regard sur moi son visage déformé plein d'attente.

18

Le lien avait toujours existé, il était là depuis le début. Je n'avais pas simplement regardé au bon endroit. Dès mon arrivée au bureau à 8 heures le lendemain matin, j'appelai le bureau des Conditionnelles et Mises à l'épreuve de Lafayette et demandai à l'officier responsable de me sortir le dossier de Cherry LeBlanc.

— Qui l'a arrêtée pour prostitution ? dis-je.

Je l'entendis qui feuilletait les pages du dossier.

— Ce n'est pas un policier seul qui l'a arrêtée. Il y a eu une descente de police dans un bar et quelques caravanes alentour, sur la grand-route de Breaux Bridge.

S.P. State Police. Oui, la police d'État. Merci, Lou, vieil ami.

— Qui a signé le procès-verbal d'arrestation ? demandai-je.

— Voyons voir. C'est assez difficile à lire. Quelqu'un a posé une tasse de café juste sur la signature.

— C'est vraiment important, collègue.

— Ça pourrait être Doucet. Est-ce qu'il n'y avait pas par ici un policier d'État qui portait ce nom-là ? Ouais, je dirais pour l'initiale M., ensuite Doucet.

— Pouvez-vous faire des copies du dossier de la fille et les mettre sous clef à des endroits séparés ?

— Qu'est-ce qui se passe ?

— Il se peut que cela devienne une pièce à conviction.

— Non, je veux dire que Lou Girard a consulté son dossier la semaine dernière. C'est quoi, cette affaire ?

— Faites ça pour moi, vous voulez bien ? Si quelqu'un d'autre essaie de mettre la main sur ce dossier, vous m'appelez, okay ?

— Il y a là des sous-entendus que vous devriez éclaircir, je pense.

Au-dehors, le ciel était gris, la poussière et les papiers volaient dans la rue.

— Il se peut que nous ayons un pompier pyromane sur les bras, dis-je.

Il resta silencieux un moment, puis il dit :

— Je vais mettre le dossier sous clef pour vous, inspecteur, et je garderai votre appel confidentiel. Mais, dans la mesure où tout ceci peut avoir des répercussions sur nos services, je m'attends de votre part à des informations plus détaillées sur cette affaire dans les jours qui viennent.

Après avoir raccroché, j'ouvris le tiroir de mon bureau et en sortis la photographie noir et blanc que Cholo Manelli m'avait donnée de Cherry LeBlanc et Julie Balboni sur la plage de Biloxi. Je regardai à nouveau l'homme qui lisait son journal à une autre table. Son visage était en dehors de la profondeur de champ de l'appareil, mais la lumière frappait ses verres de lunettes de façon surprenante, à croire que l'emplacement des yeux était occupé par deux morceaux de cristal. J'en conclus qu'il devait porter des verres à double foyer.

Comme dans la plupart des enquêtes de police, le problème était devenu un problème de temps, à savoir le décalage entre la conclusion de l'enquête qui touchait à sa fin et l'arrestation effective du suspect. C'est une rue à double sens très particulière que celle où vivent policiers comme criminels. Au fur et à mesure que grandit chez le flic la certitude de la culpabilité d'un suspect et qu'il commence à rassembler suffisamment de pièces à conviction pour avoir un dossier qui tienne, le suspect, de la même manière, devient de plus en plus conscient du dénouement inéluctable et en conclut qu'après tout, le milieu de l'été n'est pas une aussi mauvaise saison que ça pour visiter Phoenix.

Le responsable en chef des Conditionnelles de Lafayette connaissait maintenant mes soupçons à l'égard de Doucet. Il en était de même pour Twinky Hebert Lemoyne, et il ne faudrait pas bien longtemps pour que Doucet l'apprît lui aussi.

L'autre problème était que, jusqu'ici, les preuves dont je disposais n'étaient qu'indirectes.

Lorsque Rosie arriva, je lui appris tout ce que je savais.

— Pensez-vous que Lemoyne acceptera de passer aux aveux ? dit-elle.

— Au bout du compte, pourquoi pas ? De toute évidence, c'est quelqu'un de tourmenté.

— Parce que je ne pense pas que vous obtiendriez jamais une inculpation sur le lynchage s'il ne le fait pas.

— Je veux un mandat de perquisition et passer à la fouille tout ce que possède Doucet, en commençant par la cabane de sécurité sur Spanish Lake.

— Okay, Dave, mais permettez-moi d'être honnête avec vous. Jusqu'à présent, à mon avis, c'est plutôt mince, ce que nous avons.

— Il y a une chose que je ne vous ai pas dite. J'ai déjà passé le nom de Doucet au service des immatriculations automobiles de Baton Rouge. Il est propriétaire d'une Mercury bleue de 1989. Je vous parie que c'est bien elle, la voiture qui n'a pas cessé de réapparaître tout le long de l'enquête.

– Nous ne disposons toujours pas de suffisamment d'éléments pour nous adresser au procureur. Je me trompe ?

– C'est bien pour ça que nous avons besoin d'un mandat de perquisition.

– Ce que j'essaie de vous dire, c'est que nous n'avons pas de témoins, Dave. Nous allons avoir besoin de preuves solides du côté du légiste, une arme qui a servi au meurtre, des vêtements de l'une des victimes, enfin quelque chose qui ne laissera aucun doute dans l'esprit d'un jury que ce mec est une créature droit sortie de leurs pires cauchemars. J'espère simplement que Doucet n'a pas déjà parlé à Lemoyne et qu'il ne s'est pas débarrassé de tout ce que nous pourrions utiliser contre lui, à condition qu'il y ait quelque chose.

– Nous le saurons vite.

Elle me jaugea du regard, en détail.

– Vous me paraissez un peu plus confiant que vous ne devriez, dit-elle.

– Tout colle parfaitement, Rosie. Un mac noir à la gare routière de La Nouvelle-Orléans m'a parlé d'un Blanc qui vendait des trucs cochons. J'ai pensé qu'il voulait parler de photographies ou de cartes postales. Vous ne comprenez pas ? Il est probable que Doucet fournisse en filles le commerce de films pornographiques de Balboni.

– Le seul lien direct dont nous disposons se limite au fait que Doucet a procédé à l'arrestation de Cherry LeBlanc.

– Exact. Et bien qu'il ait su que j'enquêtais sur l'assassinat de cette fille, il n'en a jamais parlé, pas vrai ? Il ne s'est même pas montré curieux des progrès de l'enquête. Est-ce que cela vous semble logique ?

– Bon, allons chercher ce mandat et voyons un peu ce que monsieur Doucet a à nous dire ce matin.

Nous avions le mandat trente minutes plus tard et nous sortions du bureau lorsque mon téléphone se mit à sonner.

C'était Bootsie. Elle me dit qu'elle allait en ville acheter des bougies et du ruban adhésif pour les fenêtres au cas où l'ouragan virerait de cap pour se diriger sur la côte, et que je trouverai notre déjeuner prêt, à Alafair et à moi, dans le four. Puis elle ajouta :

— Dave, as-tu quitté la maison la nuit dernière ?

— Une seconde, dis-je en écartant l'écouteur de mon oreille. Rosie, je n'en ai que pour une minute, j'arrive.

Rosie sortit et se pencha au-dessus de la fontaine d'eau.

— Je suis désolé. Qu'est-ce que tu as dit ?

— J'ai cru entendre démarrer ton camion au milieu de la nuit. Ensuite, j'ai cru que je l'avais simplement rêvé. Est-ce que j'ai rêvé ?

— Il a fallu que je règle un petit détail. Je t'ai laissé un petit mot sur la lampe au cas où tu te serais réveillée, mais tu dormais comme un loir lorsque je suis rentré.

— Qu'est-ce que tu es en train de faire, Dave ?

— Rien. Je t'en parlerai plus tard.

— Ce sont tes apparitions du marais une nouvelle fois ?

— Non. Bien sûr que non.

— Dave ?

— Ce n'est rien de grave. Ne te fais pas de soucis. Crois-moi.

— Je me *fais* du souci si tu dois me cacher quelque chose.

— Allons manger en ville ce soir.

— Je crois qu'il vaudrait mieux que nous parlions d'abord.

— Un mec très méchant est sur le point de passer à la trappe. Ça se résume à ça. Je t'expliquerai plus tard.

– Est-ce que le shérif sait ce que tu es en train de faire ?

– Il ne m'a pas posé de questions. Allons, Boots. Faut pas que ce soit comme ça entre nous.

– Comme tu voudras. Je suis désolée de t'avoir questionné. Toutes les femmes ont des maris qui rentrent et qui sortent au beau milieu de la nuit. C'est bien connu. À cet après-midi.

Elle avait raccroché avant que j'aie pu répliquer ; mais en vérité je ne savais pas comment lui expliquer les sentiments qui m'agitaient ce matin. Si Murphy Doucet était bien notre tueur en série, et j'en étais convaincu, alors, avec un petit peu de chance, nous étions sur le point de jeter notre filet d'acier sur l'un de ces individus aux malformations pathologiques qui parviennent à s'insinuer au milieu de nous, parfois même pour une vie durant, et laissent derrière eux une traînée de souffrances d'une intensité que seuls sont à même de ressentir ceux qui, en pure perte, passent le restant de leur existence à chercher de vaines explications pour celui ou celle qu'ils ont perdu.

J'avais perdu ma femme Annie du fait de deux hommes de cette engeance. Un thérapeute m'avait dit que je ne retrouverais jamais la moindre paix tant que je n'aurais pas appris à pardonner, non seulement à moi-même pour l'avoir laissée mourir, mais aussi à la race humaine tout entière pour avoir produit les hommes qui l'avaient tuée. Je ne compris pas ce qu'il voulait dire, jusqu'à plusieurs mois plus tard, lorsque je me souvins d'un événement qui m'était arrivé par un après-midi d'hiver. J'avais sept ans et j'étais rentré plus tôt de l'école, de manière inopinée.

Ma mère n'était pas à son travail dans l'usine d'embouteillage Tabasco, là où elle aurait dû se trouver. C'est en regardant depuis le couloir que j'aperçus par la

401

porte de la chambre une chemise d'homme à rayures multicolores, des bretelles, un pantalon zazou en rayonne luisante et un panama accrochés à un pied du lit et des chaussettes qui sortaient des chaussures à deux tons posées au sol. Ma mère était nue, à quatre pattes, sur le dessus de lit, et l'homme, qui s'appelait Mack, s'apprêtait à la monter. Une planche de cyprès craqua sous mon pied. Mack tordit la tête et me regarda, sa moustache en trait de crayon pareille à deux ailes d'oiseau au-dessus de sa lèvre. Puis il pénétra ma mère.

Des mois durant, je refis le même rêve d'un loup blanc qui vivait dans un arbre noir squelettique au milieu d'un paysage d'une blancheur infinie. Au pied de l'arbre se trouvait une nichée de louveteaux. Dans mon rêve, la louve se laissait tomber au sol, ses mamelles pendantes gonflées de lait, et elle mangeait les petits un à un.

Je manquai délibérément le bus dans l'après-midi et traînai autour du terrain de récréation jusqu'à ce que les derniers gamins aient rangé leur ballon de football ou leur cerf-volant pour s'en aller dans le crépuscule, sous les feuilles mortes, rejoindre des maisons illuminées, avec les échos de *Jack Armstrong* ou de *Terry et les Pirates* s'échappant d'une porte-moustiquaire. Lorsque mon père revint à la maison, ses pièges posés sur Marsh Island, je ne lui appris jamais ce que j'avais vu se dérouler dans leur chambre. Lorsqu'ils se battaient le soir venu, j'allais m'asseoir sur les marches du perron arrière et je contemplais les chaumes de sucre de canne qui brûlaient dans les champs. Les feux ressemblaient à des milliers de mouchoirs rouges en train de se tordre dans la fumée.

Je savais que la louve m'attendait dans mes rêves.

Puis, un après-midi, comme je rentrais de l'école, toujours à une heure tardive, je passai devant une porte ouverte à l'arrière d'un couvent. C'était la salle de musique, et il y avait un piano à l'intérieur, un tourne-disques et un parquet de chêne brillant. Mais les deux jeunes nonnes censées passer le sol à la cire avaient laissé de côté serpillières et chiffons, allumé la radio, et dansaient l'une avec l'autre, pieds nus, sur un rythme de boogie-woogie, en faisant voler leurs voiles tandis que tourbillonnaient les perles de bois du rosaire qui ceignait leur taille.

Elles ne me virent pas, et j'ai dû les observer pendant presque cinq minutes, fasciné que j'étais par leurs visages empourprés sous les guimpes et les rires qu'elles essayaient de cacher derrière leurs mains lorsqu'ils se faisaient trop bruyants.

J'étais incapable de m'en expliquer la raison, mais je sus, chaque soir qui suivit, que si je me mettais à penser aux nonnes dansantes avant de m'endormir, je ne rêverais pas à la louve blanche dans son arbre.

Je me demandai quel genre de rêve pouvait bien avoir Murphy Doucet. Peut-être qu'à une période de sa vie, ses rêves avaient été les mêmes que les miens. Ou peut-être valait-il mieux ne pas savoir.

Je ne doutais pas un seul instant, cependant, qu'il nous attendait lorsque nous arrivâmes au bâtiment de la sécurité sur Spanish Lake. Il se tenait debout, jambes légèrement écartées, comme au repos un jour de parade, devant la porte, les mains posées sur son ceinturon armé, le ventre plat comme une planche, les yeux brillant d'une lueur cynique.

Je dépliai le mandat de perquisition devant lui.

– Vous voulez jeter un coup d'œil ? dis-je.

– Pour quoi faire ? J'en ai rien à branler de ce que vous foutez ici, répondit-il.

– Je vous serais reconnaissant de surveiller votre langage, dis-je.

— Elle n'est pas capable d'encaisser ? dit-il.

— On ne sait jamais, Murph. Vous avez été flic. Il arrive parfois que les gens commettent des imprudences, qu'ils foirent leur coup dans les grandes largeurs, peut-être même qu'ils oublient qu'on les a pris en photo avec l'une de leurs victimes.

De minuscules rides brunes s'étirèrent en trame du coin de ses yeux.

— De quoi parlez-vous ?

— Si j'avais été vous, je n'aurais pas laissé Cholo me prendre en photo avec Baby Feet et Cherry LeBlanc à Biloxi.

Il battit des paupières, ses yeux bleus allant d'avant en arrière, les pupilles semblables à des têtes d'épingles noires. La pointe de sa langue passa sur sa lèvre inférieure.

— Je ne veux pas d'elle dans mes affaires, dit-il.

— Aimeriez-vous m'empêcher d'aller dans vos « affaires », monsieur Doucet ? dit Rosie. Aimeriez-vous être inculpé ce matin d'obstruction à un représentant de la police fédérale dans l'exercice de ses fonctions ?

Sans quitter le visage de Rosie des yeux, il sortit une Lucky Strike entre deux doigts du paquet qu'il avait dans sa poche de chemise et la mit au coin de ses lèvres. Puis il se pencha en arrière, le dos contre mon camion, ouvrit son briquet Zippo d'un coup sec, protégea la flamme de ses mains en coupe, aspira la fumée et détourna les yeux vers les pacaniers qui ployaient et se redressaient sous le vent et un panier à pommes pris de folie qui rebondissait à travers champs.

Sur sa table de travail étaient posés une série de tranchets Exacto, tubes de colle, petits flacons de peinture, brosses minuscules, morceaux de papier de verre usagés, et les fragiles entretoises d'aile en balsa d'une maquette d'avion épinglée à un bleu. Au-dehors, Doucet fumait sa cigarette et nous observait par la porte sans afficher la moindre expression ni le plus petit intérêt lorsque je plaçai ses tranchets Exacto dans un sachet plastique à glissière.

Ses tiroirs de bureau contenaient des numéros de *Playboy*, des emballages de bonbons, une cartouche de Lucky Strike, une thermos de soupe de pois cassés, deux sandwiches au jambon, des trombones et des rognures de gomme, une brochure annonçant une convention des Camionneurs à Atlantic City, une boîte de préservatifs.

J'ouvris le tiroir de sa table de travail. J'y découvris d'autres feuilles de papier de verre, une maquette d'avion encore dans son emballage, et le couteau à cran d'arrêt à manche noir qu'il m'avait prêté pour dénuder l'isolant d'un fil électrique de mon camion. Je le plaçai dans un autre sachet en plastique.

Doucet bâilla.

— Rosie, vous voulez bien retourner la poubelle qui se trouve derrière son bureau, s'il vous plaît ? dis-je.

— Il n'y a rien à l'intérieur, dit-elle en se penchant sur le coin de la table.

Je leur tournai le dos, à elle et à Doucet, lorsque je repoussai le tiroir de la table de travail, avant de pivoter avec un couteau à manche d'aluminium entre les doigts. Je le déposai dans un troisième sachet en plastique.

— Bon, je crois que nous avons fait le tour, dis-je.

Par la porte, je vis sa main tenant la cigarette s'immobiliser en l'air et son regard se verrouiller sur le couteau.

Il s'avança vers nous lorsque nous sortîmes du bâtiment.

— Qu'est-ce que vous croyez que vous êtes en train de faire ? dit-il.

– Ce qui vient de se passer ici vous pose problème ? dis-je.

– C'est vous qui avez amené ça, dit-il en pointant le doigt vers le sachet du couteau. Espèce de salopard, c'est vous qui l'avez planté là et vous le savez.

– Comment aurais-je pu apporter quelque chose qui vous appartient ? dis-je. C'est bien l'un des outils que vous utilisez pour vos maquettes d'avions, pas vrai ?

Rosie me regardait d'un air bizarre.

– Cette femme est témoin, dit-il. Vous salez la mine. Ce couteau n'était pas là.

– Moi, je dis qu'il y était. Je dis en plus qu'il est couvert de vos empreintes. Vous aurez probablement bien du mal à prouver qu'il ne vous appartient pas, Murph.

– Cette salope avec sa chatte au piment est dans le coup, pas vrai ? dit-il.

Je lui claquai la joue du plat de la main.

– Ajoutez encore quelque chose, et votre journée va sérieusement se détériorer, dis-je.

Erreur.

Il me bondit au visage, la main gauche comme une griffe, prête à m'arracher les yeux, le poing droit serré volant vers ma tête tandis que ses genoux cherchaient à me défoncer le bas-ventre. Je perdis l'équilibre, essayai de pivoter pour m'écarter de lui et lever le bras devant mon visage ; une pluie de coups de poing me tomba sur le sommet du crâne.

Rosie sortit son .357 de son sac et le pointa droit devant elle, bras tendus, en lui collant le canon dans l'oreille.

– Au sol, tu as compris ? s'écria-t-elle. Exécution ! Immédiatement ! Ne me regarde pas ! Colle-toi la figure au sol ! Tu m'as entendu ? Ne me regarde pas ! Mets les mains derrière la tête !

Il se mit à genoux avant de s'allonger à plat ventre, le côté du visage dans l'herbe, son cou plissé profondément hâlé dégoulinant de sueur, les yeux pleins de cette lueur irraisonnée d'un animal qui se trouverait punaisé sous un pneu de voiture.

Je dégageai les menottes de l'arrière de mon ceinturon et les fis claquer sur ses poignets. Je dégainai son revolver et sa cartouche de gaz Mace de sa ceinture avant de le remettre sur ses pieds. Son bras me fit la sensation d'un os dur sous la main.

— Vous êtes en état d'arrestation pour voies de fait sur un représentant de la loi, Murph, dis-je.

Il se tourna vers moi. Le bouton supérieur de sa chemise était déchiré et j'apercevais sur sa poitrine de petites boursouflures blanches de tissu cicatriciel pareilles à des doigts d'une main brisée.

— Ça ne tiendra pas. C'est un mandat bidon que vous avez, dit-il.

— Ce couteau est celui dont vous vous êtes servi sur Cherry LeBlanc, n'est-ce pas ? dis-je.

Rosie pénétra derrière moi dans le bureau de Murph et se servit de son téléphone pour demander une voiture au shérif. Murph la suivait des yeux, puis son regard revint se poser sur moi. Il recracha quelques brins d'herbe.

— Elle t'a laissé la brouter ? dit-il.

Nous le fîmes entrer par l'arrière-porte des services du shérif avant de lui prendre ses empreintes et de le boucler en cellule. Il fut autorisé à passer un coup de téléphone à un avocat de Lafayette puis nous le ramenâmes en salle d'interrogatoire. Des employés de tout le bâtiment essayaient de trouver un moyen d'entrevoir Murphy Doucet.

— Allez, vous autres, retournez à votre travail, dit le shérif dans le couloir. Cet homme est incarcéré pour voies de fait sur un officier de police. C'est le seul chef d'inculpation. Est-ce que vous avez tous bien compris ?

— Y a trois journalistes devant votre bureau, shérif, dit un adjoint.

— J'aimerais bien savoir qui les a appelés ici, s'il vous plaît, dit-il.

— Fouillez-moi, répondit l'adjoint.

— Voulez-vous bien tous sortir d'ici ? répéta-t-il à l'adresse de la foule dans le couloir.

Puis il passa les doigts dans les cheveux et se tourna vers Rosie et moi.

— Il faut que je parle à ces journalistes avant qu'ils ne nous collent sur le dos une histoire de Jack l'Éventreur. Obtenez tout ce que vous pouvez de ce mec. Je reviens tout de suite. Qui est son avocat ?

— Jeb Bonin, dis-je.

— Nous aurons Doucet à notre disposition jusqu'à son audience préalable demain matin. Quand allez-vous perquisitionner à son domicile ?

— Cet après-midi, dit Rosie. Nous avons déjà envoyé un adjoint chez lui pour surveiller sa maison.

— La Merc bleue était-elle à Spanish Lake ? dit le shérif.

— Non, il vient au boulot en camionnette. La Merc doit se trouver à son domicile, dis-je.

— Très bien, occupez-vous-en. Et faites ça dans les règles, en plus. Nous ne voulons pas rater ce coup-là.

Le shérif retourna vers son bureau. Rosie me toucha légèrement le bras.

— Dave, discutons une seconde avant d'y aller, dit-elle.

— De quoi s'agit-il ?

Elle ne répondit pas et entra dans notre bureau où elle m'attendit.

— Ce couteau à tout faire que vous avez sorti de son tiroir, dit-elle. Doucet a été totalement surpris lorsque vous l'avez trouvé. Ce qui m'amène à des réflexions troublantes.

— C'est son couteau, Rosie. Il n'y a aucun doute là-dessus.

— Pourquoi s'était-il montré tellement confiant jusqu'à cet instant ?

— Peut-être avait-il simplement oublié qu'il l'avait laissé là.

— Vous êtes entré dans le bâtiment de la sécurité pendant la nuit, vous avez pris le couteau et vous l'avez replacé ce matin, n'est-ce pas ?

— Le temps joue toujours pour le suspect, Rosie. Pendant que nous attendons nos mandats, il se débarrasse de toutes les pièces à conviction.

— Je n'aime pas vous entendre dire cela, Dave.

— C'est bien notre mec. Vous voulez qu'il s'en tire ? Parce que sans ce couteau, il est sûr que c'est ce qui arrivera.

— Je vois les choses différemment. Vous transgressez les règles et vous offrez des armes à l'autre camp.

— Attendez d'avoir rencontré son avocat. C'est le meilleur de tout le sud-ouest de la Louisiane. Il vend aussi ses miches au syndicat des Camionneurs, à la pègre et aux usines d'incinération qui brûlent du PCB. Avant même d'en avoir terminé, il aura transformé Doucet en victime et les membres du jury seront tous en train de baver sur leurs manches.

Ses yeux allèrent d'avant en arrière d'un air songeur, comme si elle se posait des questions avant de leur donner réponse. Puis elle releva le menton.

— Ne me refaites plus jamais une chose pareille, Dave. Pas tant que nous serons partenaires sur la même enquête, dit-elle.

Elle passa devant moi et entra dans la salle d'interrogatoire où Murphy Doucet était installé sur une chaise devant une petite table, entouré de murs blancs, au milieu des volutes de fumée de cigarette, en train de se gratter les poils qui poussaient en bordure de la patte de poulet blanche enchâssée dans la gorge.

J'entrai dans la pièce derrière Rosie et fermai la porte.

– Où ce qu'y est mon avocat? demanda-t-il.

Je lui pris la cigarette des mains et l'écrasai au sol.

– Vous voulez faire une déclaration au sujet de Cherry LeBlanc? dis-je.

– Ouais. J'y ai un peu réfléchi. Je me souviens d'avoir agrafé une pute de ce nom-là il y a trois ans de ça. Alors dites-moi donc, tous autant que vous êtes, pourquoi j'aurais attendu trois ans pour tuer quelqu'un que j'avais mis en détention.

– Nous pensons que vous faites le mac pour Julie Balboni, monsieur Doucet, dit Rosie. Nous pensons également que vous le fournissez en filles pour ses entreprises pornographiques.

Les yeux de Doucet la détaillèrent des pieds à la tête.

– On veut promouvoir les minorités ethniques? dit-il.

– Il y a autre chose dont vous n'êtes pas au courant, Murph, dis-je. Nous sommes en train de vérifier tous les meurtres de femmes non résolus perpétrés le long des autoroutes à l'époque où vous travailliez pour la police d'État. J'ai comme l'impression que tous ces vieux dossiers d'archives vont vous replacer à proximité de quelques cadavres dont vous n'aviez jamais pensé qu'on pourrait les relier à vous.

– Je ne crois rien de tout ça, dit-il.

– Je crois que nous vous tenons. En plein dans le mille, dis-je.

410

— Vous avez un couteau que vous avez planté exprès chez moi. Et la fille le sait, en plus. Il suffit de regarder sa figure.

— Nous avons non seulement l'arme et cette photo de vous avec la victime, nous savons également comment ça s'est passé et pourquoi.

— Quoi ?

— Cherry LeBlanc a dit à Julie qu'il n'était qu'un gros tas de lard et elle l'a larguée. Mais on ne largue pas quelqu'un comme Julie. Alors Julie a pris le téléphone et il vous a appelé depuis le motel, pas vrai ? Vous vous rappelez la conversation ? Aimeriez-vous que je vous en cite les termes ?

Il contracta les sourcils puis mit la main à la poche en quête d'une cigarette.

— Non. Vous ne pouvez pas fumer ici.

— Faut que j'aille aux toilettes.

— Elles sont occupées pour l'instant, dis-je.

— *Elle,* elle est ici pour une autre raison. C'est pas à cause d'une racoleuse qui est morte, dit-il.

— Nous sommes ici à cause de vous, Murph. Vous êtes tombé pour de bon, collègue. Et sans bavures. Nous n'avons même pas encore commencé à parler de Kelly Drummond.

Il mordilla un morceau de peau du gras du pouce.

— Quel est le tarif pour avoir fait le mac ? demanda-t-il.

— Vous croyez que vous allez passer un marché en acceptant une inculpation pour proxénétisme alors que c'est la chaise qui vous attend ? Dans quel monde vivez-vous ? dis-je.

— Demandez-lui, à elle. Elle est ici pour constituer un dossier sur Balboni, pas sur un garde de la sécurité, alors lavez-vous la gueule de toutes vos conneries. Quel est le tarif que je risque ?

Il regarda Rosie droit dans les yeux.

– Allez dire à votre patron que je peux envoyer ce Rital à l'ombre pour vingt-sept ans, dit-il. Revenez donc ensuite me dire qu'un marché, ça ne vous intéresse pas.

Le shérif ouvrit la porte.

– Son avocat est ici, dit-il.

– Nous allons chez vous maintenant, Murph, dis-je. Y a-t-il autre chose que vous vouliez nous dire avant que nous partions ?

L'avocat fit son entrée dans la pièce. Il avait le crâne rasé, sa cravate et son col de chemise remontés haut sur son petit cou, de sorte qu'il faisait penser à un œuf dur couleur marron clair fourré à l'intérieur d'un complet d'affaires.

– Ne dites plus rien à ces gens, monsieur Doucet, dit-il.

Je me penchai sur la table et regardai Murphy Doucet en plein visage, sans ciller. Je contemplai ses sourcils blancs, les sursauts incessants des globes oculaires, la multitude de rides sur sa peau, la fente de la bouche, la cicatrice blanche sur sa gorge, dont on aurait pu croire qu'elle avait été posée là en couches successives à la spatule.

– Quoi ? Qu'est-ce que vous regardez comme ça, bordel ? dit-il.

– Vous souvenez-vous de moi ? dis-je.

– Ouais. Naturellement. Quand vous étiez flic à La Nouvelle-Orléans.

– Regardez-moi. Réfléchissez bien.

Ses yeux se détournèrent des miens pour se verrouiller sur son avocat.

– Je ne sais pas de quoi il parle, dit-il. Avez-vous un argument à avancer, inspecteur ? dit l'avocat.

– La vedette du barreau que vous avez engagée n'a rien à voir avec tout ceci, Murph, dis-je. C'est entre vous et moi maintenant. Nous sommes en 1957, l'ouragan Audrey vient juste de frapper. On sentait l'odeur des cadavres d'animaux à travers tout le marais. Vous vous rappelez ? Vous n'étiez pas seul à faire courir DeWitt Prejean avec sa chaîne cadenassée autour de la poitrine, mais c'est vous qui lui avez fait sauter la jambe en pleine course. Vous vous souvenez du gamin qui a tout vu depuis l'autre côté de la baie ? Regardez bien mon visage.

Il se mordit la lèvre avant de poser le menton sur les jointures de sa main en fixant le mur d'un air égaré.

— Le vieux geôlier a mangé le morceau quand il m'a appris que DeWitt Prejean conduisait un camion de livraison de limonade. Prejean travaillait pour Twinky Lemoyne et il avait une liaison avec son épouse, n'est-ce pas ? On dirait qu'il y a toujours un mec à encore traîner dans le coin dont la mémoire est bien meilleure qu'elle ne devrait l'être. Vous croyez que vous êtes toujours en position de vendeur, Murph ? Combien de temps pensez-vous qu'il faudra avant qu'un mec comme Twinky craque et décide de se laver de ses péchés en public ?

— Ne dites rien, monsieur Doucet, dit l'avocat.

— Ce n'est pas la peine, monsieur Bonin. Ce mec tue des gens depuis trente-cinq ans. Si j'étais vous, j'aurais quelques sérieuses réserves quant à une relation suivie avec votre client. Venez, Rosie.

Le vent faisait tourbillonner poussière et gravillons entre les voitures du parc de stationnement, et je sentais une odeur de pluie au sud.

— C'était un numéro digne d'un Oscar, Dave, dit Rosie lorsque nous montâmes dans mon camion.

— Ça ne fait pas de mal de faire tiquer le batteur une fois de temps en temps.

– Vous avez fait plus que ça. Vous auriez dû voir le visage de l'avocat quand vous avez commencé à parler du lynchage.

– Il n'est pas du genre à vouloir rester bien long-temps sur cette affaire.

Comme je démarrai le camion, une rafale de vent envoya brinquebaler une poubelle sur le trottoir et s'engouffra dans le bouquet de chênes de l'autre côté de la rue. Un rai de soleil solitaire s'arracha aux nuages et franchit la marquise de feuillage en surplomb. Au milieu d'une cascade de feuilles d'or, je crus voir une file de cavaliers parmi les troncs d'arbres, le corps gris comme la pierre, leurs épaules comme la croupe de leurs montures drapées de tuniques gonflées par le vent. Je me pinçai l'arête du nez et chassai la sueur de mes yeux avant d'y regarder à nouveau. Le boqueteau était vide, à l'exception d'un Noir qui collait des bandes d'adhésif sur les vitres de son étal à barbecue.

– Dave ? dit Rosie.

– Oui ?

– Vous allez bien ?

– J'ai juste un grain de poussière dans l'œil.

Lorsque je m'engageai sur la chaussée, je regardai dans le rétroviseur et vis l'image détaillée d'un cavalier solitaire au fond des arbres, une plume couleur de lie-de-vin au chapeau, une carabine en appui sur la cuisse. Il repoussa le bord de son chapeau du canon de son arme et je vis son visage pâle, vidé de toute énergie, et l'écharpe noire qui soutenait son bras gauche trempée de sang.

– *Qui a ouvert vos blessures, Général ?*

– Qu'est-ce que vous avez dit ? demanda Rosie.

– Rien. Je n'ai rien dit.

– Vous êtes tracassé par ce qu'a dit Doucet, n'est-ce pas ?

— Je ne vous suis pas.

— Vous croyez que le Bureau pourrait bien passer un marché avec lui.

— L'idée m'a traversé l'esprit.

— Ce mec va tomber pour de bon, Dave. Je vous le promets.

— J'ai passé ma carrière à m'apercevoir que mes priorités ne sont pas celles des gens pour lesquels je travaille, Rosie. Parfois, ce sont les pires qui se retrouvent libres comme l'air, et tout ça, grâce à l'aide des flics.

Elle regarda par la vitre de la portière, et ce fut son tour d'afficher un visage qui semblait s'égarer vers un souvenir constamment présent à sa mémoire ou se perdre dans quelque sombre inquiétude qu'elle ne parviendrait jamais tout à fait à partager avec quiconque.

Murphy Doucet habitait une petite maison blanche, fraîchement repeinte, avec une galerie et une pelouse ombragée d'arbres, sans la moindre feuille morte, à l'opposé du terrain de golf des quartiers nord de Lafayette. Un adjoint de la paroisse d'Iberia, mort d'ennui, et un flic de la police municipale de Lafayette, assis sur les marches, nous attendaient et s'amusaient à lancer un canif dans la pelouse. La Mercury bleue était garée dans l'allée à l'ombre d'un mélia. Je l'ouvris à l'aide du trousseau de clefs pris sur Doucet lors de son incarcération ; puis nous sortîmes les tapis de sol pour les poser délicatement sur l'herbe avant de fouiller sous les sièges et de vider la boîte à gants. À première vue, rien ne semblait pouvoir nous être utile. Nous ramassâmes les tapis en les saisissant par les coins pour les replacer sur la moquette avant de déverrouiller le coffre.

Rosie recula d'un pas devant l'odeur et toussa, la main sur la bouche.

— Oh, Dave, c'est… commença-t-elle à dire.

– Des matières fécales, dis-je.

Le coffre était vide, à l'exception d'une roue de secours, d'un cric et d'un petit carton dans un coin. Le tapis d'un bleu sombre avait l'air propre, on avait passé l'aspirateur ou on l'avait brossé, mais à trente centimètres du verrou s'étalait une tache séchée, couleur de thé, avec de minuscules particules de papier mêlées au grain de la moquette raidie.

Je sortis le carton, l'ouvris et en sortis un projecteur portatif avec rallonge que l'on pourrait brancher sur l'allume-cigares.

– C'est autour de ça qu'il a enveloppé la cellophane rouge quand il a ramassé la fille qui faisait du stop dans la paroisse de Vermilion, dis-je.

– Dave, regardez ceci.

Elle pointa le doigt sur la paroi latérale du coffre. S'y trouvaient une demi-douzaine de petites éraflures superficielles, aux formes arrondies, dans la peinture bleu pâle. Elle en palpa une de deux doigts avant de frotter le pouce contre l'extrémité des autres doigts.

– Je crois qu'il s'agit de marques de talons de chaussures en caoutchouc, dit-elle. Quel genre de chaussures Cherry LeBlanc portait-elle ?

– Des chaussures plates avec des semelles en cuir. Et la morte de Vermilion n'avait rien aux pieds.

– Très bien. Faisons remorquer la voiture et attaquons-nous à la maison. Nous avons absolument besoin...

– Quoi ?

– ... de tout ce qu'il aura pu laisser traîner par négligence.

– Avez-vous déjà appelé le Bureau ?

– Non. Pourquoi ?

– Je me posais simplement la question.

– Qu'essayez-vous de me dire, Dave ?

– Si vous cherchez une empreinte de main sanglante pour avoir un dossier à toute épreuve, je ne
pense pas que vous la trouverez. À moins qu'il y ait
des traces résiduelles sur ce couteau à tout faire que
nous pourrions utiliser pour un test à l'ADN. La photographie, c'est du bluff, tout au moins pour ce qui est
d'inculper Doucet. Comme vous l'avez dit précédemment, tout ce que nous avons pour l'instant ne va pas
chercher bien loin.

– Et alors ?

– Alors, je pense que vous savez déjà ce que votre
patron va vous dire.

– Peut-être bien que je me fiche de ce qu'il va dire.

– Je ne veux pas que vous mettiez en danger votre
carrière chez Foutoir, Boxon et Incompétence, parce
que vous estimez devoir vous accrocher jusqu'au bout
à cause de moi, Rosie. Il faut que nous soyons bien
clairs sur ce point.

– Couvrez-vous donc les miches et ne vous en
faites pas pour les miennes, dit-elle.

Elle prit le trousseau de clefs de ma main et me précéda, direction le perron d'entrée de la maison, dont
elle ouvrit la porte.

L'intérieur était aussi net et carré qu'une caserne.
Les planchers étaient cirés, les fauteuils capitonnés
décorés de napperons, les plantes vertes à la fenêtre
taillées et arrosées, l'évier et l'égouttoir de la cuisine
immaculés, les marmites et casseroles suspendues à
des crochets, les poubelles doublées de sacs plastique
propres, ses maquettes d'avions sans un grain de poussière, pendues au plafond à des fils métalliques, son
couvre-lit bien en place, et tellement tendu qu'on aurait
pu y faire rebondir une pièce de monnaie.

Aucune des photographies aux murs ne traitait de
sujets humains, à l'exception d'un cliché couleur de

Doucet en personne assis sur les marches d'une cabane avec, à ses pieds, la dépouille d'un cerf huit cors. Doucet souriait ; il tenait, posé sur les genoux, un fusil à chargement par levier avec mire, viseur et bandoulière.

Nous fouillâmes la maison une heure durant, nous fouillâmes le garage avant de revenir à la maison pour la retourner à nouveau. L'adjoint de la paroisse d'Iberia apparut sur le seuil, une glace en cornet à la main. Il avait les cheveux sombres, les épaules étroites et les larges hanches d'un homme qui avait passé la majeure partie de ses cinq années dans le service comme flic de la voie publique affecté aux passages cloutés des écoles primaires ou chargé d'escorter des prisonniers mineurs à l'audience préalable du matin. Il s'arrêta de manger et essuya la glace de sa moustache d'un revers du poignet avant de parler.

– Seigneur Jésus, Dave, mais vous avez tout retourné là-dedans, dit-il.

– Tu veux rester et tout ranger ? dis-je.

– C'est vous qui avez fait ça, pas moi.

– C'est exact, alors tu n'as pas à te faire du souci pour ça, dis-je.

– Bon sang, tout le monde n'a pas eu son compte de sommeil la nuit dernière, dit-il.

Voyant que je ne répondais pas, il avança jusqu'au milieu de la pièce.

– Qu'est-ce que vous avez trouvé dans le coffre ?

Comme je ne répondais toujours pas, il regarda par-dessus mon épaule.

– Oh ! mec, mais c'est des sous-vêtements de petite fille, et y en a, pas vrai ? dit-il.

L'adjoint s'éclaircit la gorge.

– Ce mec, y a fait aussi ce genre de trucs, Dave ?

– On le dirait.

– Oh ! mec.

Son visage changea alors.

– Peut-être que quelqu'un devrait lui montrer ce qui arrive quand on essaie de passer sur le ventre une clôture en barbelés bien haute.

– Je ne vous ai pas entendu, adjoint, dit Rosie.

– Ç'a pas d'importance, dit-il. Un gars comme ça, y a des gens dans le coin, s'y lui mettent la main dessus, z'aurez pus à vous faire de la bile à chercher des preuves, ça non. Demandez à Dave.

Dans le coffre, nous avions trouvé onze petites paires de dessous de fillettes, chaussettes d'enfants, collants pied-de-poule, premiers soutiens-gorge, une chaussure de cuir verni noire, une seule, avec la lanière cassée, un livre de coloriage, une boucle de cheveux roux collée à l'adhésif sur une fiche, des tickets déchirés de séance en matinée d'un cinéma local, une demi-douzaine de vieilles photographies de Murphy Doucet en uniforme d'adjoint du shérif à la paroisse de Jefferson, qui le montraient toutes en compagnie d'enfants lors de pique-niques sous des arbres moussus ou d'un match de base-ball de troisième division, devant une piscine pleine d'enfants bondissant dans les airs devant l'objectif. Tous les vêtements étaient lavés, pliés et étalés très proprement en couches où se mêlaient le rose, le bleu et le blanc, au fond du coffre.

Au bout d'un moment, Rosie dit :

– C'est la châsse où il garde ses reliques.

– Des reliques de quoi ?

– D'innocence. C'est un psychopathe, un violeur, un tueur en série, un sadique, voire un nécrophile, mais c'est aussi un pédophile. Et comme la plupart des pédophiles, il est en quête d'innocence et il la trouve en recherchant la présence d'enfants ou en en abusant.

419

Elle se leva alors de son fauteuil, alla dans la salle de bains, et j'entendis l'eau couler, je l'entendis qui crachait, j'entendis un bruit d'éclaboussures.

– Peux-tu aller attendre dehors une minute, Expidee ? dis-je à l'adjoint.

– Ouais, bien sûr, dit-il.

– Nous arrivons dans une minute. Merci de ton aide aujourd'hui.

– Ce mec va se faire libérer sous caution, Dave ?

– Probablement.

– C'est pas juste, dit-il, avant de répéter, en franchissant la porte : « C'est pas juste. »

Je frappai doucement à la porte de la salle de bains restée entrouverte. Rosie avait le dos vers moi, les bras raides, tendus en appui sur le lavabo, tandis que le robinet continuait à couler. Elle tentait de s'éclaircir la gorge, comme si une minuscule arête s'y était fichée.

J'ouvris la porte, pris une serviette propre d'un placard et commençai à lui éponger le visage. Elle leva la main presque comme si je m'apprêtais à la frapper.

– Ne me touchez pas avec ça, dit-elle.

Je posai la serviette sur la baignoire, arrachai le premier Kleenex de la boîte, le jetai à la poubelle, puis en sortis plusieurs autres que je roulai en boule dont je lui tapotai le visage. Elle repoussa mon poignet.

– Je suis désolée. J'ai craqué, dit-elle.

– Ne vous en faites pas pour ça.

– Ces enfants, cette odeur dans le coffre de la voiture.

Elle écarquilla les yeux autant qu'elle put pour se retenir de pleurer, mais ça ne marcha pas. Ses larmes se mirent à sourdre dans ses yeux bruns avant de rouler sur ses joues.

– Ça va aller, Rosie, dis-je en glissant un bras autour de ses épaules.

Elle enfouit la tête sous mon menton. Je sentais son corps collé tout entier au mien, son dos qui se soulevait et retombait contre ma paume. Je respirais l'odeur de shampoing à la fraise dans ses cheveux, des bouffées chaudes au parfum de savon sur sa peau.

La fenêtre était ouverte, et le vent gonflait le rideau vers l'intérieur de la pièce. De l'autre côté de la rue, sur un green, un fanion claquait droit sur le poteau qui vibrait avec raideur dans le trou. Aux premières gouttes de pluie qui tombèrent à l'oblique, presque parallèles au sol, j'aperçus une silhouette debout près d'une mare étouffée par les roseaux, devant un buisson de myrte agité par le vent. Il se tenait droit comme un I sous les rafales avec son unique béquille, la barbe volant à l'entour du visage, la bouche en O, ses paroles étouffées par le tonnerre lointain. Le moignon de sa jambe droite amputée était pansé de bandages blancs tout frais qui avaient déjà viré à l'écarlate sur une nouvelle hémorragie.

– *De quoi essayez-vous de m'avertir, Général ? Pourquoi faut-il que tant de douleur vous revienne, monsieur ?*

Je sentis Rosie tordre la tête contre ma poitrine avant de s'écarter de moi et de sortir d'un pas rapide en se saisissant de son sac sur un fauteuil d'un geste coulé afin que je ne puisse pas voir son visage. La porte-moustiquaire claqua derrière elle.

Je plaçai toutes les pièces à conviction du coffre de Doucet dans des sachets, verrouillai la maison et montai dans le camion à l'instant précis où un orage de grêle éclatait dans le ciel et venait tambouriner sur le toit de la cabine en rebondissant en minuscules geysers blancs sur les pentes du terrain de golf aussi loin que l'œil pouvait porter.

421

Ce soir-là, le préposé à la météo aux informations de 22 heures déclara que l'ouragan reprenait sa course sur une trajectoire nord-ouest et qu'il toucherait terre probablement en fin de soirée du lendemain autour de la baie d'Atchafalaya, exactement à l'est de l'endroit où nous étions. Toutes les plates-formes de forage en haute mer dans le Golfe avaient fermé et les zones côtières inondables depuis Grand Isle jusqu'à Sabine Pass étaient en cours d'évacuation.

À 23 heures, le shérif appela.

— On vient de faire cramer la caravane de Mikey Goldman à Spanish Lake. Une bouteille de quatre litres pleine d'essence par la fenêtre avec une fusée de signalisation routière dans le goulot, dit-il. Tu veux aller jusque-là et jeter un œil ?

— Pas vraiment. C'est quoi, ces hurlements que j'entends en arrière-plan ?

— Devine. Je n'arrive pas à le convaincre qu'il a eu de la chance de ne pas s'être trouvé dans la caravane.

— Laissez-moi deviner encore une fois. Il veut qu'on arrête Julie Balboni.

— Tu dois avoir le don de double vue, dit le shérif.

Il se tut un instant avant d'ajouter :

— J'ai de mauvaises nouvelles. Le rapport du labo est arrivé tard ce soir. Il n'y a rigoureusement rien sur le couteau.

— Ils sont sûrs de ça ?

— Ils sont dans le même camp que nous, Dave.

— Nous pouvons utiliser le témoignage du légiste sur la nature des blessures. Nous pouvons obtenir une autorisation d'exhumation s'il le faut.

— Tu es fatigué. Je n'aurais pas dû appeler ce soir.

— Doucet est un monstre, shérif.

— Nous en reparlerons au matin.

Un rideau de pluie grise traversait le champ de canne à sucre du voisin et se dirigeait vers la maison, appuyée contre un bois qui résonnait d'éclairs de tonnerre.

– Tu es toujours là? dit-il au milieu de la friture sur la ligne.

– Il faut que nous mettions ce mec hors d'état de nuire une bonne fois pour toutes.

– Nous en discuterons avec le procureur demain matin. Et maintenant, va au lit, Dave.

Après avoir replacé le combiné sur son berceau, je restai assis un long moment dans le fauteuil, le regard fixé par la porte ouverte sur l'arrière de la maison sur la pluie qui frappait la mare à canards et les typhas au bas de ma propriété. Le ciel paraissait rempli de lumières électriques, et le vent donnait l'impression de résonner de voix d'enfants.

19

Au matin la pluie faisait un bruit assourdissant sur la galerie. Lorsque j'ouvris la porte d'entrée, des îlots de feuilles de pacaniers flottaient au milieu de flaques boueuses dans la cour et une douce et belle brume, fraîche et parfumée, souffla à l'intérieur de la pièce. C'est à peine si je pouvais distinguer le marais au-delà du rideau de pluie qui dansait sous une lumière jaune et mouillée à la surface du bayou. J'enfilai mon imperméable et mon chapeau et franchit au pas de course, au milieu des éclaboussures, les flaques d'eau qui menaient à la boutique à appâts. J'empilai, avec l'aide de Batist, tables, chaises et parasols sur le ponton à l'abri du bâtiment avant de les attacher d'une corde. Nous traînâmes nos bateaux hors de l'eau sans oublier de verrouiller les volets des fenêtres. Ensuite nous bûmes une tasse de café en partageant une tourte au comptoir tandis que le vent essayait d'arracher les tôles de fer-blanc des chevrons du toit.

En ville, le Bayou Teche avait vu son niveau monter haut sur les piles des ponts mobiles et déborder de ses berges pour noyer les parterres de camélias du jardin municipal. Les voitures soulevaient à leur passage des vagues brunes et ourlées chargées de détritus qui venaient glisser au-dessus des caniveaux et des pelouses jusqu'au pied des marches des habitations sur toute la longueur d'East Main. L'air au sortir des

égouts sentait le poisson et la végétation morte, tellement froid qu'il en mordait presque les poumons.
Devant le tribunal, la pluie tourbillonnait en turbu-
lences qui vous fouettaient le cou et les yeux en donnant l'impression de tremper vos vêtements malgré
votre imperméable aussi bien boutonné fût-il.
Murphy Doucet arriva au tribunal dans un camion de
la prison, entravé d'une chaîne aux poignets, aux
côtés de sept autres détenus, tête nue, une cigarette
au milieu de la bouche, les yeux plissés contre la
pluie, ses cheveux gris plaqués sur le crâne, en se
plaignant d'une voix tonitruante du fer qui lui coupait la peau du poignet.

Un Noir était attaché à l'entrave voisine sur la
chaîne. Il était épileptique et mentalement attardé et se
retrouvait devant le juge toutes les trois ou quatre
semaines pour ivresse ou désordre sur la voie publique.
Dans le hall d'entrée du tribunal, alors que l'huissier
s'apprêtait à conduire les hommes à la chaîne à l'avant
de la cour, le Noir se figea sur place et tira d'un coup
sec sur l'entrave, des gargouillis plein la bouche, la
lèvre inférieure bavant de la salive.

— Qu'est-ce qui ne va pas, bon sang ? dit l'huissier.
— Veux être au bout de la chaîne. Veux être mis au
bout de la rangée, dit le Noir.
— Y dit qu'il a pas l'habitude de se trouver à l'avant
du bus, dit Doucet.
— Cet homme t'embête, Ciro ? dit l'huissier.
— Non, m'sieur. Je veux juste être mis en bout ce
coup-ci. Y a pas de Blancs qui m'ont embêté. On m'a
traité juste comme y faut.
— Dépêchez-vous. Finissez-en avec ces conneries,
dit Doucet en s'essuyant l'œil de la manche.
— Nous faisons tout pour vous faire plaisir. Cela ne
fait pas de doute, dit l'huissier.

Il détacha le Noir, l'accompagna jusqu'au bout de la chaîne et reclaqua la dernière entrave sur son poignet.

Un jeune photographe du *Daily Iberian* leva son appareil et commença à cadrer Doucet avec son objectif.

— T'aimes bien ton appareil, fils ?... C'est bien ce que je pensais. Alors contente-toi simplement d'aller le fourrer ailleurs, dit Doucet.

Quinze minutes suffirent. Le représentant du ministère public, un homme sec et nerveux comme un coup de trique, usa de tous les arguments imaginables en demandant une caution élevée pour Doucet. Au fil des interruptions et objections incessantes de l'avocat de Doucet, il traita ce dernier de pédophile, de psychopathe, de menace pour la communauté et de vampire morbide.

Le juge avait une chevelure d'argent et un profil de soldat romain. Pendant la Seconde Guerre mondiale, il avait reçu la médaille d'honneur du Congrès et, à une époque, s'était présenté comme candidat démocrate au poste de gouverneur. Il écouta patiemment, les deux mains posées l'une sur l'autre, les yeux à l'oblique, la tête inclinée sur le côté, pareil au prêtre qui feint d'être attentif aux divagations d'un pénitent obsédé.

Finalement, le représentant du ministère public désigna Doucet d'un doigt tremblant en disant :

— Votre Honneur, vous remettez cet homme en liberté, il tue quelqu'un d'autre, bon Dieu, le sang sera sur vos mains.

— Les deux parties veulent-elles bien s'approcher ? Ainsi que vous, inspecteur Robicheaux, dit le juge.

Puis il ajouta :

— Pouvez-vous, messieurs, me dire ce qui se passe ici, bon sang ?

— Il s'agit d'une enquête en cours, Votre Honneur. Nous avons besoin de temps, dis-je.

– Ce n'est pas la question, dit le juge.

– Je m'élève contre le traitement infligé à mon client, Votre Honneur. Il a été maltraité, avili en public, calomnié par les deux hommes ici présents. Il a été… dit l'avocat de Doucet.

– J'en ai entendu assez de votre part aujourd'hui, monsieur. Taisez-vous donc une minute, dit le juge. Le bureau du ministère public est-il en mesure de déposer de nouvelles accusations contre l'inculpé ?

– Votre Honneur, nous pensons que cet homme est susceptible d'avoir commis des viols et des homicides pendant plus de trois décennies. Il a peut-être aussi tué un policier à Lafayette. Nous ne savons même pas où commencer, dit le représentant du ministère public.

– Votre sincérité est évidente, monsieur. Tout autant que votre absence de retenue, dit le juge. Et ni l'une ni l'autre ne nous aident à résoudre notre problème. Il nous faut traiter de l'accusation établie à ce jour, et vous et l'inspecteur Robicheaux le savez très bien. Excusez mon manque de tolérance, mais je ne veux pas vous voir me ramener vos « ce qu'il faudrait » à tout bout de champ en lieu et place de « ce qui est ». Et maintenant, veuillez regagner vos places.

Et il dit :

– La caution est fixée à dix mille dollars. Affaire suivante, en abattant son maillet.

Quelques minutes plus tard, je me tenais sous le chapiteau du tribunal et regardais Murphy Doucet et son avocat passer devant moi, sans interrompre leur conversation ou m'accorder plus qu'un simple coup d'œil pour reconnaître ma présence. Ils montèrent dans la Chrysler neuve de l'avocat et s'éloignèrent sous la pluie.

Je rentrai déjeuner à la maison, mais je fus incapable de finir mon assiette. La porte arrière était ouverte sur le petit perron fermé de moustiquaires. Le vert de la pelouse, du mimosa, des saules pleureurs le long de la coulée était sombre sous le déluge implacable, l'air, lourd, chargé d'une odeur de froidure et tourbillonnant de brume.

Alafair me regardait, assise à la table en face de moi, un morceau de sandwich toujours intact coincé contre la joue. Bootsie venait de lui couper sa frange, et elle arborait un T-shirt jaune avec, sur le devant, une énorme bouteille de Tabasco rouge et vert. Bootsie tendit la main et ôta les doigts dont je serrais ma tempe.

— Tu as fait tout ce qui était possible, dit-elle. Laisse donc un peu les autres se faire du souci pour changer.

— Il va s'en sortir. Il sera libre. Avec un peu de temps, nous pourrions retrouver quelques-unes de ses filles sur Airline Highway et l'inculper pour proxénétisme, en plus de l'accusation pour résistance à officier de police et voies de fait. Mais il passera un marché et repartira blanc comme neige en échange de son témoignage contre Julie Balboni. Je te parierais que la roue a déjà commencé à tourner.

— Alors ce sera leur décision et ce sera à eux de vivre avec elle, Dave, dit Bootsie.

— Je ne vois pas les choses de cette façon.

— Qu'est-ce qui ne va pas ? dit Alafair.

— Rien, petit mec, dis-je.

— Est-ce que l'ouragan va frapper ici ? dit-elle.

— Ça se pourrait. Mais nous n'avons pas à nous tracasser pour ce genre de truc. Tu ne savais donc pas que les coonass étaient à moitié canards ?

— Ma maîtresse a dit que « coonass » n'était pas un joli mot.

— Parfois il arrive que les gens aient honte de ce qu'ils sont Alf, dis-je.

– Lâche-la un peu, Dave, dit Bootsie.

La porte d'entrée s'ouvrit brusquement, et une rafale d'air frais s'engouffra dans la maison. Elrod apparut dans le couloir occupé à replier son parapluie et à s'essuyer l'eau qu'il avait sur la figure de la main.

– Wow ! dit-il. J'ai cru un instant que j'avais vu l'Arche de Noé là-bas, sur le bayou. Ça pourrait signifier quelque chose.

– Arche ? C'est quoi, une arche ? dit Alafair.

– El, il y a une assiette qui vous attend dans le frigo, dit Bootsie.

– Merci, dit-il.

Il ouvrit la porte du frigo, le visage barré d'un sourire, les yeux délibérément insouciants, comme en une attitude étudiée.

– C'est quoi, une arche ? dit Alafair.

– Ça fait partie d'un récit de la Bible, Alf, dis-je.

Je regardais Elrod qui s'asseyait à table avec, à la main, une assiette de sandwiches au thon et de salade de pommes de terre.

– Qu'est-ce qui se passe au lac, El ?

– Tout est bouclé jusqu'à ce que la tempête soit terminée, dit-il.

Il mordit dans son sandwich et ne quitta pas son assiette du regard.

– Ce serait logique, non ? dis-je.

Il leva les yeux.

– Je pense que ça restera bouclé, dit-il.

– Il ne reste plus qu'une ou deux scènes à tourner. Je crois que Mikey a l'intention de faire ça en Californie, à son retour.

– Je vois.

C'était Alafair qui étudiait maintenant le visage d'Elrod. Dont les yeux se concentrèrent sur son sandwich.

429

— Tu t'en vas, Elrod ? demanda-t-elle.

— Dans un ou deux jours, peut-être bien, répondit-il. Mais je suis sûr que je reviendrai par ici. Et j'aimerais bien que vous veniez tous me rendre visite aussi.

Elle continua à le dévisager, la figure toute ronde et vide.

— Tu pourrais amener Tripod, dit-il. J'ai deux hectares de terrain autour de ma maison de Topanga Canyon. C'est juste en face de l'océan.

— Tu avais dit que tu allais rester ici tout l'été, dit-elle.

— Je crois que les choses n'ont pas tourné de cette manière-là. Et je le regrette bien, dit-il.

Il me regarda alors.

— Dave, peut-être bien que je vais dire ce qu'il ne faut pas, mais venez tous à L.A., et je trouve un rôle à Alafair en cinq minutes. Et je suis sérieux.

— Nous en parlerons, dit Bootsie en lui souriant par-dessus la table.

— Je pourrais être dans les films là où tu habites ? dit Alafair.

— Qu'est-ce que tu paries ? dit Elrod avant de voir l'expression de mon visage. Je veux dire, si c'est d'accord avec toi et ta famille.

— Dave ?

Alafair leva les yeux vers moi.

— Attendons de voir ce qui va se passer, dis-je en lui frôlant la frange du bout des doigts.

Elrod était sur le point d'ajouter quelque chose, mais je l'interrompis.

— Où est Balboni ?

— Il ne donne pas l'impression d'avoir compris le message. Il traîne encore autour de sa caravane avec ses têtes d'huile. Je crois qu'il sera toujours là, même quand les décors seront démolis, dit Elrod.

— Sa caravane pourrait être balayée par l'ouragan jusque dans le lac, dis-je.

— Je crois qu'il a plus d'une raison pour rester sur place, dit Elrod.

J'attendis qu'il précise sa pensée, mais il n'en fit rien. Quelques minutes plus tard, il sortait sur la galerie. Les planches de cyprès des marches et du sol s'étaient assombries de toute la pluie chassée sous les avant-toits. De l'autre côté du bayou, le marais ressemblait à un barbouillis indistinct dans la grisaille de l'air. Au bord du ponton, Batist noyait délibérément sa pirogue dans les hauts-fonds afin de ne pas la laisser se fracasser contre les piles à cause du vent.

— Qu'essayiez-vous de me dire à propos de Balboni ? dis-je.

— Il ramasse des jeunes filles en ville et leur raconte qu'il va leur trouver un rôle dans un film. J'ai entendu dire qu'il en avait deux ou trois avec lui ces deux derniers jours.

— Ça ressemble bien à Julie.

— Comment ça ?

— Quand on était mômes, il ne savait jamais qui il était vraiment tant qu'il n'avait pas sorti son équipement du froc.

Il contempla la pluie.

— Peut-être qu'il y a une chose que je devrais vous dire, Dave, et c'est pas que vous le sachiez pas déjà, d'ailleurs, dit-il. Quand des personnes comme nous, et je parle des acteurs et autres, arrivent dans une communauté, tous les gens s'excitent en croyant que leurs vies vont changer d'une certaine manière. Je pense à de petites espérances romanesques, des relations prestigieuses avec les célébrités, ce genre de trucs. Et puis, un jour, tout le monde s'en va, et ils se retrouvent avec des problèmes qu'ils ne connaissaient pas avant. Ce que je veux dire, c'est qu'ils se sentent pleins de honte quand ils prennent conscience du peu d'estime qu'ils s'étaient toujours accordée. C'est comme de rallumer la lumière dans un cinéma quand la séance de matinée est terminée.

— Nos problèmes sont nos problèmes, El. Ne vous surestimez pas trop.

— Vous m'avez laissé filer sur une inculpation pour conduite en état d'ivresse et, grâce à vous, je suis sobre, Dave. Ou tout au moins, j'ai bien commencé, et ça marche. Qu'est-ce que vous y avez gagné ? Tout un tas d'ennuis que vous ne méritiez pas.

— Tendez la main à quelqu'un d'autre. De cette manière-là, vous repasserez le cadeau, dis-je.

Je mis la main sur sa nuque. Je sentais le chaume raide de sa coupe de cheveux sous ma paume.

— Je pense surtout à Kelly quand il pleut. C'est comme si elle avait été juste emportée par l'eau, comme si tout ce qui était elle s'était dissous en pleine terre, comme si elle n'avait jamais été là, dit-il. Comment une personne peut-elle être partie prenante de votre existence vingt-quatre heures sur vingt-quatre et simplement disparaître ? J'arrive pas à m'habituer à c't' idée.

— Peut-être que les gens continuent de vivre à l'intérieur de nous, El, et qu'un jour, nous obtenons le droit de les revoir.

Il s'appuya d'une main contre une poutre et contempla la pluie. Son visage était mouillé de brume.

— Ça touche à sa fin, dit-il. Tout ce que nous avons fait jusqu'ici, tout ce qui a pu arriver, tout ça doit arriver à son terme, dit-il.

— Le message ne passe pas très bien, collègue.

— Je les ai vus là-bas dans ce champ de canne à sucre la nuit dernière. Mais cette fois-ci, c'était différent. Ils repliaient leurs étendards et chargeaient leurs chariots. Ils nous quittent.

Pourquoi maintenant? entendis-je ma voix me dire en mon for intérieur.

Il laissa retomber son bras en appui sur le poteau et me regarda. Dans la pénombre, sa peau brune luisait d'eau.

— Y a quelque chose de méchant qui doit arriver, Dave, dit-il. Je le sens, comme une main qui me serrerait le cœur.

Il tapota du plat du poing contre le poteau de bois comme s'il essayait de se rassurer de la réalité de sa présence.

Plus tard, dans l'après-midi, le shérif m'appela sur mon poste.

— Dave, tu pourrais venir jusqu'à mon bureau? J'ai besoin d'un coup de main.

Lorsque je franchis le seuil de sa porte, il était appuyé contre le dossier de son fauteuil pivotant, à contempler la cime des arbres en train de s'aplatir sous le vent à l'extérieur de sa fenêtre, tout en repoussant son ventre replet de ses doigts raides comme s'il découvrait pour la première fois qu'il avait un problème de poids.

— Oh, te voilà, dit-il.

— Qu'est-ce qui se passe?

— Assieds-toi.

— Est-ce que nous avons un problème?

Il frotta son menton rond à fossette d'un revers de doigts.

— Je veux connaître ta réaction face à ce que certains pourraient qualifier de situation en cours d'évolution.

— Une situation en cours d'évolution?

433

– J'ai passé deux ans à l'université, Dave. Je ne sais pas toujours m'exprimer parfaitement. J'essaie juste d'affronter les réalités comme elles viennent.

– J'ai le sentiment que nous sommes sur le point de vendre la baraque.

– Le monde n'est pas parfait.

– Et les pressions viennent d'où ? dis-je.

– Il y a des tas de gens qui veulent voir Balboni quitter la ville.

– Quels gens ?

– Des commerçants. Des hommes d'affaires.

– Jusque-là, ils s'entendaient très bien avec lui.

– Les gens ont aimé Mussolini jusqu'au jour où ils l'ont pendu par les pieds dans une station-service.

– Allez, venez-en au fait, shérif. Qui sont les autres joueurs dans la partie ?

– Les fédés. Ils veulent la peau de Balboni. L'avocat de Doucet déclare que son client peut faire tomber Julie jusqu'au fin fond du système pénitentiaire. On sera obligé de le déterrer avant de pouvoir l'enterrer.

– Qu'est-ce que Doucet y gagnera ?

– Il accepte l'inculpation de résistance à officier de police et proxénétisme, une année maxi dans une ferme-prison. Puis peut-être bien le Programme de protection des témoins fédéraux, le soutien psychologique, la surveillance suivie, et tout le tralala.

– Dites-leur d'aller se faire foutre.

– Comment se fait-il ? Je pensais justement que c'était bien ce que tu pourrais répondre.

– Convoquez la presse. Dites aux journalistes le genre de conneries qui se passent ici. Donnez-leur donc des photos de Cherry LeBlanc à la morgue.

– Sois sérieux. Ils ne vont pas passer de tels clichés. Écoute, nous ne pouvons pas l'inculper avec ce

434

que nous avons. De cette manière-ci, nous pouvons placer le mec en préventive et sous surveillance constante.

– Il va tuer à nouveau. C'est une question de temps.

– Alors, que suggères-tu ?

– Ne cédez pas d'un pouce. Faites-les suer à grosses gouttes. Des billes d'acier.

– Avec quoi ? Je suis surpris que son avocat veuille même accepter l'inculpation pour proxénétisme.

– Ils croient que j'ai une photo de Doucet avec Balboni et Cherry LeBlanc à Biloxi.

– *Croient ?*

– Le visage de Doucet est hors du champ. Complètement flou. L'homme de la photo ressemble à une pâte à pain.

– Super.

– Je continue à dire qu'il faudrait exhumer le corps et vérifier s'il y a correspondance entre les lacérations sur le cadavre et le couteau.

– Tout ce dont un expert peut témoigner, c'est que les blessures correspondent bien à celles qu'on aurait pu pratiquer avec un couteau à tout faire. Tout au moins, c'est ce que dit le bureau du procureur. Doucet va s'en sortir libre comme l'air, tout comme Balboni. Je dis, moi, un tiens vaut mieux que deux tu l'auras.

– C'est une erreur.

– Tu n'as pas à répondre devant quiconque. C'est à moi de le faire. Ils veulent voir Julie quitter cette paroisse, et ils se fichent de la manière dont nous allons procéder.

– Peut-être devriez-vous réfléchir un peu au fait que vous serez obligé d'en répondre auprès de la famille de la prochaine victime de Doucet, shérif.

Il ramassa une chaîne de trombones et les fit traîner autour de son sous-main.

– Je ne pense pas qu'il y ait grand intérêt à poursuivre cette conversation, n'est-ce pas ? dit-il.

– J'ai raison à propos de ce mec. Ne le laissez pas filer.

– Réveille-toi, Dave. Il a filé ce matin.

Il laissa tomber les trombones dans un cendrier propre et passa devant moi avec sa tasse à café.

– Tu ferais bien de partir un peu plus tôt cet après-midi. On dirait que cet ouragan va être quelque chose. Les grenouilles vont pleuvoir comme des mouches.

L'ouragan toucha terre ce soir-là, poussant devant lui des vagues qui venaient enrouler les péniches et les chalets sur pilotis de West Cote Blanche Bay avant de les aplatir comme un poing énorme. Au sud, le ciel avait pris la couleur de l'étain calciné avant de se zébrer de pluie sous les panaches de cumulus d'orage. On voyait tomber les cyclones comme autant de serpents accrochés aux nuages avant qu'ils ne se remplissent d'eau et d'arbres fracassés dans les marais pour s'en venir éclater soudain comme des fouets en train de claquer d'eux-mêmes et se dissoudre dans le néant.

J'entendis la toile de l'auvent claquer et se détacher sur le ponton, gonflée par le vent malgré les cordes auxquelles nous avions essayé de la fixer, Batist et moi, avant de se libérer brutalement et venir battre sur toute sa longueur au milieu des typhas. Les fenêtres étaient noyées sous l'eau, les éclairs explosaient en sortant des brumes du marais d'un gris verdâtre et, dans le lointain, au milieu du rugissement de vent et de tonnerre qui donnait l'impression de se verrouiller sur nous comme une énorme cloche de verre noir, je crus entendre les gémissements terrifiés du bétail de mon voisin tandis que les bêtes bataillaient pour se trouver un abri dans les bois où des arbres en pleine maturité se voyaient déracinés du sol tendre comme autant de jeunes pousses sous un coup de fouet.

Minuit venu, l'orage avait perdu toute sa force, il avait cessé de pleuvoir et la moitié supérieure d'un chêne s'était écrasée sur le toit avant de glisser sur le mur pignon de la maison en couvrant les fenêtres d'un enchevêtrement de branches et de feuilles.

J'entendis Alafair crier dans son sommeil. J'allumai une bougie, la plaçai sur une soucoupe au-dessus de son étagère remplie de sa collection de livres indiens, Curious George et Baby Squanto, et me glissai dans le lit à côté d'elle. Elle portait sa casquette de base-ball des Houston Astros et avait remonté le drap jusqu'à son menton. Ses yeux bruns allaient et venaient sans cesse comme si elle cherchait à reconnaître les bruits de tempête qui s'insinuaient au travers des épaisses planches de cyprès du toit. La flamme de la bougie illuminait de ses vacillements tous les grands souvenirs qu'elle avait rapportés de nos vacances ou que nous avions précieusement conservés comme autant de repères très privés des étapes de son évolution depuis le jour où je l'avais sortie de la carcasse d'avion retournée qui avait sombré au large de Sabine Pass : des conques et des étoiles de mer séchées de Key West, ses chaussures de tennis rouges portant les mots *Gauche* et *Droite* en relief sur les orteils, une casquette de Donald le Canard avec sa visière rapportée de Disneyworld qui faisait coin-coin, son T-shirt jaune, à l'effigie d'une baleine mauve souriante sur le devant avec la légende *Baby Orca*, qu'elle avait enfilé sur le torse d'un énorme chien en peluche.

– Dave, le champ derrière la maison est plein d'éclairs, dit-elle. J'entends des cris d'animaux au milieu du tonnerre.

– Il s'agit du bétail de monsieur Broussard. Mais ils n'auront pas de mal. Tout ira bien. Ils vont se regrouper dans la coulée.

– Est-ce que tu as la trouille ?

– Pas vraiment. Mais ce n'est pas grave d'avoir un petit peu la trouille si on en a envie.

– Si t'as la trouille, tu ne peux pas être un mec de première.

– Bien sûr que si. Les gens bien et francs du collier n'ont pas peur de reconnaître qu'ils ont parfois la trouille.

Puis je vis bouger quelque chose sous les draps près de ses pieds.

– Alf ?

– Quoi ?

Ses yeux balayèrent le plafond comme s'ils suivaient le vol d'un oiseau d'un mur à l'autre.

Je dégageai le drap du pied du lit jusqu'à me trouver nez à nez avec le bout argenté de la croupe de Tripod et sa queue annelée de noir.

– Je me demande bien comment ce gaillard-là a fait pour entrer dans ton lit, petit mec, dis-je.

– Il est probablement sorti de sa cage sur le perron de derrière.

– Ouais, c'est probablement ça. Il est plutôt doué pour ouvrir les portes quand le loquet est mis, pas vrai ?

– Je ne pense pas qu'il devrait retourner là-bas. Et toi, Dave ? Il a la trouille du tonnerre.

– Nous lui donnerons une dispense pour ce soir.

– Une dis… quoi ?

– Aucune importance. Allons dormir, petit mec.

– Bonne nuit, grand mec. Bonne nuit, Tripod. Bonne nuit, Frogger. Bonne nuit, Baby Squanto. Bonne nuit, Curious George. Bonne nuit, Baby Orca. Bonne nuit, les coquillages. Bonne nuit…

– Laisse tomber, Alf, et dors.
– Très bien. Bonne nuit, grand mec.
– Bonne nuit, petit mec.

Dans mon sommeil, j'entendis la tempête passer au-dessus de nos têtes, pareille à des trains de marchandises en train de dévaler une pente et, soudainement, nous nous retrouvâmes dans l'œil du cyclone, l'air aussi immobile que s'il était prisonnier d'une bouteille ; les feuilles tombaient doucement des arbres jusqu'à terre, et j'entendais les cris des mouettes tournoyant dans les airs.

Les fenêtres de la chambre brillent d'une lumière ambrée comme si elle avait été vieillie à l'intérieur d'un fût de chêne. J'enfile un pantalon de treillis et des mocassins et je sors sous l'air frais qui sent le sel et les bois mouillés, et je vois les troupes du Général en train de se former en longues colonnes qui déroulent leurs méandres jusqu'au milieu d'autres colonnes dont on pourrait croire qu'elles s'étirent sur un paysage sans fin, forêts de bois durs enflammés de feuilles rouges, vergers de pêchers, champs de tabac, rivières couvertes de vapeur, crêtes montagneuses et vallées mauves pleines de la poussière soulevée par les chariots de munitions, ambulances et les lourdes pièces d'artillerie sur roues, un champ de maïs réduit à l'état de chaume par le barattage des sabots des chevaux et des bottes de soldats, un mur de pierres calcaires qui serpente et une route encaissée où des cochons sauvages broutent sur les corps des morts.

Le Général est assis sur une souche de cyprès près de ma coulée, entouré de ses soldats et de ses aides de camp. Une cafetière noircie bouillonne au milieu d'un tas de brindilles en train de se consumer près de son pied. Officiers comme hommes de troupe sont en train de manger des brèches de miel arrachées à l'intérieur d'un chêne mort. La tunique du Général est boutonnée sur son bras blessé. Un civil en pantalon à carreaux, chaussures montantes et chapeau de paille est en train d'installer un gros appareil photographique sur un trépied devant le groupe.

Le Général remonte son chapeau haut sur le front et me fait signe d'approcher.

– Sacrée tempête que nous avons eue, pas vrai ? dit-il.

– Pourquoi partez-vous ?

– Oh, nous ne sommes pas encore partis. Dites, je veux que vous soyez sur la photographie avec nous. Ce monsieur que vous voyez là-bas est le correspondant du Savannah Republican. Il écrit de manière étonnante, un récit remarquable, certainement aussi bon que ce Melville, si vous voulez mon avis.

– Je ne comprends pas ce qui se passe. Pourquoi vos plaies se sont-elles rouvertes, de quoi essayiez-vous de me prévenir ?

– C'est ma propre stupidité, fils. Comme vous, je pleure sur ce que je suis incapable de changer. Était-ce Bacon qui parlait de toujours mourir en prime jeunesse ?

– Changer quoi ?

– Notre destinée. La vôtre, la mienne. Souciez-vous des vôtres. N'essayez pas de m'imiter. Regardez dans quoi j'ai investi ma vie. Oh, nous avons toujours été hommes d'honneur – Robert Lee, Jackson, Albert Sidney, Johnston, A.P. Hill – mais nous avons servi des hommes vénaux et une entreprise méprisable. Combien de vies auraient été épargnées ne nous fussions-nous pas prêtés à la défense d'une cause aussi répugnante que l'esclavage ?

– Les gens n'obtiennent jamais de choisir leur moment dans l'histoire, Général.

– Bien dit. Vous avez absolument raison.

Il lance le bras droit et me touche violemment du plat de la main sur le bras avant de se redresser sur sa béquille et de rajuster sa tunique.

– Maintenant, messieurs, si vous voulez tous bien ôter les brèches de miel de vos visages, passons à cette affaire de photographie. Je suis sidéré par ce que la science est capable de produire de nos jours.

Nous nous mettons debout, en groupe de huit. Les hommes de troupe ont l'accent du Texas, des dents noircies par la poudre, et des barbes qui poussent comme des serpents sur leur visage. Je sens l'odeur de la sueur de cheval et de la fumée de bois sur leurs vêtements. À l'instant précis où le photographe ôte son chapeau de paille et enfouit la tête sous le carré de tissu noir à l'arrière de l'appareil, je contemple à nouveau le long couloir de lumière ambrée qui serpente et je vois des milliers de soldats qui avancent dans les champs au loin, les artilleurs occupés furieusement à leur tâche à la gueule des canons fumants, et je reconnais les noms de lieux sans qu'ils aient été jamais prononcés – Culp's Hill, Corinth, Devil's Den, Kennesaw Mountain, Bloody Lane – et un bruit de masse qui n'a pas son pareil sur cette terre se lève dans le vent et souffle à la surface des terres détrempées.

Le photographe en termine, se penche sous la caisse de son appareil et charge le trépied sur l'épaule. Le Général tourne ses regards dans la brise fraîchissante. Ses yeux m'évitent.

– Vous ne voulez pas me dire ce qui se prépare, monsieur ? dis-je.

– Quelle importance, tant que l'on reste fidèle à ses principes ?

– Même les saints pourraient contester cette déclaration, Général.

441

– Je vous verrai immédiatement après, Lieutenant. Gardez le cœur brave.

– Ne les laissez pas arriver derrière vous, monsieur, dis-je.

– Ah, l'avertissement d'un vétéran !

Puis ses aides l'aident à monter sur son cheval, il agite son chapeau de l'avant et dit :

– Hidehoo, mes petits !

Mais il n'y a aucune joie dans sa voix.

Le Général et son escorte montée descendent la pente en direction du champ de mon voisin, accompagnés par le balancement des queues des chevaux sous l'arc de lumière au-dessus de leurs têtes, brillant et surchauffé, aux reflets aussi miroitants qu'un verre de whiskey levé à l'adresse du soleil.

Lorsque je m'éveillai au matin, la pluie tombait en crachin régulier sur les arbres de la cour et un groupe de canards nageait dans la mare au pied de ma propriété. Les jeunes pousses de canne dans le jardin du voisin gisaient, complètement écrasées, en rangs serrés balayés par les eaux, à croire qu'un troupeau de bovins les avaient piétinées. Au-dessus de la cime des arbres au nord, je vis un petit cyclone tomber du ciel comme un ressort et se remplir des eaux boueuses d'un champ avant d'éclater comme s'il n'avait jamais existé.

Je travaillai jusqu'aux environs de 20 heures ce soir-là. L'électricité était encore coupée dans certaines zones de la paroisse ; des feux de circulation étaient abattus ; un magasin de spiritueux dans la campagne avait été cambriolé durant la nuit ; deux bazars avaient été attaqués ; un ivrogne avait mis le feu à son propre camion au milieu de la rue ; un libéré sur parole, sorti deux jours auparavant d'Angola, avait battu sa femme en la laissant pour morte ; et un enfant s'était noyé dans un fossé d'évacuation des eaux.

Rosie avait passé la journée avec son supérieur à La Nouvelle-Orléans. Elle était revenue furieuse et découragée. Je ne pris même pas la peine de lui en demander les raisons. Elle avait étalé toutes les paperasses de notre affaire sur son bureau, comme si, d'une certaine manière, le fait de les relire et de les remettre en place de chemise en chemise allait produire un résultat différent, à savoir que nous allions pouvoir refermer sur Doucet la porte de sa cellule et la souder à demeure une bonne fois pour toutes, sans devoir reconnaître que nous étions impuissants face aux nécessités bureaucratiques des autres.

Je venais de refermer les tiroirs de mon bureau, et je m'apprêtais à partir lorsque le téléphone sonna.

– Dave, je crois que j'ai fait une connerie. Je pense que vous feriez bien de revenir à la maison, dit Elrod.

– Qu'est-ce qui ne va pas ?

– Bootsie est allée en ville et m'a demandé de surveiller Alafair. Ensuite Alafair m'a dit qu'elle descendait à la boutique à appâts pour nous rapporter quelques beignets.

– Crachez le morceau, Elrod. Qu'est-ce qu'il y a ?

Je vis que Rosie m'observait, le visage immobile.

– J'ai oublié que Batist avait déjà bouclé. J'aurais dû aller avec la petite.

J'essayai de contenir la colère qui montait dans ma gorge.

– Écoutez, Elrod...

– Je suis descendu à mon tour, et elle n'était plus là. La porte est grande ouverte et la clef toujours dans la serrure.

– Il y a combien de temps de ça ?

– Une demi-heure.

443

— *Une demi-heure ?*

— Vous ne comprenez pas. Je suis d'abord allé chez Poteet pour vérifier. Ensuite j'ai vu Tripod qui cavalait sur la route au bout de sa chaîne.

— Que portait-elle ?

— Un imper jaune et une casquette de base-ball.

— Où est Bootsie ?

— Toujours en ville.

— Très bien. Restez près du téléphone. Je serai là dans quelques minutes.

— Dave, je suis désolé. Je ne sais pas quoi vous dire. Je…

— Ce n'est pas de votre faute.

Je replaçai le combiné sur son berceau, les oreilles bourdonnant du même bruit que le vent à l'intérieur d'un coquillage, la peau du visage aussi tendue que celle d'une citrouille.

20

Avant de quitter le bureau en compagnie de Rosie, je dis au répartiteur de diffuser à toutes les voitures un avis de recherche pour Alafair et de contacter la police d'État.

Pendant tout le trajet jusqu'à la maison, j'essayai de me convaincre qu'il existait une explication à sa disparition, une explication autre que celle que je ne pouvais supporter de contenir plus de quelques secondes au centre de mon esprit. Peut-être Tripod lui avait-il simplement échappé pendant qu'elle se trouvait dans la boutique et qu'elle continuait à le chercher, me dis-je. Ou peut-être qu'elle était descendue jusqu'au grand bazar des quatre-coins, avait oublié de refermer la porte à clef, et Tripod s'était détaché de sa corde à linge sans l'aide de quiconque.

Mais Alafair n'oubliait jamais de boucler la boutique à appâts, et elle n'aurait pas laissé Tripod attaché à sa corde à linge sous la pluie.

Quelques instants plus tard, je pénétrai dans la boutique, et toutes les images et les craintes que j'avais repoussées aux confins de ma conscience soudain devinrent réelles et inéluctables, de la même manière qu'on s'éveille d'un cauchemar pour se retrouver en plein jour et prendre conscience, avec le cœur qui sombre, que le cauchemar est partie prenante de la journée à venir et qu'il n'a pas été fabriqué par le sommeil.

Derrière le comptoir, j'aperçus sa casquette de base-ball Astros, là où elle avait été aplatie au creux des caillebotis par une chaussure ou une botte boueuse. Elrod et Rosie m'observèrent en silence tandis que je la ramassais pour la déposer sur le dessus du comptoir. J'avais l'impression d'être plongé dans les abysses au-delà des tolérances de profondeur, et que quelque chose avait cassé comme une brindille et tournait en tous sens à l'intérieur de ma tête. À travers la moustiquaire, je vis la voiture de Bootsie s'engager dans l'allée et se ranger près de la maison.

— J'aurais dû penser à ça en ce qui le concerne, dis-je.

— Qui ? Doucet ? dit Rosie.

— Il a été flic. Il a peur de faire de la prison.

— Nous ne sommes pas certains qu'il s'agisse de Doucet, Dave, dit-elle.

— Il sait ce qui arrive aux flics dans les centrales. En particulier à un mec qui se fait cadrer comme un obsédé sexuel sur enfants. Je remonte. Je dois parler à Bootsie. Ne répondez pas au téléphone, okay ?

Les dents de Rosie avaient laissé des marques blanches sur sa lèvre inférieure.

— Dave, je veux faire entrer le Bureau dans l'affaire dès que nous aurons la preuve qu'il s'agit d'un enlèvement, dit-elle.

— Jusqu'ici, rien de ce que nous avons fait d'officiel à propos de ce mec n'a marché. L'heure est venue pour nous deux de bien comprendre ça, Rosie, dis-je.

Je poussai la porte-moustiquaire et commençai à remonter le ponton.

Je n'avais pas fait dix mètres que j'entendis le téléphone sonner derrière moi. Je fis demi-tour et courus sous la pluie pour arracher le combiné de son berceau.

— Vous avez l'air à bout de souffle, dit la voix.

Ne rate pas ce coup-ci.

— Relâchez-la, Doucet. Vous ne pouvez pas faire une chose pareille, dis-je.

Je regardai Rosie droit dans les yeux et indiquai la maison.

— Je vais nous simplifier les choses à l'un comme à l'autre. Vous sortez le couteau et la photo du casier à pièces à conviction. Vous les mettez dans un sachet en plastique. À 8 heures demain matin, vous déposez le sachet dans la poubelle qui se trouve au coin de Royal et St-Ann à La Nouvelle-Orléans. Je ne pense pas que vous puissiez compter sur beaucoup d'heures de sommeil la nuit à venir.

Rosie avait délicatement refermé la porte-moustiquaire derrière elle et se dépêchait de remonter la pente qui conduisait à la maison sous la lumière faiblissante.

— La photo, c'est du bluff. Elle est complètement floue, dis-je. On ne peut pas vous identifier.

— Alors cela ne vous dérangera pas de vous en séparer.

— Vous pouvez vous en tirer blanc comme neige, Doucet. Nous sommes incapables de constituer un dossier qui se tienne.

— Espèce de salopard de menteur ! Vous avez bousillé toute ma maison. Votre camionnette a éraflé ma voiture. Vous n'aurez pas de repos avant de m'avoir baisé de toutes les manières possibles.

— Vous faites ça parce qu'on a endommagé votre *propriété* ?

— Je vais vous dire ce que je vais faire d'autre si vous décidez de jouer au malin avec moi. Non, ce n'est pas exact. Ce ne sera pas moi, parce que je n'ai jamais fait de mal à un enfant de ma vie. Vous avez compris ?

Il s'arrêta de parler et attendit ma réponse. Puis il reprit :

447

– Vous avez compris, Dave ?

– Oui, dis-je.

– Mais il y a un mec qui travaillait dans le temps dans les films de Balboni, un mec qui a passé onze ans à Parchman pour avoir tué une petite Négresse. Vous voulez savoir comment ça s'est passé ?

Et il me le dit. Je fixai les yeux au-delà de la porte-moustiquaire sur la pelouse vert foncé de mon voisin, ses énormes roses qui avaient éclaté sous la pluie, maintenant éparpillées dans l'herbe comme des larmes roses. Un chien se mit à aboyer, puis je l'entendis hurler d'un cri bref comme si on venait de lui fouetter les côtes d'une chaîne.

– Doucet...

Je coupai court. J'avais la voix mouillée, comme si mes cordes vocales étaient couvertes de membranes.

– Ma description ne vous plaît pas ? Vous croyez juste que j'essaie de vous coller la trouille ? Mettez la main sur un des films. Avec meurtre en direct. Vous reconnaîtrez que c'est un artiste.

– Écoutez-moi soigneusement. Si vous faites du mal à ma fille, je vous aurai, d'une manière ou d'une autre, en prison comme au-dehors, malgré le Programme de protection des témoins, ça n'a aucune importance, je vous mettrai en pièces, Doucet.

– Vous n'avez dit qu'une seule chose de juste aujourd'hui. Je vais m'en tirer libre comme l'air, et vous allez m'y aider, à moins que cette salope, mademoiselle Promotion sociale des Minorités, ne vous ait baisé aussi ce qui vous servait de cervelle. À propos, inutile d'essayer de repérer l'appel. Je suis dans une cabine téléphonique et vous avez de la merde sur le nez.

La ligne fut coupée.

Je tremblais en remontant vers la maison. Rosie ouvrit la porte-moustiquaire et sortit sur la galerie avec

Bootsie derrière elle. La peau du visage de Bootsie était tendue comme une peau de tambour, sa gorge, rouge, comme brûlée par le vent.

– Il a raccroché trop vite. Nous n'avons pas pu le repérer, dit Rosie.

– Dave, mon Dieu. Qu'est-ce…

Son pouls sautait au creux du cou.

– Entrons, dis-je en passant le bras autour de ses épaules. Rosie, je reviens dans une minute.

– Non. Parle-moi ici, tout de suite, dit Bootsie.

– Murphy Doucet la tient. Il veut les pièces à conviction dont il croit qu'elles peuvent le mener en prison.

– Pour quoi faire ? dit-elle. Tu m'as bien dit hier qu'il allait probablement s'en sortir.

– Il ne le sait pas. Il ne croira non plus personne qui irait lui raconter ça.

– Où est-elle ?

– Je ne sais pas, Boots. Mais nous allons la ramener. Si le shérif appelle, ne lui dis rien. Tout au moins pas pour l'instant.

Je sentis les yeux de Rosie rivés sur le côté de mon visage.

– Qu'est-ce que tu es en train de faire, Dave ? dit Bootsie.

– Je t'appellerai dans un moment, dis-je. Reste avec Elrod, tu veux bien ?

– Et si cet homme appelle ?

– Il ne le fera pas. Il comprendra que la ligne reste libre.

Avant qu'elle ait pu répliquer, j'entrai dans la maison et ouvris le placard de la chambre. De sous quelques couvertures pliées sur l'étagère supérieure, je sortis une boîte de cartouches calibre 12 et le fusil à pompe Remington dont j'avais, des années auparavant,

449

scié le canon au ras de la poignée de chargement et ôté la goupille de limitation de tir réservée aux chasseurs. Je vidai les cartouches, un mélange de balles à gros gibier et de chevrotines double zéro sur le lit, et les enfonçai une à une dans le chargeur jusqu'à ce que je sente le ressort se bloquer sur la cinquième cartouche. Je répartis le reste des munitions dans mes poches d'imperméable.

– Appelle le FBI, Dave, dit Bootsie dans mon dos.

– Non, dis-je.

– Alors c'est moi qui le ferai.

– Boots, s'ils foirent leur coup, il la tuera. Nous ne retrouverons même jamais son corps.

Son visage était blanc. Je reposai le fusil et l'attirai tout contre moi. Je la sentis toute petite, le dos rond, au creux de mes bras.

– Nous disposons de quelques heures, dis-je. Si nous ne pouvons pas la récupérer dans ce laps de temps, je ferai ce qu'il désire et j'espère qu'il la libérera. Et je mettrai alors le shérif et le FBI sur le coup.

Elle s'écarta et leva les yeux vers moi.

– Espère qu'il… dit-elle.

– Doucet n'a jamais laissé de témoins.

Elle voulut nous accompagner, mais je la laissai sur la galerie en compagnie d'Elrod, à nous suivre des yeux, tandis que ses mains se serraient et se desserraient machinalement contre ses flancs.

La nuit était presque tombée lorsque nous quittâmes la route à deux voies pour emprunter le chemin de terre qui menait à Spanish Lake. La pluie tombait dans les arbres et sur le lac et je vis une caravane, lumières allumées, sous les stalactites de mousse espagnole en bordure de l'eau. Durant tout le trajet jusqu'au lac, Rosie avait à peine ouvert la bouche, ses petites mains croisées sur le dessus de son sac, le visage balayé par les ombres semblables à des coulures de pluie.

— Il faut que je sois honnête avec vous, Dave. Je ne sais pas combien de temps je pourrai accepter tout ceci, dit-elle.

— Appelez vos gens maintenant et je ferai la sourde oreille. Je refuserai de coopérer.

— Vous avez une si piètre opinion de nous ?

— Pas de vous, non. Mais ceux pour lesquels vous travaillez sont des gratte-papier. Ils vont se couvrir les miches, ils feront ça dans les règles, et je finirai au bout du compte par perdre Alafair.

— Qu'allez-vous faire si vous attrapez Doucet ?

— Ça dépend de lui.

— Est-ce que vous êtes sincère, Dave ?

Je ne répondis pas.

— Je vous ai vu mettre quelque chose dans votre poche de manteau quand vous sortiez de la chambre, dit-elle. Et j'ai eu l'impression que vous vouliez le cacher à Bootsie. Peut-être est-ce uniquement mon imagination.

— Peut-être pensez-vous un peu trop à ce qu'il ne faut pas, Rosie.

— Je veux votre parole qu'il ne s'agit pas ici d'une mission d'autodéfense.

— Vous vous faites du souci pour la *procédure*… en ayant affaire à un homme comme celui-ci ? Qu'est-ce qui vous arrive ?

— Peut-être oubliez-vous qui sont vos véritables amis, Dave.

J'arrêtai mon camion devant le bâtiment de la sécurité, baissai ma vitre et montrai mon insigne à l'homme qui se trouvait à l'intérieur, bien reculé dans son fauteuil, face à un poste de télévision portatif. Il mit son chapeau, sortit et baissa la chaîne. J'entendis le bruit d'un film de guerre par la porte ouverte.

– Je vais vous la laisser baissée, dit-il.

– Merci. C'est la caravane de Julie Balboni, celle où il y a de la lumière ?

– Ouais, c'est bien ça.

– Qui se trouve avec lui ?

Les yeux du garde de la sécurité allèrent se poser sur Rosie.

– Ses habitués, je dirais. Je n'y prête pas beaucoup d'attention.

– Qui d'autre ?

– Il amène des invités de la ville.

Son regard se posa droit sur le mien.

Je remontai la vitre, passai sur la chaîne avec un bruit sourd et m'engageai au milieu du bosquet de chênes près du lac. À vingt mètres de la caravane éclairée de Balboni se trouvait la coque effondrée et noircie d'une seconde caravane, ses fenêtres vides balayées par la pluie, son plancher difforme dégoulinant de cendres dans les flaques, les branches d'arbres en surplomb garnies des spirales de feuilles calcinées. Sur un côté de la caravane de Balboni étaient garées entre deux arbres une Volkswagen et la Cadillac mauve aux vitres noires teintées. Je vis quelqu'un allumer une cigarette à l'intérieur de la Cadillac.

Je sortis du camion, le fusil pendant au bras droit, et tapotai la vitre du conducteur d'un doigt. Ce dernier la baissa et j'aperçus la longue cicatrice rose sur l'intérieur de son avant-bras, la coupe au carré des cheveux sur la nuque, l'hématome noir, tel un insecte furieux, sur la lèvre inférieure, là où je lui avais cassé une dent dans le restaurant sur East Main. L'homme qui occupait la place du passager avait les sourcils aplatis et les boursouflures grisâtres de tissu cicatriciel autour des yeux d'un boxeur professionnel ; il plia le cou afin de pouvoir lever les yeux vers moi et voir qui j'étais.

– Qu'est-ce que vous voulez ? dit le conducteur.

– Vous êtes virés tous les deux, les mecs. Alors sortez de là et n'y revenez plus.

– Écoute-moi ce mec. Tu crois que t'es à Dodge City ici ? dit le chauffeur.

– Tu n'as donc rien appris la première fois ? dis-je.

– Ouais, que t'es un enculé qui m'a eu par surprise, que je peux t'attaquer en dommages et intérêts, que Julie a des avocats qui peuvent...

Je relevai le fusil au-dessus du rebord de portière et lui vissai le canon dans la joue.

– Rends-toi service. Va dire bonjour à ta famille à La Nouvelle-Orléans, dis-je.

Ses jointures blanchirent sur le volant tandis qu'il essayait de détourner la tête de la pression du canon. Que je pressai plus fort encore au creux de sa joue.

– Bordel de merde, fais ce qu'on te dit. Je t'ai dit que le boulot devenait merdique quand Julie a viré Cholo, dit l'autre homme. Hé, vous m'entendez, l'homme, reculez-vous. On est neutres si vous avez des comptes personnels à régler, vous comprenez ce que je vous dis ? Vous devriez faire quelque chose si vous en bandez trop pour lui, vous calmer ça d'un coup de marteau ou je sais pas quoi, mais maîtrisez-vous un peu, bordel !

Je reculai et dégageai le fusil de la fenêtre. Le conducteur riva son regard sur ma main qui entourait le pontet.

– Espèce de salaud, t'es givré, t'avais enlevé le cran de sûreté, dit-il.

– Bon voyage, dis-je.

J'attendis que les feux arrière de la Cadillac aient disparu entre les arbres puis je gravis les marches d'accès à la caravane, tournai le bouton et rabattis la porte contre la paroi.

Une fille qui n'avait pas dix-neuf ans, vêtue seulement d'une culotte et d'un soutien-gorge rose, se tortillait pour enfiler une paire de jeans tout à côté de deux couchettes qu'on avait collées l'une contre l'autre au milieu de la pièce. Ses longs cheveux étaient décolorés de manière inégale et ressemblaient à des coulées de miel tordues sur ses épaules semées de taches de rousseur ; pour une raison inconnue, le rouge qu'elle avait posé de travers sur ses lèvres me fit penser à un petit papillon. Julie Balboni était debout devant un lavabo en aluminium, vêtu seulement d'un slip en soie noire, ses boucles poivre et sel dans les yeux, le corps couvert de fins poils noirs, une bouteille carrée de scotch en suspens au-dessus d'un verre rempli de glace pilée. Il baissa les yeux sur le fusil qui pendait au bout de ma main droite.

– T'es finalement en train de perdre la tête, Dave ? dit-il.

Je ramassai le chemisier de la fille posé sur le lit et le lui tendis.

– Êtes-vous de New Iberia ? demandai-je.

– Oui, monsieur, dit-elle, son regard rivé au mien tandis qu'elle enfilait aux pieds une paire de trotteurs de ville.

– Tenez-vous à distance de cet homme, dis-je. Les femmes qui traînent autour de lui finissent mortes.

Son visage effrayé se tourna vers Julie puis revint vers moi.

Rosie mit les mains sur les épaules de la fille et la fit pivoter vers la porte.

– Vous pouvez partir, dit-elle. Suivez le conseil de l'inspecteur Robicheaux. Cet homme ne vous fera jamais faire de cinéma, sauf si vous voulez travailler dans des films pornographiques. Ça va aller ?

– Oui, m'dame.

– Voici votre sac. Ne vous tracassez pas pour ce qui se passe ici. Ça n'a rien à voir avec vous. Contentez-vous de rester loin de cet homme. Il a des tas d'ennuis, dit-elle.

La fille regarda à nouveau Julie avant de se dépêcher de sortir dans l'obscurité. Julie enfilait son pantalon, en nous tournant le dos. Les murs étaient couverts de peintures sur velours, tigres à gueule rouge et boas constricteurs enveloppant le corps de licornes en train de se débattre. Près de la porte se trouvait le sac de toile plein de balles de base-ball, gants et battes de métal. La peau de Julie paraissait brune et frottée d'huile à la lumière d'une lampe à lave posée sur la table de chevet.

– On dirait que t'as bousillé la caravane de Mikey Goldman dans les grandes largeurs, dis-je.

Il ferma sa braguette à glissière.

– Comme la majeure partie du temps, tu te trompes, dit-il. Je ne me balade pas pour mettre le feu sur les lieux du tournage de mon propre film. Ça, c'est le boulot de Cholo Manelli.

– Pourquoi veut-il du mal à Mikey Goldman ?

– Y lui veut pas de mal. Il a cru que c'était ma caravane. Il ne se sent plus, maintenant qu'il s'imagine que je lui ai fait du tort. La première chose que fait Cholo le matin, c'est de se coller la tête dans son propre trou de balle. Vous devriez faire la paire tous les deux.

– Pourquoi crois-tu que je sois ici, Julie ?

– Putain, comment le saurais-je ? Rien de ce que tu fais n'a plus aucun sens. Tu veux retourner tout ça, tu veux voir si cette petite pétasse a pas laissé quelques cachets d'amphets dans les draps ?

– Tu crois qu'il s'agit d'une petite descente pour des clopinettes, Julie ?

Il rejeta ses boucles en arrière de ses doigts passés en peigne. Son nombril ressemblait à une boule de poils noirs au-dessus de son pantalon.

— Tu te prends trop au sérieux, dit-il.

— Murphy Doucet tient ma fille.

J'observai son visage. Il mit l'ongle du pouce dans une molaire et en dégagea un débris de nourriture.

— As-tu entendu ce que j'ai dit ?

Il se versa trois doigts de scotch dans son verre, laissa tomber une rondelle de citron dans la glace, le visage composé, les yeux tournés vers la fenêtre, en direction de quelques vacillements d'éclairs lointains.

— Pas de veine, dit-il.

— Pas de veine, hein ?

— Ouais. Je n'aime pas entendre des trucs pareils. Ça me met mal à l'aise.

— Mal à l'aise, toi, hein ?

— Ouais. C'est pour ça que je ne regarde pas cette émission, *Mystères non résolus*. Ça me met mal à l'aise. Hé, peut-être que tu pourras lancer un avis de recherche en diffusant sa figure sur les cartons de lait ?

Tandis qu'il sirotait son whiskey à l'eau, je voyais le léger rictus à la commissure de ses lèvres, le sourire dans son regard. Il prit sa chemise à fleurs posée sur le dossier d'une chaise et commença à l'enfiler devant le miroir sur la porte de la salle de bains comme si nous n'étions pas là.

Je tendis le fusil à Rosie, mis les mains aux hanches et examinai la pointe de mes chaussures. Puis je sortis une batte d'aluminium du sac en toile, serrai à deux mains la poignée entourée d'adhésif et la lui assénai sur le cou et les épaules. Son front rebondit sur le miroir, perçant la surface qui se craquela en toile d'araignée comme si elle avait été touchée par une bille de roulement. Il se retourna vers moi, yeux écarquillés, bouche grande ouverte, incrédule, et je le frappai à nouveau, avec violence, cette fois par le travers de la figure. Il s'effondra, tête la première, dans le réservoir des toilettes. Un torrent de sang jaillit de ses narines et un côté de sa bouche se mit à pendre comme si toutes les terminaisons nerveuses en avaient été sectionnées.

Je me penchai en avant et lui menottai les deux poignets autour du siège des toilettes. Ses yeux étaient enfoncés dans leurs orbites, incapables d'accommoder, aussi resserrés que ceux d'un porc. L'eau de la cuvette sous son menton était pleine de gouttes de couleur sombre pareilles à des débris de coton écarlate en train de se désintégrer.

Je lui piquai le bras de la batte. Ses yeux clignèrent pour se poser sur mon visage.

— Où est-elle, Julie ? dis-je.

— J'ai coupé les amarres avec Doucet. Je ne veux rien avoir à faire avec ce qu'il fabrique. Descends de ma putain de cahute, sinon je vais régler mes comptes avec toi, Dave. Que tu sois flic ou pas, ça n'a pas d'importance, je vais lancer un contrat ouvert, je vais te bousiller toute ta putain de famille. Je vais...

Je me retournai et pris le fusil des mains de Rosie. Je voyais les mots qui commençaient à se former sur son visage, mais je n'attendis pas qu'elle eût parlé. Je me penchai, à la périphérie du champ de vision de Julie.

— Ta vitrine aux occasions est en train de se refermer, Feet.

Il souffla par le nez et essaya de s'essuyer le visage contre son épaule.

— Je te dis la vérité. Je ne sais rien de ce qu'il peut fabriquer, ce mec, dit-il. C'est un taré... Je n'engage pas de tarés, je les vire... J'ai assez d'emmerdes comme ça, je n'ai pas besoin de givrés qui travaillent pour moi.

– Tu mens à nouveau, Julie, dis-je.

Je reculai, alignai le canon du fusil au-dessus de sa tête et fis feu à l'oblique dans la chasse d'eau. La chevrotine double zéro fit voler l'eau et les éclats de céramique sur tout le mur. Je manœuvrai la culasse et la cartouche brûlée s'éjecta au sol. Julie tira violemment sur les menottes à la base de la cuvette, pareil à un animal qui essaierait de se sortir d'un piège d'acier en se tordant en tous sens.

Je lui touchai le sourcil de l'extrémité chaude du canon.

– Dernière chance, Feet.

Ses yeux se fermèrent ; il lâcha un pet dans son pantalon sans pouvoir se maîtriser ; de l'eau et de petits fragments de céramique dégouttaient de ses cheveux.

– Il a un campement au sud du Bayou Vista, dit-il. C'est presque sur la baie d'Atchafalaya. L'endroit est pas à son nom, personne sait qu'il existe, c'est comme qui dirait là qu'il fait ses trucs de déjanté. C'est exactement au bout du chemin de terre, au marais salant. J'l'ai vu une fois quand on était de sortie sur mon bateau.

– Est-ce que ma fille s'y trouve ? dis-je d'une voix paisible.

– Je viens de te le dire, c'est là qu'y va quand y déjante. À toi de voir.

– Nous reviendrons plus tard, Feet. Tu peux faire beaucoup de bruit si ça te chante, mais tes porte-flingues sont partis et le garde de sécurité regarde des films de guerre à la télé. Si je récupère ma fille, je demanderai à quelqu'un du service de venir te ramasser. Tu peux porter plainte contre moi à ce moment-là ou faire ce que tu veux. Si tu m'as menti, c'est une autre paire de manches.

Je vis alors une sombre inquiétude tarauder son regard, une préoccupation, une crainte qui n'avait rien à voir avec moi ou avec la douleur et l'humiliation que je lui avais infligées. C'était la crainte que l'on voit inévitablement dans les yeux d'hommes comme Julie et ceux de son espèce lorsqu'ils prennent conscience que, par le fait d'une ironie du destin, un accident, ils sont maintenant confrontés à des forces aussi cruelles, aussi peu préoccupées de morale, que les énergies qui avaient accompagné leur réveil tous les matins de leur existence.

— Cholo... dit-il.

— Qu'est-ce qu'il a, Cholo ? dis-je.

— Il est là, dehors, quelque part.

— J'en doute.

— Tu ne le connais pas. Il a toujours sur lui un rasoir-sabre. Il a des idées fixes. Il oublie rien. Un jour, il a attaché un mec, coupé en morceaux aux pales d'un ventilateur de plafond.

Sa poitrine se soulevait et retombait au rythme de sa respiration contre le rebord de la cuvette des toilettes. Son front était noué de rides profondes, son nez n'était qu'un barbouillis de rouge sur sa figure et ses yeux s'agitaient de tics, pleins d'une lueur d'indifférence.

Je fermai le robinet qui continuait à cracher son eau en fontaine dans le réservoir en morceaux, et je trouvai une couette et une pile de serviettes dans un placard à linge. Je plaçai les serviettes sous les avant-bras de Julie et la couette entre ses genoux et le bas de la cuvette.

— C'est à peu près tout ce que je peux faire pour toi, Feet. Peut-être que c'est le moment de vérité pour tous les deux. Plus rien à perdre. La dernière balle de la dernière manche, dis-je.

Les roues avant du camion tremblaient sur le ciment tandis que je cravachais mon moteur sur la Highway 90 au sud-est de la ville. Il avait cessé de pleuvoir, les chênes et les palmiers en bordure de la chaussée étaient voilés de brume, et la lune se levait à l'est, telle une galette blanche et mouchetée de bleu traînant derrière elle des filaments de nuages arrachés à l'horizon du Golfe.

— Je crois que je suis bien au-delà de tous mes paramètres maintenant, Dave, dit Rosie.

— Qu'auriez-vous fait différemment ? J'aimerais bien que vous me disiez ça, Rosie.

— Je pense que nous aurions dû faire arrêter Balboni – suspecté de complicité d'enlèvement.

— Et ma fille serait morte dès que Doucet aurait appris la nouvelle. Et ne me dites pas non plus que ce n'est pas vrai.

— Je ne suis pas certaine que vous soyez encore maître de vos actes, Dave. Cette remarque à propos de la dernière balle de la dernière manche…

— Et alors ?

— Vous avez l'intention de tuer Doucet, n'est-ce pas ?

— Je peux vous déposer aux quatre-coins là-bas devant. C'est ça que vous voulez ?

— Pensez-vous être le seul à vous soucier de votre fille ? Pensez-vous que je veuille faire quoi que ce soit qui la mettrait dans une situation pire encore que celle qu'elle connaît ?

— L'armée m'a appris ce qu'était une zone franche, Rosie. C'est un lieu où les vainqueurs établissent les règles une fois la bataille terminée. Quiconque croit qu'il en est autrement n'a jamais connu ça.

— Vous vous trompez sur tout ça, Dave. Ce que nous ne faisons pas, c'est laisser l'autre camp nous obliger à être comme eux.

Je vis devant moi les murs de stuc blanc, éclairés et ombragés d'arbres, d'une station-service ouverte jour et nuit qui existait depuis les années trente. Je relevai le pied de la pédale d'accélérateur et regardai Rosie à côté de moi.

– Allez-y, dit-elle. Je ne dirai plus rien.

Nous traversâmes Jeanerette et Franklin pour nous enfoncer jusqu'aux limites du bassin de l'Atchafalaya, là où les terres marécageuses de Louisiane se jetaient dans le golfe du Mexique, non loin de l'endroit où toute cette histoire avait commencé, par un lynchage raciste en 1957. Rosie s'était endormie contre la porte. Au Bayou Vista, je trouvai le chemin de terre qui menait au sud vers les cladions et la baie d'Atchafalaya. Les champs ressemblaient à des lacs d'étain sous la lune, les cannes à sucre écrasées comme de la paille dans les eaux. Maisons de fermes et granges en bois avaient les murs pignons crevassés au départ des fondations, à croire qu'un pouce gigantesque avait pressé sur le toit et le long d'une route, les poteaux téléphoniques avaient été sectionnés au ras du sol sur huit cents mètres et projetés comme des allumettes dans les arbres au loin.

Puis la route s'engagea dans un couloir de chênes et entre les troncs, je vis, dans un pâturage zébré de filaments de brume, quatre chevaux qui galopaient en cercle, saisis d'une peur panique qui les précipitait contre les clôtures de barbelés, la boue volant de leurs sabots, les narines dilatées, les yeux luisant d'effroi sous les éclairs secs qui claquaient en arrière-plan, les muscles roulant sous la peau comme une eau argentée qui glisserait sur les pierres. C'est alors que je fus certain d'avoir aperçu une silhouette au bord de la route, sur fond d'ombres de palmes battant sous le vent, sa tunique gris acier boutonnée jusqu'au col, un chapeau de campagne informe rabattu sur les yeux.

Je passai en pleins phares et, rien qu'un instant, j'entrevis son long visage émacié blanc comme le lait, comme si un éclair d'ampoule de flash venait d'exploser devant ses yeux.

– *Qu'est-ce que vous faites ici ?* dis-je.

– *Ne vous servez pas de ceux que vous aimez pour justifier une cause déshonorante.*

– *C'est de la rhétorique.*

– *Mais c'est ce même conseil que vous avez donné au petit Sykes.*

– *C'était vous qui m'aviez dit que tous les moyens étaient bons. Vous vous souvenez ? Nous allons leur faire voler leur merde dans les grandes largeurs, Général.*

– *Alors vous serez seul pour le faire, m'sieur. Sans moi.*

Les amortisseurs avant du camion rebondirent dans une ornière en projetant un rideau d'eau sale sur le pare-brise ; j'avais maintenant laissé derrière moi le pâturage et ses chevaux en train de tourner et de courir sous le clair de lune, et je m'enfonçais dans la pointe de terres marécageuses, tandis que défilaient de chaque côté les bois inondés où se levaient des canaux des hérons bleus, toutes ailes déployées, dans l'air moite fouetté par l'odeur de sel et de gaz naturel en provenance des plates-formes pétrolières au loin dans le marais.

La route se dégagea des arbres en une longue courbe, et j'aperçus les longues étendues de cladions et de terres boueuses qui s'étiraient jusque dans la baie, le réseau de canaux sectionnés par les compagnies pétrolières qui empoisonnaient lentement les marais d'eau salée. Rosie s'était réveillée et se frottait les yeux d'une jointure de doigt, le visage raidi par la fatigue.

– Je suis désolée. Je n'avais pas l'intention de m'endormir, dit-elle.

– La journée a été longue.

– Où se trouve le campement ?

462

– Il y a bien quelques cabanes en bordure des basses terres mais elles ont l'air vide.

J'arrêtai le camion en bordure de la route et coupai les phares. La marée était basse, et la baie, plate et grise. Les mouettes picoraient les coquillages dans le sable humide sous le clair de lune. Puis une rafale de vent souffla du sud et ploya un boqueteau de saules pleureurs qui poussaient sur un petit monticule entre le marais et la baie.

– Dave, on voit une lumière dans le fond, au milieu de ces arbres, dit Rosie.

Je la vis à mon tour, au bout d'une piste sableuse à deux voies qui se faufilait en méandres entre les saules par-dessus le monticule.

– Très bien, on y va, dis-je, et j'abaissai la poignée de la portière.

– Dave, avant que nous allions là-bas, je veux que vous écoutiez ce que j'ai à vous dire. Si nous trouvons ce que nous ne devions pas trouver, si Alafair n'est pas saine et sauve, ce ne sera pas à cause de vous ni de ce que vous aurez fait. Il est important que vous acceptiez cela dès maintenant. Si j'avais été à votre place, j'aurais fait exactement la même chose de la même manière que vous.

Je lui pressai la main.

– Un flic ne pourrait pas avoir de meilleure partenaire que Rosie Gomez, dis-je.

Nous sortîmes du camion en laissant les portes ouvertes pour éviter le moindre bruit inutile, avant de nous engager sur la piste sableuse en direction des arbres. J'entendais les cris des mouettes en train de tournoyer au-dessus de nos têtes et le hurlement solitaire d'un ragondin dans les profondeurs des marais. Des tas d'ordures s'alignaient de chaque côté de la piste, et il me fallut un instant pour me rendre compte qu'il s'agissait de résidus médicaux – pansements, seringues hypodermiques, sacs de gélatine figée, draps raidis de fluides desséchés.

Nous nous écartâmes du bas-côté pour nous engager entre les arbres. Je marchai, le fusil devant moi, tenu à deux mains, le .45 pesant dans la poche droite de mon imperméable. Rosie avançait, les deux mains serrées sur son .357 Magnum chromé, canon en l'air, tout contre sa joue droite. Le vent fit une nouvelle fois ployer les arbres et chassa une averse de feuilles mouillées dans une clairière, où nous aperçûmes une cabine au toit de tôle avec une petite galerie encombrée de cannes à pêche, de pièges à crabes et de carrelets. Une lanterne tempête grésillait de blancheur sur une table de bois dans la pièce de devant. À l'arrière de la bâtisse se trouvaient les cabinets et une pirogue posée sur chevalets. Derrière les cabinets était rangée la Mercury bleue de Murphy Doucet.

Une ombre passa devant la fenêtre, puis un homme qui nous tournait le dos s'assit à la table avec une cafetière et un gros bock blanc dans les mains. Même à travers la moustiquaire rouillée, je voyais la coupe militaire des cheveux gris et raides, la peau de son cou, au hâle profond, dont la texture comme la couleur me firent penser à une feuille de tabac séchée.

Nous touchions au but. Nous aurions dû être au bout de nos peines. Lorsque je vis le clair de lune qui miroitait sur le câble tendu à travers la piste à deux voies, à sept centimètres au-dessus du sable. J'appuyai le fusil contre un tronc d'arbre, m'agenouillai dans les feuilles humides, et laissai courir les doigts le long du câble jusqu'à ce que je touche deux boîtes de Spam vides attachées au câble par une ficelle, puis deux autres, puis deux encore un peu plus loin. À travers les taillis du sous-bois, à contre-jour des lueurs de lune dans la clairière, je parvins à distinguer tout un réseau de fils de pêche en nylon tendus entre les troncs, les branches, les racines et les broussailles et décorés comme une guirlande de boîtes de conserve, de tourtières, et jusqu'à même une cloche de vache.

Je suais à grosses gouttes sous mon imperméable. J'essuyai de la main le sel que j'avais dans les yeux.

Un sprint forcené, à éclater les poumons, à travers la clairière, me dis-je. *La galerie en un bond, tu arraches la porte de l'huisserie dans la foulée, tu lui en colles une belle dans la boîte à ragoût et c'est terminé.*

Mais je savais qu'il n'en serait rien. Je ferais le même boucan qu'un tas de ferraille ambulant avant d'arriver à la galerie, et si Alafair était toujours en vie, selon toute vraisemblance, il lui aurait collé son pistolet sur la tempe.

– Il faut attendre qu'il fasse jour ou qu'il sorte, murmurai-je à Rosie.

Nous nous agenouillâmes entre les arbres, dans l'air humide, sur le tapis de feuilles de saules jaunes et noires accumulées, au milieu des moustiques qui se levaient en nuages au niveau de nos genoux pour venir se percher sur nos visages, nos nuques et le dos de nos mains. Je le vis se lever un moment, marcher jusqu'à une étagère, puis retourner à sa table et lire une revue tout en mangeant des biscuits salés qu'il sortait d'une boîte. Les cuisses me brûlaient et un arc douloureux que j'étais incapable de soulager commença à me barrer le travers du dos. Rosie était assise, les fesses sur les talons, à chasser les moustiques de ses avant-bras, sa jupe rose remontée haut sur les cuisses, son .357 en appui sur une branche fourchue. Son cou brillait de sueur.

Puis, peu après 4 heures, j'entendis sauter les mulets dans le courant, la queue d'un 'gator battre l'eau dans le marais, un moqueur solitaire chanter à l'autre bout de la clairière. L'air changea ; une brise fraîche se leva de la baie et souffla une odeur de poisson et de crevettes sur les étendues plates. Puis une lueur pâle de cobalt, pareille au vert mouillé d'une lumière d'été avant la pluie, s'étira sous le rebord des batteries de nuages amassés à l'horizon est, et, en quelques minutes, je distinguais les formes noires des jetées qui s'avançaient dans la baie, de petites vagues crénelées de blanc sous la marée montante, la voilure d'un crevettier disparaître au loin derrière la houle.

C'est alors que Murphy Doucet rédigea le reste du scénario à notre place. Il éteignit sa lampe tempête, s'étira, ramassa quelque chose sur la table, sortit par la porte d'entrée et quitta notre champ de vision en s'éloignant vers les cabinets, de l'autre côté de la maison.

Nous quittâmes le couvert des arbres pour pénétrer dans la clairière, veillant à enjamber le réseau de fils de pêche et de boîtes à conserve ou à nous faufiler dessous, avant de nous séparer au coin de la galerie. Je sentis les relents salés et chargés, comme une odeur de rat mort et d'eau stagnante, qui émanaient de sous la cabane.

Les fenêtres sur l'arrière étaient fermées de planchettes à claire-voie prises sur des caisses d'emballage et je ne parvins pas à distinguer ou entendre le moindre mouvement. Derrière la cabane, je m'immobilisai, le fusil tout contre la poitrine, et regardai au coin. Murphy Doucet était presque arrivé à la porte des cabinets, une paire de bottes de chasse aux lacets dénoués battant à ses pieds, un objet argenté brillant dans la main droite. Au-delà des cabinets, en bordure du marais, un chien courant, au pelage gris bleuâtre, était attaché à un poteau entouré de déjections.

Je quittai l'abri de la cabane, collai la crosse du fusil contre l'épaule, visai le milieu du dos de Doucet, entre le cou et les omoplates, sentant déjà les mots se lever de ma gorge, pareils à des bulles dans une marmite en ébullition : *L'heure de la surprise, enfoiré ! Jette ça ! Tout de suite !* lorsqu'il entendit Rosie trébucher sur un fil de pêche attaché à une cloche de vache sur la galerie.

Il tourna la tête et, après un seul regard par-dessus l'épaule dans sa direction, bondit derrière les cabinets et partit au pas de course vers le marais sur une longue langue verte de terre sèche couverte de boutons d'or. Mais cinq mètres avant qu'il ait pu plonger au milieu des saules et des cyprès et peut-être se mettre hors de portée de nos armes, ses bottes délacées s'enfoncèrent dans un tas de rebut médical couvert d'un tapis de liserons. Une béquille, qui donnait l'impression d'avoir été taillée à la main, avec une seule entretoise qui se nichait sous l'aisselle, jaillit de sous sa botte et s'accrocha entre ses jambes comme un bâton dans les rayons d'une roue de bicyclette.

Il pivota bien malgré lui en direction de Rosie, en perte d'équilibre, et tomba en arrière, une lueur affolée dans ses yeux bleus qui s'agitaient en tous sens, le bras droit tendu vers elle, comme s'il n'était pas trop tard pour qu'elle pût reconnaître que sa main tenait une boîte de nourriture pour chien plutôt qu'une arme, à l'instant précis où elle lâchait la première balle de son .357 qui le toucha en plein dans le sternum.

Mais les choses n'en restèrent pas là. Elle continua à faire feu, les deux mains serrées sur la crosse, chaque projectile à tête molle le chassant vers l'arrière à l'impact avec la force d'un marteau-piqueur, tandis que sa chemise explosait de fleurs écarlates sur sa poitrine osseuse, jusqu'à ce que la dernière balle du barillet vînt le frapper dans la cage thoracique et l'éventrer littéralement au bord de l'eau. Puis il s'affaissa, les jambes chassées sous lui, et s'assit, à croire qu'un chirurgien venait de lui enlever tous les os du corps.

Lorsque Rosie abaissa son arme vers le sol, ses joues donnaient l'impression de brûler de minuscules charbons ardents, ses yeux écarquillés, figés sur le vide, comme si elle contemplait le cœur d'une tempête rugissante, une tempête pleine de forces invisibles et de vents broyant tout sur leur passage, une tempête qu'elle seule était à même d'entendre.

Mais je n'avais pas le temps de me soucier de la ligne que Rosie avait franchie, du chagrin et du savoir que ce sombre moment allait apporter avec lui.

J'entendis dans mon dos les planchettes de bois se briser à l'arrière de la cabane puis j'aperçus les pieds métalliques d'une chaise fracasser la fenêtre. Alafair enjamba alors le rebord, les fesses en l'air, ses chaussures de tennis roses en train de se balancer au-dessus du sol humide.

Je courus jusqu'à elle, l'attrapai par la taille et la serrai tout contre moi. Elle enfouit la tête sous mon menton et crocheta les jambes sur mes flancs comme une grenouille. Je sentis ses muscles durs et élastiques, la chaleur de ses mains, le halètement spasmodique dans sa gorge comme si elle venait de jaillir des profondeurs de l'eau au milieu des courants d'air salé et du jour ensoleillé qui crépitait du cri des mouettes.

— Est-ce qu'il t'a fait du mal, Squanto ? dis-je, le cœur éperdu à l'énoncé de ma propre question.

— Je lui ai dit qu'il valait mieux pas. Je lui ai dit ce que tu ferais, sinon. Je lui ai dit que tu lui arracherais les noisettes. Je lui ai dit...

— Où as-tu appris ces mots-là, Alf ?

Un frisson la secoua par tout le corps, comme si sa main venait de toucher un objet brûlant, puis elle ferma les yeux, paupières serrées, et se mit à pleurer.

– Tout va bien, Baby Squanto. Nous rentrons à la maison, dis-je.

Je la chargeai sur ma hanche et me dirigeai vers le camion, ses bras autour de mon cou, son visage tout mouillé contre ma chemise.

J'entendis les pas de Rosie dans les feuilles derrière moi. Elle vida les douilles du barillet de son .357 au creux de sa paume, les fixa d'un regard sans expression puis les jeta dans les arbres dans un bruit de cliquetis métallique.

– Sortez-vous ça de la tête, Rosie. Ce mec avait distribué les cartes il y a bien longtemps.

– Je ne pouvais plus arrêter. Pourquoi est-ce que je n'ai pas arrêté de tirer ? C'était fini et j'ai continué à tirer.

– Parce que votre esprit se ferme complètement à ces moments-là.

– Non. Il a payé pour quelque chose qui m'est arrivé il y a bien longtemps. Ce n'est pas vrai ?

– Laissez donc les freudiens faire joujou avec ces trucs-là. Il est rare de les voir sur la ligne de tir. Ça passera. Croyez-moi, ça passe toujours.

– Pas le fait de toucher un homme à quatre reprises alors qu'il tombait déjà. Un homme armé d'une boîte de nourriture pour chien.

Je contemplai les lueurs du jour qui recouvraient la baie dans le lointain, les mouettes qui zébraient le ciel en bordure de la marée montante.

– Il avait un calibre sur lui, Rosie. Vous n'avez pas encore les idées très claires, vous ne vous souvenez plus, dis-je en lui tendant Alafair.

Je retournai au milieu des arbres, trouvai mon imperméable que je chargeai sur mon bras et allai jusqu'à l'endroit où Murphy Doucet était affalé, assis au milieu des boutons d'or, son flanc déchiré en train de se vider dans l'eau. Je sortis le .32 de Lou Girard de la poche de mon imper, essuyai le métal au bleui patiné et les plaques de crosse en bois tenues à l'adhésif à l'aide de mon mouchoir, plaçai soigneusement l'arme dans la main de Doucet et refermai ses doigts raidis contre le pontet.

Sur l'avant-bras, il portait une marque de morsure qui donnait l'impression d'avoir été faite par un enfant.

La prochaine fois, ne viens plus chercher de crosses à Alafair Robicheaux ou à l'armée confédérée, Murph, me dis-je.

Puis je ramassai la béquille qui s'était prise entre ses jambes. Le bois était vieux, gris et patiné par la pluie et le vent, la tige écorcée et taillée en biseau au couteau, la pièce d'appui nouée de filaments de flanelle pourrie.

Le soleil perça les nuages au-dessus de nos têtes, et sous la marquise de verdure du marais, je voyais des feuilles d'or martelé suspendues dans les colonnes de lumière tourbillonnante, les formes grises de ce qui semblait être des sentinelles mortes depuis bien long-temps, et comme un homme qui a finalement appris à ne pas réfléchir en termes sensés dans un monde insensé, j'offris la béquille en cadeau aux airs, aux formes dans les arbres, aux bruits des créatures qui se mouvaient dans les eaux, en disant : *« Est-ce que vous ne voulez pas reprendre ceci avec vous, monsieur ? »*

Mais s'il répondit, je ne l'entendis pas.

Épilogue

J'aimerais pouvoir vous dire que les services de police et le bureau du procureur de notre ville sont parvenus à constituer un dossier solide contre Balboni, que nous avons balayé devant notre propre porte et expédié Julie au trou, à Angola, entravé de chaînes à la taille et aux chevilles pour vingt ou trente ans. Mais ce n'est pas ce qui est arrivé. Comment aurait-ce été possible ? À bien des façons, Julie, c'était nous, tout comme son père, lorsque ce dernier fournissait la ville en machines à sous et en hôtels de passe sur Railroad et Hopkins Avenue. Après que Julie eut quitté notre cité de son propre chef pour devenir une figure essentielle de la pègre de La Nouvelle-Orléans, nous l'avions accueilli à bras ouverts à son retour, clignant des yeux devant sa présence en prétendant qu'il n'était pas ce qu'il était ni celui qu'il était.

Je crois que Julie et son père possédaient de nous un savoir que nous ne possédions pas nous-mêmes. Ils savaient que nous étions à vendre.

Au bout du compte, Julie était tombé quand même, mais d'une manière à laquelle personne ne s'attendait – sur une inculpation pour fraude fiscale par le Trésor fédéral. Non, ce n'est pas non plus tout à fait exact. Cette agence fédérale au don d'ubiquité, ce fléau de la pègre, ne fut qu'une note mineure en bas de page dans le dénouement de Julie. Le germe de la chute de Julie

471

fut Julie en personne. Et je crois que Julie, dans tous ses rêves de grandeur, n'aurait pas voulu qu'il en eût été autrement.

Il aurait dû faire un petit séjour à l'ombre, en toute tranquillité, trois petites années dans une ferme-prison fédérale en Floride, sans barrières ni gardes armés, avec des chambres pour deux plutôt que des cellules, des courts de tennis, et des permissions de week-end. Mais lors de son séjour en préventive sous la surveillance des fédéraux à La Nouvelle-Orléans, il avait craché au visage d'un huissier, arraché la cuvette des toilettes du mur de sa cellule, et dit à un informateur placé délibérément auprès de lui qu'il lançait un contrat sur la tête de Cholo Manelli, dont il était convaincu que c'était bien lui qui avait remis au Service fédéral des Impôts ses livres comptables (et dont j'appris plus tard que c'était vrai).

On expédia alors Baby Feet dans une unité pénitentiaire à sécurité maximale à Fort Leavenworth, dans le Kansas, un lieu où l'hiver vous laisse à croire que la terre a été empoisonnée à l'Agent Orange et que les vents soufflent leurs bourrasques glacées des quatre points cardinaux simultanément.

La plupart des gens n'ont aucune idée des êtres qui constituent la population d'une prison de sécurité maximale. Habituellement, ce ne sont pas des hommes comme Baby Feet, qui était intelligent et relativement sain d'esprit, tout psychopathe qu'il était. Ce sont au contraire, la plupart du temps, des psychotiques à la cervelle fondue, même s'ils ne sont pas reconnus comme tels, sinon, ils se verraient envoyés dans des institutions pour malades mentaux dont ils seraient probablement libérés relativement vite. Il arrive qu'ils aient l'intelligence de choux fonctionnant sur piles abritée à l'intérieur d'un corps d'un mètre quatre-vingt-quinze et tout bouillonnant de rut. Il s'agit souvent de fils-à-sa-maman qui arborent des lunettes d'écaille et coiffent leurs longs cheveux sur leurs épaules frêles à la manière des filles, assassinent des familles entières, et sont incapables d'offrir autre chose, en guise d'explication, qu'un sourire juvénile de stupéfaction.

Mais aucun d'entre eux n'était de taille face à Julie. C'était un affranchi, avec des relations à l'intérieur comme à l'extérieur de la prison, monstre enfermé dans son bloc, dont les pieds tourbillonnant étaient capables de faire jaillir le sang de tous les orifices d'un corps humain. Il prit le contrôle du trafic de came, fracassa têtes et bas-ventres dans les douches, paya pour faire descendre à coups de lame un rival dans la cour et noyer une balance dans la cuvette des toilettes.

Il devint également un loup célèbre parmi la population des fiottes. Qui lui repassaient ses vêtements, lui lavaient les cheveux, manucuraient ses ongles et lui demandaient par avance quel modèle de perruque ou de dessous féminins il leur faudrait porter quand ils se présenteraient à sa couchette. Il encourageait les jalousies en leur sein et les regardait, tel un spectateur amusé, pendant qu'ils complotaient et se battaient entre eux afin de se gagner son affection, et les joints, les pilules et l'alcool de prune dont il pouvait satisfaire ses favoris.

Peut-être trouva-t-il même l'adoration et la soumission qui lui avaient toujours fait défaut, depuis l'époque où il fréquentait le bordel mulâtre de Mabel White à Crowley jusqu'au moment où il avait fait assassiner Cherry LeBlanc.

C'est tout au moins ce que pensait le psychologue de Fort Leavenworth qui m'avait appris tout cela. Il déclara que Julie paraissait en fait heureux lors de sa première et dernière sortie dans la cour, à frapper de hautes balles dans les airs vers ses garçons dans le champ extérieur, arrachant sa batte des profondeurs de sa cage avec la puissance et la grâce d'un DiMaggio, les fins poils noirs de ses épaules luisant de sueur, son short de soie noire accroché bas sur les hanches avec cet abandon viril plein d'assurance de l'homme heureux de ses succès et de sa réussite comme athlète et amant, verrouillant les poignets au contact de la batte avec la balle, qu'il soulevait dans le ciel bleu plus haut que quiconque l'avait fait à Leavenworth auparavant tandis que, tout autour de lui, les taulards se tripotaient l'entre-deux en hochant la tête en signe d'approbation.

Peut-être pensait-il toujours à cela en ce dimanche soir à son retour du losange. Il se doucha et se rendit dans la cellule vide de son amant du moment pour faire un petit somme sous un petit ventilateur aux pales de caoutchouc, le drap sur la tête. Peut-être dans ses rêves se voyait-il à nouveau producteur de cinéma au bord d'un immense succès, lui, le gamin de province dont l'histoire serait reconstituée par les biographes pour devenir matière à légende à Hollywood, magnat du cinéma, bienfaisant mais redouté, en lunettes de soleil et costumes tropicaux blancs à deux mille dollars, en train de se promener nonchalamment, avec grâce et élégance, au milieu des bougainvillées, des palmiers et du tintement des verres de champagne lors des soirées d'extérieur à Beverly Hills.

Ou peut-être encore, l'espace d'un instant, lorsqu'une douleur plus aiguë que tout ce qu'il aurait jamais cru possible pénétra sa conscience comme une écharde de verre en fusion, vit-il le visage de son père tordu comme un poing serré tandis que ce dernier le tenait à bout de fusil et lui fouettait le dos tout tremblant de frissons de l'embout métallique d'un tuyau d'arrosage.

Le cocktail Molotov lancé par un rival en quête des affections de Julie éclata sur le mur de pierre au-dessus de la couchette où celui-ci dormait et recouvrit son corps tout entier de paraffine et d'essence enflammées. Il jaillit de sa couchette, battant l'air de ses bras, tandis que le drap se dissolvait en trous noirs sur sa peau. Il franchit en aveugle, toujours courant, la porte de la cellule ouverte, en se frottant les yeux et la bouche, son corps en train de se désintégrer changé en énorme cône de flammes et, dans un long hurlement déchirant, il sauta par-dessus la rambarde de la passerelle et plongea comme une météorite trois étages plus bas sur le sol en béton.

Qu'est-il advenu de Twinky Lemoyne ?

Rien. Extérieurement, en tout cas. Il est toujours là, membre d'une génération dont la métamorphose ne parvient jamais à son terme.

Il m'arrive de voir sa photo sur la page réservée aux activités commerciales et industrielles du journal de Lafayette. Vous pouvez compter sur lui pour être présent à tous les petits déjeuners d'ouverture de match destinés à collecter des fonds pour toutes les organisations charitables qui ont la faveur du moment de la communauté commerciale. Selon toute vraisemblance, il est même sincère. À une ou deux reprises, je suis tombé sur lui lors d'une fête organisée, ragoût de crabe ou poissons frits, à New Iberia. Il ne s'en sort pas trop bien, néanmoins, lorsqu'il se retrouve face à face avec le passé. Ses manières sont naturellement toujours celles d'un monsieur bien élevé, la peau rose, la tête en forme d'œuf et le complet à rayures en crépon de coton tout en plis, autant d'images que l'on associe à un avocat sudiste élégant et méditatif. Mais à voir cette manière systématique, née d'une longue pratique, dont ses yeux vous évitent lorsque vous le regardez en plein visage, vous voyez un autre homme, un de ceux dont le sens de leur propre importance était tellement méprisable qu'il en était arrivé à participer à un lynchage parce qu'un de ses employés noirs l'avait fait cocu.

Non, ce n'est pas très juste à son égard.

Peut-être que Twinky Hebert, exactement comme Julie Balboni, c'est nous. Il méprisait son passé à un tel point qu'il n'avait jamais pu le reconnaître. Il n'avait jamais pu expier son péché, ni même jamais pu se pardonner à lui-même. Aussi, pareil à Protée se levant des eaux, condamné à reprendre forme à jamais, Twinky Hebert Lemoyne avait passé contrat de se tromper lui-même et, en conséquence, se condamner à revivre son passé tous les jours de sa vie.

Lors du ragoût de crabe donné dans le parc sur le Bayou Teche, il s'installa par inadvertance à une table de bois sous le chapiteau à moins d'un mètre de Bootsie, Alafair et moi. Il venait de casser les pinces d'un crabe lorsqu'il prit conscience de celui qui était assis en face de lui.

— Qu'est-ce que vous faites ici, vous ? dit-il, mâchoire pendante.

— J'habite New Iberia. J'ai été invité.

— Essayeriez-vous de me persécuter ?

— J'ai clos le dossier de l'été 1957, Lemoyne. Pourquoi ne pas en faire autant ?

Une lueur douloureuse, pareille à une allumette enflammée, brûlait au fond de ses yeux. Il essaya d'ouvrir la carapace d'un crabe à l'aide d'un casse-noix mais sa main glissa et il s'aspergea de jus le plastron de chemise.

— Parlez-en à un ministre du culte, dites-le à un flic, prenez un avion et dites-le à quelqu'un que vous n'avez jamais vu, dis-je. Mais débarrassez-vous-en une bonne fois pour toutes et laissez tomber votre numéro de Rotary Club.

Mais il se dirigeait déjà d'un pas pressé vers les toilettes pour hommes en se frottant les paumes d'une serviette en papier, accompagné par le tintement de menue monnaie dans sa poche de pantalon et se tordant le cou de droite et de gauche comme si son col dur et sa cravate lui étaient une corde serrée sur la peau.

Cette année-là, nous prîmes nos vacances en Californie et nous séjournâmes au domicile d'Elrod, un ranch que celui-ci avait fait bâtir sur pilotis sur les hauteurs d'une falaise de Topanga Canyon, d'où il surplombait l'autoroute de la côte Pacifique et l'Océan qui se couvrait chaque matin d'une épaisse brume d'un blanc bleuté, au sein de laquelle on entendait les vagues s'écraser sur la plage comme des avalanches.

Pendant deux semaines, Alafair joua dans un film tourné à Tri-Star avec Mikey Goldman et Elrod. Le soir, nous mangions des palourdes chez Gladstone sur la plage avant de partir nous balader dans l'hydravion de Mikey Goldman jusqu'à Catalina Island. Lorsque le soleil du crépuscule s'enfonçait dans l'Océan, il donnait l'impression de traîner derrière lui des filaments de nuages déchirés, pareil à une planète rouge en feu en train de se poser doucement au creux du vert liquide du Pacifique. Lorsque toute la ligne de côtes se voyait délavée d'une lumière rose, on apercevait presque jusqu'au moindre détail de la flore et de la géologie du continent américain qui roulait depuis les crêtes mauves des montagnes de Santa Monica jusqu'au creux de la ligne ourlée d'écume qui venait remonter les plages : collines sèches aux arbres nanifiés, mesquite et chênes rabougris, bouquets d'eucalyptus et de calistémons, pins *ponderosa* qui poussaient entre les maisons de stuc aux toits de tuiles bleues, murs de corail envahis de bougainvillées, jardins en terrasses à flanc de colline remplis de lauriers-roses, de yuccas et de treillis débordant de fleurs de la passion, de vergers d'orangers dont les fossés d'irrigation ressemblaient à du vif-argent sous les derniers reflets du couchant.

Puis des millions de lumières s'allumaient dans les canyons, le long des autoroutes et sur toute l'étendue du vaste bassin de Los Angeles, et l'on se serait cru alors en train de contempler la pointe extrême du rêve américain, un poème géologique auquel conduisaient, au bout du compte, toutes nos autoroutes, cité des illusions fondée par les conquistadores et les missionnaires, et confiée aux soins des anges, cette cité, où, bien loin en dessous des hélices tournoyantes de notre hydravion, des gamins noirs le long de rues bordées de palmiers dans le quartier de Watts se donnaient la chasse à coup d'armes automatiques.

Je songeai, dans les rouleaux de brumes matinales qui remontaient les canyons, que je reverrais peut-être le noble et chevaleresque John Bell Hood. Rien qu'un coup d'œil, qui sait, un salut de son chapeau, la gentillesse de son sourire, l'affection soucieuse qui semblait toujours traîner sur son visage. Puis, au fur et à mesure que passaient les jours, tandis que je commençais à me libérer de toute la violence de cet été-là, je fus bien obligé d'accepter le fait que le Général, ainsi que l'avait dit Bootsie, n'était bien effectivement qu'une invention pleine d'espoir de mon imagination, figure métaphorique et mythique créée probablement tout autant par la plume de Thomas Mallory ou Walter Scott que par le LSD qu'on avait glissé dans mon verre à Spanish Lake.

Puis deux soirs avant notre retour, Alafair était assise sur le mur de corail qui bordait la terrasse

d'Elrod, occupée à feuilleter l'un des livres de bibliothèque que Bootsie avait consultés sur la guerre entre
les États.

– Qu'est-ce que tu fais ici dedans, Dave ? dit-elle.

– Dans quoi ? De quoi parles-tu, petit mec ?

Elle continua à fixer une page du livre ouvert sur ses
genoux.

– Tu es sur la photo. Avec le vieil homme que
Poteet et moi on a vu dans le carré de maïs, celui qui
ne sentait pas bon, dit-elle, en tournant le livre pour
que je puisse le regarder.

Sur le cliché, posant dans les attitudes rigides qui
sont la marque de la photographie du XIXe siècle, se
trouvaient le Général et sept de ses hommes, aides de
camp et soldats.

– Debout dans le fond. Celui qui n'a pas de fusil.
C'est toi, Dave, dit-elle.

Puis elle leva les yeux vers moi, un point d'interrogation perplexe au milieu de la figure.

– C'est-y pas vrai ?

– Ne dis pas « c'est-y », petit mec.

– Qu'est-ce que tu fais sur cette photo ?

– Ce n'est pas moi, Alf. Il s'agit de soldats texans
qui ont combattu aux côtés de John Bell Hood. Je parie
qu'ils faisaient une sacrée bonne troupe, ces gars-là,
dis-je en lui ébouriffant le haut du crâne.

– Comment sais-tu qu'ils sont du Texas ? Ils ne
disent pas ça, ici.

– Je devinais, c'est tout.

Elle regarda la photo à nouveau puis se retourna
vers moi, et son visage se fit encore plus perplexe.

– Allons chercher Elrod et Bootsie et nous descen-
drons à la plage nous prendre une glace, dis-je.

Je lui pris le livre des mains et le refermai, la chargeai sur ma hanche et marchai sous la marquise de

bignonia mauve en direction du patio derrière la maison, où Bootsie et Elrod faisaient la vaisselle du souper. Au bout du canyon, la fumée de viande des barbecues montait entre les cèdres et les mesquites, et si je plissais les yeux face au soleil couchant, j'arrivais presque à me convaincre que des soldats espagnols, en cuirasse et casque à visière en argent, ou qu'une race de chasseurs depuis longtemps éteinte, avaient installé leur campement aux flancs de ces collines. Ou peut-être même de vieux compatriotes, vêtus d'uniformes marron, qui allaient leur chemin pour entrer dans l'histoire – vaillants, arthuriens, leurs couleurs déchirées par la grenaille déroulées sous les panaches désordonnés de fumée, avec, sur leur visage, cette lumière fatale qui vous remettait en mémoire que la bataille n'est jamais vraiment terminée, que nous ne sommes jamais tout à fait maîtres du terrain.

Rivages / noir

Joan Aiken   *Mort un dimanche de pluie* (n° 11)

André Allemand   *Au cœur de l'île rouge* (n° 329)
Un crime en Algérie (n° 384)

R. E. Alter   *Attractions : Meurtres* (n° 72)

Claude Amoz   *L'Ancien Crime* (n° 321)
Bois-Brûlé (n° 423)

J. -B. Baronian   *Le Tueur fou* (n° 202)

Cesare Battisti   *Dernières cartouches* (n° 354)

William Bayer   *Labyrinthe de miroirs* (n° 281)

Marc Behm   *La Reine de la nuit* (n° 135)
Trouille (n° 163)
À côté de la plaque (n° 188)
Et ne cherche pas à savoir (n° 235)
Crabe (n° 275)
Tout un roman ! (n° 327)

Marc Behm/Paco Ignacio Taibo II
Hurler à la lune (n° 457)

T. Benacquista   *Les Morsures de l'aube* (n° 143)
La Machine à broyer les petites filles (n° 169)

Bruce Benderson   *Toxico* (n° 306)

A.-H. Benotman   *Les Forcenés* (n° 362)

Stéphanie Benson   *Un meurtre de corbeaux* (n° 326)
Le Dossier Lazare (n° 390)

Pieke Biermann   *Potsdamer Platz* (n° 131)
Violetta (n° 160)
Battements de cœur (n° 248)

James C. Blake   *L'Homme aux pistolets* (n° 432)

Michael Blodgett   *Captain Blood* (n° 185)

Michel Boujut   *Souffler n'est pas jouer* (n° 349)

Daniel Brajkovic   *Chiens féroces* (n° 307)

Wolfgang Brenner   *Welcome Ossi !* (n° 308)

Paul Buck   *Les Tueurs de la lune de miel* (n° 175)

Yves Buin   *Kapitza* (n° 320)
                     Borggi (n° 373)

Edward Bunker   *Aucune bête aussi féroce* (n° 127)
                     La Bête contre les murs (n° 174)
                     La Bête au ventre (n° 225)
                     Les Hommes de proie (n° 344)

James Lee Burke   *Prisonniers du ciel* (n° 132)
                     Black Cherry Blues (n° 159)
                     Une saison pour la peur (n° 238)
                     Le Bagnard (n° 272)
                     Une tache sur l'éternité (n° 293)
                     *Dans la brume électrique avec les morts
                     confédérés* (n° 314)
                     La Pluie de néon (n° 339)
                     Dixie City (n° 371)
                     Le Brasier de l'ange (n° 420)

W. R. Burnett   *Romelle* (n° 36)
                     King Cole (n° 56)
                     Fin de parcours (n° 60)

J.-J. Busino   *Un café, une cigarette* (n° 172)
                     Dieu a tort (n° 236)
                     Le Bal des capons (n° 278)
                     La Dette du diable (n° 311)
                     Le Théorème de l'autre (n° 358)

Daniel Chavarría   *Adios muchachos* (n° 123)
                     Un thé en Amazonie (n° 302)
                     L'Œil de Cybèle (n° 378)

D.Chavarría/J.Vasco *Boomerang* (n° 322)

George Chesbro   *Une affaire de sorciers* (n° 95)
                     L'Ombre d'un homme brisé (n° 147)
                     Bone (n° 164)
                     La Cité où les pierres murmurent (n° 184)
                     Les Cantiques de l'Archange (n° 251)
                     Les Bêtes du Walhalla (n° 252)
                     L'Odeur froide de la pierre sacrée (n° 291)
                     Le Second Cavalier de l'Apocalypse (n° 336)
                     Le Langage des cannibales (n° 368)
                     Veil (n° 369)
                     Crying Freeman (n° 403)

	Le Chapiteau de la peur aux dents longues (n° 411)
	Chant funèbre en rouge majeur (n° 439)
Andrew Coburn	*Toutes peines confondues* (n° 129)
	Sans retour (n° 448)
Piero Colaprico	*Kriminalbar* (n° 416)
Michael Collins	*L'Égorgeur* (n° 148)
	Rosa la Rouge (n° 267)
Robin Cook	*Cauchemar dans la rue* (n° 64)
	J'étais Dora Suarez (n° 116)
	Vices privés, vertus publiques (n° 166)
	La Rue obscène (n° 200)
	Quand se lève le brouillard rouge (n° 231)
	Le Mort à vif (n° 241)
	Bombe surprise (n° 260)
	Mémoire vive (n° 374)
Peter Corris	*La Plage vide* (n° 46)
	Des morts dans l'âme (n° 57)
	Chair blanche (n° 65)
	Le Garçon merveilleux (n° 80)
	Héroïne Annie (n° 102)
	Escorte pour une mort douce (n° 111)
	Le Fils perdu (n° 128)
	Le Camp des vainqueurs (n° 176)
	Le Grand Plongeon (n° 394)
Hélène Couturier	*Fils de femme* (n° 233)
	Sarah (n° 341)
James Crumley	*Putes* (n° 92)
Mildred Davis	*Dark Place* (n° 10)
J.-P. Demure	*Milac* (n° 240)
	Fin de chasse (n° 289)
	Les Jours défaits (n° 351)
	Noir Rivage (n° 429)
J.-C. Derey	*Black Cendrillon* (n° 323)
	Toubab or not toubab (n° 379)
Pascal Dessaint	*La vie n'est pas une punition* (n° 224)
	Bouche d'ombre (n° 255)
	À trop courber l'échine (n° 280)

	Du bruit sous le silence (n° 312)
	Une pieuvre dans la tête (n° 363)
	On y va tout droit (n° 382)
T.Disch/J.Sladek	*Black Alice* (n° 154)
Wessel Ebersohn	*La Nuit divisée* (n° 153)
	Coin perdu pour mourir (n° 193)
	Le Cercle fermé (n° 249)
Stanley Ellin	*La Corrida des pendus* (n° 14)
James Ellroy	*Lune sanglante* (n° 27)
	À cause de la nuit (n° 31)
	La Colline aux suicidés (n° 40)
	Brown's Requiem (n° 54)
	Clandestin (n° 97)
	Le Dahlia noir (n° 100)
	Un tueur sur la route (n° 109)
	Le Grand Nulle Part (n° 112)
	L.A. Confidential (n° 120)
	White Jazz (n° 141)
	Dick Contino's Blues (n° 212)
	American Tabloid (n° 282)
	Ma part d'ombre (n° 319)
	Crimes en série (n° 388)
Howard Fast	*Sylvia* (n° 85)
	L'Ange déchu (n° 106)
Kinky Friedman	*Meurtre à Greenwich Village* (n° 62)
	Quand le chat n'est pas là (n° 108)
	Meurtres au Lone Star Café (n° 151)
	Le Vieux Coup de la sauterelle (n° 197)
	Elvis, Jésus et Coca-Cola (n° 264)
	Dieu bénisse John Wayne (n° 348)
	N le Maudit (n° 385)
Samuel Fuller	*L'Inexorable Enquête* (n° 190)
	La Grande Mêlée (n° 230)
Barry Gifford	*Port Tropique* (n° 68)
	Sailor et Lula (n° 107)
	Perdita Durango (n° 140)
	Jour de chance pour Sailor (n° 210)
	Rude journée pour l'Homme Léopard (n° 253)
	La Légende de Marble Lesson (n° 387)

A. Gimenez Bartlett   *Rites de mort* (n° 352)
                                Le Jour des chiens (n° 421)
                                Les Messagers de la nuit (n° 458)

David Goodis   *La Blonde au coin de la rue* (n° 9)
                                Beauté bleue (n° 37)
                                Rue Barbare (n° 66)
                                Retour à la vie (n° 67)
                                Obsession (n° 75)

James Grady   *Le Fleuve des ténèbres* (n° 180)
                                Tonnerre (n° 254)
                                Steeltown (n° 353)
                                Comme une flamme blanche (n° 445)

R. H. Greenan   *Sombres crapules* (n° 138)
                                La Vie secrète d'Algernon Pendleton (n° 156)
                                C'est arrivé à Boston ? (n° 205)
                                La Nuit du jugement dernier (n° 237)
                                Un cœur en or massif (n° 262)

Salah Guemriche   *L'Homme de la première phrase* (n° 357)

Wolf Haas   *Vienne la mort* (n° 417)

Joseph Hansen   *Par qui la mort arrive* (n° 4)
                                Le petit chien riait (n° 44)
                                Un pied dans la tombe (n° 49)
                                Obédience (n° 70)
                                Le Noyé d'Arena Blanca (n° 76)
                                Pente douce (n° 79)
                                Le Garçon enterré ce matin (n° 104)
                                Un pays de vieux (n° 155)
                                Le Livre de Bohannon (n° 214)
                                En haut des marches (n° 342)

John Harvey   *Cœurs solitaires* (n° 144)
                                Les Étrangers dans la maison (n° 201)
                                Scalpel (n° 228)
                                Off Minor (n° 261)
                                Les Années perdues (n° 299)
                                Lumière froide (n° 337)
                                Preuve vivante (n° 360)
                                Proie facile (n° 409)

Vicki Hendricks   *Miami Purity* (n° 304)

George V. Higgins *Les Copains d'Eddie Coyle* (n° 114)
Le Contrat Mandeville (n° 191)
Le Rat en flammes (n° 243)
Paris risqués (n° 287)

Tony Hillerman *Là où dansent les morts* (n° 6)
Le Vent sombre (n° 16)
La Voie du fantôme (n° 35)
Femme-qui-écoute (n° 61)
Porteurs-de-peau (n° 96)
La Voie de l'Ennemi (n° 98)
Le Voleur de temps (n° 110)
La Mouche sur le mur (n° 113)
Dieu-qui-parle (n° 122)
Coyote attend (n° 134)
Le Grand Vol de la banque de Taos (n° 145)
Les Clowns sacrés (n° 244)
Moon (n° 292)
Un homme est tombé (n° 350)
Le Premier Aigle (n° 404)
Blaireau se cache (n° 442)

Chester Himes *Qu'on lui jette la première pierre* (n° 88)

Dolores Hitchens *La Victime expiatoire* (n° 89)

Craig Holden *Les Quatre coins de la nuit* (n° 447)

Geoffrey Homes *Pendez-moi haut et court* (n° 93)
La Rue de la femme qui pleure (n° 94)

D. B. Hughes *Et tournent les chevaux de bois* (n° 189)
Chute libre (n° 211)

William Irish *Manhattan Love Song* (n° 15)
Valse dans les ténèbres (n° 50)

Eugene Izzi *Chicago en flammes* (n° 441)
Le Criminaliste (n° 456)

Bill James *Retour après la nuit* (n° 310)
Lolita Man (n° 355)
Raid sur la ville (n° 440)

Stuart Kaminsky *Il est minuit, Charlie Chaplin* (n° 451)

Thomas Kelly *Le Ventre de New York* (n° 396)

W. Kotzwinkle *Midnight Examiner* (n° 118)

	Le Jeu des Trente (n° 301)
	Book of Love (n° 332)
Jake Lamar	*Le Caméléon noir* (n° 460)
Terrill Lankford	*Shooters* (n° 372)
Michael Larsen	*Incertitude* (n° 397)
	Le Serpent de Sydney (n° 455)
Jonathan Latimer	*Gardénia rouge* (n° 3)
	Noir comme un souvenir (n° 20)
Michel Lebrun	*Autoroute* (n° 165)
	Le Géant (n° 245)
Cornelius Lehane	*Prends garde au buveur solitaire* (n° 431)
Dennis Lehane	*Un dernier verre avant la guerre* (n° 380)
	Ténèbres, prenez-moi la main (n° 424)
C. Lehmann	*Un monde sans crime* (n° 316)
	La Folie Kennaway (n° 406)
	Une question de confiance (n° 446)
Elmore Leonard	*Zig Zag Movie* (n° 220)
	Maximum Bob (n° 234)
	Punch Créole (n° 294)
	Pronto (n° 367)
	Les Chasseurs de primes (n° 391)
	Beyrouth Miami (n° 412)
	Loin des yeux (n° 436)
	Le Zoulou de l'Ouest (n° 437)
Bob Leuci	*Captain Butterfly* (n° 149)
	Odessa Beach (n° 290)
Ted Lewis	*Get Carter* (n° 119)
	Sévices (n° 152)
	Jack Carter et la loi (n° 232)
	Plender (n° 258)
	Billy Rags (n° 426)
Richard Lortz	*Les Enfants de Dracula* (n° 146)
	Deuil après deuil (n° 182)
	L'Amour mort ou vif (n° 206)
J. D. Mac Donald	*Réponse mortelle* (n° 21)
	Un temps pour mourir (n° 29)
	Un cadavre dans ses rêves (n° 45)

Le Combat pour l'île (n° 51)
L'Héritage de la haine (n° 74)

J.-P. Manchette   *La Princesse du sang* (n° 324)

D. Manotti   *À nos chevaux !* (n° 330)
Kop (n° 383)

John P. Marquand   *Merci Mr Moto* (n° 7)
Bien joué, Mr Moto (n° 8)
Mr Moto est désolé (n° 18)
Rira bien, Mr Moto (n° 87)

R. Matheson   *Échos* (n° 217)

Ed McBain   *Leçons de conduite* (n° 413)

Helen McCloy   *La Somnambule* (n° 105)

W. McIlvanney   *Les Papiers de Tony Veitch* (n° 23)
Laidlaw (n° 24)
Big Man (n° 90)
Étranges Loyautés (n° 139)

Marc Menonville   *Jeux de paumes* (n° 222)
Walkyrie vendredi (n° 250)
Dies Irae en rouge (n° 279)

Ronald Munson   *Courrier de fan* (n° 226)

Tobie Nathan   *Saraka bô* (n° 186)
Dieu-Dope (n° 271)

Jim Nisbet   *Les damnés ne meurent jamais* (n° 84)
Injection mortelle (n° 103)
Le Démon dans ma tête (n° 137)
Le Chien d'Ulysse (n° 161)
Sous le signe du rasoir (n° 273)
Prélude à un cri (n° 399)

K. Nishimura   *Petits crimes japonais* (n° 218)

Jack O'Connell   *B.P. 9* (n° 209)
Porno Palace (n° 376)
Et le verbe s'est fait chair (n° 454)

Liam O'Flaherty   *L'Assassin* (n° 247)

Renato Olivieri   *L'Affaire Kodra* (n° 402)
Fichu 15 août (n° 443)

J.-H. Oppel   *Brocéliande-sur-Marne* (n° 183)

	Ambernave (n° 204)
	Six-Pack (n° 246)
	Ténèbre (n° 285)
	Cartago (n° 346)
	Chaton : Trilogie (n° 418)
Abigail Padgett	*L'Enfant du silence* (n° 207)
	Le Visage de paille (n° 265)
	Oiseau de Lune (n° 334)
	Poupées brisées (n° 435)
Hugues Pagan	*Les Eaux mortes* (n° 17)
	La Mort dans une voiture solitaire (n° 133)
	L'Étage des morts (n° 179)
	Boulevard des allongés (n° 216)
	Last Affair (n° 270)
	L'Eau du bocal (n° 295)
	Vaines Recherches (n° 338)
	Dernière station avant l'autoroute (n° 356)
	Tarif de groupe (n° 401)
	Je suis un soir d'été (n° 453)
Pierre Pelot	*Natural Killer* (n° 343)
	Le Méchant qui danse (n° 370)
	Si loin de Caïn (n° 430)
	Les Chiens qui traversent la nuit (n° 459)
Anne Perry	*Un plat qui se mange froid* (n° 425)
A. G. Pinketts	*Le Sens de la formule* (n° 288)
	Le Vice de l'agneau (n° 408)
Bill Pronzini	*Hidden Valley* (n° 48)
B. Pronzini/B. N. Malzberg	
	La nuit hurle (n° 78)
Michel Quint	*Billard à l'étage* (n° 162)
	La Belle Ombre (n° 215)
	Le Bélier noir (n° 263)
	L'Éternité sans faute (n° 359)
	À l'encre rouge (n° 427)
Hugh Rae	*Skinner* (n° 407)
Diana Ramsay	*Approche des ténèbres* (n° 25)
	Est-ce un meurtre ? (n° 38)
John Ridley	*Ici commence l'enfer* (n° 405)

Louis Sanders   *Février* (n° 315)
                     Comme des hommes (n° 366)
                     Passe-temps pour les âmes ignobles (n° 449)

Budd Schulberg   *Sur les quais* (n° 335)

Philippe Setbon   *Fou-de-coudre* (n° 187)
                     Desolata (n° 219)

Roger Simon   *Le Clown blanc* (n° 71)
                     Génération Armageddon (n° 199)
                     La Côte perdue (n° 305)

Pierre Siniac   *Les mal lunés* (n° 208)
                     Sous l'aile noire des rapaces (n° 223)
                     Démago Story (n° 242)
                     Le Tourbillon (n° 256)
                     Femmes blafardes (n° 274)
                     L'Orchestre d'acier (n° 303)
                     Luj Inferman' et La Cloducque (n° 325)
                     De l'horrifique chez les tarés (n° 364)
                     Bon cauchemar les petits... (n° 389)
                     Ferdinaud Céline (n° 419)

Neville Smith   *Gumshoe* (n° 377)

Les Standiford   *Pandémonium* (n° 136)
                     Johnny Deal (n° 259)
                     Johnny Deal dans la tourmente (n° 328)
                     Une rose pour Johnny Deal (n° 345)

Richard Stark   *La Demoiselle* (n° 41)
                     La Dame (n° 170)
                     Comeback (n° 415)

Richard Stratton   *L'Idole des camés* (n° 257)

Vidar Svensson   *Retour à L.A.* (n° 181)

Paco I. Taibo II   *Ombre de l'ombre* (n° 124)
                     La Vie même (n° 142)
                     Cosa fácil (n° 173)
                     Quelques nuages (n° 198)
                     À quatre mains (n° 227)
                     Pas de fin heureuse (n° 268)
                     Même ville sous la pluie (n° 297)
                     La Bicyclette de Léonard (n° 298)
                     Jours de combat (n° 361)
                     Rêves de frontière (n° 438)

Ross Thomas   *Les Faisans des îles* (n° 125)
    La Quatrième Durango (n° 171)
    Crépuscule chez Mac (n° 276)
    Traîtrise ! (n° 317)
    Voodoo, Ltd (n° 318)

Brian Thompson   *L'Échelle des anges* (n° 395)

Jim Thompson   *Liberté sous condition* (n° 1)
    Un nid de crotales (n° 12)
    Sang mêlé (n° 22)
    Nuit de fureur (n° 32)
    À deux pas du ciel (n° 39)
    Rage noire (n° 47)
    La mort viendra, petite (n° 52)
    Les Alcooliques (n° 55)
    Les Arnaqueurs (n° 58)
    Vaurien (n° 63)
    Une combine en or (n° 77)
    Le Texas par la queue (n° 83)
    Écrits perdus (1929-1967) (n° 158)
    Le Criminel (n° 167)
    Après nous le grabuge (Écrits perdus, (1968-1977) (n° 177)
    Hallali (n° 195)
    L'Homme de fer (n° 196)
    Ici et maintenant (n° 229)
    Avant l'orage (n° 300)

Masako Togawa   *Le Baiser de feu* (n° 91)

Suso De Toro   *Land Rover* (n° 386)

Armitage Trail   *Scarface* (n° 126)

Marc Villard   *Démons ordinaires* (n° 130)
    La Vie d'artiste (n° 150)
    Dans les rayons de la mort (n° 178)
    Rouge est ma couleur (n° 239)
    Cœur sombre (n° 283)
    Du béton dans la tête (n° 284)
    Made in Taïwan (n° 333)

John Wessel   *Le Point limite* (n° 428)

Donald Westlake   *Drôles de frères* (n° 19)
    Levine (n° 26)

Un jumeau singulier (n° 168)
Ordo (n° 221)
Aztèques dansants (n° 266)
Kahawa (n° 277)
Faites-moi confiance (n° 309)
Trop humains (n° 340)
Histoire d'os (n° 347)
Le Couperet (n° 375)
Smoke (n° 400)
361 (n° 414)
Moi, mentir ? (n° 422)

J. Van De Wetering *Comme un rat mort* (n° 5)
Sale Temps (n° 30)
L'Autre Fils de Dieu (n° 33)
Le Babouin blond (n° 34)
Inspecteur Saito (n° 42)
Le Massacre du Maine (n° 43)
Un vautour dans la ville (n° 53)
Mort d'un colporteur (n° 59)
Le Chat du sergent (n° 69)
Cash-cash millions (n° 81)
Le Chasseur de papillons (n° 101)
Retour au Maine (n° 286)
Le Papou d'Amsterdam (n° 313)
Maria de Curaçao (n° 331)
L'Ange au regard vide (n° 410)
Mangrove Mama (n° 452)

Harry Whittington *Des feux qui détruisent* (n° 13)
Le diable a des ailes (n° 28)

Charles Willeford *Une fille facile* (n° 86)
Hérésie (n° 99)
Miami Blues (n° 115)
Une seconde chance pour les morts (n° 123)
Dérapages (n° 192)
Ainsi va la mort (n° 213)
Les Grands Prêtres de Californie (n° 365)
La Messe noire du frère Springer (n° 392)
L'Île flottante infestée de requins (n°393)

Charles Williams *La Fille des collines* (n° 2)

	Go Home, Stranger (n° 73)
	Et la mer profonde et bleue (n° 82)
John Williams	*Gueule de bois* (n° 444)
Timothy Williams	*Le Montreur d'ombres* (n° 157)
	Persona non grata (n° 203)
Colin Wilson	*Le Tueur* (n° 398)
	L'Assassin aux deux visages (n° 450)
Daniel Woodrell	*Sous la lumière cruelle* (n° 117)
	Battement d'aile (n° 121)
	Les Ombres du passé (n° 194)
	Faites-nous la bise (n° 296)
	La Fille aux cheveux rouge tomate (n° 381)
	La Mort du petit cœur (n° 433)
	Chevauchée avec le diable (n° 434)

Rivages / Mystère

C. Armstrong   *Le Jour des Parques* (n° 13)
     L'Inconnu aux yeux noirs (n° 15)
     Une dose de poison (n° 21)
     Merci pour le chocolat (n° 40)

Francis Beeding   *La Maison du Dr Edwardes* (n° 9)
     La mort qui rôde (n° 12)
     Un dîner d'anniversaire (n° 18)

A. Blackwood   *John Silence* (n° 8)

F. du Boisgobey   *Le Coup d'œil de M. Piédouche* (n° 32)

Jypé Carraud   *Tim-Tim Bois-Sec* (n° 22)
     Le Squelette cuit (n° 25)
     Les Poulets du Cristobal (n° 31)

Collectif   *La Griffe du chat* (n° 28)

Max Allan Collins   *Les Meurtres du Titanic* (n° 43)

Joseph Commings   *Les Meurtres de l'épouvantail et autres histoires* (n° 46)
     Le Vampire au masque de fer et autres histoires (n° 47)

F. W. Crofts   *Le Tonneau* (n° 24)

Amanda Cross   *En dernière analyse* (n° 23)
     Insidieusement vôtre (n° 26)
     Justice poétique (n° 27)
     Une mort si douce (n° 30)
     Sur les pas de Smiley (n° 35)
     Le Complexe d'Antigone (n° 39)

Mildred Davis   *Crime et chuchotements* (n° 14)
     Passé décomposé (n° 16)
     Un homme est mort (n° 20)
     Mort de quelqu'un (n° 37)

Michael Dibdin   *L'Ultime Défi de Sherlock Holmes* (n° 17)

Peter Dickinson   *Retour chez les vivants* (n° 44)

John Dickson Carr   *En dépit du tonnerre* (n° 5)

Jacques Futrelle   *Treize enquêtes de la machine à penser* (n° 29)

Parnell Hall   *Mystère* (n° 48)

Edward D. Hoch   *Les Chambres closes du Dr Hawthorne* (n° 34)

W. Kotzwinkle	*Fata Morgana* (n° 2)
Alexis Lecaye	*Einstein et Sherlock Holmes* (n° 19)
John P. Marquand	*À votre tour, Mister Moto* (n° 4)
Kai Meyer	*La Conjuration des visionnaires* (n° 33)
Thomas Owen	*L'Initiation à la peur* (n° 36)
D. Salisbury Davis	*Au bout des rues obscures* (n° 41)
Pierre Siniac	*Le Mystère de la sombre zone* (n° 42)
Anthony Shaffer	*Absolution* (n° 10)
J. Storer-Clouston	*La Mémorable et Tragique Aventure de Mr Irwin Molyneux* (n° 11)
Rex Stout	*Le Secret de la bande élastique* (n° 1)
	La Cassette rouge (n° 3)
	Meurtre au vestiaire (n° 6)
Hake Talbot	*Au seuil de l'abîme* (n° 38)
Josephine Tey	*Le plus beau des anges* (n° 7)
J.-M. Villemot	*Abel Brigand* (n° 45)

Imprimé en France
Achevé d'imprimer en février 2003
sur les presses de l'Imprimerie Maury-Eurolivres
45300 Manchecourt
pour le compte
des Éditions Payot & Rivages
106, bd Saint-Germain - 75006 Paris

4ᵉ édition

Dépôt légal : janvier 1999
Nº d'imprimeur : 99370